LCW

WITHDRAWN

Get **more** out of libraries

Please return or renew this item by the last date shown.
You can renew online at www.hants.gov.uk/library
Or by phoning **0300 555 1387**

W serii ukazały się:

Motylek
Więcej czerwieni
Trzydziesta pierwsza
Utopce

Wkrótce:
Płaskuń

KATARZYNA PUZYŃSKA

UTOPCE

Prószyński i S-ka

Projekt okładki
Mariusz Banachowicz

Zdjęcie na okładce
© Vova Shevchuk / Shutterstock

Redaktor prowadzący
Anna Derengowska

Redakcja
Anna Sidorek

ISBN 978-83-8069-164-3

Warszawa 2015

Wydawca
Prószyński Media Sp. z o.o.
02-697 Warszawa, ul. Rzymowskiego 28
www.proszynski.pl

Druk i oprawa
Drukarnia POZKAL Spółka z o.o.
88-100 Inowrocław, ul. Cegielna 10-12

Dla Louis,
który na zawsze pozostanie w naszych sercach.

Welcome to my house! Enter freely and of your own free will!

Bram Stoker, *Dracula*

Witam w moim domu! Proszę wejść swobodnie i z własnej nieprzymuszonej woli!

Bram Stoker, *Dracula*
(przełożyła Magdalena Moltzan-Małkowska)

Zapis przesłuchania świadka
sierż. szt. Emilii Strzałkowskiej

Miejsce przesłuchania: Komenda Powiatowa Policji w Brodnicy
Termin przesłuchania: 10 listopada 2014
Przesłuchanie prowadzą: insp. Judyta Komorowska i podinsp. Wiesław Król

Judyta Komorowska: W myśl artykułu sto dziewięćdziesiątego kodeksu postępowania karnego raz jeszcze pouczam świadka o odpowiedzialności karnej za zeznanie nieprawdy lub zatajenie prawdy. Podstawa prawna artykuł dwieście trzydzieści trzy paragraf jeden kodeksu karnego. Czy świadek zobowiązuje się do składania zeznań zgodnych z prawdą i rozumie swoje prawa?
Emilia Strzałkowska: Tak.
Wiesław Król: Jak pani wie, pani sierżant, chcemy porozmawiać trochę o tym, co wydarzyło się przedwczoraj. A przede wszystkim o roli komisarz Klementyny Kopp w tym, co zaszło. Czy udzieli nam pani odpowiedzi na kilka pytań, pani sierżant?
Emilia Strzałkowska: Chyba nie mam wyboru, prawda?
Wiesław Król: Rzeczywiście, obawiam się, że nie.
Judyta Komorowska: Czy świadek widziała całą sytuację?

Emilia Strzałkowska: Tak.

Wiesław Król: Czy można było zrobić cokolwiek, żeby zapobiec wydarzeniom z przedwczoraj?

(świadek milczy)

Judyta Komorowska: Czy świadek zrozumiała pytanie?

Emilia Strzałkowska: Rozumiem.

Judyta Komorowska: To proszę odpowiedzieć. Czy można było zrobić cokolwiek, żeby zapobiec przedwczorajszym wydarzeniom?

(po chwili)

Emilia Strzałkowska: Trudno mi powiedzieć.

Wiesław Król: Zacznijmy może po kolei, pani sierżant. Czy komisarz Klementyna Kopp od początku waszego śledztwa zachowywała się dziwnie?

Emilia Strzałkowska: Państwo znają Klementynę?

Judyta Komorowska: Nie osobiście.

(świadek się śmieje)

Judyta Komorowska: Czy powiedziałam coś zabawnego?

Emilia Strzałkowska: Nie. Chodzi tylko o to, że... no, Klementyna z reguły zachowuje się dziwnie. Zrozumie pani, kiedy ją pozna.

Wiesław Król: Może spróbuję w takim razie inaczej sformułować pytanie. Czy w sobotę ósmego listopada zachowanie komisarz Klementyny Kopp w widoczny sposób odbiegało od jej standardowego sposobu bycia?

Emilia Strzałkowska: Powiedziałabym, że początkowo wszystko było jak zazwyczaj.

Judyta Komorowska: A jednak doszło do tych wydarzeń, więc coś poszło nie tak, jak trzeba.

(świadek milczy przez chwilę)

Emilia Strzałkowska: Tak.

Judyta Komorowska: Czy świadek spodziewała się, że to nastąpi?

Emilia Strzałkowska: Nie. Zupełnie nie. To było za wiele. Nawet jak na Klementynę.

CZĘŚĆ PIERWSZA

ROZDZIAŁ 1

Utopce. Sobota, 25 sierpnia 1984. Godzina 8.30.
Wojtek Czajkowski

Wojtek Czajkowski leżał na łóżku i patrzył w sufit. Okno było otwarte, więc słyszał wesoły śpiew ptaków i delikatny szum wiatru w koronach drzew. Ich dom znajdował się tuż przy ścianie lasu. Gałęzie prawie wdzierały się do pokoju chłopaka. Podobało mu się to. Sprawiało wrażenie, jakby on sam był częścią tego magicznego świata.

Powoli przekręcił się na bok. Jego spojrzenie padło na zdjęcie Olafa. Westchnął. Młodszy brat wyjechał wczoraj rano na kolonie. Bez niego ten dom był zupełnie nieznośny. I żadne drzewa tu nie pomogą. Nic. Brat był bowiem chyba jedyną względnie normalną osobą, która mieszkała w „Żebrówce".

Wojtka opanowało dziwne rozrzewnienie. Wstał powoli z łóżka i wyjrzał przez okno. Zapach lasu był tu jeszcze silniejszy, ale nie zagłuszał niemożliwej do zignorowania woni świń dolatującej od gospodarstwa sąsiadów. Matka nazywała ten zapach smrodem. Wojtek jakoś nie potrafił.

W tych zwierzętach było coś niesłychanie ludzkiego, chociaż Gloria nigdy by tego nie przyznała. Może stąd właśnie jej nienawiść. Może to przez Orwella?

Wojtek wzruszył ramionami i pociągnął nosem, mimo że nie miał kataru. Z matką bywało trudno. Bywało? To chyba nie najlepsze określenie. Zawsze było z nią trudno. Gloria udawała, że ich kocha. Młodszy brat chyba w to wierzył, ale Wojtek zawsze wiedział lepiej. Już dawno zrozumiał, że matka w rzeczywistości ich nienawidzi. A zwłaszcza jego. Podejrzewał, że winiła go za przedwcześnie zakończoną karierę w świecie filmu. Nigdy mu tego nie zapomniała. A może ona po prostu nie umie kochać?

Czas było się ubrać. Powoli. Z namaszczeniem. Wojtek miał dziś dziwną potrzebę celebrowania każdego, najmniejszego nawet ruchu. Jakby był jego ostatnim. Najpierw dokładnie cztery kroki od okna do drewnianej szafy. Uniesienie nogi. Opuszczenie. Uniesienie. Opuszczenie. Lewa. Prawa. Potem uniesienie ręki i otworzenie drzwiczek. Drewnianych. Wyciągnięcie zaprasowanej w kant koszuli, która też zdawała się drewniana.

Drewno. Drewno. Drewno. Wszystko w „Żebrówce" było z drewna. Jak zresztą w całych Utopcach. Drewno tu, drewno tam. A wokoło jeszcze więcej drewna. Wieś znajdowała się przecież dokładnie w środku lasu na podłużnej, otoczonej strumieniem polanie. Do najbliższej wsi, Zbiczna, było stąd ponad sześć kilometrów. Najpierw około pięciu przez gęsty las, a potem jeszcze kilometr polną drogą. Za Utopcami nie było już nic. Przycupnęły na krańcu świata.

Wojtek westchnął. Trudno sobie wyobrazić, żeby kiedykolwiek miało być inaczej. To zdawało się niemożliwością.

Chłopak skończył się ubierać i spojrzał w lusterko. Włosy miał zmierzwione. Sięgnął więc po kościany grzebień, który dostał kiedyś od Glorii. Chyba jedyny prezent od matki. Znowu westchnął. Już miał wyjść z pokoju, kiedy zauważył, że drewniana szafa pozostała otwarta. Drzwiczki zaskrzypiały z wyrzutem, gdy je zamykał. A może złowrogo? Wojtek zganił się za tę dziecinną myśli. To chyba przez historię z altaną i wampirem coś takiego w ogóle przyszło mu do głowy.

– Co za głupota – mruknął do siebie. Mimo to poczuł, jak po karku przebiega mu dreszcz niepokoju.

Wyjrzał raz jeszcze przez okno. Altana stała niemal pod samą ścianą lasu. W jasnym świetle dnia zdawała się zupełnie niewinna. Aż dziw, że tyle było o nią krzyku. Pomyśleć, że pani Czesława omal ich nie pozabijała. Święta inkwizycja Utopców pachnąca świniami ze swojej hodowli, zaśmiał się Wojtek w duchu. Godna przeciwniczka dla matki.

Wojtek wyszedł z pokoju i stanął na środku korytarza na piętrze. Trwał tak przez chwilę bez ruchu. Znowu pociągnął nosem. Z dołu dochodziły go głosy rodziców. Głęboki bas ojca i lalkowaty falset matki. Odgłosy dzieciństwa. Przez moment prawie zapomniał, że ma już dziewiętnaście lat. Że jest już mężczyzną.

Nagle matka krzyknęła coś głośniej. To natychmiast wyrwało Wojtka z zamyślenia. Ruszył korytarzem w kierunku schodów. Zawahał się przez moment przed drzwiami do pokoju Olafa. W końcu zajrzał do środka. Nie mógł się powstrzymać.

Wszystko oczywiście elegancko poukładane. Najwyraźniej młodszy brat sprzątnął tu bardzo dokładnie tuż przed wyjazdem na obóz. Nigdy niczego nie zostawiał nieskończonego. Był pedantyczny do bólu.

Na twarzy Wojtka zatańczył uśmiech. On i Olaf tak bardzo się różnili. Młodszy brat był taki sam jak ojciec – ścisły, uporządkowany umysł. Wojtek był artystą. Jak matka. Może dlatego Gloria nigdy nie mogła go znieść. Unikała go, jak tylko mogła. Może dlatego go nie kochała?

Wojtek zamknął ostrożnie drzwi pokoju brata i zszedł po drewnianych schodach na parter. Znał doskonale każde skrzypnięcie. Na pierwszym stopniu cichy trzask. Potem zgrzytnięcie i przeciągły pisk. Później znowu trzask. Potem chwilę nic i dwa krótkie skrzypnięcia na najniższych stopniach. Wojtek był pewien, że zapamięta tę dziwną melodię do końca życia.

Na dole odgłosy kłótni rodziców przybrały na sile. Matka rozprawiała o czymś gniewnie. Ojciec tylko wydobywał z siebie raz po raz jakieś monosylaby. Najwyraźniej nie miał najmniejszej ochoty na dyskusję. Właściwie nie było w tym nic szczególnie dziwnego. Gloria potrafiła być męcząca. Wojtek bardzo dziwił się ojcu, że wytrzymał z matką tyle lat i nie odszedł. A może nie zawsze tak było? Może Wojtek nie pamięta lepszych czasów? Czy to jego wina, że matka jest taka, a nie inna? Gdyby się nie urodził, jej kariera nie ległaby w gruzach.

– Myślisz, że ta altana mi wystarczy?! – krzyczała Gloria z typową dla siebie afektacją.

Wojtek westchnął. Znowu altana. Od miesiąca nie było żadnych innych tematów. Altana to, altana tamto. Wojtek zdążył już znienawidzić to słowo.

Altana

Któregoś dnia ojciec przyszedł do pokoju Wojtka. To było jakoś pod koniec lipca. Środek lata. Wojtek pamiętał, że słońce świeciło ostro, a upał dawał się we znaki jeszcze bardziej niż teraz. Wojtek cieszył się, że tak bardzo w ostatnich miesiącach wychudł. Bezsenność i niezdrowe pobudzanie miały jednak swoje plusy. Łatwiej znosił upały.

Ojciec otarł pot z czoła. Oczywiście chusteczką z monogramem „T.Cz.". Od pewnego czasu Tadeusz uwielbiał epatować swoimi inicjałami. Na palcu zawsze nosił nieodłączny sygnet, jakby był jakimś szlachcicem.

Szczerze mówiąc, Wojtek nie znosił tej pretensjonalności. Nie komentował jej jednak. Postanowił sobie bowiem, że jego kontakty z ojcem muszą ulec poprawie. Dalsze kłótnie do niczego nie prowadziły. Zupełnie. Mogły wręcz zaszkodzić. Wzbudzić nadmierne zainteresowanie, a Wojtek potrzebował przecież przestrzeni. Jak nigdy dotąd. W ten sposób przynajmniej tęsknota za akceptacją matki była łatwiejsza do zniesienia.

Tadeusz raz jeszcze otarł czoło i schował zdobioną inicjałem chusteczkę do kieszeni marynarki.

– Wybudujemy altanę – oznajmił.

Wybudujemy altanę. Tylko te dwa słowa. Ojciec nigdy nie lubił zbyt wiele mówić. Wybudujemy altanę. Jakby to miało cokolwiek wyjaśnić. Jakby to mówiło już wszystko.

– Co masz na myśli, tato? – zapytał wtedy Wojtek.

Tadeusz podszedł do okna, które było otwarte równie szeroko jak dzisiejszego ranka. Przysiadł na drewnianym parapecie. Wyglądał teraz młodo mimo swoich przedwcześnie posiwiałych skroni. Siwizny spowodowanej Jaruzelskim i innymi, jak zwykł powtarzać.

Wojtek ze swojej strony miał w dupie Jaruzelskiego. I innych. Przywilej młodości. I przywilej artysty. Bo przecież był artystą. Jak Gloria. Wojtek nie sądził, by matka przejmowała się polityką w jakimkolwiek stopniu. Myślała tylko i wyłącznie o sobie. Zawsze.

– Mama ma czterdzieste urodziny – stwierdził Tadeusz.

Trudno było nie pamiętać. Matka mówiła o tym od początku roku. „Dwudziestego trzeciego sierpnia zakończy się pewien etap" – powtarzała bez wytchnienia każdemu, kto tylko chciał jej słuchać.

„Dwudziestego trzeciego sierpnia zakończy się pewien etap". I tak bez końca. Patrzyła przy tym na ojca. Dziko. Jakby to Tadeusz był winien, że wskazówki zegara przesuwają się nieubłaganie do przodu. Ojciec zdawał się nie zauważać pretensji matki, ale Wojtek, owszem, widział. Gloria chciała być zupełnie gdzie indziej. Na pewno nie w Utopcach. Chciała lśnić jak w latach sześćdziesiątych, kiedy była jeszcze królową wielkiego ekranu.

– I co z tego? – zapytał Wojtek nieco gniewnie, porzucając myśli o matce.

Zamiast odpowiedzi Tadeusz wydobył z kieszeni złożony we czworo plan altany.

– Mamie bardzo spodobał się ten projekt – wyjaśnił. – Kiedy byliśmy w Warszawie.

Rodzice rzeczywiście byli w stolicy jakiś czas temu. Na konferencji naukowej, gdzie ojciec miał odczyt. Wojtek nie wiedział dokładnie, czego wykład dotyczył. Nigdy nie potrafił zrozumieć zawiłych wyjaśnień Tadeusza, który ekscytował się niezmiernie przedmiotem swoich badań i na ten akurat temat mógł rozprawiać godzinami. Tetraetyloołów. To było obce słowo. Jak z zupełnie innego języka. Brzmiało groźnie. I takie też było. O ile Wojtek dobrze ojca zrozumiał.

Tetraetyloołów nie był jednak najważniejszy. Na pewno nie dla matki. Kiedy Tadeusz wygłaszał w stolicy swoje kazania na temat toksykologii, Gloria brylowała na salonach. Wojtek doskonale ją sobie wyobrażał. W eksponującej figurę nieco przyciasnej wieczorowej sukience i w utapirowanych blond włosach niegdysiejszej seksbomby. Matka udająca gwiazdę, którą już przecież nie była. Żony dygnitarzy najwyraźniej ją jednak lubiły i chętnie zapraszały na swoje przyjęcia. A może to ich mężowie, poprawił się w duchu Wojtek. Nie znał chyba żadnej kobiety, która darzyłaby Glorię przyjaźnią.

Podczas jednej z takich wizyt, gdzieś pomiędzy tetraetyloołowiem, anegdotami o Kalinie Jędrusik i kolejnymi kieliszkami szampana, matka zobaczyła altanę. Z miejsca oznajmiła ojcu, że też musi mieć taką. Przynajmniej tyle jej się należy za życie na prowincji, na które ją skazał.

Wojtek był pewien, że matka nie powiedziała tego wprost. Miała swoje sposoby, żeby zasugerować to i owo. Ojciec z reguły zbywał jej starania typowym dla siebie milczeniem. Jednak nie tym razem.

– Mamie też coś się od życia należy – powiedział Tadeusz tamtego dnia miesiąc temu. Cały czas zaciskał w dłoniach projekt altany. – Zamierzam też trochę wyremontować naszą „Żebrówkę". Może Glorii będzie łatwiej.

Trzy zdania. Ojciec rzadko kiedy mówił tak dużo naraz. Oczywiście nie licząc tematów związanych z toksykologią.

– Pomyślałem, że może byś mi pomógł? – kontynuował. – Chciałem też wynająć tych twoich kolegów. Jak oni się nazywają?

– Mówisz o Kosmie i Rafale?

Ojciec pokiwał głową.

– Trzeba dać zarobić miejscowym – powiedział. – Zapytasz ich, czyby chcieli?

– Jasne, tato. Zajmiemy się tym.

Wojtek nie miał najmniejszych wątpliwości, że Kosma i Rafał się zgodzą. Co mieli innego do roboty? Kosma Żebrowski uczył się w zawodówce na budowlańca, więc był oczywistym kandydatem na wykonawcę. Poza tym był biedny jak mysz kościelna. Wytarte ubrania zawsze na nim wisiały, a jego twarz była kwadratowa i koścista. W zaciśniętych ustach zawsze trzymał nieodłącznego papierosa. O ile to możliwe, Kosma był jeszcze większym milczkiem niż ojciec. Odzywał się tylko monosylabami, a i te były ledwo zrozumiałe.

Rafał stanowił kompletne przeciwieństwo Kosmy. Wyszczekany, wszędzie było go pełno. Zawsze ciągnął się za nim zapach świń z hodowli jego matki. Nie przeszkadzało mu to jednak w najmniejszym stopniu w podrywaniu lokalnych dziewcząt.

Wojtek nigdy specjalnie nie lubił Rafała. Ani Kosmy, jeżeli już o to chodzi. W Utopcach nie było jednak szczególnie wielkiego wyboru. Wieś była tak mała, że jako rówieśnicy właściwie byli na siebie skazani. W dzieciństwie większość czasu spędzali razem. Teraz też, ale chyba bardziej z przyzwyczajenia niż chęci. Trzej drewniani muszkieterowie, na drewnianej polanie, wśród drewna okolicznej puszczy.

Dokładnie tak, jak Wojtek przewidział, Kosma i Rafał nie zawiedli. Na początku sierpnia osiemdziesiątego czwartego roku zaczęli we trzech remontować „Żebrówkę". Ojciec obiecał, że do nich dołączy, ale skończyło się jak zwykle. Musiał pojechać do Warszawy, żeby nadzorować kolejny etap jakiegoś eksperymentu. Podobno bardzo nowatorskiego. Nawet władze PRL były dumne z siwowłosego Tadeusza. A to już przecież coś. Gloria oczywiście z zadowoleniem wykorzystała kolejną okazję, żeby wyrwać się z Utopców do stolicy.

Chłopcy mieli więc dom dla siebie. Kosma narzucał im jednak równe tempo, jakby to jemu najbardziej zależało na poprawieniu wyglądu starej drewnianej willi. Może dlatego, że dawno temu „Żebrówka" należała do jego rodziny. Nie pozwalał na zbyt długie odpoczynki, chociaż nawet on lubił wieczorami przysiąść na ganku i wypić jedną czy dwie butelki piwa.

Altana.

Ją zostawili sobie na koniec, mimo że ojciec prosił, żeby właśnie od niej zaczęli. Drewnianym muszkieterom nie chciało się pracować na dworze w tym upale. Zwłaszcza że pod ścianą lasu, gdzie miała stanąć, powietrze dosłownie wisiało bez ruchu. Ich zapomniana polana tego sierpnia zmieniła się w wielką rozgrzaną patelnię.

Pracowali bez koszulek. Żebra Kosmy odcinały się pod skórą, kiedy kolega głęboko zaciągał się papierosem. Rafał był o wiele potężniejszej budowy. Miał wyraźnie zarysowane mięśnie, ale też niewielką oponkę, której dorobił się na wieprzowinie z hodowli matki. Nie wiedzieć czemu Wojtek nie mógł oderwać oczu od kolegów, niezdrowo zafascynowany ich młodymi ciałami. Czuł się z tym dziwnie. Zdecydowanie wolał przecież dziewczyny. Zwłaszcza jedną.

Ojciec i matka wrócili do domu, kiedy trzej drewniani muszkieterowie właśnie zaczynali kopać płytki dół pod fundament. Tadeusz był wyraźnie niezadowolony, że altana jeszcze nie stoi. Gloria też oczywiście była obrażona. Jak zawsze, kiedy wracała do znienawidzonej wsi i znienawidzonego drewnianego domu. Do znienawidzonego syna, dodał w duchu Wojtek. Uśmiechnęła się tylko raz, kiedy Olaf poszedł się z nią przywitać. Tylko młodszego brata jakoś tolerowała.

Tadeusz wziął Wojtka na stronę.

– Co z altaną? – zapytał niemal gniewnie. A przecież ojciec, w przeciwieństwie do matki, rzadko kiedy pozwalał sobie na okazywanie złości.

– Właśnie zaczynamy – pospieszył z wyjaśnieniami Wojtek.

Kosma i Rafał pokiwali głowami dla poparcia jego słów. Stali nieopodal oparci o szpadle. Ojciec spojrzał na chłopców spod oka. Nadal nie był usatysfakcjonowany. Wojtek poczuł się więc w obowiązku coś dodać.

– Dziś zaczynamy kopać fundamenty. Potem Kosma zrobi wylewkę. Sama konstrukcja nie powinna nam zająć wiele czasu.

Tadeusz zmierzył syna od stóp do głów urażonym spojrzeniem. Nie odezwał się, ale Wojtek doskonale wiedział, co ojciec chce mu przekazać. Jest prawie połowa miesiąca. Czterdzieste urodziny matki już niedługo. Zdążycie? Zdążycie?! Mam dosyć utyskiwania Glorii. Altana m u s i być gotowa na 23 sierpnia. Żeby nie wiem co.

– Wszystko będzie gotowe na urodziny mamy – zapewnił raz jeszcze Wojtek.

Ojciec odetchnął, jakby nareszcie uspokojony. Poszedł do domu, zostawiając ich samych.

– To robimy czy nie robimy? – zapytał Rafał ze śmiechem.

Kosma wypuścił tylko kłąb dymu. Wciąż wpatrywał się w „Żebrówkę", jakby tam kryło się coś bardzo ciekawego. Co jakiś czas czyścił paznokcie szpikulcem swojego bosmańskiego noża. Chyba kiedyś nazwał to coś marszpiklem. Wojtek pierwszy raz słyszał to słowo. Szpikulec służył podobno do wykonywania splotów na stalowych linach. Wojtek nie wiedział, skąd przyjaciel ma ten nóż. Jego dziadek był co prawda żołnierzem podczas drugiej wojny światowej, ale chyba nie w marynarce wojennej.

– Jasne, że kopiemy. I to szybko. Ojciec i tak już jest wściekły – powiedział Wojtek. Niepotrzebnie, przecież Rafał i Kosma doskonale słyszeli ich rozmowę. – Kosma, jesteś pewien, że zdążymy na tego dwudziestego trzeciego? Matka już planuje fetę. Nie chcę kłopotów.

Kosma raz jeszcze zaciągnął się swoim nieodłącznym papierosem. Zgniótł niedopałek i schował nóż do kieszeni. W końcu niechętnie oderwał spojrzenie od „Żebrówki" i skinął powoli głową.

– Załatwmy to szybko – rzucił Wojtek. – I po kłopocie.

I po kłopocie? Może nie powinien był tak mówić? Potem zastanawiał się, czy może w ten sposób obudził jakieś zło.

Kosma kopał intensywnie, unikając teraz patrzenia na dom. Rafał pogwizdywał pod nosem, pozwalając koledze odwalić większą część roboty. Mimo to na jego czole i tak perliły się krople potu. Wojtek z trudem odwrócił wzrok. Wtedy właśnie usłyszał trzask. Kosma wciągnął głęboko powietrze do płuc. Natychmiast też przestał kopać.

– Co do cholery? – wyrwało mu się. Trzy długie słowa. Wielka elokwencja jak na Kosmę.

Wojtek pamiętał dokładnie, że przyszła mu wtedy do głowy zabawna myśl. Jak by to było, gdyby zamknąć ojca i Kosmę w jakimś pomieszczeniu. Razem. Odciętych od świata. Czy którykolwiek z nich by się odezwał? Czy może siedzieliby w całkowitej ciszy przez całe lata. Każdy zatopiony we własnych myślach.

Rafał podszedł do sporego już otworu, który w tym czasie zdążył wykopać Kosma.

– Ja pierdolę – mruknął i gwizdnął przeciągle.

Wojtek też zbliżył się powoli do dziury. Z ziemi wystawało wieko skrzyni. Pękło chyba od uderzenia szpadla. W środku widniały kości.

– Kopiemy dalej? – zapytał Kosma, teraz już z całym spokojem.

Wojtek spojrzał na kolegę zaskoczony.

– Przecież to jakiś grób! – wykrzyknął Rafał. – Trzeba zawiadomić proboszcza Jankowskiego. A może lepiej moją matkę.

Rafał, nieodrodny syn świętej inkwizycji pani Czesławy.

– Pójdę po ojca – oznajmił Wojtek. To wydawało mu się najbardziej logiczne, skoro nieoznakowana mogiła znajdowała się w ich własnym ogrodzie. Niech Tadeusz zdecyduje, co dalej.

– Czyli nie kopiemy – podsumował Kosma, nagle gadatliwy.

Zapalił papierosa powolnym ruchem i podniósł z ziemi swoją wypłowiałą czerwoną koszulkę. Cała była w piasku, ale niezbyt się tym przejął.

– No raczej – stwierdził Rafał. – Pójdę po matkę. Ona zna się na takich sprawach. Powie nam, czy warto niepokoić proboszcza. Zaczekajcie tu.

Wojtek chciał go powstrzymać, ale kolega zniknął już pomiędzy chlewami, które stały tuż przy granicy obu posesji. Pozostało tylko szybko przyprowadzić ojca. Niech on się martwi świętą inkwizycją.

Kiedy Wojtek wrócił w towarzystwie Tadeusza, pani Czesława stała już nad dziurą w ziemi. Od razu można było dostrzec, że coś się dzieje. Chociażby dlatego, że matka Rafała robiła co chwila znak krzyża na piersi. Wojtek widział dokładnie jej połamane brudne paznokcie. Spracowane ręce. Tak różne od wypielęgnowanych dłoni Glorii.

– Co tu się dzieje? – zagrzmiał basowo Tadeusz.

– To wampir! – krzyknęła pani Czesława. – Strzeżcie się!

Ojciec zajrzał do wykopu i pokręcił głową.

– Co też pani opowiada – zbył ją. Był naukowcem. Wampir nie mieścił się w jego światopoglądzie. No, chyba że zrobiony byłby z tetraetyloołowiu. – To tylko stare kości. Zupełnie nieszkodliwe.

Gloria wyszła z domu zwabiona ogólnym poruszeniem. Szła przez trawę w swoich domowych bucikach. Oczywiście na obcasie. Minęła Czesławę bez słowa i zajrzała ostrożnie do otworu w ziemi.

– Co za świństwo! – wykrzyknęła z afektacją. – Zabierzcie to stąd i kontynuujcie budowę. Altana musi być gotowa na moje urodziny! Przecież tu ma być za dwa tygodnie przyjęcie!

Pani Czesława spojrzała na matkę złowrogo. Sąsiadki nigdy się nie lubiły. Ani trochę.

– Pani zdaje się nie rozumieć – powiedziała Czesława groźnie. – To jest pochówek wampirzy. Proszę tylko spojrzeć. Jest cegła, którą pewnie wetknięto mu do ust, żeby nie mógł gryźć, ciało położone jest twarzą w dół, całe zwinięte! Nie ma wątpliwości!

Gloria raz jeszcze zerknęła do dziury w ziemi.

– Bzdury pani gada! – oznajmiła piskliwie. – Zostało niewiele czasu. Dwudziestego trzeciego sierpnia zaczynam nowy etap – przypomniała na wszelki wypadek, gdyby Wojtek i Tadeusz zapomnieli. – Załatwcie to. Idę przygotować obiad dla Olafa.

Dla Olafa, powtórzył Wojtek w myślach. Jakby tylko młodszy syn się dla niej liczył, a mąż i starszy syn byli jedynie budowniczymi altany, w której za dwa tygodnie miała błyszczeć jako gwiazda wieczoru.

– Zawiadomię Drzewieckiego – zdecydował tymczasem ojciec. – Chyba już wrócił z Brodnicy. On będzie wiedział, co z tym zrobić. Może chociaż raz się przyda.

W Utopcach nie mieli oczywiście swojego komisariatu. Wieś była na to o wiele za mała. Mieszkał tu natomiast milicjant z Brodnicy. Tadeusz Czajkowski i porucznik Józef Drzewiecki od lat toczyli pozornie żartobliwe potyczki o to, kto ma większe wpływy i silniejszą pozycję. Drzewiecki był wysoko postawionym funkcjonariuszem komendy w Brodnicy, Czajkowski dumą Polskiej Rzeczypospolitej Ludowej w dziedzinie toksykologii. Godni siebie przeciwnicy.

– To mamy kopać czy nie? – zapytał Kosma raz jeszcze.

– Oczywiście, że nie – odparli chórem Tadeusz i pani Czesława. W tym się zgadzali, chociaż z różnych względów.

– To mój ogród, więc pozwoli sąsiadka, że zajmę się tą sprawą sam – powiedział ojciec zjadliwie.

Święta inkwizycja Utopców odwróciła się do swojego syna.

– Rafał, ty już tu nie pracujesz! – warknęła rozkazująco. – Zakazuję ci mieć cokolwiek do czynienia z tą altaną i z tymi przeklętymi ludźmi.

Pani Czesława pokazała palcem na Tadeusza i Wojtka. Rafał wzruszył ramionami, jakby było mu zupełnie wszystko jedno. Może dlatego, że aż tak bardzo nie potrzebował dodatkowego zarobku. Własną wieprzowiną świetnie mógł się najeść.

– Pójdę po Drzewieckiego – powtórzył Tadeusz swoim basowym głosem. – Sąsiadka niech się w to nie miesza.

Pani Czesława spojrzała na niego wściekle.

– Pan nie rozumie – syknęła. – Tego nie wolno ruszać! To wampir. Pan pożałuje! Nie wolno budzić zła! Pan pożałuje!

ROZDZIAŁ 2

Lipowo i Utopce. Poniedziałek, 27 października 2014.
Po południu

Młodszy aspirant Daniel Podgórski z trudem się powstrzymał, żeby nie trzasnąć głośno drzwiami. Zamiast
tego zamknął je powoli. Towarzyszył temu lekki grymas,
ale przecież nikt już go nie widział. Zawsze uważał się
za spokojnego człowieka. Kiedyś rzadko się denerwował,
ale teraz zdarzało się to niestety coraz częściej.

Stał przez chwilę na ganku i przyglądał się w zamyśleniu pęknięciom w kamiennym podeście. Od pewnego
czasu to miejsce było jego domem, a przynajmniej miało
być. Dom to wielkie słowo, pomyślał. Dom to bezpieczne
miejsce. Tak przynajmniej powinno być.

Zszedł po kamiennych schodkach i spojrzał na toną-
cy w jesiennym mroku dworek Weroniki Nowakowskiej.
Wkrótce to będzie i jego dom. Daniel westchnął, ale niezbyt głośno, żeby przypadkiem nie dać nikomu powodów
do ewentualnego komentarza. Nikomu?

– Dobre sobie – zaśmiał się pod nosem.

Ruszył w kierunku samochodu. Kurtkę miał rozpiętą. Po kilku dniach nagłego spadku temperatury znowu zrobiło się dość ciepło. Teraz dziesięć stopni na plusie wydawało się policjantowi wręcz tropikalnym upałem. Wrażenie potęgowało jeszcze piękne słońce, które królowało na niebie przez cały dzień. Jego wesołe promienie tańczyły na kolorowych liściach. Złota polska jesień trwała w najlepsze i za nic miała sobie to, że wielkimi krokami zbliżał się listopad. Listopad, miesiąc o złej sławie.

Dzień chylił się już ku końcowi. Po wczorajszej zmianie czasu był wyjątkowo krótki. Daniel zerknął na zegarek przelotnie. Było wpół do czwartej, a słońce schowało się już prawie całkowicie za ścianą lasu. Teraz tonęło pewnie w dolinie jeziora Bachotek.

Wsiadł do swojego błękitnego subaru imprezy GC i siedział przez chwilę, oddychając ciężko. Zerknął raz jeszcze w stronę dworku. Jak to leciało? „A miało być tak pięknie"… czy jakoś tak. Daniel oświadczył się Weronice późną wiosną. Od razu po zakończeniu śledztwa, którym się wtedy zajmował.

Oświadczyny wypadły po domowemu i bez specjalnych fanfar. Głos mu drżał. Ręka z pierścionkiem zresztą też. Był prawie pewien, że na policzkach wykwitł niechciany tam wcale rumieniec. To była chwila, o której marzył od dawna, ale której jednocześnie się obawiał. Wprawdzie wiedział, że Weronika go kocha, ale zawsze pozostawał element niepewności.

Daniel przekręcił kluczyk w stacyjce i słuchał przez chwilę bulgoczącego śpiewu silnika. Został przyjęty. „Misja oświadczyny" zakończona pełnym sukcesem. Szybko się jednak okazało, że było to obwarowane pewnymi warunkami.

Muszę ci coś powiedzieć, tak chyba brzmiały słowa Weroniki. Podgórski zaśmiał się w duchu. „Muszę ci coś powiedzieć". Tak d o k ł a d n i e brzmiały słowa Weroniki. Nie ma co się oszukiwać, pamiętał każdą sylabę, każdą głoskę. Zresztą przez te miesiące niemożliwością było zapomnieć.

– Daniel, czy to nie byłby problem, gdyby moja mama pomieszkała z nami przez jakiś czas? – zapytała go świeżo upieczona narzeczona, kiedy tylko wsunęła pierścionek na smukły palec. – Mama rozwiodła się z kolejnym mężem. Jest bardzo rozgoryczona i nie chciałabym zostawiać jej teraz samej.

Podgórski pocałował Weronikę w czoło i włożył jej kosmyk kręconych rudych włosów za ucho.

– Jasne, że to nie problem – zapewnił ją.

To nie problem. Tak myślał wtedy. Teraz chciało mu się tylko gorzko śmiać.

Daniel początkowo cieszył się, że pozna matkę ukochanej. Sam był bardzo zżyty ze swoją mamą, więc doskonale rozumiał, że Weronika chce pomóc swojej rodzicielce w tak trudnym dla niej czasie. Nie spodziewał się jednak, że kolejne słowa narzeczonej okażą się prorocze.

– Mama ma dość trudny charakter – zastrzegła Weronika, starając się ostudzić jego początkowy entuzjazm.

– Nie ma problemu – zapewnił Daniel gorąco. Pewnie dlatego, że nie spotkał jeszcze Dominiki Bednarczyk (nazwisko po trzecim mężu idiocie!).

Podgórski znowu uśmiechnął się pod nosem i wycofał samochód z podjazdu przed starym dworkiem. W skrytości ducha żal mu było męża numer trzy. Daniel miał dziwne wrażenie, że pan Bednarczyk mógł być całkiem przyzwoitym facetem.

No, ale dosyć narzekania! Podgórski jechał przez Lipowo z silnym postanowieniem, że przynajmniej podczas zbliżającego się wieczoru nie poświęci przyszłej teściowej ani jednej myśli. To mogło być bardzo odprężające.

Podjechał pod dom sierżant sztabowej Emilii Strzałkowskiej, która miała mu dziś towarzyszyć. Zatrąbił, żeby policjantka wiedziała, że już na nią czeka. Wyszła z parterowego domku niemal od razu. Miała na sobie brązową cywilną kurtkę i granatową apaszkę. Włosy w mysim kolorze blond jak zwykle związała w kucyk. Strzałkowska była niemal uosobieniem nierzucającej się w oczy szarej myszki. Pozornie tylko. Kiedy lepiej się ją poznało, od razu można było dostrzec jej niezłomny charakter.

Daniel miał okazję poznać Emilię dość dobrze. Strzałkowska nie tylko była jedną z jego pracownic na posterunku w Lipowie, ale też eksdziewczyną jeszcze z czasów szkoły policyjnej. Eksdziewczyną, z którą Daniel miał nastoletniego syna. Syna, o którym Emilia przez czternaście lat nie raczyła Podgórskiemu wspomnieć. Zdanie zmieniła dopiero kilka miesięcy temu, kiedy to nagle poprosiła o przydział w Lipowie.

Policjant uśmiechnął się pod nosem. Sam nie wiedział, kiedy jego życie stało się tak skomplikowane. Teraz wszystko zdawało się toczyć w zawrotnym tempie. Jakby siedział w wagoniku rozpędzonego rollercoastera. Najpierw przez trzydzieści trzy lata żył sobie w spokoju. Przejął komisariat w Lipowie po ojcu bohaterze. Razem z kolegami zajmowali się prostymi sprawami, wśród których zaginięcie kota czy sąsiedzka kłótnia o miedzę należały do najtrudniejszych. Daniel w sekrecie marzył o karierze w policji kryminalnej w wielkim mieście. Tak mu się przynajmniej wtedy wydawało. Teraz tęsknił do tych beztroskich, radosnych dni.

Przez trzydzieści trzy lata nic. Jakby górska kolejka dopiero czekała, aż wszyscy kupią bilety i zajmą miejsca w wagonikach. Przyszedł rok 2013 i rollercoaster zaczął niepokojąco szybko nabierać prędkości. Aż był zupełnie nie do zatrzymania.

Najpierw do Lipowa przyjechała Weronika. Niedługo potem zdarzyły się morderstwa i śledztwo w sprawie Motylka. Potem kolejne dochodzenia i kolejne sprawy. Nagle Lipowo nie było już takie senne jak zawsze. Następnie zjawiła się Emilia z nastoletnim Łukaszem. Później Daniel oświadczył się Weronice. Podgórski miał wrażenie, że jego życie pędzi na złamanie karku, a on nie ma dostępu do hamulca. Ktoś inny tym wszystkim steruje. Gdzieś. Jakoś.

– Cześć – powiedziała Strzałkowska, wsiadając do samochodu.

Wyglądała na zmęczoną. Oczy miała podkrążone. Jej nieco pulchne zazwyczaj policzki teraz wydawały się dziwnie zapadnięte. Daniel nie był pewien, czy powinien zapytać, o co chodzi. Przyzwyczaił się już do obecności byłej dziewczyny, ale nadal traktował ją z dużą dozą zdroworozsądkowej ostrożności.

– Cześć – odparł nieco sztywno.

Emilia była dobrą policjantką, ale Daniel mimo wszystko żałował, że nie może wziąć ze sobą Marka Zaręby. Z nim chyba wszystko byłoby łatwiejsze. Komendant Olaf Czaj-kowski wyraził się jednak jasno. Im mniej osób uczestniczy w tym przedsięwzięciu, tym lepiej. Klementyna Kopp, Daniel i maksymalnie jedna osoba z Lipowa to było wszyst-ko, na co komendant mógł i chciał się zgodzić. Podgórski wiedział, że od Czajkowskiego zależą dalsze losy ich ko-misariatu, więc nie zamierzał się kłócić. Wybrał Emilię, bo czuł, że Marek powinien zostać na miejscu i doglądać bieżących spraw. Zaręba był z tego powodu trochę obra-żony, ale Daniel w duchu liczył na to, że przyjacielowi złość wkrótce przejdzie.

– Klementyna będzie na miejscu? – zapytała Emilia.

Zdjęła granatową apaszkę i ułożyła ją sobie na kolanach. Była bez munduru, ale i tak wyglądała na policjantkę. Jakby uniform do niej przylgnął i nie chciał się odczepić. Podgórski czasem też miał wrażenie, że policyjny uniform to jego druga skóra. Czuł się z tym dobrze.

– Tak. Ma przyjechać na miejsce z komendantem Czaj-kowskim – wyjaśnił.

Skręcili w drogę prowadzącą w kierunku Zbiczna. W tym czasie zrobiło się już prawie zupełnie ciemno. Nad lasem widać było tylko czerwonawą poświatę, która sugerowała, że słońce trzyma się jeszcze linii horyzontu. Niebo powoli zasnuwały szarawe chmurki.

– Myślisz, że coś zdziałamy?

– Przyznam, że to jest dość… nietypowa sytuacja – od-parł Podgórski zamiast odpowiedzi.

Emilia zaśmiała się wesoło.

– Nietypowa to mało powiedziane – stwierdziła roz-bawiona.

Daniel nie mógł się z Emilią nie zgodzić. Kilka miesięcy temu w świat ruszyła plotka, że w związku z cięciami budżetowymi mniejsze komisariaty będą zamykane, a ich tereny przejdą w gestię Komendy Powiatowej w Brodnicy. Niestety szybko się okazało, że Lipowo również znalazło się na czarnej liście i w ciągu najbliższego roku ich mały komisariat miał zostać zamknięty. Klementyna Kopp wpadła wówczas na diaboliczny plan zaszantażowania komendanta i wybicia mu z głowy równie kiepskich pomysłów. Twierdziła, że nie istnieje człowiek, który nie miałby nic do ukrycia, a wszystko jest tylko kwestią posiadania odpowiedniej dźwigni. Podgórski nie był pewien, gdzie słyszał te słowa. Może pochodziły z jakiegoś filmu albo książki.

Komisarz Kopp zaczęła przeszukiwać papiery i wygrzebała sprawę z przeszłości komendanta, o której Czajkowski wolał chyba przez lata nie pamiętać. Daniel mu się nie dziwił. Bolesne sprawy rodzinne to nie było coś, co chciałoby się wywlekać przy każdej okazji.

Tymczasem, zanim doszło do szantażu, Czajkowski zorientował się jakimś sposobem, że Klementyna szperała w starych dokumentach i raportach ze śledztw. Daniel podejrzewał, że komisarz Kopp dopuściła do tego celowo. Jeżeli chciałaby, żeby nikt nie dowiedział się o jej poczynaniach, nikt nie dowiedziałby się o jej poczynaniach. Proste.

Niespodziewanie komendant sam zaproponował im układ. Oni rozwiążą pewną starą sprawę, a on nie zamknie komisariatu w Lipowie. Jasne zasady. Widocznie w budżecie komendy dało się pozatykać takie drobne dziury jak ich niewielki posterunek.

A dziury budżetowe były widoczne na każdym kroku. Ostatnio Daniel i reszta funkcjonariuszy z Lipowa musieli zrobić zrzutkę na opłacenie ogrzewania w komisariacie. Inaczej nie zostałoby w ogóle włączone. Kaloryfery przykręcone były do minimum. Maria siedziała opatulona w wielki sweter, a Daniel najchętniej nie zdejmowałby kurtki. Bał się myśleć, co będzie, kiedy nastanie zima. Dobrze, że chociaż teraz zrobiło się cieplej, a prognozy były nadal bardzo optymistyczne. Podobno na Święto Zmarłych miało być nadal dziesięć stopni.

– Klementyna wyjaśniła ci, o co chodzi w tej starej sprawie, którą mamy się zająć? – zagaiła Emilia, wyrywając Podgórskiego z meteorologicznego zamyślenia.

Daniel pokręcił głową.

– Wiem tylko, że chodzi o gwałtowną śmierć brata i ojca komendanta Czajkowskiego. Reszty dowiemy się na miejscu.

– Jasne – mruknęła Strzałkowska.

Podgórski zauważył, że minę miała nieco zaciętą. Prawdopodobnie dlatego, że Emilia i Klementyna nie dogadywały się zbyt dobrze. Pani komisarz raczej nie miała daru zjednywania sobie ludzi. Była jak gorzka kawa, do której trzeba dojrzeć, żeby poczuć jej prawdziwy aromat.

Przejechali mostem między jeziorami Strażym i Zbiczno. Minęli stary niemiecki bunkier, który teraz niknął we wcześnie zapadającym jesiennym zmroku. Jechali dalej przez las. W ciszy. Daniel zastanawiał się, czy nie włączyć radia, żeby przerwać to nieco niezręczne milczenie. Emilia wpadła chyba na ten sam pomysł, bo zaczęła nagle grzebać w schowku. Wyjęła kilka płyt. Nie pytała o pozwolenie.

– Gust ci się, widzę, nie zmienił – powiedziała rozbawiona. – Od…

Od czasu, kiedy byliśmy razem, dokończył za nią Daniel. Nie na głos. Tego tematu unikali przecież jak ognia.

Strzałkowska włożyła jedną z płyt do odtwarzacza. Radio zacharczało, jakby wcale nie miało zamiaru współpracować. Na zbliżającym się przeglądzie trzeba będzie sprawdzić elektronikę. Subaru miało już swoje lata.

Odtwarzacz kaszlnął raz jeszcze i wkrótce samochód wypełniła muzyka. Daniel od razu rozpoznał tę piosenkę. Powolne pierwsze takty. Delikatność, która nie zapowiadała jednak późniejszego napięcia.

So close no matter how far
Couldn't be much more from the heart
Forever trusting who we are
And nothing else matters*.

– Lubię tę piosenkę – przyznała Emilia łaskawie.

Śpiewała cicho pod nosem razem z Jamesem Hetfieldem. Daniela przeszedł krótki dreszcz. Zapomniał już, że ta niepozorna myszowata dziewczyna miała tak dobry głos.

Nagle ogarnęło go nieprzeparte uczucie, że powinien natychmiast wyłączyć płytę. *Nothing Else Matters* Metalliki to ballada miłosna, której teraz niezbyt potrzebował. Było już jednak za późno. Jego myśli poszybowały z powrotem do dworku Weroniki, do teściowej, do zbliżającego się

---

* Tak bliscy, choć w oddaleniu / Serce nie może bić goręcej / Ufamy sobie bez zastrzeżeń / Nie liczy się dla nas nic więcej.

ślubu. Ślubu, który wcale nie wywoływał już teraz tak wielu pozytywnych emocji.

Minęli Zbiczno i pojechali dalej w stronę skraju lasu.

– Jak idą przygotowania do ślubu? – zapytała Strzałkowska, jakby czytała mu w myślach.

Łagodne *Nothing Else Matters* przeszło tymczasem w znacznie ostrzejsze *Of Wolf and Man*.

– Tak sobie – stwierdził Daniel.

Ślub to była ostatnia rzecz, o której miał ochotę rozmawiać. Wcisnął mocniej pedał gazu. Silnik subaru pracował coraz głośniej, kiedy zagłębili się w las. Skończył się asfalt, dalej droga była gruntowa. Samochód podskakiwał na wybojach. Na szczęście nie padało. W deszczowe dni ten leśny dukt musiał być naprawdę trudno przejezdny.

Otaczał ich coraz gęstszy mrok. Po jakichś dwóch kilometrach lawirowania przez koleiny spostrzegli, że las iglasty zmienił się w mieszany. Drzewa rosły tu ciasno jedno przy drugim, jakby nie chciały wpuścić nikogo pomiędzy swoje grube pnie. Zawiał wiatr. Na drogę spadł deszcz brązowych liści. Było ich tak dużo, że Daniel przez chwilę nie widział trasy przed sobą. Odruchowo włączył wycieraczki, jakby to miało w czymkolwiek pomóc. W ostatniej chwili zauważył, że droga nagle skręciła. Wykonał szybką kontrę kierownicą. Serce biło mu szybciej. Prawie wjechał w wielki sękaty buk. Drzewo rosło na samym zakręcie i wyciągało wielkie powyginane konary w stronę drogi, jakby było milczącym strażnikiem leśnego szlaku.

Strzałkowska wyłączyła radio.

– Mam wrażenie, jakbyśmy jechali do Sleepy Hollow – powiedziała. Wyglądała przy tym na zaniepokojoną, chociaż Daniel miał wrażenie, że bardzo stara się tego nie okazać. – Widziałeś *Jeźdźca bez głowy*? Ten film Tima Burtona.

– Tak.

Sleepy Hollow albo jakieś inne miejsce z horroru. Daniel sam zaczynał mieć podobne wrażenie. Tym bardziej że las zrobił się jeszcze gęstszy. Smukłych sosen już w ogóle nie było. Zamiast nich królowały poprzytulane do siebie dęby, leszczyna, buki, klony, jawory i jarzęby.

Nagle drzewa znowu zatańczyły na wietrze. Ich półnagie teraz gałęzie zdawały się sięgać samochodu. Daniel przyspieszył. Miejsce z horroru, przeszło mu znowu przez myśl. A może to tylko słowa, które rzuciła Klementyna przez telefon, tak na niego działały. „Będziemy ścigać wampira". Tyle wiedział o tej starej sprawie.

W końcu wyjechali na ukrytą wśród gęstego lasu polanę. Utopce znajdowały się niecałe trzynaście kilometrów od Lipowa, ale Daniel miał teraz wrażenie, że są w zupełnie innym świecie. W oknach porozrzucanych tu i ówdzie domów paliły się pojedyncze lampy. Wyglądały jak błędne ogniki kuszące przejezdnych w ciemnościach. Polanę okalał wąski, wartki strumyk. W ciemności wczesnej jesiennej nocy woda zdawała się czarna jak smoła.

Daniel zwolnił nieco przed kamiennym mostkiem. Był tak wąski, że policjant miał nieprzyjemne wrażenie, iż błękitne subaru nie przeciśnie się na drugą stronę i resztę drogi zmuszeni będą pokonać pieszo. Udało im się jednak przeprawić i znaleźli się w Utopcach. Droga była tu brukowana. Koła podskakiwały na wypolerowanych przez lata kamiennych kocich łbach.

Zaczęli rozglądać się za podanym im przez komendanta adresem. Opisał im dokładnie, jak wygląda budynek, ponieważ na domach nie było tu numeracji. Zresztą nie na wiele by się w tej ciemności przydała, przeszło Danielowi przez myśl. Przy drodze nie stała ani jedna latarnia, która rozświetliłaby mrok.

– Mam wrażenie, że czuję zapach czekolady – powiedziała nagle Emilia.

Podgórski odetchnął głębiej. Rzeczywiście w powietrzu unosił się delikatny aromat kakao. Sprawiało to pozornie uspokajające, swojskie wrażenie. Zaraz jednak policjant przypomniał sobie powyginane wrogie drzewa, które otaczały polanę. Może ta czekolada to była tylko pułapka zastawiona na nich przez czarownicę?

Młodszy aspirant Daniel Podgórski zaśmiał się pod nosem ze swoich niedorzecznych pomysłów. To zwykłe śledztwo… Za każdym przestępstwem stoi człowiek. Nie ma czarownic. Nie ma wampirów.

Są tylko ludzie.

ROZDZIAŁ 3

Utopce. Sobota, 25 sierpnia 1984. Godzina 8.30.
Wojtek Czajkowski

Wojtek Czajkowski z trudem otrząsnął się ze wspomnień o altanie. Chwilę zajęło mu powrócenie do tu i teraz. Od znalezienia wampira minęły dwa tygodnie, powtórzył sobie w duchu. Jest dwudziesty piąty sierpnia. Wpół do dziewiątej rano.

Odetchnął i podszedł do drzwi jadalni, zza których nadal dobiegała kłótnia rodziców.

– Myślisz, że ta pieprzona altana załatwi całą sprawę! – krzyknęła Gloria. – Mam czterdzieści lat i co w zamian? Głupią altanę?! Śmieszne!

Wojtek zatrzymał rękę na klamce. Zastygł. Mimo całej swojej afektacji matka rzadko używała wulgarnego języka. Bardzo rzadko. Wyglądało na to, że teraz jest zupełnie wyprowadzona z równowagi. Nasłuchiwał chwilę, ale ojciec nic nie odpowiedział. Wojtek odetchnął więc głębiej i otworzył drzwi do jadalni.

– Dzień dobry – powiedział. Jakby nigdy nic. Jakby nie słyszał wcale słów matki ani nie zdawał sobie sprawy, że rodzice w ogóle się kłócili.

Gloria stała rozgorączkowana przy stole. Jej blond włosy były teraz w nieładzie. Przylegały gładko do czaszki. Nie zdążyła ich jeszcze utapirować w swoją nieodłączną fryzurę seksbomby. Nie zrobiła nawet makijażu. Bez grubej jaskółczej kreski jej oczy zdawały się dziwnie małe.

Na jego widok Gloria poprawiła poły szlafroka.

– Dzień dobry – powiedziała tylko zimno i usiadła z powrotem przy stole.

Tadeusz skinął synowi głową.

Matka zaczęła nakładać sobie jedzenie na talerz. Wojtek patrzył na jej gniewne ruchy jak zahipnotyzowany. Nakładała i nakładała, jakby to nakładanie nigdy nie miało się skończyć. Kiedy na jej talerzu nic więcej nie mogło się już zmieścić, odłożyła wreszcie widelec.

Wojtek doskonale wiedział, że przed zrobieniem makijażu Gloria zwróci tę górę jedzenia w toalecie. Dawna gwiazda nie może przecież być gruba, mimo że z wiekiem apetyt rośnie. Wojtek słyszał wielokrotnie jej rytuał przez drzwi łazienki. Wiedział, że matka wie, że on tam stoi. Po drugiej stronie drewnianych drzwi.

– Rozmawialiśmy właśnie z tatą – wyjaśniła z egzaltacją i skupiła się na jedzeniu.

Wojtek pokiwał głową. Wiedział, że to jej wystarczy. I tak nie była zainteresowana tym, co on powie. Jedli przez chwilę w milczeniu. Gloria pochłonęła ostatnią słodką bułeczkę i oblizała palce z lukru. Była w tym geście pewna zmysłowość. Wojtek miał nieprzyjemne wrażenie, jakby matka w ten sposób go uwodziła. Odwrócił szybko wzrok.

– Odpoczniesz w Jugosławii i nabierzesz dystansu – powiedział Tadeusz, krojąc jajko. Nóż otarł się o talerz, zgrzytając nieprzyjemnie. – Załatwiłem ci najlepszy hotel. Jugosławia to nie jest już co prawda to co kiedyś, za czasów Tity, ale musi ci wystarczyć.

Matka spojrzała na ojca wściekle.

– Moje przyjęcie to była klapa – zawołała piskliwie, jakby to Tadeusz i Wojtek zawinili. – Ta świnia Czesława... Ja im dam wampira! I jeszcze Wanda. Może i piecze świetne bułeczki, ale straszna z niej idiotka!

Gloria sięgnęła po filiżankę kawy. Wojtek przyglądał się przez chwilę, jak matka dolewa odrobinę mleka i miesza napój.

– Nie sądzisz, że sama sobie troszeczkę zawiniłaś – powiedział Tadeusz powoli. W jego głosie pobrzmiewała irytacja, jakby dopiero teraz zaczął naprawdę tracić cierpliwość.

Gloria ze świstem wciągnęła powietrze.

– Przeze mnie przyjęcie się nie udało? – wysyczała. – Masz czelność tak mówić?

Wojtek poczuł, że dłużej tego nie wytrzyma. Najpierw wydarzenia w tej nieszczęsnej altanie podczas urodzin matki. A teraz to, co działo się przy stole. Nie, tego wszystkiego jest już za wiele!

Altana

Mimo wysiłków pani Czesławy kości wampira zostały usunięte z ukrytej w ogrodzie Czajkowskich mogiły.

Porucznik Drzewiecki sam nadzorował ich wydobycie. Na tym się jednak jego rola skończyła.

Stare kości nie interesowały władz, więc decyzja, co zrobić ze szczątkami, spadła na proboszcza Jankowskiego. Ksiądz zdawał się zdezorientowany nagłą odpowiedzialnością. Nie mieszkał w Utopcach zbyt długo i chyba nie czuł się tu najlepiej. Nic dziwnego. Utopce nie lubiły obcych.

– Nie wiadomo, czy ta osoba to chrześcijanin. Nie mogę więc wydać zgody na to, żeby ten... ktoś spoczął w poświęconej ziemi – argumentował proboszcz.

Ostatecznie stare kości pochowano obok muru cmentarza za szopą na narzędzia. Nietrudno się było domyślić, że pani Czesława odegrała wielką rolę w wyborze tej lokalizacji. Proboszcz nawet zbytnio się z tym nie krył.

Można było przypuszczać, że w ten sposób sprawa się zakończy. Niestety. Po latach źle skrywanej wzajemnej niechęci pani Czesława i Gloria zaczęły toczyć ze sobą otwartą wojnę. Kwestia wampira była tylko pretekstem, którego wcześniej im brakowało.

Utopce z miejsca podzieliły się na dwa obozy szumnie zwane frakcją Czesławy i frakcją Glorii. Siła Czesławy leżała w jej niezachwianej pozycji przewodniczącej chóru i w tym, że pochodziła ze wsi. Zwolennicy Glorii zapatrzeni byli zaś w jej urodę, niegdysiejszą gwiazdorską pozycję i warszawskie maniery. Potrafiła zjednywać sobie ludzi. Kiedy tego chciała oczywiście. Stawała się wtedy milutka i pomocna. Słodka jak bułeczki, które pochłaniała i zwracała każdego ranka.

Tadeusz tylko ciężko wzdychał. Nienawidził takiego zamieszania. Pewnie najchętniej pojechałby do laboratorium.

Obiecał jednak żonie, że będzie w Utopcach co najmniej do dnia jej urodzin, a najlepiej jeszcze do niedzieli.

W zaistniałej sytuacji Tadeusz podwoił stawkę Kosmy, żeby zachęcić go do dalszej pracy przy altanie. Wiadomo było przecież, że Wojtek sam jej nie wybuduje. O pomocy ze strony Rafała, po interwencji pani Czesławy, nie było już niestety mowy.

Przyjaciel stawał za to na miedzy oddzielającej gospodarstwo matki od posesji Czajkowskich. Opierał się na widłach, których używał przy sprzątaniu chlewów.

– Jak idzie? – wołał codziennie rano.

Pani Czesława też przychodziła co rano. Z tą czy inną kumą. Patrzyła chmurnie na posuwające się szybko prace budowlane.

– Czeka was zemsta wampira! – pokrzykiwała.

Bała się jednak przekroczyć miedzę, ponieważ wówczas Gloria natychmiast wyskakiwała z domu, wrzeszcząc wniebogłosy. Obie panie pogrążały się w trwających nawet po kilkadziesiąt minut potyczkach słownych.

W tym czasie ojciec prawie nie wytykał nosa z „Żebrówki". Chodził tylko wieczorami na długie samotne spacery. Czasem towarzyszył mu doktor Lenart, z którym przyjaźnili się od dzieciństwa. Innych mieszkańców wsi ojciec wyraźnie unikał.

Wojtek pamiętał te dni jak przez mgłę, mimo że minął dopiero tydzień. Pracowali z Kosmą w ciszy przez dużą część dnia, a altana nabierała kształtów. Pachniała drewnem. Jak wszystko w Utopcach. Z czasem ten zapach stanie się zatęchły, ale teraz jest jeszcze świeży, żywiczny.

Od czasu wydobycia kości wampira ojciec pofatygował się na plac budowy tylko raz. Teraz znowu dał znak Wojtkowi, żeby podszedł.

– Co się stało, tato? – zapytał chłopak, ocierając pot z czoła.

Spojrzał w kierunku Kosmy, który wyjął zza ucha papierosa i zapalił, korzystając z przerwy.

– Dostałeś się na studia, synu – oznajmił Tadeusz. W jego głosie pobrzmiewała duma.

Studia to był główny powód niesnasek, które co jakiś czas wybuchały między ojcem a synem. Tadeusz nie mógł zrozumieć, że Wojtek jest urodzonym artystą. Nie dla niego księgi i kodeksy wydziału prawa, dokąd z całych sił pchał go ojciec.

– Ale przecież się nie dostałem – zaczął Wojtek.

Wyniki egzaminów ogłoszono już na początku wakacji. Ojciec był niepocieszony, kiedy dowiedział się o porażce syna. Tym bardziej że córka porucznika Drzewieckiego zdała egzamin wstępny bez problemu. Drzewiecki chodził po wsi dumny z córki jak paw i zadowolony, że tym razem jest lepszy od Tadeusza.

– Taką dostałem informację. Wcześniej musiała zajść jakaś pomyłka – wyjaśnił ojciec. – Jestem z ciebie dumny! Bardzo dumny, synu.

Wojtek skinął tylko głową. Ojciec zdawał się zadowolony. Odszedł z uśmiechem na ustach.

– Gratulacje – mruknął tymczasem Kosma. Oczywiście wszystko słyszał.

Nie tylko on. Rafał stał już na swoim stanowisku na miedzy. Zagwizdał przeciągle kilka razy.

– Pewnie nieźle się nachapiesz – stwierdził. – Prawnik… no, nieźle.

Rafał znowu zagwizdał. Wojtek nie odpowiedział. Wziął tylko piłę i podjął przerwaną przed chwilą pracę. Czuł mrowienie w zmęczonych mięśniach. To było całkiem przyjemne. Budowanie altany okazało się zbawieniem. Mimo całego zamieszania wokół wampira.

Altana została ukończona dwudziestego sierpnia, trzy dni przed urodzinami Glorii. Matka była zachwycona. Przez jakieś pięć minut, dopóki nie weszła do środka i nie rozejrzała się dookoła. Jej twarz momentalnie się zmieniła.

– Palenisko jest za małe – oznajmiła. – Ciekawe, jak ja mam tu waszym zdaniem przyjąć gości?

Pośrodku altany, zgodnie z projektem, powstało miejsce na ognisko. Wojtek i Kosma obłożyli je kamieniami. Wyszło całkiem nieźle.

– Mamo, to jest odjazdowe! – krzyknął Olaf z entuzjazmem.

Wojtek spojrzał na młodszego brata z uśmiechem. Olaf nie chciał oglądać altany podczas prac. Powiedział, że pragnie mieć niespodziankę. Najwyraźniej się udała.

Tymczasem matka chodziła po altanie, krzywiąc swoją piękną twarz. Spojrzała na Wojtka i kąciki jej ust opadły jeszcze niżej. Oczy pozostały zimne.

– Zupełnie inaczej to sobie wyobrażałam – oznajmiła dobitnie. Wojtek miał wrażenie, że Gloria mówi tylko do niego. Że celebruje swoje niezadowolenie ze starszego syna. – Zupełnie inaczej.

Ojciec wyglądał, jakby znajdował się na skraju wybuchu. Nic jednak nie powiedział. Wyszedł, poklepując tylko Wojtka po ramieniu. To musiało wystarczyć za dowód uznania za wykonaną pracę.

Dzień czterdziestych urodzin Glorii

Matka o nic nie musiała się martwić. W czwartek dwudziestego trzeciego sierpnia przygotowania do uroczystości dobiegły końca. Wojtek porozwieszał lampiony i razem z młodszym bratem udekorowali altanę polnymi kwiatami, które Olaf zebrał gdzieś na polanie.

Gloria zaprosiła wszystkich mieszkańców wsi, chociaż wiadomo było, że frakcja Czesławy na pewno zbojkotuje przyjęcie w ten czy inny sposób. Zabawa miała się zacząć po dwudziestej, kiedy zapadał już zmrok.

Ogień trzaskał na palenisku. Ojciec osobiście ułożył szczapy drewna. Były niemal idealnie równe, żeby nawet ognisko wyglądało elegancko. Tadeusz rąbał drwa z zapamiętaniem, którego Wojtek nawet u niego nie podejrzewał.

Matka witała gości cała w uśmiechach. Miała na sobie swoją najpiękniejszą wieczorową kreację, którą kupiła przed rokiem w Warszawie. Lśniła jak gwiazda, która spadła nagle z nieba prosto na zapomnianą wśród lasów polanę. Strojna tkanina sukni zupełnie nie pasowała do Utopców i do gości, którzy przyszli w swoich smętnych niedzielnych przyodziewkach.

Matka najwyraźniej udawała, że jest na premierze swojego pierwszego filmu, gdzieś w odległych latach sześćdziesiątych. Chichotała z egzaltacją, przyjmowała komplementy ze sztuczną skromnością i wszystkich traktowała, jakby byli niezmiernie ważnymi osobistościami. Wojtek patrzył w ogień. Całym sobą pragnął uniknąć tego przedstawienia.

Kiedy altana była już prawie wypełniona spragnionymi zabawy biesiadnikami, okazało się, że strumień gości nagle wysechł. Gloria rozglądała się nerwowo w oczekiwaniu na przybycie pozostałych mieszkańców wsi. Do końca chyba wierzyła, że frakcja Czesławy jednak się złamie. Przecież to Gloria była tu królową, to ona była gwiazdą. Nie jakaś hodowczyni świń!

Nagle na prowadzącej przez środek wsi brukowanej drodze pojawiła się grupa ludzi. Z oddali słychać było ich głosy. Nowo przybyli wkroczyli ramię w ramię na podwórze „Żebrówki". Oto i zagubieni goście. Wojtek widział, jak twarz matki rozjaśnia satysfakcja zwycięstwa.

Zadowolenie Glorii szybko się jednak ulotniło. Na czoło pochodu wystąpiła bowiem rozradowana pani Czesława. Jej uśmiech stawał się tym szerszy, im bardziej wargi Glorii zmieniały się w cienką kreskę.

Na chwilę zapadła kompletna cisza.

– Co teraz będzie? – szepnął Olaf.

Wojtek zerknął w jego stronę. Młodszy brat wyglądał na autentycznie przejętego.

– Nic dobrego – mruknął. Nie zamierzał kłamać. Katastrofa po prostu wisiała w powietrzu.

– Zapraszam – powiedziała zimno Gloria, robiąc szeroki gest w kierunku altany.

Pani Czesława uśmiechnęła się jeszcze szerzej.

– Niedoczekanie. Mamy lepszą rozrywkę. Idziemy do tego objazdowego cyrku, który przyjechał do Zbiczna – oznajmiła z satysfakcją. – Tam na pewno będziemy się lepiej bawić niż w tej przeklętej altanie na urodzinach nikomu nieznanej aktoreczki. Prawda?

Za jej plecami rozległy się pomruki aprobaty.

Wojtek poruszył się niespokojnie. Gloria aż się gotowała. Nie znosiła, kiedy nazywano ją aktoreczką. W swoim mniemaniu zawsze była i pozostanie diwą wielkiego ekranu. Mimo że nie zrobiła żadnego filmu od dwudziestu lat.

– Jeżeli wolicie cyrkowe sztuczki od prawdziwego przyjęcia, wasza sprawa – wysyczała.

Pani Czesława i jej zwolennicy ruszyli w ciemność lasu, nie zaszczycając matki odpowiedzią. Do Zbiczna mieli prawie sześć kilometrów. Mieszkańcy Utopców przyzwyczajeni byli jednak do długich marszów. Tylko nieliczni mieli rowery, nie wspominając już o samochodach. Pozostali, chcąc się dostać do cywilizacji, musieli iść piechotą.

Wojtek poczuł nagle nieprzepartą chęć wymknięcia się stąd, by pójść do cyrku razem z nimi. Porozmawiać chociaż przez chwilę. Nie mógł już patrzeć na wściekłość matki, wyraźną irytację ojca i pełne nadziei spojrzenie młodszego brata.

Pozostali goście Glorii też patrzyli tęsknie na znikającą w ciemności frakcję pani Czesławy. Rzadko mieli okazję zobaczyć cyrkowe dziwy. Ostatni raz cyrk był przecież w Zbicznie rok temu.

Matka chyba zauważyła, że atmosfera w altanie wyraźnie się popsuła.

– My się wybierzemy do cyrku jutro – zapowiedziała, żeby udobruchać gości i nie stracić popleczników. Kilka osób pokiwało głowami. – Przecież mają zostać do soboty. Sama widziałam plakaty. Nie ma co się martwić. Zapraszam do jedzenia. Zaraz będzie Wanda z ciastem. Zapraszam. Bawmy się!

Goście ustawili się przy stole. Ojciec zaczął rozlewać im trunki. Wojtek widział, że matka wychyliła szybko kilka kieliszków wódki, jakby chciała natychmiast dodać sobie odwagi. W jej zachowaniu było coś dziwnego. Jak gdyby na coś czekała. Wojtkowi trudno było uwierzyć, że chodzi tylko o wypieki Wandy.

Tajemnica wyjaśniła się dość szybko. Wkrótce pośród drzew dały się słyszeć wyraźne odgłosy silnika. Z lasu wyłonił się biały wartburg. Ojciec wciągnął głęboko powietrze.

– Co on tu robi? – powiedział z wyraźną wściekłością, której wcale nie starał się ukryć.

– Zaprosiłam go na przyjęcie – oznajmiła matka ze spokojem.

Tego było już chyba dla ojca za wiele. Dopił wódkę i ruszył w kierunku domu, nie oglądając się na żonę. Matka uśmiechnęła się ze złośliwą satysfakcją. Wojtek był pewien, że właśnie osiągnęła dokładnie to, co sobie zaplanowała.

Wartburg zatrzymał się na podjeździe. Wysiadł z niego pulchny, ciemnowłosy pan Wanke. Szyję jak zwykle owiniętą miał kolorowym szalikiem, mimo że ciągle jeszcze było przecież gorąco, a jesień i zima zdawały się odległe i zupełnie nierealne.

– Heinrich! – zawołała matka z ckliwością, w której osiągnęła mistrzostwo.

– Gloria – odparł Niemiec. – Przywiozłem najlepsze czekoladki. Przepyszne! – Mówił po polsku płynnie, ale obcy akcent był wyraźnie słyszalny.

To powiedziawszy, cmoknął w dwa palce i posłał Glorii całusa. Matka zaśmiała się jak podlotek. Wojtek nagle zapragnął zapaść się pod ziemię. Zerknął na młodszego brata, ale Olaf zajęty był akurat rozmową z Kosmą i chyba niczego nie zauważył. Inni goście przeciwnie, przypatrywali się całej scenie z rosnącym zainteresowaniem. Wreszcie coś się działo.

Matka podbiegła do Niemca na tyle szybko, na ile pozwalały jej niebotycznie wysokie szpilki, które kupiła specjalnie na tę okazję. Wzięła od Heinricha pudełko czekoladek i pocałowała go w oba policzki.

– Uwielbiam czekoladę – zaszczebiotała i przytuliła do siebie prezent jak małe dziecko. Wojtek nie przypominał sobie, żeby Gloria okazała mu kiedykolwiek tyle uczuć.

– I nie ma co się dziwić – powiedział Heinrich z wesołym uśmiechem na łagodnej, przyjaznej twarzy. – Czekolada to największy skarb ludzkości!

– Zapraszam, zapraszam – powiedziała matka.

Wprowadziła gościa do altany. Teraz zdawała się nie pamiętać już o wcześniejszym upokorzeniu ze strony pani Czesławy i jej towarzyszy. Rozdawała wszystkim olśniewające uśmiechy.

Zabawa rozkręcała się w najlepsze, ale Wojtek siedział z boku, starając się nie rzucać w oczy, i czekał na odpowiedni moment, żeby się wymknąć. Jak ojciec. Może dlatego tylko on zauważył nadejście Wandy.

Sklepikarka stała na schodkach altany. Trzymała wielką blachę, na której poukładane były zamówione przez matkę ciasta. Wanda stała bez słowa, przyglądając się promieniejącej z zadowolenia Glorii. Od stóp do głów ubrana była w czerń. Widać nie przebolała jeszcze śmierci swojej siostry.

Wojtek zastanawiał się przez chwilę, czy zwrócić uwagę matki na nowo przybyłą. Wanda spojrzała jednak w jego stronę z taką mocą, że nie śmiał się ruszyć. Nie widział chyba jeszcze w niczyich oczach takiej żądzy mordu jak w tym spojrzeniu sklepikarki. Zamknął więc na wpół otwarte usta i czekał.

Gloria w końcu zauważyła gościa. A może wyczuła zapach świeżego ciasta, którego przecież nigdy nie potrafiła sobie odmówić.

– Wanda! – wykrzyknęła. – Doskonale, że jesteś. Idealna pora na deser.

Wyjęła skądś zwitek banknotów i wręczyła sklepikarce, zabierając jednocześnie tacę z ciastem. Kobieta stała nadal w miejscu, jakby zmieniła się w posąg.

– Zapraszam, jeżeli masz ochotę do nas dołączyć – powiedziała Gloria cierpko.

Na te słowa ubrana w żałobną czerń Wanda zrobiła wreszcie krok w kierunku spowitej w czerwień gospodyni.

– Jest tu doktor Czajkowski?

– Tadeusz poszedł do domu – odparła Gloria. Chłód w jej głosie był wyraźnie słyszalny.

Sklepikarka odwróciła się bez słowa i ruszyła powolnym krokiem w stronę „Żebrówki".

– A ty dokąd? – zawołała za nią matka.

Wanda zatrzymała się na środku ogrodu, spojrzała na Glorię i krzyknęła na całe gardło:

– Morderca!

Wrzask sklepikarki był niemal zwierzęcy. Niósł się po całej polanie. Wojtek ciekaw był, czy nie dotarł przez las do bawiących się w Zbicznie wielbicieli cyrku.

Zabawa w altanie natychmiast ustała i wszystkie oczy skierowały się na Wandę.

– Morderca! – krzyknęła znowu sklepikarka.

Zdezorientowani mieszkańcy Utopców wylegli z altany, żeby zobaczyć, co się dzieje. Olaf podszedł do Wojtka, jakby starszy brat dawał mu poczucie bezpieczeństwa. Wojtek zastanawiał się, czy nie objąć chłopaka, ale uznał to za przesadę. Nic takiego się przecież w końcu nie stało. Jeszcze.

– Chodzi o wampira? – zapytał ktoś zdezorientowany.

– Morderca! – krzyczała znowu Wanda. – Wyjdź z domu, morderco!

Drzwi „Żebrówki” otworzyły się i stanął w nich Tadeusz. Na jego twarzy malowało się bezgraniczne zdumienie. Był teraz jak na scenie. Wszyscy czekali na jego reakcję. Ojciec odchrząknął głośno, jak to miał w zwyczaju przed rozpoczęciem swoich wystąpień na temat tetraetyloołowiu.

– Co tu się dzieje?

– Ty śmiesz nazywać siebie lekarzem? Ty?! – wyła Wanda. Jej szeroką prostą twarz wykrzywił gniew. – Ty... ty...! Mira była dla ciebie nikim, tak? Za niskie progi? Lepiej skazać ją było na śmierć?

Ojciec nadal patrzył na nią jak oniemiały. Wojtek zauważył, że matka poruszyła się nerwowo.

– Nie rozumiem – powiedział spokojnie Tadeusz.

Wanda załkała.

– Gdybyś tylko jej pomógł! Ale nie chciałeś! Jak śmiesz nazywać siebie lekarzem! Mam nadzieję, że ten twój wampir pożre cię żywcem!

Wojtek nie mógł więcej tego słuchać. Nagle poczuł, że musi uciekać. Zostawił Olafa wpatrzonego w matkę i wymknął się do lasu. Z miejsca otoczyła go kojąca cisza. Krzyki sklepikarki zniknęły za ścianą liści. Prawie nic nie widział, ale brnął do przodu. Tak było najlepiej.

Sobota. Godzina 9.00

Zegar w jadalni wybił dziewiątą, wyrywając Wojtka z zamyślenia. Dziewięć długich uderzeń. Chłopak znowu potrzebował dłuższej chwili, żeby uświadomić sobie, jaki jest dzień. Łatwo się teraz rozpraszał, bo przecież tyle miał na głowie.

Matka i ojciec patrzyli na siebie znad talerzy.

– Przyjęcie nie udało się przeze mnie? – wysyczała Gloria raz jeszcze. – Masz czelność tak mówić?

Tadeusz otarł usta i odłożył serwetkę obok noża. Światło słońca odbiło się od jego sygnetu i oślepiło Wojtka. Zamrugał pospiesznie i znowu pociągnął nosem.

– Powiem ci coś, Gloria – stwierdził ojciec powoli. – I słuchaj dobrze, bo nie zamierzam powtarzać.

Wojtek napił się wody. Znowu miał ochotę uciekać przez las. Tak jak w dniu urodzin matki.

– No, co takiego mi powiesz? – zapytała matka. Zaczepnie.

Tadeusz przez chwilę przypatrywał się żonie w skupieniu. W końcu wstał od stołu i dokładnie zasunął za sobą krzesło.

– Lepiej porozmawiajmy, jak wrócisz z Jugosławii – powiedział nieoczekiwanie miękko. – Wypoczniesz.

Gloria nie odpowiedziała.

ROZDZIAŁ 4

Utopce. Poniedziałek, 27 października 2014.
Wieczorem

Komisarz Klementyna Kopp stała przy oknie i wyglądała w ciemność. Nie miała najmniejszej ochoty siedzieć przy stoliku przykrytym zrobioną na szydełku serwetką. Co to, to nie. Szydełko zupełnie do niej nie pasowało.

Zerknęła ukradkiem w kierunku okrągłego stolika. Gospodarz przygotował dla nich uroczy poczęstunek. Było tam wszystko, co ludziom zdawało się chyba w takich sytuacjach nieodzowne. Na czele ze słodkimi bułeczkami w polewie czekoladowej i parującą kawą. Jakby te kulinarne wspaniałości miały w jakiś sposób wynagrodzić mrok na zewnątrz. I wewnątrz. No i świetnie. Kłopot polegał tylko na tym, że Klementyna reagowała alergicznie na wszystko, co było „urocze". Od dawna. A z biegiem lat jej awersja chyba jeszcze się pogłębiała.

Klementyna potarła szybko szczęśliwy tatuaż. Jak zawsze przed rozpoczęciem śledztwa. Mijające lata sprawiały również, że coraz bardziej dbała o swoje małe tradycje i rytuały.

– Pani Klementyno, nie nalać pani kawki? – upewnił się Józef Drzewiecki. Stary policjant miał wąską twarz o spiczastym nosie i podbródku. Przypominał Klementynie węszącego lisa. – To nalać?

Komisarz Kopp nie zaszczyciła gospodarza ani jednym spojrzeniem. Niech komendant Olaf Czajkowski martwi się prowadzeniem uroczych pogawędek nad szydełkową serwetką. Ona przyjechała do Utopców po to, żeby zapoznać się ze sprawą i podjąć śledztwo. Tylko to ją interesowało. Gry wstępne są nie dla niej. Wolała od razu przechodzić do rzeczy. To się akurat z wiekiem nie zmieniło.

Nagle rozległ się dzwonek do drzwi.

– Nareszcie – wyrwało się Klementynie.

Nie miała już ochoty dłużej czekać. Tym bardziej że ukryte pośrodku lasu Utopce nie działały na nią najlepiej. Od pierwszej minuty na tej polanie czuła się dziwnie osaczona. Nie chodziło tylko o serwetkę i cały ten uroczy poczęstunek. To było coś innego. Jakby to miejsce miało jakąś trującą aurę. Jakby usiłowało ją stąd przegonić. Z drugiej strony to przecież nie było nic nowego. Klementyna zawsze była niemile widziana. Nie tylko tu.

– To pewnie reszta zespołu – stwierdził Czajkowski.

Komisarz Kopp spojrzała na szefa. Poza Komendą Powiatową zdawał się spięty i malutki. Może i on nie chciał wcale wracać do Utopców, przyszło jej do głowy. Drzewiecki poszedł do drzwi, zostawiając ich na chwilę samych. Klementyna jeszcze intensywniej przyjrzała się szefowi.

– Nie byłem tu prawie trzydzieści lat – mruknął jakby do siebie. Wyczuł chyba jej spojrzenie. – Mieszkam w Brodnicy, a praktycznie nigdy tu nie zaglądam. Do starego domu.

Czekała. Komendant nic jednak więcej nie dodał, a ona nie zamierzała pytać. Przynajmniej jeszcze nie teraz. Na to przyjdzie odpowiedni czas, kiedy wszyscy się zbiorą i będą dyskutowali o sprawie.

Tymczasem gospodarz wprowadził do pokoju Daniela Podgórskiego i mysią policjantkę Emilię Strzałkowską.

– Proszę siadać – zachęcał. – Ponalewam kawki.

Daniel i Emilia ochoczo sięgnęli po przygotowane na stoliku porcelanowe filiżanki. Pewnie trzymane gdzieś na najwyższej półce komody i wystawiane tylko na przybycie gości.

– Proszę się częstować – wskazał słodkości porozkładane na paterach. – Do kawki czekolada pasuje idealnie. Powiem może od razu, że ta czekolada jest naszego tutejszego lokalnego wyrobu. Idealna do kawki.

Klementyna niemal zaklęła pod nosem. „Kawka" to doprawdy u r o c z e słowo. Ale! Ile razy można je jeszcze powtórzyć, co?!

Daniel rzucił jej lekko karcące spojrzenie, jakby domyślił się, co jej chodzi po głowie.

– Świetna kawa – pochwalił.

Drzewiecki uśmiechnął się szeroko. Wyglądał na zachwyconego tym, że ma gości. Może czuł się samotny. Pewnie tęsknił za dawnymi czasami, kiedy jeszcze cokolwiek znaczył. Klementyna wolała nie myśleć o tym, że sama przekroczyła już magiczną granicę sześćdziesięciu lat. W policji to było dużo za dużo.

– Okej. No dobra. Ale! Zacznijmy już, co? – mruknęła. – Nie ma co dłużej zwlekać.

Sięgnęła po butelkę coca-coli, którą zawsze nosiła ze sobą w plecaku. Chciała pozbyć się starczego niesmaku, który wypełnił teraz jej usta.

Komendant Olaf Czajkowski podniósł się ze zbyt głębokiej kanapy przy akompaniamencie skrzypienia starych sprężyn. Szydełkowa narzuta zsunęła się trochę. Klementyna uśmiechnęła się i nie próbowała tego ukryć. W tym domu wszystko było szydełkowe i drewniane. A już na pewno urocze.

– Zebraliśmy się tu, żeby porozmawiać o pewnej starej sprawie – zaczął komendant.

Jego głos z cichego stał się nagle uroczysty. Jakby przemawiał na ogłoszeniu listy laureatów czy innej fecie. Klementyna wzruszyła ramionami. Nadal tkwiła przy oknie, jak gdyby ciemność miała dać więcej odpowiedzi niż przemowa Czajkowskiego.

Komendant odchrząknął.

– Zebraliśmy się tu po to, żeby porozmawiać o sprawie dla mnie bardzo trudnej – kontynuował swoją przemowę. – A to dlatego, że dotyczy ona nieszczęścia, które trzydzieści lat temu spadło na moją rodzinę. Zanim powiem więcej, raz jeszcze proszę, żeby w to nieformalne śledztwo nie był zaangażowany nikt spoza tego pokoju. Czy to jasne? Nikt.

Zaakcentował ostatnie słowo uderzeniem dłoni w okrągły stolik. Ciasteczka i urocze filiżaneczki podskoczyły, grożąc wylaniem „kawki". Klementyna uśmiechnęła się pod nosem. Robiła się dobra w te klocki.

Daniel i Emilia skinęli głowami.

– Oczywiście! – zawołał Drzewiecki ochoczo.

Komendant odwrócił się w stronę gospodarza.

– To się tyczy także pańskiej córki – uściślił na wszelki wypadek. Córka Drzewieckiego, Izabela, była prokuratorem rejonowym w Brodnicy.

– Tak, tak. Nic jej nie będę mówił, panie komendancie – zapewnił starszy pan. – Ma pan moje słowo. Nigdy go nie łamię.

„Panie komendancie" zabrzmiało dziwnie w jego ustach. Jak lisi szczek.

– I prokuratora Gawrońskiego – dodał Czajkowski. – On też nie powinien być o niczym informowany.

Tym razem komendant zmierzył krótkim spojrzeniem Emilię. Klementyna słyszała, że mysia policjantka spotyka się od jakiegoś czasu z Leonem Gawrońskim. Dziwiła się więc, że szef zezwolił na udział Strzałkowskiej w dochodzeniu. Łóżkowe ploty zgubiły już przecież wielu. Klementyna nie zamierzała się jednak wtrącać. To nie jej zależało na dyskrecji. Niech szef się martwi.

– Zgromadziliśmy się właśnie tu, ponieważ to inspektor Drzewiecki prowadził tę sprawę w osiemdziesiątym czwartym roku – wyjaśnił Czajkowski. Gospodarz energicznie kiwał głową dla potwierdzenia jego słów. – Sprawę śmierci mojego brata i ojca…

Głos komendanta zadrżał. Wyglądało na to, że nadal targały nim emocje. Mimo że minęło już trzydzieści długich lat. Klementyna westchnęła. Bardzo cichutko. Teresa. Nie było jej dopiero od dwóch lat. Ból zdawał się jednak nie mniejszy niż wtedy, kiedy kochanka umierała. Policjantka znowu westchnęła. Zbliżające się Święto Zmarłych wcale nie pomagało zapomnieć o rozdzierającej tęsknocie.

Klementyna znowu potarła szczęśliwy tatuaż. Nie chciała o tym myśleć. Wolała cofnąć się w czasie. Daleko. Śmierć Wojtka i Tadeusza Czajkowskich. Osiemdziesiąty czwarty rok. Jak z Orwella. To skojarzenie było nieuniknione. Klementyna czuła się teraz zamknięta w pieprzonej Oceanii. Tylko czekać, aż odezwie się skądś Wielki Brat. Patrzę na ciebie, Klementyna. Oj tak! I masz dużo za dużo lat jak na tę robotę. Ot co.

– Czy mógłby pan, panie komendancie, wprowadzić nas w szczegóły? – zapytał Daniel, odstawiając filiżankę na uroczy spodeczek.

Na moment zapadła cisza, jakby komendant nie mógł dobrać odpowiednich słów. W końcu poprawił wykrochmalony kołnierzyk białej koszuli, w którą wystroił się na ich przyjazd. Wstał z lekkim trudem starszego człowieka. Klementyna natychmiast wypiła kolejny łyk coca-coli, jakby to był napój młodości.

– Może ja to zrobię – zaproponował gospodarz. – Opowiem o wszystkim, jak umiem najlepiej.

– Dobrze – zgodził się Czajkowski. Ulga w jego głosie była wyraźnie słyszalna.

Usiadł ciężko z powrotem na kanapie. Sprężyny jęknęły. Tymczasem Drzewiecki podszedł do okna i nie zważając na stojącą tam Klementynę, szybkim ruchem zasunął ciężkie zasłony. Pokój stał się teraz niemal klaustrofobiczny.

– Niedziela dwudziestego szóstego sierpnia osiemdziesiątego czwartego roku – zaczął swoją opowieść Drzewiecki. – Utopce zebrały się w kościele na porannej mszy. Nie mieszkało tu u nas zbyt dużo ludzi… zresztą teraz jest nas jeszcze mniej… No nic. W każdym razie tłumów nie było, więc od razu dało się zauważyć, że na nabożeństwie brakuje Tadeusza i Wojtka.

Komendant pokiwał głową w zamyśleniu. Wyglądało na to, że powoli zaczyna dochodzić do siebie.

– Mnie wtedy nie było w Utopcach. Wyjechałem na kolonie nad morze – poinformował. – O wszystkim dowiedziałem się później.

Drzewiecki pokiwał głową. Podszedł do Olafa i położył mu rękę na ramieniu w ojcowskim niemal geście. To było doprawdy niesłychanie u r o c z e, uznała Klementyna.

– Tak więc zauważyliśmy oczywiście, że Tadeusz i Wojtek nie pojawili się na mszy. – Drzewiecki podjął przerwany wątek. – Musicie wiedzieć, że takie rzeczy się u nas raczej nie zdarzały. Wszyscy to dostrzegli, ale nikt tego szczególnie nie komentował. A już na pewno nie proboszcz Jankowski. Jest bardzo wyrozumiałym kapłanem.

Klementyna natychmiast wyobraziła sobie zniesmaczone spojrzenia, które kierowali mieszkańcy Utopców na puste miejsca w ławce, gdzie jak inni porządni mieszkańcy wsi powinni siedzieć Tadeusz i Wojtek Czajkowscy. Jak mogli opuścić nabożeństwo? Może rozgrzeszał ich fakt, że już wtedy nie żyli.

– Po mszy wszyscy zajęliśmy się codziennymi sprawami – kontynuował swoją opowieść Drzewiecki. – Być może długo nie zorientowalibyśmy się, że coś jest nie w porządku, gdyby nie przypadek.

Czajkowski znowu pokiwał głową.

– Moja matka opuściła Utopce poprzedniego dnia rano, czyli w sobotę – wyjaśnił. – Dwa dni wcześniej obchodziła czterdzieste urodziny i ojciec z tej okazji podarował jej wyjazd zagraniczny. Mama była zachwycona. Wyjechała do Warszawy w sobotę rano – powtórzył. – Z Warszawy miała lecieć samolotem w poniedziałek. Jednak w niedzielę rano zorientowała się, że zapomniała paszportu. Wsiadła z powrotem w samochód i przyjechała do Utopców. Mojego brata i ojca nigdzie nie było. Mamę bardzo to zaskoczyło. Tata nie wspominał, że gdzieś się wybiera. Dopiero w tygodniu miał jechać do laboratorium.

Klementyna skinęła głową. Przed przyjazdem na to urocze spotkanie sprawdziła, kim był Tadeusz Czajkowski. Okazało się, że ojciec komendanta miał swój znaczący wkład w rozwój toksykologii w Polsce. A nawet na świecie. Był jednym z czołowych naukowców w czasach PRL.

– Wojtek dopiero co dostał się na studia… – stwierdził Czajkowski głucho, jakby wspomnienia znowu okazały się aż nazbyt bolesne. – Miał całe życie przed sobą. A ojciec był wówczas młodszy niż ja teraz. Dopiero po czterdziestce. Obaj powinni nadal być tu z nami.

Józef Drzewiecki skinął głową w skupieniu. Na jego lisią twarz wystąpiły żyły. Jedna z nich wyraźnie pulsowała przy skroni.

– Co było dalej? – zapytała Emilia Strzałkowska delikatnie.

– Gloria bezowocnie szukała Tadeusza i Wojtka w domu – Drzewiecki podjął przerwaną przez komendanta opowieść. – W końcu wyszła na podwórze z tyłu. Tam, gdzie stała altana. Wtedy t o zauważyła.

To. Krótkie słowo. Ale jakże znaczące. To. Dwie uparte literki zawisły w powietrzu jak dym z fajki albo poranna mgła i jakoś nie chciały się rozwiać. Klementyna poczuła, że zaschło jej w gardle. Sięgnęła więc po kolejny łyk coca--coli. Od razu poczuła się lepiej. Nie na długo.

Teresa. Myśli komisarz Kopp znowu poszybowały w nieodpowiednią stronę. Teresa zawsze powtarzała, że Klementyna powinna zacząć dbać o zdrowie i przestać wlewać w siebie litry słodkiego napoju. Zdrowo się odżywiać i inne takie. Na te pouczenia Klementyna tylko się uśmiechała. Każdy ma swoją słabość, mówiła. Teresa kiwała wtedy głową, udając zniesmaczenie. Teresa. Policjantka wiele by dała, żeby jeszcze raz usłyszeć marudzenie i upomnienia kochanki. Niestety teraz został tylko grób, na którym Klementyna za kilka dni powinna zapalić znicz.

– Co zauważyła Gloria? – zapytał Daniel Podgórski. Komisarz Kopp otrząsnęła się z zamyślenia.

– Za domem była altana. Brat z kolegami zbudowali ją na zamówienie ojca – wyjaśnił komendant Czajkowski. – Altana to też był prezent na czterdzieste urodziny mamy. Tak bardzo jej się podobała. Wojtek był dumny, że ją budował. Nikt nie przypuszczał, że to miejsce okaże się przeklęte!

Głos komendanta znowu się załamał. Klementyna westchnęła. Głośno i wyraźnie. Szef nie powinien był przyjeżdżać na to spotkanie. O wiele łatwiej byłoby porozmawiać z lisem Drzewieckim bez pogrążonego wciąż w bólu krewnego obu ofiar. Bez tych niepotrzebnych łez, które zaciemniały obraz całej sytuacji.

– W progu altany leżały ubrania Tadeusza i Wojtka – wyjaśnił szybko stary policjant. Jego oczy stały się szkliste, jakby widział teraz tamtą sytuację, a nie swoich gości zgromadzonych wokół stolika przykrytego wydzierganą szydełkiem serwetką. – Było tam wszystko po kolei. Koszule, podkoszulki, nawet skarpety i majtki. To, w co obaj ubrani byli w sobotę. Duża część była w strzępach. Prawie wszystko pokryte było zaschniętą krwią. Zwłaszcza koszule i spodnie. A co chyba najgorsze, ktoś starannie złożył te zniszczone ubrania w elegancką kostkę. Jakby to była jakaś wystawa albo półka w sklepie dla bogaczy. To było straszne...

– Okej. Spoko. Ale! Może tak przejdźmy już do rzeczy, co? – przerwała mu komisarz Kopp. – Interesuje mnie pewien szczególik. W kwitach napisałeś, że na progu tej uroczej altanki były ślady wampirzych kłów. Sugerujecie, że Wojtek i Tadeusz zostali zjedzeni przez krwiopijcę, co? Jakiś wampir akurat przejeżdżał i pomyślał sobie, że chyba czas już na przekąskę. Doprawdy ciekawe podejście do sprawy.

Drzewiecki pokiwał głową z powagą, jakby wcale nie zauważył nadmiernej ironii w głosie Klementyny.

– Pokażę wam – powiedział i ruszył w kierunku drewnianego kredensu, który stał w rogu pokoju. Szedł ostrożnie jak stary człowiek, który boi się źle stąpnąć.

Otworzył drzwiczki szafy. Skrzypnęły głośno. Wyciągnął plik zdjęć. Komisarz Kopp zauważyła, że fotografie leżały na samym wierzchu. Albo gospodarz przygotował się do spotkania, albo ta sprawa zaprzątała mu głowę przez te wszystkie lata. Sądząc po tym, jak bardzo wygnieciony był papier, raczej to drugie, uznała Klementyna. Wyobrażała sobie, jak stary lis siedzi w tym drewnianym saloniku i dzień po dniu po raz kolejny przegląda dowody ze starego śledztwa, bezskutecznie próbując rozgryźć tajemnicę.

– Te zdjęcia powinny być w aktach, ale… – Lis Drzewiecki mrugnął. Starcza powieka opuściła się powoli. Teatralnie.

– Tu się zgadzamy – rzuciła ze swojego miejsca przy oknie Klementyna. – Fotki powinny być w aktach. To by nam oszczędziło czasu.

Daniel i Emilia sięgnęli po zdjęcia. Gospodarz przycisnął je jednak do siebie zachłannie, jakby były jakimś skarbem. W końcu wydobył jedno i położył na środku stołu, na dzierganej szydełkiem białej serwetce. Klementyna poczuła nagłą ochotę, żeby zerwać obrusik ze stołu i rzucić w kąt. Sama nie wiedziała, co ją jeszcze powstrzymuje.

Emilia próbowała wziąć zdjęcie do ręki. Drzewiecki jednak natychmiast je odsunął. Jakby na stare fotografie można było tylko patrzeć. Niedotykalski. Mysia policjantka Strzałkowska wyglądała na mocno zaskoczoną zachowaniem gospodarza. Zerknęła w stronę Daniela, który z kolei spojrzał na Klementynę. Czy to była jakaś dziwna zabawa w berka na spojrzenia? Teraz Klementyna powinna spojrzeć na Olafa Czajkowskiego, a on na Drzewieckiego. I tak od początku. Niedoczekanie.

Komisarz Kopp podeszła do stolika i szybkim ruchem chwyciła zdjęcie. Nie zamierzała dać się wciągnąć w jakieś idiotyczne gierki. Stary policjant mruknął coś pod nosem. Nie zwróciła jednak na niego uwagi. Przyjrzała się fotografii uważnie.

Zdjęcie zrobił najwyraźniej milicyjny technik. Przedstawiało drewniany próg altany. Po dwóch stronach rzeczywiście leżały złożone elegancko zakrwawione ubrania.

Między stosikami Klementyna zauważyła dwa wyraźne zagłębienia.

– Kły wampira – oznajmił uroczyście Józef Drzewiecki.

Wyłożył na stół pozostałe zdjęcia i nareszcie pozwolił zebranym je obejrzeć.

– Okej. No dobra. Ale! Co z ciałami? Też były pogryzione, co?

– W tym problem, że ich nie było – wyjaśnił Czajkowski, zerkając przy tym w stronę Drzewieckiego. – Mój ojciec i brat jakby zapadli się pod ziemię. Do tej pory mają tylko status zaginionych. Może dlatego ta sprawa nie miała należytego priorytetu i nie poświęcono jej tyle uwagi, ile się powinno… Nikt nawet nie pomyślał, że sprawca mógł pozbyć się ciał celowo, że mój brat i ojciec leżą gdzieś zakopani. W osiemdziesiątym czwartym nie zrobiono wystarczająco dużo!

Emerytowany inspektor zadrżał na to wyraźne oskarżenie. Żyła znowu pulsowała mu na skroni.

– Teraz to naprawimy – zapewnił z godnością. – Obiecuję, że będę pomagał ekipie śledczej w każdy możliwy sposób. Tylko nie wiem, czy cokolwiek zdziałamy… igramy z mocami, których nikt z nas do końca nie rozumie. Wampir…

Klementyna zaśmiała się głośno.

– Wampir, co? – powtórzyła, udając starczy głos Drzewieckiego.

– Nie jest pani stąd, więc nie oczekuję, że pani zrozumie.

Klementyna zignorowała jego słowa i podniosła jedno ze zdjęć. Widniała na nim spora altana z paleniskiem pośrodku. Obok leżało porąbane siekierą na równe szczapy drewno. Wszystko przygotowane do wspaniałego ogniska. Sielski obrazek… gdyby nie pokrwawione ubrania i wyraźne ślady dwóch kłów na progu.

– Spoko. Ale! Chciałabym zobaczyć tę altanę na żywo.

– Z tym może być problem.

Mówiąc to, Józef Drzewiecki zerknął w stronę komisarz Kopp niechętnie. W jego spojrzeniu znowu przemknął lis. Czmychnął jednak zaraz, jakby dziki zwierz schował się gdzieś wśród drzew. Klementyna nie mogła już go dostrzec. Był tylko chętny do współpracy staruszek.

– Niby dlaczego, co?

– Z prostej przyczyny. Altany już nie ma.

– Po zaginięciu taty i brata mama sprzedała „Żebrówkę" – wyjaśnił komendant Olaf Czajkowski. – „Żebrówka"… tak nazywał się nasz dom. Po tym wydarzeniu… po tej stracie… Nie mogliśmy dłużej mieszkać w Utopcach. Przenieśliśmy się do Brodnicy.

– „Żebrówkę" kupił Heniek Wanke. On i Wanda mają tam teraz fabryczkę czekolady – dodał ochoczo Drzewiecki. – To właśnie od nich kupiłem czekoladę na nasze spotkanie. Częstujcie się! U nich się wyrabia najlepszą czekoladę w północnej Polsce. A może nawet Europie.

– „Żebrówka" stoi tuż za mostkiem, przy wjeździe do wsi – powiedział szef.

Klementyna tylko wzruszyła ramionami. Pierwszy dom we wsi rzeczywiście zwrócił jej uwagę. Wydawał się niebezpiecznie pochylony w stronę ściany lasu.

– A te zakrwawione ubrania, co? – zapytała. – Co z nimi zrobiliście? Chętnie dałabym je technikom do zbadania.

– Dostała je Gloria – wyjaśnił natychmiast Drzewiecki.
– Jako pamiątkę.

Czajkowski pokiwał głową.

– To było jedyne, co mamie zostało po moim bracie i ojcu.

– Pana matka nadal ma te ubrania? – podchwycił Daniel Podgórski.

– Trudno mi powiedzieć – mruknął komendant Czajkowski. – Nie rozmawiamy z mamą właściwie w ogóle o tej starej... sprawie. To dla nas nadal zbyt bolesne. Noc z soboty dwudziestego piątego na niedzielę dwudziestego szóstego sierpnia osiemdziesiątego czwartego na zawsze nas zmieniła. Aż trudno uwierzyć, że w tym roku minęło trzydzieści lat od tamtych wydarzeń...

Na chwilę w pokoju zapanowała cisza.

– Chyba właśnie ze względu na tę rocznicę pomyślałem, że może jednak warto się tym zająć – dokończył komendant. – Chcę się dowiedzieć, kto zabił mojego brata i ojca. No i gdzie ukrył ciała. Chcę nareszcie móc ich pochować. W ten sposób zamkniemy ten etap. Wiem, że to przyniesie ukojenie i mnie, i mojej matce. Chcę mieć miejsce, które będę mógł odwiedzać co roku pierwszego listopada. Jak inni.

Klementyna zadrżała. Teresa. Policjantka upiła łyk coli, żeby dodać sobie animuszu.

– Spoko. Ale! Jak na razie nie powiedzieliście nam nic ponad to, co i tak czytałam w aktach – stwierdziła szybko.
– Niezmiernie skąpych zresztą.

Komisarz Kopp zerknęła w stronę Drzewieckiego. Gospodarz patrzył jej w oczy bez skrępowania. Próbowała znaleźć w nich tego lisa, który się tam czaił. Dziki zwierz był jednak nadal głęboko ukryty.

– To prawda. Akta rzeczywiście są skąpe. Bo i też nie było tego wiele. Cholera, nie było nawet ciał – stwierdził Drzewiecki, jakby próbował się usprawiedliwić. Spojrzał przy tym przelotnie na Olafa Czajkowskiego, który natychmiast się wzdrygnął. – Sprawa została zamknięta, a Wojtek i Tadeusz uznani za zaginionych. Tylko tyle mogliśmy zrobić. To nie moja wina!

– Czy naprawdę jedynym podejrzanym był wampir? – zapytał Daniel sceptycznie. – Przepraszam bardzo, ale musieliście chyba brać pod uwagę… jakichś ludzi.

Przez chwilę w niewielkim, obitym drewnianymi panelami pomieszczeniu znowu panowała cisza. Słychać było tylko szum tańczącego za oknem lasu. Światła przygasły na moment. Pokój zatonął w smolistym półmroku. Przez kilka sekund opowieść o wampirze zdawała się nieprzyjemnie wiarygodna. Wkrótce jednak światła zamigotały, żeby w końcu znowu rozbłysnąć normalnie, i nastrój grozy minął równie szybko, jak się pojawił.

– Przerwa w dostawie elektryczności… To się u nas zdarza – stwierdził Drzewiecki jakby nigdy nic. – Problemy z kablami… Nieważne. Rzeczywiście braliśmy pod uwagę, że sprawcą mógł być człowiek.

– Świetnie – mruknęła Klementyna. – Sprawcą mógł być człowiek, co? To dopiero odkrycie! Gratuluję czujnego milicyjnego nosa.

Drzewiecki zerknął w jej stronę.

– Mieliśmy trójkę podejrzanych.

– A mimo to uznaliście, że za śmiercią Wojtka i Tadeusza Czajkowskich stoi wampir? – zapytała Emilia. Nawet dość przytomnie, mimo że jej twarz zrobiła się dziwnie czerwona, a na szerokim czole perliły się teraz krople potu.

Klementyna zastanawiała się przez chwilę, czy nie pomóc Strzałkowskiej i nie rozsunąć zasłon. Mysia policjantka wyraźnie nie lubiła małych pokoi, a to przywróciłoby temu klaustrofobicznemu pomieszczeniu nieco więcej przestrzeni. Po namyśle komisarz Kopp zrezygnowała. Nie będzie pomocy. Każda z nich musi radzić sobie sama.

– Kogo podejrzewaliście?

Drzewiecki zerknął w stronę komendanta Czajkowskiego.

– Powinienem chyba zrelacjonować wam wszystko po kolei – powiedział z westchnieniem. – Wtedy lepiej zrozumiecie. To się zaczęło, kiedy chłopcy kopali fundamenty pod altanę i odkryli nieoznaczoną mogiłę...

ROZDZIAŁ 5

Utopce. Sobota, 25 sierpnia 1984. Godzina 9.30.
Tadeusz Czajkowski

Tadeusz Czajkowski wyszedł z „Żebrówki" i odetchnął
głęboko. Dzień był słoneczny i upalny. Przydałoby się
trochę deszczu, uznał, spoglądając w niebo. Było intensywnie błękitne, ale gdzieniegdzie pojawiły się niewielkie
chmurki. Po raz pierwszy od wielu dni. W powietrzu
nadal królował zapach lata, mimo że sierpień prawie
dobiegał już końca.

Tadeusz odetchnął raz jeszcze. Czuł, że tętno dopiero
teraz powoli mu się wyrównuje. Podczas śniadania mało
brakowało, żeby wybuchnął.

Gloria…

Tadeusz kochał żonę całym sercem. Dawno już się jednak zorientował, że jego piękna Gloria dusiła się w Utopcach. On zaś nie wyobrażał sobie, że kiedykolwiek na stałe
opuści rodzinną wieś. Warszawa, Łódź czy Bydgoszcz to
były tylko miejsca pracy. Tam mógł prowadzić badania
w wyspecjalizowanych laboratoriach, ale tylko w Utopcach mógł naprawdę żyć. Oddychać pełną piersią czystym

powietrzem, odpoczywać na drewnianym ganku domu. Tego właśnie potrzebował.

Spojrzał w kierunku „Żebrówki". Wiekowa drewniana willa przechylała się nieznacznie w lewo. W stronę lasu. Jakby stare deski ciągnęło do żyjących wciąż pobratymców. Każdej nocy domostwo skrzypiało głośno. Tadeusz kochał te jęki i starał się nie zauważać, jak żona za każdym razem wzdryga się z niechęcią.

Jak mógł kiedykolwiek być tak głupi, żeby uwierzyć, że Gloria się tu odnajdzie? Ona kochała blichtr i zgiełk Warszawy. Brylowanie na premierach filmowych w kinie Moskwa. Niepotrzebnie ją stamtąd wyrwał, żeby tu, wśród tej pięknej natury, więdła jej uroda. To wszystko była jego wina i zdawał sobie z tego sprawę.

Dlatego właśnie starał się być dla żony wyrozumiały. Nie potrafił wybaczyć Glorii tylko jednego. Że zaniedbywała synów. Zwłaszcza Wojtka. Olafa jakoś tolerowała, ale starszy z chłopców stał się chyba dla niej symbolem zniewolenia.

Tadeusz westchnął znowu. Miał nadzieję, że wyjazd do Jugosławii dobrze Glorii zrobi.

– Może rzeczywiście przemyśli to i owo – mruknął do siebie, chociaż mimo całej swojej miłości do żony czuł, że nadzieja na to jest niezbyt wielka.

Ruszył przez wieś, porzucając te rozważania. Musiał poważnie porozmawiać z Lenartem. Chociaż trudno było w to uwierzyć, przyjaciel musiał mieć coś wspólnego z oskarżeniami, którymi Wanda obrzuciła Tadeusza w dniu urodzin Glorii.

Dzień czterdziestych urodzin Glorii

Żona zaprosiła na swoje przyjęcie Heinricha. Oczywiście. Tadeusz był pewien, że zrobiła to specjalnie, żeby go zdenerwować. Wiedziała przecież, że on nie trawi tego człowieka. Od momentu, kiedy tylko Wanke podjechał pod „Żebrówkę" tym swoim wartburgiem, cały czas rzucała mężowi krótkie, acz znaczące spojrzenia. Pewnie oceniała jego reakcję na przyjazd niemiłego gościa.

Tadeusz nie zamierzał dać Glorii satysfakcji i robić scen. Nie miał też jednak zamiaru wysłuchiwać dalszego nagabywania ze strony Heinricha, który z jakiegoś powodu koniecznie chciał odkupić od nich „Żebrówkę". Najlepszym rozwiązaniem w tej sytuacji było ukrycie się w domu i spokojne przeczekanie całego przyjęcia.

Tak też Tadeusz zrobił. Usiadł w gabinecie i zajął się swoimi sprawami, pozwalając Glorii brylować w altanie. Uporządkował papiery i przeliczył pieniądze, które miał w sejfie. Potem rozsiadł się z książką na wygodnym fotelu i poczuł, że wieczór nareszcie zaczyna być przyjemny.

Niestety nie trwało to długo.

– Morderca! – usłyszał zza okna.

Brzmiało to jak przeraźliwe wycie umierającego zwierzęcia. Tadeusz rzucił książkę na fotel i szybko wybiegł na werandę z tyłu domu. Goście Glorii wylegli z altany i przyglądali mu się, jakby stał na scenie. Na środku ogrodu zobaczył Wandę. Czarne włosy lepiły się do jej spoconej, niezdrowo zaczerwienionej twarzy.

– Co tu się dzieje? – zapytał Tadeusz zdezorientowany.

– Ty śmiesz nazywać siebie lekarzem? Ty?! – wyła dalej sklepikarka. – Ty… ty…! Mira była dla ciebie nikim, tak? Za niskie progi? Lepiej skazać ją było na śmierć, niż ruszyć tę swoją naukową dupę do pomocy?

Tadeusz chyba po raz pierwszy widział sklepikarkę w takim stanie. Nawet na pogrzebie siostry zachowywała się godnie.

– Nie rozumiem – powiedział zgodnie z prawdą.

Wanda załkała.

– Gdybyś tylko jej pomógł! – wołała. – Ale nie chciałeś! Gdyby nie ty, Mira może nadal by żyła! Mam nadzieję, że ten twój wampir cię pożre! Żywcem! Tylko na to zasługujesz!

Tadeusz westchnął. Miał dosyć słuchania o wampirze. Kiedy to się nareszcie skończy? Najpierw Czesława i jej poplecznicy, a teraz pogrążona w żałobie sklepikarka.

Tymczasem goście Glorii przypatrywali się wszystkiemu ciekawie. Tadeusz był pewien, że plotki rozejdą się po wsi i już jutro nie będzie innego tematu w żadnym gospodarstwie. Ludzie z frakcji Czesławy pewnie będą żałować, że woleli pójść do cyrku i nie zobaczyli tej komedii na własne oczy.

– Wando, wejdź do domu – zaprosił. – Porozmawiamy na spokojnie.

To było jedyne wyjście, żeby zapanować jakoś nad sytuacją i rozeznać się, o co w tym wszystkim chodzi. Tym bardziej że Tadeusz zupełnie nie wiedział, dlaczego sklepikarka oskarża akurat jego. Nie zajmował się przypadkiem jej siostry ani przez chwilę. To Lenart skierował Mirę do szpitala, kiedy tylko rozpoznał objawy wścieklizny.

Lekarze walczyli, ale nie dało się już nic zrobić. Pustel-niczka umarła.

Wanda wspięła się na ganek i spojrzała mu prosto w oczy.

– Morderca – rzuciła tak, żeby wszyscy ją słyszeli.

Tadeusz szybko pociągnął ją do środka. Najbardziej bolało go to, że Olaf i Wojtek są świadkami tej sceny. Całe życie starał się, żeby synowie mogli być z niego dumni. Pró-bował zmienić ten smutny kraj tak usilnie, że aż z tej troski zupełnie osiwiał. Bez reszty oddał się ludziom w potrzebie i pracy naukowej. Nigdy nikomu nie odmówił pomocy.

Zamykając drzwi, spojrzał jeszcze na Glorię. Żona pogrążona była w rozmowie z Heinrichem, jakby wokół nic szczególnego się nie działo. Tadeusz poczuł gniew. Wanke chciał im odebrać dom. Dom, który Tadeusz uko-chał i z którego był dumny. Dom, w którym wychowywał synów i który chciał im przekazać. I ten właśnie dom Gloria najchętniej wręczyłaby Heinrichowi na złotej tacy.

– Ty śmiesz nazywać siebie lekarzem?! – krzyknęła znowu Wanda, kiedy byli już w korytarzu. – Ty? Ty, który biednego nie traktujesz na równi z bogatym? Ty?!

W głosie sklepikarki brzmiała taka gorycz i ból, że Tadeusz zapragnął nagle ją przytulić. Pocieszyć.

– Wyjaśnij mi wszystko po kolei – poprosił delikatnie.

– Teraz chcesz ze mną rozmawiać, tak? – wrzasnęła, jakby nie potrafiła już mówić normalnie. – A kiedy przy-szłam do ciebie po pomoc, wymigiwałeś się!

Tadeusz pokręcił głową. Znowu ta sama śpiewka. Z miej-sca zapomniał o współczuciu. Zamiast niego poczuł ogar-niającą go irytację. Nie mógł zrozumieć, dlaczego Wanda tak upiera się przy swoim kłamstwie. Przecież wcale nie przyszła do niego po pomoc, kiedy Mira zachorowała. Dlaczego teraz twierdziła, że było inaczej? Co chciała przez to osiągnąć? Popatrzył na nią, zastanawiając się gorączkowo. Sklepikarka oddychała ciężko. Szczerze powiedziawszy, wyglądała teraz, jakby zupełnie postradała rozum. Może tak właśnie było.

– Tu nie ma publiczności, Wando – powiedział zimno.

– Dlaczego więc kłamiesz?

Sklepikarka spojrzała mu prosto w oczy.

– Nie kłamię! – warknęła wściekle. – Odmówiłeś pomocy mojej siostrze, a teraz boisz się wziąć odpowiedzialność za swoje czyny. Nie pozwolę, żeby uszło ci to na sucho.

Zanim Tadeusz zdążył po raz kolejny zaprzeczyć, sklepikarka odwróciła się i wypadła z powrotem na dwór. Najwyraźniej potrzebowała widowni. Tadeusz pobiegł za nią. Oczy gości ponownie skierowały się na nich.

– Bądź przeklęty, morderco! – zawołała znowu Wanda.

Z tłumu bawiących się wystąpił porucznik Drzewiecki. Tym razem bez szarego munduru milicjanta, tylko w odświętnym garniturze. Bez względu na strój zawsze nadmiernie z siebie dumny.

– Wando? – zapytał.

Tadeusz mógł się założyć, że Drzewiecki cieszy się w duchu, że przyjęcie się nie udało. Miał kolejny powód, by triumfować. Na krótko. Tadeusz poczuł ukłucie złośliwej satysfakcji. Ciekawe, czy Józef dostał już list z uczelni na temat swojej córki. Ciekawe, jak zareaguje, gdy się o wszystkim dowie.

– Mira umarła przez niego! – krzyknęła Wanda, wskazując na Tadeusza.

Wszystkie oczy po raz kolejny skierowały się na niego. Tadeusz nie lubił takiego zainteresowania. Odczyty, które wygłaszał na zjazdach naukowych w całej Europie, były złem koniecznym. Bez tego nie mógłby dalej prowadzić swoich badań. Występów publicznych nienawidził jednak całym sercem. Teraz poczuł tę samą niechęć.

Spojrzał na sklepikarkę, która była powodem jego niedoli.

– Naprawdę nie wiem, o co chodzi – zapewnił.

– Już ty dobrze wiesz, świnio! – krzyknęła rozjuszona kobieta.

Na te słowa porucznik Drzewiecki zrobił kilka kroków w jej stronę.

– Wando, idź odpocząć do domu – powiedział z troską, ale w jego głosie brzmiał rozkazujący ton. Milicyjny lis umiał postępować w takich okolicznościach. – Wszyscy wiemy, że rozpaczasz po stracie siostry, ale w końcu musisz zrozumieć, że śmierć Miry to nie była niczyja wina. A już tym bardziej nie Tadeusza. Zaraziło ją jakieś zwierzę. Wśród nietoperzy szukaj winnych – zakończył ironicznie.

– Oczywiście, że to jego wina! – krzyknęła dziko sklepikarka.

Tadeusz westchnął. Wanda oszalała z rozpaczy. Trzeba ją uspokoić i przemówić jej do rozumu logicznymi argumentami.

– Nawet gdyby było tak, jak mówisz, i przyszłabyś do mnie, kiedy dowiedziałaś się o objawach choroby u siostry, i tak nie mógłbym jej pomóc – wyjaśnił. – Wścieklizna to szczególna choroba. Kiedy objawy już się pojawią, praktycznie nie ma szans na wyleczenie. Kiedy dowiedziałaś się o symptomach, Mira była już skazana na śmierć. Twoje zarzuty wobec mnie są bezpodstawne. Nawet jeżeli byłyby w ogóle prawdziwe. Nigdy nie odmówiłem pomocy pacjentowi w potrzebie.

Sklepikarka spojrzała na Tadeusza z triumfalnym uśmieszkiem na twarzy.

– Mira była skazana na śmierć? Doprawdy? – zadrwiła niemal, śmiejąc się histerycznie. – Nic podobnego! Spytajcie doktora Lenarta! On mi wszystko wyjaśnił.

Tadeusz otworzył szeroko oczy. Był zupełnie zaskoczony. Co Lenart miał do tego? Przyjaciel musiał przecież doskonale wiedzieć, że po wystąpieniu objawów dla pustelniczki nie było już ratunku. Lenart nie był laikiem. Był lekarzem. Dlaczego oskarżał Tadeusza? A może to tylko kolejne kłamstwo Wandy?

Goście rozstąpili się, ukazując miejscowego lekarza z kieliszkiem urodzinowej wódki w dłoni. Tadeusz spojrzał na najbliższego przyjaciela pytająco. Znali się od lat, więc od razu zauważył, że przez twarz Lenarta przebiega dziwny skurcz. A więc to prawda, pomyślał Tadeusz. W tej jednej kwestii Wanda nie kłamała.

– Co ty jej powiedziałeś? – zapytał cicho.

Lenart musnął kozią bródkę i poprawił okulary w drucianej oprawce. Nic jednak nie odpowiedział. Wśród zebranych w altanie gości przebiegł szmer. W oczach ludzi malowała się ciekawość. No jak to było? Jak było? – mówiły ich spojrzenia.

– Histeryzujesz! – krzyknęła Gloria, która zdecydowała się przerwać rozmowę z Heinrichem i w końcu włączyć się do całej sprawy. – Doprawdy histeryzujesz, droga Wando.

Histeryzujesz? Tadeusz wiedział, że w zaistaniałej sytuacji dobór słów użytych przez żonę to wielki błąd. Sklepikarka była w takim stanie, że nie mogła ich przyjąć... ze spokojem. Zareagowała natychmiast. Splunęła w stronę Tadeusza, po czym ruszyła w kierunku Glorii zdecydowanym krokiem. Zanim ktokolwiek zdążył ją powstrzymać, chwyciła ciasto, które upiekła na zamówienie solenizantki, i zaczęła rzucać nim w Glorię. Tadeusz patrzył bezradnie, jak natapirowana fryzura żony zupełnie się rozpada. Kawałki ciasta spływały po jej pięknych policzkach. Mimo to Tadeusz stał jak skamieniały. Nie mógł zrobić ani kroku, żeby ratować żonę. Ani kroku.

Porucznik Drzewiecki chwycił Wandę za ręce i odciągnął od Glorii, która miotała się wściekle, starając się bez powodzenia zetrzeć ciasto z wieczorowej sukni.

– Już wystarczy tego dobrego – powiedział milicjant ostro. – Lenart, nie mógłbyś zaaplikować Wandzie czegoś na uspokojenie?

Lenart sięgnął szybko po skórzaną lekarską torbę, którą zawsze nosił ze sobą, i wyciągnął strzykawkę. On też zawsze był gotów pomagać. Tadeusz bardzo cenił to wspaniałe powołanie u przyjaciela. Lenart zrezygnował z kariery naukowej i ich wspólnych badań, żeby leczyć ludzi tu w Utopcach i w Zbicznie. Mimo że rola miejscowego lekarza nie była przecież tak prestiżowa jak prowadzenie badań nad tetraetyloołowiem, Lenart nigdy nie narzekał.

Wanda wyrywała się, ale Józef Drzewiecki trzymał ją mocno. Lenart bez problemu zaaplikował więc lek. Niemal od razu się uspokoiła. Usadzili ją wspólnie na ławeczce przy palenisku. Oddychała ciężko.

Tadeusz patrzył na to wszystko z werandy i nadal nie mógł zrobić ani kroku naprzód. Jakby oskarżenia Wandy sprawiły, że stracił zdolność ruchu. Dziwne zachowanie przyjaciela również kłuło boleśnie. Dlaczego Lenart podsycał nienawiść?

Sobota. Godzina 9.30

Tadeusz czuł, że musi to wyjaśnić, dlatego od razu po niezbyt udanym śniadaniu ruszył brukowaną drogą w stronę domu przyjaciela. Liczył na to, że zdąży, zanim Lenart wyruszy do swojej niewielkiej przychodni w Zbicznie.

Przyjaciel mieszkał na samym końcu podłużnej polany, pod przeciwległą ścianą lasu. Tadeusz zapukał do drzwi i czekał. Dopiero teraz zauważył, że czerwona farba, którą pokryte były ściany domu Lenarta, odłazi wielkimi płatami. Wyglądało to, jakby dom upstrzony był odrażającymi strupami. Jak dawno nie odwiedzał przyjaciela? Tadeusz nie mógł sobie tego przypomnieć. Zwykle spotykali się w „Żebrówce" albo gdzieś we wsi. Nie zdawał sobie nawet sprawy, jak biednie Lenart mieszkał.

W końcu drzwi się otworzyły. Lenart miał podwinięte rękawy, a w dłoniach trzymał jakieś zdjęcie.

– Dzień dobry! Przepraszam, że czekałeś – przywitał się. Tadeusz szukał w jego głosie fałszywej nuty, ale nie usłyszał niczego niepokojącego. Przyjaciel zachowywał się tak, jakby w urodziny Glorii nic szczególnego się nie wydarzyło. – Byłem w ciemni. Wywoływałem zdjęcia. Nie usłyszałem cię w pierwszej chwili. Trzeba było wejść. Przecież drzwi są otwarte.

W Utopcach nikt nigdy nie zamykał drzwi. Tadeusz sam nie wiedział, dlaczego tak uparcie pukał. Może waga sprawy, z którą przyszedł, nie pozwoliła mu samowolnie przekroczyć progu domu przyjaciela.

– Udało mi się zrobić kilka pięknych zdjęć, jeżeli chcesz zobaczyć – zaproponował tymczasem Lenart. – W tym roku...

– Moglibyśmy porozmawiać? – uciął Tadeusz.

– Oczywiście, wejdź – zaprosił Lenart. Dopiero teraz na jego twarzy pojawił się wyraz dziwnej niepewności. – Tylko że ja za chwilę wyruszam do Zbiczna. Mam dziś kilku pacjentów. Nie mam zbyt wiele czasu, żeby rozmawiać.

– To nie potrwa długo.

Weszli do domu. Pomieszczenia były prawie ogołocone z mebli. Wielkie okna w salonie popękały w kilku miejscach. Bieda kłuła w oczy. Tadeusz rozglądał się z przerażeniem. Czy to dlatego Lenart nigdy go nie zapraszał? Czy wstydził się swojego ubóstwa?

Milczenie, które teraz zapadło, było co najmniej krępujące. Lenart powoli odwinął rękawy i zapiął guziki mankietów. Najwyraźniej czekał, aż Tadeusz odezwie się pierwszy.

– Dlaczego wmawiasz Wandzie, że śmierć Miry to była moja wina? – zapytał Tadeusz. Starał się mówić miękko. Bez wyrzutów.

Lenart przez chwilę nic nie mówił.

– Dlaczego jej nie pomogłeś? – zapytał w końcu zamiast odpowiedzi. W jego głosie pobrzmiewała teraz nieoczekiwana pogarda. – Tak bardzo ci odbiło? Pan specjalista z Warszawy i zawszonej pustelniczki już nie przyjmie, tak? Tak?

Każde kolejne słowo było coraz bardziej jadowite. Najwyraźniej przyjaciel naprawdę uwierzył w kłamstwa sklepikarki.

– Nie do końca tak było...

– To jak było? – przerwał mu Lenart. – Odpowiedz!

Tadeusz uznał, że zaprzeczanie nie ma większego sensu. To było słowo przeciwko słowu, a przyjaciel najwyraźniej nie zamierzał mu uwierzyć.

– Dlaczego wmawiasz Wandzie, że to ja jestem winien śmierci Miry? – powtórzył. – Chcesz mnie w ten sposób ukarać? Przecież znasz mnie jak brata. Dlaczego wierzysz Wandzie, a nie mnie?

Nagle Lenart zaśmiał się głośno. Jego twarz zupełnie się zmieniła, jakby opadła z niej maska, którą zbyt długo nosił.

– Pławisz się w luksusie i zupełnie już straciłeś kontakt z rzeczywistością – powiedział oskarżycielsko. – Te badania to całe twoje życie. Te rauty z towarzyszami. To jest coś, co cię pociąga. Zapomniałeś, jak to jest żyć w biedzie, co? Być blisko ludzi! Zapomniałeś? Zapomniałeś o tym, jakie mieliśmy marzenia, kiedy byliśmy młodzi?

Dopiero w tym momencie Tadeusz zrozumiał z nagłą jasnością, że kwestia Wandy i jej siostry to był tylko pretekst. Lenart żywił do niego urazę, którą skrywał do tej pory pod maską przyjaźni.

– Sam zrezygnowałeś z naszych badań – odpalił defensywnie. – Zostawiłeś mnie w Warszawie, bo wydawało ci się, że nic nie osiągniemy w badaniach nad tetraetyloołowiem.

To ty stchórzyłeś i wróciłeś tu na ciepłą posadkę. A teraz jesteś zazdrosny, że jednak mi się udało? Wystarczyło poczekać jeszcze pół roku, Lenart. Marne pół roku i byłbyś teraz tu gdzie ja. Ale nie! Ty zawsze chciałeś mieć wszystko od razu, prawda? Nigdy nie starczyło ci cierpliwości! Nigdy nie starczyło ci odwagi! I zobacz, co teraz masz!

Tadeusz zatoczył ręką krąg. Oddychał szybko. Wiedział, że posunął się za daleko, ale nagły atak ze strony przyjaciela zupełnie go zaskoczył. Z drugiej strony wszystko, co powiedział, było szczerą prawdą. Lenart sam zrezygnował z ich wspólnych eksperymentów i za drobną opłatą zrzekł się praw do nich. Mało tego. Dał Tadeuszowi swoje błogosławieństwo, błyskając sprytnym okiem zza drucianej oprawki okularów. Koło fortuny potoczyło się jednak zupełnie inaczej, niż Lenart sądził. Zupełnie inaczej.

– A ty co niby masz?! – wrzasnął tymczasem Wroński. Na jego twarzy widniało szaleństwo. Wyglądał teraz jak Wanda w czwartkowy wieczór. A może nawet i straszniej. – Nigdy nie będziesz miał czystego sumienia! Już ja tego dopilnuję. Mira może i nie umarła przez ciebie, ale co to ma za znaczenie! Tu w Utopcach to ja jestem zaufanym doktorem, a nie ty! Moje słowo zawsze wygra z twoim!

Tadeusz nie mógł uwierzyć w to, co właśnie usłyszał. Lenart otwarcie przyznawał się do kłamstw i wspierania pomówień sklepikarki. Co więcej, nie ukrywał wcale tego, że zamierza dalej oczerniać przyjaciela, a los zmarłej pustelniczki tak naprawdę jest mu obojętny. Sprawa Miry i Wandy to było tylko narzędzie, które mógł wykorzystać dla własnych celów.

– Ale ty mi zazdrościsz! – rzucił cierpko Tadeusz. – Gdybyś tylko przyszedł poprosić o pomoc, zawsze dałbym ci pieniądze. Byłeś dla mnie jak brat!

– Prosić ciebie o pieniądze? Jak żebrak?! – Śmiech Lenarta znowu wypełnił pusty dom. – Niedoczekanie!

Wbrew sobie Tadeusz poczuł nagle satysfakcję. To on był górą. Od lat chłopięcych Lenart zawsze uważał, że jest tym lepszym. W każdej dziedzinie. W medycynie też. Dawał to Tadeuszowi do zrozumienia na każdym kroku. Udzielał mu porad. Mówił jak mentor nawet wtedy, kiedy obaj uczyli się do tego samego egzaminu na studiach. I co się stało? Teraz Lenart tkwił w tym pustym, obłażącym z farby domu, a Tadeusz był sławny na cały kraj.

– Twój wybór.

– Idę do moich pacjentów… z a b ó j c o – oświadczył Lenart, akcentując ostatnie słowo z wyraźną rozkoszą. – A ciebie niech ten wampir z altany zupełnie pogrąży. Ja ze swojej strony także nie będę próżnował. Czesława, Wanda… Niedługo całe Utopce będą przeciwko tobie i Glorii. Sam zobaczysz, kto jest górą. Zobaczymy, kto się będzie śmiał ostatni. Pożałujecie tego! Wszyscy!

Pożałujecie? Wszyscy? Tadeusz zastygł na te słowa. Przed oczami stanęła mu Gloria i dwaj synowie. Czy groźby Lenarta były czymś podparte? Czy naprawdę chciał im zaszkodzić? Co on planował?

– Przynajmniej pokazałeś swoje prawdziwe oblicze – powiedział Tadeusz bardzo powoli. Z braku lepszych pomysłów te słowa były równie dobre jak każde inne.

– Nawet sobie nie wyobrażasz – zaśmiał się Lenart, chwytając swoją lekarską torbę.

ROZDZIAŁ 6

Lipowo. Wtorek, 28 października 2014. Rano

Sierżant sztabowa Emilia Strzałkowska wypiła długi łyk wody. Wyjrzała przez przysłonięte firanką okno swojej kuchni. Słońce świeciło pięknie, chociaż trawę nadal jeszcze pokrywał delikatny szron. Pozostałość po chłodniejszej nocy. Promienie słońca odbijały się w nim jak w tysiącach diamencików. Topniał jednak szybko w cieple jesiennego poranka. Pewnie niedługo zupełnie zniknie, a w trawie połyskiwać będą tylko żółte liście brzozy.

Emilia zerknęła krytycznie na swój ogródek. Koniecznie trzeba zagrabić te liście, uznała. To była jej pierwsza jesień w tym domu. Przed przyjazdem do Lipowa mieszkała w bloku z wielkiej płyty na warszawskim Ursynowie. Przed budynkiem rosły co prawda wyniosłe topole, które każdej jesieni zasypywały chodniki liśćmi, ale ich sprzątaniem zajmował się dozorca.

Westchnęła. Tu nie było dozorcy. Tylko ona i jej syn. No i oczywiście był jeszcze prokurator Leon Gawroński. Jednak status ich znajomości Strzałkowska przestawiła sobie w głowie na „To skomplikowane”. Głównie z tego powodu, że Gawroński miał swoją nieprzyjemną tajemnicę. Emilia nie potrafiła jej do końca zaakceptować. Mimo to trwała w tym dziwnym związku. Może dlatego, że atencje przystojnego prokuratora jej schlebiały i sprawiały, że czuła się bardziej kobieca. Praca w policji była zdecydowanie męskim zajęciem. Kwiaty i randki stanowiły przyjemną i bardzo pożądaną odmianę.

Emilia uśmiechnęła się w duchu. Tak czy inaczej nie wypadało chyba prosić Gawrońskiego o sprzątanie liści. Pomoc w pracach domowych to byłaby już poważniejsza deklaracja. Zresztą nie mogła sobie wyobrazić eleganckiego prokuratora z przerdzewiałymi grabiami. Już prędzej Daniela, przyszło jej do głowy. W końcu jest ojcem Łukasza. Może Strzałkowska ma z tego tytułu prawo czegoś od niego wymagać?

– Okej. No dobra. Weźmy się do pracy, co? – odezwała się komisarz Klementyna Kopp, przerywając ciszę. Jak zwykle pluła słowami na wszystkie strony.

Emilia, Klementyna i Daniel zebrali się w kuchni Strzałkowskiej na odprawie. Zanim rozpoczną normalny dzień pracy, chcieli przedyskutować dalsze działania w ich nieformalnym śledztwie.

Strzałkowska rozejrzała się po pomieszczeniu. Kuchnia to raczej nie było idealne miejsce na dyskusje o śledztwie. Zwłaszcza jej własna. Kiedyś obiecała sobie, że nie będzie przynosiła pracy do domu. Teraz to zrobiła, i to dosłownie. Nie było jednak innego wyjścia. Spotkanie w komisariacie w Lipowie odpadało. Komendant wyraźnie tego zakazał, a jeżeli chcieli, żeby dotrzymał swojej części umowy, musieli grać według jego zasad. Umówienie się w dworku Weroniki też nie wchodziło w grę. Daniel nie tłumaczył dlaczego. Emilia podejrzewała jednak, że chodzi o jego przyszłą teściową. Matka Weroniki mieszkała z nimi od czerwca i nie zamierzała chyba wyjeżdżać. Jechać do brodnickiego mieszkania Klementyny też nie było sensu.

– Podsumujmy, co wiemy o śmierci Wojtka i Teodora Czajkowskich – zaproponował tymczasem Daniel. – Według Józefa Drzewieckiego podczas postępowania w osiemdziesiątym czwartym śledczy mieli troje podejrzanych.

Emilia ciągle była pod wrażeniem wczorajszego spotkania w Utopcach i opowieści starego policjanta. Najpierw tajemnicze kości wampira odnalezione podczas budowy altany. Potem klątwa potępionej duszy, która powróciła, żeby zabić tych, którzy ośmielili się wydobyć ukryte przez wieki doczesne szczątki potwora.

Emilia nie należała do osób przesądnych, ale tam w Utopcach można było uwierzyć właściwie we wszystko. Zapomniana polana otoczona mrocznym zbiorowiskiem powykręcanych drzew. Opustoszała brukowana droga biegnąca przez środek mikroskopijnej wsi. Skrzypiące drewniane domy. Świszczący wiatr, który przypominał wycie potępieńców. To wszystko sprawiało, że Utopce wyglądały jak surrealistyczna dekoracja z planu jakiegoś horroru. W tej sytuacji również i w wampira można było łatwo uwierzyć. Nawet największym sceptykom.

– Wanda i Heinrich Wanke, no i oczywiście Czesława Tokarska – podsumował Daniel. – Oni rzeczywiście najbardziej rzucają się w oczy w opowieści Drzewieckiego.

Podgórski rozejrzał się po kuchni. Emilia podejrzewała, że brakuje mu nieodłącznej białej tablicy w salce konferencyjnej komisariatu w Lipowie. Daniel uwielbiał porządkowanie danych. Pewnie teraz też chciał zapisać te trzy nazwiska.

– Czekaj. Stop. Jest jeszcze czwarty podejrzany, wampir – rzuciła Klementyna.

Trudno było orzec, czy mówi to poważnie, czy żartuje. Komisarz Kopp stanowiła trudną do rozgryzienia zagadkę. Z jednej strony była skuteczną śledczą, z imponującą statystyką rozwiązanych spraw. Z drugiej jej dziwne zachowanie i co najmniej beztroskie podejście do ludzi raziło. Szczerze mówiąc, Emilia niezbyt lubiła Klementynę. Szanowała ją oczywiście, ale o przyjaźni nie mogło być mowy. Ich relacje można było nazwać szorstkimi. Przy odrobinie dobrej woli.

– Czesława Tokarska rzuca się w oczy aż nadto – stwierdziła Strzałkowska, siadając przy stole. Zdecydowała się nie komentować słów Klementyny. – W końcu to ona groziła otwarcie, że Wojtka i Tadeusza spotka kara, jeżeli tylko ruszą kości. Szczerze mówiąc, to trochę dziwne. Jaki miała w tym cel?

– Z opowieści Drzewieckiego wynika, że Czesława z jakiegoś powodu naprawdę w to wierzyła – powiedział Daniel. – Tylko co to dla nas oznacza?

Emilia zerknęła w jego stronę. W świetle dnia, i do tego we własnej przyjemnie znajomej kuchni, opowieści o wampirach zdawały się zupełnie bezsensowne. Wampiry nie istnieją. To nie tajemne moce, to ludzie zabijają.

– Może te opowieści o wampirze to był tylko pretekst – zasugerowała. – Czesława mogła mieć jakiś inny powód, żeby chcieć śmierci Czajkowskich. Coś, o czym jeszcze nie wiemy.

Daniel skinął głową.

– A co powiecie o Wandzie? – zapytał. – Z opowieści Drzewieckiego wyglądało na to, że obwiniała Tadeusza o śmierć swojej siostry. Trudno powiedzieć, czy słusznie. W każdym razie to mogła być zemsta.

Klementyna pochyliła się w stronę Daniela przez stół.

– Czekaj. Stop. Wanda Tadeusza nienawidziła. Spoko. Ale! Dlaczego miałaby zabijać Wojtka, co? On przecież w niczym jej nie zawinił.

– Tego jeszcze nie wiemy – powiedziała Emilia. Czuła pewną satysfakcję. Zwykle to Klementyna łapała ją za słówka i doszukiwała się niedopatrzeń w jej pomysłach. Tym razem było na odwrót.

Komisarz Kopp skinęła powoli głową. Wyraz jej twarzy jak zwykle pozostał jednak nieodgadniony.

– No i mamy jeszcze Heinricha Wanke – dokończył Daniel. – Z tego, co zrozumiałem z opowieści Drzewieckiego, zarzuty wobec Heinricha opierają się tylko na tym, że bardzo zależało mu na odkupieniu od Czajkowskich „Żebrówki". Nie wiem, czy chęć kupna domu to wystarczający powód, żeby zabijać.

– Tak naprawdę motywy całej tej trójki są niejasne – zgodziła się Emilia. – Trzeba będzie z nimi porozmawiać i dowiedzieć się więcej.

– Czekaj. Stop. Tylko co z tego? – zaatakowała Klementyna. – Zapomniałaś chyba, że cała rozkoszna trójeczka ma alibi. Czesławę broni syn, Wanda i Heinrich zapewniają sobie alibi nawzajem. Ściema czy nie, nic z tym nie zrobimy. Proponuję chwilowo ich olać. Potem zobaczymy.

– Nie chcesz ich przesłuchiwać? – zdziwił się Podgórski.

Klementyna spojrzała na niego spod oka.

– A myślisz, że to ma jakikolwiek sens, Daniel, co?

Policjant wzruszył ramionami. Wyglądał na podenerwowanego.

– Trzydzieści lat temu zarzekali się, że nikogo nie zabili. Myślisz, że teraz powiedzą nam co innego? O tak, to ja zabiłem Wojtka i Tadeusza. Wtedy w osiemdziesiątym czwartym kłamałem, ale teraz zamknijcie mnie w więzieniu – zakpiła komisarz Kopp. – Myślisz, że teraz nagle się przyznają, co? Wątpię. Szczerze.

– To co proponujesz? – zapytał chłodno Daniel.

Klementyna uśmiechnęła się krzywo.

– Skupmy się raczej na dowodach, którymi dysponujemy – podsunęła. – Nie ma tego zbyt dużo. Ale! Jest jakiś punkt zaczepienia na start.

– Chodzi ci o te zakrwawione ubrania?

Komisarz Kopp skinęła głową. Niespodziewanie ugodowo.

– Tak. I o ślady kłów na progu altany – uściśliła. – Od tego wyjdziemy, a potem zobaczymy. Sposób, w jaki Drzewiecki prowadził postępowanie w osiemdziesiątym czwartym, jest śmiechu wart. Nie podoba mi się.

– To były inne czasy. Nie dysponowali taką techniką jak my teraz – powiedział Daniel, jakby chciał wziąć w obronę byłego milicjanta. – Ale masz rację. Mnie też się wydaje, że tu jest sporo zaniedbań.

Emilia uśmiechnęła się pod nosem. „Zaniedbania" to było niezbyt dobre słowo. Drzewiecki plątał się i kluczył, ale w końcu przyznał, że krwi na złożonych w kostkę ubraniach nawet nie zbadano. Przesłuchania mieszkańców Utopców można było nazwać najwyżej pobieżnymi. Ciał Wojtka i Tadeusza właściwie nie szukano. Jakby szybkie uznanie Czajkowskich za zaginionych było komuś na rękę. Coś tu śmierdziało. I to nie troszeczkę. Raczej na kilometr.

– Jak myślicie, co się stało z ciałami? – zapytała.

Daniel wzruszył ramionami.

– Sprawca mógł zrobić z nimi właściwie cokolwiek – powiedział. – Zakopać, spalić, schować w piwnicy, wrzucić do jeziora. Lasy wokół Utopców są tak wielkie, że równie dobrze szkielety Czajkowskich mogą nadal tam leżeć.

– Dlatego nie będziemy nawet tracić czasu, żeby teraz ich szukać – wtrąciła się Klementyna. – Ważniejsze od pytanie, g d z i e sprawca ukrył ciała, jest d l a c z e g o w ogóle się ich pozbył.

Drzwi kuchni zaskrzypiały lekko, zanim Emilia i Daniel zdążyli cokolwiek odpowiedzieć.

– Mogę tylko wziąć jedzenie? Wychodzę do szkoły.

Strzałkowska odwróciła się gwałtownie. Jej nastoletni syn wetknął głowę do kuchni i rozejrzał się po zebranych. Włosy wpadały mu do oczu, ale chyba teraz panowała taka moda. Emilia nie zamierzała w to ingerować. Jeżeli Łukasz chciał nosić przydługą grzywkę, niech nosi. Spodnie rurki i podwinięte nogawki też jakoś zaakceptowała.

Daniel uśmiechnął się do syna. Łukasz odpowiedział tym samym. Emilia cieszyła się, że ojciec i syn nareszcie zaczynali łapać w miarę dobry kontakt. Nie od początku tak było. Strzałkowska z westchnieniem musiała przyznać, że to jej wina. Może nie powinna latami ukrywać przed Łukaszem, że jego ojciec gdzieś tam jest i ma się dobrze. Może w dwutysięcznym roku powinna była powiedzieć

Danielowi, że zaszła w ciążę. Zamiast decydować się na samotne wychowanie dziecka. Może.

Teraz obserwowała, jak Łukasz pakuje kanapki do foliowej torebki. Trzy wielkie bułki. Nie wiedziała, gdzie on to wszystko mieści, ale nastoletnie ciało było chyba workiem bez dna. Syn w ostatnich miesiącach wystrzelił w górę jak młoda brzózka. Uśmiechnęła się na to drzewne porównanie. Łukasz przerósł ją prawie o dziesięć centymetrów. Musiała teraz zadzierać głowę, żeby spojrzeć w oczy własnemu dziecku. Kiedy to się stało? I co będzie dalej?

– Nie ma ciał, nie ma śladów – powiedział Daniel, kiedy drzwi kuchni zamknęły się za Łukaszem.

Przedwcześnie postarzała twarz Klementyny rozszerzyła się w uśmiechu.

– Dokładnie – stwierdziła, kiwając głową. – Nie ma śladów, nie wiemy, jakiego narzędzia zbrodni użyto.

– Chodzi ci o to, że to mogło być coś nietypowego? – zapytała Emilia. – Coś, co skierowałoby podejrzenia na konkretną osobę?

– No, chyba że naprawdę zrobił to wampir – powiedziała komisarz Kopp. Znowu trudno było orzec, czy kpi, czy też naprawdę dopuszcza do siebie taką możliwość.

– Co proponujesz? – zapytał Daniel, powtarzając swoje wcześniejsze pytanie.

Klementyna pochyliła się przez stół w kierunku Podgórskiego. Przykrótkie rękawy skórzanego żakietu podciągnęły się jeszcze bardziej, ukazując stare wyblakłe tatuaże pokrywające przedramiona policjantki.

– Nie mamy ciał, więc nie znamy narzędzia zbrodni. W tej sytuacji zaczniemy od sprawdzenia kwestii śladów „kłów wampira" z progu altany – pani komisarz zrobiła w powietrzu znak cudzysłowu. – Umówiłam się dziś na popołudnie z odontologiem. Niech nam coś powie na ten temat. Może doktorek wyjaśni kilka kwestii.

– Co masz na myśli? – zapytała Emilia.

Klementyna spojrzała w jej stronę z kolejnym nieprzeniknionym uśmieszkiem.

– Na początek sprawdzimy, czy na pewno możemy wykluczyć wampira – stwierdziła spokojnie. Strzałkowska poczuła narastającą irytację. Tym razem była już prawie pewna, że słyszy kpinę w głosie Klementyny. – Jutro pojedziemy do mamuśki komendanta. Weźmiemy ubrania denatów, o ile Gloria Czajkowska nadal je ma. Zobaczymy, czy fatałaszki zamiast ciał nie powiedzą nam czegoś więcej o ataku i przy odrobinie szczęścia o narzędziu zbrodni. Popytamy też mamuśkę o ewentualnych wrogów naszej dwójki. No a teraz idźcie do tego swojego komisariatu i róbcie, co tam musicie. Ja przyjadę po was o szesnastej.

Komisarz Kopp nie zapytała, czy to im pasuje. Po prostu z całym spokojem stwierdziła fakt. Oczywiście.

ROZDZIAŁ 7

Wojtek Czajkowski wymknął się z „Żebrówki" ostrożnie
i zbiegł po schodach werandy z tyłu domu. Rodzice nie
stanowili problemu. To nie przed nimi się chował. Ojciec
wyszedł porozmawiać z Lenartem, a matka zajęta była
pakowaniem walizek na swój wymarzony wyjazd do Jugosławii i nie zwracała na Wojtka najmniejszej uwagi.
Chodziło raczej o innych mieszkańców wsi. To oni mieli
nie widzieć.

Wojtek minął altanę i wszedł z trudem pomiędzy gęsto
rosnące drzewa. Oddalił się na tyle, żeby nie było go widać
z polany. Trzymał się skraju lasu, torując sobie drogę wy-
ciągniętymi przed siebie rękami. Gałązki smagały go po
twarzy, ale poruszał się sprawnie. Pod osłoną liści okrążył
polanę, aż znalazł się przy domu Jagodzińskich.

Wyszedł ostrożnie spomiędzy bujnych zarośli leśnego
poszycia. Czekał wpatrzony w okna domu listonosza, jakby
się spodziewał, że Arleta wyjrzy i go zawoła. Oczywiście nic
takiego nie nastąpiło. Nie mogło. Nie wiedziała przecież,

że Wojtek tu dziś przyjdzie. Nigdy nie spotykali się tak blisko wsi.

Wojtek zerknął na zegarek. Dochodziło piętnaście po dziesiątej, więc Arleta powinna jeszcze być w domu. Jagodzińska pracowała jako pielęgniarka w przychodni Lenarta w Zbicznie. W soboty miejscowy lekarz otwierał swój gabinet na bardzo krótko, i to dopiero o dwunastej.

Wojtek podniósł małą szyszkę. Obracał ją przez chwilę w palcach. Ciekaw był, skąd się tu wzięła. Las wokół polany był w całości liściasty. Dopiero jakieś trzy kilometry dalej stawał się mieszany, a potem stopniowo przechodził w iglasty.

A jednak ta mała szyszka leżała tu, najwyraźniej czekając na swoje zadanie. Wojtek bawił się nią jeszcze przez chwilę niezdecydowany. Podejrzewał, że Arleta nie będzie zachwycona jego niezapowiedzianymi odwiedzinami, ale chciał ją zobaczyć. Chociażby po to, żeby to wszystko definitywnie zakończyć.

Podrzucił szyszkę na próbę i znowu złapał ją w dłonie. Nadawała się idealnie. Zamachnął się i rzucił nią w okno pokoju, który zajmowała Arleta. Szyszka stuknęła delikatnie o szybę. Nic szczególnego. Nawet jeżeli Maciej jest jeszcze w domu, w co Wojtek szczerze wątpił, nie powinno to wzbudzić jego podejrzeń.

Po chwili firanka poruszyła się lekko. Wojtek widział dobrze kobiecą sylwetkę Arlety. Stanął tak, żeby i ona mogła go zobaczyć. Zasłoniła szybko okno. Wojtek schował się z powrotem w krzakach. Czekał.

Po kilku minutach Arleta wyszła z domu i popędziła do ściany lasu. Z przyjemnością patrzył na jej wielkie piersi poruszające się pod materiałem błękitnej sukienki. Natychmiast poczuł narastające w kroczu napięcie. Od pewnego czasu odczuwał taki popęd, że zupełnie nie mógł nad nim zapanować. Przywilej młodych. Przywilej artystów.

– Co ty tu robisz? – syknęła Arleta.

Niezbyt romantyczne powitanie, ale też Wojtek innego nie oczekiwał. Przyszedł tu, bo uważał, że jest jej coś winien. Właśnie dziś. Chwycił ją w ramiona i zaczął łapczywie całować. Opierała się trochę, ale w końcu mu uległa. Jak zwykle. Jej usta smakowały jakimiś owocami. Może przed chwilą jadła na śniadanie kanapkę z dżemem? Może piła herbatę z sokiem malinowym, tak jak lubiła?

Całowali się przez chwilę zachłannie. Wojtek poczuł, że trzeba mu więcej. Właśnie dziś. Potem to wszystko zakończy. Sięgnął do guzików przy jej dekolcie.

– Nie teraz – syknęła znowu Arleta i oderwała się od niego nagle zezłoszczona. – Umawialiśmy się przecież, że nigdy nie spotykamy się tutaj. Tylko w lesie, kiedy wracam z pracy. Na pewno nikt cię nie widział? Maciej by cię zabił, gdyby się o nas dowiedział.

Wojtek wzruszył ramionami. Już go to nie obchodziło. Nie czuł strachu przed listonoszem. Maciej był sześć lat starszy, ale wcale nie mocnej budowy. Jego fizjonomia była niemal kobieca. Pewnie z powodu tych wielkich niebieskich oczu, które zdawały się zajmować pół twarzy.

– Muszę ci coś powiedzieć – oznajmiła Arleta cicho. Jej twarz przybrała dziwny wyraz.

– Nie teraz.

Wojtek zaczął ją na nowo całować. Zachłannie jak nigdy. Nie dbał już o pozory. To i tak miało się dziś skończyć.

Początkowo starał się być delikatny. Dobrze wiedział, że Arleta tego oczekuje. Głównie dlatego, że listonosz podobno potrafił być okrutny i potrzebowała odmiany. Przynajmniej tak twierdziła. Potem już o tym nie rozmawiali. Był tylko seks i Wojtkowi to odpowiadało. No, ale wszystko dobre, co się dobrze kończy.

– Daj spokój – szepnęła ze śmiechem już zupełnie udobruchana. – Ja naprawdę muszę z tobą porozmawiać.

– O co chodzi? – odparł z ociąganiem. Starał się, żeby niechęć w jego głosie była wyraźnie słyszalna. Dziś ich związek miał się przecież skończyć. – Czy to nie może poczekać?

– Dłużej nie da się tego ukryć – oznajmiła Arleta, jakby to wszystko wyjaśniało.

Wojtek westchnął. Dzień nie zaczął się dobrze. Najpierw upiorne śniadanie z histeriami Glorii, teraz spotkanie z Arletą też powoli zmienia się w koszmar. Drzewa zaszeleściły, chociaż nie było wiatru.

– Nic nie powiesz?

Pretensja w jej głosie była wyraźnie słyszalna. Nie dało się jej pomylić z niczym innym. Z niczym. To było zaskakujące, bo do tej pory Arleta nie miała wobec Wojtka żadnych oczekiwań. W takim razie o co chodziło? Czego nagle od niego chce?

ROZDZIAŁ 8

Bydgoszcz. Wtorek, 28 października 2014.
Wieczorem

Młodszy aspirant Daniel Podgórski starał się znaleźć
jak najwygodniejszą pozycję. Nie było to łatwe, ponieważ fotelik, w którym usadził policjanta doktor Barabasz
Adamczyk, był malutki. Prawdę powiedziawszy, Daniel
ledwo się mieścił między podłokietnikami. Drewno wbijało
mu się boleśnie w prawy bok. Podgórski starał się skupić
na czymś innym. Wodził spojrzeniem po rozwieszonych
na ścianach halloweenowych ozdobach. Rzucały się w oczy,
ponieważ niezbyt pasowały do sterylnie białego gabinetu.

Już od jakiejś godziny odontolog sądowy przyglądał się
uważnie zdjęciom z 1984 roku, które wypożyczył im Józef
Drzewiecki. Ślady kłów domniemanego wampira zostały
dokładnie obfotografowane, ale milicyjna ekipa śledcza
nie zrobiła z nimi właściwie nic więcej.

Daniel znowu poruszył się nieznacznie i przymknął oczy
w oczekiwaniu, aż doktor Adamczyk nareszcie się odezwie.
Myśli Podgórskiego natychmiast odpłynęły, a może po
prostu zapadł w drzemkę.

Jakkolwiek było, miał wrażenie, że znalazł się z powrotem w swoim gabinecie. Dochodziła szesnasta. Wkrótce miała przyjechać Klementyna, by zabrać ich do specjalisty od zębów. Komisarz Kopp lubiła zjawiać się punktualnie. Nie było więc sensu niczego nowego zaczynać. Daniel miał kilka minut dla siebie.

Nagle drzwi jego gabinetu otworzyły się nieznacznie. Do środka zajrzała Maria. To by było na tyle, jeżeli chodzi o czas dla siebie, przebiegło mu przez głowę. Na twarzy matki malowało się zmartwienie. Nie mógł jej winić. Chciała przecież dobrze.

– Danielku? Nie przeszkadzam? – zapytała cichutko.

Zawsze tak robiła. Chyba wydawało jej się, że kiedy szepcze, to prawie tak, jakby jej nie było, a jak kogoś nie ma, to przecież nie przeszkadza, prawda?

– Nie, mamo – zapewnił Daniel natychmiast. – Właśnie skończyłem. Za chwilę wychodzę z Klementyną i Emilią... pozałatwiać kilka spraw.

– Z Klementyną? Coś się stało?

Podgórski zastanawiał się przez chwilę, czy powinien wtajemniczyć matkę w to, że prowadzą właśnie nieformalne śledztwo, które ma na celu uratowanie komisariatu. Komendant na pewno byłby wściekły, ale Daniel nie miał przed matką tajemnic. Prawie.

Spojrzał w dobrotliwą twarz Marii. Może jednak lepiej niczego jej nie mówić, uznał w końcu. Będzie się tylko jeszcze bardziej martwiła. Nie zniosłaby myśli, że ich komisariat może zmienić się w wyblakłe wspomnienie.

– Nic takiego. Rutynowe sprawy – skłamał więc gładko.

Maria przyjrzała mu się uważniej. Czyżby już coś wiedziała? Plotki rozprzestrzeniały się szybko, więc było to całkiem możliwe.

– Wiesz już, czy pójdziesz do ślubu w garniturze, czy w mundurze galowym? – zapytała, zmieniając temat.

Na jeszcze gorszy, przebiegło Danielowi przez myśl. Przywołał jednak na usta jak najbardziej zadowolony uśmiech. Przyszły pan młody nie może być przecież posępny.

– Jeszcze nie wiemy – odparł.

Kolejne kłamstwo utonęło w sztucznym uśmiechu. Matka Weroniki miała już wszystko dokładnie zaplanowane. Według niej żadne umundurowanie podczas ślubu jej córki nie wchodziło w grę. Odpowiedni był za to grafitowy garnitur i krawat w delikatne prążki. To będzie idealnie pasowało do sukni Weroniki, przekonywała. Rzeczona suknia podobno była w kolorze écru. Cokolwiek to znaczyło. Sukni Podgórski nie widział (Daniel, nie bądź idiotą! Zobaczysz w dniu ślubu). Oczywiście.

– Twój tata był ubrany w mundur – mówiła tymczasem Maria. Na jej twarzy malowało się rozmarzenie. – Pięknie to wyglądało. Myślę, że powinieneś kontynuować rodzinną tradycję. Tata na pewno byłby zachwycony.

Matka spojrzała na Daniela wyczekująco. Wyglądało na to, że chce usłyszeć deklarację. Jak zdaje się wszyscy dookoła. Tymczasem do gabinetu weszła Emilia, ratując Podgórskiego z opresji.

– Klementyna już jest – oznajmiła.

– Porozmawiamy później, mamo – rzucił Daniel szybko.

Ruszył za Emilią, zanim Maria zdążyła cokolwiek odpowiedzieć. Czuł się jak tchórz. To było niezbyt przyjemne.

Właściwie to powinien jak najszybciej porozmawiać z Weroniką otwarcie. Tylko jak ma jej teraz powiedzieć, że najchętniej wysłałby jej matkę z powrotem do Warszawy?

Doktor Barabasz Adamczyk odchrząknął głośno, wyrywając Daniela z zamyślenia. Policjant otworzył oczy i zamrugał gwałtownie. Znowu był w obwieszonym halloweenowymi czaszkami i plastikowymi dyniami bydgoskim gabinecie odontologa. Lipowo zostało jakieś sto trzydzieści kilometrów stąd.

– Rozumiem, że nie dysponujecie gipsowym odlewem tego uzębienia? – upewnił się Adamczyk. Podniósł jedną ze starych fotografii. – Tylko te zdjęcia?

Z jego tonu łatwo można było wyczytać niesmak. Odontolog spojrzał po kolei na swoich gości, jakby to Daniel, Emilia i Klementyna byli winni niedociągnięć śledztwa z 1984 roku.

– I nie możecie mi nawet powiedzieć, czego ta sprawa konkretniej dotyczy? – zapytał jeszcze, zerkając przy tym na zegarek.

Było już prawie wpół do ósmej wieczorem i specjalista od zębów wyraźnie się niecierpliwił. Daniel doskonale go rozumiał. Sam też był zmęczony. Dojazd do Bydgoszczy zajął im prawie dwie i pół godziny. O Klementynie można było wiele powiedzieć, ale na pewno nie to, że jest rajdowcem. Jeździła beznadziejnie wolno i statecznie, co bardziej pasowało do starszej pani z kościelnego chóru niż wytatuowanej od stóp do głów i ostrzyżonej na jeżyka policjantki z wydziału kryminalnego.

– Nie. Nic nie możemy powiedzieć – odparła natychmiast komisarz Kopp. – Chcemy tylko wiedzieć jedną malutką rzecz. Na początek. Czy to mogą być ludzkie kły, co?

Podczas ciągnącej się niemiłosiernie długo podróży ustalili, że sprawdzą na początek wersję, że zabójcą jest rzeczywiście wampir. „Ustalili" to może zbyt wiele powiedziane. Raczej Klementyna poinformowała ich o swoich zamiarach. Jeżeli wampir to poniekąd człowiek, to kły też powinny być ludzkie. Tylko dłuższe. Logiczne. Emilia siedziała na tylnej kanapie w zupełnej ciszy, jakby nie miała ochoty komentować nawet słów Klementyny. Daniel postanowił się w to nie mieszać. Pracował z Klementyną już wiele razy i ufał jej osądowi. Jakkolwiek dziwne mogły się wydawać jej działania, chyba zawsze prowadziły wcześniej czy później do rozwikłania zagadki.

– Ludzkie kły?! – sapnął z rozbawieniem odontolog. – Klementyna, przy ilu sprawach współpracowaliśmy?

Pytanie wyraźnie nie wymagało odpowiedzi, bo komisarz Kopp wzruszyła tylko ramionami. Barabasz Adamczyk zaśmiał się serdecznie. Daniel nie mógł oprzeć się wrażeniu, że odontolog idealnie wpisuje się w halloweenowy wystrój gabinetu. Był niewysoki i nosił długą rudą brodę, która sięgała mu prawie do pasa. Po bokach zaplecione miał na niej dwa warkoczyki. Wyglądał trochę jak krasnolud albo wiking z jakiejś nordyckiej opowieści.

Może broda jest doczepiana, tak jak te plastikowe dynie, przebiegło Podgórskiemu przez myśl. Stłumił jednak dziecięcą chęć pociągnięcia za jeden z warkoczyków, żeby sprawdzić tę kuszącą hipotezę.

– Szkoda, że nie dysponujecie odlewem, łatwiej byłoby to wam pokazać – stwierdził doktor Adamczyk.

Klementyna ponownie wzruszyła ramionami, jakby szkoda jej było słów.

– Ludzkie kły?! – powtórzył odontolog, jakby to był najlepszy dowcip, jaki kiedykolwiek słyszał. – Może pokażę wam odlew ludzkiej szczęki. Sami zobaczycie, że to pytanie jest bezsensowne. Ludzkie kły. Dobre sobie.

Brodaty doktor Adamczyk wyjął z szuflady biurka gipsowy odlew ludzkiej szczęki.

– Proszę bardzo – powiedział, podając ją najpierw Emilii.

Strzałkowska przyglądała się przedmiotowi bez zbytniego przejęcia. Jakby to było coś, z czym styka się codziennie.

– Mój syn nosił aparat – powiedziała gwoli wyjaśnienia. – W gabinecie ortodonty pełno było takich szczęk.

Daniel poczuł ukłucie żalu. Nie wiedział o Łukaszu prawie nic. Dopiero się syna uczył. Tylko ile czasu to może zająć i czy nie jest za późno, żeby nadrobić straty?

Barabasz odebrał Emilii szczękę i postawił ją z hukiem na swoim biurku.

– Tak wygląda ludzki kieł – stwierdził, wskazując odpowiedni ząb. – Kły znajdują się tuż za siekaczami. To tak zwane trójki. Teraz spójrzcie na to wasze tajemnicze zdjęcie.

Daniel zerknął na fotografię i na model szczęki. Miał ochotę dotknąć palcem własnych kłów, ale się powstrzymał. Nie wyglądałoby to chyba zbyt profesjonalnie. Chociaż porozwieszane na ścianach ozdoby zdawały się usprawiedliwiać wszystko.

– Sami widzicie, że ludzkie kły są znacznie szersze niż te na zdjęciu – kontynuował lekarz. – Kły, które pozostawiły ślady na progu waszej altany, to w porównaniu z ludzkimi zębami raczej okrągłe szpile. No, może szpileczki.

Odontolog zaśmiał się, jakby tylko on zrozumiał żart.

– Czyli to nie są kły człowieka, co? – upewniła się raz jeszcze Klementyna.

Daniel zauważył, że Emilia przewróciła na te słowa oczami.

– Klementynko, Klementynko. – Barabasz uśmiechnął się szeroko. Już nie wyglądał na zniecierpliwionego. – Może po prostu mi powiesz, dlaczego tak wam zależy, żeby to były kły człowieka. Byłoby o wiele łatwiej.

Komisarz Kopp pokręciła głową. Danielowi trudno było uwierzyć, że Klementyna aż tak bardzo przejęła się prośbami komendanta o zachowanie tajemnicy. Zwykle robiła tylko to, co pasowało jej samej. Najwyraźniej w tym wypadku interesy obu stron się pokrywały.

Doktor Adamczyk westchnął i poprawił długą brodę. Potem wetknął ją sobie za pasek białego kitla. Daniel znowu zdusił w sobie chęć sprawdzenia autentyczności zdumiewającego zarostu doktora.

– Uważacie, że ktoś wgryzł się w tę deskę?

– A to możliwe, co? – zapytała Klementyna od niechcenia.

Adamczyk pokręcił głową.

– Gdzie w takim razie ślady pozostałych zębów? – zapytał. – Nie jesteśmy zwierzętami. Nasze kły nie są szczególnie duże. Gdybyśmy nawet założyli, że ktoś z jakiegoś powodu gryzł tę waszą deskę, to musiałby pozostawić też ślady siekaczy, czyli jedynek i dwójek. A może także pozostałych zębów. Robi się późno. Nie byłoby łatwiej, gdybyście mi powiedzieli, czego tak naprawdę szukacie? Szybciej byśmy to załatwili.

– Wampira – odparła ze spokojem komisarz Kopp.

– Szukamy wampira.

Barabasz Adamczyk spojrzał na policjantkę z większym zaciekawieniem. Podwinął rękawy białego kitla, ukazując przedramiona. Wyglądało to, jakby zaraz miał się zabrać do jakiejś ciężkiej pracy fizycznej.

– Wampira?

– Wyszliśmy z założenia, że skoro wampir był kiedyś człowiekiem, jego kły też są ludzkie – odparła komisarz Kopp. – Tylko nieco dłuższe.

Odontolog raz jeszcze przyjrzał się wszystkim zebranym w gabinecie śledczym. Po kolei. Ostrożnie. Chciał chyba sprawdzić, czy przypadkiem z niego nie kpią.

– Cóż, nie miałem do czynienia z wieloma wampirami – stwierdził. Z jego głosu zniknęło rozbawienie. – Nie wiem, jak miałyby wyglądać ich kły. Klementynko, naprawdę nie rozumiem, czego ode mnie oczekujesz. Tak na poważnie.

Na twarz doktora Adamczyka wrócił wyraz zniecierpliwienia. Tym razem zerknął na zegar wiszący nad drzwiami. W domu czeka na mnie żona i dzieci, mówiło jego spojrzenie. A może: za godzinę mam spotkanie z kolegami w pubie. Jakkolwiek było, odontolog wyraźnie miał ochotę już iść. Opowieści o wampirach chyba go nie przekonywały.

Podgórski poczuł, że powinien wziąć sprawy w swoje ręce.

– Prosimy o pańską ekspertyzę – powiedział. – Rozumiem, że to na pewno nie są ludzkie kły, ale czy mógłby pan nam powiedzieć w takim razie, czy to w ogóle są ślady zębów? Może zwierzęcych? To jeden z nielicznych śladów, jakimi dysponujemy.

Adamczyk spojrzał na Daniela spod oka. Brwi miał niespodziewanie wypielęgnowane i najwyraźniej przycięte. Policjant nie mógł oderwać oczu od tego dziwnego szczegółu, który nie pasował ani do gigantycznej brody, ani do dość tandetnych plastikowych dyń na ścianach.

Odontolog przysunął do siebie jedno ze zdjęć. Wybrał takie, na którym obok śladów domniemanych kłów technik ułożył miarkę prezentującą odległość między jednym a drugim wgłębieniem.

– Rozstaw tych śladów jest na pewno dużo szerszy niż rozstaw kłów u człowieka – stwierdził w końcu odontolog. – Wasz wampir musiałby mieć naprawdę sporą szczęką. Tak z półtora raza większą niż przeciętny mężczyzna.

Daniel nie był pewien dlaczego, ale przed oczami natychmiast stanął mu potężny buk, który rósł na zakręcie leśnej drogi prowadzącej do Utopców. Wielki wampir przyczajony na gałęzi majestatycznego drzewa idealnie wpisywał się w klimat tego miejsca.

– Z drugiej strony spójrzcie na ich kształt. Już wspominałem, że to szpile – kontynuował ekspert. – Ludzkie kły są prawie tak płaskie jak siekacze. Jeżeli w ogóle musiałbym porównywać. Takie szpilkowate kły jak na zdjęciu mają raczej mięsożerne zwierzęta.

– O jakim zwierzęciu mówimy? – zapytała Emilia. Odezwała się chyba po raz pierwszy od wyjazdu z Lipowa.

– To tylko niewyraźne zdjęcie. Nie wiem nawet, czy to w ogóle są ślady jakichkolwiek zębów czy czegoś innego – zaznaczył Adamczyk. – Jeżeli musiałbym stawiać na jakieś zwierzę, to może kot albo mały pies mógł zostawić taki ślad. Coś takiego. Tylko że tu pojawia się kolejny problem. Kły tych zwierzaków tym bardziej nie byłyby tak szeroko rozstawione. To musiałby być kot gigant o niezwykle małych, szeroko rozstawionych kiełkach.

Odontolog zaśmiał się z własnego żartu.

– A nietoperz? – zasugerowała Klementyna, która nadal zachowywała kamienną twarz.

Barabasz Adamczyk znowu westchnął, jakby był bardzo, ale to bardzo zmęczony.

– Nietoperz? – zapytał, unosząc wypielęgnowane brwi. – Musiałby być naprawdę duży. Mam propozycję.

– Wal śmiało – mruknęła komisarz Kopp.

– Sprawdźcie może, czy w okolicy waszego miejsca przestępstwa fruwają nietoperze giganty z szerokimi szczękami, ale małymi ząbkami! – twarz odontologa wykrzywiła się nieco pod wpływem kpiarskiego tonu. – Klementynko, daj spokój. Z tych starych zdjęć nic nie mogę stwierdzić na pewno. To nie mógłby być nawet dowód w żadnej sprawie. Czego wy naprawdę szukacie? Bo nie wmówisz mi, że wampira. Wiem, że zbliża się Halloween. Sam rozwiesiłem ozdoby. Ale wampir? Nie sądzisz, że to przesada? Przynajmniej lekka?

Przez chwilę w gabinecie odontologa panowało milczenie. Daniel miał ochotę przeprosić Adamczyka za to, że zajęli mu niepotrzebnie tyle czasu.

– Może chociaż na ciele ofiary są ślady ugryzień, którym mógłbym się przyjrzeć? – zapytał w końcu Adamczyk
zrezygnowanym tonem.

– Może i były, ale ciał już i tak dawno nie ma – odparła
ze spokojem Klementyna Kopp i opuściła gabinet bez
pożegnania.

Zapis przesłuchania świadka
sierż. szt. Emilii Strzałkowskiej

Miejsce przesłuchania: Komenda Powiatowa Policji w Brodnicy
Termin przesłuchania: 10 listopada 2014
Przesłuchanie prowadzą: insp. Judyta Komorowska i podinsp. Wiesław Król

Wiesław Król: Kogo podejrzewała wasza nieformalna grupa śledcza w tamtym momencie?
(świadek wzrusza ramionami)
Judyta Komorowska: Niech świadek odpowie.
Emilia Strzałkowska: Trudno powiedzieć. Zaczęliśmy od tego, co opowiedział nam inspektor Drzewiecki.
Wiesław Król: Prosimy o szczegóły.
Emilia Strzałkowska: Braliśmy pod uwagę Czesławę Tokarską oraz Heinricha i Wandę Wanke.
Judyta Komorowska: Dlaczego w takim razie nie przesłuchaliście żadnej z tych trzech osób?
(świadek milczy)
Judyta Komorowska: Dlaczego?
Emilia Strzałkowska: Komisarz Kopp zasugerowała, że to nie ma sensu.
Wiesław Król: Pani zaś nie miała obiekcji w tej kwestii?

(świadek milczy)

Judyta Komorowska: Niech świadek odpowie.

Emilia Strzałkowska: Wydawało mi się to logiczne.

Judyta Komorowska: Logiczne było nieprzesłuchiwanie trojga głównych podejrzanych?

(świadek wzrusza ramionami)

Judyta Komorowska: Proszę odpowiedzieć. Czy świadek zgadzała się z komisarz Kopp, że przesłuchania podejrzanych były wyborem nielogicznym?

Emilia Strzałkowska: Tak. Skoro podejrzani już wcześniej mieli alibi, po trzydziestu latach nic się raczej w tej kwestii nie zmieniło...

Wiesław Król: Z całym szacunkiem, pani sierżant, ale nie wydaje się pani przekonana. Słyszę wahanie w pani głosie. Czy mam rację?

(świadek milczy)

Judyta Komorowska: Wróćmy do tego, po co się tu zebraliśmy. Jak się zachowywała komisarz Kopp w tym momencie śledztwa?

Emilia Strzałkowska: Bez zmian. Nic nie wskazywało na to, że dzieje się coś niedobrego, jeżeli o to pani chodzi. To stało się dopiero potem. Niemniej nie sądzę, żeby przedwczorajsze wydarzenia były szczególnie... Klementyna wiedziała, co robi...

Wiesław Król: Pani sierżant, znowu słyszę wahanie w pani głosie.

Emilia Strzałkowska: Nie ma żadnego wahania. Mówię to, co myślę. Klementyna może i zachowała się nieodpowiedzialnie, ale...

Wiesław Król: Zostawmy na razie wydarzenia z przedwczoraj i wróćmy do tego, co działo się przed trzydziestym października bieżącego roku. Czy to, co zeznała wam Gloria Czajkowska dwudziestego dziewiątego października, nie powinno naprowadzić was na rozwiązanie?

(świadek milczy)

Judyta Komorowska: Czy świadek była w ogóle obecna podczas przesłuchania Glorii Czajkowskiej?

Emilia Strzałkowska: Nie.

Judyta Komorowska: Kto je w takim razie prowadził?

Emilia Strzałkowska: Komisarz Kopp.

Judyta Komorowska: Rozumiem…

Wiesław Król: Czy jest pani całkiem pewna, że w przesłuchaniu, które przeprowadziła komisarz Klementyna Kopp, nie było żadnych nieprawidłowości?

Emilia Strzałkowska: Jestem całkowicie pewna, że w tej kwestii komisarz Kopp odwaliła kawał dobrej roboty.

Judyta Komorowska: Skąd ta pewność?

Emilia Strzałkowska: Pani komisarz jest niezwykle doświadczonym śledczym.

Wiesław Król: Pani sierżant, znowu słyszę to wahanie.

Emilia Strzałkowska: Nie ma żadnego wahania. Klementyna Kopp to świetna policjantka.

Judyta Komorowska: Przedwczorajsze wydarzenia zdecydowanie temu przeczą.

ROZDZIAŁ 9

Brodnica. Środa, 29 października 2014. Rano

Komisarz Klementyna Kopp napełniła miskę Józka chrup-
kami. Czarny kot ocierał się o jej nogi i mruczał głośno.
Ostatnio zrobił się nieco bardziej towarzyski niż na początku
ich kilkumiesięcznej znajomości. Nadal jednak spoglądał
na policjantkę z góry i wyznaczał zasady, których nikt nie
powinien łamać. Chyba że był kotem i nazywał się Józek.

Klementyna postawiła miseczkę na ziemi i kot natychmiast rozpoczął ucztę. Przyglądała mu się przez jakiś
czas. Było w Józku coś, co sprawiało, że komisarz Kopp
mogła na moment zapomnieć o zbliżającym się Święcie
Zmarłych… To była ulga. Przynajmniej chwilowa.

W końcu Don José wyczuł chyba jej spojrzenie, bo
podniósł głowę znad miski. Powoli i od niechcenia. Zerknął
na Klementynę spod oka. Niedbale, acz znacząco. Policjantka wycofała się z uśmiechem. Znała swoje miejsce.
Kot natychmiast powrócił do przerwanej uczty.

Klementyna zerknęła na zegarek. Dochodziła dziewiąta.
Idealny czas na wizytę u Glorii Czajkowskiej. Tym bardziej
że komisarz Kopp zamierzała odwiedzić matkę komendanta

sama. Daniel i Emilia musieli utrzymać pozory normalnej pracy w komisariacie w Lipowie, więc byli wolni dopiero po południu. Ona nie zamierzała czekać tak długo.

Wyjrzała przez okno. Słońce nadal świeciło wytrwale. Trawa zieleniła się w najlepsze, a drzewa nie straciły jeszcze nawet wszystkich liści. Trudno było uwierzyć, że w sobotę zacznie się listopad. Czekaj. Stop. Myśli Klementyny poszybowały w stronę Teresy, zanim zdążyła je powstrzymać. Teresa...

Po śmierci kochanki komisarz Kopp długo nie była w stanie nawet przejść obok cmentarza. Teraz było to już do zniesienia. Ból wprawdzie nie zniknął, przytępił się jednak na tyle, że Klementyna mogła złożyć kwiaty na grobie, nie tracąc przy tym głowy. Teresa odeszła niecałe dwa lata temu. Czy to jest czas na koniec żałoby? Czy kiedykolwiek jest na to czas?

Klementyna wolała nie myśleć o Lilianie. Kilka miesięcy temu... Komisarz Kopp zaklęła cicho pod nosem. Liliana to był krótki epizod. Skończony! Nie powinna go powtarzać. Liczyła się tylko Teresa.

Policjantka przeszła z kuchni do pokoju. Jedynego w tym mieszkaniu. Znicz, który zamierzała zapalić na grobie kochanki, stał na środku stołu jak memento. Klementyna dotknęła go niemal czule. Prosty i gliniany. Bez ozdobników. Takie Teresa lubiła.

Józek skończył jeść i zamiauczał głośno. Najwyraźniej znowu zapomniała zostawić otwarte drzwi do łazienki, gdzie stała jego kuweta.

– No już spoko. Przepraszam – rzuciła Klementyna ugodowo.

Włożyła wojskowe buty i spróbowała wymknąć się cicho na zewnątrz. Chyba się nie udało, bo schodząc po schodach, usłyszała, że Don José miauknął głośno i przeciągle. Pewnie oznajmiał, że jej tego nie zapomni. Znowu uśmiechnęła się pod nosem. Przynajmniej przez tego małego czarnego drania jest mile widziana. To całkiem przyjemna odmiana.

Wyszła na dwór i odetchnęła głęboko. Mimo panoszącego się wszędzie jesiennego słońca powietrze zdawało się lodowate. Zwłaszcza w cieniu. Klementyna odetchnęła raz jeszcze i pozwoliła, żeby mroźne niemal powietrze wypełniło jej płuca. To było przyjemne. Orzeźwiające.

W końcu uznała, że wystarczy przyjemności. Owinęła szyję szalem i zdecydowanym krokiem ruszyła na spotkanie z Glorią Czajkowską.

Matka komendanta mieszkała przy ulicy Ogrodowej, niecały kilometr od domu komisarz Kopp. Idealny odcinek na szybki marsz. Zwłaszcza w taki piękny jesienny poranek.

Dojście na miejsce zajęło jej nie więcej niż dziesięć minut. Zatrzymała się przed furtką i przyglądała przez chwilę domowi Czajkowskiej. Większość osób pewnie nazwałaby go dość okazałym. Widać jednak było, że ma już swoje lata. Może dlatego, że teraz budowało się inaczej. Bez zbędnych ozdobników. Jak ten gliniany znicz dla Teresy.

Klementyna podeszła do furtki. Wisiała tam zdobiona złotymi literami skrzynka na listy. Wyglądało na to, że gospodyni uwielbia niepotrzebną strojność. Może nic w tym dziwnego. W końcu w latach sześćdziesiątych Gloria była gwiazdą. Komisarz Kopp wyszukała informacje na jej temat w Internecie. Gloria zagrała u kilku znanych w tamtym okresie reżyserów. Potem przerwała karierę, żeby wychowywać synów. Lata sześćdziesiąte zdawały się odległe. Wyszukiwarka wypluwała jednak zdjęcia uśmiechniętej Glorii w nieskończoność. Jakby matka komendanta nadal była celebrytką. Gloria na otwarciu jakiejś galerii. Gloria na premierze filmu. Gloria na spacerze. I wreszcie starsze, czarno-białe fotografie, jak ściska Wojtka i Olafa. Wszystkie zdjęcia miały wspólny mianownik. Twarz Glorii zawsze tonęła w uśmiechach.

Klementyna nacisnęła klamkę. Furtka była jednak zamknięta. Poszukała wzrokiem dzwonka. Bez skutku. Przez chwilę rozważała przedostanie się przez płot w inny sposób. Oprzeć stopę tu, potem nieco wyżej, podciągnąć się i już byłaby po drugiej stronie. Prawdę mówiąc, nie miała na to ochoty. Dużo za dużo lat na karku. Dużo za dużo. W tym roku komisarz Kopp skończyła sześćdziesiąt lat. Nie zauważyła większej zmiany... Chociaż nie, to było kłamstwo. Bała się starości. I śmierci. Teresa...

W końcu firanka w jednym z okien poruszyła się nieznacznie. Klementyna czekała. Miała nadzieję, że Gloria zechce wyjść i jej otworzyć. Po chwili drzwi domu rzeczywiście się uchyliły i stanęła w nich pani Czajkowska. Klementyna wiedziała, że jej rozmówczyni dobiegła już siedemdziesiątki. Gloria wyglądała jednak znacznie młodziej. Może dlatego, że była szczupła i zadbana. Z łatwością mogła uchodzić za pięćdziesięciolatkę.

– Chwileczkę, chwileczkę – zawołała Gloria ze schodów.

Schowała się na chwilę w domu. Kilka sekund później wyłoniła się z powrotem. Tym razem ubrana w krótką pikowaną kurteczkę.

– Syn wspominał, że pani pewnie w najbliższych dniach przyjdzie – powiedziała Czajkowska, podchodząc do furtki. – Pani Klementyna Kopp, prawda? Miło mi panią poznać osobiście.

– Spoko.

Gloria zerknęła na Klementynę nieco zaskoczona. Komisarz Kopp tylko wzruszyła ramionami. Nie była tu po to, żeby ktoś ją polubił. Była tu po to, żeby rozwiązać sprawę.

– Jest taki piękny dzień, że pomyślałam, że możemy się przejść, zamiast siedzieć w domu – stwierdziła tymczasem Gloria. – Co pani na to?

Klementyna tylko skinęła głową. Czajkowska uśmiechnęła się w odpowiedzi i wyciągnęła klucz z kieszeni.

– Zamykam bramkę, bo ludzie czasami wchodzą sobie do środka bez pytania, żeby dostać autograf – wyjaśniła. – Wyobraża sobie pani, że pamiętają o mnie po tylu latach? To niezwykle miłe. Człowiek myśli, że już o nim zapomniano na stare lata, a tu proszę. Chociaż czasem bywa to niestety męczące.

Gloria zaśmiała się skromnie. W tym śmiechu czaiła się jednak wyraźna nutka fałszu.

– A więc chce pani porozmawiać o tym, co stało się w osiemdziesiątym czwartym roku? – zapytała Gloria wobec braku jakiejkolwiek reakcji ze strony Klementyny. – Tak?

– No.

– Tak naprawdę to nie do końca rozumiem, po co Olaf chce znowu rozgrzebywać stare rany – stwierdziła Gloria nieco płaczliwie. Tym razem zabrzmiało to szczerze.

Całkiem. – I to teraz. Tuż przed Świętem Zmarłych, kiedy najtrudniej mi pogodzić się ze śmiercią męża i syna… No, ale co zrobić.

Gloria szybko zamknęła furtkę. Rozglądała się przy tym, jakby oczekiwała, że tłum złaknionych autografów fanów czeka gdzieś ukryty za rogiem na moment jej nieuwagi. Z bliska Klementyna widziała drobne zmarszczki na twarzy rozmówczyni. Poza tym jej twarz była prawie zupełnie gładka. Gloria musiała regularnie korzystać z zabiegów odmładzających.

– O co chciałaby pani zapytać?

– O kilka kwestii – rzuciła Klementyna.

Gloria poruszyła się niespokojnie. Komisarz Kopp tylko się uśmiechnęła. Nie zamierzała Czajkowskiej niczego ułatwiać.

Ruszyły wzdłuż ulicy Ogrodowej.

– Tak właściwie to mówiłam już wszystko Józkowi Drzewieckiemu w osiemdziesiątym czwartym. Potem rozmawiałam o całej sprawie z Olafem. Tysiące razy. Tysiące! – podkreśliła Gloria. – Na Boga, przecież minęło trzydzieści lat! A ciągle tak trudno zapomnieć. Nie zrozumie tego nikt, kto sam nie doznał takiej straty. Matka nie powinna przeżyć swojego dziecka. Trzydzieści lat. W tym roku znowu miałam okrągłe urodziny. Siedemdziesiąte. Poszliśmy z Olafem do restauracji… niby wszystko było w porządku, ale przy takich okazjach miejsce przy stoliku nadal jest puste. Dwa miejsca.

Klementyna poczuła, że musi to przerwać. Za dużo tych wstępów. Za dużo tych wspominków. Teresa…

– Spoko. Ale! Teraz chciałabym, żebyś powtórzyła wszystko mnie – oznajmiła twardo. – Najpierw powiedz, czy nadal masz te ubrania, które znaleźliście w altanie. Te zakrwawione, które należały do Wojtka i Tadeusza.

Gloria wyglądała na zmieszaną. Poprawiła idealną fryzurę. Tylko dłonie zdradzały jej wiek. Plamy wątrobowe były wyraźnie widoczne.

– Po co one pani? – zapytała Czajkowska.

Zabrzmiało ostro. Chyba ostrzej, niż Gloria planowała, bo uśmiechnęła się natychmiast. Milutko. Chciała chyba zatrzeć złe wrażenie. Klementynie stanęła przed oczami dziergana serwetka z saloniku Drzewieckiego. Gloria Czajkowska była tak samo irytująco u r o c z a. Klementyna nie miała co prawda żadnych przesłanek, żeby ją podejrzewać. Zwłaszcza że, o ile pamiętała, Czajkowskiej nie było nawet w Utopcach, kiedy Tadeusz i Wojtek zostali zamordowani.

– Chcę je dać do zbadania – oznajmiła. – Te ciuchy. Istnieje szansa, że zawieruszyły się tam ślady mordercy.

Klementyna nie zamierzała więcej tłumaczyć. Wiązała jednak z tymi ubraniami duże nadzieje. Sprawca pozbył się ciał. Prawdopodobnie po to, żeby nie dało się rozpoznać inkryminującego narzędzia zbrodni. Jakiekolwiek ono było, mogło też pozostawić ślady na ubraniach. To, że sprawca ich nie zabrał, sugerowało co prawda, że też o tym pomyślał. Nie zaszkodzi jednak sprawdzić, czy nie popełnił błędu. Każdy to robił. Wcześniej czy później.

– Ślady mordercy?

Klementyna skinęła głową.

– Chyba że twojego mężulka i synusia wyssał krwiopijca, co?

Gloria wzdrygnęła się na te słowa. Przez chwilę szły w milczeniu.

– To jak z tymi ciuchami, co?

– To jest jedyne, co zostało mi po mężu i synu...

Jest. Czas teraźniejszy. Klementyna uśmiechnęła się pod nosem. To brzmiało dobrze. Być może nareszcie będą mogli się na czymś oprzeć. Tym bardziej że wczorajsza wizyta u odontologa nie przebiegła dokładnie tak, jak policjantka to sobie zaplanowała. Nawracająca tęsknota za Teresą spowodowała chyba, że komisarz Kopp nie myślała do końca jasno.

– A więc nadal je masz, co? – zapytała, zmuszając się do skupienia na tu i teraz.

Gloria Czajkowska skinęła głową.

– Tak, ale nie tutaj.

– A niby gdzie, co?

– Złożyłam je w naszej rodzinnej krypcie.

Klementyna natychmiast zadrżała. Krypta oznaczała cmentarz. Teresa. Byle nie tam, gdzie leży Teresa.

– Na którym cmentarzu? – zapytała ostrożnie.

– W Utopcach.

Klementyna pokiwała głową. Poczuła, jak ogarnia ją ulga.

– Spoko. Wyjmiemy je stamtąd – oznajmiła. – Okej. No dobra. To teraz przejdźmy dalej, co? Jak przebiegły wydarzenia z sierpnia osiemdziesiątego czwartego?

Gloria zerknęła na Klementynę spod oka. Przez chwilę żadna z nich nic nie mówiła. Komisarz Kopp nie zamierzała przerwać tej ciszy pierwsza. Wcześniej czy później Gloria będzie miała nieodpartą chęć coś powiedzieć. Jak każdy.

– To był wyjątkowy dla mnie czas, bo w sierpniu skoń-
czyłam czterdzieści lat – podjęła w końcu Gloria. – Dla
każdej kobiety to jest chyba jakaś granica. Kamień mi-
lowy. Chociaż może teraz już nie? Wszystko tak bardzo
poszło naprzód. Mamy tyle możliwości. Wiek już nas nie
ogranicza tak jak kiedyś.

Komisarz Kopp wzruszyła ramionami. Nie chciała
o tym dyskutować. Dużo za dużo lat na karku uwierało
ją zdecydowanie za bardzo.

– Co dalej? – mruknęła.

– Tadeusz chciał uczcić tę szczególną dla mnie datę.
Pierwszym prezentem była cudowna altana. Tylko teraz
tak ciężko o niej mówić – zastrzegła natychmiast Gloria.
– Po tym, co się tam stało… ale wtedy… w połowie sierpnia
osiemdziesiątego czwartego roku… wtedy wydawała mi
się najwspanialsza na świecie. Wojtek zbudował ją dla
mnie razem ze swoimi kolegami. Projekt przygotował
Tadeusz.

Altana przewijała się w opowieściach Drzewieckiego
i Glorii w tę i we w tę.

– Skąd pomysł na altanę, co?

– Nie wiem. Mój mąż lubił mnie zaskakiwać.

Gloria otarła łzę. Ruch był powolny, nieunikniony.
Klementyna znowu pomyślała o Teresie. Ona też lubiła
robić Klementynie drobne niespodzianki.

– Co dalej? – warknęła znowu komisarz Kopp. Nie
powinna sobie pozwalać na wspomnienia. To tylko po-
garszało sprawę.

– Moje urodziny odbyły się według planu. Dwudziestego trzeciego sierpnia – uściśliła Gloria. – Przyjęcie

zorganizowaliśmy właśnie w tej altanie. Przyszła prawie cała wieś. To było bardzo miłe! Wzruszyłam się...

– Spoko. Ale! Co dalej? – nalegała komisarz Kopp.

Czajkowska odchrząknęła cichutko.

– Drugim prezentem od Tadeusza był wyjazd zagraniczny – podjęła. – Do Warszawy wyruszyłam w sobotę. Chyba koło południa, o ile dobrze pamiętam. Samolot miałam dopiero w poniedziałek, ale niedzielę chciałam spędzić u znajomych w stolicy. W niedzielę rano zorientowałam się, że zapomniałam paszportu. Od razu ruszyłam z powrotem do Utopców, żeby go zabrać. Tak bardzo byłam zezłoszczona na swoje zapominalstwo. Ależ ja wtedy przeklinałam! Chociaż oczywiście byłam zadowolona, że przypomniałam sobie o tym odpowiednio wcześnie. Przecież bez paszportu bym nie wyjechała. A tak się cieszyłam na te wakacje. Długo zajmowałam się domem. To była przyjemna odmiana.

Gloria przerwała nagle swój wywód. Klementyna czekała. Znowu. Czajkowska przyspieszyła trochę kroku. Jakby to pomagało jej poradzić sobie z uczuciami. Może coś w tym było. Klementyna też sporo chodziła. Dopiero ostatnio odkryła, że to naprawdę działa.

– Przyjechałam do Utopców w niedzielę koło południa – podjęła w końcu Gloria posępnym tonem. – Było pusto. Już dawno po mszy, więc ludzie siedzieli w domach i przygotowywali obiad. Utopce są bardzo przewidywalne... Pamiętam, że wreszcie zrobiło się mniej parno. Wcześniej panował upał nie do wytrzymania, ale poprzedniej nocy była chyba burza. Aż dziwne, że lata lecą, a człowiek pamięta tyle szczegółów, prawda?

Klementyna skinęła głową. Ona też dokładnie pamiętała dzień, kiedy zmarła Teresa. W najdrobniejszych detalach. Rzadko zdarzało się, żeby pamięć nie podsunęła Klementynie niechcianych obrazów, przed którymi nie mogła w żaden sposób uciec. Jakby gramofon się zaciął i wciąż grał tę samą znienawidzoną melodię. Od śmierci Teresy. Liliana sprawiła, że na jakiś czas wszystko ruszyło. W końcu jednak znowu musiało się zaciąć. Tylko Teresa wiedziała, jak sprawić, żeby komisarz Kopp szła naprzód. Tylko Teresa wiedziała, jak uruchomić zepsuty gramofon. Ale Teresy już nie było. Za dwa dni Klementyna postawi znicz na jej nagrobku.

– Mów dalej, co? – warknęła, żeby otrząsnąć się z rzewnych wspominków.

Gloria posłusznie skinęła głową.

– Weszłam do domu – wyjaśniła. Teraz mówiła nieco za szybko. Jakby chciała mieć najgorsze za sobą. – Było pusto. Zupełnie. Zawołałam, ale ani syn, ani mąż mi nie odpowiedział. Olafa nie było, bo pojechał na kolonie nad morze. Nie wiem, czy wspominał.

Klementyna kiwnęła głową.

– No i to tyle – ucięła swoją opowieść Gloria. – Zresztą ja naprawdę już to wszystko mówiłam.

– Mimo to mów dalej. Chcę poznać twoją wersję.

– Moją wersję?! – wykrzyknęła Czajkowska zaskoczona. – To brzmi, jakby ktoś mnie podejrzewał…

Komisarz Kopp wzruszyła ramionami. Znała już tę historię z ust Drzewieckiego. Chciała jednak zobaczyć, jak mówi o tym Gloria i czy stary policjant nie pominął żadnego szczegółu. W szczegółach mogło kryć się rozwiązanie tej zakurzonej zagadki.

– Spoko. Ale! Nikt cię o nic nie podejrzewa. Mów dalej, co?

Gloria westchnęła.

– Wyszłam do ogrodu. Nie wiem, co mnie tknęło. Może chodziło o to, że tylne drzwi były otwarte.

No i proszę. Szczegóły. Drzewiecki o tym nie wspomniał. Ani słowem.

– Czekaj. Stop. Masz na myśli, że nie były zamknięte na klucz, co?

Czajkowska przytaknęła.

– To też, ale w tym akurat nie byłoby nic dziwnego. W Utopcach nikt nie zamykał drzwi. Nie wiem, czy tak jest nadal. Nie jeżdżę tam często. To zbyt bolesne. Pomyśleć, że kiedyś to było ukochane miejsce na ziemi. Teraz wolę nawet nie wymawiać tej nazwy. Brzmi równie złowieszczo jak jej prawdziwe znaczenie. Wie pani, czym są utopce? A właściwie: k i m są?

Klementyna Kopp pokręciła głową. Nazwa kojarzyła jej się z topielcem. Poza tym jednak nigdy jej nie słyszała.

– Utopiec to podstępny demon wodny z mitologii Słowian – wyjaśniła Gloria. Pokazała palcem w kierunku wijącej się nieopodal Drwęcy, jakby dokładnie w tej chwili z rzeki miał się wyłonić jakiś dziwny stwór. – Utopiec rodzi się z duszy poronionego płodu albo z duszy topielca. Nie jest za przyjemny, bo zajmuje się głównie topieniem ludzi i zwierząt. Wygląda też nieciekawie. Ma zieloną oślizgłą skórę i nieproporcjonalnie do reszty ciała dużą głowę.

– Sporo wiesz na ten temat.

Gloria uśmiechnęła się. Po jej twarzy przemknął jednak ledwo dostrzegalny cień.

– Kto kiedykolwiek mieszkał w Utopcach, wie takie rzeczy – stwierdziła. – Mitologia ciągle jest tam żywa. Nawet ten wielki buk przy drodze do wsi... nie wiem, czy nadal tam jest? Może przewróciła go burza? Rósł na zakręcie drogi...

Klementyna natychmiast przypomniała sobie wielkie pokrzywione drzewo, które stało pośrodku lasu niczym drewniany, majestatyczny strażnik.

– Za moich czasów to drzewo nazywane było Synem Leszego. Leszy to kolejny demon, pan lasu...

– Spoko. Ale! Wróćmy do sierpnia osiem cztery, co? – zarządziła Klementyna. Za daleko odeszły od tematu. Wystarczyło jej demonów jak na jeden dzień.

– Tak, oczywiście – zgodziła się z ociąganiem Gloria. – Może tu zawrócimy? Straciłam jakoś ochotę na przechadzki...

Ruszyły w drogę powrotną. Słońce świeciło im teraz w plecy. Klementynie zrobiło się dziwnie gorąco.

– Cóż. Niewiele więcej mogę powiedzieć – kontynuowała Gloria. – Kiedy wyszłam na werandę z tyłu domu, z miejsca zauważyłam ubrania leżące na progu altany. To od razu wydało mi się dziwne. Może pani wierzyć lub nie, ale poczułam osobliwy dreszcz. Jakbym już w tamtej chwili coś wyczuwała. Może właśnie obecność wampira?

Klementyna wzruszyła ramionami. Wampir. Dobre sobie. Wrażenie mogło być jednak ważne. Czasem ludzie wyczuwają podświadomie obecność innych. Tych, którzy próbują pozostać w ukryciu. Być może morderca czaił się jeszcze w pobliżu, kiedy Gloria przyjechała na miejsce.

– Podeszłam kilka kroków i zobaczyłam, że na ubraniach mojego męża i syna jest krew – dokończyła Czajkowska. – Ciemne plamy. Pamiętam dokładnie. Pamiętam też, że krzyczałam. Bardzo głośno. Przybiegła nasza sąsiadka. Czesława Tokarska. Miała obok hodowlę świń... To chyba właśnie Czesława zawiadomiła Józka Drzewieckiego. A może to ten jej Rafał pobiegł po milicjanta... co też ja mówię, teraz to policjant... nieważne. I tak jest już pewnie od lat na emeryturze.

Gloria zaczęła szybko oddychać. Jej nieruchoma, odmłodzona twarz pozostała jednak bez wyrazu.

– I? – ponagliła ją Klementyna.

– I to wszystko. Nie chcę już więcej rozmawiać. To naprawdę sprawia mi ból. Czy pani tego nie rozumie?

Gloria patrzyła na Klementynę dziko. Komisarz Kopp poczuła nagłą ochotę, żeby opowiedzieć Czajkowskiej o śmierci Teresy. Powstrzymała się z trudem. Dużo za dużo wspomnień. Nie najlepszy moment, żeby do nich wracać.

– Tadeusz i Wojtek mieli jakichś wrogów, co?

– Proszę już dać mi spokój – zażądała twardo Gloria. – Powiedziałam już wszystko, co wiem. Na pewno są jakieś zapisy przesłuchań z osiemdziesiątego czwartego. Niech sobie je pani przejrzy. Mam dosyć.

– Spoko. Ale! Nie chcesz się dowiedzieć, kto zabił twojego męża i syna, co?

Gloria przypatrywała się Klementynie przez chwilę. Jej oddech stopniowo się uspokajał. Poprawiła pofarbowane na blond siwe włosy. Chociaż może one wcale nie były siwe. Klementyna zerknęła na gęste pukle. Dopiero teraz zauważyła, że Czajkowska nosiła doskonałej jakości perukę.

– A wie pani, że nie? – powiedziała Gloria spokojnie. – Nie chcę już wcale wiedzieć, kto za tym stoi. Zamknęłam ten etap i staram się do niego nie wracać. Nie chcę rozdrapywać ran. Teraz jestem już tylko ja i Olaf. Tadeusz i Wojtek nie żyją. Szczerze mówiąc, lepiej się czuję, kiedy o nich za często nie myślę. Brzmi to okropnie, ale tak jest. Chcę być szczera. Wolałabym jednak, żeby nie przekazywała tego pani Olafowi. Mówię to tylko między nami.

Szły przez chwilę w milczeniu.

– Z domu nic nie zginęło, co? – zapytała Klementyna, żeby na chwilę zmienić temat.

– Sama nie wiem – odparła Gloria nieoczekiwanie.

Komisarz Kopp spojrzała na matkę komendanta zaskoczona. Z „Żebrówki" coś ukradziono? Drzewiecki nic na ten temat nie wspominał.

– Co zginęło?

– To znaczy wydaje mi się, że zginęły pieniądze – poprawiła się Czajkowska.

– Czekaj. Stop. Wydaje ci się? Co to ma znaczyć, co? Gloria skinęła głową.

– Kiedy sprzedawałam „Żebrówkę" i pakowałam rzeczy, zajrzałam też oczywiście do sejfu.

No i proszę. Szczegóły. Kolejna rzecz, o której Józef Drzewiecki im nie wspomniał.

– Jakiego sejfu, co?

– Tadeusz miał w gabinecie sejf. Kiedy tam zajrzałam przed wyprowadzką, sejf był pusty.

– A przedtem były tam pieniądze, tak?

– No właśnie tego nie jestem pewna.

– To znaczy?

– Mój mąż czasem trzymał tam spore sumy – wyjaśniła Gloria. – Jakieś granty na badania i tym podobne. Czasem oszczędności. Pieniądze raz były, raz ich nie było. Ja tym nie zawiadywałam, więc nie wiedziałam, czy wtedy Tadeusz akurat ich na coś nie wydał albo nie zabrał przedtem do Warszawy. W każdym razie sejf był pusty.

– Powiedziałaś o tym Drzewieckiemu? Albo komuś innemu z MO?

Gloria pokręciła głową.

– Nie.

– Dlaczego? – zapytała Klementyna ostro.

Kradzież pieniędzy. To było bardzo ważne. Motyw finansowy sprawdzał się w znakomitej większości przypadków. No i oczywiście afekt.

Czajkowska wzruszyła ramionami.

– Odkryłam to już jakiś czas po śmierci mojego męża i syna... Zresztą nie byłam pewna, ile faktycznie Tadeusz trzymał w tym sejfie. Mogłam się mylić. Wolałam nic już nie mówić. Tym bardziej że Olaf był i tak już całkiem rozbity. Tak jak ja. Nie potrzebowaliśmy pieniędzy, bo sprzedałam dom. Mieliśmy też pieniądze z badań, które prowadził mój mąż. Może w tym sejfie od dawna już nic nie było – dokończyła. – Nie wiem.

Klementyna pożałowała przez chwilę, że nie ma z nią Daniela Podgórskiego. Teraz pora była na delikatność, a ona nie miała ochoty cackać się z tą przebrzmiałą szydełkową diwą.

– Przychodzi ci do głowy, kto mógł ukraść te pieniądze i kto mógłby chcieć śmierci Tadeusza i Wojtka, co?

Gloria spojrzała na policjantkę niechętnie.

– Już przecież mówiłam przed chwilą, że…

Komisarz Kopp nie spuszczała wzroku z Czajkowskiej. Czekała. Znowu. Praca w policji w dużej mierze na tym właśnie polegała. Na czekaniu. W odpowiednich momentach.

– Ta okropna Czesława z hodowli świń nam wygrażała. Przez tego wampira, którego Wojtek znalazł pod altaną – powiedziała w końcu Gloria. – Nasza sąsiadka miała na tym punkcie prawdziwą obsesję. Pamiętam, że nawet zabroniła swojemu synowi pomagać Wojtkowi w dalszym budowaniu altany. Czesława była… jakby nawiedzona. Próbowałam ją trochę utemperować, no, ale nic z nią nie można było zrobić, bo miała w Utopcach mocną pozycję. Była przewodniczącą chóru kościelnego i sprzedawała wieprzowinę. Tyle wystarczyło, żeby była nietykalna. Kościelny chór i wieprzowina. Uwierzy pani? Co za połączenie!

Gloria Czajkowska zaśmiała się cicho. Klementyna wyczuła, że była w tym śmiechu pewna nostalgia. Za starymi czasami? Za młodością? Za ponurymi Utopcami?

– Ktoś jeszcze niezbyt ich lubił, co?

– Wanda – odparła Gloria. Teraz już bez zwłoki. – Ta sklepikarka. Nie pamiętam jej panieńskiego nazwiska. Miała pretensje do mojego męża, że nie uratował jej siostry pustelniczki przed śmiercią. To było niedorzeczne. Mój mąż wielokrotnie powtarzał, że tej Miry i tak nie dało się już odratować. Poza tym nie był przecież internistą. Zajmował się toksykologią…

Klementyna westchnęła z niecierpliwością. Same stare nazwiska. Święta trójca podejrzanych. Każdy z alibi, które nie jest zbyt wiele warte.

– Ktoś jeszcze, co?

Czajkowska zastanawiała się przez chwilę.

– Nikt inny nie przychodzi mi do głowy – powiedziała w końcu.

– Co z Heinrichem? – zapytała Klementyna, żeby odbębnić wszystkie nazwiska.

Po raz pierwszy Gloria zaśmiała się serdecznie.

– To jakieś żarty – wydusiła pomiędzy chichotami. – Heinrich jest przemiły. Nadal czasem się kontaktujemy. To jemu sprzedałam „Żebrówkę" po tym, jak… to się stało. Heinrich ożenił się później z tą sklepikarką Wandą. Teraz robią razem czekoladę. Przysyłają mi czasem swoje wyroby. Podobno są przepyszne. Ja tam nie wiem, bo dbam o linię. Nie jem tych czekolad, tylko przechowuję i obdarowuję znajomych. Jeżeli pani ma ochotę, to mogę dać pani tabliczkę…

– Nikt inny nie przychodzi ci na myśl, co? – ucięła Klementyna.

Gloria zerknęła na policjantkę. W jej oczach czaiło się wyraźne wahanie.

– Nie… No, ale może powinna pani porozmawiać z Lenartem. Lenart Wroński – uściśliła matka komendanta. Odrobinę za szybko. – Lenart był najbliższym przyjacielem mojego męża. Nie utrzymujemy kontaktów, ale… myślę, że on może wiedzieć nawet więcej niż ja. Mężczyźni nie ze wszystkiego zwierzają się żonom.

– Spoko. Znajdę tego Lenarta i utniemy sobie pogawędkę – zapewniła komisarz Kopp. – Ale! Coś mi mówi, że ty wiesz, że jest ktoś jeszcze, kto nie za bardzo lubił twoją rodzinę, co? Myślę, że jest pora, żebyś komuś o tym powiedziała, co?

Gloria zamarła. Klementyna czekała. Była prawie w stu procentach pewna, że wahanie, które dostrzegła w oczach Czajkowskiej, musi coś znaczyć.

W końcu matka komendanta powoli skinęła głową.

– Tak… był ktoś jeszcze.

ROZDZIAŁ 10

Utopce. Sobota, 25 sierpnia 1984. Godzina 10.40.
Józef Drzewiecki

Porucznik Józef Drzewiecki zapiął mankiety koszuli
i poprawił krawat. Przejrzał się krytycznie w lustrze. Raz
jeszcze poprawił węzeł krawata. Efekt zadowalający, uznał
w końcu. Dziś jechał do Brodnicy na bardzo krótko, i to
tylko na osobistą prośbę swojego przełożonego, który miał
do niego jakąś niecierpiącą zwłoki sprawę. Drzewiecki
nie mógł odmówić, ale chciał wrócić do Utopców jak
najszybciej. Tu też miał sprawy do załatwienia. Ważniejsze
niż praca, bo dotyczyły jego córki.

Drzewiecki przeklął siarczyście w duchu. Czajkowscy! To oni stanowili problem i nie zamierzał tego to-
lerować ani dnia dłużej. Nie zamierzał pozwolić na to,
żeby Tadeusz i Wojtek zniszczyli marzenia jego córki.
Po prostu na to nie pozwoli. Chyba że nie nazywa się
Józef Drzewiecki.

Ojciec dał mu imię po Piłsudskim. Klemens Drzewiecki chciał, żeby syn był silny i prawy. Tak jak mar-
szałek.

– Z takim imieniem daleko zajdziesz – powtarzał mu ojciec, który nic sobie nie robił z tego, że obecne władze niechętnie patrzyły na kult Piłsudskiego.

Klemens tego nie dożył, ale na pewno byłby dumny z syna. Józef pochodził z maleńkich, zapomnianych przez wszystkich Utopców, ale i tak wypracował sobie niezłą pozycję w Komendzie Powiatowej. Szybko uzyskał stopień porucznika, a komendant sugerował nawet, że wkrótce zostanie kapitanem. To brzmiałoby jeszcze dumniej niż porucznik! A potem kto wie, kto wie? Drzewiecki był tylko o dwa lata młodszy niż jego imiennik, komendant główny MO Józef Beim. Nie łudził się wprawdzie, że szybko stanie na czele Milicji Obywatelskiej – zwłaszcza że Beim miał się całkiem dobrze – ale może chociaż zostanie komendantem powiatowym. Nie wiadomo, co przyniesie przyszłość.

Na razie jednak miał inne plany. Przed nim „operacja Czajkowscy". Tak w duchu nazywał całe przedsięwzięcie. Plan musiał stworzyć szybko. Nie było czasu do stracenia. Gdyby dowiedział się o wszystkim wcześniej, może byłoby inaczej. Wiedział jednak dopiero od wczoraj. I musiał działać. Dziś!

Drzewiecki włożył szaroblękitną milicyjną marynarkę. Na spotkaniu z przełożonym musi wyglądać reprezenta-cyjnie. Z całej siły starał się nie pokazać nikomu, że pochodzi z drewnianego domku pośrodku samotnej polany. Pochodzenie miało przecież swoje znaczenie. W Polsce Ludowej bardziej niż gdziekolwiek indziej.

Zerknął na siebie w lustrze raz jeszcze. Był całkiem zadowolony z efektu swoich starań. Jego twarz zdawała się teraz nieco mniej lisia. Wyglądał prawie jak miasto-wy. Ojciec może i dał mu wielkie imię, ale na pewno nie wielkie ciało. Jednak w mundurze nawet postura zdawała się większa.

Drzewiecki westchnął i podszedł do drzwi pokoju córki. Zapukał ostrożnie.

– Wejdź, tato! – zawołała Iza. – Sto razy ci mówiłam, że nie musisz pukać. Nie mam nic do ukrycia.

Drzewiecki uśmiechnął się szeroko.

– Jak się czujesz, Izuniu?

Córka oczywiście siedziała nad opasłymi kodeksami. Wkuwała je na pamięć, jakby od tego zależało całe jej życie.

– Uczę się. Wszystko dobrze. Nie mogę się doczekać, kiedy zaczną się studia!

Iza przygotowała sobie kalendarz, który dumnie pysznił się na ścianie. Wykreślała w nim dni do rozpoczęcia roku akademickiego. Każdy dzień coraz bardziej nierówną kreską, jakby ręka drżała jej z emocji. Kiedy na początku wakacji dowiedziała się, że została przyjęta na wydział prawa... Drzewiecki był pewien, że jego córka jest naj-szczęśliwszą osobą na ziemi. Spełniało się jej największe marzenie.

Nie dał córce imienia po nikim szczególnym, ale i tak był pewien, że Izabela zajdzie wysoko. I Czajkowscy na pewno w tym nie przeszkodzą. Drzewiecki znowu zaklął w duchu. Owszem, między nim a Tadeuszem była pewna rywalizacja, ale nigdy by nie przypuścił, że Czajkowski posunie się do czegoś takiego.

Na początku sierpnia Drzewiecki odebrał list z uczel-ni, na której jego córka jesienią miała rozpocząć studia.

Przeczytał go dwa razy, żeby się upewnić, że wszystko zrozumiał jak należy. Kopertę ukrył, jak najlepiej mógł, żeby córka jej przypadkiem nie odnalazła. Wiadomość, że została skreślona z listy studentów wydziału prawa, na pewno by ją załamała.

Drzewiecki od razu uznał, że coś tu jest wyraźnie nie w porządku. Zaczął więc wykorzystywać swoje wpływy i drążyć. Najgłębiej, jak się da. Ciągle napotykał ścianę milczenia. Był jednak pewien, że Iza nie została wyrzucona ze studiów ot tak. Miała przecież najlepsze wyniki i była córką porucznika Milicji Obywatelskiej. Wszystko to na pewno działało na jej korzyść. Dlaczego więc została skreślona?

Drzewiecki szybko doszedł do wniosku, że ktoś musiał stać za całą tą aferą. Tylko kto i jaki cel miałby mu przyświecać w niszczeniu przyszłości jego córki? To musiały być działania dywersyjne. Izabela była za młoda, żeby mieć wrogów, on jednak przez te wszystkie lata mógł komuś zaleźć za skórę.

Po dojściu do tego jedynego logicznego wniosku Drzewiecki starał się zawęzić krąg podejrzanych. To z pewnością musiał być ktoś z wysoką pozycją, uznał szybko. Ktoś, kto mógł pociągać za sznurki na tyle skutecznie, żeby doprowadzić do skreślenia Izy z listy studentów państwowego uniwersytetu.

Znowu westchnął, pilnując, żeby pochylona nad kodeksami córka tego nie zauważyła. Jak mógł być tak ślepy i nie domyślić się od razu, z którym z wrogów ma do czynienia? Może ta ślepota wypływała stąd, że nigdy nie postrzegał Tadeusza jako wroga. Raczej jako irytującego sąsiada.

Wszystko wyszło na jaw dopiero wczoraj. Jeden z ludzi, którzy badali sprawę dla Drzewieckiego, dowiedział się, że Tadeusz nie tylko doprowadził do usunięcia Izy z listy studentów, ale też umieścił tam zamiast niej swojego starszego syna. Tego pozującego na artystę Wojtka, który tak naprawdę do niczego się nie nadawał. Pałętał się tylko po wsi, błyskając tymi swoimi oczkami amanta. Drzewiecki zdusił przekleństwo, które cisnęło mu się na usta na samą myśl o rozwydrzonym chłopaku, który chciał zabrać jego córce marzenia.

– Coś się stało, tato? – zapytała Izabela.

Chyba zauważyła, że Józefa ogarnął gniew. Musiał się bardziej pilnować. Córka o niczym się nie dowie. Ani o „operacji Czajkowscy", ani nawet o tym, że kiedykolwiek była skreślona z listy studentów.

– Nic, córeczko – zapewnił gorąco. – Wszystko w porządku. Jadę teraz na chwilę do komendy.

– Przygotować obiad?

– Nie przeszkadzaj sobie. Nie wiem dokładnie, o której wrócę. – Drzewiecki zawahał się przez chwilę. Nie chciał, żeby się martwiła, więc dodał w końcu: – Jeszcze potem po drodze będę musiał coś załatwić. Nie czekaj na mnie.

„Operacja Czajkowscy". To była odpowiedź na wszystkie problemy. Tadeusz i Wojtek nie zniszczą marzeń Izuni. O nie. On na to nie pozwoli. Chyba że nie nazywa się Józef Drzewiecki.

ROZDZIAŁ 11

Utopce. Środa, 29 października 2014. Wieczorem

Młodszy aspirant Daniel Podgórski patrzył w zadumie na płomień niewielkiego znicza. Mały czerwony ognik tańczył na delikatnym wietrze. W ciągu dnia świeciło piękne październikowe słońce. Teraz jednak, kiedy zapadł już zmrok, zrobiło się zimno. Daniela przeszedł nagły dreszcz, więc szczelniej opatulił się kurtką.

A może to nie zimno, tylko Utopce, przeszło mu nagle przez myśl. Rozejrzał się po niespodziewanie wielkim cmentarzu, który ukrył się w północnej części zapomnianej polany. Nekropolia otoczona była rozpadającym się już ze starości kamiennym murem. Groby też wyglądały w większości na stare. Było ich bardzo wiele, jakby mieszkańcy tych stron powoli wymierali. Aż wreszcie została ich tylko garstka, która nadal trwała wśród powykręcanych pni wielkich drzew.

Niektóre nagrobki były poprzekrzywiane i porośnięte wszechobecnym mchem, a napisy na nich trudno było odczytać. Wyglądało jednak na to, że ktoś nadal o nie dbał. Nawet z najstarszych zamieciono wszędobylskie jesienne liście, a alejki pomiędzy kamiennymi pomnikami dokładnie zagrabiono. Wszędzie płonęły znicze.

Daniel pomyślał o grobie ojca na cmentarzu w Lipowie. Odwiedzał go regularnie, nie tylko w Święto Zmarłych. Podgórski patrzył w kamienny nagrobek i cały czas miał wrażenie, że muszą sobie jeszcze wiele wyjaśnić. On i ojciec. We dwóch. Może kiedyś.

Drzwi niewielkiego drewnianego kościółka zaskrzypiały głośno. Daniel odwrócił się w tamtą stronę. Emilia Strzałkowska skinęła mu głową. Za policjantką kroczył ksiądz. Inaczej nie można było tego nazwać. Każde jego stąpnięcie było stateczne i dostojne. Proboszcz Utopców był bardzo chudy, a jego cienkie siwe włosy unosiły się na wietrze w dziwnym obłąkańczym tańcu. Oczy miał głęboko osadzone. W jesiennej ciemności zdawały się prawie czarne. Jakby ktoś włożył mu do oczodołów kawałki węgla.

Ksiądz skinął delikatnie głową na powitanie.

– Jankowski – przedstawił się, zerkając to na Daniela, to na Klementynę Kopp, która stała nieco z boku ze skrzyżowanymi na piersiach rękami.

Klementyna zadzwoniła do Daniela około południa, żeby przekazać mu, czego dowiedziała się od Glorii Czajkowskiej. Wyglądało na to, że mieli dwa nowe, być może kluczowe, fakty. Matka komendanta przyznała, że z sejfu w „Żebrówce" prawdopodobnie zginęły pieniądze. Nie była pewna, o jakiej sumie mowa, ale tak czy inaczej to mogło wiele zmieniać. Być może właśnie znaleźli motyw podwójnego zabójstwa. Pieniądze. Rabunek.

Drugie odkrycie było chyba jeszcze bardziej zaskakujące. Matka komendanta po długim ociąganiu pod koniec przesłuchania przyznała, że miała w 1984 roku kochanka. Zazdrosnego kochanka, jak sama podkreślała. Kochanka, który jej zdaniem zdolny byłby do wszystkiego. W tym do zadania śmierci jej mężowi i synowi. Mieli więc czwartego podejrzanego. Nowe nazwisko, które będą musieli sprawdzić.

Najpierw jednak zdobędą zakrwawione ubrania ofiar i oddadzą je do analizy. Klementyna pozałatwiała już, gdzie mogła, żeby materiały zostały przyjęte do badania w laboratorium, mimo że śledztwo nie zostało przecież oficjalnie wznowione.

– Właściwie to mogliście sami pójść do krypty – oznajmił ksiądz Jankowski, wyrywając Daniela z zamyślenia.

Proboszcz mówił głębokim basem, który niezbyt pasował do jego przeraźliwie chudego ciała. Do pasa miał przytroczony wielki pęk kluczy, który pobrzękiwał nieco upiornie przy każdym ruchu. Daniel nie mógł oprzeć się wrażeniu, że ksiądz Jankowski sam wygląda trochę jak wampir. Wampir z Utopców? Czy to on? Nie, to niemożliwe, uznał Daniel. Nie mógł przecież podejrzewać Jankowskiego tylko dlatego, że kapłan miał nietypową aparycję!

– Zaprowadź nas do krypty, co? – rozkazała Klementyna. Swoim zwyczajem pluła bełkotliwie słowami, tak że trudno ją było zrozumieć.

Powiał wiatr. Drzewo rosnące niedaleko plebanii poruszyło się niespokojnie. Daniel zerknął w tamtą stronę. Kolejny wielki buk o powykręcanych sękatych ramionach. Bliźniaczo podobny do tego, który bronił leśnej drogi prowadzącej do Utopców.

Ksiądz Jankowski zerknął szybko w stronę drzewa. Otworzył usta, a jego policzki jeszcze bardziej się zapadły, niepokojąco podkreślając kształt czaszki. Przez chwilę kapłan wyglądał, jakby chciał coś powiedzieć. W końcu jednak się powstrzymał i przetarł tylko wychudzoną twarz wielką dłonią.

– To jak? – ponagliła komisarz Kopp.

Jankowski skinął głową.

– Chodźmy. Pokażę wam kryptę.

Ruszyli we czworo przez oświetlony zniczami cmentarz. Daniel czuł, że Emilia idzie za nim krok w krok. Właściwie policjant był z tego zadowolony. Opanowało go dziwne, pierwotne niemal wrażenie, że tu w Utopcach warto mieć wokół siebie przyjaciół. Wrogów i tak wystarczy. Zerknął w stronę Klementyny. Komisarz Kopp zdawała się nie przejmować atmosferą tego miejsca. Szła pewnym, wojskowym krokiem, zręcznie mijając stare nagrobki.

– W krypcie spoczywa kilka pokoleń rodziny Czajkowskich – mówił dalej proboszcz. – Teraz z żyjących zostali tylko Gloria i Olaf, ale nie wiem, czy zechcą kontynuować tradycję. Podejrzewam, że będą woleli spocząć na cmentarzu w Brodnicy. Chyba pragną się od nas odciąć. Takie mam przynajmniej wrażenie. No, ale może nic w tym dziwnego. Śmierć najbliższej rodziny to wielka trauma.

Nagle Daniel usłyszał śpiew dochodzący z ciemności. Głęboki i dziwnie niepokojący, niemal nieludzki. Jakby dochodził z samych trzewi ziemi pod ich stopami. Policjanta przeszył kolejny dreszcz. Emilia Strzałkowska też rozejrzała się niespokojnie.

– Co to za ryki? – rzuciła Klementyna.

– To próba naszego chóru kościelnego – oznajmił ksiądz Jankowski z godnością. Patrzył na nich z głębi czarnych jak smoła oczodołów. – Krypta jest tu.

Proboszcz wskazał na kapliczkę położoną w samym środku cmentarza. Do środka prowadziły kute drzwi. Z płaskorzeźby nad wejściem patrzyły na nich sześcioskrzydłe anioły. Daniel miał wrażenie, że rzeźby wodzą za nim wzrokiem.

Policjant odetchnął głębiej.

– Okej. No dobra. To otwórz nam i my sobie już dalej poradzimy, co?

Klementyna wskazała palcem wielką kłódkę wiszącą w drzwiach kaplicy.

– To tylko na pokaz – wyjaśnił ksiądz. – Tu we wsi wszystko zostawiamy otwarte. Proszę śmiało wchodzić.

Komisarz Kopp zdjęła kłódkę szybkim ruchem. Podała ją Danielowi, który stał przez chwilę, nie wiedząc, co ma z nią dalej zrobić. W końcu podał ją wychudzonemu kapłanowi. Tymczasem Klementyna otworzyła kute drzwi. Ze środka dochodził zaduch dawno niewietrzonego pomieszczenia.

– Wejdźcie we dwójkę. Ja poczekam na zewnątrz – zaproponowała szybko Emilia. – I tak wszyscy się tam pewnie nie zmieścimy.

Teraz to Strzałkowska skrzyżowała ręce na piersiach, jakby przejęła ten gest od Klementyny. Komisarz Kopp zaśmiała się cicho pod nosem. Nic jednak nie powiedziała, tylko sięgnęła do plecaka po latarkę i zniknęła wewnątrz kapliczki. Serafiny nad wejściem podążyły za nią wzrokiem tak daleko, jak mogły.

Daniel ruszył za Klementyną. W progu musiał się pochylić. Drzwi okazały się niższe, niż początkowo sądził. Z niewielkiego korytarzyka prowadziły na dół wąskie schodki. Światło latarki ginęło w ciemnościach, więc Podgórski przyspieszył kroku. Stopnie były nierówne, raz wyższe, raz zupełnie niskie. Przy każdym kroku trzeba było więc uważać, żeby źle nie stąpnąć.

W końcu Daniel bez szwanku znalazł się na samym dole. Krypta okazała się dość duża. Powietrze zdawało się suche, ale czuć też było zapach zgnilizny. Podgórski wolał się nad tym za bardzo nie zastanawiać.

Klementyna chodziła powoli po pomieszczeniu. Oglądała uważnie wykute w ścianach półki, na których spoczywały stare, zakurzone trumny potomków komendanta.

– To pewnie to – stwierdziła w końcu.

Daniel podszedł do miejsca, które wskazywała komisarz Kopp. Na jednej z półek w końcu pomieszczenia nie było trumny. Stała tam tylko rzeźbiona skrzynka. Drewno pokryte było ciemnym lakierem.

Klementyna ponownie sięgnęła do plecaka i wyjęła stamtąd torebkę na dowody i lateksowe rękawiczki. Ubrania ofiar trzeba było zabezpieczyć. Policjantka ostrożnie uchyliła drewniane wieko. Wpatrywała się we wnętrze skrzyni przez chwilę.

– Co się stało? – zapytał Daniel Podgórski.

– Kurwa – rzuciła tylko Klementyna.

ROZDZIAŁ 12

Utopce. Sobota, 25 sierpnia 1984. Godzina 11.00.
Gloria Czajkowska

Gloria Czajkowska kończyła się pakować. Wcisnęła do walizki swoje najlepsze letnie sukienki i buty. Chciała zachować pozory. Tak na wszelki wypadek, gdyby Tadeusz albo Wojtek zajrzeli jeszcze dziś do jej szafy. Chociaż było to bardzo mało prawdopodobne. Przecież oni byli pewni, że Gloria cała zadowolona pojedzie do Jugosławii świętować swoje czterdzieste urodziny. Niedoczekanie. Miała zupełnie inne plany. I to już od pewnego czasu. Ani mąż, ani syn na pewno w niczym się nie zorientowali.

Zaczęła grać swoją rolę, kiedy Tadeusz wpadł na ten idiotyczny pomysł z altaną. To było nawet do pewnego stopnia zabawne. Głównie dlatego, że wiedziała już wtedy, że to ostatnie chwile. Nie mogło być inaczej. Przynajmniej ona sobie tego nie wyobrażała.

Czterdzieści lat to nowy etap. Nie jest jeszcze stara i całe życie przed nią. Spojrzała w lustro wiszące w sypialni. Zaokrągliła się tu i ówdzie, ale to nic, to jeszcze można było zmienić. Zresztą wielkie gwiazdy kina wcale nie były chude.

Jeszcze jest szansa! Na przeszkodzie stoją tylko Tadeusz i Wojtek. O młodszego syna się nie martwiła. Olaf akceptował wszystko, co ona robiła, ale Wojtek… Starszy syn najwyraźniej pałał do niej nienawiścią. Widziała to w jego oczach. Ona także go nie kochała, chociaż na początku bardzo się starała.

Dziewiętnaście lat temu

Wojtek przyszedł na świat w „Żebrówce", w tym trzeszczącym ze starości domu opartym o ścianę lasu. Nie było innego wyjścia. Gloria zaczęła rodzić, a do szpitala było za daleko. Sprowadzono do niej miejscową znachorkę – szumnie nazywaną w Utopcach położną. Kobieta miała wielkie czarne oczy. Jakby bez białek. Wyglądała przez to jak upiór, których wszędzie było tu pełno.

Tych czarnych oczu znachorki Gloria nigdy nie zapomni. Nigdy. Rodziła w bólach, a te dwie szatańskie czeluści wpatrywały się w nią dziwnie. Były niepokojące i niosły przekleństwo. Już wtedy Gloria powinna była się zorientować, że coś pójdzie nie tak.

Nagle rozległ się krzyk dziecka. Wojtek pojawił się na świecie. Gloria czekała na przełom. Na grom z jasnego nieba, o którym opowiadała jej koleżanka, która wcześniej została matką.

– Pokochasz dziecko od pierwszej chwili – przekonywała. – Sama zobaczysz. Tego nie da się porównać z niczym. Miłość do dziecka… Tego nie da się opisać. Co ja ci będę mówiła, sama zobaczysz, jakie to piękne.

Te słowa przekonały Glorię, żeby nie usuwać ciąży, mimo że dziecko na pewno przerwie obiecującą karierę. Nie powinna była słuchać przyjaciółki. Zrozumiała to już podczas ciąży, kiedy miłość do dziecka uparcie nie nadchodziła. Mimo to Gloria ciągle się łudziła, że to się zmieni, kiedy wreszcie zobaczy owoc swojego ciała.

Niestety tak się nie stało. Kiedy czarnooka znachorka położyła jej maleńkiego Wojtka przy piersi, Gloria nie poczuła nic. Nie było błyskawic, gromów ani fanfar. Była tylko zupełna pustka. A może ulga, że nareszcie jest już po wszystkim i wyjęto z niej znienawidzone obce ciało, które tkwiło w jej brzuchu długie dziewięć miesięcy.

Tadeusz za to natychmiast zakochał się w synu. Od pierwszego wejrzenia. Bezradnie próbował okazywać Wojtkowi uczucie, ale nigdy nie był w tym za dobry. Mimo to maleński chłopczyk szybko zrozumiał, że tylko do ojca warto wyciągać pulchne rączki i tylko u niego trzeba szukać miłości. Matka dawała jedynie życiodajne mleko.

Początkowo Glorię gnębiły wyrzuty sumienia. Jaka matka nie kocha swojego dziecka, powtarzała sobie w duchu z perwersyjną wręcz przyjemnością. No jaka? Może miała jakiś defekt duszy? Może jakiś trybik trzeba było wymienić? Szybko jednak te pytania ją znudziły i pojawiła się obojętność.

W ten sposób uciekały kolejne lata. Dopiero kiedy nastał rok 1984, zrozumiała, że dłużej tak nie może. Żyła w zamknięciu Utopców prawie dwadzieścia lat! Przez ten czas jej twarz pokryła delikatna sieć drobniutkich zmarszczek. Na razie widziała je tylko ona, ale wkrótce zauważą je inni. Dwadzieścia lat i dwadzieścia centymetrów w pasie więcej. Po jednym na każdy rok zamknięcia w tej głuszy. Co więcej miała tu robić niż jeść? Wymioty niewiele jej pomagały.

Zbliżające się wielkimi krokami czterdzieste urodziny uświadomiły Glorii, że pora wziąć sprawy w swoje ręce. Na początek zaczęła na powrót się malować, mimo że tu przecież nigdzie nie wychodziła. Codziennie wciskała się też w za ciasne balowe sukienki, które kazała sobie kupować w Warszawie, kiedy mąż jechał do laboratorium. Poczuła się lepiej, ale szybko zrozumiała, że to za mało. Potrzebowała czegoś więcej. Sama nie była jeszcze tylko pewna czego.

Altana

Pomoc nieoczekiwanie przyniósł zarządzony przez męża remont domu i ta idiotyczna altana. Tadeusz wynajął do prac tutejszych chłopców. Chyba kolegów Wojtka. Gloria nie była pewna, z kim jej starszy syn się zadaje, i nie za bardzo ją to dotychczas interesowało. Od razu jednak zauważyła milczącego chudzielca, który w skupieniu popalał papierosa, kiedy tylko nadarzyła się okazja. Przyglądała mu się przez okno. Było w nim coś pociągającego.

Nagle zrozumiała, że Kosma mógł stanowić rozgrzewkę przed jej dalszymi posunięciami. Sprawdzi na tym milczku, czy ma jeszcze w sobie to coś, co kiedyś zapewniało jej tłumy wielbicieli. Musi tylko zaczekać, kiedy chłopak będzie sam.

Niespodziewanie wydarzył się epizod z kośćmi wampira, które znaleziono pod fundamentami altany. Gloria musiała użerać się z Czesławą, ale cała sprawa miała też swoje plusy. Chórzystka zakazała swojemu synowi przychodzić na plac budowy. To wiele ułatwiało. Przy altanie pracował już tylko Wojtek i Kosma.

Gloria skorzystała z chwili, kiedy Wojtek gdzieś poszedł, a na placu został sam Kosma. To był idealny moment na kolejny krok. Pierwsze poczyniła już wcześniej. Od dwóch dni pozwalała mu się podglądać. Przebierała się, stojąc w oknie, i zerkała w jego stronę niewinnie. Ot, matka kolegi, która sprawdza postępy w budowie altany. To przecież nic złego.

Doskonale widziała, że Kosma zauważył jej starania. Znała się na tych sprawach. Początkowo szybko odwracał wzrok, jakby się bał. Potem patrzył coraz dłużej. Chyba zrozumiał, że Gloria nie ma nic przeciwko. A nawet więcej: że ona robi to specjalnie dla niego.

Kolejny krok – Gloria wyszła przed dom i zbliżyła się do altany. Kosma stał teraz nonszalancko oparty o szkielet konstrukcji.

– Nieźle wam idzie – zagaiła.

Kosma pokiwał tylko głową. W zaciśniętych wąskich wargach miał nieodłącznego papierosa. Podeszła bliżej i odchrząknęła cicho. Chciała wydobyć z siebie ten lekko zachrypnięty głos, który tak przypadł do gustu reżyserowi jej pierwszego filmu.

– Naprawdę mi się podoba – powiedziała, kiedy była już pewna, że jej głos odpowiednio brzmi. Spojrzała przy tym znacząco na milczącego chłopaka.

Czekała. Teraz był jego ruch. Kosma dalej palił papierosa, nic nie mówiąc. Gloria czuła jednak, że zaczyna się z nim coś dziać. Miała do tego szósty zmysł. Widziała, jak jego spojrzenie ślizga się po jej ciele. Najpierw ostrożnie, potem coraz śmielej.

– No nic, pójdę już – stwierdziła słodko.

Wiedziała dobrze, jak stopniować napięcie. Nie wszystko naraz. Niemal czuła, jak zardzewiałe trybiki w jej ciele znowu zaczynają sprawnie funkcjonować. Wypełniła ją radość polowania.

Kosma wycofał się przestraszony chyba, że źle pojął jej intencje. Z tego była jeszcze bardziej zadowolona. Jutro zacznie od początku. Niech myśli o niej cały wieczór i całą noc. Niech ulży sobie z jej ciałem przed oczami.

– Do widzenia – rzuciła jeszcze na odchodnym, zerkając w stronę chłopaka.

– Do widzenia – odważył się wydusić.

Wtedy pierwszy raz słyszała jego głos. Podobał jej się. Głęboki i męski, mimo że Kosma był przecież w wieku Wojtka i nie skończył jeszcze dwudziestu lat.

Następnego dnia podjęła swoje starania zgodnie z planem. Zaczęła od występu przed oknem. Zdjęła satynową halkę i przez chwilę stała w oknie z odsłoniętymi piersiami. Udawała, że delektuje się promieniami słońca. Zerknęła w stronę altany ukradkiem, żeby sprawdzić, czy Kosma ją obserwuje. Miała rację! W jego oczach widać było wyraźne pożądanie.

Kosma patrzył na nią tak wytrwale, aż w końcu Wojtek zauważył chyba, że coś jest nie tak. Odwrócił się w stronę domu, odkładając na chwilę deskę, nad którą właśnie pracował. Gloria ledwo zdążyła zasłonić okno. Udawała przy tym, że jest zaskoczona spojrzeniami dwóch młodych mężczyzn. Wręcz zgorszona. Mimo swojej niechęci wobec męża i starszego syna nie chciała, żeby dowiedzieli się o niej i o Kosmie zbyt szybko. To by mogło utrudnić później przeprowadzenie właściwego planu, który powoli układała już sobie w głowie. Plan, który miała zamiar wprowadzić w życie od razu po czterdziestych urodzinach. Kosma to była tylko nic nieznacząca rozgrzewka. Preludium.

Tamtego wieczoru znowu wyczekała, aż Wojtek gdzieś się ulotni i Kosma zostanie sam. Widziała, że chudzielec celowo zwleka przy altanie, niby to porządkując narzędzia. Mimo że dzień chylił się już ku końcowi, nadal było upalnie. Kosma zdjął spłowiałą czerwoną koszulkę. Gloria zauważyła, że nosił ją codziennie. Może nie miał innych ubrań? Podobno jego rodzina była biedna. Z tego, co pamiętała, to właśnie od nich Tadeusz kupił „Żebrówkę", kiedy po uszy tkwili w długach.

Podniecenie ogarnęło ją, już kiedy szła zmysłowym krokiem do powstającej właśnie altany. Rozpoczęli rytuał spojrzeń. Gloria nic nie mówiła. Kosma tym bardziej. Przechadzała się tu i ówdzie, udając, że ogląda pierwsze efekty prac budowlanych. Kosma zgasił papierosa i sięgnął po koszulkę, jakby chciał odejść. Mruknął przy tym coś zupełnie niezrozumiałego.

Gloria uśmiechnęła się do siebie. Wiedziała, że jest na dobrej drodze. Zrobiła kilka kroków w jego stronę. Byli teraz bardzo blisko. Kosma rozejrzał się nerwowo, jakby bał się, że ktoś ich tak zobaczy. Gloria nie miała takich obiekcji. „Żebrówka" stała przy samej ścianie lasu. Nawet Czesława nie mogła ich widzieć, bo chlewy zasłaniały jej widok z okien. Przynajmniej taki pożytek z tego smrodu.

Kosma zrobił krok w stronę Glorii. Spojrzała na niego spod wytuszowanych grubo rzęs. Tak to się zaczęło.

Sobota. Godzina 11.00

Gloria zasunęła suwak podróżnej walizki i uśmiechnęła się na to wspomnienie sprzed tygodnia czy dwóch. To jedno spojrzenie wystarczyło i Kosma był jej. Rozpierała ją dzika satysfakcja. Kiedy chciwie ssał jej usta, czuła się jak podlotek. Ciągle potrafiła kusić. To dodało jej sił i potwierdziło, że mimo upływu lat nadal jest gwiazdą. Zalśni jeszcze mocniej niż kiedyś. O tak. I to już dziś. Dwa dni po swoich czterdziestych urodzinach.

Podeszła do okna, żeby odetchnąć gorącym letnim powietrzem i przez chwilę rozkoszować się tą wizją w spokoju. Nagle zobaczyła Kosmę. Stał obok dębu, który rósł na samym skraju lasu. Wbrew sobie poczuła narastający niepokój. W jego spojrzeniu było coś bardzo dziwnego. Coś, czego zupełnie się nie spodziewała. Jakby niechcący wyzwoliła bestię.

Zdusiła chęć zasłonięcia kotar. Trzeba było sobie z Kosmą poradzić. Najlepiej teraz, kiedy Tadeusz poszedł do Lenarta, a Wojtek kręcił się gdzieś, załatwiając wiadome tylko sobie sprawy. To był dobry moment. Kosma nie był jej już potrzebny. Tym bardziej że miała swoje plany na dzisiaj i na przyszłość. Nie było w nich miejsca dla milczącego chudzielca.

Mimo upału narzuciła na bluzkę zapinany wysoko pod szyję sweter i włożyła białe płócienne spodnie trzy czwarte. Dziś nie zamierzała kusić. Dziś była kobietą, która właśnie rusza na swoje wymarzone wakacje do Jugosławii.

Wsunęła bose stopy w buty na płaskim obcasie, które leżały przygotowane w korytarzu. Nie mogła przecież jechać w daleką podróż w szpilkach. Nawet Tadeusz by w to nie uwierzył. Wyszła na werandę z tyłu domu.

Kosma zgasił papierosa na jej widok. Stał jednak nadal bez ruchu pod drzewem. Gloria zadrżała lekko. Mimo ciepła i swetra poczuła, jak jej ciało przeszedł dreszcz. Czyżby wszystko miało się zakończyć tu i teraz? Co on tam ściska w tej wielkiej żylastej dłoni? Może to ten jego nieodłączny nóż z tym dziwnym szpikulcem? Wykłuje jej oczy?

Gloria zeszła po drewnianych schodach, starając się opanować niepokój. Musi dobrze odegrać kolejną rolę. Postanowiła zachowywać się jak zawstydzona romansem żona, która zbłądziła tylko na chwilę.

– Dzień dobry – powiedziała do Kosmy. Nieco sztywno, ale nie za bardzo. Musiała mu przecież pokazać, że nadal panuje nad sytuacją.

Chłopak oczywiście miał na sobie tę samą spraną czerwoną koszulkę. Przez te dwa tygodnie doskonale poznała jej fakturę. Wiedziała, że kołnierzyk z tyłu jest nieco spruty. Dotykała nitki, kiedy obejmowała kochanka za szyję w miłosnych uściskach.

– Gloria… – zaczął Kosma.

Znała ten ton. Nareszcie się rozluźniła. Nie przyszedł jej zabić. Co za głupota z jej strony, że tak się przestraszyła. Przyszedł ją błagać. Z tym umiała sobie poradzić. Niejeden w życiu ją błagał.

– Sam przecież wiesz, że mogłabym być twoją matką – oznajmiła. Tym razem zatroskanym, opiekuńczym tonem. – Nie możemy dalej tego ciągnąć.

– Różnica wieku mi nie przeszkadza – zapewnił natychmiast. Jego głos był zachrypnięty. Może od ciągłego palenia, a może od milczenia.

– Kosma, Kosma, Kosma – wymruczała, głaszcząc go delikatnie po głowie. Matczynym gestem. Pilnowała się, żeby nie było w tym ani odrobiny erotyzmu.

Chłopak chwycił jej dłoń szybkim ruchem. Tego zupełnie się nie spodziewała. Próbowała ją wyrwać, ale nie puszczał. Znowu poczuła strach. Było coś w tym chłopaku. Coś dziwnego. Może coś takiego jak w niej samej?

Zadrżała wbrew sobie. Jego cienkie wargi wykrzywił lekki uśmiech. Zdawał sobie oczywiście sprawę ze swojej przewagi fizycznej. Górował nad nią. Mógł zrobić z nią, co chciał, a tu, na tyłach ich gospodarstwa, i tak nikt by niczego nie zobaczył. Może zakopie jej ciało, a za wiele lat ktoś inny, budując kolejną altanę, odkryje jej kości i weźmie za wampira. Gloria czuła, że Kosma byłby do tego zdolny.

Ponownie spróbowała wyswobodzić dłoń, ale chudzielec nadal trzymał ją mocno.

– Mam męża i synów. Przecież Wojtek to twój kolega. Nie mogę im tego zrobić – skłamała. Coś takiego przecież miało sens. Może trafi i do Kosmy.

Chłopak patrzył na nią przez chwilę, jakby się zastanawiał nad jej słowami. Dopiero teraz zobaczyła, że jego oczy były tak samo czarne jak oczy tej znachorki, która pomagała jej sprowadzić na świat Wojtka. Kolejne przekleństwo?

Niespodziewanie Kosma puścił jej rękę.

– Aha – powiedział tylko.

Aha? Czekała, aż Kosma doda coś więcej. Chciała, żeby dodał coś więcej. To krótkie słowo było bowiem bardziej przerażające niż najgorsze nawet groźby. Aha... w tych trzech literach Kosma zawarł wszystko. Cały alfabet, wszystkie słowa, wszystkie przekleństwa. Gloria miała wrażenie, że powtarza je echo w głębi lasu. Drzewa zaszeleściły złowieszczo, jakby w odpowiedzi na wezwanie.

Krótkie „Aha" wypełniło ją całą. Teraz niemal pragnęła, żeby Tadeusz wreszcie wrócił od Lenarta i ją uratował. Co mógł tam tak długo robić? Gdzie, do cholery, był Wojtek? Niech którykolwiek z nich tu przyjdzie i zabierze od niej Kosmę. Dlaczego ta śmierdząca Czesława nie wyjdzie teraz z chlewu i nie zacznie wykrzykiwać o kościach wampira? Gdzie sąsiadka? Gdzie jej syn? Dlaczego nikogo tu nie ma?

Nagle, jakby w odpowiedzi na jej błagania, usłyszała dźwięk silnika. Modliła się w duchu, żeby to był wartburg Heinricha Wanke.

Kosma odwrócił się i spokojnie wyjął kolejnego papierosa z pomiętej paczki. Zapalił, a potem zaciągnął się głęboko. Jeszcze jedno spojrzenie na nią i odszedł przez las w stronę swojego domu.

ROZDZIAŁ 13

Utopce. Środa, 29 października 2014. Wieczorem

Sierżant sztabowa Emilia Strzałkowska przysłuchiwała się śpiewom dobiegającym z małego drewnianego kościółka, który przycupnął obok olbrzymiego cmentarza. Nekropolia była zadziwiająco wielka jak na tak mikroskopijną wioskę.

Emilia poczuła na sobie świdrujące spojrzenie. Odwróciła się powoli. Proboszcz Jankowski przyglądał jej się uważnie. Jakby jego czarne oczy przewiercały ją na wylot. Nie było to zbyt przyjemne. Strzałkowska niemal żałowała, że nie weszła do ciasnej krypty razem z Danielem i Klementyną. Spojrzała tęsknie w stronę ziejącego czernią wejścia.

Po chwili znowu odwróciła się ostrożnie, żeby sprawdzić, czy proboszcz nadal na nią patrzy. Jankowski nie zmienił pozycji. Trwał w jednym miejscu, wciąż wpatrując się w jej twarz. Jakby zmienił się w jedną z rzeźb zdobiących stare mogiły.

Gałęzie wielkiego drzewa obok plebanii poruszyły się złowrogo, chociaż Strzałkowska mogłaby przysiąc, że nie było najlżejszego wiatru. Przecież płomyki zniczy unosiły się pionowo do góry i nie drgały ani odrobinę. Na cmentarzu wszystko zdawało się teraz spokojne. Złowieszczo spokojne.

Strzałkowska aż podskoczyła, kiedy Klementyna wypadła nagle z krypty. Na twarzy komisarz Kopp malowała się wyraźna irytacja.

– Gdzie ubrania, co? – rzuciła w stronę księdza.

Daniel Podgórski wyszedł za nią, oddychając ciężko. Jesienną kurtkę przybrudzoną miał zatęchłym kurzem. Emilia spojrzała na niego pytająco. Pokręcił tylko głową, co zbyt wiele nie wytłumaczyło.

– Słucham?

Ksiądz Jankowski odwrócił się powoli do Klementyny. Pęk kluczy przy jego pasie zabrzęczał przy tym głośno. Ruchy proboszcza były automatyczne. Jakby całe jego ciało stanowiło nakręcany mechanizm, który trochę zardzewiał.

– W skrzyni miały być zakrwawione ubrania Wojtka i Tadeusza. Gloria Czajkowska je tam umieściła – wyrzuciła z siebie szybko Klementyna. Jak zwykle bełkotała prawie niezrozumiale. – Gdzie one są, co?

Proboszcz Jankowski wzruszył powoli ramionami. Kolejny dziwny, automatyczny gest starego mechanizmu.

– Nie wiem. Może Gloria je stamtąd zabrała.

– Czekaj. Stop. Niby kiedy, co? – zaatakowała Klementyna. – Była tu dziś?

Kapłan uniósł lekko brwi, jakby nie zrozumiał pytania.

– Czy Gloria Czajkowska przyjechała tu dzisiaj w ciągu dnia, co? – ponowiła swoje pytanie komisarz Kopp.

Wyglądała teraz na kompletnie wyprowadzoną z równowagi.

– Nie – odparł proboszcz, kręcąc głową. Jego ruchy powoli odzyskiwały płynność. – Nie widziałem, żeby przyjeżdżała. Już mówiłem, że ona i Olaf chcą się chyba od nas odciąć. Ostatni raz w Utopcach byli wiele lat temu. To znaczy wiem, że Olaf odwiedził Józefa Drzewieckiego razem z wami w poniedziałek, ale Glorii tu nie było. Ani dziś, ani w ostatnich dniach.

– Czyli nie zabrała tych łachów – stwierdziła pani komisarz gniewnie. – Gdzie w takim razie są, co? Powiesz mi?

Jankowski wzruszył ramionami. Emilia też to zrobiła. Niemal bezwiednie skopiowała jego ruchy. Zdaniem Strzałkowskiej Klementyna popełniała teraz podstawowy błąd. Zachowywała się tak, jakby nie dopuszczała do siebie myśli, że Gloria mogła nie powiedzieć jej prawdy. Przez te trzydzieści lat matka komendanta mogła przecież zrobić z tymi ubraniami cokolwiek.

– Czy Gloria w ogóle złożyła te ubrania w krypcie? – wtrącił się Daniel, jakby słyszał myśli Emilii.

– Tak. Dawno temu – przyznał proboszcz Utopców. – Nie robiła wokół tego szumu, a ja nie widziałem w tym nic złego. To chyba zasadne, że skoro pogrzeb nigdy się nie odbył, to Gloria chciała mieć w tej krypcie chociaż namiastkę grobu swoich bliskich.

Przez chwilę stali w milczeniu. Zerwał się wiatr, wprawiając w drżenie płomyki zniczy na grobach. Gałęzie wielkiego buka znów się poruszyły. Tym razem było to zrozumiałe, ale Emilia i tak zerknęła w stronę drzewa nieufnie. Wielki bulwiasty pień zdawał się jej przyglądać, jakby gdzieś wśród kory ukryte były czujne oczy. Odgoniła szybko te myśli, ale i tak miała ochotę jak najszybciej wracać do Lipowa. To miejsce zdawało się przeklęte.

– Kto mógł wyciągnąć ubrania z krypty? – zapytał Daniel.

Proboszcz Jankowski wzruszył ramionami. Po raz kolejny. Wszyscy odwrócili się w stronę kapliczki, pod którą kryła się krypta rodziny Czajkowskich. Wiszące nad wejściem anielskie postaci odwzajemniły ich spojrzenia.

– Sami przecież państwo widzieli, że kłódka jest zawsze otwarta – powiedział proboszcz. – Tu mógł wejść każdy.

– Widział ksiądz kogoś? – podchwyciła Strzałkowska.

Jankowski znowu spojrzał na nią świdrującym wzrokiem.

– Niby kiedy?

Emilia z miejsca zrozumiała, że pytanie rzeczywiście pozbawione było sensu. Jeżeli Gloria umieściła zakrwawione ubrania w krypcie niedługo po śmierci Wojtka i Tadeusza, to od tamtego momentu minęło trzydzieści lat. Trudno oczekiwać, żeby ksiądz obserwował to miejsce nieprzerwanie od 1984 roku.

– Może się rozpadły ze starości – zasugerował kapłan po chwili. Na jego przeraźliwie chudej twarzy majaczył teraz dziwny uśmieszek.

Klementyna zbyła go niedbałym ruchem ręki. Rękaw przykrótkiego żakietu podjechał do góry, ukazując tatuaże. W ciemnościach trudno było rozpoznać, co przedstawiały. Zresztą w świetle dnia Emilia też miała z tym problem. Rysunki były już zupełnie wyblakłe. Komisarz Kopp miała je chyba od wczesnej młodości.

– To raczej mało prawdopodobne, żeby się rozpadły – stwierdził Podgórski sceptycznie. – Minęło trzydzieści lat, a warunki na dole są całkiem dobre.

– Może i racja – zgodził się ksiądz z kolejnym cynicznym uśmieszkiem na chudej twarzy. – Sam mam w domu starsze ubrania.

– Okej. No dobra. Zostawmy to na razie – rzuciła znowu gniewnie Klementyna. W świetle zniczy jej przedwcześnie postarzała twarz zdawała się jeszcze bardziej pomarszczona. – Chcę teraz zobaczyć grób tego wampira.

– Co?!

Proboszcz Jankowski niemal krzyknął. Emilia spojrzała na niego zaskoczona. Na jego niesamowitej twarzy malowała się teraz wyraźna złość.

– To, co powiedziałam. Chcę zobaczyć grób wampira – odparła komisarz Kopp. Dla odmiany mówiła teraz wolno i spokojnie. – Nie zrozumiałeś, co?

– Po co? – warknął proboszcz.

– A czemu nie?

Wielki chudy ksiądz i drobna Klementyna wpatrywali się w siebie, jakby toczyli jakąś pierwotną walkę. Emilia wcale nie była taka pewna, że Klementyna wyjdzie z niej zwycięsko. Jankowski miał w sobie coś dziwnego. Jak całe to miejsce.

– To się nie godzi – odparł Jankowski, jakby uznał, że zwycięstwo naprawdę jest po jego stronie.

– Niby co się nie godzi? – żachnęła się Klementyna.

– Chcemy tylko obejrzeć grób – wtrącił się Daniel. Mówił uspokajająco i z należytym szacunkiem. Miał do tego wyraźny talent. – Nic więcej.

Jankowski odwrócił się i bez słowa ruszył do wykrzywionej ze starości i pordzewiałej bramy cmentarza.

– Na razie nic więcej – mruknęła komisarz Kopp pod nosem. – Potem zobaczymy.

Przybyli na ten cmentarz nie tylko po to, żeby zabrać potencjalne dowody w postaci zakrwawionych ubrań ofiar. Jeszcze przed przyjazdem do Utopców ustalili, że kości rzekomego wampira trzeba wydobyć. Nawet nie ze względu na śledztwo dotyczące śmierci Wojtka i Tadeusza Czajkowskich. Trzeba było nareszcie ustalić tożsamość szczątków znalezionych podczas budowy altany i zwrócić je rodzinie nieznanego zmarłego. Powinno to zostać zrobione już trzydzieści lat temu. Komendant zgodził się powiadomić prokuratora Gawrońskiego o tym aspekcie sprawy. Bez rozwodzenia się nad tym, czym naprawdę zajmują się Emilia, Daniel i Klementyna.

Śledczy podążyli za proboszczem. Jankowski skręcił za niewielką szopkę na narzędzia, która stała oparta o płot nekropolii. W tym dyskretnym zakątku znajdowała się prowizoryczna mogiła, którą trzydzieści lat temu usypano dla wampira. Teraz grób przykryty był wielką metalową płytą. Nie było krzyża, jakby uznano, że nieznana osoba na niego nie zasługuje.

– Tu leży – odparł z namaszczeniem ksiądz. W jego głosie pojawiła się dziwna nuta. – Tu leży wampir.

Strzałkowska poczuła nagły gniew. Kimkolwiek był ten człowiek (czy wampir), zasługiwał chyba na nieco godniejsze miejsce pochówku niż to za szopą na narzędzia. Już chyba lepiej mu było pod lasem, skąd wypędziła go budowa tej nieszczęsnej altany.

– Spoko. Wyjmiemy go w najbliższym czasie – oznajmiła komisarz Kopp. – Prawdopodobnie jutro. Ale! To się jeszcze zobaczy. Trzeba zorganizować kilka osób. Proroka, inspektora sanitarnego i innych.

160

Blada twarz kapłana zrobiła się jeszcze bielsza. Teraz wyraźnie odcinała się od panujących wokół ciemności. Jankowski wyglądał przez to jak zjawa.

– Pani chyba żartuje – syknął. – Bo inaczej tego nazwać nie mogę. Wystarczająco dużo trudu włożyłem w to, żeby utrzymać tego potwora w ryzach. Stałem na straży przez trzydzieści lat, żeby nikomu już nic nigdy się nie stało.

Zbliżył się do Klementyny. Wyglądał, jakby chciał ją zaatakować. Kolejny poryw wiatru szarpnął sutanną księdza. Brzęknęły klucze.

– Spoko. Świetna robota. Ale! Teraz to my się zajmiemy tym biedakiem – oznajmiła komisarz Kopp z całym spokojem. Tym razem to ona triumfowała. Nie było co do tego wątpliwości. – Rozmawiałam już z odpowiednimi osobami, więc raczej twoje zdanie nie ma zbyt wielkiego znaczenia. Cóż zrobić. Człowiek przeżywa rozczarowania całe życie. Taki los.

– Pani chyba żartuje – powtórzył proboszcz Jankowski głucho. – Czy pani chce na nowo rozpętać piekło? Tak jak w osiemdziesiątym czwartym roku?! Znowu ktoś ma zginąć? I tak z trudem trzymam tu tę bestię. Zabezpieczenie jest nie do ruszenia.

Kapłan wskazał wielką płytę, która podobno tak skutecznie utrzymywała wampira w ryzach. Klementyna zaśmiała się tylko pod nosem zamiast odpowiedzi. Proboszcz spojrzał więc uważnie na Emilię i Daniela, jakby to u nich szukał ratunku. Nikt nic nie mówił. Zapanowała całkowita cisza. Strzałkowska dopiero teraz zorientowała się, że śpiewy dobiegające ze starego drewnianego kościółka w którymś momencie umilkły.

– Chcecie uwolnić bestię – powiedział Jankowski złowieszczo, przerywając ciszę. Słowa tańczyły przez chwilę w powietrzu wypełnionym zapachem stearyny ze zniczy. – Czy nie rozumiecie, że jeżeli to zrobicie, znowu ktoś zginie?! Nie będę już w stanie powstrzymać wampira. Nadejdzie Śmierć!

Głos proboszcza przeszedł w jęk, tak że ostatnie słowo zdawało się już tylko nieludzkim wyciem. Ś m i e r ć.

– Okej. No dobra. Ale! Koniec już tej farsy, co? – stwierdziła Klementyna. – Ustalimy, kto tam leży, i oddamy kości, komu trzeba. Powinniście się raczej cieszyć, że pozbawiamy was problemu. Nie ma kości, nie ma rozzłoszczonego krwiopijcy. Tak ja to widzę.

– Ma pani zgodę na ekshumację? – usłyszeli rzeczowy głos.

Z kościoła wyszła niewysoka kobieta o poprzetykanych siwizną ciemnych włosach. Z jej twarzy nie dawało się odczytać wieku, ale widać było, że życie jej nie oszczędzało. Spracowana. Tak można najlepiej ją określić, uznała Emilia.

– Czesława Tokarska, przewodnicząca chóru – przedstawiła się kobieta spokojnie.

Czesława. Emilia przyjrzała się kobiecie uważnie. A więc nareszcie stała przed nimi jedna z trzech podejrzanych. Ta, co w 1984 roku najgłośniej krzyczała, że wampir zemści się na Wojtku i Tadeuszu za zburzenie spokoju, w którym trwał przez wieki.

Tokarska podeszła do zebranych przy grobie wampira. Strzałkowska zupełnie inaczej ją sobie wyobrażała. Policjantka nie była do końca pewna jak, ale na pewno bardziej... przerażająco. Może dlatego, że w Utopcach wszystko takie było. Złowieszcze i posępne. Tymczasem Czesława wyglądała zupełnie zwyczajnie. Jakby zabrakło jej tego czegoś, co natura dodaje każdemu człowiekowi. Indywidualności. Kobieta miała twarz z rodzaju tych, które natychmiast się zapomina.

– Szczątki są nieznanego pochodzenia – wyjaśnił tymczasem Daniel. – Prokurator Gawroński z Prokuratury Rejonowej w Brodnicy wydał nakaz ich wydobycia i oddania medykowi sądowemu. On z kolei pewnie przekaże je antropologowi lub archeologowi w zależności od tego, ile faktycznie mają lat.

Tymczasem nadeszli pozostali chórzyści. Przyglądali się grupie stojącej nad grobem wampira podejrzliwie. Nikt z nich jednak nie zatrzymał się ani na chwilę.

– Zjawiacie się tu z zewnątrz. Nie obchodzi was, co n a s potem spotka – powiedziała Czesława, kiedy jej podopieczni z chóru rozeszli się po zatopionej w mroku wsi.

Nie krzyczała. Nie toczyła piany. Mówiła spokojnie, jakby tłumaczyła coś małym dzieciom. Tak, Czesława była zupełnie inna niż jej obraz, który stworzyła sobie Emilia po wysłuchaniu opowieści Józefa Drzewieckiego. Chyba że przewodnicząca chóru przez te trzydzieści lat całkiem się zmieniła.

– Wampir zaatakuje nas, a nie was – kontynuowała łagodnie Czesława. Jej głos był dziwnie monotonny. – Już raz przez to przeszliśmy. Proszę was w imieniu mieszkańców Utopców o zostawienie tej mogiły w spokoju. Spójrzcie na to logicznie. Przez te lata nikt nie zgłosił się po te kości. Kto wie, jak długo leżały przedtem ukryte w ogrodzie Czajkowskich. Po co one komu teraz? Niech zostaną tu, gdzie są. Zmarli powinni pozostać w swoim świecie. Kontakt z nimi to sprawa niełatwa. Powinni się zajmować tym tylko ci, którzy mają do tego dar.

Emilia zauważyła, że Klementyna nieznacznie kiwa głową. Wyglądało to, jakby komisarz Kopp wpadła nagle w rodzaj dziwnego transu.

– To pani pierwsza stwierdziła, że pod altaną leży wampir – powiedziała Strzałkowska powoli, kiedy zorientowała się, że komisarz Kopp najwyraźniej uległa czarowi dziwnego głosu chórzystki. – Mogę wiedzieć, na jakiej podstawie pani tak uznała? Co było w tych kościach szczególnego?

Z opowieści Drzewieckiego wynikało, że Wojtek, Kosma i syn Czesławy, Rafał, kopali fundamenty pod altanę dla Glorii, kiedy natrafili na ukryty w ogrodzie stary grób. Nie wiedzieli, co mają zrobić, więc zawiadomili dorosłych. D o r o s ł y c h. Tak ujął to właśnie Drzewiecki. Niezbyt precyzyjnie. Emerytowany policjant nie wyjaśnił także, dlaczego właściwie szczątki z miejsca zostały uznane za kości wampira.

Czesława Tokarska spojrzała na Emilię, jakby musiała tłumaczyć coś zupełnie oczywistego.

– Chodziło o sposób pochówku.

– Co ma pani na myśli? – wtrącił się Daniel.

– Osoby uznane za wampiry są grzebane w ściśle określony sposób.

S ą. Czas teraźniejszy sugerował, że praktyki te są nadal aktualne. Strzałkowska chciała pokręcić z niedowierzaniem głową, ale atmosfera jesiennej nocy w tym zapomnianym miejscu jakoś na to nie pozwalała.

– To znaczy? – drążył dalej Podgórski.

– Generalnie chodzi o to, żeby uniemożliwić im dalsze polowanie. W przypadku tego wampira było identycznie. – Czesława kiwnęła głową w stronę przykrytej wielką metalową płytą mogiły. – Leżał twarzą do dołu w pozycji embrionalnej. Chodziło o to, żeby mógł wgryzać się tylko w ziemię. Dla pewności w usta włożono mu cegłę.

Strzałkowska miała wrażenie, że się przesłyszała.

– W tamtej mogile pod altaną była cegła?

Czesława pokiwała głową.

– Tak. Do ust wampira można też włożyć główkę czosnku. Może tak nawet zrobiono, ale czosnek się nie zachował. To chyba oczywiste. Czasem obcina się wampirowi głowę i wkłada mu między nogi, ale akurat w tym przypadku tego nie zrobiono. Niestety.

– Miejsce pochówku też się zgadzało – wtrącił się proboszcz. – Wampiry grzebano na obrzeżach wsi. „Żebrówka” jest pierwszym domem w Utopcach. Stoi na skraju lasu.

– Tak – zgodziła się Czesława.

– I pani zobaczyła te kości i od razu to wszystko zauważyła? – zapytała Emilia. Nie potrafiła ukryć powątpiewania.

Czesława znowu pokiwała głową.

– Tak. Kiedy zajrzałam do dołu, który wykopali chłopcy, zrozumiałam wszystko w jednej chwili – oznajmiła. – Interesują mnie te kwestie. Czytam Pismo Święte.

Jakby Biblia i wampiry były ze sobą ściśle powiązane. Strzałkowska starała się przypomnieć sobie, czy gdziekolwiek w Biblii wspomniano coś o istotach pijących krew. Nie była praktykująca, chociaż od czasu, kiedy wprowadziła się do Lipowa, uczestniczyła kilka razy we mszy. Może dlatego, że tak tu wypadało. A może nagle miała taką potrzebę. Nie była pewna.

– Spoko. Jutro przyjedzie ekipa i zajmie się wszystkim – oznajmiła Klementyna, jakby wcale nie uczestniczyła w ostatniej części rozmowy. To powiedziawszy, ruszyła do samochodu, nie oglądając się na nikogo.

Czesława rzuciła przelotne spojrzenie w jej stronę.

– No nic, na nas już czas – powiedział Daniel, który jak zwykle musiał sprzątać po komisarz Kopp. – Niech państwo się niczym nie martwią. Zajmiemy się tymi kośćmi z całym należnym im szacunkiem.

– Z szacunkiem? Tym się nie martwimy – syknął znowu ksiądz. – Martwimy się tym, że rozpętacie piekło!

Sierżant sztabowa Emilia Strzałkowska zerknęła raz jeszcze na prowizoryczny nagrobek. Miała teraz wrażenie, jakby wielka płyta, która go przykrywała, miała się nagle unieść, odsłaniając potwora.

Zapis przesłuchania świadka
sierż. szt. Emilii Strzałkowskiej

Miejsce przesłuchania: Komenda Powiatowa Policji w Brodnicy
Termin przesłuchania: 10 listopada 2014
Przesłuchanie prowadzą: insp. Judyta Komorowska i podinsp. Wiesław Król

Wiesław Król: Czy zeznania Glorii wydały się państwu wiarygodne?

Emilia Strzałkowska: W świetle tego, co się wydarzyło potem, to chyba oczywiste?

Wiesław Król: Mówię o tamtym momencie.

Emilia Strzałkowska: Nie wiem, czy o to panu chodzi, ale na pewno byliśmy zaskoczeni tym, co się wydarzyło na cmentarzu.

Judyta Komorowska: Świadek odnosi się do wydarzeń z dnia dwudziestego dziewiątego czy trzydziestego października?

Emilia Strzałkowska: Skoro mówiliśmy o Glorii, to chodzi mi raczej o dwudziesty dziewiąty... „Zaskoczenie" to nie jest słowo, którego bym użyła, żeby opisać wydarzenia z trzydziestego października.

Wiesław Król: To jakiego słowa by pani użyła?

(świadek się śmieje)

Emilia Strzałkowska: Nie wiem... może „szok" byłoby lepsze?

Judyta Komorowska: Czy świadek sobie żartuje?

Emilia Strzałkowska: Oczywiście, że nie. Mówię tylko, jak było.

Wiesław Król: Czy komisarz Kopp w tamtym czasie nadal zachowywała się jak zazwyczaj?

(świadek milczy)

Judyta Komorowska: Niech świadek odpowie. Czy komisarz Kopp zachowywała się normalnie?

Emilia Strzałkowska: Można tak powiedzieć.

Wiesław Król: Można tak powiedzieć? Co ma pani konkretnie na myśli?

(świadek zwleka z odpowiedzią)

Emilia Strzałkowska: Ale mówimy o dwudziestym dziewiątym czy trzydziestym października?

ROZDZIAŁ 14

Brodnica i Utopce. Czwartek, 30 października 2014. Rano

Komisarz Klementyna Kopp wyszła przed szarą kamieniczkę na skrzyżowaniu ulic Przedzamcze i Świętego Jakuba, w której mieszkała. Odetchnęła głęboko. Powietrze było zimne, jak wczoraj, a na trawie w parku pod krzyżacką wieżą trawa pokryła się szronem. Wyglądało to, jakby przez noc spadła cienka warstewka watowatego śniegu. Spod bieli nadal jednak wystawała dziwnie świeża jak na tę porę roku zieleń trawy. Kolorowe jesienne liście, które ktoś zagrabił w wielkie stosy, powoli zaczynały przybierać bardziej brunatny, listopadowy odcień.

Klementyna ruszyła niespiesznym krokiem do swojej małej czarnej skody. Dziś nie miała najmniejszej ochoty się spieszyć. Co lepsze, wcale nie musiała. I to oficjalnie. W komendzie jej nie oczekiwano. Nie była pewna, co komendant naopowiadał innym, ale najwyraźniej jej nieobecność pozostała bez komentarza. Nie dobijał się do niej nawet szef wydziału kryminalnego. Nikt.

Nagle usłyszała za sobą kroki. Odwróciła się powoli.

– Klementyna! Co za niespodzianka!

Liliana stała przed komisarz Kopp, jakby… no, jakby nigdy nic. Nic. Nigdy. Jej długie piaskowe włosy opadały jak zazwyczaj na jedno ramię, a cienkie usta wykrzywiał uśmiech. Klementyna poczuła, że jej ciało natychmiast tężeje. To nie był dobry moment na rozmowy z Lilianą. Jeżeli kiedykolwiek był dobry moment.

– To nie jest dobry moment – powiedziała Klementyna, żeby uwolnić słowa, które tłoczyły się jej w głowie i pewnie wkrótce i tak doprowadziłyby do wybuchu. – Nie możemy się spotykać. Teraz liczy się tylko Teresa. Rozumiesz to, co?

– Spokojnie – odparła łagodnie Liliana. – Tylko tędy przechodziłam. Chciałam sprawdzić, co u ciebie. Nie odzywałaś się od dawna.

Twarz Liliany pozostała niewzruszona. W jej głosie słychać było jednak delikatną sugestię tłumionej urazy. Klementyna nie miała na to czasu. Te kilka spotkań w ciągu paru miesięcy to było nic w stosunku do tego, co komisarz Kopp zbudowała z Teresą przez lata.

– Nie możemy się teraz spotykać – warknęła Klementyna raz jeszcze. Zadbała, by zabrzmiało to odpowiednio. Dużo za dużo lat miała na karku, żeby teraz bawić się w te gry.

– Spokojnie – powtórzyła Liliana. – Ja i tak… jestem z kimś. Chciałam tylko sprawdzić, jak się miewasz. Wiem, że Święto Zmarłych może być dla ciebie trudne. Przyjaciele są od tego, żeby się wspierać nawzajem. Nie wiem, czy o tym wiesz.

Klementyna poczuła złość. Sama nie była pewna dlaczego. Oto Liliana oferowała jej przyjaźń zamiast seksu.

Tylko że teraz komisarz Kopp nie potrzebowała już żadnej z tych rzeczy. Nie po wczorajszej wizycie w Utopcach, która doprowadziła do... Do czego? Policjantka nie chciała nawet zbyt wiele na ten temat myśleć. Żeby nie zapeszyć.

Odwróciła się i podbiegła do samochodu, żeby nie dać Lilianie szansy na kolejne słowa. Kolejne pytania. Kolejne propozycje przyjaźni. Zatrzasnęła drzwi tak mocno, że cały samochodzik się zatrząsł. Miała pracę do wykonania. Nie było czasu na gadanie. Przekręciła kluczyk w stacyjce i zjechała szybko z krawężnika na drogę. Zerknęła we wsteczne lusterko przelotnie, żeby zobaczyć reakcję Liliany. Nie mogła się powstrzymać.

Ulica była pusta. Jakby Liliany wcale tam przed chwilą nie było. Klementyna odruchowo zahamowała. Opony zapiszczały na asfalcie. Policjantka odwróciła się i spojrzała między fotelami przez tylną szybę.

Pusto. Chodnikiem pędził tylko jakiś gorliwy biegacz. Uderzenia jego stóp o bruk były teraz wyraźnie słyszalne. Nigdzie nie było Liliany. Czy to wyobraźnia płata jej figle? Może Liliany w ogóle tu nie było?

Klementyna poczuła, że serce zaczyna bić jej szybciej. Spróbowała oddychać spokojniej. Miarowo. Wdech, wydech. Wdech, wydech. Tak jak kiedyś mówiła Teresa. Pomogło. Trochę... bo komisarz Kopp i tak zaczynała mieć wrażenie, że wariuje. Powoli. Za to bardzo wyraźnie. To tylko kwestia czasu, kiedy przestanie nad tym panować.

Wcisnęła pedał gazu i pozwoliła samochodowi potoczyć się powoli ulicą Zamkową w kierunku Sądowej.

– Szaleństwo to tylko kwestia czasu – mruknęła do siebie.

O dziwo, szaleństwo wcale jej teraz nie martwiło. Więcej. Szaleństwo było przyjemne i kuszące. Błogie. Ciągnęło z całych sił na drugą stronę lustra, gdzie był inny, lepszy świat. I Teresa. Teresa przede wszystkim.

Zresztą czym tak naprawdę jest szaleństwo? Weźmy na przykład wczorajszy wieczór, pomyślała Klementyna, przecinając ulicę Sądową na zielonym świetle. Czy wczoraj to już było szaleństwo? Czy jeszcze nie, co?

Nocą, po powrocie z niezbyt udanej wyprawy po zakrwawione ubrania Tadeusza i Wojtka, komisarz Kopp postanowiła, że przejdzie się jeszcze po mieście. Była zbyt rozbudzona, żeby w ogóle myśleć o możliwości zaśnięcia. Odkąd zajęła się sprawą wampira, bezsenność wróciła ze zdwojoną siłą. Jakby na Utopcach naprawdę ciążyła klątwa, która w końcu dosięgła i Klementyny. A może to przez zbliżające się Święto Zmarłych? Przez tęsknotę? Prawdopodobne.

Klementyna chodziła po mieście na tyle długo, żeby światła latarni zaczęły powoli gasnąć. Z witryn sklepów straszyły gumowe zęby i dynie. Halloween dotarło chyba do Brodnicy na dobre, chociaż wielu nadal uważało, że to coś obcego. Niemile widzianego. Jak Klementyna.

Komisarz Kopp szła równym krokiem przez nocne miasto. Zupełnie bez celu, jak to miała w zwyczaju, kiedy nawet obecność mruczącego Józka nie pomagała. Rozmyślała o rozmowie, którą odbyła z Czesławą Tokarską przed wyjazdem z Utopców. Sama. Kiedy Daniel Podgórski i mysia policjantka odjechali już do Lipowa. To była rozmowa o Teresie. Rozmowa, która przyniosła ulgę. Otworzyła też jednak drogę do szaleństwa.

Jakiś samochód zatrąbił głośno, wyrywając ją z zamyślenia. Nawet nie zauważyła, że zajechała mu drogę, włączając się do ruchu na ulicy Wczasowej. Autopilot najwidoczniej zawodził. Może to dlatego, że wczoraj przeszła na drugą stronę lustra?

Jej myśli wróciły do wczorajszego wieczora. Szła przez nocne miasto i w pewnym momencie ogarnęło ją nieodparte wrażenie, że jest śledzona. Kroki podążające za jej krokami. Trafiające niemal w uderzenia jej stóp o betonowe płyty chodnika. W echo wpadała jednak fałszywa nuta, jakby ten, kto za nią szedł, chciał być słyszany.

Klementyna nie zamierzała się odwracać. Po co robić temu komuś przyjemność. Zresztą szczerze wątpiła, żeby ktoś planował wyrządzić jej krzywdę. Była na swoim terytorium. W Brodnicy każdy opryszek znał ją wystarczająco dobrze, żeby wiedzieć, że nie należy z nią zadzierać. Z tego mogą być tylko i wyłącznie kłopoty. Duże.

Tak więc szła naprzód i czekała, aż natręt zrezygnuje albo ujawni się w pełni. W ten sposób okrążyła kilka razy rynek. Potem pokręciła się od niechcenia w okolicach kościoła Świętej Katarzyny. Następnie ulicą Przykop dotarła do Kościuszki i Tylnej. Cały czas słyszała kroki. Teraz tuż za swoimi plecami.

Przystanęła na chwilę na moście, obserwując Drwęcę. Czarne wody rzeki płynęły wartko. Niosły ze sobą jesień. Gdzie? Chyba w kierunku Wisły? A może prosto do morza? Bezładne myśli nie przeszkadzały Klementynie nasłuchiwać. Dopiero teraz, tu na moście, kroki ucichły zupełnie. Policjantka doskonale czuła jednak czyjąś obecność.

I coś jeszcze. Jakby niemą prośbę, żeby spojrzała za siebie. Klementyna ciągle jednak zwlekała. Bała się, że się
rozczaruje. Chyba o to chodziło. Dużo za dużo było tych
rozczarowań w jej życiu.

W końcu poczuła delikatne muśnięcie. Dokładnie coś
takiego obiecywała jej Czesława. To było ledwo wyczuwal-
ne. Na szyi. Blisko ucha. Ten dotyk był tak znajomy, że
Klementyna miała niemal ochotę krzyczeć. Tylko Teresa
tak całowała. Nikt inny. Pieszczoty Liliany były mniej
subtelne. Ostrzejsze. Teresa zawsze była delikatna. Czasem nadmiernie.

– Teresa?

Imię zmarłej kochanki wyrwało jej się z ust. Nie mogła
nad tym zapanować. Nie uzyskała żadnej odpowiedzi, więc
w końcu zrozumiała, że nie ma wyjścia i musi się odwrócić.
Nikogo za nią nie było. Tylko ciche śpiące miasto i halloweenowe ozdoby na sklepowych witrynach. Nic. A jednak
wrażenie pozostało.

Klementyna dodała gazu. Przez te wspominki na temat
wczorajszej nocy nie zauważyła nawet, kiedy zostawiła
za sobą Brodnicę, minęła Żmijewo i przejechała przez
Zbiczno. Wariowała. Jeżeli to jednak było szaleństwo, to
komisarz Kopp c h c i a ł a być szalona. Jak najbardziej.
Na całego.

Zwolniła trochę, kiedy wjeżdżała na leśny dukt prowadzący do Utopców. Dotknęła szyi, puszczając jedną ręką
kierownicę. Dziś nie przejmowała się wybojami. Mała
czarna skoda będzie musiała to jakoś znieść.

Klementyna pogładziła się delikatnie po miejscu, które wczoraj całowała Teresa. Komisarz Kopp miała tam

wytatuowaną partyturę swojej ulubionej opery. Nie mogło być mowy o pomyłce. To tam właśnie całowała ją zawsze Teresa. W miejsce, gdzie Carmen śpiewała o niesfornym ptaku miłości.

L'amour est un oiseau rebelle
Que nul ne peut apprivoiser
Et c'est bien en vain qu'on l'appelle
S'il lui convient de refuser*.

Klementyna zanuciła początkowy fragment libretta pod nosem. Znała tekst całej *Habanery* z opery Bizeta na pamięć, mimo że nigdy nie nauczyła się francuskiego. Teresa też kochała tę melodię. Policjantka znowu dotknęła ręką szyi. Teraz, kiedy pozwoliła sobie zagłębić się w świat, który otwierała przed nią Czesława… teraz było o wiele łatwiej. Ból mijał. Tęsknota mijała. Pozostawała tylko nadzieja, że Teresa nie odeszła, że gdzieś tu jest. Tylko w innej postaci.

Kiedy Klementyna wyjechała na ukrytą wśród lasów polanę, gdzie przycupnęły Utopce, słońce schowało się nagle za chmury. Bez jego wesołych promieni złota polska jesień natychmiast umknęła, ustępując szarej rzeczywistości końca października. Zniknęły kolory, pozostała tylko ponura jednostajność.

Koła małej czarnej skody podskakiwały na brukowanej drodze przecinającej wieś. Teraz w świetle dnia Klementyna od razu zauważyła ozdobny napis na pierwszym

---

* Miłość to dziki ptak / którego nikt nie oswoi. / Próżno ją wzywasz, / gdy nie chce przyjść. (Tłum. Dorota Sawka).

domu w Utopcach. „Żebrówka". Drewniana willa, w której mieszkali kiedyś Czajkowscy.

Myśli policjantki wróciły gwałtownie do celu, w którym tu przyjechała. Śledztwo. Rozmowy z Teresą muszą poczekać. Z tym mocnym postanowieniem minęła „Żebrówkę". Dawny dom Czajkowskich zajmował teraz Heinrich Wanke wraz ze swoją żoną Wandą. Na nich jeszcze przyjdzie czas. Teraz Klementyna chciała porozmawiać sobie z Kosmą Żebrowskim. Jeżeli Gloria Czajkowska mówiła prawdę, jej zazdrosny kochanek mógł być zamieszany w zniknięcie Wojtka i Tadeusza.

Komisarz Kopp jechała teraz przez Utopce bardzo wolno. Nie miała najmniejszego pojęcia, gdzie szukać Kosmy ani nawet czy jeszcze tu mieszka.

– Spoko – mruknęła do siebie.

W końcu zauważyła małą pyzatą dziewczynkę, która bawiła się przy drodze. Mówiła coś z zapamiętaniem, żeby potem sama sobie odpowiedzieć. Klementyna pamiętała, że w dzieciństwie sama też tak się zabawiała. Historie mogły się ciągnąć w nieskończoność. To było długo przedtem, zanim komisarz Kopp stała się tym, kim była teraz. W czasach całkowitej niewinności.

Po dłuższej chwili pyza zwróciła wreszcie uwagę na przyglądającą się jej z samochodu kobietę.

– Wiesz, gdzie mieszka Kosma Żebrowski, co?

– Tam – powiedziała tylko nieśmiało dziewczynka i zaraz uciekła jak spłoszona łania.

Komisarz Kopp spojrzała we wskazanym kierunku. Zbudowana z wielkich bali chata, którą według dziewczynki zajmował Żebrowski, przycupnęła po drugiej stronie cmentarza. Policjantka zaparkowała więc obok bramy nekropolii. Wieczorem wrócą tu z całą ekipą ekshumować rzekomego wampira. Może wtedy będzie okazja porozmawiać znowu z Czesławą sam na sam. Na tę myśl Klementyna od razu poczuła palącą tęsknotę. Teresa…

Komisarz Kopp zmusiła się, żeby spojrzeć na dom Kosmy Żebrowskiego. Nie był zbyt okazały. W środku mogła być jedna izba. Najwyżej dwie małe. Obok chaty znajdował się porośnięty mchem wychodek. W drzwiach wycięto otwór w kształcie idealnie równego serduszka. Uroczo. Wyglądało jednak na to, że były kochanek Glorii nie żyje w wielkich luksusach.

Klementyna zapukała energicznie do drzwi. Po chwili otworzyła je kobieta opasana fartuchem, w kwiecistej chuście na głowie. Policjantka miała wrażenie, że przeniosła się co najmniej kilka wieków wstecz. Do czasów chłopów pańszczyźnianych.

– Tak? – zapytała gospodyni.

Kobieta była równie pyzata jak dziewczynka, która wskazała Klementynie dom. Na jej policzkach także malowały się zdrowe rumieńce. Policjantka nagle nabrała pewności, że nieśmiała dziewczynka jest córką tej wieśniaczki. Nie mogło być inaczej.

– Szukam Kosmy Żebrowskiego – oznajmiła Klementyna bez przywitania.

– To mój mąż – stwierdziła kobieta. – Ja jestem Jagna.

Klementyna uśmiechnęła się pod nosem. Gospodyni nie mogła mieć bardziej pasującego do siebie imienia. Jagienka. Dobre sobie.

– Zapraszam do środka – zachęciła gospodyni.

Nie zapytała nawet o cel wizyty. Prawdopodobnie doskonale wiedziała, kim jest Klementyna. Komisarz Kopp podejrzewała, że w Utopcach już od początku ich nieformalnego śledztwa wszyscy plotkują o przybyciu grupy obcych policjantów, którzy grzebią w starych sprawach. Komendant mógł zapomnieć o dyskrecji i tajemnicach.

Weszły do chaty. Klementyna rozejrzała się po niewielkiej izbie, która była najwyraźniej kuchnią. Wielkie starodawne palenisko wyglądało tak, jakby pamiętało czasy sprzed rozbiorów.

– Rychu! – zawołała Jagna. – To mój syn, wie pani. Rychu!

Z drugiej izby wyłonił się młody barczysty mężczyzna. On z kolei miał zapadnięte policzki i lekko nieobecne spojrzenie. W niczym nie przypominał ani matki, ani pyzatej siostrzyczki.

– Czego mama chce?

– Poleć no po tatę. Pani policjantka chce z nim gadać.

Rychu zerknął w stronę Klementyny ciekawie. Nic jednak nie powiedział. Skinął tylko głową i wyszedł z chaty.

– Kosma muruje sąsiadom kurnik – stwierdziła Jagna tonem wyjaśnienia. – Latem na budowach robi, ale teraz nikt nie buduje, wie pani. Chociaż ziemia jeszcze nie pomarzła, to można by i robić.

– Długo jesteście małżeństwem, co? – zapytała natychmiast Klementyna.

Równie dobrze mogła przesłuchać przy okazji Jagnę. Na pewno było to znacznie lepsze zajęcie niż rozważania na temat pogody i murarki.

– To będzie jakoś od osiemdziesiątego piątego – poinformowała Jagna, wycierając ręce w pasiasty fartuch.

Na drewnianym stole leżały ziemniaki i nóż. Wyglądało więc na to, że kobieta była wcześniej zajęta przygotowywaniem obiadu. – Ślub wzięliśmy w styczniu, a na wrzesień już był Rysiek na świecie. Jak trzeba.

Klementyna pokiwała tylko głową. Kobieta zdawała się gadatliwa. Nie wyglądało na to, żeby potrzebowała zbyt wielkiej zachęty do mówienia. To mogło być bardzo przydatne.

– Wpierw mieszkaliśmy tu z całą rodziną Kosmy – wyjaśniła Jagna, jakby dla potwierdzenia przypuszczeń policjantki. – Ciasno było, wie pani. Nie powiem. Kosma to był jeden z dziesiątki. Uwierzy pani, że oni się tu mieścili?

Gospodyni rozejrzała się po izbie. Klementyna zrobiła to samo. Sama miała mikroskopijne mieszkanko. Dzieliła je jednak tylko z Józkiem. Kot co prawda miał swoje potrzeby, ale przynajmniej nie zajmował zbyt wiele przestrzeni. Trudno było wyobrazić sobie dziesiątkę dzieciaków w tych skromnych dwóch izbach z wychodkiem na zewnątrz.

– Oczywiście kiedyś było inaczej. Jeszcze za czasów wojen to oni mieszkali na „Żebrówce", wie pani. No, ale…

– Czekaj. Stop – przerwała jej Klementyna. – Rodzina twojego męża mieszkała tam, gdzie Czajkowscy, co?

Szczegóły. Rozwiązanie wielu śledztw tkwiło właśnie w szczegółach. Willa Czajkowskich należała wcześniej do Kosmy i jego rodziny. To wydawało się interesujące. Klementyna nie była jeszcze pewna, co z tego wynika. Nie zamierzała jednak rezygnować z tego tropu.

– Ano tak. Tam na „Żebrówce" – powtórzyła Jagna. – Tam gdzie teraz Heniek Wanke z Wandą robią czekoladę. To wszystko było rodziny Żebrowskich, wie pani.

Zresztą dlatego i do teraz tak zwą ten dom: „Żebrówka", od nazwiska mojego męża i jego rodu. Nie zawsze byliśmy tacy biedni, wie pani.

W ostatnich słowach zabrzmiała pewna duma. Klementyna popatrzyła na gospodynię wyczekująco. To wystarczyło. Jagna zarumieniła się jeszcze bardziej.

– No, ale to dawno było! Dziadek Kosmy umarł na froncie, bo on żołnierzem był na drugiej wojnie, wie pani. Babka mojego męża została sama z dzieckiem po tym, jak on pomarł. Co prawda ona to akurat miała tylko córkę, czyli matkę mojego Kosmy. Niby niewiele gąb do wykarmienia i same babskie, ale majątek i tak powoli się rozchodził, wie pani. Teraz czy na wojnie – pieniędzy ciągle mało.

Jagna zamilkła na chwilę. Pokiwała głową, jakby dla przypieczętowania swoich słów. Potem sięgnęła po ziemniaka i nóż. Zaczęła obierać.

– Później, już po śmierci babki, rodzice mojego Kosmy musieli „Żebrówkę" sprzedać – podjęła swoją opowieść gospodyni. Obierki z kartofli spadały do blaszanego wiaderka, które Jagna ustawiła sobie między stopami. – Kosma już na „Żebrówce" nie mieszkał. Tu się urodził, w tej chacie, wie pani. Śmieszna rzecz, bo ta nasza chata to przedtem był dom państwa Czajkowskich. Nie byli za bogaci. Podobno dlatego, że cały majątek poszedł na pobudowanie tej ich kaplicy na cmentarzu. Kto tam wie. Taka legenda, wie pani, że w fanfarach do nieba chcieli iść.

Jagna znowu pokiwała głową.

– No nieważne – oznajmiła, sięgając po kolejnego ziemniaka do obrania. – W każdym razie jak Tadeusz Czajkowski się dorobił na tych swoich badaniach, to w latach sześćdziesiątych odkupił „Żebrówkę", a rodzicom Kosmy oddał tę chatę. Nawet nie w rozliczeniu, wie pani. Raczej nie miał co z nią zrobić. No, ale potem ten wampir go wykończył. No i Wojtka. Jakaś to jednak sprawiedliwość, bo trochę się Tadeusz wywyższał. Mawiał, że Żebrowscy tacy tu ściśnięci, bo dzieci narobili bez umiaru. Matka Kosmy to była akuszerką. Sama swoje porody przyjmowała. Płacić nie musiała sama sobie. Może przez te oszczędności tyle dzieciuchów.

Gospodyni zaśmiała się wesoło. Zerknęła w stronę Klementyny, jakby czekała, aż ta jej zawtóruje. Komisarz Kopp zmusiła się do zrobienia krzywego grymasu, który Jagna uznała chyba za wystarczający. Wiele tej kobiecie nie było trzeba.

– No i potem Heniek Wanke kupił „Żebrówkę". No i takie są losy tego domu, wie pani – zakończyła sentencjonalnie Jagna. – Teraz my tu w chacie mieszkamy z Rychem i z małą Zosieńką. Córka przyszła, kiedy myślałam, że już po mnie. Trochę jednak wstyd, że teściowa dziesiątkę wydała na świat, a ja tylko Rycha. Taniej, ale jednak wstyd. No, ale Zosieńka przyszła, jak miałam trzydzieści dziewięć. Brzuch mi musieli ciąć, bo mówili, że za stara jestem, żeby rodzić normalnie. Może i racja. Chociaż teraz czytam w tych pismach, że kobiety to i nawet po czterdziestce rodzą. Kto to widział, takie czasy. Trudno uwierzyć, że mamy syna, co prawie trzydziestkę będzie leciał, i córkę, co ledwo dziesięć ma. No, ale co zrobić? Takie czasy, wie pani.

– O co chodzi?

Drzwi izby otworzyły się nagle. Stanął w nich wysoki żylasty mężczyzna. Mimo chłodu ubrany był tylko w pochlapaną farbą szarą bluzę i zniszczone robocze spodnie. Miał opaloną twarz osoby, która dużo czasu spędza na świeżym powietrzu. Wokół oczu biegły poprzeczne linie delikatnych zmarszczek. Twarz zachowała jednak nieco chłopięcego uroku.

– No i o wilku mowa – powiedziała Jagna z uśmiechem.

– Mój Kosma, nie kto inny.

– O co chodzi? – warknął Żebrowski, zerkając niechętnie w stronę Klementyny.

Jak zwykle niemile widziana.

– Musimy porozmawiać – stwierdziła komisarz Kopp.

– Fajki masz? – rzucił Kosma do żony, ignorując Klementynę.

– Tylko te moje – odparła Jagna.

Żebrowski westchnął zrezygnowany.

– Daj.

Jagna wyjęła z kieszeni fartucha paczkę papierosów. Rzuciła mężowi. Kosma złapał ją wprawnym ruchem i skinął bez słowa do Klementyny. Wyszli na dwór. Żebrowski oparł się o drewnianą ścianę domu i wyjął papierosa z paczki. Obejrzał go z niejakim wstrętem. Potem wyciągnął z kieszeni nieduży nóż bosmański i odciął filtr. Komisarz Kopp patrzyła, jak końcówka papierosa spada na ziemię.

Kosma włożył papierosa do ust i zapalił. Nadal nic nie mówił. Wysunął ostro zakończony marszpikiel i zaczął z całym spokojem wydłubywać sobie piach spod paznokci. Trwali tak w milczeniu przez dłuższą chwilę. Nie wyglądało na to, żeby Kosma miał zamiar się odezwać. Przynajmniej nie w tym stuleciu. Może w przyszłym. Klementyna postanowiła więc, że tym razem to do niej należy pierwszy ruch.

– W osiemdziesiątym czwartym byłeś kochankiem Glorii Czajkowskiej, co? – zagadnęła przyjacielskim tonem.

Kosma zaciągnął się głęboko papierosowym dymem. Złożył nóż i wsunął go z powrotem do kieszeni.

– Kochankiem? To chyba za wiele powiedziane – mruknął. Prawie nie otwierał ust. Trudno było go zrozumieć.

Klementyna czekała z pewną dozą nadziei na dalszy ciąg. Mężczyzna jednak znowu pogrążył się w myślach. Milczenie było doskonałą metodą przesłuchania. Tyle że nie w tym przypadku. W przeciwieństwie do swojej żony Kosma najwyraźniej mógł trwać bez słowa do końca świata i jeszcze jeden dzień dłużej.

– Czekaj. Stop. Co masz na myśli dokładniej, co? – rzuciła komisarz Kopp.

Żebrowski wzruszył ramionami. Wyjął papierosa z ust i przez chwilę przyglądał się żarowi w skupieniu. Splunął resztką tytoniu.

– To byłeś tym kochankiem czy nie byłeś, co? – nalegała Klementyna.

Kosma wetknął sobie papierosa z powrotem do ust i spojrzał na policjantkę. Zaciągnął się mocno i wydmuchał przed siebie kółko z dymu. Potem odetchnął głęboko, jakby szykował się do dłuższej wypowiedzi.

– I tak, i nie. Ale bardziej nie.

Żebrowski znowu zamilkł. Klementyna poczuła narastającą irytację. Wydobywanie zeznań z tego milczka robiło się dość męczące.

– To nie było nic szczególnego – podjął Kosma, kiedy policjantka już miała rzucić jakiś bardziej dosadny komentarz. – Miałem wtedy niecałą dwudziestkę. Gloria czterdziestkę. Była atrakcyjna. Podobała mi się. Chociaż może chłopak w tym wieku pieprzyłby wszystko, co się rusza. Z całym szacunkiem.

Teraz to Klementyna wzruszyła ramionami. Wiedziała, do czego zdolni są mężczyźni w pewnych okolicznościach, i nie zamierzała na ten temat dyskutować.

– Spoko. Ale! Gloria twierdziła co innego – odpowiedziała spokojnie. – Podobno byłeś w niej szaleńczo zakochany. Co ty na to, co?

– Szaleńczo zakochany? – Śmiech Kosmy zabrzmiał jak zgrzyt nienaoliwionych kółek zębatych. – Gloria wyolbrzymia. Albo sobie schlebia. Kobieta w pewnym wieku potrzebuje potwierdzenia swojej atrakcyjności. Ja jej to dałem.

Znowu zapadło milczenie. Na niebie zebrało się jeszcze więcej chmur. Zerwał się wiatr. Jesienne liście z niezagrabionego obejścia zaczęły wirować w powietrzu.

– Nie jestem głupi – stwierdził nagle Kosma.

Teraz mówił wyraźniej, a jego spojrzenie też stało się jakby bardziej przejrzyste. Klementyna spojrzała na niego uważniej. Było w nim coś szczególnego. A już na pewno nie był głupi. Widziała to w jego twarzy. Jeżeli to on zabił Wojtka i Tadeusza, a potem pozbył się ciał… wcale nie czekało ich łatwe zadanie.

Czy Kosma zabił Czajkowskich z zazdrości, jak zasugerowała Gloria? A może żywił do nich jakąś głębszą urazę, a kochanka była tylko pretekstem? Historia „Żebrówki", którą opowiedziała przed chwilą Jagna, zdawała się Klementynie kolejnym ważnym tropem. Lata patrzenia na własny dom, w którym mieszkał ktoś inny. Budowanie altany w ogrodzie, w którym powinna odpoczywać jego matka. Uraza. Poczucie niesprawiedliwości. Czy to właśnie był motyw zabójstwa?

– Kto mógł chcieć śmierci Wojtka i Tadeusza, co? – zapytała Klementyna prosto z mostu.

Uznała, że nie ma sensu pytać Kosmy o alibi na sobotę dwudziestego piątego sierpnia 1984 roku. Na pewno jakieś miał w zanadrzu. Mógł się przecież spodziewać wizyty stróżów prawa. Wcześniej czy później. Trzydzieści lat to długi czas na wymyślenie czegokolwiek. Nie, na pewno nie ma sensu pytać o alibi. Klementyna będzie musiała jeszcze pomyśleć, jak podejść Kosmę. Teraz trzeba było uśpić jego czujność. Chociaż trochę. Pokazać mu, że wcale nie jest brany pod uwagę.

Żebrowski znowu wzruszył ramionami.

– W osiemdziesiątym czwartym mówiło się o Czesławie, Wandzie i Heńku... – wydusił w końcu przez zaciśnięte usta.

– Ale? – podchwyciła Klementyna.

– Co ja tam wiem – mruknął znowu Żebrowski.

– Uważasz, że są niewinni, co? – Klementyna wiedziała, że to sugerowanie odpowiedzi. Miała to jednak w głębokim poważaniu.

Kosma zerknął na policjantkę przelotnie.

– Czesława zakazała Rafałowi robić przy altanie. No i co z tego? To nie znaczy od razu, że ich zaciukała.

– Zaciukała? – powtórzyła jak echo komisarz Kopp.

Szczegóły. Robiło się coraz ciekawiej. Zabójca pozbył się ciał Wojtka i Tadeusza. To było idealne posunięcie. Przez to śledczy w osiemdziesiątym czwartym mieli ograniczone pole manewru. Przez to Klementyna teraz też miała ograniczone pole manewru. No, ale nagle nowy szczegół: zaciukali. Czy ten specyficzny dobór słów oznaczał, że Kosma wiedział więcej niż pozostali?

Niestety Żebrowski znowu wzruszył tylko ramionami i nie powiedział nic więcej.

– Dlaczego mówisz, że ktoś ich z a c i u k a ł? – nalegała Klementyna, kładąc nacisk na ostatnie słowo.

Kosma zapalił kolejnego papierosa.

– Tak mi się tylko powiedziało – uciął. Potem umilkł natychmiast.

Klementyna czekała. Czuła jednak, że nie wydobędzie dziś z niego nic więcej. Kochanek Glorii budował wokół siebie szczelny mur niedopowiedzeń.

– Przychodzi ci do głowy ktoś oprócz tej trójki, co? – spróbowała znowu od drugiej strony. – Ktoś jeszcze, kto mógłby chcieć śmierci Wojtka i Tadeusza?

Pytanie zawisło na chwilę w powietrzu.

– Kiedy szedłem w tamtą sobotę przez las do Glorii… – odezwał się Kosma po dłuższej chwili. Brzmiało to jak początek dłuższej wypowiedzi. Tylko że dalszy ciąg nie nastąpił.

Klementyna odchrząknęła zniecierpliwiona. Żebrowski tylko na nią spojrzał. Policjantka miała go już powoli dosyć.

– Co z tym lasem, co?

– Zobaczyłem Wojtka i Arletę – dokończył Żebrowski. – Widać nie tylko ja i Gloria spotykaliśmy się potajemnie. Zabawne.

Kosma zaśmiał się jakby dla potwierdzenia swojej tezy o komizmie tej sytuacji.

– Czekaj. Stop. Jaką Arletę, co?

– No, żonę listonosza – stwierdził Żebrowski, jakby to było coś zupełnie oczywistego. – Arleta. Arleta Jagodzińska.

Arleta. Kolejna nowa postać w śledztwie. Komisarz Klementyna Kopp zanotowała sobie w pamięci jej imię. Jaka była rola Arlety w całej sprawie, co?

ROZDZIAŁ 15

Utopce. Sobota, 25 sierpnia 1984. Godzina 12.00.
Maciej Jagodziński

Maciej Jagodziński szedł przez las w stronę Utopców.
Skórzana torba listonosza była już lekka, ponieważ zawsze
dostarczał listy najpierw w Zbicznie i okolicach. Rodzinną wieś zostawiał sobie na koniec. Przecież Utopce to
naprawdę był koniec. Dalej nie było już nic.

Drzewa szumiały, a dzień był słoneczny i aż nazbyt
ciepły. Wczoraj trochę grzmiało, ale burza ostatecznie nie
przyszła. Szkoda. Może upał by zelżał. Z drugiej strony
i tak niedługo miała nadejść jesień. Z ciepła trzeba korzystać póki czas.

Nagle Maciej poczuł, że jego ciało wypełnia znajomy
gniew. Przyspieszył kroku. Jego synek nigdy nie poczuł
zapachu jesieni. Minął już prawie rok, ale listonosz nie
potrafił pogodzić się z odejściem Mateuszka. Śmierć dziecka była ponad jego siły. Ból, jakiego nigdy by się nie
spodziewał. W jednej chwili trzymał synka w ramionach
i planował, jak będzie pokazywał mu świat. W drugiej nie
było już nic. Maciej nie mógł zrozumieć, jak to możliwe,

że on sam ciągle żyje. Jak to możliwe, że jego serce nadal bije miarowo i niestrudzenie pompuje krew. Zupełnie bezsensownie. Po co, skoro nie ma już Mateuszka?

Nie było też Arlety. To znaczy Arleta była, poprawił się Maciej w duchu, ale ich małżeństwo z trudem znosiło ból po stracie synka. Listonosz wiedział, że się do tego w dużej mierze przyczynia, ale nie potrafił odpuścić. Powtarzał sobie, że Arleta nie jest winna śmierci synka, ale to nie pomagało. Gniew i bezsilna rozpacz po stracie dziecka były silniejsze od niego.

Maciej przyspieszył jeszcze kroku. Niedługo dojdzie do ostrego zakrętu, którego pilnuje potężny Syn Leszego. Las stawał się już powoli mieszany i z każdym krokiem listonosz zanurzał się w coraz bardziej zielonkawym półmroku. Błękit nieba nie przezierał już prawie wcale spomiędzy liści, które tworzyły naturalną kopułę nad drogą.

Maciej zacisnął mocniej rękę na pasku torby. Starał się myśleć o pracy, a nie o tym, co działo się w domu. Zostało tylko kilka listów do doręczenia. Głównie do Wandy ze sklepiku. Pewnie dalsza rodzina z różnych stron kraju przesyłała jej kondolencje po śmierci Miry. Było też coś do Tadeusza Czajkowskiego i do proboszcza Jankowskiego, wyliczał w duchu.

Nagle usłyszał wyraźnie podniesione głosy. Spojrzał przed siebie. Syn Leszego tkwił na swoim posterunku. Ostry zakręt uniemożliwiał dojrzenie kłócących się. Maciej przystanął niepewny, co robić. Od zakrętu dzieliło go już tylko kilka kroków. Czy powinien po prostu iść dalej? Może jakoś zaanonsować swoje nadejście? Odchrząknąć?

Coś powiedzieć? Czuł się niezręcznie. Tym bardziej że kłótnia najwyraźniej przybierała na sile.

– Nie chcesz połowy, to nie dostaniesz nic! – usłyszał listonosz.

Był teraz prawie pewien, że głos należy do porucznika Drzewieckiego. Nagle ogarnęła go nieprzeparta chęć, żeby się schować. Drzewiecki był milicjantem. Kto wie, z kim się kłócił. Maciej nie chciał mieć problemów.

Wszedł pomiędzy drzewa, żeby się schować. W tym gąszczu nie było to wcale trudne. Z łatwością mógł przeczekać, aż sprawa się wyjaśni, albo w ostateczności oddalić się i wydostać z powrotem na drogę tam, gdzie nie będzie widoczny.

Nasłuchiwał, ale w lesie zapanowała cisza. Może rozmówca porucznika zastanawiał się nad odpowiedzią? Maciej poczuł przypływ ciekawości. Z kim też mógł się spotkać pośrodku lasu Józef Drzewiecki? Dlaczego nie rozmawiali we wsi? Albo gdzieś w Brodnicy? Musiało chodzić o jakiś sekret.

Listonosz walczył przez chwilę ze sobą, ale w końcu z westchnieniem przesunął się kawałek w stronę szerokiego pnia olbrzymiego buka. Ukryty za Synem Leszego mógł z łatwością zobaczyć, kto stoi po drugiej stronie zakrętu.

– Chcę całość, i to teraz! – usłyszał.

Maciej rozpoznał głos w jednej chwili. Wiedział już, z kim rozmawia Drzewiecki. Mimo to podkradł się ostrożnie do wielkiego drzewa i wyjrzał ukradkiem zza powykręcanego pnia. Jakaś gałązka trzasnęła pod jego stopą, ale żaden z rozmówców nie zwrócił na to uwagi. Pewnie wzięli to za kaprysy gęstego lasu.

– Nie chcesz połowy, to nie dostaniesz nic – warknął znowu Drzewiecki.

Maciej widział teraz, że porucznik ściska w ręku garść banknotów. Z i e l o n ą garść, czyli musiały to być banknoty o nominale pięciu tysięcy złotych z Fryderykiem Chopinem na awersie i nutami poloneza z drugiej strony. Dużo pieniędzy.

– Chcę całość! – powtórzył uparcie drugi mężczyzna.

– Już ja znam takich jak wy. Przypuśćmy, że zrobię swoje. Skąd mam wiedzieć, że pan mnie potem nie oszuka?

– Co ty niby wiesz? – warknął Drzewiecki.

Jego twarz wykrzywiła się z wściekłości. Drzewa wokoło zaszumiały złowrogo, jakby przebieg rozmowy nie przypadł im do gustu.

– Wiem, kiedy ktoś chce mnie wyprowadzić w pole!

– Spójrzmy na to z drugiej strony – zaproponował milicjant. – Skąd niby ja mam wiedzieć, że ty się wywiążesz? Może weźmiesz kasę i nic nie zrobisz.

Drugi mężczyzna przestępował z nogi na nogę.

– Trzeba zaufać – powiedział w końcu.

Porucznik Drzewiecki zaśmiał się głośno. Wcale nie zważał na to, że ktoś może ich usłyszeć. Byli przecież w środku lasu.

– To jak? – powtórzył tamten.

Drzewiecki nie odpowiedział. Ruszył w kierunku Utopców. Maciej dopiero teraz zauważył, że kilkaset metrów dalej zaparkowany jest czerwony fiat 125p porucznika. Auto było przedmiotem zazdrości wszystkich mieszkańców Utopców. Chyba na równi z nowo przybyłym ostatnio białym wartburgiem Heinricha Wanke.

Rozmówca Drzewieckiego stał wpatrzony w odjeżdżający samochód.

– Kurwa – zaklął głośno i kopnął jakiś kamień. Potem ruszył niespiesznie ku wsi.

Maciej wyszedł zza pnia wielkiego drzewa dopiero, kiedy porucznik był już daleko. Otrzepał koszulę i poprawił torbę na listy. O co tu chodziło?

ROZDZIAŁ 16

Utopce. Czwartek, 30 października 2014. Wieczorem

Młodszy aspirant Daniel Podgórski otarł pot z czoła. Zrobiło mu się gorąco, mimo że wiał przenikliwy wiatr. Daniel wyprostował się i odetchnął głęboko. Sytuację można było nazwać niecodzienną. Co najmniej.

Wielki buk rosnący obok cmentarza szeleścił niechętnie. Wokół unosił się szept rozmów. Na ekshumację wampira przyszli chyba wszyscy mieszkańcy Utopców. Ich twarze zdawały się posępne. Pewnie spodziewali się najgorszego. Proboszcz Jankowski stał nieopodal, ściskając kropidło w prawej dłoni. W lewej trzymał wielki zaostrzony kołek, a z szyi zwisał mu długi sznur czosnku. Najwyraźniej przygotował się na każdą ewentualność. Jeżeli wampir postanowi wyskoczyć nagle ze swojego prowizorycznego grobu, będzie musiał mieć się na baczności.

Daniel westchnął głośno. Na razie nie wyglądało na to, żeby upiór miał jakiekolwiek szanse opuszczenia swojej mogiły. Nawet przy ich pomocy. Metalowa płyta przykrywająca prowizoryczny grób była tak ciężka, że mimo nadludzkich niemal wysiłków ciągle nie mogli jej przesunąć. Na zebranych wokół mieszkańców wsi nie było co liczyć.

Policjant zerknął w stronę posępnego tłumu. Rzadko stykał się z takim nagromadzeniem kolektywnej nienawiści. Atmosferę napięcia potęgował jeszcze fakt, że prawie wszyscy ubrani byli w żałobną czerń. W ciemnościach jesiennej nocy, rozjaśnionej jedynie przez światełka zniczy na cmentarzu, widać było tylko ich blade, zacięte twarze. Sylwetki pozostały rozmyte.

– Co za cholerstwo! – rzucił lekarz sądowy, doktor Zbigniew Koterski, uderzając ręką o płytę.

Medyk sapał głośno z wysiłku. Wyprostował się i przeciągnął. Daniel usłyszał, że coś strzyknęło mu głośno w plecach.

– A mogłem siedzieć w domu – dorzucił patolog. – Cholera jasna!

Koterski przybył do Utopców na prośbę prokuratora Gawrońskiego. Spodziewano się, że kości rzekomego wampira są na tyle stare, że i tak z miejsca trafią do archeologa albo antropologa sądowego. Gawroński najwidoczniej jednak wolał dmuchać na zimne i zaprosić patologa. Albo nikogo innego nie udało mu się w tak szybkim terminie wezwać. Antropologów współpracujących z policją nie było przecież zbyt wielu.

Sam prokurator dał znać, że zjawi się dopiero za chwilę. Jechał w towarzystwie inspektora sanitarnego, który miał nadzorować ekshumację. Gawroński nie został wtajemniczony w to, czym zajmowali się Daniel, Emilia i Klementyna. Poinformowano go jedynie, że w Utopcach znajdują się nieznane szczątki pochowane poza cmentarzem.

– Pchajcie, co? – rzuciła Klementyna Kopp, która stanęła nieco z boku.

– Może pani troszeczkę pomoże – rzucił sarkastycznie doktor Koterski.

Daniel chyba po raz pierwszy widział patologa zdenerwowanego. Koterski z reguły tryskał entuzjazmem w każdej sytuacji.

Z tłumu wystąpiła Czesława Tokarska. Ręce miała złożone jak do modlitwy. W palcach trzymała biały różaniec, który wyraźnie odcinał się od panującej dookoła czerni nocy.

– Jeszcze nie jest za późno – powiedziała spokojnie. – Jeszcze możecie zrezygnować. Nie warto kontynuować.

– Spoko. Ale! Pozwolisz, że ja o tym zdecyduję, co? – odparła Klementyna.

Czesława podeszła do policjantki i położyła jej rękę na ramieniu. Potem przeniosła powoli dłoń na wytatuowaną szyję komisarz Kopp. Daniel zauważył, że Klementyna się wzdrygnęła.

– Wracajcie do pracy – rozkazała, ale jej głos brzmiał dziwnie słabo.

– Łatwiej powiedzieć, niż zrobić – rzucił gderliwie jeden z techników, który im towarzyszył.

Wyglądało na to, że nikomu nie dopisywał dziś humor. Daniel pchnął znowu, ale nic to nie zmieniło. Ponownie przetarł czoło. Wampir był skutecznie uwięziony. Wielka płyta z nieokreślonego gatunku metalu dobrze go przykrywała. Ksiądz Jankowski naprawdę się postarał, żeby do prowizorycznego grobu nie można było się dostać. A właściwie nie można było się z niego wydostać.

Zimny wiatr sprawiał, że Daniel poczuł, jak po plecach przebiega mu dreszcz. Nie pomagał fakt, że Czesława odwróciła się w stronę zebranych dokoła mieszkańców wsi i zaintonowała jakąś pieśń. Dziwne łacińskie sentencje brzmiały jak rzewne nawoływania. Co dziwniejsze, ludzie zdawali się doskonale znać słowa. Śpiewali jednym głosem, a pieśń rozchodziła się po zapomnianej polanie.

– Gdyby ktoś z tej gromady nam pomógł, poszłoby o wiele szybciej – stwierdził z irytacją doktor Koterski.

Na te słowa chór zaczął zawodzić głośniej. Mieszkańcy Utopców falowali jak ogniki w zniczach, które rozświetlały nekropolię za kamiennym murem.

– Co za przeklęte miejsce – dorzucił znowu patolog. – Mam dosyć. Poczekam, aż Gawroński tu przyjedzie. Niech on sam sobie pcha ten cholerny kawał rdzy. Nie za to mi płacą.

Doktor Koterski otrzepał kurtkę i ruszył w kierunku furgonetki, którą tu przyjechał razem z technikami. Ktoś ze zgromadzonych splunął mu pod nogi.

– Proszę przestać – rzuciła Emilia Strzałkowska ostrzegawczo.

Tymczasem na brukowanej drodze pojawił się samochód. Jego światła raziły Daniela przyzwyczajonego teraz do mroku.

– Nareszcie – stwierdził Koterski, przewracając oczami. Jego ton stał się nieco lżejszy, jakby patolog odzyskiwał humor.

Z odrestaurowanego bordowego mercedesa E250 z 1988 roku wysiadł prokurator Leon Gawroński. Z miejsca uśmiechnął się do Emilii. Strzałkowska kiwnęła mu głową na przywitanie. Tymczasem z samochodu wysiadł drugi mężczyzna. Był niezwykle drobnej, niemal kobiecej postury. Wielka kurtka, którą włożył dla ochrony przed chłodem jesiennego wieczora, sprawiała, że wydawał się jeszcze mniejszy.

– To inspektor sanitarny – przedstawił mężczyznę prokurator Gawroński.

– Lesław Pawłowski – rzucił inspektor sucho. Nie wyglądał na zbyt wylewnego. – Jak idzie?

Daniel spojrzał na Pawłowskiego spod oka. Jego pytanie zdawało się zupełnie bez sensu.

– Jak widać – odwarknęła Klementyna Kopp.

Inspektor Pawłowski rozejrzał się po zebranych dookoła rozeźlonych mieszkańcach Utopców, jakby dopiero teraz ich zauważył. Jego twarz stężała natychmiast. Odwrócił się szybko. Zdawał się przerażony pełnymi wyrzutu spojrzeniami poubieranych na czarno bladych postaci, które kryły się w mroku.

– W czym problem? – zapytał cicho Gawroński.

– Mieszkańcy nie za bardzo chcą, żebyśmy wyjęli kości – wyjaśniła mu Emilia. – Poza tym tego czegoś nie da się przesunąć. Próbujemy już chyba ze dwadzieścia minut.

Prokurator przyjrzał się potężnej płycie, która uparcie tkwiła na swoim miejscu.

– Jesteście pewni, że pod spodem są szczątki? – zapytał.

– Tak. Jesteśmy bardziej niż pewni – rzuciła Klementyna. – Lepiej zdejmij ten śliczny płaszczyk i pomóż pchać. Inspektorek też niech się wysili, bo inaczej będziemy tu tkwili do jutra.

– I tak już poszedłem wam na rękę, że ekshumacja odbywa się wieczorem – stwierdził Pawłowski obrażonym tonem. – Nie płacą mi za pchanie ciężarów.

– Bierzmy się za to – stwierdził Gawroński. W jego tonie pobrzmiewała rezygnacja.

Wzmocniona grupa przystąpiła do dzieła. Daniel poczuł, że osłona prowizorycznej mogiły nareszcie się przesuwa. Na ten widok Czesława zaintonowała natychmiast kolejną pieśń. Tym razem grupa chórzystów wystąpiła naprzód. Podgórski rozpoznał niektóre twarze z ostatniej wizyty. Łacińskie sekwencje wydobywały się z ust śpiewaków niczym fale piekielnego ognia. Reszta mieszkańców mruczała melodię bez słów. Widocznie ta pieśń była trudniejsza od poprzedniej.

Tymczasem płyta nareszcie ruszyła się na dobre. To zmobilizowało pchających do jeszcze większego wysiłku. W końcu udało im się całkiem odsłonić mogiłę. Śpiewy ucichły w jednej chwili. Proboszcz Jankowski zrobił krok w stronę grobu, unosząc kropidło. Wszyscy zamarli. Daniel czuł, jak jego serce przyspiesza.

– Zaczynajmy – zarządził tymczasem inspektor sanitarny Pawłowski, jakby niepomny tego, co dzieje się dookoła. – Jest skrzynia na szczątki?

Klementyna skinęła głową w kierunku vana zaparkowanego kawałek dalej.

– Dobrze – powiedział Pawłowski. – Właściwie to ci ludzie powinni stąd odejść…

Zerknął w stronę mieszkańców wsi. Nie wyglądali na skorych do rozejścia się.

– No, ale rozumiem, że sytuacja jest szczególna… – stwierdził inspektor ugodowo. – A szczątki stare… Kontynuujmy.

– Dajcie tu lampę i generator – poprosił doktor Koterski. – Czy szczątki zostały złożone bezpośrednio w ziemi czy są w trumnie?

– Są w drewnianej trumnie – odparł proboszcz niechętnie. Nadal trzymał wysoko uniesione kropidło. Ciągle w gotowości do obrony przed nagłym atakiem wampira.

– Świetnie – stwierdził inspektor Pawłowski. – Będzie mniej kłopotów.

Jeden z techników włączył generator i zapalił lampę. Odsłoniętą mogiłę zalało białe światło. Daniel poczuł się, jakby stał na scenie. Tym bardziej że mieszkańcy wsi wpatrywali się w nich świdrującym wzrokiem. Ciszę przerywało tylko miarowe skrzypienie gałęzi starego buka i wibrujący dźwięk pracującego agregatu.

– Zostawcie to – poprosił raz jeszcze ksiądz Jankowski. – Nie budźcie zła! Błagam was na wszystko! Zostawcie to! Wszyscy zginiemy!

– O czym on mówi? – zapytał prokurator Gawroński. Na jego przystojnej twarzy malował się wyraz całkowitego zaskoczenia.

Daniel nie był pewien, ile powinien Gawrońskiemu zdradzić. Komendant prosił o dyskrecję. Od tego między innymi zależały losy komisariatu w Lipowie. Z drugiej strony tłum ubranych na czarno mieszkańców wsi i kapłan z wianuszkiem czosnku na szyi sprawiali, że trudno było mówić tu o jakichś sekretach.

– Księżulku, lepiej tu pokrop, jeżeli już musisz, i się odsuń, co? – wtrąciła się Klementyna, wybawiając Podgórskiego z opresji.

Daniel nie mógł oprzeć się wrażeniu, że Klementyna zachowuje się inaczej niż zwykle. Niby wszystko było w porządku. Co jakiś czas rzucała bełkotliwie słowa i nie zważała na nikogo. A jednak w jej zachowaniu wyczuwało się coś dziwnego. Jakby komisarz Kopp była myślami zupełnie gdzie indziej.

Trudno też było nie zauważyć, że z jakiegoś powodu Czesława Tokarska cały czas trzyma się blisko Klementyny. Przez chwilę Daniel miał nawet wrażenie, że przewodnicząca chóru szepcze coś policjantce do ucha. Podgórski stał jednak zbyt daleko, żeby słyszeć co. Komisarz Kopp dotknęła ręką szyi.

– W imię Ojca i Syna, i Ducha Świętego! – zawołał ksiądz tymczasem, powoli wymachując kropidłem.

Klementyna i Czesława znowu wymieniły jakieś uwagi. Daniel zastanawiał się przez chwilę, czy do nich nie podejść, ale w końcu zrezygnował. Komisarz Kopp pewnie później wtajemniczy go w sprawę. Taką przynajmniej miał nadzieję.

– Zostawcie to – poprosił proboszcz znowu, kiedy skończył polewać mogiłę wodą święconą. – Nie budźcie zła!

Gawroński podszedł do kapłana. Hollywoodzko przystojna twarz prokuratora rozpromieniła się w szerokim uśmiechu. Leon wyglądał teraz na wyjątkowo godnego zaufania. O to zapewne chodziło.

– Proszę księdza, musimy się dowiedzieć, czyje szczątki tu spoczywają – wyjaśnił cierpliwie. – Należy ustalić, czy miał miejsce czyn przestępczy. Trzeba zwrócić kości rodzinie zmarłego. Takich spraw się nie zostawia. Ktoś może czekać na tego człowieka.

– To wampir! – krzyknął ktoś z tłumu. – Nikt na niego nie czeka. Jest przeklęty!

Leon Gawroński spojrzał w stronę krzyczącego. Na twarzy prokuratora znowu zagościło zdumienie. Odwrócił się do Daniela, ale zanim zdążył zadać jakiekolwiek pytanie, mieszkańcy Utopców zaczęli krzyczeć:

– To wampir! To wampir!

– Zostawcie go! To wampir! – powtórzył ten sam człowiek co wcześniej.

– Zostawcie go! To wampir! – podchwycili natychmiast pozostali mieszkańcy wsi. – To wampir!

– Trzeba zlokalizować prowodyra – szepnęła Emilia do Daniela. – Wtedy się trochę uspokoją. Tak mi kiedyś mówił kolega z prewencji.

Daniel zerknął w stronę tłumu, ale człowiek, który krzyczał najgłośniej, gdzieś zniknął. Prokurator Gawroński podniósł dłonie w uspokajającym geście.

– To zajmie tylko chwilę – powiedział głośno i wyraźnie, żeby wszyscy go słyszeli. – Potem będziecie mogli wrócić do swoich spraw.

Łagodny głos Gawrońskiego i jego przystojna twarz wpłynęły chyba przynajmniej na żeńską część gawiedzi, bo znowu zapadła cisza.

– Dziękuję państwu – powiedział prokurator najzwyczajniej w świecie.

Patolog i technicy podjęli pracę przy grobie. Gawroński podszedł zaś do Daniela i Emilii. Pocałował Strzałkowską w czoło, jakby dookoła nie było innych ludzi. Ktoś zagwizdał. Emilia odsunęła się zakłopotana chyba tą jawną czułością.

– Jak idą przygotowania do ślubu? – zapytał Daniela Gawroński jakby nigdy nic. – Bardzo dziękuję za zaproszenie. Otrzymałem je wczoraj.

Zaproszenia. Podgórski westchnął w duchu. Zaproszenia to był drażliwy temat. Matka Weroniki nalegała, żeby przygotować niezwykle drogie eleganckie karty. Okładka zaproszeń wykonana była z kalki ozdobionej pozłacanymi kwiatami i fantazyjnymi tłoczeniami. Środek zrobiono z grubego sztywnego papieru w kremowym odcieniu. Wytłoczono na nim imiona Weroniki i Daniela oraz datę ślubu – 20 grudnia 2014.

– Ależ cała przyjemność po naszej stronie – mruknął Podgórski. – Mamy nadzieję, że przyjdziesz.

Daniel z całych sił starał się wyglądać na zachwyconego. Chyba nie wyszło mu za dobrze, bo Gawroński przyjrzał mu się uważniej. Zważywszy jednak na okoliczności, nie drążył tematu.

– Będę na pewno. Dwudziesty grudnia! – powiedział zamiast tego. – To już niecały miesiąc. Niedługo!

– Nie ma co zwlekać – mruknął Daniel.

Tym razem nie mógł już powstrzymać westchnienia. Data ślubu. Kolejny temat tabu. Przyszła teściowa wyznaczyła datę ślubu na kilka dni przed Wigilią. Uważała to za termin idealny. Sama brała wszystkie trzy śluby właśnie w tym okresie, więc dobrze wiedziała, o czym mówi (gdyby tylko mąż numer trzy nie był takim idiotą, wszystko byłoby doskonale!).

Daniel uśmiechał się i kiwał głową, ale ani nadmiernie ozdobne jego zdaniem zaproszenia, ani wybrana przez teściową data ślubu w najmniejszym stopniu mu nie odpowiadały. Kochał Weronikę, ale powoli zaczynał mieć tego wszystkiego dosyć. Zupełnie inaczej to sobie wymarzył. To miał być ich wspólny piękny czas. Co najmniej rok narzeczeństwa. Ślub w kościele w Lipowie. On w galowym mundurze, ona w tradycyjnej białej sukni (kto kiedykolwiek słyszał o écru?). Chciał, żeby zaproszenia wypisane były ręcznie przez niego i Weronikę, żeby pokazać gościom, jak bardzo młodej parze zależy na ich obecności. I wreszcie chciał mieć tradycyjne wesele w remizie niedaleko lipowskiego komisariatu.

Niestety żadne z tych pomysłów nie przypadły do gustu przyszłej teściowej. Weronika przytakiwała zaś każdemu słowu matki, jakby nagle straciła własne zdanie w jakiejkolwiek kwestii. Daniel czuł, że ślub, zamiast zbliżać ich do siebie, oddalał. W ostatnich dniach próbował pomówić o tym kilka razy z Weroniką, ale ona tylko powtarzała, że mama ma trudny czas (mąż idiota może człowieka dobić!), a to, jak wygląda ślub, chyba nie ma aż takiego znaczenia. Ważne przecież, że się kochają.

– Raz jeszcze gratuluję – dodał prokurator, wyrywając Podgórskiego z zamyślenia. – Ty i Weronika pasujecie do siebie idealnie. Zresztą tak jak i my.

Gawroński objął Emilię, jakby chciał pokazać, że już wkrótce zamierza pójść w ślady Daniela. Strzałkowska wyzwoliła się z uścisku prokuratora.

– Pójdę zobaczyć, jak im idzie – oznajmiła i oddaliła się szybko w stronę pracujących przy mogile.

– Wieczór kawalerski będzie? – zagaił Gawroński jowialnie.

– Marek pewnie coś tam przyszykuje – odparł Daniel.

Zabrzmiało to zimno. Zbyt zimno. Podgórski nie miał jednak najmniejszej ochoty kontynuować tematu ślubu i wolał, żeby prokurator nareszcie to zrozumiał. Gawroński znowu zmierzył go uważnym spojrzeniem.

– O co w tym wszystkim tak naprawdę chodzi? – zapytał, porzucając nareszcie weselne tematy. Skinął przy tym głową w kierunku rozkopanej już teraz mogiły.

Podgórski zwlekał przez chwilę z odpowiedzią. Prokurator kolejny raz przyjrzał mu się uważniej.

– Skąd w ogóle wasze zainteresowanie tą wsią? Jak dowiedzieliście się o tych szczątkach?

– To stara sprawa – rzucił Daniel oględnie.

– Nie lubię brać udziału w grze, której zasad nie znam – stwierdził Gawroński. Jego głos brzmiał teraz niemal równie zimno jak wcześniej wypowiedź Podgórskiego.

– Emilia naprawdę nic ci nie powiedziała? – zdziwił się Daniel. Trudno mu było uwierzyć, że na tych wszystkich randkach Strzałkowska nie napomknęła nawet Leonowi o układzie, jaki mieli z komendantem w sprawie uniknięcia likwidacji komisariatu w Lipowie.

– Nie – zaprzeczył Leon. Uśmiechnął się przy tym nieco smutno. – Mila umie dochować tajemnicy.

Daniel poruszył się niespokojnie. Mila. Sam też tak kiedyś nazywał Emilię. Piętnaście lat temu. W szkole policyjnej.

Zerknął w stronę Strzałkowskiej. Pochylała się nad wykopem i rozmawiała o czymś z doktorem Koterskim. Zadała jakieś pytanie. Lekarz sądowy pokręcił przecząco głową. Emilia odwróciła się i skinęła w stronę Podgórskiego i Gawrońskiego. Podeszli do odsłoniętego grobu.

– I jak to wygląda? Naprawdę mamy do czynienia ze starymi kośćmi? – zapytał prokurator. – Przekazujemy archeologowi?

Daniel zajrzał do wykopu. Znajdowała się tam niewielka, jakby dziecięca trumna. Wieko było popękane. Pomiędzy deskami widać było fragmenty szkieletu.

– Kości są stare – przyznał doktor Koterski, ale na jego twarzy malowała się konsternacja.

– Więc o co chodzi? – zapytał Gawroński. – W czym problem?

Lekarz sądowy rozejrzał się po mieszkańcach Utopców, którzy przypatrywali się teraz wszystkiemu w ciszy. Nieme wyrzuty wobec policjantów i przekleństwa wisiały jednak wyraźnie w powietrzu.

– Oni powinni się odsunąć – oświadczył znowu inspektor sanitarny, który sam trzymał się na bezpieczną odległość od wykopu. Drobny mężczyzna mówił zupełnie bez przekonania. Jakby wcale mu nie zależało na bezpieczeństwie zgromadzonych wokół osób. Może dlatego, że stare kości nie zdawały się szczególnie groźne.

Koterski dał funkcjonariuszom znać, żeby jeszcze się zbliżyli.

– Nie wiem, czy to dla was ważne – zaczął cicho. – Ten ksiądz powiedział mi wcześniej, że szkielet powinien być kompletny. Tak nie jest.

– Co ma pan na myśli? – zapytała natychmiast Strzałkowska.

To pytanie powinna zadać Klementyna. Daniel dopiero teraz zauważył, że komisarz Kopp gdzieś zniknęła. Rozejrzał się po tłumie, ale nie było jej nigdzie widać.

– Nie ma czaszki – stwierdził Koterski niemal szeptem. – Małe kości mają prawo zniknąć i na razie nie widzę, czy czegoś jeszcze brakuje. No, ale brak czaszki łatwo zauważyć. To się od razu rzuca w oczy.

Emilia przywołała proboszcza gestem ręki. Ksiądz odłączył się od tłumu niechętnie i podszedł do nich.

– A więc się dokonało… – powiedział, robiąc znak krzyża drżącą ręką. – Jesteśmy zgubieni. Utopce są zgubione! Znowu ktoś umrze.

– Czy ksiądz jest całkiem pewien, że szkielet był kompletny, kiedy go tu wkładaliście? – zapytała Emilia, ignorując pełne wyrzutu słowa kapłana.

Proboszcz Jankowski zajrzał ostrożnie do grobu i znowu się przeżegnał.

– Tak. Umieściliśmy tu wszystko.

– Czaszkę też? – zapytał doktor Koterski.

– Tak. Oczywiście. Cegła też powinna nadal tam być. Włożyliśmy ją z powrotem między szczęki, żeby powstrzymać możliwość gryzienia.

Prokurator Gawroński i doktor Koterski wymienili zdziwione spojrzenia.

– Cegła? – powtórzył patolog zaskoczony. – Powstrzymać gryzienie?

Wiatr znowu zawiał. Daniel zadrżał. Nadal był jeszcze spocony po walce z metalową płytą więżącą wampira. Nagle wiatr zadął jeszcze mocniej. Jego podmuch zgasił niemal wszystkie znicze na cmentarzu. Jedynym źródłem światła była teraz lampa oświetlająca wykop. Tworzyła niewielki krąg, poza którym panowała ciemność. Ciemność pełna niespokojnych szeptów mieszkańców Utopców.

Gawroński zrobił jeszcze jeden krok w stronę wykopu.

– Czaszka na pewno nie mogła się zgubić?

– To musiałoby się stać przy pierwszym przenoszeniu szczątków – powiedział patolog. – Z tej trumny raczej nie wypadła. Żadnej cegły też tu nie ma.

– Czaszka na pewno była w środku, kiedy wkładaliśmy tu kości – powtórzył proboszcz Jankowski. W jego głosie czaiła się panika. Znowu się przeżegnał. – Cegła też! Jesteśmy zgubieni!

– Wszyscy zginiemy! – krzyknął ktoś z ciemności. Prawdopodobnie prowodyr, którego tak trudno było wcześniej zlokalizować. – Zasypać grób! Zasypać grób, inaczej wszyscy zginiemy! No dalej! Zasypać grób!

– Zasypać grób! – podchwycili posłusznie mieszkańcy Utopców i ruszyli w stronę wykopu.

– Spokojnie! Nikt tu nie zginie. Zatrzymajcie się! – zawołała Emilia, ale nikt jej nie posłuchał. – Proszę się zatrzymać!

Policjantka zerknęła bezsilnie na Podgórskiego. Daniel poczuł nagle, jak niewielką grupkę stanowią. Jeżeli ci ludzie zechcą zakopać grób, zrobią to bez problemu, zanim ktokolwiek z ich ekipy zdąży choćby kiwnąć palcem.

Nagle lampa oświetlająca rozkopaną mogiłę zgasła. Ktoś musiał chyba odłączyć generator, przeleciało Podgórskiemu przez myśl. Całą polanę z miejsca zalały ciemności. Księżyc nie przebijał się przez szczelną warstwę chmur, więc Daniel ledwo widział, co się dzieje.

A działo się wiele. W jednej chwili zapanował chaos. Ludzie biegali we wszystkie strony, pokrzykując coś niezrozumiale. Daniel poczuł, że ktoś próbuje odepchnąć go od wykopu.

– Weźcie trumnę i do furgonetki – rozkazał szybko Gawroński i sam wskoczył do rozkopanej mogiły, żeby pomóc pracującym.

Szybko wyciągnęli popękaną skrzynię. Emilia pobiegła otworzyć drzwi vana. Daniel starał się zapewnić dźwigającym ciężar swobodne przejście, ale w pojedynkę nie było to łatwe. Przydałaby się pomoc, ponieważ mieszkańcy Utopców nie rezygnowali z walki o umieszczenie szczątków z powrotem, gdzie ich miejsce.

– Klementyna! – krzyknął Daniel, ale jego słowa zniknęły w zgiełku, który niósł się teraz przez zapomnianą wśród lasów polanę.

– Uspokójcie się! – rozległo się nagle.

Józef Drzewiecki szedł w ich stronę, przyświecając sobie kieszonkową latarką. O dziwo, mieszkańcy Utopców posłusznie ucichli na słowa emerytowanego stróża prawa. Przynajmniej na chwilę.

– To obcy! – krzyknął ktoś rozpaczliwie, znowu przerywając chwilowy spokój. – Nic nie rozumieją! Zginiemy!

Drzewiecki oświetlił sobie twarz, jakby chciał, żeby wszyscy dobrze go widzieli. Jego iluminowane od dołu lisie oblicze wyglądało teraz przerażająco. Jakby stary mężczyzna sam był upiorem.

– Oni może i są obcy, ale ja jestem w a s z – ostatnie słowo Drzewiecki niemal wykrzyczał. – I mówię, że te szczątki trzeba w końcu wykopać i stąd zabrać. Zastanówcie się tylko, a zrozumiecie! Zabiorą kości wampira i nikomu z nas nic już nie będzie groziło. Rozumiecie? Niech je zabierają na zdrowie, a wy idźcie do domów.

Tłum zdawał się przez chwilę niezdecydowany, ale w końcu pojedyncze osoby zaczęły odchodzić. Zrobiło się wyraźnie luźniej.

– Niepotrzebnie zabieraliście się do tego beze mnie – stwierdził Drzewiecki. Na jego twarzy malował się dziwny półuśmiech.

ROZDZIAŁ 17

Utopce. Sobota, 25 sierpnia 1984. Godzina 12.30.
Wanda Frąckowiak

Wanda Frąckowiak zamknęła sklep. W sobotę miała otwarte dokładnie do wpół do pierwszej i nie czekała ani minuty dłużej. Zamknięcie sklepu było jednak właściwie tylko umowne, bo w praktyce wszyscy i tak przychodzili, kiedy tylko mieli ochotę, i pukali do jej okna o najróżniejszych porach. Przyzwyczaiła się, chociaż czasami żałowała, że brakuje jej asertywności, żeby odciąć się od tego wszystkiego. Mira zawsze potrafiła odmówić. Wanda nigdy.

Były bliźniaczkami, ale różniły się już od najwcześniejszego dzieciństwa. Wanda była wesołkowata, a Mira nad wiek poważna. Wanda ciągnęła do towarzystwa innych. Mira zdecydowanie wolała spędzać czas sam na sam ze swoimi myślami.

Wanda kochała siostrę całym sercem, dlatego zaakceptowała jej wybór, kiedy Mira dwa lata temu oznajmiła, że ma zamiar zamieszkać w samotnej chacie nad brzegiem jeziora Ciche. Początkowo widywały się od czasu do czasu, a bywało, że i Mira pojawiała się we wsi. Stopniowo jednak te wizyty stały się coraz rzadsze, aż w końcu postanowiła zupełnie odciąć się od świata zewnętrznego i na dobre ukryć w swojej pustelni. Wanda miała wielką nadzieję, że to chwilowy kaprys, że wkrótce wszystko wróci do normy. Czas jednak mijał, a Mira nie chciała widywać nikogo. Nawet Wandy. Komunikowały się, zostawiając sobie liściki w dziupli wielkiego powykrzywianego buka, który miejscowi nazywali Żoną Leszego. Drzewo rosło przy wąziutkiej leśnej ścieżce, w połowie drogi do pustelni, i było bliźniaczo podobne do Syna Leszego przy głównej drodze i Brata Leszego przy cmentarzu w Utopcach.

Ten sposób komunikacji wcale się Wandzie nie podobał. Wydawał jej się bezsensowny i głupi. Jak z powieści przygodowej dla najmłodszych. Bała się jednak sprzeciwić siostrze. Mirę zawsze łatwo było zranić, a kiedy już do tego doszło, siostra długo pamiętała urazę. Skończyło się więc na tym, że przez prawie dwa lata nie zamieniły ze sobą ani słowa. Wanda cierpliwie przedzierała się zarośniętą ścieżyną i wkładała dłoń do dziupli w nadziei na wiadomość od siostry. Mira czasem pisała, a czasem nie. Wanda jednak zawsze zostawiała kilka słów od siebie oraz pakunek z prowiantem i najpotrzebniejszymi jej zdaniem rzeczami. Czasem mijała wielki buk i robiła jeszcze kilka kroków w kierunku pustelni. Nigdy jednak nie odważyła się na więcej.

Początek sierpnia

Tamtego dnia na początku sierpnia Wanda jak zwykle szła szybkim krokiem dróżką prowadzącą do Żony

Leszego. Mimo pełni lata tu, w głębi lasu, było ponuro i chłodno. Gałęzie zachłannych krzewów wdzierały się na dukt i utrudniały jej przejście do tego stopnia, że czasem traciła orientację. Nie wiedziała, czy nadal znajduje się na ścieżce, czy zgubiła się już w leśnych ostępach.

Mimo że Wanda pokonywała tę trasę tak często, zawsze czuła jakiś niepokój i pokorny szacunek do otaczających ją zewsząd drzew. Jeżeli miało się odpowiednie podejście, podobno leśne demony były łaskawsze.

Wanda dotarła do wielkiego buka, oddychając ciężko. Już kilka kroków od drzewa zobaczyła, że w dziupli coś leży. Opanowała ją radość. Mira napisała! Cudownie! Wanda już dawno nie miała od siostry żadnych wieści. Pakunki, które jej zostawiała, znikały, ale listów od Miry nie było.

Wanda chwyciła kartkę zachłannie. Nie zwróciła nawet uwagi, że okoliczne drzewa zaszeleściły złowieszczo, pędzone dziwnym wichrem, który czasem nawiedzał te strony bez ostrzeżenia. Najstarsi mówili, że to sam Leszy nadzoruje swoje leśne królestwo pod postacią nieoczekiwanych podmuchów.

Wanda stała z listem w dłoniach i rozkoszowała się tą chwilą. Tak bardzo przecież tęskniła za Mirą i za możliwością porozmawiania z nią. Nagle jednak, może pod wpływem przenikliwego wiatru, a może z innego jeszcze powodu, Wanda zadrżała. Opanowały ją złe przeczucia, a kartka od siostry zaczęła palić dłonie, jakby płonęła żywym ogniem. Sklepikarka z całych sił starała się jej nie upuścić i opanować chęć natychmiastowej ucieczki. Przeczucie jakiegoś nieszczęścia było tak silne, że niemal namacalne. Starzy ludzie w Utopcach mówili, że kobiety z rodziny

Frąckowiaków zawsze miały szczególny dar. Wanda nigdy go u siebie nie zauważyła. Może dopiero teraz się ujawnił?

W końcu rozłożyła kartkę i zaczęła czytać. Złe przeczucia okazały się słuszne.

Droga Wanduniu, siostro moja!

Nie wiem, co się ze mną dzieje. Zmęczenie, które trapi mnie od jakiegoś czasu, ciągle się pogłębia. Do tego stopnia, że z każdym dniem coraz trudniej jest mi wstać i wyjść z chaty, a nawet skreślić do Ciebie tych kilka słów. Znasz mnie jednak. Nie pisałabym nawet o tym, gdyby nie to, że są też inne rzeczy…

Od kilku dni mam dziwny wstręt do wody. Sama wiesz, że zawsze ją kochałam. Teraz nie mogę nawet wyjść na pomost i popatrzeć na Ciche. Nie wiem, jak opisać to uczucie. Na początku było tylko gdzieś z tyłu głowy. Teraz czekam na mrok, żeby wymknąć się z domu i nie widzieć jeziora. Tak jest mi łatwiej. Denerwuje mnie też wiatr, nie wiedzieć czemu. Nawet najlżejszy podmuch to tortura.

Wczoraj męczyły mnie drgawki. Były tak silne, że w żaden sposób nie mogłam ich kontrolować. Zwierzęta zaczynają mnie unikać, mimo że przedtem zupełnie się mnie nie bały.

Dziś zauważyłam, że lewa ręka zrobiła się trochę bezwładna. Prawą nadal mogę poruszać, więc piszę do Ciebie. Niczego nie oczekuję. To tylko słabość, która pewnie minie. Ale chciałam, żebyś wiedziała. Mam nadzieję, że Ty jesteś w lepszym zdrowiu.

Mira

Z listu siostry biła bezradność i przerażenie, które zmroziły krew w żyłach Wandy. Kartka wypadła jej z dłoni i wylądowała na pokrytej leśnym runem ścieżynce. Wanda uniosła wzrok i spojrzała na dróżkę prowadzącą dalej do pustelni nad jeziorem. Ślubowała siostrze, że nigdy nie przyjdzie do jej samotni nieproszona. Czy teraz może złamać tę obietnicę? Przecież Mira najwyraźniej potrzebuje pomocy. Jej ciało trawi jakaś choroba i koniecznie trzeba ją uleczyć.

Wanda zrobiła kilka kroków do przodu i minęła Żonę Leszego. Drzewa zaszeleściły znowu, jakby niezadowolone, że sklepikarka zapuszcza się tam, gdzie nikt jej nie chce. Ścieżka pod jej stopami stała się nagle dziwnie wyboista. Trudno się po niej szło. Kamyki uciekały spod stóp, korzenie wyrastały tam, gdzie wcześniej ich nie było, a gałęzie drzew boleśnie smagały Wandę po twarzy. Wyglądało na to, że las broni dostępu do samotni Miry.

– Muszę pomóc siostrze – powtarzała, żeby przebłagać leśne duchy. – Mira mnie potrzebuje! Muszę przejść.

Las pozostał głuchy na błagania sklepikarki i nie ustępował. Wanda parła jednak naprzód. Uparcie. Krok za krokiem. Gdzieś nad jej głową spomiędzy liści wyleciał wielki nietoperz. Mimo że był środek dnia, poszybował jak strzała w kierunku pustelni. Być może chciał donieść Mirze o zbliżającym się intruzie.

Mimo ogarniającej ją zewsząd wrogości Wanda szła dalej napędzana strachem o siostrę. Nawet nie zauważyła, kiedy pokonała kolejny kilometr, a potem jeszcze pół. Nareszcie wydostała się z największego gąszczu. Znajdowała się teraz na stromej skarpie. W dole lśniły szmaragdowe wody jeziora Ciche. Na samym brzegu przycupnęła ustawiona na grubych palach chata jej siostry. Długi drewniany pomost wcinał się w toń jeziora jak dziób statku.

Dom wybudował dziadek Wandy i Miry jeszcze przed wybuchem wojny. Chata nie miała doprowadzonej elektryczności ani bieżącej wody, ale przydała się podczas epidemii tyfusu. Frąckowiakowie mieli gdzie przeczekać zarazę, dopóki nie została w pełni opanowana.

Wanda zrobiła kilka kroków dróżką, która prowadziła zakosami w dół skarpy. Zeszła po niej szybko, potykając się kilka razy o zdradzieckie kamienie. Od razu zobaczyła, że drzwi chaty są szczelnie zamknięte. Zapukała, ale nie otrzymała żadnej odpowiedzi.

– Mira? – zawołała niepewnie. – Jesteś tu, kochanie? Mira! Siostrzyczko moja!

Znowu nie doczekała się odpowiedzi.

– Mira!

Zajrzała ostrożnie przez szparę w zasłonie. Wnętrze chaty tonęło w mroku. Tylko tyle mogła zobaczyć. Nacisnęła ostrożnie klamkę. Drzwi puściły. Wanda weszła do środka. Panował tam nieprzyjemny zaduch. Nagle w kącie izby zauważyła dziki ruch. Przeraziła się, że to jakieś zwierzę. Może kuna czy lis wdarł się do domu siostry. A może to jeden z tych jej tresowanych nietoperzy. Odwróciła się szybko i zobaczyła, że to Mira kuli się w najdalszej części pokoju. Jej ciałem wstrząsały gwałtowne dreszcze. Oczy zdawały się zwierzęce.

– Mira! Co się dzieje? – zawołała przerażona Wanda.

– Nie podchodź! – wrzasnęła siostra.

W jej głosie było tyle wściekłości, że sklepikarka cofnęła się natychmiast. To ktoś obcy. Jej Mira nigdy nie była agresywna. Zawsze czuła i spokojna, chociaż przedkładała własne towarzystwo nad obecność innych.

– Odejdź! – zawyła znowu dziko pustelniczka.

Wanda wróciła do drzwi. Miała nadzieję, że to uspokoi Mirę.

– Sprowadzę pomoc! – powiedziała zdecydowanym tonem. – Czy tego chcesz, czy nie. Potem możesz sobie tu dalej żyć jak pustelnica. Nic mnie to nie obchodzi.

To było kłamstwo. Wanda nie miała zamiaru pozwolić siostrze mieszać tu ani dnia dłużej. To nie był jednak czas na takie wyznania. Na pewno skończyłoby się na kłótni, a nie chciała teraz denerwować Miry, która i tak była w strasznym stanie.

Zamknęła drzwi i pobiegła z powrotem przez gąszcz. Jej buty znowu ślizgały się na kamieniach, ale las nie blokował już drogi. Może Leszy nareszcie zrozumiał, że Wanda nikomu źle nie życzy?

Wreszcie wybiegła na otoczoną strumieniem polanę, gdzie znajdowały się Utopce. Popędziła co sił do domu doktora Lenarta. Nogi drżały jej ze zmęczenia, kiedy wdrapała się na obłażący z czerwonej farby ganek i zapukała do drzwi. Czekała, ale Lenart nie otwierał. Zapukała znowu. Nic z tego. Pewnie doktor był jeszcze u pacjentów w Zbicznie. Kiedy wróci? Czy nie będzie za późno?

Wanda oddychała ciężko. Zastanawiała się gorączkowo, co zrobić. Wtedy usłyszała głośne stukanie młotka, które niosło się przez całą polanę. Przypomniała sobie, że w „Żebrówce" właśnie rozpoczął się remont.

– Doktor Czajkowski! – krzyknęła i już pędziła brukowaną drogą do „Żebrówki". Jak mogła od razu na to nie wpaść. Przecież Tadeusz to też lekarz. I chyba właśnie wrócił z Warszawy. Mira uratowana!

Wanda zapukała gorączkowo do drzwi willi Czajkowskich. Niemal natychmiast stanęła w nich pani Gloria. Jak zwykle piękna i elegancka. Wanda zawsze lubiła na nią patrzeć. Podglądać, co danego dnia włoży i jak się umaluje. Tak bardzo nie pasowała do Utopców.

Teraz nie było jednak czasu na podziwianie stroju Glorii. Wanda wyjaśniła szybko, że jej siostra jest w potrzebie.

– Pójdę po męża – obiecała Gloria natychmiast.

Wanda przestępowała z nogi na nogę, czekając na jej powrót. Stare deski drewnianego ganku skrzypiały przy każdym jej ruchu. Pani Czajkowska wróciła po chwili z wyrazem troski na pięknej twarzy.

– Niestety Tadeusz jest bardzo zmęczony po podróży z Warszawy – powiedziała. – Nie może pomóc twojej siostrze.

Wanda poczuła, jak łzy napływają jej do oczu.

– Jak to nie może? To co ja mam zrobić?!

– Najlepiej poczekaj, aż wróci Lenart. To i tak jest sprawa dla lokalnego lekarza. Tadeusz nie zajmuje się takimi kwestiami. Jest specjalistą toksykologiem.

– Ale…

– Niestety. Mój mąż wyraził się bardzo jasno. Przykro mi, Wando – dodała Gloria na koniec.

Jej usta wykrzywiły się w podkówkę, jakby to była najsmutniejsza wiadomość jej życia. Dla Wandy na pewno była.

Wanda przekręciła klucz w drzwiach sklepu i ruszyła przez Utopce. Wspomnienia tamtego dnia z początku sierpnia i kolejnych nadal były żywe. Odeszła spod „Żebrówki" z niczym. Doktor Lenart poszedł do Miry od razu, kiedy wrócił do Utopców. Siostra została natychmiast zabrana do szpitala. Chata nad jeziorem stała się miejscem wyklętym, gdzie zakazano chodzić z obawy przed zarażeniem.

Po kilku dniach w szpitalu Mira umarła. W upokarzających męczarniach. A wszystko to przez Tadeusza Czajkowskiego. Doktor Lenart przyznał to niechętnie podczas jednej z długich rozmów, które przeprowadził z Wandą. Sklepikarka widziała ból na jego twarzy, kiedy o tym mówił. Przecież Tadeusz był jego przyjacielem. Tym bardziej więc doceniała szczerość Lenarta i to, że nie zataił przed nią prawdy.

W dzień urodzin Glorii Wanda nie wytrzymała. Musiała się skonfrontować z zabójcą Miry. Nie poszło to najlepiej. Wanda wyszła na histeryczkę i kłamczuchę, a Lenart jej nie poparł. Może dlatego, że nie chciał mówić źle o przyjacielu, kiedy obserwowało ich pół wsi.

Sklepikarka westchnęła, chowając klucz do kieszeni. Dzisiaj z samego rana przyszedł do jej sklepu Tadeusz. Miał niewiele ponad czterdzieści lat, ale jego włosy pokryły się przedwczesną, białą jak mleko siwizną. To sprawiało, że wyglądał znacznie poważniej. Jak starzec. Wanda myślała, że Czajkowski chce przeprosić, ale grubo się myliła. W planach miał tylko kupno słodkich bułeczek na śniadanie z żoną. Sklepikarka nie kryła swojej niechęci, kiedy pakowała dla niego pieczywo. Nie czuła już jednak potrzeby, żeby krzyczeć. Wykrzyczała się w czwartek na urodzinach Glorii. Teraz została tylko cicha, nienasycona wciąż nienawiść. To, że Tadeusz śmiał przyjść tego ranka do sklepu jakby nigdy nic, było jak splunięcie jej prosto w twarz.

Wanda zdusiła przekleństwo. Nie była jeszcze do końca pewna, co właściwie zamierza. Z braku lepszych pomysłów ruszyła więc przez wieś w kierunku „Żebrówki". Na początek chciała chociaż popatrzeć na dom znienawidzonego mordercy. Pomyśleć, jak go ukarać.

Kiedy dotarła na miejsce, od razu zauważyła, że na podjeździe przed przechyloną w stronę lasu willą Czajkowskich stoi wartburg pana Wanke. Heinrich od miesiąca codziennie przyjeżdżał pod dom Tadeusza i stał, wpatrując się godzinami w zmurszałe deski. Dokładnie tak jak teraz. Wszyscy w Utopcach wiedzieli, że to doprowadzało Tadeusza do szaleństwa.

Wanda poczuła nagle wielką sympatię do Heinricha. Każdy wróg Tadeusza Czajkowskiego był przecież jej przyjacielem.

– Dlaczego tak bardzo zależy panu na tym domu? – zapytała, podchodząc do pana Wanke niespiesznie.

Heinrich uśmiechnął się do niej szeroko. Szyję jak zwykle przewiązał kolorowym szalikiem. Jego przydługie ciemne włosy tańczyły na wietrze. Pulchna chłopięca twarz zdawała się promienna, jakby Wanke był najserdeczniejszym człowiekiem na ziemi.

– Kiedyś mój ojciec mieszkał tu przez jakiś czas – wyjaśnił natychmiast. – Kochał to miejsce! Zawsze mi o nim opowiadał. O Utopcach i o tym siedlisku!

Wanda rozejrzała się dookoła.

– O czym tu mówić? – mruknęła.

– No, co też pani! – zaśmiał się Heinrich. – Tu jest cudownie!

Przez chwilę stali w ciszy.

– Doskonale mówi pan po polsku. Urodził się pan tutaj? – zapytała, żeby podtrzymać rozmowę. W oknie na piętrze zobaczyła sylwetkę Tadeusza. Miała nadzieję, że Czajkowski sinieje teraz ze złości. – Przyznam się, że w ogóle nie pamiętam pana ojca z czasów dzieciństwa.

Heinrich znowu się roześmiał.

– Za młoda pani!

Wanda uśmiechnęła się na to pochlebstwo.

– I naprawdę chce pan odkupić „Żebrówkę" tylko dlatego, że pana ojcu się podobała? – zapytała z niedowierzaniem, wracając do jego wcześniejszego wyznania. Wszyscy w Utopcach plotkowali o niesłychanej obsesji, jaką ten Niemiec wykazuje na punkcie willi Czajkowskich.

– Może pani wydaje się to zabawne, ale tak właśnie jest – zapewnił ją Heinrich. – Ojciec chciał tu produkować czekoladę. Czuł, że to idealne miejsce. Tu jest magia na tej polanie, droga pani. A musi pani wiedzieć, że nie da się robić dobrej czekolady bez szczypty czarów.

Wanda zaśmiała się niepewna, czy Heinrich przypadkiem nie stroi sobie z niej żartów.

– Kiedy to prawda! Proszę się nie śmiać – poprosił Heinrich nieoczekiwanie poważnie.

Wzruszyła ramionami. Nie chciała z tym dyskutować. Wiedziała, że na świecie jest wiele sił, których żaden człowiek nigdy nie zrozumie.

– Pani podobno też tworzy słodkości? – zapytał po chwili.

Tworzy słodkości. Dziwnie to zabrzmiało, ale przytaknęła.

– Trochę piekę – przyznała nagle nieco zawstydzona. – Mam sklep w głębi wsi.

Heinrich uśmiechnął się szeroko.

– Wiem, wiem. Gloria wspominała. Poza tym widziałem panią w czwartek na urodzinach. To pani przyniosła te wspaniałe ciasta.

Wanda poczuła, że pąsowieje. Żałowała teraz, że tak wybuchnęła na urodzinach Glorii. Ten Niemiec musi myśleć, że jest zupełnie szalona. Wariatka jakaś.

– Ja...

Heinrich położył jej rękę na ramieniu, jakby chciał ją uspokoić.

– Ciii... – powiedział tylko i objął ją czule.

Wanda nie znała w ogóle tego człowieka. Jednak w jego pulchnych ramionach poczuła się dobrze i bezpiecznie. Jakby ten serdeczny jegomość zabrał chociaż trochę bólu, który zgromadził się w jej piersiach po śmierci Miry.

Stali tak przez chwilę spleceni w uścisku. W końcu Heinrich ją puścił. Otworzył bagażnik i wygrzebał stamtąd małe pudełko.

– O tu! Proszę – powiedział z zadowoleniem. – Czekoladki własnej roboty. To tylko przedsmak tego, co będę produkował, kiedy otworzę tu mój zakład.

Skinął głową w stronę „Żebrówki", jakby drewniana willa już do niego należała.

– Proszę się nie krępować – ponaglił, kiedy zauważył wahanie Wandy.

Sklepikarka z ociąganiem otworzyła pudełko. Z miejsca poczuła ostry zapach kakao. Była przyzwyczajona do mdłych wyrobów czekoladopodobnych, które najłatwiej było zdobyć. Prawdziwa czekolada to był skarb.

Włożyła pralinę do ust. Czuła, jak słodycz rozpływa się najpierw po jej ustach, a potem po całym ciele. To było niesamowite! Jakby wszystkie troski nagle zniknęły. Smutek gdzieś tam się czaił, ale teraz tylko ćmiący, nie tak intensywny jak wcześniej.

– No i jak? – dopytywał się Heinrich. – Dobre?

Wanda pokiwała głową z entuzjazmem. Brakowało jej słów, żeby wyrazić to, co teraz czuje.

– Bardzo dobrze, bardzo dobrze – powiedział cichutko Heinrich, jakby nie musiała nic tłumaczyć.

Przez chwilę znowu nic nie mówili.

– Przyjeżdża pan tu codziennie – stwierdziła w końcu.

Twarz Heinricha spochmurniała, ale tylko na moment. Zaraz na powrót zdawała się rozświetlona jakąś wewnętrzną serdecznością.

– Tak. Wynająłem pokój w hotelu w Brodnicy – wyjaśnił, spoglądając na „Żebrówkę". – Mam nadzieję, że już niedługo będę musiał tam mieszkać. Oferuję Czajkowskiemu doskonałą cenę za ten dom. Tylko że on jest uparty, więc to wszystko zajmuje więcej czasu niż powinno.

– Tadeusz może tak pana zbywać przez całą wieczność – powiedziała Wanda w zamyśleniu. – Wie pan co? Mam propozycję.

ROZDZIAŁ 18

Sierżant sztabowa Emilia Strzałkowska zatrzasnęła drzwi furgonetki, zamykając w środku szczątki wampira. Odetchnęła kilka razy. Bardzo głęboko. Wyglądało na to, że jest już po wszystkim. Józef Drzewiecki przyszedł im w porę z pomocą.

Prokurator Leon Gawroński podszedł do niej i położył jej rękę na ramieniu. Wzdrygnęła się. Cały ten związek to była jedna wielka walka. Jej własna. Z jednej strony chciała być zauważona i doceniona jako kobieta. Z drugiej dręczyły ją moralne skrupuły związane z sekretem Leona. Gawroński nie powinien był tak się zachować. Jego tajemnica ciążyła Emilii i psuła radość z bliskości, którą starała się odczuwać.

– Wrócisz ze mną? – zapytał prokurator cicho. – Możemy gdzieś jeszcze wieczorem wyskoczyć, skoro załatwiliśmy tu już wszystko.

Zanim Strzałkowska zdążyła cokolwiek odpowiedzieć, zauważyła, że Daniel rozmawia z Drzewieckim. Obaj spojrzeli teraz w jej stronę. Podgórski zrobił przyzywający gest ręką.

– Chyba muszę tu jeszcze coś załatwić – powiedziała.

Leon uśmiechnął się i pocałował ją w czoło.

– To kiedy indziej, kochanie – zapewnił ją. – Zadzwonię wieczorem.

Skinęła tylko głową. Gawroński wsiadł do samochodu w towarzystwie inspektora sanitarnego Lesława Pawłowskiego. Emilia patrzyła, jak stary mercedes prokuratora toczy się powoli po bruku, a potem znika w ciemności pomiędzy drzewami.

Technicy i patolog kończyli ładować vana. Daniel podszedł do koleżanki i pochylił się ku niej, jakby zależało mu na dyskrecji. Widocznie sprawa dotyczyła ich nieformalnego śledztwa.

– Co się stało? – zapytała Strzałkowska cicho.

Podgórski rozejrzał się wokoło. W pobliżu nadal kręcili się podminowani mieszkańcy Utopców. Chociaż znaczna większość z nich już sobie poszła. Emilia nie była pewna, skąd się ich nagle tylu wzięło. Na zapomnianej polanie było przecież ledwo kilkanaście niewielkich domostw, a tłumy, które zgromadziły się podczas ekshumacji, zdawały się nieprzeliczone. A może kluczowym słowem było: „zdawały się"? Ciemność wszystko przecież wyolbrzymia. Utopce wszystko wyolbrzymiają.

– Drzewiecki chciałby z nami porozmawiać – szepnął Podgórski.

Skinął głową w stronę emerytowanego policjanta, który mówił coś do ludzi uspokajająco. Właściwie tylko dzięki niemu uniknęli większych kłopotów. Mieszkańcy wsi gotowi byli rozerwać ich na strzępy, byle tylko nie ruszali kości przeklętego wampira.

Emilia uśmiechnęła się pod nosem. „Wampir" był zapewne Bogu ducha winnym człowiekiem. Być może Gawrońskiemu uda się odkryć, do kogo należały te kości, i sprawa się wyjaśni. Chociaż Strzałkowska wątpiła, żeby to przekonało mieszkańców Utopców do zmiany opinii. W ich mniemaniu te kości zawsze będą należały do upiora. Bez względu na to, co wykaże analiza antropologa.

– Drzewiecki chce rozmawiać o naszej sprawie, tak? – upewniła się.

– Tak.

– A gdzie jest właściwie Klementyna?

– Nie wiem.

Emilia spojrzała na Daniela zaskoczona.

– Nie wiesz? – zapytała z niedowierzaniem.

Podgórski wzruszył ramionami.

– Chyba ją znasz – mruknął. – To nie pierwszy raz, kiedy znika bez śladu, nic nikomu nie mówiąc. Ostatni raz widziałem ją, jak rozmawiała z tą chórzystką. Jeszcze zanim pogasły światła i zrobiła się cała ta afera.

W głosie Daniela słychać było delikatną nutkę urazy. Chyba ubodło go, że komisarz Kopp nie wyjawiła mu swoich planów.

– Nie wierzę – westchnęła Emilia, chociaż właściwie to było typowe dla Klementyny. Zupełnie nie zwracać uwagi na innych.

Daniel znowu wzruszył ramionami. Tymczasem Drzewiecki zbliżył się do nich. Był co najmniej o pół głowy niższy od Emilii. Przy prawie dwumetrowym Danielu wyglądał jak karzeł.

– Chodźmy – powiedział rozkazującym tonem, jakby to on tu teraz dowodził. Nie pytał o Klementynę, jakby na rękę była mu jej nieobecność.

Ruszyli przez pogrążoną w ciemności wieś. Ktoś pozapalał na nowo część zniczy, więc od strony nekropolii biła czerwonawa łuna ogników. W powietrzu znów rozszedł się zapach steraryny. Drzewiecki prowadził ich pomiędzy drewnianymi domami. Oświetlał im drogę latarką. Mimo to Emilia potknęła się na brukowanej drodze o wystający zanadto kamień. Daniel podtrzymał ją szybko. Strzałkowska uśmiechnęła się z wdzięcznością, chociaż nie była pewna, czy Podgórski widział to w ciemności.

Minęli dom Drzewieckiego.

– Nie idziemy do pana? – zdziwił się Daniel.

Stary policjant pokręcił tylko głową zamiast odpowiedzi. Znowu oświetlił sobie twarz od dołu. Emilia nie była pewna, czy robi to specjalnie, czy zupełnie nie zdaje sobie sprawy, że wygląda przez to jak makabryczna zjawa.

– A dokąd w takim razie idziemy? – zapytała Strzałkowska.

Właściwie było jej wszystko jedno. Cieszyła się, że nie wyląduje w klaustrofobicznym drewnianym saloniku Drzewieckiego. Jak pierwszej nocy. Od zawsze przeszkadzały jej zbyt ciasne przestrzenie.

– Pójdziemy do Lenarta – wyjaśnił Drzewiecki. – On i Tadeusz byli przyjaciółmi. Lenart jutro z samego rana wyjeżdża do Warszawy, więc w najbliższym czasie nie będzie za bardzo okazji do rozmowy. Dlatego właśnie uznałem, że trzeba to zrobić teraz.

Emilia przypomniała sobie, że Klementyna wspominała coś o Lenarcie Wrońskim, kiedy referowała im przebieg przesłuchania Glorii Czajkowskiej. Matka komendanta również mówiła, że Wroński był bliskim przyjacielem jej męża. Zasugerowała nawet, że to Lenart może znać wrogów Tadeusza lepiej niż ona sama.

Drzewiecki skręcił na podjazd jednego z domów. Emilia i Daniel ruszyli za nim. Z tego, co Strzałkowska mogła zorientować się w ciemnościach, budynek pomalowany był ciemnoczerwoną farbą. Ramy okien pozostały zaś białe. Całość wyglądała jak ze skandynawskiej pocztówki i miała wielki urok. Obejście dookoła domu aż lśniło. To przypomniało Emilii o własnym ogródku i niezagrabionych nadal złotych brzozowych liściach. Trzeba będzie w końcu znaleźć czas na jesienne porządki.

Zapukali do drzwi. Uchyliły się szybko.

– Dobry wieczór – powiedział uprzejmie ubrany w śnieżnobiałą koszulę mężczyzna.

Emilia nie pamiętała, żeby widziała go w tłumie podczas ekshumacji. Trudno byłoby go przeoczyć, więc prawdopodobnie go tam nie było. Lenart Wroński nosił małe okrągłe okulary i kozią bródkę. Przypominał policjantce Bolesława Prusa. Przepytywała ostatnio Łukasza do klasówki z polskiego i podobizna tego pisarza utkwiła jej w pamięci. A może to był Reymont, przyszło jej nagle do głowy. Nie była już wcale pewna. W każdym razie Wroński wyglądał jak przeniesiony prosto z początków ubiegłego wieku.

Weszli do środka.

– Zapraszam do salonu – powiedział gospodarz i poprowadził ich przez dom.

Emilia modliła się w duchu, żeby nie trafili do kolejnego przeładowanego starymi, zbyt wielkimi meblami małego pokoiku. Salon okazał się jednak przestronny i pięknie urządzony. Jedna ze ścian była całkowicie przeszklona. Wielkie drzwi prowadziły na sporą werandę oświetloną teraz niewielkimi lampionami.

Rozejrzała się z uznaniem po pokoju. Na ścianach wisiały czarno-białe zdjęcia w prostych ramkach.

– Piękne fotografie – pochwaliła.

Naprawdę tak uważała. Nie mogła się powstrzymać, żeby nie podejść i nie obejrzeć kilku z bliska. Były naprawdę niezwykłe. Każda zdawała się opowiadać jakąś historię, mimo że przecież pokazywały tylko zastygły na kliszy moment.

Lenart Wroński wyraźnie się rozpromienił, słysząc komplement.

– To takie moje małe hobby – powiedział z uśmiechem. – Zaczęło się jeszcze w latach osiemdziesiątych i trwa do dzisiaj. Wolałbym się nie chwalić, no, ale chyba powiem, że udało mi się nawet zdobyć kilka nagród w amatorskich konkursach fotograficznych.

Emilia ruszyła wzdłuż ściany, nadal oglądając zdjęcia. Większość z nich przedstawiała przyrodę. Było też kilka portretów. Nie mogła oprzeć się wrażeniu, że ogląda małe dzieła sztuki. Nie znała się na fotografii, ale w tych zdjęciach była jakaś magia.

– Usiądźmy – zaproponował tymczasem Józef Drzewiecki, jakby to do niego należał ten dom.

– Tak, oczywiście. Zapraszam – zreflektował się gospodarz. – Tu będzie nam wygodnie.

Emilia i Daniel zajęli miejsca na głębokiej kanapie naprzeciwko kominka. Od wesoło tańczącego płomienia dochodziło tu przyjemne ciepło. Po raz pierwszy podczas wizyty w Utopcach Emilia pozbyła się wrażenia niepokoju. W tym domu było zwyczajnie miło i przytulnie. Można było na moment zapomnieć o wampirach i tym, że przed chwilą prawie zostali stratowani przez rozwścieczoną ciżbę.

– Dziękujemy za pomoc – powiedziała do Drzewieckiego.

Czuła, że są mu winni chociaż słowo wdzięczności. Może i stary policjant nie poradził sobie ze śledztwem w osiemdziesiątym czwartym roku, ale teraz wyprowadził ich z kłopotów. Drzewiecki zbył ją szybkim ruchem ręki, jakby nie zależało mu na podziękowaniach. Emilia widziała jednak, że na lisiej twarzy staruszka wymalowało się skrywane skrzętnie zadowolenie.

– Weźmy się do pracy – oznajmił Drzewiecki. – Pytajcie Lenarta, o co chcecie. Ja nie będę się wtrącał. To wasza sprawa. Wasze śledztwo. Ja chcę tylko pomóc. A może naprawić to, czego nie udało mi się dokończyć trzydzieści lat temu.

– Był pan przyjacielem Tadeusza Czajkowskiego... – zaczął Daniel, odwracając się do Lenarta.

Zdanie zawisło w powietrzu.

– Tak – podchwycił natychmiast Wroński. – Myślę, że nie będzie w tym przesady, jeżeli powiem, że ja i Tadeusz byliśmy jak bracia. Obaj rocznik czterdziesty drugi. Nie tylko to! Obaj urodziliśmy się dokładnie tego samego dnia. Zawsze żartowaliśmy, że to czyni nas niemal bliźniakami. W tak małej miejscowości jak nasze Utopce coś takiego nie zdarza się często! W dzieciństwie byliśmy właściwie nierozłączni.

Lenart przerwał na chwilę, jakby chciał trochę ochłonąć. Do oczu napłynęły mu łzy. Emilia widziała je wyraźnie w świetle ognia płonącego w kominku.

– Potem poszliśmy razem na studia medyczne – Wroński podjął przerwany wątek. – Już pod koniec studiów zaczęliśmy prowadzić wspólne badania.

– Nad czym? – zainteresowała się Emilia.

Lenart uśmiechnął się do niej miło i poprawił okrągłe okularki.

– Może nie będę wdawał się w medyczne szczegóły – zaproponował. – Głównie chodziło o tetraetyloołów. Czteroetylek ołowiu jest niezwykle toksyczny dla ludzi. Teraz już to wiadomo, ale wtedy nie było to wcale takie oczywiste. Na początku patrzono na nas jak na wariatów.

Lenart roześmiał się z nostalgią.

– Co to za substancja?

– Nie będę wchodził w szczegóły – powtórzył Wroński. – Powiem tylko w skrócie, że tetraetyloołów był masowo stosowany jako środek przeciwstukowy do benzyn. Jak już wspomniałem, wtedy jeszcze nie mówiło się o tym, jak bardzo szkodliwy może być dla człowieka. A musicie wiedzieć, że właściwie wystarczy zaledwie kilka mililitrów, żeby kogoś zabić. Czteroetylek ołowiu jest o tyle zdradziecki, że może wniknąć do wnętrza organizmu nawet przez skórę. Zatruć można się także, wdychając jego opary. Sami państwo widzą, że trzeba obchodzić się z nim ostrożnie. Teraz już to wiadomo! Powiem może nieskromnie, że wielka w tym nasza zasługa. Moja i Tadeusza. Dzięki nam środek ten ostatecznie został wycofany z masowego użycia. W większości krajów na świecie nie dodaje się go już do benzyny. Niestety nadal stosowany jest w paliwach lotniczych. No, ale nie będę się nad tym rozwodził. To państwa przecież nie interesuje.

Lenart spojrzał na nich z pewną dozą nadziei, że zaprzeczą. Ani Emilia, ani Daniel nie uznali jednak za stosowne prosić o dłuższy wykład w sprawie tetraetyloołowiu. Trująca substancja nie była przecież związana z ich śledztwem.

– Czyli prowadzili panowie razem badania? – zapytała Strzałkowska, żeby naprowadzić Lenarta na właściwe tory. Niemal brakowało jej obcesowej Klementyny, która każdą niechcianą dygresję umiała uciąć w najbardziej nawet mikroskopijnym zalążku.

Wroński pokiwał głową.

– Tak. Przez jakiś czas w latach sześćdziesiątych Tadeusz prowadził badania sam, bo ja musiałem objąć stanowisko tutejszego lekarza – wyjaśnił. – No ale właśnie tuż przed śmiercią mojego przyjaciela zaczęliśmy na nowo prowadzić rozmowy o podjęciu dalszej współpracy. Tadeusz bardzo mnie prosił, żebym wrócił do laboratorium. Badania świetnie się rozwijały, ale mój przyjaciel mówił, że beze mnie to nie jest to samo. Uzupełnialiśmy się, a Tadeusz był niezwykle lojalny wobec mnie. To straszne, że nie żyje.

Lenart oddychał przez chwilę szybko.

– Przepraszam – mruknął i podszedł do barku stojącego w rogu pokoju. Nalał sobie trochę whisky do szklaneczki. – Państwo mają ochotę?

Emilia i Daniel pokręcili głowami.

– Na pewno? Kupiłem podczas wyjazdu do Szkocji. Kosztowała mały majątek. Co ciekawe, to wcale nie jest szkocka whisky, tylko amerykańska.

Gospodarz pokazał im butelkę William Larue Weller.

– Jesteśmy na służbie – zapewnił Daniel, chociaż nie była to przecież do końca prawda.

– A ja się napiję – odparł nieoczekiwanie Drzewiecki. – W końcu lata służby już dawno za mną. Niech młodzi przestrzegają reguł.

Lenart nalał mu alkoholu na dwa palce. Bursztynowy płyn mienił się w blasku ognia płonącego w kominku.

– No więc ja i Tadeusz chcieliśmy na nowo prowadzić razem badania – podjął Wroński. – No, ale... Potem stało się t o.

To. Maleńkie, niewinne słówko zabrzmiało złowieszczo. Lenart nie musiał tłumaczyć, że chodzi mu o niewyjaśnioną dotąd śmierć Czajkowskich.

– Teraz kontynuuje pan badania Tadeusza Czajkowskiego? – zapytał Daniel po chwili milczenia.

Lenart skinął powoli głową i odstawił butelkę whisky do barku.

– Tak. Po śmierci Tadeusza jego współpracownicy ponowili prośbę mojego przyjaciela, żebym wrócił na dawne stanowisko. Zgodziłem się. Wiedziałem, że Tadeusz by tego chciał. Całkowicie poświęcał się rozwojowi nauki. Czasem niestety także kosztem życia rodzinnego... Tak. Był wspaniałym naukowcem – zakończył. – A ja staram się mu dorównać.

– Czy Tadeusz miał jakichś wrogów? – sondowała Emilia. Już chciała dodać: „oprócz wampira", ale się powstrzymała.

W tym przytulnym, pięknie ozdobionym zdjęciami salonie słowo „wampir" było zupełnie nie na miejscu.

Wroński i Drzewiecki wymienili spojrzenia. W końcu Lenart westchnął przeciągle.

– Mówię to tylko dlatego, że państwo już i tak o tym słyszeli od Józefa… To trudny temat, bo mój przyjaciel popełnił tragiczny w skutkach błąd w sztuce lekarskiej. Może nie błąd… może raczej niedopatrzenie. Jak to nazwiemy, jest nieistotne. Muszę też podkreślić, że coś takiego zdarzyło się ten jeden jedyny raz.

– Mówi pan o siostrze Wandy? Tej pustelniczce? – upewnił się Daniel. – Mógłby pan dokładniej wytłumaczyć nam całą sprawę? Pan Drzewiecki tylko o niej wspomniał.

Lenart pokiwał głową.

– Powiem w kilku słowach – obiecał niechętnie. – Wanda, wtedy Frąckowiak, teraz Wanke, miała siostrę, Mirę. Mira żyła jak pustelniczka w chacie nad brzegiem jeziora Ciche. Nie chciała mieć do czynienia z ludźmi. Wtedy myślałem, że to jej wybór. Obecnie stawiałbym diagnozę lekkiej choroby psychicznej. Może to była agorafobia, może coś innego. Nie jestem psychiatrą. Nie interweniowałem, bo Mira radziła sobie bez problemu. Była właściwie samowystarczalna. Obok tej swojej chaty uprawiała warzywa. Wanda donosiła jej inne potrzebne produkty.

– Przecież mówił pan, że Mira nie miała kontaktu z nikim? Że była pustelniczką.

– To prawda. Z tego, co wiem, komunikacja między Mirą a Wandą odbywała się za pomocą liścików, które zostawiały sobie w dziupli drzewa.

232

– Tam w lesie na drodze do pustelni rośnie wielki buk – wtrącił się Drzewiecki. – Mówimy o nich trojaczki, Syn Leszego przy drodze do wsi, Brat Leszego przy cmentarzu i Żona Leszego na drodze do pustelni. To bardzo rzadka odmiana. W Polsce takie buki właściwie nie występują. Nie wiadomo, skąd się wzięły u nas.

Emilia przypomniała sobie olbrzymie powykręcane drzewo, które strzegło drogi do Utopców, i drugie podobne przy ścianie cmentarza. Wzdrygnęła się wbrew sobie. Te wielkie buki miały w sobie coś niepokojącego.

– No, ale wracając do sprawy – podjął Lenart. – W pewnym momencie Mira zaczęła mieć dziwne objawy. Napisała o tym w liściku do Wandy, która z kolei bardzo się sprawą zaniepokoiła. Złe samopoczucie, które dręczyło Mirę od jakiegoś czasu, przerodziło się w drgawki, niedowłady i częściowy paraliż. Do tego pojawił się wodowstręt. Każdy by się przestraszył. Od razu po przeczytaniu wiadomości Wanda uznała, że trzeba sprowadzić lekarza, nie bacząc na zdanie siostry, która nie chciała mieć wokół siebie ludzi. Wanda przyszła z tym najpierw do mnie do domu. Ja jednak byłem w Zbicznie. Tam miałem wówczas małą przychodnię i przyjmowałem pacjentów. W tej sytuacji Wanda poszła od razu do Tadeusza. No i on odmówił jej pomocy. Nie udzielił pomocy lekarskiej jej siostrze pustelniczce. Potraktował Wandę jak natrętną wieśniaczkę. Trudno mi uwierzyć, że tak było, ale fakty mówią same za siebie. Kiedy ja wróciłem i rozpoznałem wściekliznę… było już za późno. Nie dało się nic zrobić.

– Wściekliznę? – wyrwało się Emilii. – Ludzie też na nią chorują?

Lenart uśmiechnął się smutno.

– Jak najbardziej. W naszym rejonie świata to oczywiście niezwykle rzadkie. W ostatnich latach, o ile dobrze pamiętam statystyki, były tylko trzy takie przypadki w Polsce – uspokoił policjantkę Wroński. – Wracając jednak do Miry... prawdopodobnie zgubiła ją miłość do nietoperzy.

– Nietoperzy? – powtórzyła za lekarzem Emilia. Serce zabiło jej szybciej. Od nietoperzy blisko przecież do wampirów.

– Tak. Obok pustelni nad jeziorem gniazdują borowce wielkie – wyjaśnił Lenart. – To jedne z największych nietoperzy, jakie w ogóle występują w naszym kraju. Kilka razy próbowałem zrobić im zdjęcie. Nie były z tego zadowolone. Mówiło się też, że Mira oswoiła kilka mniejszych nietoperzy, naszych zwykłych gacków.

– Nietoperze naprawdę są niebezpieczne? – zapytał powoli Daniel. Chyba pomyślał to samo co wcześniej Strzałkowska.

– Jeżeli są nosicielami wścieklizny, to niestety jak najbardziej – powiedział Lenart Wroński. – Któryś z nietoperzy musiał ugryźć pustelniczkę. Prawdopodobnie Mira nawet o tym zapomniała, bo objawy choroby nie występują od razu. Wścieklizna ma stosunkowo długi okres inkubacji. No więc skoro pytają państwo o wrogów Tadeusza, powiem tylko, że Wanda bardzo przeżyła śmierć siostry. Były bliźniaczkami. To pewnie jeszcze potęgowało stratę. Ja sam dopiero po śmierci Tadeusza zrozumiałem, co Wanda musiała czuć. Jakby wyrwano część mnie. A przecież ja i mój przyjaciel nawet nie byliśmy prawdziwymi braćmi z jednej krwi.

Głos Lenarta załamał się na chwilę. Emilia wstała i położyła mu rękę na ramieniu. Wroński wzbudzał w niej sympatię. Chyba jako jedyny z mieszkańców Utopców. Chciała dodać mu otuchy.

– Właściwie Wanda to jedyna osoba, która przychodzi mi do głowy – powiedział Lenart po chwili. – Oczywiście jest jeszcze Heinrich. On i Wanda wzięli ślub. Niedługo po śmierci Tadeusza i Wojtka.

Lenart znowu podszedł do barku i nalał sobie whisky. Tym razem ich nie poczęstował.

– No, ale co ja mówię! – wykrzyknął niemal, połykając ostatnie krople alkoholu. – Wanda i Heinrich? Ta dwójka to wspaniali ludzie. Nie wierzę, żeby któreś z nich zabiło Czajkowskich. Wiem, że to niedorzeczne, ale ja naprawdę wierzę, że mógł to zrobić wampir, bo w naszej wsi nie ma nikogo zdolnego do morderstwa.

– Przychodzi panu do głowy coś jeszcze? – zapytała Strzałkowska. Nie odniosła się do ostatnich słów lekarza.

Lenart Wroński pokręcił tylko głową.

ROZDZIAŁ 19

Utopce. Sobota, 25 sierpnia 1984. Godzina 13.00.
Tadeusz Czajkowski

Tadeusz Czajkowski zniósł walizkę Glorii po schodach.
Była wypakowana po brzegi. Ciężka. Nie spodziewał się
niczego innego, ale teraz bolało go ramię. Chyba powoli
zaczynało i jego dopadać. Miał czterdzieści dwa lata, ale
czuł się na co najmniej dziesięć więcej. Zdrada najbliższego przyjaciela okropnie mu ciążyła. Ich braterstwo to
była iluzja.

Tadeusz spojrzał na Wojtka. Starszy syn znosił drugą
walizkę Glorii po drewnianych schodach ganku. Dopiero
teraz Tadeusz zauważył, jak bardzo syn wydoroślał w ostatnim czasie. Jakby budowa altany sprawiła, że przemienił się
z chłopaka w mężczyznę. Jakby wreszcie znalazł w życiu cel.

Tadeusz odetchnął. Dobrze zrobił, załatwiając kwestię studiów. Kosztem Drzewieckich, to prawda. Ale cóż
zrobić, cel uświęca przecież środki, a własna rodzina
jest najważniejsza. Od kiedy Wojtek dowiedział się, że
jednak jest na liście studentów, nareszcie przestał ciągle
mówić o tym, że zostanie artystą. Tadeusz nie miał nic

przeciwko wolnemu zawodowi. Widział jednak, że syn niezbyt się do tego nadaje. Bał się, że świat Glorii zniszczy jego delikatnego syna. Tam nie było miejsca na słabość. Porządne studia były zdecydowanie bezpieczniejsze dla takiego wrażliwca.

– Wnieście mi to do auta – poprosiła tymczasem Gloria.

Żona mówiła teraz całkiem miło. Może zrozumiała kilka spraw, a może po prostu zdążyła zapomnieć o upokorzeniach z czwartku, o Wandzie, Czesławie, wampirze i wszystkich tych sprawach.

– Ale się cieszę na ten wyjazd! – zaszczebiotała. – Nareszcie odpocznę za wszystkie czasy!

Tadeusz zaczął pakować walizkę do bagażnika samochodu. Dzięki swojej pozycji już jakiś czas temu zdobył specjalnie dla Glorii dziesięcioletnią warszawę. Wiedział, że żona miała sentyment do tych aut. Może dlatego, że były tak popularne za czasów jej własnej świetności. Wiele się naszukał, żeby znaleźć odpowiedni egzemplarz. Limuzyna była odnowiona i pięknie się prezentowała. Zupełnie jak nowa.

Samochód aż zaskrzypiał, kiedy Tadeusz dołożył jeszcze walizkę, którą przyniósł Wojtek.

– Zabrałaś chyba całą szafę – zaśmiał się.

Gloria też się uśmiechnęła. Znowu całkiem miło. Tadeusz poczuł nagle, że może jeszcze wszystko się ułoży. Może żona nareszcie zaakceptowała życie tutaj. Spojrzał z czułością na pochylony w stronę lasu dom. Starał się przy tym nie zwracać uwagi na zaparkowanego kawałek dalej białego wartburga.

Gloria spojrzała w tamtą stronę z kolejnym uśmiechem.

– Heinrich! – zawołała i pomachała Niemcowi, wcale nie krępując się obecnością męża.

Tadeusz poczuł złość, która rozwiała wcześniejsze nadzieje. Czemu żona mu to robiła? Właśnie teraz, kiedy mieli się pożegnać? Nie będą się widzieć cały miesiąc. Czy nie mogła się powstrzymać przed tą ostatnią uszczypliwością? Jeszcze pół minuty temu była przecież miła i słodka, jak te bułeczki, które kupował dla niej u Wandy.

Heinrich ukłonił się Glorii z daleka i zaraz przeniósł wzrok na Tadeusza. Czajkowski szybko się odwrócił. Nie miał ochoty dyskutować z tym typem. Wiedział, że Wanke krył się za maską serdeczności, a tak naprawdę zdolny był do wszystkiego.

Ta konstatacja sprawiła, że Tadeuszowi znowu stanął przed oczami Lenart. Jak mógł tak bardzo się pomylić co do przyjaciela! Jak mógł nie zauważyć, że Lenart z najbliższego towarzysza przemienił się w najgorszego wroga!

– No dobrze. To jadę – oznajmiła Gloria, odwracając się do Tadeusza i Wojtka. – Cześć, Wojtusiu.

Żona ścisnęła starszego syna z dziwną czułością. Nigdy tak go nie traktowała. Tadeusz nie mógł się oprzeć wrażeniu, że coś tu jest nie tak. Zerknął w stronę Wojtka. Syn zdawał się tym nadmiarem uczuć równie zaskoczony, ale wczepił się w ramiona matki jak wygłodniały pisklak.

Tadeusz poczuł ukłucie żalu. Najwyraźniej, mimo pozorów siły i niezależności, Wojtek spragniony był matczynej miłości. Jako dziecko przecież właściwie jej nie zaznał. Od niego też nie dostał wiele. Tadeusz postanowił sobie, że to się od teraz zmieni. Jeszcze zanim Wojtek rozpocznie studia, zrobią coś razem. Tylko we dwóch.

Jak ojciec z synem. Co więcej, teraz był na to doskonały czas, kiedy Olaf pojechał na obóz, a Gloria wyrusza na wakacje.

– Cześć, kochanie – powiedziała tymczasem żona, składając dość zdawkowy pocałunek na jego policzku.

Owinęła szyję szalem, który Tadeusz kupił jej kiedyś na imieniny, i założyła wielkie ciemne okulary. Znowu wyglądała jak gwiazda filmowa, którą poznał dwadzieścia lat temu. To była miłość od pierwszego wejrzenia. Przynajmniej dla niego. Potem szybka ciąża, z której Gloria chciała początkowo zrezygnować, ale namówił ją, by urodziła. Już wtedy powinien był się zorientować, że nie wolno podcinać jej skrzydeł, ale był egoistą. Tadeusz był egoistą i teraz docierało to do niego w pełni. To wszystko jego wina.

Stanęli z Wojtkiem ramię w ramię, patrząc, jak Gloria odjeżdża. Spod kół warszawy wylatywały drobne kamyki i kurz, kiedy auto wjeżdżało pomiędzy gęste drzewa.

– Czy dzisiaj nie ma ostatniego występu tego cyrku, który przyjechał do Zbiczna? – zagadnął Tadeusz, kiedy warszawa zniknęła im już z oczu. Chciał jak najszybciej wprowadzić w życie swój plan zbliżenia się do syna. – Może pójdziemy? Wszyscy w Utopcach już to chyba widzieli. Co na to powiesz?

Wojtek spojrzał na niego zaskoczony tą nieoczekiwaną propozycją.

– Byłoby miło, ale planowałem zajrzeć do podręczników – wyjaśnił z przepraszającym uśmiechem. – Cały czas mam wrażenie, że niezbyt wiele umiem. Pewnie reszta studentów będzie o wiele lepiej przygotowana. Wciąż nie mogę wyjść ze zdumienia, że ja się w ogóle dostałem na to prawo.

Tadeusz poklepał go po ramieniu. Nie zamierzał nigdy zdradzić synowi, że użył swoich wpływów i pomógł mu w tym sukcesie. Niech się cieszy.

– Jestem z ciebie bardzo dumny – powiedział z nagłym rozrzewnieniem.

To była prawda. Wojtek ostatnio dużo czasu spędzał nad książkami. Przypominał Tadeuszowi jego samego sprzed wielu lat. Co za ulga, że mrzonki o karierze artystycznej wreszcie odeszły w zapomnienie, odetchnął w duchu raz jeszcze.

Zanim syn zdążył odpowiedzieć, z lasu wyłonił się Maciej. Listonosz pomachał do nich. Prawdopodobnie niósł więc jakieś listy. Szybko przeszedł przez kamienny mostek nad strumieniem.

– Dzień dobry, panie doktorze – przywitał się. – Cześć, Wojtek.

W głosie listonosza czaił się smutek. Tak było od czasu, kiedy umarł jego kilkumiesięczny synek. W Utopcach na ten temat się nie mówiło, żeby uszanować cierpienie młodych rodziców. Maciej i Arleta radzili sobie zadziwiająco dobrze. Tylko spojrzenie wielkich smutnych oczu i drżący głos zdradzały prawdziwe cierpienie listonosza.

Maciej podał Tadeuszowi list. Dotknął palcami czoła w geście pożegnania i poszedł dalej.

– Chodźmy do domu – powiedział nerwowo Wojtek.

Tadeusz spojrzał na syna pytająco, ale chłopak zdążył się już odwrócić. Zmierzał w kierunku domu. Tadeusz właśnie chciał za nim ruszyć, kiedy usłyszał kroki za plecami.

– Nie tak szybko!

Nie musiał się nawet odwracać. Doskonale wiedział, że to Heinrich.

– Podwajam stawkę – rzucił Niemiec.

Dopiero teraz Tadeusz odwrócił się i spojrzał na Heinricha ostro.

– Powtórzę po raz ostatni – powiedział bardzo powoli i wyraźnie, żeby podkreślić wagę swoich słów. – Nigdy nie sprzedam ci tego domu. Chociażbyś oferował mi całe złoto tego świata i jeszcze więcej. „Żebrówka" jest moja. To się nie zmieni.

Tadeusz kupił drewnianą willę od rodziny Żebrowskich za swoje pierwsze zarobione na badaniach pieniądze. To miało dla niego olbrzymie znaczenie. Własny dom, który kupił za własną pracę. „Żebrówka" była częścią spełnionego marzenia. W swoim czasie Tadeusz przekaże dom Olafowi i Wojtkowi. Nikomu innemu.

– Podwójna stawka to moja ostatnia propozycja.

Mimo uśmiechu, który malował się na twarzy Heinricha, Tadeusz doskonale wiedział, że te słowa to groźba. Nie miał pojęcia, co Niemiec planuje, ale na pewno nie było to nic dobrego. Z drugiej strony co Wanke mógł zrobić? Chyba tylko przychodzić tu codziennie i patrzeć w okno. Tadeusz zdążył się już do tego niemal przyzwyczaić. Co w tym groźnego? W końcu uparciuch się znudzi i odjedzie z powrotem do Monachium.

– Możesz sobie tu sterczeć, jak długo chcesz – powiedział jeszcze na wszelki wypadek. – Ten dom jest mój.

Wszedł po trzeszczących drewnianych stopniach na ganek.

– Jeszcze tego pożałujesz! – zawołał za nim Heinrich.

Tadeusz nawet się nie odwrócił.

Zapis przesłuchania świadka
sierż. szt. Emilii Strzałkowskiej

Miejsce przesłuchania: Komenda Powiatowa Policji w Brodnicy
Termin przesłuchania: 10 listopada 2014
Przesłuchanie prowadzą: insp. Judyta Komorowska i podinsp. Wiesław Król

Wiesław Król: Jak pani uważa, czy pojawienie się inspektora Drzewieckiego podczas zamieszania związanego z ekshumacją było przypadkowe?

Emilia Strzałkowska: Nie do końca rozumiem pytanie.

Judyta Komorowska: Czy świadek podejrzewała wówczas, że inspektor Drzewiecki może być jakoś zamieszany w całą tę sprawę?

(świadek zastanawia się przez chwilę)

Emilia Strzałkowska: Chyba wszyscy widzieliśmy od samego początku, że postępowanie z roku osiemdziesiątego czwartego było... nieudane.

Wiesław Król: Nieudane?

Emilia Strzałkowska: Widać było na pierwszy rzut oka, że Drzewiecki się nie wykazał.

Wiesław Król: Czy to was niepokoiło?

Emilia Strzałkowska: Czy to nas niepokoiło? Bo ja wiem...

Wiesław Król: Porozmawiajmy chwilę o Macieju Jagodzińskim, dobrze?

Emilia Strzałkowska: Nie ma problemu.

Judyta Komorowska: Przesłuchiwaliście państwa Jagodzińskich w obecności komisarz Kopp, prawda?

Emilia Strzałkowska: Tak.

Judyta Komorowska: No i jak ona się wtedy zachowywała? Nadal bez zmian?

(świadek zwleka z odpowiedzią)

Judyta Komorowska: No więc jak to było?

Emilia Strzałkowska: Chyba wtedy po raz pierwszy zauważyliśmy, że coś jest... nie w porządku.

Judyta Komorowska: To było trzydziestego pierwszego października, tak?

Emilia Strzałkowska: Tak. Dzień przed Świętem Zmarłych.

Wiesław Król: Powiedziała pani, że coś było nie w porządku, pani sierżant. Może pani sprecyzować?

(świadek zwleka z odpowiedzią)

Judyta Komorowska: Czy komisarz Kopp była agresywna?

Emilia Strzałkowska: Powiedziałabym, że wręcz przeciwnie. Była apatyczna.

Wiesław Król: A potem nie zjawiła się na przesłuchaniu kluczowego świadka, prawda?

(świadek zwleka z odpowiedzią)

Emilia Strzałkowska: Tak. Trzeba jednak pamiętać, że komisarz Kopp nie miała obowiązku zajmować się tym wszystkim. Pan komendant Czajkowski... to nie było oficjalne śledztwo.

Judyta Komorowska: Tak, oczywiście, ale tym zajmiemy się potem. Niech świadek się o to nie martwi.

ROZDZIAŁ 20

Utopce. Piątek, 31 października 2014. Rano

Komisarz Klementyna Kopp przyglądała się siedzącej przed nią kobiecie. Arleta Jagodzińska usadowiła się na wzorzystej kanapie przytulona do męża. Ściskała jego rękę i uśmiechała się do niego co jakiś czas, jakby szukała aprobaty. Miała mocno kręcone włosy i fizys osoby, która w młodości była na pewno miejscową ślicznotką. Teraz jednak, kiedy Arleta weszła w wiek średni, jej twarz zdradzała już pierwsze objawy dojrzałości. Chociażby lekko opadające policzki i zmarszczki mimiczne wokół ust i oczu. Nadal jednak można było uznać ją za atrakcyjną.

– Dziękujemy, że zgodzili się państwo porozmawiać z nami już dzisiaj – zaczął Daniel Podgórski.

Tego ranka przesłuchanie poprowadzić mieli we trójkę. To była decyzja Klementyny. Gdzieś w głębi ducha czuła, że sama sobie nie poradzi i akurat dzisiaj Daniel i Emilia są jej niezbędni. Po wczorajszym wieczorze komisarz Kopp nadal nie mogła dojść do siebie. Pamiętała wszystko w najdrobniejszych szczegółach. Jak zmienił się nagle głos

Czesławy Tokarskiej. Jak ta dziwna chórzystka przemówiła niespodziewanie tak dobrze znajomym tonem. Teresa…

Klementyna wzdrygnęła się natychmiast. Nie była pewna, czy tego ranka jest już gotowa o tym myśleć. Światło dnia sprawiało, że to wszystko było nierealne. A przecież tak pragnęła zatopić się w szaleństwie. Teresa. Teresa tuż obok niej. Teresa przemawiająca ustami Czesławy. Wystarczyło przejść na drugą stronę lustra pod przewodnictwem chórzystki.

– Nie ma problemu. Chętnie pomożemy – zapewnił Maciej Jagodziński. – Tylko prosimy, żeby zrobić to sprawnie. Troszeczkę się z żoną spieszymy. Ja muszę być na poczcie. Listy same się przecież nie rozniosą. No a żona powinna być w klinice na czas.

– Gdzie pani pracuje? – zagadnęła miło Emilia. Mysia policjantka chciała chyba zgrywać dobrego glinę. Klementynie było wszystko jedno.

Tymczasem Arleta znowu uśmiechnęła się do męża. Maciej odwzajemnił uśmiech i skinął głową przyzwalająco. Klementyna próbowała pozbyć się listonosza już na początku rozmowy. Dzisiaj nie wystarczyło jej jednak determinacji. Może dlatego, że jedyne, o czym mogła myśleć, to Teresa. Teresa, która przemawiała do niej ustami Czesławy. Teresa nareszcie z powrotem. Niewysłowiona ulga. Tęsknota wreszcie zaspokojona.

– Obecnie pracuję w klinice Magnolia – wyjaśniła Arleta. – To blisko Lipowa, więc pewnie państwo znają?

Daniel i Emilia skinęli głowami. Zrobili to dokładnie w tym samym momencie. Jakby byli idealnie zsynchronizowani. Klementyna odwróciła od nich wzrok. Wstała ze skrzypiącego krzesła i podeszła do okna. Wychodziło na ścianę lasu. Jesienne drzewa wpatrywały się w nią posępnie. Dzień był chmurny i ciemny. Zrobiło się za to znacznie cieplej niż wczoraj.

– Przedtem Arletka pracowała wiele lat w szpitalu w Brodnicy – dokończył zamiast żony Maciej. – To było po tym, jak doktor Lenart zamknął swoją praktykę w Zbicznie. Arletka jest świetną pielęgniarką. Jestem z niej bardzo dumny!

Jagodziński objął żonę mocniej.

– Nie przesadzaj, kochanie – zaśmiała się Arleta.

– Nasza Karolinka poszła w ślady żony – chwalił się dalej listonosz.

Klementyna zerknęła w jego stronę. Cały aż pokraśniał. Wyglądało, jakby zaraz miał pęknąć z dumy.

– Tylko że ona uczy się na lekarkę – dodał gwoli ścisłości. – To znaczy już robi staż. W Bydgoszczy. Karolinka była też w Anglii. W Londynie. Wielki świat. Daleko od naszych Utopców.

– Spoko. Ale! Możemy teraz porozmawiać z Arletą, co? – spróbowała raz jeszcze Klementyna. – Sami.

Listonosz zerknął na nią spod oka. Komisarz Kopp czuła, że jej głos jest nijaki. Jakby straciła właściwą sobie siłę. Wzruszyła ramionami. Cóż z tego. To się teraz nie liczyło. Tak naprawdę to chciała tylko znaleźć Czesławę. Chciała, żeby chórzystka jeszcze raz wykorzystała swoje talenty do połączenia jej z Teresą. Wczoraj to było za krótko. Za krótko!

– Ależ ja i moja żona nie mamy przed sobą żadnych tajemnic – stwierdził spokojnie Maciej. – Prawda, kochanie?

Arleta natychmiast pokiwała głową. Loczki zafalowały wokół jej twarzy. Daniel zerknął w stronę Klementyny pytająco. Policjantka wzruszyła ramionami. Było jej wszystko jedno. Dokładnie tak: wszystko jedno.

– To, o czym chcemy mówić, jest raczej delikatnej natury – poinformowała Emilia. Przypatrywała się przy tym Arlecie z naciskiem. – Nalegalibyśmy, żeby jednak porozmawiała pani z nami bez obecności męża.

Jagodzińska uśmiechnęła się tylko.

– Czy to jest oficjalne przesłuchanie? – zapytał Maciej. Jego miła, trochę kobieca twarz zastygła. Przyglądał się śledczym swoimi olbrzymimi oczami rodem z obrazów Margaret Keane. – Bo nie za bardzo rozumiem. Myślałem, że my tylko mamy porozmawiać. Tak to zrozumiałem, kiedy państwo zadzwonili z samego rana.

– To j e s t zwyczajna rozmowa – przyznał Daniel. Nie mieli żadnych kwitów do okazania. Musieli polegać na dobrej woli rozmówców. – Tyle że temat jest dość delikatnej natury. Tak jak powiedziała moja koleżanka. Myślę, że obojgu państwu byłoby łatwiej, gdyby została z nami tylko pani Arleta.

Podgórski przejmował prowadzenie tego przesłuchania. Klementyna pozwoliła mu na to. Dzięki temu mogła słuchać jednym uchem, a wypuszczać drugim. Była po drugiej stronie lustra. To wszystko jej nie dotyczyło. Tylko Teresa się liczyła. I Czesława, bo to chórzystka była pomostem między światem żywych i umarłych.

– Skoro to nie jest oficjalne przesłuchanie i mam wybór, to wolałbym jednak zostać tu, przy żonie – stwierdził Maciej. Uśmiechnął się przy tym słodko. – Oczywiście jeżeli

Arletka chce. Kochanie, jak byś wolała? Mam zostać czy pójść?

Arleta też się uśmiechnęła. Uścisnęła znowu rękę męża.

– Wolałabym, żebyś tu ze mną został – powiedziała.

Brzmiało to szczerze. Klementyna nie była jednak pewna, czy Arleta też nie znajduje się po drugiej stronie jakiegoś własnego lustra. Bliskość pomiędzy małżonkami była tak widoczna, że komisarz Kopp czuła się od niej aż cała lepka. Kochające się małżeństwo. Rodzice dumni z córki, która osiąga sukcesy. Jedyną rysą w tym idealnym wizerunku było to, co zauważył w osiemdziesiątym czwartym roku Kosma Żebrowski. To, co przywiodło ich do tego domu na dzisiejsze przesłuchanie. Tajemnicza schadzka Arlety z Wojtkiem. W dniu jego śmierci.

– Okej. No dobra – rzuciła Klementyna. Dość ostro. Ich sprawa, jak chcą to rozegrać. Ona miała już dosyć. Chciała to załatwić jak najszybciej i poszukać Czesławy. – Skoro tak chcecie, to siedźcie tu we dwójkę. W sobotę dwudziestego piątego sierpnia osiemdziesiątego czwartego roku spotkałaś się rano z Wojtkiem Czajkowskim. Świadek zeznał, że się całowaliście. Było tak, co?

Listonosz roześmiał się serdecznie, jakby zdrada żony zupełnie go nie dotknęła.

– Och, o tym chcą państwo rozmawiać – powiedział. – To stąd całe to krążenie. Proszę się nie martwić. O wszystkim wiem. Arletka sama mi powiedziała. Rzeczywiście moja żona chwilowo zbłądziła.

– Chwilowo, co?

– To było jedno czy dwa spotkania?

Listonosz spojrzał pytająco na żonę.

– Chyba trzy – uściśliła Arleta. – Na pewno nie więcej.

– No właśnie. Trzy spotkania. Wojtek był przystojnym młodzieńcem – kontynuował Maciej. – A ja i żona byliśmy wtedy w dość trudnej sytuacji. Każde z nas przeżywało ją w inny sposób. Nie winię Arletki w najmniejszym stopniu.

– W trudnej sytuacji? – podchwyciła Emilia Strzałkowska.

Jagodziński pokiwał powoli głową.

– Nasz synek zmarł rok wcześniej – wyjaśnił smutno. – Oboje bardzo to przeżywaliśmy. Nie winię Arletki, że chciała jakoś odreagować. Kilka pocałunków z Wojtkiem to doprawdy nic wielkiego. Żona o wszystkim powiedziała mi już wtedy. Długo rozmawialiśmy. Ja jej wybaczyłem. Jakiś czas później udało nam się znowu zajść w ciążę i na świat przyszła nasza Karolinka. Wszystko dobrze się skończyło. Pewnie byśmy puścili to zupełnie w niepamięć, gdyby nie ten wampir, który zaatakował Wojtka i Tadeusza. Ze zrozumiałych względów nie da się tego zapomnieć. Zwłaszcza po państwa wczorajszych wyczynach na cmentarzu. Teraz będzie o tym mowa przez długi czas.

– Czekaj. Stop. Czyli przyznajesz, że miałaś romans z Wojtkiem, co? – rzuciła Klementyna w stronę Arlety. Chciała usłyszeć to z jej ust. Macieja wolałaby wyciąć z tego obrazka.

Pielęgniarka przytaknęła z uśmiechem. Kolejna szydełkowa u r o c z a kobieta.

– Tak. Chociaż nie – poprawiła się szybko Jagodzińska. – Tego raczej romansem nie można nazwać. Już powiedziałam. Spotkaliśmy się najwyżej trzy razy. Trochę się całowaliśmy. I tyle. Nic więcej. Kochałam mojego męża, ale po śmierci naszego Mateuszka czułam, że muszę się oderwać. To był oczywiście błąd.

– Spoko. Ale! Potwierdzasz, że spotkaliście się w dniu śmierci Wojtka.

Arleta skinęła głową.

– Możliwe.

– Możliwe?

– Tak. Jestem prawie pewna. – Kobieta zastanawiała się przez dłuższą chwilę. – Tak. Na pewno to było tamtego dnia. Powiedziałam Wojtkowi, że nie możemy się już więcej spotykać. Tamtego dnia w pełni zrozumiałam swój błąd. Zerwałam z nim.

– Czekaj. Stop. Dlaczego akurat tamtego dnia, co?

Klementyna poczuła, że odzyskała na moment swój dawny głos. Postanowiła wykorzystać to, żeby czym prędzej zakończyć przesłuchanie i móc bez przeszkód pogrążyć się w dalszym szaleństwie. Teresa… Wystarczy pójść do Czesławy i znowu będą razem.

– Nie wiem. Przemyślałam sobie chyba kilka kwestii. I tyle.

– Tylko o tym rozmawialiście tamtego dnia, co?

– Tak – potwierdził Maciej Jagodziński, jakby sam przy tym był. – Nawet gdyby Wojtek nie umarł tamtej nocy, to i tak moja żona już nie miała zamiaru się z nim spotykać. Dokładnie tak było. To wszystko.

Arleta pokiwała głową z kolejnym szerokim uśmiechem. Klementyna znowu wyjrzała przez okno. Chciała wyobrazić sobie tę scenę.

– To było tu, co? – kiwnęła głową w kierunku lasu za domem.

– Co? – zapytała Arleta z roztargnieniem.

– Tam w lesie całowaliście się z Wojtkiem Czajkowskim? Czy gdzie indziej? Jak to było, co?

Arleta zerknęła na męża niezdecydowana. Maciej skinął głową.

– No tak. To było tam – potwierdziła.

– Jak zachowywał się Wojtek? – wtrącił się Daniel.

Jagodzińska znowu wydawała się niezdecydowana.

– Chyba normalnie – powiedziała w końcu.

– Czekaj. Stop. Co to znaczy normalnie, co? Skoro spotkaliście się tylko trzy razy, jak twierdzisz, to skąd wiedziałaś, co to jest normalnie, co?

Klementyna zdawała sobie sprawę, że nie rozegrała tego zbyt dobrze. Po krótkiej chwili jasności znów nie mogła się skupić. Nie była nawet pewna, czy jeszcze w ogóle chce.

– Pani chyba żartuje – zaśmiał się Maciej. Wyglądał teraz na autentycznie rozbawionego. – Chyba widzieliście, jakiej wielkości są Utopce. Przy naszej wsi wasze Lipowo i Zbiczno to metropolie. Już nawet nie wspomnę o Brodnicy. Wszyscy się znamy. Dosłownie. Teraz mieszka tu niecałe sto dwadzieścia osób. Jesteśmy jak jedna wielka rodzina.

– Kiedyś było nas trochę więcej – zaczęła Arleta. – Jeszcze w czasie drugiej wojny…

– Spoko – przerwała jej Klementyna. Trzeba było już to kończyć. – Co z tym sierpniem osiemdziesiątego czwartego, co? Przychodzi wam cokolwiek do głowy? Widzieliście coś dziwnego, co?

Arleta spojrzała na męża. Maciej przez chwilę się zastanawiał. W końcu pokręcił głową. Jagodzińska natychmiast powtórzyła ten gest.

– Okej. No dobra. To kończymy – rzuciła Klementyna i ruszyła w stronę wyjścia.

Daniel Podgórski i Emilia Strzałkowska spojrzeli na nią zaskoczeni. Nic sobie z tego nie robiła. Musiała znaleźć Czesławę. Musiała porozmawiać z Teresą. Jak najszybciej. Tylko to mogło zagłuszyć tęsknotę i ból wywołane zbliżającym się Świętem Zmarłych.

– Chociaż było jeszcze coś – stwierdził nagle Maciej Jagodziński.

– Co? – zapytała Klementyna. Czuła, jak ogarnia ją irytacja. Chciała już iść.

Maciej powiódł po nich wzrokiem.

– Widziałem dziwne spotkanie Józefa Drzewieckiego z Rafałem Tokarskim. Wyglądało na to, że się ukrywali.

– Kiedy to było, co?

– W dniu śmierci Wojtka i Tadeusza. Z tego, co pamiętam, to około południa. Spotkali się na zakręcie drogi pod Synem Leszego.

ROZDZIAŁ 21

Zbiczno i Utopce. Sobota, 25 sierpnia 1984.
Godzina 13.30.
Arleta Jagodzińska

Arleta Jagodzińska weszła do małego pokoju na zapleczu przychodni doktora Lenarta w Zbicznie. Przebrała się ze swojego uniformu pielęgniarki. Stopy paliły ją niemiłosiernie, ale starała się nie zwracać uwagi na ból. Bicie po piętach Maciej odkrył dopiero niedawno. Rozwiązanie idealne. Niewidoczne.

Spakowała wszystko do płóciennej torby i przewiesiła ją sobie przez ramię. Po ostatnim razie buty wypchała sobie watą. Trochę działało, ale i tak każdy krok był torturą. Na szczęście miała rower. Nie dałaby rady dojść teraz do Utopców na piechotę.

Dotknęła brzucha. Nadal był prawie płaski, ale pod dłonią czuła już niewielkie wybrzuszenie. Codziennie bała się, że Maciej zmieni zdanie i tam właśnie ją uderzy. Do tego dopuścić nie mogła. Nie teraz, kiedy w jej ciele znowu powstawało nowe życie. Drugie dziecko na pewno nie zastąpi Mateuszka, ale przynajmniej wypełni pustkę po nim. O ile tę bezdenną czeluść da się kiedykolwiek wypełnić.

Arleta poluźniła trochę pasek sukienki, żeby na pewno nie uciskał brzucha. To była na razie zbędna ostrożność. Wolała jednak dmuchać na zimne. Weszła do gabinetu, żeby pożegnać się z doktorem Lenartem.

– No to wychodzę – powiedziała. – Czy doktor jest pewien, że nie będzie mnie już potrzebował? Jest dopiero po pierwszej.

Z jakiegoś powodu Lenart był dziś wyjątkowo nie w humorze. Może to przez pogodę? Od pewnego czasu burza krążyła po okolicy, ale na razie ciągle omijała i Zbiczno, i Utopce. Powietrze było duszne i lepkie. Deszcz na pewno by się przydał. Oczyściłby ich wszystkich.

– Tak, tak. Idź, Arleto. Poradzę sobie – zapewnił Lenart. – I tak pewnie już dziś nikt nie przyjdzie.

Arleta skinęła głową, chociaż pogoda była wybitnie zawałowa.

– To do zobaczenia – rzuciła na odchodnym.

Pracowała u doktora Lenarta od dość dawna. Po raz pierwszy się zdarzyło, żeby wypuścił ją z pracy wcześniej. Nie wiedziała, co o tym myśleć. Na wszelki wypadek postanowiła jak najszybciej się oddalić. Cokolwiek było powodem chmurnej miny doktora, zdarzyło się w odpowiednim momencie, bo Arleta sama miała wiele do przemyślenia i potrzebowała dodatkowego czasu.

Wsiadła na rower i popedałowała powoli w stronę Utopców. Najpierw jakiś kilometr przez pola, a potem kolejne pięć przez las. Czuła, że na czole perlą jej się krople potu. Było gorąco i parno. Starała się oddychać głęboko i miarowo.

Dopiero kiedy wjechała na leśny dukt prowadzący do Utopców, pozwoliła sobie na odrobinę paniki.

– Co teraz? Co teraz? – powtarzała pod nosem, jakby to mogło w czymkolwiek jeszcze pomóc. – Co teraz?!

Poranna rozmowa z Wojtkiem zupełnie zbiła ją z tropu. Nie wiedziała, co o tym myśleć. Wiązała z nim przecież tyle nadziei. Czy naprawdę nie interesowało go, w jakiej sytuacji się znaleźli? Czy zupełnie się nie martwił, że Maciej ją zabije, jeżeli się dowie o ciąży?

Nie mogła wmawiać mężowi, że to jego dziecko. Nie uwierzyłby. Przecież nie tknął jej od śmierci Mateuszka rok temu. Ich jedyny kontakt polegał na biciu. Maciej po raz pierwszy uderzył ją jakiś miesiąc po śmierci synka. Jedenaście miesięcy temu. Pamiętała to dokładnie. Celował w brzuch, jakby miejsce, gdzie przez dziewięć miesięcy rosło ich dziecko, było przeklęte. Po pierwszym uderzeniu na jego twarzy wymalowało się zdziwienie. Może sam nie dowierzał, że jest zdolny do przemocy? Potem szło mu o wiele łatwiej. Można było nawet powiedzieć, że doszedł w tej sztuce do perfekcji. Wiedział, w jaki sposób bić, żeby nie zostawić śladów. Arleta znosiła to w milczeniu. Co miała robić?

Sama nie wiedziała, jak do tego doszło. Maciej wcześniej był przecież takim dobrym chłopakiem. Otaczał ją miłością. Arleta czuła się taka szczęśliwa, kiedy wzięli ślub w małym drewnianym kościółku w Utopcach. Świadkiem Wojtka był milczący Kosma, syn położnej, która potem przywołała na świat Mateuszka. Druhną Arlety została

Wanda. Dzień ślubu był piękny. Noc poślubna jeszcze piękniejsza.

– Może i będziemy biedni, ale za to bardzo, bardzo szczęśliwi – powiedział Maciej, kiedy leżeli obok siebie na łóżku tej pierwszej nocy. – Sama zobaczysz!

Kiedy okazało się, że już po pierwszej próbie zaszła w ciążę, oboje byli najszczęśliwszymi ludźmi na ziemi. Maciej opiekował się nią, jak mógł najlepiej. Kiedy urodziła Mateuszka, wszystko było cudownie. Oboje kochali synka z całych sił. Mateuszek patrzył na nich wielkimi oczami, które odziedziczył po ojcu. To były najwspanialsze chwile w jej życiu. Myślała, że tak będzie zawsze.

I było... Aż do tamtej nocy rok temu.

Rok wcześniej

Myślała o tamtym wieczorze tysiące razy, kiedy Maciej okładał ją pasem, cienką brzozową witką albo pięściami. Perwersyjnie pogrążała się w cierpieniu, ale nie pozwoliła sobie na ani jedną łzę. Jakby łzy mogły ją oczyścić i rozgrzeszyć. Tak nigdy nie mogło się stać. Nigdy. Musiała nieść brzemię poczucia winy do końca.

Tamtej nocy rok temu, kiedy układała Mateuszka w kołysce, po raz ostatni patrzyła w jego wielkie oczy. Czy powinna była coś zauważyć? Maciej ucałował synka w czoło na dobranoc. Potem poszli spać. Nic nie zapowiadało tragedii. Zupełnie nic.

Noc przespali twardo. Oboje z Maciejem byli niewyspani, więc nieprzerwany płaczem dziecka sen zmorzył ich zupełnie. Mateuszek nie zapłakał ani razu. Czy powinna była zauważyć, że coś jest nie tak? Jak mogła spać tak błogo, kiedy jej dziecko umierało w sąsiednim pokoju?

Arleta obudziła się rano z ciężkimi od mleka piersiami. To pamiętała dokładnie. Tę pełną radości myśl, że zaraz będzie trzymała swojego maleńkiego synka w ramionach i karmiła. Maciej przewinie chłopczyka, zanim wyruszy roznosić listy. Mąż też obudził się z uśmiechem na twarzy. Chyba myślał o tym samym. O czekającym ich szczęściu.

Poszła do pokoju, w którym spał Mateuszek. Panowała tu cisza. Zupełna. Ani jednego ruchu czy najcichszego kwilenia. Z miejsca wypełnił ją strach. Podbiegła do kołyski w panice. Podobno krzyczała, ale sama wcale tego nie zauważyła. Jakby znajdowała się zupełnie gdzie indziej. Potem umilkła nagle i już nigdy więcej nie zapłakała. Kiedy mąż wrócił z doktorem Lenartem, nadal trzymała w ramionach martwe niemowlę. Przy piersi. Jakby miała nadzieję, że synek jednak się napije, że jeszcze nie jest za późno.

Doktor Lenart delikatnie odebrał jej drobne ciałko. Nie oponowała. Pozwoliła na wszystko. Ledwo słyszała łkającego w kącie Macieja. Jakby to on zabrał wszystkie łzy i nie zostawił dla niej nawet jednej.

Doktor Lenart orzekł później, że to była tak zwana nagła śmierć łóżeczkowa.

– To nie wasza wina – zapewniał pocieszająco. – To zdarza się pewnemu procentowi dzieci. Naprawdę nie możecie się zadręczać. Wiem, że to straszne, ale takie rzeczy się dzieją i już.

Takie rzeczy się dzieją i już. Słowa Lenarta niewiele pomagały. I tak duża część wsi uważała, że śmierć Mateuszka to jej wina. Inni znowu, ci starsi, twierdzili, że za śmiercią ich dziecka stała nocna mara, która zakradła się do domu Jagodzińskich, kiedy wszyscy spali. Właściwie każdy w Utopcach miał swoją teorię na ten temat. Potem wszystko nagle ucichło. Chyba to Wanda przekonała innych, żeby już o tym nie mówili, bo nikomu to nie pomoże. A już zwłaszcza Arlecie i Maciejowi. Obwinianie demonów nie załagodzi bólu.

Sobota. Godzina 13.30

Arleta pedałowała leśną drogą w kierunku Utopców. Drzewa zaszumiały delikatnie, mimo że wcale nie było wiatru. Zadrżała i na chwilę straciła czujność. Rower podskoczył na wybojach. Przytrzymała silniej kierownicę. Serce zabiło jej szybciej. Nie chciała spaść. Nie teraz, kiedy w jej łonie rośnie kolejne życie.

Na tę myśl Wojtek znowu stanął jej przed oczami.

Maj

Wszystko zaczęło się wtedy, kiedy Wojtek przyszedł z Olafem do przychodni doktora Lenarta. To było w maju tego roku. Olaf wspinał się na drzewo, jak to dzieciaki. Niestety spadł i zranił się w kolano. Krwawiło. Tadeusza i Glorii nie było w domu, bo doktor Czajkowski pojechał z żoną na jakąś konferencję do Moskwy. Wojtek przyprowadził więc Olafa do doktora Lenarta, żeby ten opatrzył ranę. Lenart stwierdził, że obejdzie się bez szycia, i zlecił Arlecie zrobienie opatrunku. Poradziła sobie z tym bez problemu. Zachwycony odzyskanym zdrowiem Olaf popędził ile sił w nogach z powrotem do Utopców, nie czekając na starszego brata.

Olaf był ostatnim tego dnia pacjentem, więc Wojtek poczekał, aż Arleta przebierze się z pielęgniarskiego uniformu, i ruszyli we dwójkę za Olafem, śmiejąc się z jego nadmiernego entuzjazmu. Nie wiedziała, jak Wojtek to zrobił, ale po raz pierwszy od dawna czuła się lekko. Zapomniała nawet o siniakach z poprzedniej nocy. Znowu była jak beztroska dwudziestolatka. Modliła się tylko, żeby nie natknąć się gdzieś po drodze na Macieja. To by wszystko zepsuło.

Szli przez zacieniony las i rozmawiali. Wojtek był kilka lat od niej młodszy, ale wydawał się taki poważny, a do tego czuły i delikatny. Nawet nie wiedziała, kiedy opowiedziała mu o tym, jakim potworem stał się Maciej, i o tym, jak bardzo brakuje jej synka.

Wojtek nic nie mówił, tylko cierpliwie słuchał, pozwalając jej się wygadać. Dotarli właśnie do ostrego zakrętu, którego wytrwale strzegł wielki Syn Leszego. Ich twarze tonęły teraz w zielonkawym mroku świeżych majowych liści.

– Jeżeli chcesz, mogę tu codziennie na ciebie czekać, kiedy będziesz wracała z pracy – zaproponował Wojtek nagle.

Arleta natychmiast zaczęła gorączkowo rozważać sytuację. O tej porze Maciej nie będzie już chyba tędy przechodził. To mogło się udać. Wiele by dała za codzienne chwile miłej delikatności.

– Byłoby cudownie – odpowiedziała.

Wojtek objął ją czule. To było niesamowite, wręcz nierealne. Męskie ręce, które nie zadają bólu. Zdążyła już zapomnieć, że coś takiego w ogóle jest możliwe. To było warte grzechu. To było warte zdrady.

Od tamtej pory spotykali się pod Synem Leszego codziennie.

Sobota. Godzina 13.30

Arleta dotarła do zakrętu i zatrzymała rower dokładnie w miejscu, gdzie Wojtek pocałował ją po raz pierwszy. Dotknęła ręką ust. Stały się jakby pełniejsze z podniecenia, które nagle ją opanowało. Zaraz jednak przypomniała sobie, jak Wojtek potraktował ją dziś rano.

Wsiadła z powrotem na rower i pojechała dalej. Wojtek odrzucił i ją, i życie, które powołał na świat. Powiedział, że to koniec i więcej się spotykać nie będą.

– Nie możesz mieć chyba o to do mnie pretensji – zakończył. – Ustaliliśmy przecież na początku, że to nie na stałe.

Arleta niczego takiego nie pamiętała. Może kiedyś tak mówili, ale przecież wszystko się teraz zmieniło! W łonie nosiła dziecko. Owoc ich miłości. Wojtek nie chciał tego słuchać. Po prostu odszedł przez las w kierunku „Żebrówki", zostawiając ją samą na tyłach jej domu.

Na wspomnienie tego upokorzenia poczuła, jak wypełnia ją gniew. Wojtek okazał się zupełnie niedojrzały. To, co wzięła wcześniej za dorosłość, było tylko manierą domorosłego artysty. Czy nie zdawał sobie sprawy, na co ją skazywał? Za jakiś czas luźna sukienka nie ukryje już przecież faktów. Co zrobi wtedy Maciej? Pobije ją na śmierć?

Arleta wyjechała spomiędzy drzew na uśpioną polanę, gdzie znajdowały się Utopce. Przeszła po brukowanym mostku i minęła „Żebrówkę" najszybciej, jak mogła. Musiała ustalić jakiś plan działania. W domu na pewno czekał już na nią Maciej, więc tam nie mogła pojechać. W końcu zdecydowała się odwiedzić cmentarz. Nad grobem synka będzie miała spokój. Nikt przecież nie ośmieli się podejść do pogrążonej w żałobie matki.

Pani Czesława zamiatała podjazd przed wejściem na cmentarz. Ręce miała przybrudzone piachem i pyłem, który wylatywał spod brzozowej miotły. Kobieta ukłoniła się lekko, ale nic nie powiedziała. Cmentarz nie jest dobrym miejscem na rozmowy.

ROZDZIAŁ 22

Lipowo i Utopce. Piątek, 31 października 2014. Wieczorem

Młodszy aspirant Daniel Podgórski zerknął na zegarek. Zrobiła się już prawie osiemnasta, ale Klementyny nadal nie było. Czekali na komisarz Kopp razem z Emilią w pustym już o tej porze komisariacie w Lipowie.

– Zadzwoń do niej – zaproponowała policjantka. – Przecież nie możemy czekać w nieskończoność. Miała być o siedemnastej.

– Już dzwoniłem. Za każdym razem włącza się poczta głosowa. Klementyna ma chyba wyłączony telefon.

– To co robimy?

Podgórski wybrał raz jeszcze numer komisarz Kopp. Dla porządku. Znowu z miejsca usłyszał: „Tu Klementyna, zostaw wiadomość". Rozłączył się i włożył telefon do kieszeni.

– Dobra. Jedziemy sami – zadecydował. – Właściwie to powinienem być już w domu. Obiecałem Weronice, że pójdę z nią na lekcję tańca. Chcemy dobrze wypaść na weselu. Teraz trzeba będzie znowu odwołać.

Emilia uśmiechnęła się do niego.

– Czyli wszystko klasycznie, tak? – zapytała. – Pierwszy taniec młodej pary i tak dalej?

– Na to wygląda.

Podgórski westchnął w duchu. Znowu, znowu, znowu. Przyszła teściowa na pewno nie będzie zadowolona z tego, że Daniel po raz kolejny odwoła zajęcia z tańca. W tym jednym był jej w przygotowaniach potrzebny.

To dziwne nieformalne śledztwo dzieliło się na sesje ranne i popołudniowe, jak nazywał to w duchu Daniel. Część zadań załatwiali przed normalną pracą w komisariacie, a część już po. Dziś rano podczas rozmowy z Arletą i Maciejem Jagodzińskimi śledczy poznali kolejne nowe fakty. W sobotę dwudziestego piątego sierpnia 1984, czyli w dniu zaginięcia Wojtka i Tadeusza Czajkowskich, Maciej słyszał dziwną rozmowę między Józefem Drzewieckim a Rafałem Tokarskim. Listonosz miał wrażenie, że ci dwaj spotkali się w sekrecie. Trzeba było to sprawdzić podczas sesji popołudniowej.

– Myślisz, że Drzewiecki jest w to jakoś zamieszany? – zapytał Daniel, wkładając kurtkę. Było całkiem ciepło, ale jesień potrafi być przecież zdradliwa.

Wyszli przed budynek komisariatu. Było już zupełnie ciemno. Wiał lekki wiatr, niosąc jesienne liście. Słychać było wyraźnie ich suchy szelest.

– Już właściwie braliśmy to pod uwagę – stwierdziła Emilia. – Przecież śledztwo nie zostało poprowadzone tak, jak powinno. Jest tyle uchybień, że to aż podejrzane.

Wsiedli do samochodu. Daniel przekręcił kluczyk w stacyjce i wycofał subaru z podjazdu.

– Sam nie wiem – powiedział. – Nie chcę Drzewieckiego zbyt pochopnie oceniać. Sprawdzałem go trochę. Był świetnym śledczym. W dziewięćdziesiątym przeniesiono go do Komendy Stołecznej. Wiedziałaś?

– Nie. Ale co z tego, Daniel? Myślisz, że Komenda Stołeczna to jakieś miejsce, gdzie gromadzą się tylko najlepsi? Też pracowałam w Warszawie. Wiem, że nie wszyscy tam są święci.

– Przedtem nie byłaś aż tak negatywnie nastawiona do Drzewieckiego.

– Nie mówię, że teraz jestem przeciwko niemu – zarzekała się Emilia. – Po prostu biorę pod uwagę taką ewentualność.

– Że to on zabił Czajkowskich?

Emilia wzruszyła ramionami.

– Nie wiem.

– Trudno stwierdzić, jaki mógłby mieć motyw – powiedział Podgórski. – Trzeba działać ostrożnie, żeby go niepotrzebnie nie urazić. Jeżeli jest niewinny, na pewno może nam jeszcze pomóc w śledztwie.

Przez chwilę w samochodzie panowało milczenie. Słychać było tylko głośną, bulgoczącą pracę silnika. Daniel ciągle miał przed oczami ekshumację szczątków domniemanego wampira i wściekłość mieszkańców Utopców. Właściwie tylko dzięki Józefowi Drzewieckiemu nie doszło do rękoczynów.

– Dlatego proponuję, żebyśmy zaczęli od rozmowy z Rafałem Tokarskim – stwierdził Daniel. – Najpierw zobaczymy, co on będzie miał do powiedzenia o tym sekretnym spotkaniu z Drzewieckim. Może sprawa się wyjaśni. To niekoniecznie miało przecież jakiś związek ze śmiercią Czajkowskich. Jeżeli coś będzie niejasne, dopiero wtedy popytamy Drzewieckiego. Co ty na to?

– Może być.

Przez chwilę żadne z nich nic nie mówiło. Minęli pogrążoną w ciemnościach wieś Gaj-Grzmięca, a potem ośrodek wypoczynkowy Pod Sosnami. Przejechali mostem nad rzeką łączącą jeziora Strażym i Zbiczno. Nagle Daniel poczuł, że milczenie zaczyna być krępujące. Jakby w powietrzu zawisły jakieś niewypowiedziane słowa.

– Kiedyś na pierwszego listopada bywał już śnieg – mruknął, żeby przerwać nieprzyjemną ciszę. – Pamiętam, jak zdejmowałem mokrą breję z grobu ojca, zapalaliśmy z mamą znicze i kładliśmy sztuczne kwiaty. Może rzeczywiście jest to globalne ocieplenie?

– Kto to wie – odparła Emilia. – Łukasz dziś wychodzi na jakąś zabawę halloweenową. Nie wiem, czy ci mówił.

Daniel zerknął w jej stronę. Zdawała się z jakiegoś powodu przestraszona.

– Mówisz o imprezie w świetlicy?

Jakiś miesiąc temu starsza młodzież wpadła na pomysł, żeby zorganizować imprezę w stylu Halloween. Od tego czasu w Lipowie trwały dyskusje, czy powinno się na to pozwolić. Nie wszyscy byli zadowoleni, że dzieci będą swawolić tuż przed Świętem Zmarłych. Gospodyni księdza, pani Solicka, mówiła wręcz o upadku moralności i bezkrytycznym przyjmowaniu tego, co zachodnie. Daniel nie miał właściwie opinii w tej kwestii. Może dlatego, że jego myśli krążyły teraz wciąż wokół teściowej i jej ślubnych pomysłów.

Emilia pokiwała głową.

– Tak. Przebrania, dyskoteka i tak dalej.

W jej głosie pobrzmiewała jakaś dziwna nuta.

– Martwisz się?

– Nie – odparła Emilia. Widać było jednak, że kłamie.

– Łukaszowi nic nie będzie – powiedział Daniel uspokajająco. – Przecież to tylko zabawa.

– Wiem, wiem. Tylko że te wszystkie wampiry, utopce i inne zaczynają mi już załazić za skórę – mruknęła Strzałkowska. – Ta polana chyba naprawdę jest przeklęta. Łukasz mnie o to trochę wypytywał. Podobno kilkoro dzieciaków chciało tam dziś w nocy pojechać i zrobić polowanie na wampiry.

– Skąd wiedzieli, że tam jest wampir? – zdziwił się Daniel.

Utopce nie znajdowały się daleko od Lipowa, ale Podgórski przed rozpoczęciem śledztwa nigdy nie słyszał o tej starej sprawie. Skąd dzieciaki dowiedziały się o wampirze?

– Nie wiem. Podejrzewam, że Łukasz trochę podsłuchiwał, kiedy robiliśmy sobie odprawę u mnie w kuchni. – Strzałkowska nie wyglądała na zadowoloną. – W każdym razie kategorycznie zakazałam mu tam jechać. Nie chcę, żeby się kręcił po Utopcach, skoro tam jest prawdziwy morderca.

Emilia zaśmiała się, jakby to był żart. Daniel wyczuł jednak w jej głosie nutkę paniki. Przejechali przez oświetlone latarniami Zbiczno i droga znowu pogrążyła się w ciemnościach. Daniel przyhamował, kiedy zjeżdżali z asfaltu na drogę gruntową prowadzącą przez las. Kiedy tylko wjechali pomiędzy drzewa, policjant z miejsca poczuł, że na rękach pojawia mu się gęsia skórka. Zerknął we wsteczne lusterko. W oddali widać było jeszcze światła ostatnich domów Zbiczna. Wkrótce jednak pokonali zakręt i znaleźli się w całkowitej ciemności. Reflektory samochodu ledwo sobie z nią radziły. Sprawiało to wrażenie, jakby zanurzyli się w gęstej smole.

– Łukasz przebrał się na tę imprezę za szkielet – poinformowała Emilia. Teraz też starała się mówić lekkim tonem. – Kupił sobie za kieszonkowe jakiś taki fluorescencyjny strój. Jak mi się pokazał wczoraj wieczorem, to od razu stanęły mi przed oczami kości tego wampira.

Zaśmiała się nieco histerycznie.

– A właśnie… zastanawiam się, czy te kości mają związek z naszą sprawą – głośno myślał Daniel. – I czy zniknięcie czaszki wampira ma dla nas jakieś znaczenie.

– Zobaczymy, co ustali Leon z antropologiem, czy kogokolwiek ma zamiar prosić o analizę tych szczątków. Szkoda, że nie widziałeś Łukasza w tym stroju – stwierdziła raz jeszcze Emilia, wracając do poprzedniego wątku. W jej głosie pobrzmiewała desperacja. – Cholera! Te Utopce mnie wykańczają. Zaczynam bać się własnego dziecka w jakimś idiotycznym przebraniu.

– Ja to się raczej boję przyszłej teściowej – zażartował Podgórski.

Chciał mówić wesoło i rozładować nieco napięcie. Sam jednak słyszał, że i jego zdradził głos. Lepiej chyba było jak najszybciej wrócić do sprawy i zostawić te grząskie tematy.

– Rafał Tokarski jest interesujący nie tylko ze względu na to tajemnicze spotkanie z Drzewieckim – kontynuował więc Daniel. – Przecież jego matka była jedną z trzech podejrzanych w osiemdziesiątym czwartym. Zobaczymy, co będzie miał do powiedzenia na temat Czesławy.

– Z nią też powinniśmy kiedyś wreszcie porozmawiać. Nie wiem, czy to dobrze, że jeszcze tego nie zrobiliśmy.

W głosie Emilii słychać było wyraźny wyrzut. Daniel uśmiechnął się pod nosem. Może to i lepiej, że nie ma tu z nimi Klementyny. Prawdopodobnie z jej ust padłby teraz jakiś niewybredny bełkotliwy komentarz, który Strzałkowska zbyłaby zaraz wymownym milczeniem. Daniel nie miał dziś ochoty na kłótnie.

A może wcale by tak nie było, przyszło mu nagle do głowy. Dziś rano komisarz Kopp wydawała się dziwnie spokojna. Nieswoja. Może nic by nie powiedziała? Daniel znów sięgnął po telefon. Pomiędzy drzewami nie było jednak zasięgu.

– Uważaj! – krzyknęła Emilia.

Daniel wcisnął pedał hamulca do oporu. Subaru stanęło niemal w miejscu, wzbijając chmurę kurzu. Pół metra od maski był gruby pień wielkiego powykręcanego buka. Teraz już wiedzieli, że mieszkańcy nazywają go Synem Leszego.

Daniel przeklął głośno.

– Ten buk chyba się przemieszcza! – dodał wściekle. – Dam głowę, że przedtem stał kawałek dalej.

Wycofał samochód z powrotem na drogę i ostrożnie pokonał zdradliwy zakręt. Czuł, że serce bije mu szybko, a mięśnie ma napięte do granic możliwości. Ostry zakręt aż prosił się o wypadek. Już drugi raz omal nie wjechali w to samo drzewo.

– Daniel, weź się skup – warknęła Emilia. Oboje byli teraz podminowani. – Może ja poprowadzę.

– Daj już spokój!

Resztę drogi pokonali w całkowitej ciszy, wpatrzeni w mrok. Światła subaru znowu ledwie radziły sobie z dziwną lepką ciemnością, która przylgnęła do tego miejsca i rozlewała się pomiędzy drzewami jak smoła. Daniel miał wrażenie, że samochód z trudem się przez nią przebija, jakby powietrze stało się nagle zbyt gęste.

Nagle Podgórski zapragnął wycofać samochód i wrócić tu dopiero, kiedy słońce będzie stało wysoko na niebie. Jechał jednak wytrwale dalej. Odetchnął z ulgą, dopiero kiedy znaleźli się na kamiennym mostku nad strumieniem otaczającym Utopce. Mimo braku latarni na polanie było o wiele jaśniej niż w lesie.

Tym razem nie musieli właściwie wjeżdżać do wsi, ponieważ Tokarscy mieszkali na skraju lasu. Zaraz za „Żebrówką". Podgórski zaparkował na poboczu naprzeciwko willi, która kiedyś należała do Czajkowskich. Z ceglanego komina unosił się dym. W oknach paliło się zachęcające światło, a w powietrzu wyraźnie można było wyczuć zapach czekolady. W najbliższym czasie powinni chyba porozmawiać z Heinrichem i Wandą. Mimo wszystko. Klementyna mogła mówić, co chciała.

Daniel zerknął raz jeszcze na wyświetlacz komórki. Chciał sprawdzić, czy komisarz Kopp przypadkiem nie oddzwoniła. Tu na polanie zasięg wzrósł do trzech kreseczek, ale telefon nie pokazał żadnego nieodebranego połączenia. Trudno. Przesłuchają Rafała tylko we dwójkę. Klementyna nie jest przecież wyrocznią. Poradzą sobie bez niej.

Wysiedli z samochodu. Wokół panowała idealna cisza. Jakby świat nagle stanął. Żadne z drzew nie drgnęło ani o milimetr, mimo że Daniel wyraźnie czuł na twarzy lekki powiew wiatru.

– Chodźmy – ponagliła Strzałkowska.

Zapukali do drzwi Tokarskich. Żadnej odpowiedzi. Daniel zajrzał przez okno przy werandzie, ale w środku było zupełnie ciemno.

– Chodźmy sprawdzić z tyłu – zaproponował policjant.

Okrążyli drewniany dom i znaleźli się na podwórzu. Znajdowały się tam trzy wielkie chlewy. Nie czuć było jednak ani odrobiny charakterystycznego dla zwierząt gospodarskich zapachu. W powietrzu nadal królowała czekolada.

Zapach dochodził z sąsiedniej posesji. Podgórski obrócił się w tamtą stronę. Z tego miejsca widział wybudowany za „Żebrówką" fantazyjny budyneczek. Być może to była właśnie fabryczka czekolady należąca do państwa Wanke, o której wspominał im Drzewiecki.

Daniel poczuł ogarniającą go ekscytację. Gdzieś tam stała kiedyś altana, od której wszystko się zaczęło. A może wcale nie? Może wszystko zaczęło się już dużo wcześniej, przebiegło mu przez myśl. Może altana była tylko pretekstem. Maleńkim kamykiem, który wywołał lawinę wydarzeń.

Emilia zajrzała tymczasem do pierwszego chlewu.

– Pusto – oznajmiła. – Zwierząt też nie ma.

– A państwo to do kogo? – usłyszeli.

Z trzeciego budynku wyłonił się mężczyzna w średnim wieku. Miał pękaty brzuch i nalaną twarz człowieka, który nadużywa alkoholu. Machnął im ręką od niechcenia, jakby w ten sposób zwykł się witać.

– Dobry wieczór. Szukamy Rafała Tokarskiego – wyjaśnił Daniel. – Syna Czesławy.

– To ja – przyznał mężczyzna z pewnym oporem.

– Możemy chwileczkę porozmawiać? – zapytała Strzałkowska.

Rafał odwrócił swoje potężne ciało w jej stronę.

– Niby o czym?

– O osiemdziesiątym czwartym roku.

– Niby po co. Nie mam czasu.

– To zajmie tylko chwilę – zapewnił Daniel.

Rafał Tokarski nic nie odpowiedział. Znowu zbył ich tylko ruchem ręki. Odwrócił się i zniknął z powrotem w budynku. Poruszał się z przesadną ostrożnością pijaka. Daniel natychmiast ruszył za Tokarskim i dał sygnał Emilii, żeby zrobiła to samo.

Weszli do środka i rozejrzeli się z ciekawością. Zagrody rozebrano, tworząc wielką pustą przestrzeń. Puszki farby i pędzle walały się wszędzie bez ładu i składu. Na betonowej podłodze widać było czerwonobrunatne ślady. Daniel poczuł, że na ten widok serce zaczyna bić mu szybciej. Krew? Szybko jednak zobaczył przewróconą puszkę farby, z której nadal wypływała gęsta oleista ciecz. W samym centrum wielkiej sali stała sztaluga z obrazem. Z tej odległości wyglądało na to, że płótno pokryte jest dziwnymi nieregularnymi plamami.

– Maluje pan? – zagadnęła Emilia przyjacielskim tonem.

Zrobiła kilka kroków w stronę sztalugi. Daniel ruszył za nią, starając się omijać rozlaną farbę.

– No, jak widać – odburknął Rafał Tokarski.

Kopnął jedną z puszek. Upadła, a wieczko odskoczyło. Teraz podłogę zalała zieleń. Gospodarz wcale się tym nie przejął. Odszedł gdzieś na bok i pochylił się nad drewnianą skrzynką. Wydobył stamtąd butelkę piwa. Otworzył ją o kant skrzynki i upił długi łyk. Nie zaproponował gościom poczęstunku.

– Obejrzyjcie sobie – powiedział tylko, pokazując palcem obraz.

Podgórski i Strzałkowska podeszli do sztalugi. Daniel przyjrzał się malowidłu. To, co widać było na płótnie, nie wydawało się piękne. Było raczej niepokojące. Dzikie maźnięcia farby. Dzieło Tokarskiego przykuwało jednak wzrok. Trudno było przestać na nie patrzeć. Policjant doszukiwał się coraz to nowych szczegółów.

– Nieźle zarabiam na tych bohomazach – stwierdził Rafał. – Dzięki temu nie musimy już się babrać w świńskim gównie. Zdecydowanie wolę to niż gnój.

Zabrzmiało to tak, jakby malarz uważał, że tworzenie sztuki jest równie nieprzyjemne jak czyszczenie chlewu.

– Jaki tytuł ma ten obraz? – zainteresowała się Emilia, która ciągle stała obok sztalugi.

– *Wampir* – odparł Rafał Tokarski.

W jego głosie słychać było teraz wyraźne rozbawienie. Wypił ostatnie krople piwa i spojrzał na butelkę, jakby zaskoczony, że tylko tyle zdolna była w sobie pomieścić. W końcu rzucił nią ze złością w kierunku ściany. Rozbiła się z głośnym trzaskiem.

– *Wampir*? – powtórzyła Emilia, zerkając na Daniela.

– Dokładnie tak – odparł Rafał. – Teraz podobno takie tematy świetnie się sprzedają. Tak mi powiedział mój agent. Słucham jego rad i dobrze na tym wychodzę. No, ale do rzeczy. Osiemdziesiąty czwarty, tak? Co chcecie wiedzieć?

– Pańska matka była… – zaczął Daniel. Już kiedy to mówił, wiedział, że to błąd.

Na obojętnej dotychczas twarzy Rafała pojawiła się złość. Rozlane rysy dziwnie ją potęgowały.

– Moja matka nikogo nie zabiła. Jeżeli chcecie znowu ją oskarżać, to to jest koniec rozmowy – ostrzegł malarz.

– Matka tylko uważała, że nie powinno się budować tej altany. To wszystko. Czy to jest powód, żeby zabić dwie osoby? Własnych sąsiadów? Nie, prawda? Zresztą już mówiłem w osiemdziesiątym czwartym, że matka cały wieczór była ze mną. Zostawcie nas w spokoju. Do widzenia. Proszę stąd wyjść.

Daniel zaklął w duchu. To przesłuchanie naprawdę źle się zaczęło. Rafał najeżył się i teraz nie było co go pytać o tajemnicze spotkanie z Drzewieckim. Podgórski uznał więc, że przejdą do tego później. Najpierw trzeba było z powrotem zejść na neutralny grunt.

– Był pan przyjacielem Wojtka, prawda? – zapytał, ignorując wcześniejsze słowa gospodarza.

Rafał skinął głową. Nadal niechętnie. Nie wyganiał ich już jednak.

– Tak. Był jeszcze Kosma – dodał Tokarski. – Byliśmy w tym samym wieku. Cholera, dajcie mi już spokój. Nie chcę się chwalić, ale jestem artystą. Dostałem kilka nagród i tak dalej. Mam chyba prawo popracować w spokoju.

Tokarski mówił na powrót obojętnym tonem, jakby nie obchodziło go zanadto, co zrobią śledczy. Podszedł do drewnianej skrzynki po kolejne piwo. Sądząc po szkle z rozbitych butelek, malarz zdążył już wypić całkiem sporo.

– Jaki był Wojtek? – zapytała Emilia delikatnie.

Wróciła do malowidła i znowu zaczęła mu się przyglądać. Tokarski zdawał się zadowolony z zainteresowania policjantki, więc Daniel również pochylił się nad płótnem, żeby dodatkowo go udobruchać. Policjant dopiero teraz zauważył na obrazie niewyraźny zarys czegoś, co mogło być altaną. Dwa czarne punkty w dole były chyba śladami kłów. Daniel nie mógł oprzeć się wrażeniu, że obraz przypominał artystyczną wersję zdjęć, które pokazywał im Drzewiecki.

Nagle Rafał zaśmiał się głośno. Z jego ust wyrwało się beknięcie. Nie przeprosił.

– Jaki był Wojtek? Bo ja wiem? Pozował na artystę. Mnie miał chyba za parobka. A proszę, jak to się skończyło. – Tokarski powiódł otępiałym od alkoholu spojrzeniem po swojej pracowni. – Pewnie Wojtek umarłby z zazdrości, gdyby widział, że moje prace są wystawiane w Milanie. I to w nie byle jakiej galerii.

Tokarski podrapał się po brzuchu. Brudna koszulka podwinęła się, odsłaniając pępek obrośnięty kępką ciemnych włosów. Podgórskiemu trudno było uwierzyć, że ten dziwny typ naprawdę jest wielkim malarzem. Czy w Mediolanie też prezentuje swoje dzieła w przymałej zapoconej koszulce z butelką piwa w ręce?

– Czyli Wojtek miał artystyczną duszę? – zapytała Emilia, żeby nakierować rozmówcę na właściwe tory.

– Tak. Chociaż właściwie potem trochę mu to przeszło. Znaczy się latem osiemdziesiątego czwartego. Wtedy Wojtek się dowiedział, że jednak dostał się na prawo. Może to dlatego – wyjaśnił Rafał. – Prawnik to o wiele pewniejszy zawód niż artysta. Wojtek gadał o tym sporo. Jego ojciec pękał z dumy. Tym bardziej że wiadomo już było, że Izka Drzewiecka też idzie na prawo. Tadeusz Czajkowski i Józef Drzewiecki tak trochę ze sobą konkurowali, kto jest ważniejszy. Drzewiecki był szychą w MO, a stary Czajkowski robił jakieś tam ważne badania i władze PRL go lubiły. No i w osiemdziesiątym czwartym dzieciaki ich obu dostały się na prawo. Pewnie tatusiowie zastanawiali się, które z tej dwójki będzie większym prymusem.

Podgórski dobrze wiedział, że Izabela Drzewiecka rzeczywiście skończyła studia prawnicze. Była prokuratorem rejonowym w Brodnicy i szefową Leona Gawrońskiego.

– Nie jestem pewien, czy tam u nich w domu dobrze się działo – odezwał się po chwili Tokarski.

– U Drzewieckich? – zapytał Daniel z roztargnieniem. Rafał obciągnął koszulkę, zasłaniając wielki brzuch.

– Nieeee. U Czajkowskich. Mówię o Czajkowskich. Przecież o nich chcieliście podobno rozmawiać. Nie działo się tam dobrze, moim skromnym zdaniem.

– Co pan ma na myśli? – podchwycił Daniel natychmiast.

Rafał pociągnął długi łyk z butelki. Znowu beknął głośno.

– W tamtym roku Wojtek zrobił się jakiś czepialski.

– Czepialski?

– No tak – powiedział Rafał, kiwając głową. – Miał zmienne nastroje. Czepiał się mnie i Kosmy bez sensu. Myślę, że odreagowywał.

– Co odreagowywał?

Daniel i Emilia wpatrywali się w malarza z wyczekiwaniem. Być może trafili na kolejny ważny trop.

– No jasne, że swoje chore relacje z Glorią – oznajmił Rafał.

Podgórski i Strzałkowska wymienili spojrzenia. To była zupełna nowość.

– Wojtkowi nie układały się relacje z matką? – upewniła się Emilia ostrożnie.

Rafał zrobił nieokreślony ruch ręką. Zaśmiał się znowu.

– Wiem, jak to brzmi w ustach faceta, któremu stuknęła pięćdziesiątka, a nadal mieszka z mamusią. – Zaśmiał się, uderzając się ręką w pierś. Piwne brzuszysko zatrzęsło się przy tym. – Nie wstydzę się tego. Nie ożeniłem się i tak po prostu jest łatwiej. I mnie, i matce. A wracając do Wojtka. Moim zdaniem Gloria Czajkowska była zwyczajnie pokręcona. Nie wiem, jak jest teraz, bo ona tu nie zagląda. Chyba mieszka w Brodnicy.

– Pokręcona?

Rafał pokiwał głową.

– Pieprzona gwiazda filmowa. Wojtek całe życie chciał ją zadowolić, ale się nie dało. W życiu nie widziałem kogoś tak zajętego sobą jak Gloria. Nikt inny jej nie interesował. Mówię wam, masakra. Masakra po prostu.

Tokarski wziął pędzel i podszedł do sztalugi. Zaczął od niechcenia kończyć swoje dzieło. Przez chwilę jakby zapomniał o obecności dwojga stróżów prawa. Na jego nalanej twarzy malował się teraz wyraz błogiego spokoju.

Daniel i Emilia wymienili spojrzenia. Chyba już czas było zapytać o tajemnicze spotkanie Rafała z Drzewieckim, o którym opowiedział im listonosz.

– Świadek zeznał, że w dniu śmierci Wojtka i Tadeusza spotkał się pan z Józefem Drzewieckim – zaczął Podgórski spokojnie. – Wyglądało na to, że spotkanie miało się odbyć w sekrecie.

Rafał nawet nie spojrzał na policjanta. Nadal pracował przy płótnie w skupieniu. Daniel postanowił poczekać.

– Nie przypominam sobie – stwierdził w końcu Tokarski. Włożył sobie pędzel do ust i spojrzał na obraz krytycznie.

– Proszę dobrze pomyśleć – poprosiła Emilia.

– Nie, niestety. Mam w głowie pustkę.

Strzałkowska odwróciła się do Daniela.

– Jak pan woli. W takim razie będziemy musieli porozmawiać o tym z Drzewieckim – powiedziała. – Może on sobie przypomni, czego dotyczyło tamto spotkanie.

– Chyba chodziło o świnię – mruknął Tokarski. Rzucił pędzel na ziemię i poszedł do skrzynki po kolejną butelkę piwa. – Cholera, ostatnie! A ja jeszcze nie skończyłem bazgrać!

– Chodziło o świnię?

– No.

– Mógłby pan wyjaśnić?

– Sprzedałem wtedy Drzewieckiemu świnię. To znaczy wieprzowinę. Mięcho.

– Dlaczego robiliście to w ukryciu w lesie? – zapytał Podgórski.

Rafał zerknął na Daniela z rozbawieniem.

– Ile wy macie lat. Ze trzydziestkę? – zaśmiał się malarz. – To nie pamiętacie, jak to było w latach osiemdziesiątych. Nielegalnie mu sprzedawałem. Nie chciałem, żeby ktoś mnie uznał za badylarza. Wolałem, żeby Drzewiecki się martwił zbytem. Ja tylko towar mu dawałem. Ustaliliśmy szczegóły. On też wolał się z tym nie obnosić. Był przecież milicjantem i tak dalej. Po co sobie robić kłopoty, skoro można pewne sprawy załatwić dyskretnie? Było z tych interesów z Drzewieckim troszkę dodatkowych pieniążków. W hodowli zawsze się przydawały. Naprawić to, naprawić tamto i tak dalej. Zresztą kto by pieniążków nie lubił. Ja lubię.

Nagle ciszę jesiennej nocy przerwały jakieś głosy.

– Co do cholery? – mruknął Rafał. – Kto tam łazi?

Daniel też wyraźnie usłyszał jakieś poruszenie na podwórku. Tokarski ruszył do drzwi i wyjrzał na zewnątrz. Po obejściu kręciła się grupka poprzebieranej w halloweenowe stroje młodzieży.

– Co to ma być? – zawołał Rafał groźnie.

Policjanci wyszli za nim na podwórze.

– Łukasz? – krzyknęła Emilia. – Przecież zabroniłam ci tu przychodzić! Cholera jasna!

Podgórski rozejrzał się po grupce młodzieży w poszukiwaniu syna. Rzeczywiście wśród wiedźm, upiorów i zombi zobaczył kościotrupa. Stał z tyłu z dość zdziwioną miną.

Zapis przesłuchania świadka
sierż. szt. Emilii Strzałkowskiej

Miejsce przesłuchania: Komenda Powiatowa Policji w Brodnicy
Termin przesłuchania: 10 listopada 2014
Przesłuchanie prowadzą: insp. Judyta Komorowska i podinsp.
Wiesław Król

Wiesław Król: No i znowu wracamy do roli Glorii Czajkowskiej.
Emilia Strzałkowska: Jaki to ma związek z udziałem Klementyny
w przedwczorajszych wydarzeniach?
Wiesław Król: Proszę się nie denerwować. Próbuję tylko prze-
śledzić tok rozumowania komisarz Kopp i być może lepiej
go pojąć. Może znajdą się jakieś okoliczności łagodzące.
Judyta Komorowska: Kiedy nie znaleźliście w krypcie Czajkowskich zakrwawionych ubrań Tadeusza i Wojtka, nie przyszło
wam do głowy, że Gloria próbuje ukryć dowody?
Emilia Strzałkowska: Rozważaliśmy taką możliwość, ale tak
naprawdę jakiekolwiek wątpliwości wobec Glorii pojawiły się
dopiero po zeznaniach Rafała Tokarskiego z trzydziestego
pierwszego października. Nikt wcześniej nie wspominał, że
Gloria mogła mieć nie najlepsze stosunki z synem i mężem.
Rafał był pierwszy. Z drugiej strony zdawaliśmy sobie sprawę,
że mógł tak mówić tylko po to, żeby odsunąć podejrzenia
od siebie i matki.

Wiesław Król: A kwestia tych pieniędzy, które rzekomo zniknęły z sejfu Tadeusza Czajkowskiego? O tym mówiła tylko Gloria. Nikt więcej. Dlaczego Czajkowska nie wspomniała nic na ten temat w osiemdziesiątym czwartym roku?

Emilia Strzałkowska: Tak dla ścisłości, to nie wiedzieliśmy przecież, czy wspomniała, czy nie. W raporcie Drzewieckiego nie było informacji na ten temat, ale przecież nie oznaczało to, że Gloria mu o tym nie wspomniała.

Wiesław Król: Uważaliście więc, że Drzewiecki celowo nie umieścił tej informacji w raporcie?

Emilia Strzałkowska: Już mówiłam, że widzieliśmy nieprawidłowości w przebiegu śledztwa z osiemdziesiątego czwartego roku. Tylko tyle.

Judyta Komorowska: To nie jest odpowiedź na zadane pytanie.

(świadek milczy)

Wiesław Król: Dajmy temu spokój na chwilę.

Judyta Komorowska: Tak. Ważniejsze jest zachowanie Klementyny w tym momencie śledztwa. Czy to właśnie wtedy stała się agresywna?

Emilia Strzałkowska: Nie powiedziałabym, żeby Klementyna była agresywna...

Judyta Komorowska: Zabawne. Zważywszy na przedwczorajsze wydarzenia. No więc jak się wtedy zachowywała?

Emilia Strzałkowska: Na spotkaniu u prokuratora nadal była bardzo apatyczna.

Wiesław Król: Czyli jej zachowanie odbiegało od normy? Mam na myśli normę zachowania komisarz Kopp.

(świadek zwleka z odpowiedzią)

Judyta Komorowska: Jak było? Niech świadek odpowie.

Emilia Strzałkowska: Na poniedziałkowym spotkaniu u prokuratora Klementyna zachowywała się tak, jakby była pod wpływem jakichś środków uspokajających. Różnica rzeczywiście była dosyć widoczna. Z reguły komisarz Kopp jest raczej... energiczna.

Wiesław Król: To dlaczego ani pani, pani sierżant, ani pan aspirant Podgórski nic nie zrobiliście?

(*milczenie*)

ROZDZIAŁ 23

Brodnica. Poniedziałek, 3 listopada 2014. Po południu

Sierżant sztabowa Emilia Strzałkowska wysiadła z radiowozu. Daniel zaparkował przed budynkiem Prokuratury Rejonowej w Brodnicy. Zamknął samochód i ruszyli w kierunku dość eleganckiego, pokrytego dachówką gmachu. Prokurator Gawroński zaprosił ich na spotkanie z antropologiem, który obejrzał już wstępnie kości rzekomego wampira. Emilia była zaskoczona imponującym tempem pracy. Myślała, że na wyniki badania trzeba będzie czekać i czekać. Tymczasem nie minęło kilka dni i już podobno były pierwsze wnioski.

Gawroński chyba nadal uważał, że prowadzi zwykłą sprawę ustalenia tożsamości starego szkieletu. Poniekąd właściwie tak było. W ciągu weekendu nie spotkali się ani razu, ponieważ Leon pojechał odwiedzić groby swojej rodziny w okolicach Krakowa. Emilia nie była więc pewna, czy w międzyczasie nie pogrzebał w starych aktach, żeby się dowiedzieć, o co w tym wszystkim chodzi. Dziwna reakcja mieszkańców Utopców podczas ekshumacji szczątków musiała go przecież zainteresować.

Daniel otworzył drzwi prokuratury i przepuścił Emilię. Uśmiechnął się przy tym nieznacznie. Emilia odwzajemniła uśmiech. Była Podgórskiemu wdzięczna. Nie za otwarcie drzwi, ale za to, co się działo w ostatnich dniach.

Daniel po raz pierwszy zachował się jak ojciec Łukasza, pomyślała Strzałkowska z satysfakcją. Do tej pory relacje ojca i syna miały swoje wzloty i upadki. Początkowo ani Łukasz, ani Daniel nie wiedzieli do końca, jak się zachowywać w swojej obecności. Potem nadeszła faza, którą Emilia nazywała w duchu obustronnym podlizywaniem się. Miłe uśmiechy, przejażdżki samochodem i tak dalej. Same przyjemności, żeby syn i ojciec mieli radość ze wspólnego spędzania czasu. Dyscyplina i kary spoczywały natomiast w całości na barkach Emilii. Policjantka czuła to nawet bardziej niż w czasach, kiedy Podgórskiego nie było jeszcze w ich życiu. Może dlatego, że wcześniej zachowana była równowaga. Emilia była i tą złą, i tą dobrą. Teraz zaś wszystko, co dobre, pochodziło od Daniela. Wszystko, co złe, to była ona. Odrobiłeś lekcje, Łukasz? Posprzątałeś w pokoju? Wyniosłeś śmieci? To były pytania, które ona zadawała. Pościgamy się samochodami po lesie? Idziemy do kina? Masz ochotę na McDonalda? To były teksty Daniela.

Aż do piątku, kiedy to Strzałkowska i Podgórski pojechali na przesłuchanie Rafała Tokarskiego do Utopców. Łukasz miał pójść na zabawę halloweenową z kolegami i koleżankami z klasy. Tymczasem okazało się, że cała grupa młodzieży, poprzebierana w idiotyczne kostiumy, powędrowała prosto do Utopców w celu znalezienia wampira. Do Utopców, czyli tam, gdzie Emilia na pewno nie chciała widzieć swojego syna. Nigdy. Tam ciągle czaiło się przecież niebezpieczeństwo. Policjantka czuła to całą sobą.

– Łukasz? – krzyknęła Emilia na widok syna przebranego za kościotrupa. – Przecież kazałam ci tu nie przychodzić! Cholera jasna!

– Mama? – wydusił chłopak. Nie spodziewał się chyba, że natknie się na rodziców.

– Do samochodu – oznajmił Daniel.

– Ale… – mruknął Łukasz. Nie naciskał jednak. Czuł pewnie, że to nie przelewki.

– Powiedziałem do samochodu – powtórzył spokojnie Daniel. Nie wyglądał na zdenerwowanego. Jego głos nie znosił jednak sprzeciwu.

To jedno zdanie sprawiło, że Emilia poczuła dziwną ulgę. Ktoś inny brał sprawy w swoje ręce. Naresie nie jest z tym wszystkim sama. Tak długo musiała samodzielnie czuwać nad wychowaniem syna, że teraz miała wrażenie, jakby unosiła się nad ziemią.

Łukasz poszedł posłusznie do samochodu. Grupka jego znajomych nie oponowała. Pewnie sami nie chcieli mieć kłopotów.

– Dziękujemy za rozmowę – rzucił jeszcze Daniel do wyraźnie rozbawionego całą sytuacją Rafała Tokarskiego.

Podczas drogi powrotnej do Lipowa Podgórski uciął sobie krótką acz znaczącą pogawędkę z Łukaszem. Emilia tylko słuchała. Ogarnął ją dziwny spokój, jakby wszystko trafiło wreszcie na swoje miejsce. Może byli niezbyt standardową rodziną – Daniel miał przecież wkrótce żenić się z Weroniką, ona spotykała się z Gawrońskim – ale jednak byli rodziną. Łączył ich Łukasz.

W sobotę, w dniu Wszystkich Świętych, Daniel zabrał ich na cmentarz w Lipowie. Na grób swojego ojca. Emilia zauważyła, że Łukasz przyglądał się Podgórskiemu z nowym respektem. Jakby syn potrzebował tej halloweenowej reprymendy bardziej niż sztucznej słodkości ich wcześniejszych relacji. Słuchał uważnie opowieści o dziadku, którego nie miał nigdy okazji poznać. Strzałkowska nie łudziła się, że Łukasz stanie się nagle aniołeczkiem. Na pewno nie na stałe. Nastoletnie hormony na to nie pozwolą. Było jednak kilka dni spokoju.

– Gawroński ma gabinet na pierwszym piętrze, tak? – zapytał Daniel, wyrywając Emilię z zamyślenia.

– Tak.

Wspięli się na pierwsze piętro budynku prokuratury rejonowej. Przed drzwiami do gabinetu Leona stała Klementyna. Strzałkowska uśmiechnęła się pod nosem. A więc komisarz Kopp jednak raczyła się zjawić. Daniel próbował dodzwonić się do niej przez cały weekend. Dziś też odrzucała połączenia. Daniel napisał jej więc tylko SMS-a, informując ją o spotkaniu. Nie odpisała, ale przyszła. Teraz opierała się o ścianę, a na jej twarzy malowała się osobliwa zaduma.

Emilia i Daniel wymienili spojrzenia.

– Klementyna? – zapytał Podgórski miękko.

Komisarz Kopp spojrzała na niego, jakby w pierwszym momencie zupełnie go nie poznała. Dopiero po chwili jej spojrzenie się rozjaśniło.

– O, Daniel – mruknęła.

Jej głos stał się cichszy, ale jakby wyraźniejszy niż zazwyczaj. Nie wypluwała już słów z nadmierną prędkością.

Teraz cedziła raczej kolejne litery, jakby każda z nich była nadzwyczaj cenna.

– Wchodzimy? – zapytała Strzałkowska z lekką irytacją. Może już pora przestać cackać się z Klementyną. Tym bardziej że ona przecież nigdy nie przejmowała się innymi.

Komisarz Kopp nie odpowiedziała. Odwróciła się tylko i nacisnęła klamkę. Bez pukania. Jakby wchodziła do siebie.

– ...jest pan pewien? – mówił właśnie Leon Gawroński. Prokurator jak zwykle ubrany był w dobry garnitur. Niewymuszona elegancja i hollywoodzki uśmiech były jego znakiem rozpoznawczym. – O, już jesteście?

Gawroński uśmiechnął się do Strzałkowskiej. Emilia zrobiła to samo, chociaż utrzymywanie pozorów przychodziło jej z coraz większym trudem. Każdego dnia sumienie gryzło ją coraz bardziej. A przecież to nie ona miała brzydką tajemnicę, tylko Leon.

– Spoko – mruknęła Klementyna.

Prokurator spojrzał pytająco na Daniela. Podgórski znał przecież Klementynę najlepiej z ich trójki. Policjant wzruszył tylko ramionami.

– Rozmawiałem właśnie z panem doktorem o szkielecie, który cudem wydobyliśmy z Utopców – wyjaśnił Gawroński z kolejnym uśmiechem. – To jest antropolog doktor Cezary Dąbrowski.

Na krześle dla gości siedział chudy młodzieniec o nieco rozbieganym spojrzeniu. Skinął im nerwowo.

– Siadajcie – zaproponował Gawroński, kiedy wszyscy już się przywitali. – Doktor Dąbrowski jest z Uniwersytetu Medycznego we Wrocławiu. Przebywa akurat w naszej okolicy, bo zajmuje się inną sprawą. Zgodził się spojrzeć na nasze kości przez weekend. Bardzo dziękuję, że chciał pan pracować w wolne dni. Do tego Święto Zmarłych.

Cezary Dąbrowski poruszył się niespokojnie, jakby zdeprymowany obecnością tylu osób naraz.

– Ta-ak – zająknął się. Nerwowym ruchem poprawił zmierzwione tłustawe włosy. – I ta-ta-tak już tu-tu by--byłem, więc to-to nie-nie pro-problem.

– I co? – zapytała znowu dość niemrawo jak na siebie Klementyna Kopp.

Podeszła do okna i wyjrzała na ulicę Wiejską. Zachowywała się, jakby wcale nie oczekiwała odpowiedzi.

– Zro-robiliśmy na-na razie tylko-ko zu-zupełnie podstawo-wo-we badania.

– Jakie wnioski? – zapytał Gawroński. – Muszę zdecydować, co będziemy dalej robili z tymi kośćmi.

– Szkiele-let jest na pe-pe-wno ludzki – oznajmił Dąbrowski, nadal się jąkając. Otarł pot z czoła. Emilia miała ochotę poklepać go po plecach, żeby dodać mu otuchy.

– Ma-mamy do czynie-nie-nia z mężczyzną. Kąt-t spo--po-jenia łonowego-go jest ostry, a miednica sercowata. Wiek w chwili-li śmierci to między-dzy trzydzieści pięć a czterdzieści la-lat. Nie zachowały się wszystkie kości – Stopniowo się uspokajał. Jąkanie powoli znikało. Zamiast tego na młodzieńczą twarz antropologa wystąpiły rumieńce. – Nie zachowały się wszystkie kości, ale to normalne w takich przypadkach. Najbardziej szkoda, że nie ma czaszki. To z niej zawsze można najwięcej wyczytać.

Gawroński skinął powoli głową.

– Mnie, szczerze mówiąc, najbardziej interesuje, jak stare są te szczątki i czy popełniono przestępstwo – wyjaśnił. – Chciałbym oczywiście także ustalić tożsamość denata i oddać kości rodzinie.

Teraz to Dąbrowski pokiwał głową. Rozejrzał się nieśmiało po zebranych.

– Ko-kości tego-go mężczyzny leżały w ziemi gdzieś od drugiej wojny świa-wia-towej – powiedział i znowu przejechał dłonią po włosach. – Nie wiem, czy to pana intere-resuje, ale na-na jednej z kości jest ślad postrzału.

– Zabito go? – wyrwało się Emilii.

Jeżeli rzekomy wampir nie zginął śmiercią naturalną, być może miało to jakiś związek z tym, co przydarzyło się Wojtkowi i Tadeuszowi. Może motyw zabójstwa był zupełnie inny, niż dotychczas podejrzewali. Jeżeli Czajkowscy przypadkiem trafili na zbrodnię, którą ktoś chciał za wszelką cenę ukryć, może to przesądziło ich los.

Antropolog pokręcił jednak głową przecząco.

– To-to nie by-była bez-bezpośredni-nia przy-przyczyna śmierci.

Cezary Dąbrowski zerknął na Emilię i uśmiechnął się do niej nieśmiało. Zanim Strzałkowska zdążyła odpowiedzieć tym samym, naukowiec odwrócił wzrok. Policjantka znowu miała ochotę poklepać go po chudym ramieniu.

– Czyli ten mężczyzna nie umarł od postrzału? – upewnił się Gawroński.

– N-nie. To się stało jeszcze za życia. Kości zaczęły się już goić. Tak jak mó-mówię. Leżał tam od lat czter--czterdziestych. To-to były nie-niespokojne cza-czasy.

Gawroński pokiwał głową. Emilia widziała jednak, że prokurator stracił nieco zainteresowanie szczątkami. Były zbyt stare i nie wyglądało na to, żeby popełniono tu czyn zbrodniczy.

– W porządku. Czyli nie widzę powodu do dalszego pośpiechu – oznajmił Leon. – Proszę w takim razie nadal starać się ustalić tożsamość tych szczątków. Potem przekażemy je odpowiednim osobom. Jeżeli nie ma nic więcej, to bardzo dziękujemy za pomoc.

– W ko-kościach były śladowe ilości arszeniku – odważył się wydukać antropolog.

– Został otruty? – zapytał Daniel nieco zbyt głośno. Może myślał o tym samym co Emilia. Jak ewentualna zbrodnia z lat czterdziestych ma się do ich śledztwa?

Cezary Dąbrowski spojrzał na wysokiego policjanta z niezbyt dobrze ukrywaną obawą. Emilia cieszyła się, że komisarz Kopp nie jest dziś w nastroju do rozmów. Jeżeli antropolog czuł się przestraszony delikatnym tonem Podgórskiego, co by się stało, gdyby to Klementyna zalała go potokiem ostrych słów?

– Trudn-no powiedzieć, czy-czy został otru-ruty.

– Co ma pan na myśli?

Doktor Dąbrowski znowu rozejrzał się po zebranych. Potem spuścił wzrok i skupił się na swoich chudych palcach.

– Tego arszeniku nie-nie jest tak du-dużo – wyjaśnił i odetchnął głębiej. – Uwielbiam trucizny, więc zawsze badam wszystkie kości pod tym kątem. To takie moje hobby poza antropologią. To znaczy lu-lubię ustalać, czy ktoś nie został otruty. Jest sporo starych spraw. Dajmy na to Bonaparte. Jaki był prawdziwy powód śmierci cesarza Francuzów?

Emilia zauważyła pewną prawidłowość. Kiedy Dąbrowski nie patrzył nikomu w oczy, nie jąkał się. Teraz na przykład uniósł wzrok znad swoich dłoni i zaczął intensywnie wpatrywać się w MacBooka Leona Gawrońskiego. Komputer stał na biurku prokuratora. Nadgryzione jabłuszko odcinało się od białej klapy. Emilia też skupiła na nim wzrok, jakby było szczególnie interesujące. Niewykluczone, że to pomoże antropologowi zebrać myśli.

– Nie zdążyłem jeszcze przeprowadzić dokładniejszych badań – przypomniał im Dąbrowski. Mówił teraz z rosnącym zapałem. – Jak może państwo wiedzą, z arszenikiem wszystko zależy od dawki.

– To znaczy? – zapytała Emilia.

– Otruć można kogoś albo mniejszymi dawkami, które podaje się przez dłuższy czas, albo jedną większą. Wtedy ofiara umiera na miejscu – wyjaśnił naukowiec. – Jeżeli ktoś był truty wystarczająco długo za pomocą mniejszych jednostek, wówczas trucizna ma czas osadzić się w kościach i włosach. Jeżeli zaś dana osoba została zabita jedną dużą dawką, to ślady arszeniku można raczej znaleźć w narządach wewnętrznych. W tym wypadku oczywiście nimi nie dysponujemy. To właśnie dlatego tak trudno mi jest powiedzieć, czy mamy w ogóle do czynienia z otruciem. Może tak, może nie. Śladowe ilości arszeniku w kościach to rzecz, którą możemy spotkać u wielu osób. Zwłaszcza kiedyś, kiedy ta substancja była bardziej powszechna. Stosowano ją na przykład do produkcji farb. Jeżeli dobrze pamiętam, to produkcja farb opartych na arszeniku została zakazana dopiero w latach pięćdziesiątych, więc równie dobrze ten człowiek mógł mieć świeżo wymalowany dom. Albo na przykład truł szczury.

– Rozumiem – powiedział Leon Gawroński. – Czyli w tej chwili nie da się już stwierdzić, czy ten mężczyzna został otruty jedną dużą dawką arszeniku, czy też miał styczność z tą substancją w swoim otoczeniu, tak?

Cezary Dąbrowski spojrzał na prokuratora.

– T-t-tak – zająknął się natychmiast. – Przy-przydałoby się zebrać próbki ziemi s-s-spod szczątków, żeby zobaczyć, czy będą tam ślady arsenu. Wtedy byśmy wiedzieli.

– To jest niemożliwe – wyjaśnił Daniel. – Tam, gdzie był pierwotnie pochowany, stoi teraz budynek.

Strzałkowska przypomniała sobie niewielką bajkową fabryczkę czekolady należącą do Heinricha i Wandy Wanke. Widzieli ją w piątek, kiedy wybrali się z Danielem na przesłuchanie Rafała Tokarskiego. W ciemności trudno było coś dostrzec, ale policjantka była prawie pewna, że właściciele obiektu przyozdobili budyneczek imitacjami pierników. Przez to całość musi wyglądać jak dom baby-jagi. Unoszący się w powietrzu zapach czekolady potęgował jeszcze to wrażenie.

– A da się w ogóle stwierdzić na podstawie tych kości, jaka była bezpośrednia przyczyna zgonu tego człowieka? – zapytał tymczasem prokurator. – Bo o tym pan nie wspomniał.

Antropolog znowu utkwił spojrzenie swoich rozbieganych oczu we własnych dłoniach.

– Niestety z tych szczątków, którymi dysponuję, cięż-ko to wyczytać. Dlatego nic nie powiedziałem – młody mężczyzna wyraźnie starał się usprawiedliwić, chociaż to przecież nie była jego wina. – Obiecuję, że będę się im jeszcze przyglądał...

W pomieszczeniu zapadła na chwilę cisza.

– Czekaj. Stop. Jesteś pewien, że to były ludzkie szczątki, co? – odezwała się nagle Klementyna, jakby ciągle jeszcze przebywała myślami na początku tej rozmowy.

Doktor Dąbrowski spojrzał w stronę komisarz Kopp ostrożnie. Emilia zauważyła, że antropolog przygląda się ciekawie starym tatuażom na rękach policjantki. Klementyna podwinęła rękawy przykrótkiego żakietu, jakby chciała jeszcze bardziej je uwidocznić.

– To co? Jesteś pewien?

– Ta-ak. To-to na pewno nie było zwierzę.

– Spoko. Ale! Nie o to mi chodzi. Ja się pytam, czy z tymi kośćmi nie było nic dziwnego, co?

Znowu? Emilia westchnęła i przewróciła oczami. Miała niepokojące wrażenie, że wie, do czego zmierza Klementyna. Strzałkowska zerknęła w stronę Daniela. On też poruszył się niespokojnie.

– Klementyna, co masz na myśli? – zdziwił się prokurator Gawroński.

– Chcę wiedzieć, czy to mógł być wampir – rzuciła spokojnie Klementyna, potwierdzając przypuszczenia Emilii.

Gawroński zerknął w stronę Strzałkowskiej, jakby chciał zapytać, czy Klementyna z niego nie kpi. Kolejna osoba po odontologu sądowym. Emilia wzruszyła ramionami. Co mogła odpowiedzieć.

– Wa-wampir? – powtórzył Cezary Dąbrowski.

Klementyna zeskoczyła z parapetu, na którym przysiadła na początku rozmowy. Jej ciężkie wojskowe buty uderzyły o podłogę z głuchym stuknięciem.

– Dokładnie tak. Wampir. Krwiopijca. Te sprawy.

Leon Gawroński uśmiechnął się do zdezorientowanego naukowca.

– Mieliśmy pewne kłopoty podczas wydobywania tych kości – wyjaśnił takim tonem, jakby chodziło tylko o słowną utarczkę, a nie groźbę zlinczowania przez rozeźlony tłum. – Mieszkańcy wsi zdawali się dosyć… przesądni.

– A to-to był po-pochówek wam-wampi-rzy?

Cezary Dąbrowski najwyraźniej był zainteresowany tematem. Nagle jego twarz nie wydawała się już taka młodzieńcza i niewinna. Bladość stała się teraz złowieszcza. Strzałkowska odetchnęła głębiej. Naprawdę za dużo ostatnio myślała o siłach nadprzyrodzonych.

– Podobno. Ten pierwotny, gdzie zmarły był pochowany najpierw – wyjaśniła Klementyna. – Potem zwłoki przeniesiono.

Dąbrowski zastanawiał się przez chwilę.

– Ciekawe – mruknął tylko. – Szkoda, że nie miałem dostępu do mogiły.

– Wolałby pan tam nie być – zaśmiał się Gawroński. – Ledwo uszliśmy z życiem. Mieszkańcy tej wsi nie byli za bardzo skorzy do współpracy. Zapewniam.

ROZDZIAŁ 24

Lipowo. Sobota, 25 sierpnia 1984. Godzina 14.00.
Gloria Czajkowska

Gloria Czajkowska zatrzymała samochód gdzieś nieopodal Lipowa. Całkiem lubiła tę wieś. Może dlatego, że była zupełnie inna niż te cholerne Utopce. Położona wśród wzgórz i jezior wyrzeźbionych przez lodowiec. Blisko skraju lasu, ale nie za bardzo. Z dumną iglicą neoromańskiego kościoła strzelającą w niebo i pięknym lipowym starodrzewem. Idealne miejsce na film, uznała w duchu Gloria. Z nią w roli głównej oczywiście.

Wyjęła kluczyki ze stacyjki i wysiadła z dziesięcioletniej warszawy. Oparła się o samochód z niejakim wstrętem. Tadeusz kupił to auto jakiś czas temu, żeby miała własny samochód. Taki był z tego dumny, prychnęła w duchu. Myślał chyba, że Gloria się nie zorientuje, że warszawa ma już swoje lata. Tadeusz powinien był się jednak bardziej postarać. Wstydziła się gdziekolwiek pokazywać tym wrakiem. Na szczęście wkrótce to wszystko się zmieni, uznała. Tylko najpierw jeszcze spotkanie z Heinrichem.

Zerknęła na zegarek. Była dokładnie czternasta. Wanke powinien już tu być. Rozejrzała się. Wreszcie zza zakrętu wyłonił się biały wartburg. O ileż lepiej prezentowałaby się w takim na przykład wartburgu, pomyślała Gloria z miejsca. To była nowoczesność i klasa. Zerknęła na swój samochód niechętnie. Nie to, co stara warszawa. Kiedyś może i była szczytem luksusu, ale teraz przypominała tylko Glorii o utraconej na zawsze młodości.

Heinrich zaparkował tuż obok niej i zaciągnął hamulec ręczny. Wysiadł z samochodu i uśmiechnął się szeroko, jak to miał w zwyczaju. Zwątpiła nagle, że jest zdolny do tego, co obiecał. To była głupota. I tak skończy się na tym, że będzie musiała poradzić sobie sama.

– Załatwmy to szybko – rzuciła.

Przez chwilę obawiała się, że poczuje chociaż drobne wyrzuty sumienia, ale nic takiego nie nastąpiło. Uśmiechnęła się do siebie. Nie była taka jak inni ludzie.

Heinrich podszedł do niej leniwym krokiem. Jego ciemne włosy tańczyły na coraz silniejszym wietrze. W powietrzu czuło się nadchodzącą powoli zmianę. Może burza jednak w końcu przyjdzie?

– Wszystko gra? – zapytał, jakby to była najzwyklejsza rzecz na świecie. Musiało mu naprawdę zależeć na tej cholernej „Żebrówce".

Pokiwała głową.

– Świetnie. W takim razie machnij mi tu podpisik.

Wyciągnął jakąś kartkę.

– Tak się nie umawialiśmy – stwierdziła Gloria zimno, przyglądając się umowie sprzedaży domu. Nie miała zamiaru zostawiać po sobie żadnych śladów. – Nie będę nic podpisywała.

Heinrich uśmiechnął się szeroko.

– Gloria, musisz też zrozumieć mnie – poprosił uprzejmie. – Chcę mieć pewność, że mnie nie oszukasz, kiedy już pozbędę się twojego męża. Muszę mieć „Żebrówkę".

Gloria roześmiała się serdecznie.

– Komu miałabym wcisnąć tę ruderę? – zapytała, ocierając łzy, które z rozbawienia napłynęły jej do oczu. – Nikt oprócz ciebie jej nie chce. Możesz spać spokojnie. Jak tylko zrobisz, co do ciebie należy, to zostaniesz nagrodzony domem. Nie zamierzam jednak nic teraz podpisywać. Nie urodziłam się wczoraj. Tylko tego brakuje, żebyś poleciał z tym na milicję. Podpiszemy umowę, jak dom będzie mój.

Heinrich uśmiechnął się i schował papier z powrotem do kieszeni. Poszło aż za łatwo, pomyślała. Wanke najwyraźniej zupełnie nie miał głowy do interesów. Na jego miejscu Gloria próbowałaby zabezpieczyć się na wszystkie sposoby. Teraz jeszcze mniej wierzyła w to, że Niemiec pozbędzie się Tadeusza. Zupełnie nie wyglądało na to, żeby był zdolny do morderstwa. Jak zwykle wszystkim będzie musiała zająć się sama, pomyślała znowu. Na swój sposób.

– Masz klucz? – zapytał nagle zupełnie innym tonem Heinrich. Zniknęła gdzieś jowialność króla czekolady. Pojawił się człowiek interesu.

Gloria pokiwała głową i sięgnęła do kieszeni zaprasowanych w kant podróżnych spodni. Wyjęła klucz od „Żebrówki". Był wielki i zdobiony. Nie wyglądał wcale, jakby służył do otwierania drzwi wejściowych, raczej staromodnej szafy. Zważyła go w dłoniach. Przywodził na myśl wszystkie chwile, które spędziła w tych cholernych Utopcach.

– Wahasz się? – zadrwił niemal Heinrich.

Zerknęła na niego i z powrotem na klucz. Wiedziała, że jej decyzja zaprowadzi do czegoś nieodwracalnego. Jeżeli oczywiście ten wesołek się odważy, poprawiła się w duchu.

– Klucz nie jest ci potrzebny – stwierdziła w końcu spokojnie. – Drzwi zawsze są otwarte. Jak we wszystkich domach na tym cholernym zadupiu.

– Jestem przezorny – zaśmiał się Wanke. – Wolę się zabezpieczyć.

Nagle Heinrich wyciągnął rękę i szybkim ruchem wyrwał jej klucz. Gloria patrzyła na swoją pustą dłoń zaskoczona. Nigdy nie podejrzewałaby go o taką szybkość.

– Dziękuję – powiedział grzecznie, jakby oddała mu przedmiot z własnej woli.

Gdzieś w oddali zagrzmiało. Najwyraźniej Gloria miała rację. Burza zbliżała się nieuchronnie.

ROZDZIAŁ 25

Utopce. Poniedziałek, 3 listopada 2014. Wieczorem

Komisarz Klementyna Kopp miała wrażenie, jakby wzięła sporą dawkę lekkich narkotyków. Żyła wystarczająco długo, żeby spróbować wielu rzeczy. Tego, co czuła obecnie, nie można było jednak porównać z niczym. Nieustająca desperacja, która ogarnęła ją po śmierci Teresy w 2012 roku, nagle zmieniła się w nadzieję. To było, jakby Klementyna niczym wąż zrzuciła starą skórę i na powrót stała się młodą dziewczyną. Bez przeszłości. Patrzącą tylko do przodu. A wszystko dzięki temu, że Czesława poprowadziła ją na drugą stronę lustra. Wszystko dzięki temu, że Klementyna pozwoliła sobie zanurzyć się w szaleństwie. Uwierzyć.

W dniu Wszystkich Świętych komisarz Kopp poszła na cmentarz. Zdecydowanym krokiem. Właściwie bez obaw i tego dławienia w gardle, które przedtem towarzyszyło każdej tam wizycie. Czuła spokój. Pewnie dlatego, że wieczorem będzie mogła porozmawiać z kochanką. Dzięki Czesławie.

Klementyna złożyła na grobie Teresy stokrotki. Jej ulubione kwiatki. Wokół kłębiły się tłumy ludzi, którzy wyjątkowo jakoś nie przepychali się pomiędzy grobami i nie złorzeczyli sobie nawzajem. W tym roku wszyscy kroczyli cicho, ukryci za zamyślonymi półuśmiechami. Milczenie. A może to tylko Klementyna nie słyszała ich głosów? Może zamknęła się na dobre w świecie szaleństwa? Nie mogła tego wykluczyć. Ale! Kompletnie jej to nie obchodziło. Mówiąc całkiem szczerze.

Wyjechała spomiędzy drzew i pozwoliła małej czarnej skodzie wtoczyć się na brukowany mostek nad strumieniem okalającym Utopce. „Żebrówka" pyszniła się w ciemnościach jako pierwszy dom w całej wsi. Zaraz za nią stał dom Tokarskich. Kiedy tylko go zobaczyła, Klementyna poczuła nieprzepartą chęć, żeby zatrzymać się na poboczu. Chociaż przez chwilę posiedzieć w ciemnościach zapomnianej polany i powspominać to, co dzięki Czesławie przeżyła w ostatnich dniach. Niezwykły dar chórzystki sprawiał, że komisarz Kopp mogła teraz rozmawiać z Teresą, mimo że dzieliła je linia życia i śmierci. Po drugiej stronie lustra nie było przecież podziałów na żywych i umarłych. Teresa. Nikt i nic innego się nie liczyło. Liliana, to dziwne nieoficjalne śledztwo, prawdziwa praca. Nic. Był tylko głos Teresy wydobywający się z ust Czesławy.

Klementyna przyhamowała dość gwałtownie. Usłyszała za sobą pisk hamulców. Zerknęła we wsteczne lusterko. Jej oczy poruszały się dziwnie wolno, jakby przytępienie zmysłów było ceną za błogie szaleństwo. W końcu dotarło do niej, że radiowóz z Lipowa zatrzymał się niebezpiecznie blisko tylnego zderzaka czarnej skody. We wstecznym lusterku komisarz Kopp widziała pytające spojrzenie Daniela.

Twarz miał oświetloną tylko przez kontrolki na tablicy rozdzielczej. Mysia Emilia siedząca na fotelu pasażera również wpatrywała się w Klementynę. W jej oczach policjantka widziała z kolei niechęć i potępienie. Nieważne. Nic nie jest ważne. Nic!

Komisarz Kopp odetchnęła głębiej. Gdzieś głęboko czuła, że powinna starać się trzymać rzeczywistości rękami i nogami. To było jednak teraz o wiele trudniejsze niż balansowanie na granicy szaleństwa. Wcisnęła powoli pedał gazu. Musi się jakoś przemęczyć przez dzisiejsze spotkanie z Józefem Drzewieckim. Potem spróbuje odnaleźć Czesławę i namówić ją na kolejny seans. To był dobry pomysł. Uspokajający. Zdecydowanie.

Drzewiecki czekał na nich na drewnianym ganku swojego domu. Drewnianego.

– Zapraszam, zapraszam – powiedział stary policjant, kiedy komisarz Kopp i para policjantów z Lipowa zaparkowali i wysiedli z samochodów. – Chodźcie do środka. Przygotowałem poczęstunek. Porozmawiamy.

Klementyna gdzieś na granicy świadomości znowu dostrzegła lisa w spojrzeniu Drzewieckiego. Dzikie zwierzę pokazało się dosłownie na kilka sekund. Umknęło potem czym prędzej. Wcale niespłoszone, że ktoś je zauważył. O nie. Raczej przyczajone.

Weszli do saloniku. Ciasteczka, czekoladki i parująca kawa. Uroczo. Klementyna obrzuciła powolnym spojrzeniem stolik. Szydełkowa serwetka gdzieś zniknęła. To zauważyła. Reszta jednak zdawała się teraz jakaś rozmazana. Jakby szukanie lisa w Drzewieckim zupełnie wyczerpało i tak już nadwątlone siły Klementyny.

– Ta czekolada to z fabryki Heńka i Wandy – poinformował ich Drzewiecki, chociaż wielokrotnie powtarzał to już przecież podczas ich pierwszego spotkania. – Spróbujcie, a nie pożałujecie. Najlepsza w północnej Polsce.

Gospodarz zrobił gest ręką w stronę stolika z poczęstunkiem. Najlepsza czekolada. Klementyna poczuła, jak kąciki jej ust unoszą się w grymasie.

– Co macie? – indagował Drzewiecki. W jego głosie brzmiała wyraźna niecierpliwość. Nie czekał, aż śledczy usiądą.

– Może najpierw pan nam coś wyjaśni – zaproponował Daniel powoli.

Drzewiecki zerknął na Podgórskiego zaskoczony.

– To znaczy?

– W dniu śmierci Wojtka i Tadeusza Czajkowskich spotkał się pan z Rafałem Tokarskim – włączyła się Emilia. – Czego dotyczyło to spotkanie?

Klementyna pozwoliła parze policjantów z Lipowa przejąć inicjatywę. Czego dotyczyło tajemnicze spotkanie, które niechcący podejrzał listonosz? Znali już wersję Rafała dotyczącą sprzedaży wieprzowiny. Teraz trzeba było sprawdzić, co ma na ten temat do powiedzenia Drzewiecki.

Stary policjant wzruszył ramionami.

– To nie ma najmniejszego związku z Czajkowskimi.

Klementyna westchnęła. To była strata czasu.

– Może pan mimo wszystko powiedzieć? – poprosiła Strzałkowska.

Głos mysiej policjantki był tylko pozornie łagodny. Klementyna doskonale słyszała w nim twardą nutę. Drzewiecki poruszył się nieznacznie. Był doświadczonym śledczym. Wiedział, o co chodzi w tej grze.

– Jak mówię, że to spotkanie nie ma związku ze sprawą, to chyba możemy już przejść do meritum – powiedział. Lis znowu mignął w jego spojrzeniu. – Nie po to rezygnuję z rozrywek emeryta i wracam do starego śledztwa, żeby dyskutować o głupotach. Ciągle mam swoje sprawy, swoje życie.

– Czekaj. Stop – mruknęła Klementyna. Miała tego dosyć. – Coś mi się wydaje, że troszeczkę przesadzasz z tym bujnym życiem, co? Widzę dwie opcje. Albo jesteś w to wszystko jakoś zamieszany, albo chcesz się dowiedzieć, kto jest w to zamieszany. Ale! Na pewno wolisz, żebyśmy cię odwiedzali, niż to swoje smętne życie. A może się mylę, co?

Na te słowa w salonie zapadła głęboka cisza. Gdzieś w domu słychać było powolne tykanie zegara. Klementyna miała wrażenie, że czas na chwilę stanął w miejscu. W końcu gospodarz wstał i bez słowa zasłonił okno. Zegar jakby z powrotem przyspieszył. Klementyna zauważyła, że Emilia znowu poruszyła się niespokojnie.

– Kupowałem od nich wieprzowinę i sprzedawałem trochę w mieście na czarnym rynku. Zadowoleni? – warknął w końcu Drzewiecki. – Tak jak powiedziałem, to nie ma związku z Tadeuszem i Wojtkiem. Możemy nareszcie kontynuować? Macie coś nowego?

Wieprzowina. Klementyna skinęła głową. To zgadzało się z wersją, którą zafundował im syn Czesławy. Wolała na razie wierzyć, że ci dwaj mówią prawdę. Podgórski zerknął w stronę komisarz Kopp, jakby się upewniał, że może kontynuować. Było jej wszystko jedno.

– Rozważamy z Emilią pewną teorię na temat szkieletu tego wampira – zaczął Daniel niezniechęcony brakiem reakcji ze strony Klementyny.

302

– Jaką? – zainteresował się Drzewiecki.

– Zastanawiamy się, czy wampir może być jakoś związany ze śmiercią Czajkowskich. To znaczy nie jako sprawca – pospieszyła z wyjaśnieniami Emilia. – Antropolog zrobił co prawda dopiero wstępne oględziny tych kości, ale istnieje możliwość, że ten człowiek, czy wampir, jak się tu uważa, został otruty.

– Otruty – powtórzył Drzewiecki. Bez znaku zapytania na końcu.

Strzałkowska pokiwała głową.

– Tak.

– Kiedy?

– Gdzieś w okresie drugiej wojny światowej.

– Czyli kości wcale nie leżały tu od wieków – mruknął stary policjant w zamyśleniu.

– Na to wygląda – zgodził się Podgórski. – Jeżeli wampir został otruty, to może ktoś chciał zatuszować poprzednią zbrodnię i to dlatego Czajkowscy zginęli. Kiedy ciało zamordowanego zostało odkryte przez Wojtka i Tadeusza, morderca postanowił uciszyć kolejne osoby. Co o tym myślicie?

Daniel spojrzał na Klementynę. Komisarz Kopp nie czuła się na siłach, żeby zmusić swoje ciało do jakiejkolwiek reakcji. Świat po drugiej stronie lustra był z pewnością mniej wymagający. Wystarczyło słuchać Czesławy.

Drzewiecki za to pokręcił głową niemal natychmiast. Znowu koniecznie chciał pokazać, że jego własne przeoczenia w starym śledztwie nie miały takiego znaczenia.

– Naciągane – osądził. – Jeżeli nawet przyjmiemy, że wampir to ofiara truciciela z lat czterdziestych. Szczątki leżą

sobie spokojnie ukryte na tyłach „Żebrówki". W osiemdziesiątym czwartym zostają odkopane podczas budowy
altany. Wszyscy o nich wiedzą. Całe Utopce. Już Czesława
o to zadbała. Jaki sens w tej sytuacji miałoby mordowanie
Wojtka i Tadeusza? Żeby ukryć odnalezienie trupa, trzeba
by wymordować całą wieś. A przecież wszyscy oprócz tych
dwóch mają się dobrze.

– Może Wojtek i Tadeusz wiedzieli więcej niż pozostali
mieszkańcy? – zaproponowała Emilia, grając rolę adwokata
diabła.

Mysia policjantka otarła przy tym pot z czoła. Spojrzała
apatycznie w stronę zasłon. Klementyna przez moment
chciała je nawet rozsunąć, żeby zwiększyć wrażenie przestrzeni i pomóc Emilii. W końcu jednak ręka jakoś się nie
uniosła. Ani o minimetr. O wiele wygodniej było tkwić
w błogim odrętwieniu i czekać na rozmowę z Teresą.

– Skąd mieliby wiedzieć coś więcej niż my? Szkielet
im powiedział? – zakpił Drzewiecki. – To idiotyczna teoria. Szczerze mówiąc, myślałem, że zdziałacie więcej.
Młodzi, pomyślałem. Oni mogą mieć świeże spojrzenie
na tę sprawę. Może zobaczą to, co ja przeoczyłem kiedyś.
A wy wmawiacie mi, że szkielet zdradził Czajkowskim
swój sekret. I dlatego zginęli.

Drzewiecki otarł strużkę śliny, która spłynęła mu po
brodzie. Na jego lisiej twarzy malowały się teraz wyraźne
emocje. Żyła na skroni pulsowała.

– O ile sobie dobrze przypominam, to pan wmawiał
nam na początku, że szkielet wstał i zabił Wojtka i Tadeusza, bo zakłócili mu wieczny odpoczynek – odparła
Strzałkowska z irytacją.

– Prosiłbym jednak o odrobinę szacunku – syknął gospodarz. – Chociażby z racji wieku.

– Wróćmy może na chwilę do lat czterdziestych – zaproponował ugodowo Daniel. – Jeżeli mamy szkielet, to kogoś musi też brakować. Nikt w tym czasie nie zaginął nagle w Utopcach? Przypomina pan sobie, żeby kiedykolwiek była o tym mowa?

– Nie – odparł natychmiast Drzewiecki. – W latach wojny ludzie wymierali masowo w naszej wsi. W czterdziestym pierwszym była epidemia tyfusu, która dosłownie nas zdziesiątkowała, zanim przyszła pomoc lekarska. Potem była zima, a domy zmarłych rozbierano, żeby mieć drewno na opał. Utopce musiały wyglądać ponuro. Ja oczywiście tego nie pamiętam, bo urodziłem się w trzydziestym dziewiątym. Byłem tylko dzieckiem. Ciężkie to były czasy na początku wojny. Potem się poprawiło, ale pamiętam jeszcze z dzieciństwa szkielety domów sąsiadów zmarłych podczas epidemii. Chyba gdzieś w pięćdziesiątym rozebrano ostatni. Kiedyś nasza polana tętniła życiem.

– Może któryś z chorych wcale nie umarł na tyfus – powiedziała Strzałkowska, wracając do sprawy. – Tylko został otruty, a jego ciało trafiło do ogrodu w „Żebrówce”.

Gospodarz pokręcił głową.

– Nie sądzę. Zmarli trafiali na cmentarz. Wszyscy – ostatnie słowo Drzewiecki wyraźnie podkreślił. – Chyba tylko dziadek Kosmy Żebrowskiego został pochowany gdzie indziej. Ale to tylko dlatego, że on był żołnierzem. Zginął podczas działań wojennych i pochowano go na cmentarzu wojskowym razem z resztą jego oddziału. Pozostali zmarli grzecznie spoczywają u nas na cmentarzu. Te kości spod altany muszą należeć do kogoś obcego. Nam w Utopcach nie brakuje żadnych ciał.

– Okej. No dobra. Zwał, jak zwał – stwierdziła Klementyna. Czuła, że musi się odezwać, żeby wrócić do tu i teraz. Do tego pokoju. – Ale! Ktoś jednak ukrył wampirka pod lasem. Kimkolwiek ten wasz krwiopijca był.

Drzewiecki tylko wzruszył ramionami.

– Może zacznijmy od tego, kto mógł to zrobić, co? – kontynuowała komisarz Kopp. – Krwiopijca zginął w latach czterdziestych. Do kogo wtedy należała „Żebrówka", co?

Klementyna postanowiła zapytać, chociaż znała odpowiedź. Z przydługiej opowieści Jagny Żebrowskiej wynikało, że pierwszy dom we wsi najpierw należał do rodziny Kosmy.

– Jakie to ma znaczenie?

– Mieszkańcom willi najłatwiej było ukryć ciało na podwórku – powiedział Daniel. – Komisarz Kopp ma rację.

– Słyszałam, że przed Czajkowskimi mieszkali tam Żebrowscy – ciągnęła Klementyna. Ćmiący papierosa Kosma znowu stanął jej przed oczami. – Tak było, co?

– Dom należał wtedy do Żebrowskich. To prawda – przyznał Drzewiecki, robiąc zafrasowaną minę. – O ile dobrze pamiętam, odsprzedali go Czajkowskim na początku sześćdziesiątego roku.

Klementyna pokiwała głową.

– Spoko. To porozmawiamy sobie o tym z Kosmą. Przyjemniaczek z niego – mruknęła. – A co masz do powiedzenia o Jagodzińskich, co?

Arleta i Maciej byli nowymi pionkami w grze. Pielęgniarka romansowała przez jakiś czas z Wojtkiem. Twierdziła co prawda, że to były tylko sporadyczne spotkania. Wielkooki mąż listonosz potwierdzał każde słowo Arlety. Właściwie to mówił z a n i ą, poprawiła się komisarz Kopp w duchu. Perfekcyjne, kochające się małżeństwo. Dobre sobie.

Myśli policjantki znowu uleciały w stronę Czesławy. A właściwie Teresy. Teresa. Teresa na nowo odnaleziona dzięki pomocy medium. Medium? Klementyna nigdy nie uwierzyłaby w coś takiego, gdyby nie przekonała się na własne oczy. Teresa naprawdę przemawiała do niej ustami chórzystki. To się działo naprawdę. Naprawdę! Czesława nie mogła przecież znać wszystkich szczegółów z ich wspólnego życia. To nie mogło być oszustwo! Druga strona lustra, gdzie czekała na nią Teresa. To wszystko prawda. Klementyna miała dużo za dużo lat na karku, żeby…

– O Jagodzińskich? – zapytał Drzewiecki, wyrywając ją z błogiego szaleństwa. – Nie rozumiem.

Stary policjant naprawdę wyglądał na zaskoczonego.

– Dowiedzieliśmy się, że Wojtek i Arleta spotykali się potajemnie w osiemdziesiątym czwartym – wyjaśnił Daniel. – Czy uważa pan, że ona albo Maciej byliby zdolni do przemocy?

Drzewiecki sięgnął po czekoladkę.

– Zachęcam do poczęstowania się – powiedział, przeżuwając. – Czy oni mogliby zabić Tadeusza i Wojtka? Jagodzińscy? Nie, nie sądzę. Maciej jest bardzo spokojnym człowiekiem. Nigdy nie widziałem, żeby chociaż podniósł rękę na tę ich córkę, Karolinę.

– To, że nie bił swojego dziecka, niczego nie wyklucza – włączyła się Emilia.

Józef Drzewiecki spojrzał na mysią policjantkę spod oka. Klementyna znowu zauważyła w jego oczach czatującego lisa. Jednak i tym razem zwierz skrył się szybko za fasadą pozornego poukładania.

– Może i niczego nie oznacza, ale jednak wiele mówi o człowieku, nie sądzi pani? – odparł. – Nie, nie widzę ani jego, ani jej w roli zabójcy. Zresztą nawet jeżeli... Przecież Maciej mógł być zazdrosny o Wojtka. Co by miał przeciwko Tadeuszowi? Nie możemy zapominać, że są dwie ofiary.

– Kłopot w tym, że jak na razie nie mamy podejrzanych, którzy chcieliby śmierci obu mężczyzn – powiedział Daniel. – Jest całkiem sporo osób, które miały motyw do zabicia tylko jednego z nich. Na przykład Wanda nienawidziła Tadeusza, bo uważała, że doprowadził do śmierci jej siostry pustelniczki. Po co jednak miałaby zabijać Wojtka?

– Zwróć uwagę na Czesławę – wtrąciła się Emilia. – Ona miała pretensje do nich obu, że ruszyli te stare kości.

– Pretensje? – przedrzeźniała ją Klementyna. – To ma być motyw? Nie sądzę, żeby to była ona. Miałaby zabijać dwie osoby, bo przeniesiono wampira, co?

Daniel i Emilia spojrzeli na komisarz Kopp. Wydało jej się, że widzi w ich oczach wyrzut. A może znowu tylko to sobie wyobraziła? Może w ich oczach było coś zupełnie innego?

– Zgadzam się – poparł ją nieoczekiwanie Drzewiecki. – Pora chyba spojrzeć na to wszystko na trzeźwo i podsumować bez zbędnych emocji. Trzeba odrzucić teorie, które zupełnie nie trzymają się kupy. Po pierwsze, Czajkowskich nie mógł zabić wampir. Po drugie, kości spod altany może i należały do ofiary otrucia, ale nie sądzę, żeby to miało jakiś bezpośredni związek ze śmiercią Wojtka i Tadeusza w osiemdziesiątym czwartym. Po trzecie, Czesława nie miała wystarczającego motywu, żeby zabić Czajkowskich.

– Tego nie wiemy – nie zgodził się Daniel. – Może czegoś nie widzimy. Motyw kary za wydobycie i przeniesienie szczątków może i jest za słaby, ale przecież może być coś jeszcze.

Klementyna czuła gdzieś głęboko, że to ona powinna to powiedzieć. Nie miała jednak ochoty. Czesława była jej potrzebna. Za bardzo. Bez Czesławy kontakt z Teresą się urwie. Do tego nie można dopuścić.

Drzewiecki powoli skinął głową.

– Co racja, to racja – zgodził się w końcu. – Czesławy nie wykreślamy więc jeszcze z naszej listy. Idźmy dalej. Po namyśle zarzuty wobec Heinricha Wanke też wydają mi się naciągane. Już w osiemdziesiątym czwartym roku były śmiechu warte, szczerze mówiąc. Opierały się tylko na tym, że Heniek bardzo chciał kupić „Żebrówkę". Nie mamy nic poza tym.

– Przynajmniej na razie – uściślił Podgórski.

– Przynajmniej na razie – zgodził się łaskawie Drzewiecki. – Kłopot tylko w tym, że tak naprawdę nie mamy żadnych sensownych podejrzanych.

– Właśnie o tym mówiłem wcześniej – przypomniał Daniel cierpliwie.

– Czekaj. Stop. Mamy Kosmę – mruknęła Klementyna. – Gloria Czajkowska mówiła, że jej kochanek był wyjątkowo zazdrosny.

– Kosma był kochankiem Glorii. To prawda – wtrąciła się mysia Emilia. – Mógł mieć motyw, żeby zabić Tadeusza i zająć jego miejsce. Tylko że pozostaje pytanie, dlaczego miałby uśmiercać Wojtka. Kolejna osoba, która pasuje tylko do jednej z ofiar, ale do drugiej już nie.

– Spoko. Ale! Tu się mylisz – stwierdziła Klementyna z pewną dozą satysfakcji. – Gloria zeznała mi, że Kosma groził, że pozbędzie się i Tadeusza, i Wojtka. Żeby mieć ją tylko dla siebie.

Komisarz Kopp nie była już tego wcale taka pewna. Ale! Równie dobrze tak mogło przecież być.

– Szkoda, że nie raczyłaś wspomnieć o tym wcześniej – rzuciła Strzałkowska cierpko. – Jeszcze o czymś zapomniałaś nam powiedzieć?

Pytanie zawisło na chwilę w powietrzu. Klementyna chciała je odepchnąć od siebie jak najdalej. Uparcie jednak wracało. Czy nie zapomniała o czymś? Czego nie widziała? Czy rozwiązanie nie kryło się gdzieś w zasięgu ręki? Odgoniła od siebie te myśli. Teraz liczyła się tylko Teresa. Trzeba skończyć to całe spotkanie i odnaleźć Czesławę. To właśnie trzeba, a nie szukać odpowiedzi na bezsensowne pytania.

Tymczasem Drzewiecki zaśmiał się krótko.

– Kosma mordercą? Dobre sobie – zawyrokował. – Rozmawialiście z Kosmą osobiście?

Klementyna wiła się zniecierpliwiona. Iść stąd. Iść stąd!

– Doskonale wiesz, że ja z nim rozmawiałam – warknęła. – Po co się głupio pytasz, co?

Zmierzył ją długim spojrzeniem. Wypatrywała lisa. Tym razem nie pojawił się jednak ani na chwilę.

– Kosma to milczek – powiedział. – No, ale to chyba jedyna jego wada. Poza tym to spokojny i uczynny człowiek. Zrobił mi podmurówkę pod dom prawie za darmo.

– Spoko. Ale! Nie powiedziałabym, że jest taki bez winy.

Klementyna miała swoje zdanie o Żebrowskim.

– Pytanie, czy w ogóle możemy wierzyć w zeznania Glorii – odezwała się Emilia. Spojrzała przy tym spod oka na komisarz Kopp. – Rafał Tokarski powiedział przecież, że pani Czajkowska zachowywała się dziwnie, że jej relacje z Wojtkiem były napięte. Wojtek podobno bardzo to przeżywał. Pan też miał takie wrażenie?

Mysia Strzałkowska odwróciła się do Drzewieckiego.

– Skoro Rafał tak twierdzi – odparł. – Ja tam nie zauważyłem, żeby w rodzinie Czajkowskich było coś nie tak. No, ale może nie miałem prawa. Rafał, Wojtek, Kosma… to były wtedy dzieciaki. Na pewno bardziej się sobie zwierzali niż mnie.

– Nie ma rodzin idealnych – powiedział Daniel sentencjonalnie.

– Co prawda, to prawda – zgodził się Drzewiecki. – Tadeusz sporo czasu spędzał w Warszawie w tym swoim laboratorium czy gdzie tam. Gloria była tutaj. Przez większą część czasu zajmowała się Olafem i Wojtkiem sama. Myślę, że całkiem dobrze sobie radziła w tej sytuacji.

– Kobieta bez wad? – zapytała Emilia sceptycznie.

Drzewiecki zaśmiał się niemal serdecznie.

– Bez przesady. Aż takim aniołem to ona nie była – orzekł w końcu. – Zachowywała się trochę wyniośle wobec mieszkańców, ale bez przesady. Kiedy przyjechała tu z Warszawy po raz pierwszy, była gwiazdą filmu. Miała więc swoje prawa. Może była nieco rozkapryszona. Na pewno jednak nie uwierzę w to, że Gloria Czajkowska zabiła swojego męża i syna. Nie widzieliście jej żalu w tamtych pierwszych dniach po ich śmierci. Myślałem, że rozpadnie się na strzępy. To nie Gloria zabiła. Kochała swoją rodzinę z całego serca. Widziałem to. Zresztą gadamy bez sensu. Glorii nawet tu nie było, kiedy to się stało. Nie zapominajcie, że pojechała do Warszawy w sobotę w południe i wróciła dopiero w niedzielę, kiedy zorientowała się, że nie ma paszportu. Nie miała sposobności zabić Czajkowskich.

– A Lenart Wroński? – spytała nagle Emilia.

Drzewiecki znowu się zaśmiał.

– Co Lenart? Mordercą? Najbliższy przyjaciel Tadeusza? To dopiero jest niedorzeczność! Lenart?! Dobre sobie.

– Emilia ma rację – poparł koleżankę Daniel. – To wcale nie jest wykluczone. Przecież Lenart przejął badania Tadeusza po śmierci Czajkowskiego. To mógł być motyw.

– Do zabicia Tadeusza może, chociaż większego idiotyzmu nie słyszałem, ale co z Wojtkiem? – naciskał Drzewiecki. – Widzę, że kręcicie się tylko w kółko. Nie rozumiem, dlaczego Olaf zlecił tę sprawę akurat wam.

– Może dlatego, że wy jej nie rozwiązaliście? – odparowała Strzałkowska. Mysia policjantka wyglądała teraz na porządnie zezłoszczoną.

– To śmieszne – zaperzył się z miejsca Drzewiecki. – My zrobiliśmy wszystko, co mogliśmy, w osiemdziesiątym czwartym. Co wy teraz możecie? Po latach? Łudziłem się bez sensu.

Klementyna przypatrywała się rozeźlonemu emerytowi. Na jego twarz znowu wystąpiły żyły. Pulsowały wyraźnie. Nie podobało jej się to.

– Okej. No dobra. Ale! Co z brakami?

Wszyscy spojrzeli w jej stronę.

– Jakimi brakami? – zapytał Drzewiecki.

– Brakuje nam kilku rzeczy. Może powinniśmy spojrzeć na tę sprawę od tej strony – zaproponowała komisarz Kopp.

– Zabójca pozbył się ciał, bo prawdopodobnie pomogłyby nam znacznie w rozwiązaniu sprawy. Ale! Nie tylko trupy zniknęły. Nie zapomnieliście przypadkiem o tym, że brakuje nam zakrwawionych ubrań z krypty i czaszki wampira z mogiły, co? Interesują mnie zwłaszcza te łachy. Wiesz coś o tym, co?

Klementyna spojrzała na Drzewieckiego. Atmosfera w małym saloniku stała się teraz napięta.

– Co pani teraz sugeruje? – wycedził przez rzadkie szarawe zęby Drzewiecki. – Że niby ja ukradłem te ubrania z krypty?

– Może jeżeli znajdziemy złodzieja, znajdziemy też zabójcę – mruknęła do siebie komisarz Kopp, ignorując jego pytanie. – Sama jeszcze nie wiem. Zobaczymy… Ale! Najpierw porozmawiajmy sobie z Kosmą o wampirze w ogródku jego rodzinnego domu. Nie odrzucajmy przedwcześnie żadnego tropu.

Przytępione zmysły Klementyny wyzwoliły się na kilka krótkich jak mgnienie oka sekund. Wkrótce jednak jej myśli znowu odpłynęły na drugą stronę lustra.

ROZDZIAŁ 26

Utopce. Sobota, 25 sierpnia 1984. Godzina 16.20.
Rafał Tokarski

Rafał Tokarski oporządzał chlew z wściekłością. Za każdym razem, kiedy tylko pomyślał o poruczniku Drzewieckim, chciało mu się kląć. Ten stary kutwa właściwie zwyczajnie go oszukał. Inaczej chyba tego nazwać nie można.

Rafał odłożył widły i wyszedł z chlewu. Spojrzał w stronę „Żebrówki". Był pewien, że poradziłby sobie z Czajkowskim bez najmniejszego kłopotu. Obaj byli znacznie mniejsi niż on, a Wojtek dodatkowo strasznie schudł przez ostatnie miesiące. Wyglądał niezdrowo. Prawie jak Kosma. Nie, rozprawienie się z tymi dwoma to betka. Tylko co z zapłatą?

Westchnął gniewnie i ruszył do domu. Wspiął się po schodkach. Jedna z desek zaskrzypiała cicho. Będzie musiał to naprawić. Nie lubił, kiedy coś się psuło. Wszedł do środka i zamknął za sobą drzwi. Porozwieszane na ścianach metalowe krucyfiksy zabrzęczały przy tym nieprzyjemnie. Zajmowały już teraz prawie każdą wolną przestrzeń. W tej chwili trudno było nie zauważyć, że matka wpada w jakąś obsesję.

Wszystko zaczęło się oczywiście od tej pieprzonej altany. I tych starych kości. Nie mogli zacząć kopać pół metra dalej? Szkoda. Naprawdę. Wystarczyłoby durne pół metra w tę czy w tamtą i jego dom nie wyglądałby jak magazyn świętych przedmiotów.

Rafał zdjął buty z kolejnym głębokim westchnieniem. Nie był pewien, skąd Czesława zdobyła te wszystkie dewocjonalia w tak krótkim czasie. Może przechowywane były gdzieś na strychu plebanii albo w podziemiach starego drewnianego kościółka? Matka jako przewodnicząca chóru ciągle się tam przecież kręciła.

Poszedł do kuchni. Był najwyższy czas na obiad. Kiedy przekroczył próg pomieszczenia, Czesława nerwowo zamknęła jedną z szuflad. Najwyraźniej coś tam chowała. Znowu – westchnął. Kolejne pięć ton metalowych krzyżyków?

– Co tam znów ukrywasz, mamo? – zapytał.

Naprawdę miał tego dosyć, a kłótnia z Drzewieckim sprawiła, że już zupełnie tracił cierpliwość. Próbował podejść do szafki i zajrzeć do szuflady, ale Czesława zagrodziła mu drogę.

– Zrobiłam potrawkę z tego świniaka, którego wczoraj ubiłeś – oznajmiła szybko.

– Potrawkę – powtórzył Rafał nieco bezmyślnie. Skupiony był na szufladzie. Co ona tam schowała? Nie wystarczyło jej to, co już naznosiła do domu?

– Tak. Z reszty zrobię kiełbasę do miasta – poinformowała, nadal broniąc dostępu do szuflady własnym ciałem. – Trzeba to gdzieś posprzedawać. Będzie dodatkowy zarobek.

– Gdybyś tak nie świrowała z tym wampirem, tobym nie musiał jechać do miasta i wciskać ludziom tej kiełby – powiedział z wyrzutem. – A tak to są same problemy. Któregoś razu mnie przymkną. Gdyby nie te twoje fochy, zarobiłbym przy tej idiotycznej altanie. Po jaką cholerę robiłaś szum?

Czesława przeżegnała się natychmiast. Jej gest odbił się w setkach wypolerowanych krzyżyków.

– Nie mów tak, żeby i na nas nie spadła klątwa wampira. Wszyscy umrzemy – stwierdziła. Zupełnie spokojnie.

Rafał znowu westchnął. Matka zawsze była trochę dziwna. Wierzyła, że kontaktuje się z duchami zmarłych, a jednocześnie grała kościelną dewotkę. Trudno było za tym wszystkim nadążyć. Rafał nie był teraz pewien, czy matka kocha tego wampira, czy go nienawidzi. Z nią wszystko było możliwe.

Czesława postawiła przed nim talerz. Z hukiem. Ciepłe mięso parowało w jakimś dziwnym sosie, który przypominał Rafałowi krew. A może to tylko wrażenie. Może za dużo w tym domu było mowy o wampirach.

– Jak spędziłaś dzień? – zapytał, żeby nareszcie zmienić temat.

– Sprzątałam cmentarz. Ktoś musi to robić.

– Tak, jasne.

Rafał natychmiast stracił zainteresowanie. Jadł przez chwilę w milczeniu.

– Nakarmiłeś świnie? – zapytała Czesława po chwili.

– Nie.

– Nie?

Pokręcił głową ze złością.

– Od miesiąca daję im pół porcji. Są wygłodniałe jak cholera – warknął, jakby był osobistym reprezentantem świńskiej braci. – Gdybym mógł pracować do końca budowy altany, toby nie było problemu. Do tego...

Rafał zawahał się przez chwilę. Czy powinien powiedzieć matce o propozycji Drzewieckiego? I o tym, jak ostatecznie milicjant go potraktował?

– Co się stało? – zapytała Czesława natychmiast. Wyczuła chyba, że coś przemilczał.

Opowiedział jej więc o wszystkim. Co to mogło zaszkodzić, że będzie wiedziała?

– I za to masz dostać pieniądze?

Jej oczy natychmiast się zaświeciły. Uwielbiała brzęczenie srebrników. Pokiwał głową.

– Tylko że po tej kłótni dziś w lesie nie wiem, na czym właściwie stoję – stwierdził. – Nie wiem, czy mam iść do Czajkowskich dziś wieczorem według pierwotnego planu, czy zostać w domu. Może Drzewiecki chce teraz jednak wszystko przeprowadzić sam? Kto go tam wie, starego lisa.

– Jeżeli chce sam, to ty musisz być pierwszy – powiedziała Czesława chciwie. – Potem będziesz mógł powiedzieć, że się wywiązałeś. Będzie musiał ci zapłacić.

Rafał zerknął na matkę. W jej oczach odbijały się złote krzyże pokrywające ściany. Jak sobie poradziła z wbijaniem tych wszystkich gwoździ, przebiegło mu nagle przez myśl. Przecież jej nie pomagał. Jak zdążyła zrobić to wszystko tak szybko?

– A jeśli Drzewiecki mi nie zapłaci?

– To będziesz się upominał o swoje. Zawsze jest sposób.

Rafał westchnął. Mimo wszystko wolałby nie zadzierać z porucznikiem Drzewieckim. Z takimi jak on nie ma żartów. Rafał był może młody i niezbyt rozgarnięty, ale swoje wiedział.

– Pójdziesz tam?

Z Drzewieckim się nie zadziera, ale z Czesławą tym bardziej nie. Rafał pokiwał więc tylko głową. Przemyśli to sam w spokoju i zdecyduje później, jak postąpić.

– Dobrze – pochwaliła go matka.

– Możemy zdjąć część tego dobrodziejstwa? – zapytał, rozglądając się po pokrytej krzyżami kuchni. – Nie uważasz, że trochę tu tego za dużo?

– Inaczej będziesz mówił, kiedy wampir uderzy – powiedziała Czesława.

W jej głosie było tyle pewności, że Rafał zadrżał wbrew sobie.

– Nie masz dziś po południu próby chóru? – spytał z nadzieją.

Sądził, że matka pójdzie do kościoła, a on tymczasem usunie kilka krzyży ze ścian, żeby oczyścić umysł. Nie miał przecież zbyt wiele czasu na przemyślenie układu z Drzewieckim.

– Nie – odparła matka spokojnie. – Dziś zostaję w domu.

Rafałowi wydawało się, że zerknęła przy tym w stronę szuflady, której tak wcześniej broniła. Miał tego dosyć. Zdecydowanie. Wstał szybko.

– Zostaw! – wrzasnęła dziko Czesława, ale było już za późno. Rafał zobaczył wnętrze szuflady.

Przez chwilę nie mógł dobrać odpowiednich słów.

– Skąd to wzięłaś? – udało mu się w końcu wyartyku-
łować pytanie.

Czesława patrzyła na niego dziko.

– Nie twoja sprawa – syknęła tym dziwnym, nieswoim
głosem, który czasem przybierała.

– Po co ci to? – nie ustępował. – Rozumiesz w ogóle,
co ja do ciebie mówię?

Matka wpadła w stupor. Rafał usłyszał kiedyś to słowo
od doktora Lenarta i bardzo mu się spodobało. Stupor.
Idealne określenie na stan, w jakim obecnie znajdowała
się Czesława.

– Co chcesz z tym zrobić? – powtórzył nieco spokojniej,
starając się przebić niewidzialne ściany, które wokół siebie
zbudowała matka.

– Wszyscy pożałują – szepnęła Czesława.

W jej oczach zamigotały krzyże.

ROZDZIAŁ 27

Utopce. Poniedziałek, 3 listopada 2014. Wieczorem

Młodszy aspirant Daniel Podgórski był bardzo ciekaw Kosmy Żebrowskiego. Dotychczas nie miał jeszcze okazji spotkać kochanka Glorii Czajkowskiej, ponieważ Klementyna przesłuchiwała go sama. Kosma siedział teraz przed nimi przy stole w swojej kuchni. Daniel rozejrzał się po pokoju. Pod oknem rozłożone było polowe łóżko. Zasłano je wygniecioną pościelą w wyblakłe kolorowe pasy. Przy ścianie po prawej stała dość spora metalowa balia. Po powierzchni wody pływały świeże mydliny. Wyglądało więc na to, że pomieszczenie służy nie tylko do gotowania, ale również do spania i mycia się.

– Czy to długo zajmie? – zapytała Jagna Żebrowska.

Żona Kosmy miała na głowie ręcznik zwinięty w turban. Kiedy Daniel, Emilia i Klementyna przyszli porozmawiać z jej mężem, zajęta była właśnie myciem włosów.

– Nie – zapewnił ją Podgórski. – Załatwimy to bardzo szybko. Mamy tylko kilka pytań.

Mimo tych obietnic gospodyni nie wyglądała na zadowoloną. Kosma zresztą też daleki był od zachwytu. Na jego twarzy malowała się zawziętość. Papieros bez filtra ledwie mieścił się w wąskiej szparze jego ust.

– To ja poczekam w drugim pokoju – zdecydowała Jagna.

– Będziemy się spieszyć – obiecał Daniel raz jeszcze.

Gospodyni na te słowa tylko skinęła głową i zniknęła w sąsiedniej izbie. Podgórski zerknął w stronę Klementyny, żeby się upewnić, czy to ona nie chce zacząć przesłuchania. Komisarz Kopp zajęta była jednak wyglądaniem przez okno. Jej przedwcześnie pomarszczona twarz odbijała się w szybie na tle ciemności.

Daniel westchnął. Od kilku dni Klementyna zachowywała się dziwnie. Zdawała się wiecznie nieobecna. Podgórski podejrzewał, że to z powodu Święta Zmarłych, które na nowo obudziło w niej ból po śmierci Teresy. Nie wiedział, czy powinien poruszać ten temat, mimo że przyjaźnił się z Klementyną. Komisarz Kopp była bowiem niezwykle czuła na tym punkcie. Może wystarczy zwyczajnie przeczekać i wszystko wróci do normy, pocieszył się w duchu.

– O co znowu chodzi? – odezwał się tymczasem Kosma. Miał lekko zachrypnięty głos, jakby się trochę przeziębił albo wypalił dziś szczególnie dużo papierosów. – Już przecież wszystko mówiłem.

Daniel nie był do końca pewien, jak właściwie ma sformułować pytanie, które chcieli Kosmie zadać tego wieczoru. No to kogo zabiliście i pochowaliście w swoim ogrodzie, co? Tak na pewno zaczęłaby tę rozmowę Klementyna. Proste. Daniel zerknął w jej stronę. Tak zapewne komisarz Kopp zaczęłaby tę rozmowę z a z w y c z a j, poprawił się w duchu. Ale teraz wpatrywała się tylko w ciemność za oknem, przejeżdżając lekko dłonią po wytatuowanej szyi. Najwyraźniej nie miała ochoty brać udziału w tym przesłuchaniu.

Podgórski westchnął znowu. Mógł liczyć jedynie na siebie i na Emilię.

– Pan wie, kim jest wampir spod altany, prawda?

Policjant miał wrażenie, że jego usta same sformułowały to pytanie. Gospodarz zerknął w stronę drzwi, za którymi zniknęła przed chwilą jego żona. Wyglądało na to, że zaraz wstanie i do niej dołączy. I nie będzie się przejmował tym, że w kuchni zostało troje funkcjonariuszy.

– Głupoty. Niby skąd mam wiedzieć? – mruknął ledwo dosłyszalnie Kosma. – Te kości mogą równie dobrze mieć setki lat.

– Ten ktoś zginął w latach czterdziestych – podsunęła Emilia Strzałkowska. – W tamtym okresie „Żebrówka" należała do pańskiej rodziny.

Kosma wyjął papierosa z ust i wydmuchał dym. Małe pomieszczenie zaczynało powoli przypominać zadymiony pub. Daniel miał wrażenie, jakby sam wypalił co najmniej paczkę papierosów, a byli tu przecież nie dłużej niż piętnaście minut.

– No i? – zapytał gospodarz.

Na te słowa Klementyna nieoczekiwanie odwróciła się od okna i bardzo powoli podeszła do stołu. Usiadła na blacie jakby nigdy nic i pochyliła się w stronę Kosmy nonszalancko. Przypominała teraz znowu dawną siebie. Ku radości Podgórskiego dziwna mgła w jej oczach rozwiała się. Przynajmniej na chwilę.

– Czekaj. Stop. Próbujesz nam wmówić, że ktoś pochował wam krwiopijcę w ogródku i nikt z waszej familii tego nie zauważył, co? Mało spostrzegawcza rodzinka z was.

Kosma wzruszył ramionami. Spokojnie.

– Ja się urodziłem w sześćdziesiątym piątym, więc na pewno niczego nie widziałem – powiedział i uśmiechnął się nieznacznie, jakby rozbawił go jego własny komentarz. – Powinniście popytać Czajkowskich. Oni mieli n a s z dom od lat sześćdziesiątych. Może wtedy ukryli tam te szczątki.

– Spoko. Rozumiem – odparła Klementyna. Na jej twarzy pojawił się uśmiech. Jakby uznała, że Żebrowski właśnie opowiedział naprawdę dobry dowcip. – Ale! Nasz spec mówi, że szczątki wampira są z lat czterdziestych. Powiedz mi, jak to sobie wyobrażasz, co? Jeżeli to Czajkowscy pochowali wampira w latach sześćdziesiątych, to by oznaczało, że przedtem gdzie indziej trzymali te stare kości. Przez dwadzieścia lat, od kiedy ta osoba zginęła. Idźmy dalej. Czajkowscy przejmują w a s z dom i buch. Szybko kopią dołek i chowają stare kostki. Popraw mnie, jeśli się mylę w którymś punkcie twojej teoryjki, co? Potem według ciebie Czajkowscy czekają kolejne dwadzieścia lat, żeby w osiemdziesiątym czwartym odkopać gnaty i uznać to za niesamowitą niespodziankę. Wszystko spoko. Ale! To nie trzyma się kupy. No przyznaj, co?

Kosma zapalił kolejnego papierosa. Zaciągnął się głęboko. W niewielkiej izbie zrobiło się nagle zbyt duszno. Emilia podeszła do drzwi i uchyliła je lekko, wpuszczając trochę świeżego powietrza. Daniel był jej za to wdzięczny. W tym dymie naprawdę trudno było oddychać.

– To jak będzie, co? – indagowała dalej Klementyna.
– Kosma, wiem, że jesteś milczek. Ale! Teraz sobie trochę pogadaj, póki nie stracę do ciebie cierpliwości, co?
Wiesz, czyje szczątki leżały pod altaną w waszym dawnym
ogródku, co?

Żebrowski spokojnie pokręcił głową.

– To kto to może wiedzieć jak nie ty, co? – warknęła
komisarz Kopp.

– A Heniek? – mruknął niechętnie Kosma. – To znaczy
jego ojciec. Był tu wtedy. Może to ten Niemiec kogoś
zaciukał?

– Zaciukał... – powtórzyła Klementyna. Wyglądała
teraz na zamyśloną.

– Sugeruje pan, że to ojciec Heinricha Wanke kogoś
zabił i pochował na tyłach domu pańskiej rodziny? – zapytała Emilia.

Kosma wzruszył ramionami.

– Niczego nie sugeruję. Nie mam nic do Heńka – zapewnił Żebrowski. – Mówię tylko, że w czasie drugiej
wojny jego ojciec wynajmował od mojej babki kwaterę
w „Żebrówce". Skoro twierdzicie, że wampir zginął wtedy,
to może on go zaciukał. Friedrich się nazywał ten Niemiec. Był tu jedynym obcym w Utopcach. Kto to wie...
Wyjechał, kiedy zaczęła się zaraza, i już potem nigdy nie
wrócił.

Przez chwilę w kuchni panowało milczenie.

– Nie chcę zrzucać tego na rodzinę Heńka, ale mam już
dosyć rozmowy z wami – dokończył swoją przemowę Kosma.
– Wtargnęliście tu w nocy. Przerwaliście mojej żonie mycie
głowy. My tu się kładziemy wcześnie. To nie jest miasto.

Wstaję o świcie i idę do roboty. Zimą to raczej ludziom niczego nie pobuduję. Teraz trzeba zrobić, ile się da.

Żebrowski umilkł, jakby zaskoczony własną niespodziewaną gadatliwością.

– Tak. Romansowałem odrobinę z Glorią w sierpniu osiemdziesiątego czwartego, ale to wszystko – dodał, jeszcze zanim którekolwiek z policjantów zdążyło się odezwać. – Nie mam nic wspólnego ani ze śmiercią Czajkowskich, ani z tym wampirem i jego kośćmi. Szukacie nie tu, gdzie trzeba.

Zapis przesłuchania świadka
sierż. szt. Emilii Strzałkowskiej

Miejsce przesłuchania: Komenda Powiatowa Policji w Brodnicy
Termin przesłuchania: 10 listopada 2014
Przesłuchanie prowadzą: insp. Judyta Komorowska i podinsp. Wiesław Król

Judyta Komorowska: Po rozmowie z Kosmą Żebrowskim wybraliście się w końcu do Heinricha Wanke, tak?
Emilia Strzałkowska: Tak. To było czwartego listopada. We wtorek rano.
Wiesław Król: Zeznanie pana Wanke chyba ruszyło sprawę do przodu, prawda?
Emilia Strzałkowska: Tak. Poszliśmy do niego, żeby wyjaśnić kwestię szczątków wampira. Nie spodziewaliśmy się, że powie coś takiego. To było coś nowego.
Judyta Komorowska: Może gdyby komisarz Klementyna Kopp nie uznała na początku śledztwa, że przesłuchanie Heinricha jest bez sensu, dowiedzielibyście się wszystkiego już wcześniej i sprawy przybrałyby inny obrót?
Emilia Strzałkowska: Pani inspektor, już mówiłam, że zgadzałam się całkowicie z komisarz Kopp, że początkowo przesłuchiwanie Heinricha nie miało sensu. Nie zmieniłam zdania tylko dlatego, że siedzimy tu kolejną godzinę.

Judyta Komorowska: Czy komisarz Kopp w ogóle przyszła na przesłuchanie Heinricha?

(świadek milczy przez dłuższą chwilę)

Judyta Komorowska: Niech świadek odpowie.

Emilia Strzałkowska: Nie. Nie przyszła.

Judyta Komorowska: To gdzie była?

Emilia Strzałkowska: Podobno była zajęta.

Judyta Komorowska: Podobno?

ROZDZIAŁ 28

Utopce. Wtorek, 4 listopada 2014. Rano

Sierżant sztabowa Emilia Strzałkowska rozkoszowała się wesołymi promieniami słońca. Zrobiło się prawie dziesięć stopni i można było odnieść wrażenie, że natura szykuje się raczej do wiosennego odrodzenia niż do zimowego snu. Choć drzewa straciły już większość liści, zieleń trawy ciągle aż kłuła w oczy. O poranku Utopce nie wyglądały wcale przerażająco. Raczej urokliwie. Drewniane domki z kolorowymi okiennicami, brukowana dróżka przez środek wsi, kościółek przycupnięty przy starym cmentarzu.

Tylko nekropolia była równie niepokojąca jak wcześniej. Zwłaszcza że teraz policjantka wiedziała już, dlaczego grobów jest aż tyle. Epidemia na początku lat czterdziestych zebrała wielkie żniwo. Emilia rozejrzała się po polanie w poszukiwaniu śladów po dawnych domach, o których wspominał wczoraj wieczorem Drzewiecki. Nic nie dostrzegła. Stare fundamenty, jeżeli rzeczywiście tam były, musiały się chyba kryć wśród wysokiej trawy.

Daniel skończył rozmawiać przez telefon i podszedł do Strzałkowskiej.

– Klementyna nie przyjedzie. Podobno ma jakąś sprawę w komendzie – wyjaśnił, wkładając telefon do kieszeni. – Sami przesłuchamy Heinricha i Wandę.

Emilia skinęła głową. Może to i dobrze, uznała w duchu, ale nic nie powiedziała. Klementyna zawsze była nieobliczalna, a teraz dodatkowo wyglądała na dziwnie nieobecną. Nie wiadomo było, co zrobi lub powie. To było jeszcze gorsze.

Wspięli się po schodach na ganek „Żebrówki". Weranda, tak jak i cały dom, zdawała się chylić w lewo, w kierunku ściany lasu. Drewniana podłoga trzeszczała głośno przy każdym kroku. Strzałkowska od razu zauważyła, że na drzwiach ktoś zawiesił ozdobną tabliczkę z ceramiki.

– „Robimy czekoladę! Zapraszamy do ogrodu" – przeczytała na głos policjantka. – To chyba oznacza, że mamy iść do tej fabryczki?

Podgórski pokiwał głową. Zeszli z powrotem ze schodów i okrążyli dom. Przytulona do ściany lasu mała wytwórnia czekolady ukazała im się w całej okazałości. W wesołym świetle dnia była jeszcze bardziej bajkowa, niż to się Emilii pierwotnie wydawało. Budynek rzeczywiście wystylizowany został na chatkę czarownicy z baśni braci Grimm. Ściany wyglądały, jakby naprawdę zrobiono je z piernika, a po dachu spływał lukier. Wszystko wyglądało tak realistycznie, że aż chciało się podejść i spróbować troszeczkę słodkości.

Emilia i Daniel podeszli do budyneczku. Nad wejściem wisiała jeszcze jedna ceramiczna tablica. „Heinrich i Wanda" – głosiły ozdobne litery. Zapach czekolady był tu szczególnie mocny.

– Aż ślinka cieknie – mruknęła Strzałkowska.

Daniel uśmiechnął się.

– Jestem na diecie ze względu na ślub – powiedział wesoło. W jego głosie słychać było jednak delikatną nutkę desperacji. – W końcu muszę się jakoś wcisnąć w garnitur.

– Nie będziesz się żenił w mundurze? – zapytała Strzałkowska zaskoczona. Nie mogła sobie wyobrazić Podgórskiego w zwyczajnej marynarce. Policyjne tradycje rodzinne przecież zobowiązywały.

– Nie wiem – stwierdził tylko Daniel.

Wyglądało na to, że nie ma ochoty więcej o tym rozmawiać, więc Emilia nie naciskała.

– Wchodzimy? – zapytała zamiast tego.

– Jasne.

Otworzyli piernikowe drzwi i znaleźli się w czymś w rodzaju niewielkiego sklepiku. Na drewnianych półkach porozkładano rozmaite produkty z czekolady. Zjawiskowe praliny sąsiadowały z czekoladowymi figurkami. Ciasta z fantazyjną polewą pyszniły się na zdobionych talerzach. Na ścianach wisiały zdjęcia szczególnie pięknych wypieków. Emilia miała wrażenie, jakby przeniosła się do innego, magicznego świata. Tylko komputer stojący na kontuarze przypominał o rzeczywistości.

Nagle drzwi zaplecza otworzyły się cicho. Stanęła w nich kobieta w średnim wieku. Na twarzy miała szeroki uśmiech. Wokół oczu malowały się niewielkie zmarszczki, które tylko dodawały jej uroku. Jej kruczoczarne włosy były podpięte po bokach wsuwkami. Czarna sukienka ukrywała się za fartuchem w czekoladowe piernikowe serca.

– Dzień dobry – gospodyni powitała ich wesoło. – Witam w świecie czekolady! Ja jestem Wanda.

– Przyszliśmy… – zaczął Daniel.

– Zapraszam, zapraszam – przerwała mu Wanda, zanim zdążył cokolwiek wyjaśnić. – Częstujcie się, czym chcecie. Tu w sklepie można najeść się do woli. Co wam zasmakuje, to możemy potem zrobić dla was na zamówienie. Zapraszam do degustacji.

– Chcielibyśmy porozmawiać o… – spróbował znowu policjant.

– Zapraszam, zapraszam! – powtórzyła uparcie Wanda. Raz jeszcze zrobiła kolisty ruch ręką, prezentując swoją czekoladową krainę.

– Jesteśmy z policji i…

– Spokojnie. Wiem, że jesteście z policji – Wanda znowu nie dała Podgórskiemu dokończyć. – Słyszałam już od sąsiadki, że pytacie ludzi o Czajkowskich i wampira. Nic się nie martwcie, zaraz pójdę po męża. Jesteśmy trochę zajęci, ale zaraz będziemy mogli z wami pomówić.

Wanda zniknęła za drzwiami zaplecza, zanim którekolwiek z nich zdążyło cokolwiek odpowiedzieć. Emilia rozejrzała się po sklepie. Pachnąca czekolada kusiła ją z każdej strony. Sięgnęła po pralinkę w kształcie kwiatu róży. Daniel zgromił ją wzrokiem.

– No co? Przecież Wanda powiedziała, żebyśmy się częstowali – mruknęła Strzałkowska. Naprawdę miała ochotę spróbować tej czekolady. – Nie jesteśmy w domku baby-jagi. Nie obudzimy się w klatce.

– Jesteśmy na służbie – mruknął Podgórski, chociaż sam nie wydawał się za bardzo przekonany.

– Daniel, daj spokój. To tylko czekolada – żachnęła się Strzałkowska i włożyła szybko pralinkę do ust. – Matko! To jest naprawdę pyszne!

Sięgnęła bez zastanowienia po kolejną czekoladkę. Podgórski zerknął tęsknie w tym kierunku. W końcu wybrał pralinkę, którą tak zachwalała Emilia. Wkrótce chodzili po całym sklepie i próbowali wszystkiego po kolei, wydając tylko z siebie kolejne westchnienia zachwytu nad czekoladowymi dziełami Heinricha i Wandy.

– Widzę, że smakuje wam nasza czekolada! To wielki komplement!

Strzałkowska odwróciła się nagle. Była zawstydzona, jakby została przyłapana na gorącym uczynku. Jednocześnie czuła się dziwnie ospała. Nie była pewna, czy siedzą tu od kilku minut, czy może od kilku godzin. Podczas degustacji zupełnie straciła poczucie czasu.

– Zapakujemy wam trochę na potem – zaproponował Heinrich Wanke. W jego wymowie nie słychać było ani odrobiny obcego akcentu.

Uśmiechnął się przy tym szeroko, odsłaniając śnieżnobiałe zęby. Szyję okręconą miał kolorowym szalikiem, mimo że w pomieszczeniu było bardzo ciepło. Przydługie włosy opadały mu zawadiacko na twarz. Wanke musiał mieć ponad sześćdziesiąt lat, ale wciąż miał urok niezdarnego chłopca.

– Chcielibyśmy porozmawiać o… – zaczął znowu Daniel.

Wokół ust miał czekoladową obwódkę. Emilia zapragnęła nagle zetrzeć mu ją pocałunkiem. Gdy uświadomiła sobie tę dziwną chęć, ospałość spłynęła z niej niemal natychmiast. Pocałunkiem? Co ona sobie ubzdurała? Daniel był jej eks. Właśnie miał się żenić. Ona spotykała się z Leonem Gawrońskim. Kropka! Podgórski sam otarł usta, jakby zauważył jej spojrzenie.

– Tak, o osiemdziesiątym czwartym roku – przerwał mu Heinrich. Objął Wandę czułym gestem. – Usiądźmy przed wejściem. Tam jest ławeczka. Trzeba wykorzystać słońce. Póki jeszcze jest. Nie lubię zimy. Chociaż Boże Narodzenie to dobry czas dla naszej wytwórni.

Wyszli na dwór. Świeże powietrze sprawiło, że umysł Emilii stał się już zupełnie jasny. Zerknęła na zegarek. Ze zdziwieniem spostrzegła, że jest jedenasta. Oznaczało to, że degustowali czekoladę przez prawie dwie godziny. Policjantka zerknęła na bajkowy budynek fabryczki podejrzliwie. Dwie godziny, które minęły jak kilka minut? Nagle Utopce znowu wydały się jej złowieszcze. Promienie słońca nic już nie pomagały. Drzewa otaczające polanę znowu tańczyły na wietrze. Wyglądały jak sękate olbrzymy, które zaraz mają wkroczyć do wsi.

– Właściwie to chciałbym raczej zapytać o pana ojca, Friedricha – uściślił Daniel, dochodząc nareszcie do głosu.

Już wcześniej uznali, że mimo nieobecności Klementyny będą się trzymać wcześniejszych ustaleń, że nie ma co pytać Wandy i Heinricha o alibi na noc śmierci Czajkowskich. W osiemdziesiątym czwartym ta para zapewniła je sobie nawzajem. Mówili, że całą noc z soboty na niedzielę spędzili pod jednym dachem, a żadne z nich nie wychodziło z domu. Nie wyglądało na to, żeby mieli zmienić zdanie i nagle zacząć się oskarżać. Kwestię alibi trzeba więc na razie zostawić. Można było natomiast sprawdzić, czy rodzina Heinricha nie ma jakiegoś związku z ukrytymi pod altaną szczątkami wampira.

– O mojego ojca? – zdziwił się Wanke. Chyba szczerze.

Podgórski skinął głową.

– Pana ojciec mieszkał tu przez jakiś czas – wtrąciła Emilia. – To prawda?

Heinrich spojrzał na nią i uśmiechnął się miło. Nie wydawał się ani odrobinę niebezpieczny. To była druga osoba w Utopcach, po Lenarcie Wrońskim, która nie wywoływała dreszczu niepokoju i wyglądała na szczerą. A może jednak? Emilia znowu pomyślała o dziwnej dwugodzinnej degustacji czekolady.

– Oczywiście, oczywiście. Ale proszę mówić mi Heniek – zaproponował Wanke. – Wszyscy tu mnie tak nazywają. Nie lubię tej maniery mówienia per pan. Wydaje mi się sztuczna i niepotrzebna. Buduje bariery.

Twarz Heinricha znowu rozświetlił uroczy chłopięcy uśmiech. Wanda też się rozpromieniła. Musieli być bardzo szczęśliwi w tym czekoladowym królestwie. Razem. Emilia poczuła nagle ukłucie zazdrości. Też chciała móc dzielić z kimś taką intymną radość. Z prokuratorem Gawrońskim to było niemożliwe. Głównie dlatego, że nie potrafiła w pełni zaakceptować jego sekretu. To, co zrobił, rodziło niepewność. I pytania. Na przykład do czego tak naprawdę zdolny jest Leon? Przecież skoro zrobił jedno, może też zrobić drugie.

Strzałkowska westchnęła w duchu. Od wczesnego dzieciństwa zawsze zazdrościła dzieciom, które miały pełne rodziny. Z obojgiem rodziców. Jej własny ojciec odszedł którejś nocy i nigdy więcej nie pojawił się w życiu Emilii i jej matki. Strzałkowska już wtedy obiecała sobie, że jeżeli kiedyś będzie miała dzieci, to tylko z mężczyzną, który będzie w pełni godny zaufania. Miłość to sprawa drugorzędna. Ważniejsze było poczucie bezpieczeństwa.

Jak zwykle życie pisało inny scenariusz, niż to sobie człowiek zaplanował. Szybko się okazało, że dziecięce postanowienia Emilii legły w gruzach i wszystko potoczyło się zgoła inaczej. Na początku nauki w szkole policyjnej wdała się w nic nieznaczący romans z Danielem. Nie wiązała z Podgórskim przyszłości i nie sądziła, żeby on miał takie plany. Chociażby przez odległość. Daniel pochodził przecież z Lipowa, dokąd po szkole zamierzał wrócić. Ona z kolei nie planowała wyprowadzki ze stolicy. Zresztą byli młodzi i nie myśleli o takich sprawach.

Potem bum. Niespodziewane odkrycie, że nosi pod sercem syna, a romanse zawsze mają swoje konsekwencje. Dwie kreski na teście ciążowym. Strzałkowska do dziś pamiętała lęk, który ją wtedy ogarnął. Złość na siebie, że zawiodła tę małą Emilię, która przysięgła sobie, że jej dzieci będą miały mamę i tatę. Złość, że zawiodła nienarodzonego jeszcze syna.

Z drugiej strony nie chciała wiązać się z pierwszym lepszym mężczyzną. Ona i Daniel nie znali się przecież właściwie zupełnie. Ciąża przydarzyła się już po jakimś miesiącu randkowania. Co gorsza, Podgórski z wyglądu przypominał jej wiarołomnego ojca. Nie był księciem, na którego czekała. Emilia spanikowała. Od razu zerwała z Danielem wszelkie kontakty. Wolała to niż późniejsze rozczarowanie.

Skończył się semestr. Podgórski wrócił do siebie, nie wiedząc nawet, że po kilku miesiącach urodził mu się syn. Emilia mogła w spokoju wychować Łukasza. Sama. Dopiero pod koniec zeszłego roku przyszło jej do głowy, że być może popełniła błąd. Dlatego przyjechała do Lipowa i powiedziała prawdę. Synowi i jego ojcu.

Emilia znowu zerknęła na Heinricha i Wandę, którzy uśmiechali się do siebie uroczo. W ich oczach była miłość i wzajemny szacunek.

– Możesz nam powiedzieć, co robił w Utopcach twój ojciec? – kontynuował przesłuchanie Podgórski.

– Tata pobierał nauki u mistrza czekolady – wyjaśnił Heinrich. – Maestro Lucjan Wielgus mieszkał w tamtym okresie w Brodnicy, a tu na wsi były tańsze kwatery niż w mieście. Zresztą zaczęła się wojna, a Utopce zdawały się oazą spokoju. Ojciec mi mówił, że tu na polanie miało się wrażenie, jakby wojny wcale nie było. Sami przyznajcie, że tego spokoju nie da się z niczym porównać.

Heinrich zatoczył ręką koło, podobnie jak jego żona prezentująca czekoladowe wyroby. Jak na zawołanie gdzieś wśród gałęzi zaśpiewał ptak. Kilka innych odpowiedziało mu z głębi lasu.

– Rzeczywiście jest tu bardzo spokojnie – przyznał Podgórski, jakby sam dopiero teraz to odkrył. – Od kiedy pański ojciec tu mieszkał?

– W Polsce był od trzydziestego dziewiątego roku. Od kwietnia – uściślił Wanke. – Przyjechał z Mannheim. Sława maestro Wielgusa niosła się w tamtych latach daleko za granice waszego kraju. Mój ojciec zawsze był perfekcjonistą, więc musiał uczyć się od najlepszych. W grę wchodził tylko maestro. Friedrich przyjechał do Polski w ciemno. Nie wiedział, czy maestro przyjmie go pod swoje skrzydła. Na szczęście Wielgus zgodził się ojca uczyć, mimo że tata był Niemcem. A przecież wtedy nasze narody były skłócone.

– To mało powiedziane – przerwała mu Wanda ze śmiechem. – Heniek, to była druga wojna światowa!

Wiatr rozwiał włosy gospodyni. Heinrich poprawił je czułym gestem. Emilia znowu poczuła ukłucie zazdrości. Arleta i Maciej Jagodzińscy też zdawali się ze sobą bardzo szczęśliwi. W ich zachowaniu dało się jednak wyczuć nutkę fałszu. Heinrich i Wanda byli prawdziwi. Kochali się naprawdę. Co nie oznaczało oczywiście, że byli niewinni, upomniała się w duchu Emilia.

Heinrich zaśmiał się serdecznie.

– Przecież mówię! W każdym razie ojciec wynajął tu kwaterę od państwa Żebrowskich. Chyba w październiku trzydziestego dziewiątego – uściślił. – Wyjechał dwa lata później, kiedy wybuchła epidemia. Wyjechał, ale nigdy nie zapomniał tego miejsca. Opowiadał mi o Utopcach wiele razy, kiedy byłem dzieckiem. Uczucie, którym darzył tę polanę, sprawiło, że i ja postanowiłem się tu osiedlić.

Heinrich zerknął na Daniela, a potem odwrócił się do Emilii.

– Przyznam, że nie do końca rozumiem wasze pytania o mojego ojca – powiedział na zakończenie swojej opowieści. – Myślałem, że chcecie rozmawiać o Tadeuszu Czajkowskim i jego synu. O wampirze.

– Tak naprawdę właśnie o tego wampira nam chodzi – przyznała Strzałkowska. – To znaczy o osobę, której szczątki odkryto podczas budowy altany w osiemdziesiątym czwartym roku. Według naszego specjalisty ten człowiek zmarł jeszcze w latach czterdziestych. Być może pański ojciec go… znał. Był tu przecież w tym okresie.

Heinrich zerwał się nagle z ławeczki. Jego miła twarz wykrzywiła się gniewnie.

– Spieprzać stąd! – rzucił nieoczekiwanie ostro.

– Panie Wanke? – zapytała Emilia zdziwiona jego niespodziewanie gwałtowną reakcją.

– Teraz to „panie Wanke"! – krzyknął Heinrich rozgorączkowany. – Najpierw Drzewiecki oskarżał mnie o zabicie Czajkowskich, teraz wy chcecie wrobić mojego ojca w kolejne zabójstwo. Niby czym ja sobie na to zasłużyłem? Czym?

Oczy właściciela fabryki czekolady ciskały teraz gromy. Zawiał wiatr. Rozległo się jakieś dziwne wycie. Jakby gdzieś po lesie grasowało stado wilków. Emilia rozejrzała się niespokojnie.

– Chcieliśmy tylko ustalić, czy może pan wie, kim mógł być ten człowiek – wytłumaczył Daniel delikatnie. – Pana ojciec mógł go znać. Tylko o to nam chodzi. Nikogo o nic nie oskarżamy. Prokurator i tak będzie starał się ustalić tożsamość tej osoby. Niezależnie od naszego śledztwa na temat Czajkowskich.

– Niby dlaczego mój ojciec miałby znać wampira? – syknął Heinrich. – Ojciec był tu tylko rok. Może kilka miesięcy dłużej. Niech ten wasz prokurator pyta się mieszkańców wsi, którzy wtedy tu żyli. Ja nic nie wiem.

– Heniu… Pan tylko pyta. Nic się nie dzieje – powiedziała Wanda, głaszcząc męża uspokajająco po ramieniu. – Mąż był bardzo mocno związany z ojcem. Proszę mu wybaczyć gwałtowną reakcję. Po prostu oboje sporo przeszliśmy po śmierci Czajkowskich. Wszyscy podejrzewali właśnie nas. No i Czesławę, ale głównie to nas. To było naprawdę przykre przeżycie. Tym bardziej że nic nikomu nie zrobiliśmy. Mąż łatwo się denerwuje, kiedy wraca pamięcią do tamtego okresu i tych wiecznych oskarżeń. Bardzo przepraszam.

Gospodyni uśmiechnęła się miło.

– Przyniosę trochę gorącej czekolady – zaproponowała. – Napijemy się dla uspokojenia nerwów. To zawsze pomaga. Sami zobaczycie.

Wanda wstała i zniknęła w bajkowej fabryczce, zostawiając ich z rozeźlonym wciąż Heinrichem.

– Mój ojciec nie ma z tym nic wspólnego – powtórzył dobitnie Niemiec. – Tak samo jak ja i moja żona nie mamy nic wspólnego ze śmiercią Tadeusza i Wojtka.

Wanda wyłoniła się z budynku zadziwiająco szybko. Na pięknie rzeźbionej drewnianej tacy niosła cztery czarki parującej gorącej czekolady. Podała każdemu jego porcję. Strzałkowska spojrzała na gęsty płyn podejrzliwie. Mimo pozorów uprzejmości ze strony Wandy policjantkę znowu ogarnął irracjonalny niepokój. Czuła się jak Małgosia, którą zaraz schwyta zła czarownica. Emilia zerknęła na Daniela. Podgórski też nie miał chyba ochoty na kolejną degustację słodkości. Trzymał czarkę w rękach, ale nie upił ani łyczka.

Heinrich za to szybko zanurzył usta w gęstym napoju. Po kilku łykach jego twarz ponownie się rozpogodziła.

– Zarówno pan, jak i pański ojciec byliście spoza tej społeczności – zaryzykował Daniel. Wrócił do grzecznościowej formułki. – W tej sytuacji łatwiej można zaobserwować, co się dzieje w danym miejscu. Ma się świeższe, neutralne spojrzenie.

– Coś w tym chyba jest – przyznał Heinrich łaskawie.

– Dlatego właśnie tak bardzo zależy nam na rozmowie akurat z panem – podkreślił raz jeszcze Podgórski. – Pamięta pan rok osiemdziesiąty czwarty?

Wanke pokiwał głową.

– Oczywiście. Wtedy tu przyjechałem i wtedy zginęły tu dwie osoby. Trudno coś takiego zapomnieć. No i oczywiście wtedy poznałem moją żonę. To szczególny rok.

Heinrich ucałował Wandę w czubek głowy. Emilia zauważyła cienką linię siwego odrostu we włosach gospodyni. Czerń była więc wynikiem farbowania, a nie dziełem natury.

– Dobrze znał pan Czajkowskich?

– Najlepiej Glorię, bo sporo rozmawialiśmy. Tadeusz nie był z tego zadowolony, ale ona na to nie baczyła. Była chyba spragniona kogoś nowego. I wcale nie chodziło o romansowanie – zaznaczył Wanke. – Chodziło o zwykłą rozmowę z kimś innym niż zazwyczaj. Gloria trochę się dusiła na tej polanie. Nie każdy może mieszkać w takim miejscu.

– Dusiła? – podchwyciła Emilia.

Dotychczas wszyscy powtarzali, że Gloria kochała to miejsce. Łącznie z samą zainteresowaną. Dopiero Rafał Tokarski rzucił pierwszy cień na idealny obraz matki komendanta. Teraz z kolei Heinrich przyznał, że pani Czajkowska nie czuła się w Utopcach najlepiej. Strzałkowska nie była pewna, czy to ma jakieś znaczenie dla sprawy. Niczego jednak nie można przecież wykluczyć.

Wanke pokiwał głową.

– Tak. Gloria wolała chyba mieszkać w Warszawie. Tylko ona z nich wszystkich nie miała nic przeciwko temu, żeby sprzedać mi „Żebrówkę".

Wanda poruszyła się niespokojnie, jakby jej mąż powiedział teraz odrobinę za dużo.

– Może jednak napiją się państwo tej czekolady? – zapytała szybko. – Trzeba pić, póki gorąca! Wtedy ma najwspanialszy aromat.

– Nie, nie. Już nam naprawdę wystarczy – zaśmiał się Daniel. Emilia widziała, że Podgórski stara się zachować pozory lekkiej rozmowy. Nie chciał pewnie na nowo rozeźlić gospodarza. – Przypominacie sobie państwo coś dziwnego z sierpnia osiemdziesiątego czwartego roku?

– Chodzi panu o śmierć mojej siostry – szepnęła Wanda.

– O tym już wiemy – powiedziała Emilia uspokajająco.

– Może było coś jeszcze? Coś, co dotyczyłoby śmierci Wojtka i Tadeusza. Kto mógłby chcieć ich zabić oprócz...

Policjantka ugryzła się w język. Dokończenie tego zdania chyba nie było najlepszym pomysłem.

– Oprócz nas? – podpowiedział Heinrich z lekkim rozbawieniem. Zdążył już wypić całą porcję gorącej czekolady i zdawał się całkiem usatysfakcjonowany. – Pyta pani o coś dziwnego... Cóż, rzeczywiście było coś takiego. Nie mówiłem tego Józkowi Drzewieckiemu, kiedy nas wtedy przesłuchiwał, ale ja widziałem coś trochę zaskakującego.

Wanda spojrzała na męża. Wydawała się nie mniej zdziwiona niż Emilia i Daniel.

– Co takiego widziałeś, Heniu?

– Nie mówię o samej nocy morderstwa – uściślił Wanke. – Mówię o urodzinach Glorii. To było dwa dni wcześniej. W czwartek. Nie wiem, czy państwo wiedzą, że taka impreza miała miejsce?

– Tak, już o tym słyszeliśmy – odparła Emilia.

Drzewiecki opowiedział im wszystko na ten temat podczas ich pierwszej odprawy. Obecna pani Wanke zrobiła wówczas wielkie zamieszanie, winiąc Tadeusza za śmierć swojej siostry pustelniczki. To impulsywne zachowanie postawiło potem Wandę w złym świetle i uczyniło z niej jedną z podejrzanych o zamordowanie Czajkowskiego i jego syna.

– No właśnie. No więc ja też byłem na tych urodzinach – kontynuował Heinrich spokojnie. – Gloria mnie zaprosiła. Przyjechałem oczywiście, chociaż szczerze mówiąc, wiedziałem, że Tadeusz będzie wściekły. Wtedy jeszcze mieszkałem w hotelu w Brodnicy. Dopiero potem wprowadziłem się do mojej Wandy. No więc wiedziałem, że Tadeusz będzie wściekły, że uczestniczę w zabawie, ale uznałem, że moja nieobecność na przyjęciu byłaby afrontem wobec solenizantki.

Heinrich rozejrzał się po zebranych, jakby oczekiwał aprobaty z ich strony. Emilia natychmiast skinęła głową. To zaczynało się robić ciekawe. Nie chciała, żeby Wanke teraz się wycofał. Żeby jeszcze bardziej go zadowolić, sięgnęła po swoją porcję gorącej czekolady i upiła długi łyk. Jej starania zostały chyba docenione, bo Heinrich uśmiechnął się zadowolony.

– To, o czym chcę powiedzieć, zdarzyło się, kiedy wracałem z urodzin Glorii – podjął swoją opowieść. – Jechałem do Brodnicy przez Zbiczno. Tylko tę drogę wówczas znałem. No więc był wtedy w Zbicznie cyrk objazdowy. Z tego, co wiem, część osób zamiast na przyjęcie Glorii udała się właśnie tam na przedstawienie.

Wanda pokiwała głową na potwierdzenie słów męża.

– To była frakcja Czesławy, jak wtedy mówiliśmy – dodała z uśmiechem. – Frakcja Glorii została na przyjęciu w altanie.

– No więc wracając z zabawy, jechałem przez Zbiczno i mijałem ten cyrk – ciągnął Heinrich. – Już zrobiło się zupełnie ciemno, mimo że to był przecież sierpień. Mogło być nawet po północy. Bardzo przepraszam, ale po tylu latach nie jestem w stanie podać dokładnego czasu.

– Nic nie szkodzi – zapewnił Daniel gorąco. On też na pewno bardzo chciał wreszcie usłyszeć, co ma im do powiedzenia Wanke. – Proszę mówić dalej.

– No więc rozpoznałem w tłumie Wojtka. Był tam w cyrku w noc urodzin Glorii.

– Wojtek Czajkowski? – powiedzieli Daniel i Emilia jednocześnie.

Strzałkowska zerknęła w stronę Podgórskiego. Dziwne, ale już nie czuła się w jego obecności zakłopotana, jak to było w pierwszych miesiącach jej pobytu w Lipowie. Teraz nareszcie stanowili zgraną ekipę śledczą.

Heinrich skinął głową.

– Zdziwiłem się, bo przecież jako syn Glorii Wojtek powinien być na jej przyjęciu, a nie gdzieś łazić. Zwłaszcza z głównym wrogiem matki i jej frakcją, prawda?

– No raczej – zaśmiała się Wanda. – Co było dalej, Heniu?

– Przejeżdżając, zobaczyłem, że Wojtek się z kimś kłóci.

– Z kim?

– Z jakąś dziewczyną.

– Rozpoznał ją pan? – zapytała Emilia. Starała się powstrzymać nadmierną ekscytację. Czy mogło chodzić o Arletę Jagodzińską? Może jednak Czajkowscy zginęli z ręki kochanki Wojtka?

Heinrich pokręcił głową.

– Niestety nie. Było naprawdę ciemno. Po sylwetce widziałem tylko, że to kobieta.

– A jest pan pewien, że to był Wojtek?

– Najzupełniej – odparł Wanke. – Jego od razu rozpoznałem. Stał w kręgu światła. Poza tym jego obecność tam zupełnie mi nie pasowała. Dlatego w ogóle zwróciłem na to uwagę.

Emilia i Daniel znowu wymienili spojrzenia. Odkryli właśnie nowy ważny fakt, który przeoczyli śledczy z osiemdziesiątego czwartego roku z Józefem Drzewieckim na czele.

– Dlaczego nie powiedział pan tego Drzewieckiemu? – chciał wiedzieć Podgórski. – Na pewno był pan przesłuchiwany.

Heinrich uśmiechnął się szeroko.

– Oczywiście, że byłem przesłuchiwany. I to nie raz – zapewnił. – Nie zawsze było to przyjemne. Proszę mi powiedzieć, dlaczego niby miałem mu mówić cokolwiek ponad minimum? Był wobec mnie nieuprzejmy i oskarżał mnie bezpodstawnie. Do tej pory rzadko z nim gadam, chociaż on namiętnie kupuje nasze wyroby. Może chce mi wynagrodzić to, że wtedy wszyscy mnie tak osaczyli. Linczowali właściwie. Chciałem uniknąć jakichkolwiek dodatkowych rozmów. Chyba mi się nie dziwicie, prawda?

– Ale mnie też o tym nie powiedziałeś – stwierdziła Wanda. W jej głosie czaiła się delikatna uraza.

– Wandziu, nie wydawało mi się to szczególnie ważne. Cały czas uważam, że to nieistotny szczegół.

Sierżant sztabowa Emilia Strzałkowska pokiwała głową. To było niestety typowe. Ludzie często nie mówili policji wszystkiego właśnie z tego powodu. „To nie było szczególnie ważne". Te słowa zatrzymały niejedno śledztwo na dłuższy czas.

ROZDZIAŁ 29

Utopce. Sobota, 25 sierpnia 1984. Godzina 17.45.
Wojtek Czajkowski

Wojtek i Tadeusz usiedli do obiadu. Po wyjeździe Glorii
dom stał się pusty. Jakby matka swoją obecnością zapeł-
niała całą przestrzeń. Wojtek czuł ulgę, że jest już po
pożegnaniach. Mógłby przysiąc, że ojciec myśli podobnie.
Żaden z nich się jednak do tego nie przyznał.

Dwuosobowy obiad upływał im w całkowitym milczeniu.
Słychać było tylko tykanie zegara i pobrzękiwanie sztućców.
Po skończonym posiłku odnieśli naczynia do kuchni i zmyli
je. To była pierwsza rzecz, którą robili razem od bardzo
dawna, pomyślał Wojtek z niejakim rozbawieniem.

Nagle usłyszeli, że drzwi domu się otwierają. Nie te
od frontu, tylko od ogrodu, od strony altany. Wojtek poczuł,
że po plecach przebiega mu dreszcz. W tym pojedynczym
skrzypnięciu było coś dziwnie złowieszczego.

– Może mama czegoś zapomniała – powiedział do ojca.
Głównie po to, żeby rozładować napięcie.

Tadeusz odwiesił ścierkę na haczyk. Kuchenne drzwi
otworzyły się, zanim zdążył cokolwiek odpowiedzieć. Stanął

w nich Kosma. Wojtek odetchnął głęboko. Nie był pewien, kogo właściwie się spodziewał. Chyba nie wampira. To by było wyjątkowo głupie.

– Kosma? – zapytał, bo co innego miał powiedzieć.

Kolega skrzyżował ręce na piersiach. W tym geście kryło się nieme wyzwanie. Poziom testosteronu w kuchni natychmiast podskoczył. Wojtek zauważył, że ojcu napięcie też się udzieliło. Szacowny siwowłosy lekarz specjalista, a podwinął rękawy. Wyraźnie napiął mięśnie klatki piersiowej, jakby chciał pokazać, na czyim znajdują się terenie. Nie musiał za bardzo się starać. Kosma był tak chudy, że nietrudno było przy nim wyglądać jak siłacz.

– Gloria jest moja – oznajmił mimo to kolega. Mówił spokojnie, jakby stwierdzał fakt.

Na te słowa Tadeusz zaczął się głośno śmiać. Niemal serdecznie. Jakby to, co właśnie usłyszał, było najzabawniejszą rzeczą pod słońcem.

– Gloria t w o j a ? – wydusił, ocierając łzy. Ledwo mógł mówić ze śmiechu.

Kosma nic nie powiedział, ale widać było, że ogarnia go furia.

– Czyś ty zwariował, do kurwy nędzy? – rzucił Wojtek. Nie mógł się powstrzymać. – Ty i moja matka?

– Gloria jest moja – powtórzył Kosma, jakby nie miał w głowie nic innego.

– Gloria jest moja, Gloria jest moja – przedrzeźniał Wojtek. – Załatwiajcie to między sobą. Ja mam dosyć.

Nie patrząc ani na ojca, ani na Kosmę, wypadł z domu i ruszył w stronę lasu. Wszedł pomiędzy zarośla. Musi od tego odpocząć. Musi. W głowie kłębiło mu się zbyt wiele myśli. Wszystko zlewało się w jedno. Żałował, że nie ma już magicznego proszku, który tak doskonale wyostrzał zmysły. Teraz przydałby się najbardziej. Potrzebował kolejnej dawki, i to szybko.

Wojtek przedzierał się przez las niemal na oślep. Liście szeleściły przy każdym kroku. Myślał, że idzie w dobrym kierunku, ale teraz nie był już tego pewien. Mijały kolejne minuty. I kolejne. A las wcale nie zmieniał się z liściastego w mieszany. Oznaczało to ni mniej, ni więcej, tylko że Wojtek krąży bez sensu w kółko. Już sam nie wiedział, gdzie teraz jest. Poczuł, że ogarnia go lęk. Mieszkał w Utopcach wystarczająco długo, żeby wiedzieć, że to nic dobrego zgubić się w leśnych ostępach.

Nagle drzewa się rozstąpiły i wyszedł na jakąś kamienistą dróżkę. Dopiero teraz zrozumiał, gdzie jest. To była część lasu, którą zajmowała Mira. Doktor Lenart surowo zakazał tu przychodzić. Przecież pustelniczka zaraziła się wścieklizną od jakiegoś zwierzęcia, najpewniej jednego z nietoperzy, które gromadnie gniazdowały w tej okolicy. Niebezpieczeństwo nadal istniało.

Wojtek uniósł głowę i rozejrzał się uważnie. Wydawało mu się, że coś się poruszyło w koronach drzew. Zadrżał. Przecież tu mogło być więcej chorych stworzeń, które tylko czyhały, żeby zniszczyć życie i jemu.

Niewiele myśląc, ruszył dalej kamienistą ścieżynką. Musiał wydostać się z gąszczu. Przecież w pełnym świetle dnia nietoperze nie będą latać. Szybko zrozumiał, że wybrał zły kierunek. Dróżka zaczęła prowadzić w dół. Szedł więc w stronę pustelni, zamiast się od niej oddalać. Wysoko wśród liści znowu coś się poruszyło. Wojtek przyspieszył kroku. Naprawdę jak najszybciej musiał wyjść spomiędzy drzew.

Potknął się o jakiś korzeń i na chwilę stracił równowagę. Kiedy uniósł wzrok, zobaczył przed sobą Wandę. Stała kawałek dalej na ścieżce i patrzyła wprost na niego.

Wojtka przeszedł dreszcz. Sklepikarka wyglądała jakoś inaczej. Jej oczy zdawały się puste i obce, a długie czarne włosy tańczyły, jakby targane jakimiś dziwnymi podmuchami wiatru.

– Wanda? – zapytał. Trochę bez sensu. Przecież to musiała być sklepikarka! To nie mogła być Mira! Pustelniczka przecież nie żyła.

Wanda zrobiła krok do przodu z dziwnym wyrazem twarzy. Nagle spośród konarów drzewa wyleciała chmara nietoperzy. Niektóre były zupełnie malutkie, a inne przerażająco olbrzymie. Wojtek skulił się wystraszony, starając się osłonić głowę. Sklepikarka rozłożyła ręce i część nietoperzy usiadło na jej ramionach. Powietrze drgało od podmuchu ich skrzydeł.

Nagle Wanda się uśmiechnęła. Wojtek zobaczył pomiędzy jej wargami wielkie nietoperze kły. Odwrócił się i zaczął biec w kierunku domu.

ROZDZIAŁ 30

Utopce. Wtorek, 4 listopada 2014. W południe

Młodszy aspirant Daniel Podgórski wsiadł do samochodu. Miał dziwne zawroty głowy, jakby czekolada, którą poczęstowali ich państwo Wanke, mu zaszkodziła. Daniel uchylił okno, żeby wpuścić do auta trochę świeżego powietrza. Od razu poczuł się lepiej.

Zerknął na zegarek. Dochodziła dwunasta. Od kilku godzin powinni być już na posterunku w Lipowie i zajmować się normalną pracą. Jak tak dalej pójdzie, komisariat zostanie zamknięty z powodu jego własnych zaniedbań, a nie cięć budżetowych. A cały pomysł z pomocą komendantowi Czajkowskiemu obróci się przeciwko nim.

– Słuchaj… – zaczęła Emilia. Zatrzasnęła drzwi pasażera nieco zbyt mocno, ale Daniel nie protestował. Jakoś nie miał siły. – Nie wiem, czy Łukasz ci mówił, ale zapisał się do kółka teatralnego w domu kultury w Brodnicy.

Daniel skinął głową.

– Wspominał mi.

– W czwartek mają tam przedstawienie – wyjaśniła Emilia. – Na pewno byłoby mu miło, gdybyś przyszedł zobaczyć ich występ. Sami napisali tę sztukę. Masz wolny wieczór?

Daniel przez chwilę bił się z myślami. Obiecał Weronice, a właściwie jej matce, że w czwartek wieczorem już na pewno (chociażby świat się walił i kończył!) zjawi się na próbie walca, który miał być pierwszym tańcem młodej pary. Wiedział, że Weronice będzie przykro, jeżeli znowu odwoła lekcję.

Z drugiej strony występ syna nie zdarzał się przecież codziennie. Daniel i tak był nieobecny w życiu Łukasza aż nazbyt długo. Teraz chyba powinien bardziej się starać, prawda? I tu nie chodzi wcale o to, że ślub w grudniu zupełnie Podgórskiemu nie odpowiada. Zajęcia z tańca można przełożyć na inny dzień. Znowu.

– Jasne – odparł szybko. Za późno na zmianę zdania.

– Świetnie. – Emilia wyraźnie się rozpromieniła. Daniel zerknął w jej stronę i też się uśmiechnął. – Łukasz będzie zachwycony. Początkowo miał nie występować, bo jest nowy w tej trupie, ale wczoraj okazało się, że jakiś chłopak się rozchorował i Łukasz zajmie jego miejsce. Na szczęście zna tekst. Super, że będziesz.

– Ja też się cieszę, Mila. Dzięki za zaproszenie.

Teraz z kolei Strzałkowska spojrzała na Daniela uważniej. Podgórski poruszył się niespokojnie. Mila. Dawne pieszczotliwe określenie byłej dziewczyny jakoś samo mu się wyrwało. Może dlatego, że słyszał, jak Gawroński tak ją nazywał?

– Ej! – syknęła Emilia.

– Przepraszam. Nie chciałem cię tak nazwać. Jakoś…

– Nie o to chodzi! – przerwała mu Strzałkowska niecierpliwie. – Spójrz tam.

Daniel odwrócił się w stronę, gdzie wskazywała policjantka. Arleta Jagodzińska jechała właśnie rowerem przez brukowany mostek. Zręcznie wymanewrowała pomiędzy kocimi łbami i wjechała na bitą drogę, która prowadziła dalej przez las aż do Zbiczna.

– Myślisz o tym samym co ja? – zapytała Strzałkowska.

Daniel skinął głową i przekręcił kluczyk w stacyjce. Emilia nie musiała tłumaczyć, o co jej chodzi. Ostatnie przesłuchanie dawnej kochanki Wojtka Czajkowskiego nie wypadło najlepiej przez nachalną obecność jej męża. Teraz nadarzała się idealna okazja, żeby porozmawiać z Arletą sam na sam. To było ważne zwłaszcza w obliczu najnowszych odkryć. Heinrich Wanke zeznał przecież, że kilka dni przed śmiercią Czajkowskich widział, jak Wojtek kłócił się w cyrku z jakąś kobietą. Heinrich jej nie rozpoznał, ale Arleta zdawała się oczywistą kandydatką. Z kim innym Wojtek miał się kłócić, jeżeli nie z kochanką.

Podgórski zawrócił i ruszył po kocich łbach za żoną listonosza. Ostrożnie przejechał przez wąski mostek. Kobiety nie było już widać. Zniknęła za zakrętem leśnego duktu. Daniel przyspieszył i wkrótce znowu ją zobaczyli.

Arleta pedałowała zadziwiająco szybko pomiędzy koleinami wyżłobionymi w nieutwardzonej leśnej drodze. Samochodem dogonili ją jednak bez trudu. Podgórski podjechał i dał jej znak, żeby stanęła. Jagodzińska zrobiła to niechętnie. Zatrzymała się, ale nie zsiadła z roweru. Nadal siedziała na siodełku, jakby gotowa, żeby z miejsca zacząć pedałować, kiedy tylko nadarzy się ku temu okazja.

– Słucham? – rzuciła niezbyt przychylnie. Jej poprzednia chęć współpracy najwyraźniej gdzieś się ulotniła. A może nie chciała rozmawiać z nimi bez obecności swojego nie-odłącznego męża.

– Możemy zająć chwileczkę? – zapytał Daniel.

– Spieszę się.

– My i tak wracamy do Lipowa. Możemy panią podwieźć do kliniki. Tak będzie szybciej – zaproponował Podgórski.
– A w drodze porozmawiamy. Co pani na to?

Arleta przez chwilę zastanawiała się nad odpowiedzią.

– Tylko ciekawe, co zrobię z rowerem. Nie zostawię go tu. Jakoś przecież muszę wrócić potem do domu – stwierdziła w końcu. – Załatwmy to szybko i pozwólcie mi jechać. O co wam znowu chodzi?

Daniel i Emilia wysiedli z samochodu i podeszli do pielęgniarki. Arleta mocniej zacisnęła dłonie na kierownicy, jakby przeczuwała, o czym chcą mówić.

– Chciałbym zapytać o czwartek dwudziestego trzeciego sierpnia osiemdziesiątego czwartego – wyjaśnił Podgórski.
– Kiedy były urodziny Glorii Czajkowskiej. Dwa dni przed śmiercią Wojtka i Tadeusza. Pamięta pani ten dzień?

Arleta skinęła powoli głową.

– Tak. Ale o co chodzi?

– Była pani na przyjęciu u Glorii? – zapytała Emilia spokojnie. Jakby od niechcenia.

– Nieee.

Ostatnią głoskę poniosło dziwne echo. Ogołocone już prawie całkiem z liści drzewa zatańczyły na wietrze. Wyciągały teraz długie sękate konary w stronę zgromadzonych na drodze ludzi. Daniel miał wrażenie, że wesołe promienie jesiennego słońca nagle przyblakły. Droga zdawała się teraz mroczna. Policjant poczuł osobliwy niepokój, jakby coś czaiło się wśród leśnych ostępów. Odetchnął głębiej. Trzeba się skupić na przesłuchaniu, a nie na zabobonach.

– Skoro nie była pani na przyjęciu w altanie, to może poszła pani do cyrku z frakcją Czesławy? – zapytał, kontynuując grę podjętą przez Emilię.

Arleta pokręciła głową.

– Nie.

– To gdzie pani była tamtej nocy?

– Byłam w domu – powiedziała Jagodzińska natychmiast.

– Tak dobrze to pani pamięta po trzydziestu latach? – zapytała Strzałkowska. Daniel z rozbawieniem stwierdził, że przybrała przy tym słodki ton, jakim czasem posługiwała się w takich sytuacjach Klementyna. Ciekawe, czy zrobiła to celowo, czy nie zdawała sobie z tego sprawy.

Jagodzińska puściła na chwilę kierownicę roweru i wytarła dłonie o sweter.

– Nie wychodziłam wtedy zbyt często – wyjaśniła. – Już mówiliśmy z mężem, że to był dla nas trudny czas. Niedawno straciliśmy dziecko. Nie miałam ochoty na jakieś przyjęcia urodzinowe albo cyrki. Chodziłam tylko do pracy, na cmentarz i do sklepu. To wszystko.

– No i na spotkania z Wojtkiem Czajkowskim – uzupełniła Strzałkowska.

Arleta zerknęła w jej stronę niezbyt przychylnie.

– Już mówiłam, że to były ze cztery spotkania. Nie więcej.

– Ostatnio mówiła pani o trzech spotkaniach – uściślił Daniel. – O ile dobrze pamiętam.

Jagodzińska skrzyżowała ręce na obfitych piersiach, ale nic nie powiedziała.

– Teraz chyba możemy porozmawiać otwarcie. Jak pani myśli, pani Arleto? – zapytał Podgórski. – Nie chodzi nam przecież o to, żeby niszczyć pani małżeństwo. Musimy tylko ustalić kilka faktów.

– Nie rozumiem, co jeszcze mielibyśmy ustalać.

– Ja myślę, że pani dobrze wie, o co mi chodzi – odparł Daniel spokojnie. – Spotykała się pani z Wojtkiem Czajkowskim regularnie, prawda? Więcej niż te kilka razy, do których przyznała się pani mężowi.

Jagodzińska zsunęła się z siodełka i zeszła z roweru.

– A jakie to ma znaczenie? – zapytała defensywnie. – Ja mu nic nie zrobiłam. Mój Maciej też nie. Myślałam, że to już sobie wyjaśniliśmy. Kiedy Wojtek umarł, ja i mąż byliśmy w domu. Tej nocy, o którą pan pytał, dwa dni wcześniej, też byłam w domu z mężem. On to potwierdzi. Czy mogę już jechać?

– Chcemy tylko ustalić fakty – powiedział Daniel. – Pewien świadek zeznał, że widział panią dwudziestego trzeciego sierpnia osiemdziesiątego czwartego roku w cyrku. Według niego kłóciła się pani z Wojtkiem. Czy tak było?

– Nie. Już przecież powiedziałam.

Podczas poprzedniej rozmowy Arleta wydała się Danielowi całkiem sympatyczna. Tym razem jednak miał wielką ochotę nią potrząsnąć, żeby wreszcie przestała kluczyć i powiedziała prawdę.

– Ale spotykaliście się regularnie, tak?

Jagodzińska westchnęła.

– Tak – przyznała w końcu. – To zaczęło się kilka miesięcy wcześniej. Chyba w maju. Olaf wspinał się na drzewo

354

i spadł. Olaf to teraz wielka szycha, komendant, ale wtedy był tylko chłopczykiem. Wojtek przyprowadził go do gabinetu doktora Lenarta, gdzie pracowałam. Jakoś się zgadaliśmy. Ja i Wojtek.

– Więc spotykaliście się regularnie od maja do sierpnia, tak?

Arleta pokiwała głową.

– Tak. W sierpniu uznałam, że już dosyć.

– Dlaczego?

Jagodzińska spojrzała na Daniela, jakby zadał najgłupsze pytanie, jakie można sobie wyobrazić.

– Źle się czułam z tym, że zdradzam Macieja – powiedziała głośno i wyraźnie. – Śmierć synka mnie nie usprawiedliwiała, chociaż przez cały czas próbowałam to sobie wmówić. W sobotę postanowiłam zerwać z Wojtkiem. Nie wiedziałam, że on zginie tego samego dnia. To okropne. No, ale nie mam z tym nic wspólnego. Ani ja, ani mój mąż.

Emilia zbliżyła się do Arlety.

– Czy wyrzuty sumienia wobec męża to był jedyny powód do zerwania z kochankiem?

– Co pani ma na myśli? – zapytała Jagodzińska.

– Obie wiemy, że kobieta nie zrywa relacji ot tak. Mężczyzna może, ale kobieta nie. Czy był jeszcze jakiś powód?

Jagodzińska zerknęła na Daniela.

– Nie chciałam zdradzać męża – powtórzyła, nie spuszczając z niego oczu.

Podgórski wycofał się taktownie i wsiadł z powrotem do samochodu. Miał wrażenie, że Arlecie łatwiej będzie wyznać prawdę drugiej kobiecie. Czegokolwiek by ta prawda dotyczyła. Przez otwarte okno w samochodzie też wszystko słyszał, ale Jagodzińska mogła mieć wrażenie większej intymności. Na to liczył.

Przez chwilę obie kobiety przypatrywały się sobie uważnie. W końcu Arleta podjęła decyzję.

– No dobrze – powiedziała. – Powiem, o co naprawdę chodziło. Powiem, dlaczego zerwałam z Wojtkiem.

Zapis przesłuchania świadka
sierż. szt. Emilii Strzałkowskiej

Miejsce przesłuchania: Komenda Powiatowa Policji w Brodnicy
Termin przesłuchania: 10 listopada 2014
Przesłuchanie prowadzą: insp. Judyta Komorowska i podinsp. Wiesław Król

Judyta Komorowska: Dlaczego zupełnie zignorowaliście to, co zeznała wam Arleta Jagodzińska? Czy to też była decyzja komisarz Kopp?

Emilia Strzałkowska: Nie powiedziałabym, że zignorowaliśmy.

Judyta Komorowska: To niech świadek powie, jakie działania zostały w tej kwestii podjęte?

(świadek milczy)

Judyta Komorowska: Może świadek wymienić, jakie działania zostały wdrożone?

Emilia Strzałkowska: Cały czas pamiętaliśmy o zeznaniu Arlety Jagodzińskiej.

Judyta Komorowska: Pamiętaliście? Nie nazwałabym tego działaniem. Wygląda na to, że Klementyna Kopp dopuściła do kolejnego zaniedbania.

Emilia Strzałkowska: Szukania prawdy na temat wydarzeń z osiemdziesiątego czwartego roku nie nazwałabym zaniedbaniem ze strony Klementyny. Raczej wręcz przeciwnie.

Jakoś nikt oprócz nas nie zajął się szukaniem mordercy Wojtka i Tadeusza. Przez trzydzieści lat.

Wiesław Król: Pani sierżant, proszę zachować spokój.

Emilia Strzałkowska: A teraz wszystko chcecie zrzucić na Klementynę? Wmówić innym, że to było jej zaniedbanie?

Judyta Komorowska: No dobrze, ale skoro komisarz Klementyna Kopp nie dopuściła się zaniedbań, jak twierdzi świadek, to dlaczego nie pojechała z wami do Iławy?

Emilia Strzałkowska: To był nasz wybór.

Wiesław Król: Dlaczego nie wzięli jej państwo ze sobą? Czy może dlatego, że nie można było przewidzieć, jak się zachowa?

Emilia Strzałkowska: Nie, zupełnie nie o to chodziło. Raczej nie chcieliśmy jej niepokoić. Wyglądało na to, że Święto Zmarłych to dla niej trudny okres.

Judyta Komorowska: Może w takim razie powinna była zostać odsunięta, zanim doprowadziła do wydarzeń z przedwczoraj. Nie sądzi świadek?

ROZDZIAŁ 31

Druga strona lustra. Wczoraj komisarz Klementyna Kopp długo rozmawiała z Teresą. Poszły na spacer po mieście. Jak pierwszego wieczoru kilka dni temu. Znowu stanęły na moście, a Teresa pocałowała Klementynę w ulubione zagłębienie na szyi. Poszły nawet razem na zakupy. Potem wróciły do domu, a Teresa pochwaliła Józka. Klementyna niepotrzebnie się bała, że czarny kot nie spodoba się kochance. Teresa zawsze wolała przecież psy. Okazało się jednak, że przez czas swojej nieobecności w świecie żywych zmieniła zdanie. Powiedziała o tym ustami Czesławy. Sam Józek usiadł na parapecie i przyglądał się wszystkiemu nieco podejrzliwie.

Po wszystkim Klementyna zapadła w sen. Obudziła się bardzo późno. Widziała to po ostrym świetle jesiennego dnia, które wpadało do mikroskopijnego mieszkanka przez przybrudzone okno. Komisarz Kopp usiadła na łóżku zaskoczona. Od lat nie zdarzyło jej się zaspać. Od bardzo dawna cierpiała na bezsenność i z reguły wystarczały jej trzy godziny snu albo nawet mniej. Teraz jednak zdawała się uleczona. To było warte każdej ceny. Nawet szaleństwa.

Kiedy zadzwonił Daniel, żeby zapytać, czy Klementyna przyjedzie na przesłuchanie Heinricha Wanke, od razu odmówiła. Chciała jak najszybciej odłożyć słuchawkę. Bała się, że głos Podgórskiego sprowadzi ją z powrotem do realnego świata. Tego za wszelką cenę chciała uniknąć. Wolała słyszeć głos Teresy, którym przemawiała Czesława. To było możliwe tylko pod warunkiem, że Klementyna uwierzy i podda się szaleństwu. Tylko wtedy.

Kilka razy w ciągu dnia Daniel próbował znowu do niej zadzwonić, ale Klementyna uparcie odrzucała połączenia. Podgórski wysłał jej więc SMS-a z prośbą, żeby wieczorem jednak przyjechała do Utopców. Po raz kolejny mieli odbyć odprawę w domu Drzewieckiego, bo wyglądało na to, że mysia Emilia z jakiegoś powodu już nie chce użyczać im swojej kuchni.

Komisarz Kopp długi czas stała z telefonem w ręku. Wcale nie miała ochoty jechać do Utopców. Tym bardziej że Czesława także i dziś miała przyjechać do niej do Brodnicy. Klementyna już miała wyłączyć dźwięk w telefonie, kiedy gdzieś z daleka usłyszała głos rozsądku.

– Dlaczego Heniek Wanke nic mi nie powiedział o kłótni, którą zobaczył w cyrku dwa dni przed śmiercią Czajkowskich? – rzucił Józef Drzewiecki, wyrywając Klementynę z zamyślenia.

Komisarz Kopp rozejrzała się po klaustrofobicznym drewnianym saloniku starego policjanta. A więc jednak tu przyjechała. Kiedy to się stało, co? Najwyraźniej znowu musiała prowadzić samochód na autopilocie. Zerknęła na stół. Szydełkowa serwetka wróciła tajemniczym sposobem na swoje miejsce. Dziś nie było tam jednak poczęstunku. Jakby gospodarzowi przestało zależeć na zbyt częstych gościach.

– Ta kłótnia może być ważna – mówił dalej Drzewiecki. – Tajemnicza kobieta w ciemności, która ma jakieś pretensje do Wojtka. Może nareszcie mamy sprawcę. A właściwie sprawczynię! Arleta zaprzecza, że to ona kłóciła się z Wojtkiem?

Daniel pokiwał głową.

– Tak. Twierdzi, że była w tym czasie w domu z mężem.

Józef Drzewiecki uderzył ręką w stół.

– Cholera jasna! Nie wiemy nawet, czy możemy wierzyć Heńkowi na słowo – stwierdził z wyraźnym niezadowoleniem, mimo że jeszcze przed chwilą był tego pewien. – Tajemnicza kobieta w cyrku? Heniek równie dobrze może nam wciskać kit, żeby odwrócić uwagę od siebie. No tak czy nie?

– Może tak być – przyznał Daniel.

Drzewiecki skinął głową.

– Trzeba to sprawdzić. Jeżeli to się potwierdzi, zyskamy ważny trop, o którym w osiemdziesiątym czwartym nie wiedziałem. Ale jeżeli Heniek kłamie, to może świadczyć o jego winie – rozważał dalej. – Popytam we wsi i zobaczę, czy ktoś jeszcze widział tę kłótnię. Mówię oczywiście o ludziach z frakcji Czesławy, którzy poszli tamtej nocy do cyrku. Naprawdę się zdenerwuję, jeżeli przemilczeli tę kłótnię podczas wcześniejszych przesłuchań.

Żyła wystąpiła na skroń Drzewieckiego, nie pozostawiając wątpliwości co do stanu emocjonalnego starego policjanta.

– Czekaj. Stop. Może to oni powinni porozmawiać z mieszkańcami wsi, co? – Klementyna skinęła w stronę Daniela i Emilii. – Facet od czekolady jakoś wcześniej nie chciał z tobą gadać. Może inni mają podobnie. Nie przyszło ci to do głowy, co?

Drzewiecki spojrzał ostro na Klementynę. Znowu zobaczyła lisa w jego spojrzeniu. Tym razem dziki zwierz pozwolił sobie zostać tam dłużej.

– Pani żartuje, pani Klementyno – stwierdził zimno. – Ludzie z Utopców nie będą chcieli nic wam powiedzieć. Jesteście obcy. Chcecie powtórki z ekshumacji? Wam nikt nic nie powie. Heniek to wyjątek potwierdzający regułę. Zresztą on też nie jest do końca swój. To ja muszę to załatwić. Sam!

Klementyna wzruszyła ramionami. Było jej wszystko jedno. Niech zrobi to ktokolwiek. W każdym razie ona na pewno nie zamierza tracić na to czasu. Ma ważniejsze sprawy na głowie. Teresa…

– Przydałoby nam się upewnić, że to naprawdę Arleta kłóciła się z Wojtkiem tamtej nocy – powtórzył Drzewiecki kolejny raz uparcie. – Trudno mi sobie wyobrazić, żeby to ona zaciukała Czajkowskich, no, ale…

Klementyna spojrzała na starego lisa. Zaciukała. Znowu to słowo. Nie pamiętała w tej chwili, kto wcześniej go użył. Szczegóły. Zaciukała, czyli zadźgała nożem. Dlaczego akurat to słowo było tak popularne w Utopcach, co? Czy wszyscy ci ludzie wiedzieli więcej, niż mówili policji? Ktoś zabił Wojtka i Tadeusza nożem, a potem pozbył się ciał, żeby to ukryć? Czy tak właśnie było, co?

Myśli komisarz Kopp poszybowały do zdjęć śladów wampirzych kłów na progu altany, które dopełniały inscenizacji ze złożonych w kostkę zakrwawionych ubrań. Czy nożem da się zrobić takie ślady, co? Raczej nie, uznała w duchu policjantka.

A może to nie nóż, a jakiś szpikulec był narzędziem zbrodni, przyszło jej nagle do głowy. Szpikulec. Nietypowy przedmiot, który od razu zdradziłby mordercę. Dlatego ciała musiały zniknąć. Kto miał coś takiego, co? Kto? Klementyna czuła, że jest blisko rozwiązania. Widziała już podobną rzecz w tej wsi. Szpikulec. Gdzie? Kiedy?

– Mnie bardziej zastanawia to, co Arleta powiedziała nam dziś – stwierdził Daniel, wyrywając policjantkę z zamyślenia. Myśl, która przyszła jej nagle do głowy, gdzieś się rozwiała i Klementyna nie mogła jej z powrotem uchwycić.

– Czekaj. Stop. Co ona powiedziała, co? – zapytała komisarz Kopp. Na razie nie było sensu gonić umykających myśli. Miała nadzieję, że przypomni sobie w swoim czasie, u kogo i kiedy widziała narzędzie w kształcie szpikulca.

– Arleta twierdzi, że zerwała z Wojtkiem w dniu jego śmierci, bo chłopak zażywał narkotyki – poinformowała mysia Strzałkowska. – Jagodzińska podobno nie chciała mieć z tym nic wspólnego. To właśnie przeszkadzało jej bardziej niż fakt, że zdradza męża.

– Jesteście pewni, że dokładnie tak się wyraziła? – zażądał niemal Drzewiecki. – Nic nie przekręciliście?

– Oczywiście, że nie – zapewniła Emilia i otarła pot z czoła. Strzałkowska znowu nie czuła się chyba najlepiej w małej przestrzeni drewnianego saloniku w domu Drzewieckiego. – Powiedziała, że Wojtek zażywał jakiś biały proszek. Z opisu jego działania wygląda mi to na kokainę. Cokolwiek to było, sam Wojtek nazywał to magicznym proszkiem.

– W to już zupełnie nie mogę uwierzyć – stwierdził Drzewiecki i pokręcił głową z niedowierzaniem. – Czy Arleta mówiła wam, skąd Wojtek miał te narkotyki?

– Nie wiedziała.

Stary policjant pokręcił znowu głową i cmoknął niezadowolony.

– Naprawdę trudno mi w to uwierzyć. Arleta chyba coś kręci. W tamtym czasie w Utopcach w ogóle nie było takich problemów jak narkotyki – stwierdził. – Zresztą generalnie wtedy na naszym terenie naprawdę było bardzo mało kokainistów. Zwróćcie uwagę, że w latach osiemdziesiątych szczególnie popularne były raczej opiaty. Ludzie zaczęli robić wywar z maku, czyli popularnie mówiąc, kompot. To on był u nas wtedy narkotykiem pierwszego wyboru. Na pewno nie kokaina. To wszystko nie trzyma się kupy. Poza tym trudno mi uwierzyć, że ani Tadeusz, ani Gloria niczego nie zauważyli. Przecież mieszkali z Wojtkiem pod jednym dachem.

– To akurat zdarza się bardzo często – nie zgodziła się Emilia. – Dzieci ukrywają uzależnienie przed rodzicami przez bardzo długi czas. Potem jest zaskoczenie i niedowierzanie. Widziałam to wiele razy, kiedy jeszcze pracowałam w Warszawie.

– Niech pani da spokój – prychnął Drzewiecki. – Tadeusz był przecież lekarzem. Nie zauważyłby, że syn ćpa?

Klementyna podrapała się po szyi. Pocałunki Teresy kusiły. Ale! Teraz za wszelką cenę próbowała utrzymać się po tej stronie lustra co wszyscy. To nie było łatwe. Ani trochę. Kiedy raz pozwoliło się szaleństwu zakraść do swojej głowy, pleniło się potem szybko jak chwasty. Komisarz Kopp się z tym liczyła. To była cena za zaspokojenie tęsknoty.

– Tadeusz ciągle jeździł do Warszawy i nie było go w domu. O tym mówią prawie wszyscy. Łącznie z panem – przypomniała tymczasem Emilia. – Rafał Tokarski z kolei zeznał, że Gloria nie za bardzo się Wojtkiem interesowała. Wygląda więc na to, że nie miał kto czegokolwiek zauważyć. Wojtek z łatwością mógł ukrywać uzależnienie.

– Koledzy by zauważyli – trwał dalej przy swoim Drzewiecki.

– Rafał powiedział nam, że Wojtek był „czepialski”. Tak to chyba ujął. Takie zmiany zachowania są typowe dla uzależnienia.

– Pozostaje tylko pytanie, czy te narkotyki w ogóle mają jakiś związek z jego śmiercią? – zastanawiał się głośno Podgórski. – Może to jest kolejny nieistotny szczegół?

Na chwilę zapadła cisza. Gdzieś w głębi domu zegar wybił ósmą. Klementyna poruszyła się niechętnie. Trans, w który wprowadzała ją Czesława, teraz najwyraźniej przychodził automatycznie na samo tylko wspomnienie Teresy. Komisarz Kopp czuła coraz większą ospałość. Chciała coś powiedzieć. Kłopot w tym, że jakoś nie mogła. Druga strona lustra…

– W te narkotyki w ogóle nie wierzę. Ja skupiłbym się na kłótni w cyrku – zawyrokował Drzewiecki, jakby tu cokolwiek od niego zależało. – Popytam we wsi.

ROZDZIAŁ 32

Utopce. Sobota, 25 sierpnia 1984. Godzina 18.45.
Proboszcz Michał Jankowski

Proboszcz Michał Jankowski był w Utopcach dopiero
od trzech lat. Objął parafię właściwie niedługo po otrzy-
maniu święceń. Bardzo się cieszył, że tak szybko będzie
na swoim. Snuł wielkie plany, jak poprowadzi swoją trzódkę.
Dopiero później zrozumiał, że trafił tu, ponieważ nikt inny
nie chciał mieszkać na tej zakazanej polanie.

Utopce... Niby ludzie byli tu mili i uprzejmi. Niby
uczęszczali na niedzielne nabożeństwa. Niektórzy to nawet
przychodzili w tygodniu. Działał tu nawet prężny chór
kościelny. Spokój i świeże powietrze. Niby.

Trzy lata temu

Kłopoty pojawiły się już pierwszej nocy, kiedy zmęczony podróżą Jankowski położył się do łóżka. Po kilku
minutach usłyszał wyraźne skrobanie w okno. Spojrzał
w tamtą stronę i zobaczył gałąź. Uśmiechnął się do siebie.
Wszystko jasne. Tuż przy płocie cmentarza rósł przecież

olbrzymi buk, który miejscowi nazywali podobno Bratem Leszego. Jankowski nie sądził, że jego powykręcane gałęzie sięgają aż do okna plebanii. Kto by pomyślał. I co za pogańska nazwa!

– Trzeba będzie przyciąć gałęzie – mruknął do siebie, a oczy same mu się zaczęły zamykać ze zmęczenia. – I po sprawie…

I po sprawie? Na pewno nie w Utopcach. Tego jednak jeszcze wtedy nie wiedział.

Rano wstał skoro świt. Poszedł do składziku na narzędzia, który stał przycupnięty przy ścianie nekropolii, i znalazł sporą piłę. Była nieco przerdzewiała, ale na pewno da radę uciąć tę czy inną niesforną gałązkę.

Jankowski podszedł do majestatycznego buka i przetarł oczy. Drzewo, mimo że naprawdę wielkie, rosło zbyt daleko od budynku plebanii, żeby dosięgać do okien sypialni. Nawet przy najsilniejszym wietrze. Proboszcz rozejrzał się zdezorientowany. Czy ktoś stroił sobie z niego żarty? Pewnie jakieś dzieciaki chciały sprawdzić, kiedy wyprowadzą go z równowagi. Już wczoraj zauważył, że była tu taka trójka nastoletnich chłopaczków. Tacy zawsze muszą kombinować. Jankowski postanowił nie dać im powodu do śmiechu i wrócił dumnym krokiem na plebanię.

Nadeszła druga noc. Położył się do łóżka z nadzieją, że głupim dzieciakom już przeszło. Niestety, kiedy tylko przymknął oczy, od razu usłyszał skrobanie w okno. Zerwał się szybko, żeby przyłapać żartownisiów na gorącym uczynku. Otworzył okno zdecydowanym ruchem. Nikogo.

– Jest tu kto? – zawołał, siląc się na odwagę.

Nie otrzymał żadnej odpowiedzi. Miał nadzieję usłyszeć chociaż głupawe śmieszki tutejszych młodocianych chuliganów. Cisza.

Podczas niedzielnego kazania wspomniał o tym, że rodzice powinni bardziej uważać na swoje pociechy i nie pozwalać im na zbyt wiele. Od tego bowiem tylko krok w stronę ulegania diabelskim pokusom. Patrzył przy tym po twarzach zebranych w drewnianym kościółku mieszkańców. Oczekiwał chyba, że trójka żartownisiów chociaż się zarumieni. Nic z tego. Wojtek, Kosma i Rafał siedzieli nadal znudzeni i patrzyli na niego spokojnie, czekając na dalszą część kazania.

Od tamtej pory sytuacja powtarzała się każdej nocy. Któregoś razu napomknął o tym w sklepie. Wtedy, trzy lata temu, Wanda i Mira pracowały tam jeszcze we dwie.

– Ksiądz musi wiedzieć, że nasza wieś nie jest taka zwyczajna – powiedziała Mira. – Duchy lasu zamieszkują te strony. Trzeba przyjąć to z pokorą. Nauczy się ksiądz z czasem, jak z nimi obcować.

Niedoczekanie. Jankowski nie zamierzał obcować z żadnymi duchami. Nie po to tu przybył. Zresztą był pewien, że doskonale wie, kto stoi za tymi głupimi żartami.

Połowa sierpnia

Mimo upływającego czasu proboszcz Jankowski nie zmienił zdania, że za jego niedolą stoi trójka chuliganów. Dziwne tylko, że przez trzy lata im się nie znudziło. Jacyż musieli być uparci! Ale on im się nie da! Wojtek najwyraźniej był głową bandy. Jankowski nieraz obserwował, że Kosma i Rafał tylko się za Czajkowskim włóczą. To wszystko jego wina! To jego trzeba unieszkodliwić. Odciąć głowę bestii.

A teraz jeszcze ta historia z wampirem. Proboszcz przeklinał dzień, kiedy Czajkowscy zaczęli budować tę swoją altanę. Po co komu altana? Gdyby nie to, że duchownemu to nie przystoi, Jankowski zakląłby siarczyście. Próbował znaleźć w sobie miłosierdzie, ale nienawidził „Żebrówki" i jej mieszkańców z całego serca. Sprawili, że krzyż, który dźwigał na obolałych plecach, był jeszcze trudniejszy do zniesienia.

Milicja udawała, że przejmuje się starymi kośćmi, które wygrzebał Wojtek i Tadeusz, ale w końcu wszystko i tak spadło na niego. Porucznik Drzewiecki przyszedł na plebanię z chmurną miną i oznajmił, że śledczy zakończyli swoje działania i teraz wypadałoby pochować te stare szczątki.

– Ja tam uważam, że kości powinny trafić na cmentarz, i to jak najszybciej – zakończył milicjant i ruszył do wyjścia, nie czekając nawet na odpowiedź.

– Chwileczkę! – zawołał za nim proboszcz. Aż się gotował ze złości. Nie chciał u siebie żadnego wampira. Zwłaszcza od Czajkowskich.

– Sam ksiądz wie, że przez to w Utopcach trwa wojna – powiedział Drzewiecki niemal dobrotliwie. – Wieś podzieliła się na dwa obozy. Cały spokój prysnął. A chyba lepiej, kiedy jest spokój, prawda?

Jankowski powoli skinął głową. Co do tego akurat się zgadzał. Kiedy we wsi toczyła się wojna między Czesławą a Glorią, drzewa szumiały coraz częściej. Wiatr, który nimi poruszał, był dziwnie niepokojący. Jakby zwiastował czyjąś obecność. Proboszcz przeżegnał się szybko na samą myśl.

– Dobrze – odparł w końcu. – Pochowam… to.

Sobota. Godzina 18.45

O dziwo, od kiedy wampir trafił do nowego lokum, nocne skrobanie w okno jakby ustało. Jankowski wreszcie mógłby spać spokojnie. Może Wojtek nareszcie poszedł po rozum do głowy. Cholerny chuligan.

To by było naprawdę dobre zakończenie całej tej historii. Tylko że teraz te stare szczątki jakoś nie dawały proboszczowi spokoju. W rezultacie codziennie przed kolacją chodził oglądać niewielki kopiec prowizorycznej mogiły ukrytej za składzikiem. Nie wiedział, czego właściwie oczekuje. Na pewno jednak nie tego, co właśnie zobaczył.

Co się dzieje na tej przeklętej polanie?!

ROZDZIAŁ 33

Lipowo i Iława. Środa, 5 listopada 2014. Po południu

Sierżant sztabowa Emilia Strzałkowska spojrzała na efekty swojej pracy. Była zadowolona. Podwórko przed jej wynajętym domkiem wyglądało teraz na o wiele bardziej zadbane. Nie była jeszcze pewna, co zrobi z wielkim stosem liści, który powstał w kącie ogrodu. Uznała jednak, że tym będzie martwić się później.

Jesienne słońce powoli zaczynało chylić się ku zachodowi, mimo że dopiero niedawno minęła szesnasta. Dni zrobiły się krótkie, nadal jednak było ciepło i przyjemnie. Emilia rozpięła jesienną kurtkę. Na jutro meteorolodzy zapowiadali rekordową jak na tę porę roku temperaturę – prawie dwadzieścia stopni. Złota polska jesień w tym roku trwała wyjątkowo długo. Jak dobrze pójdzie, cały listopad będzie piękny.

Strzałkowska oparła grabie o ścianę domu i usiadła na progu, jak to miała w zwyczaju, odkąd tu zamieszkała. Czekała, aż przyjedzie po nią Daniel w towarzystwie Józefa Drzewieckiego. Emerytowany policjant zadzwonił jakąś godzinę temu, by zameldować, że jego rozmowy z mieszkańcami Utopców niestety niewiele przyniosły. Żadna z osób, które dwudziestego trzeciego sierpnia 1984 roku poszły z Czesławą Tokarską na przedstawienie do cyrku, nie widziała tam Wojtka. Albo Heinrich Wanke kłamał i nie było wcale kłótni z tajemniczą kobietą, albo musieli bardziej się postarać z szukaniem ewentualnych świadków całej sytuacji.

– Pomyślałem, że powinniśmy przepytać tych cyrkowców – powiedział Drzewiecki na zakończenie rozmowy. Daniel włączył głośnik, żeby Emilia też mogła w niej uczestniczyć. – Ustaliłem już, jak się nazywał ten cyrk. Wy go znajdźcie w tych waszych internetach i pojedziemy tam poszukać świadków.

Nie można było nie zauważyć, że Drzewiecki zachowywał się teraz, jakby to on przejął kontrolę nad ich nieformalnym śledztwem. Emilia i Daniel nie byli pewni, czy rozmowa z cyrkowcami cokolwiek przyniesie. Uznali jednak w końcu, że spróbować na pewno nie zaszkodzi.

Podgórski pojechał po Drzewieckiego do Utopców, a Emilia zlokalizowała cyrk w Internecie. Mieli szczęście. Cyrk braci Witkowskich stacjonował obecnie w Iławie, czyli niecałą godzinę drogi z Lipowa. W oczekiwaniu na Daniela i Drzewieckiego Strzałkowska znalazła wreszcie czas, żeby zadbać o swój ogródek.

Głośny dźwięk silnika wyprzedził pojawienie się subaru Daniela. Błękitny samochód zatrzymał się przy furtce. Emilia wstała i otrzepała spodnie. Poprawiła kucyk i zajrzała do środka. Drzewiecki siedział z tyłu naburmuszony.

– Dzień dobry – powiedziała, otwierając drzwi.
– Szybciej – mruknął niezbyt grzecznie.

Emilia wsiadła do samochodu i spojrzała pytająco na Daniela, jakby Podgórski mógł jej wyjaśnić opryskliwość starszego pana. Daniel tylko wzruszył ramionami.

– Nie ma co tracić czasu. Ruszajmy – ponaglił ich znowu Drzewiecki.

Emerytowany policjant wydawał się poirytowany, ale może po prostu bardzo zależało mu na naprawieniu swojego nieudolnego śledztwa sprzed trzydziestu lat. Mamrotał coś do siebie pod nosem i nie zwracał uwagi na dalsze próby podjęcia rozmowy. W końcu Emilia i Daniel zrezygnowali. Strzałkowska przeszukała schowek i wyciągnęła jedną z płyt, które Daniel tam poupychał.

– Nie wierzę! – zaśmiała się. Obracała plastikowe pudełko w dłoniach.

Daniel też wyglądał na rozbawionego.

– No co? – zapytał.

– Ty, taki metalowiec, a masz płytę Lany Del Rey – powiedziała Emilia, przybierając żartobliwie poważny ton. – Kiedyś słuchałeś tylko Iron Maiden, Metalliki i innych takich. Świat schodzi na psy!

Podgórski zaśmiał się wesoło.

– To pewnie płyta Weroniki – wyjaśnił. – Nawet nie wiedziałem, że tam jest.

– Widać Weronika ma niezły gust. Też lubię Lanę.

Strzałkowska włożyła płytę do odtwarzacza. Włączyła losowe wybieranie ścieżki, bo nie mogła się zdecydować, której piosenki chce posłuchać.

Kiss me hard before you go
Summertime sadness

I just wanted you to know
That baby you're the best[*].

Auto wypełnił powolny, leniwy głos Lany Del Rey, który tak się Emilii podobał. Teraz poczuła jednak, że tekst *Summertime Sadness* jest w tej sytuacji zupełnie nie na miejscu. Nie w małej przestrzeni samochodu z byłym chłopakiem, który siedział kilka centymetrów od niej. Strzałkowska zerknęła w stronę Daniela. On też wyglądał na spiętego. Nacisnęła klawisz „Stop" i w samochodzie zapadła cisza przerywana jedynie niezrozumiałymi pomrukami Drzewieckiego z tylnego siedzenia.

– Chyba jednak nie mam ochoty na Lanę – stwierdziła Emilia. Odchrząknęła cicho, żeby ukryć zmieszanie.

– Możemy włączyć radio – zaproponował Podgórski.
– Muszę oddać tę płytę Weronice. Chyba ostatnio jej szukała. Pewnie chce, żeby to poleciało na weselu... albo coś.

– Tak – odparła nieco sztywno Strzałkowska.

Znowu zapadło milczenie. Na szczęście zbliżali się już do Iławy. Emilia z ulgą zauważyła tablicę informującą ich o rychłym wjeździe do miasta.

– Tu musisz pojechać w prawo – poinstruowała Daniela, jakby drogowskaz nie był wystarczająco duży. Przybrała służbowy ton. Tak było o wiele łatwiej. – Niedługo powinniśmy być na miejscu. Teraz znowu w prawo.

Strzałkowska zerknęła na mapkę z nawigacji w telefonie.

– Teraz tam – pokazała palcem w lewo. Daniel posłusznie wykonał manewr i wjechał na boczną drogę. – Podobno

[*] Pocałuj mnie mocno, zanim odejdziesz / Wakacyjny smutku / Chcę tylko, żebyś wiedział / Kochanie, że jesteś najlepszy.

tu gdzieś jest główna baza, gdzie cyrk braci Witkowskich zatrzymuje się poza sezonem. Tak mi powiedzieli przez telefon, kiedy zadzwoniłam na numer kontaktowy.

Rzeczywiście jakiś kilometr od głównej szosy znajdowało się dość rozległe gospodarstwo. Nad wjazdem wisiał szyld z prawie całkiem wyblakłym napisem „Bracia Witkowscy". Wjechali na teren zaniedbanego obejścia. Ciężarówki z logo cyrku stały zaparkowane bez ładu i składu niedaleko zardzewiałej bramy. Budynki gospodarcze wydawały się niepokojąco odrapane.

– Obraz nędzy i rozpaczy – podsumował Józef Drzewiecki, gramoląc się z samochodu. – Pamiętam, że kiedy przyjeżdżali co roku do Zbiczna w latach osiemdziesiątych, to wyglądało zupełnie inaczej. Cóż, i ludzie, i rzeczy się starzeją.

– Jesteś pewna, że ten cyrk nadal działa? – zapytał Daniel z niedowierzaniem.

– Odpowiadają na telefony – odparła Emilia, jakby to miało cokolwiek oznaczać. – Na ich stronie w necie to wszystko wygląda zdecydowanie lepiej.

Ruszyli przez zaniedbane gospodarstwo w poszukiwaniu kogokolwiek. Nikt nie zwrócił uwagi na ich przybycie. Miejsce wydawało się zupełnie opustoszałe. W końcu zauważyli jednak jakiegoś człowieka pracującego przy rozpadającym się budynku gospodarczym. Pewnie stajni, bo w powietrzu czuć było wyraźny zapach koni.

– Dzień dobry – zaczął Podgórski.

Mężczyzna uniósł rękę do czapki niedbałym gestem, ale nic nie powiedział.

– Pan pracuje w cyrku braci Witkowskich?

– Taa.

– Długo pan tu jest?

– Tak – odparł mężczyzna. – Już od piątej oporządzam.

– Miałem na myśli, czy długo pracuje pan u Witkowskich – poprawił się Daniel.

Mężczyzna zmierzył policjanta wzrokiem.

– A, to trzeba było tak od razu. Gdzieś od końca lat sześćdziesiątych jestem z Witkowskimi – mruknął, nie pytając nawet o powody nagłego przesłuchania. – Latający Szczepan jestem. Kiedyś robiłem tu jako klaun i akrobata. Teraz sprzątam przy koniach. Już lata na karku, ale ludzi brakuje. Ten cyrk to nie jest to co dawniej.

Emilia przyjrzała się uważnie powykręcanym artretyzmem dłoniom Latającego Szczepana. Trudno było uwierzyć, że w przeszłości wykonywał sztuczki cyrkowe.

– Pamięta pan może, jak przyjeżdżaliście kiedyś do Zbiczna? – wtrącił się Drzewiecki. Jego głos stał się teraz czysty, a twarz na powrót przybrała nieco lisi wygląd.

– Zbiczno? A gdzie to?

– Niedaleko Brodnicy.

Twarz Latającego Szczepana rozpromieniła się nieco.

– Ano pewnie, że pamiętam – zadeklarował. – Z reguły mieliśmy tam postoje na kilka dni, żeby ludzie ze wszystkich wsi dookoła zdążyli nas obejrzeć. Później już jechaliśmy do Iławy na odpoczynek. Żeby potem ruszyć dalej. I tak wciąż, w koło Macieju. Aż do przerwy zimowej.

Emilia i Daniel wymienili spojrzenia. Pora przejść do rzeczy.

– A pamięta pan może sierpień osiemdziesiątego czwartego roku? Mamy kilka pytań o tamten okres.

Latający Szczepan zaśmiał się głośno.

– Stary może i jestem, ale mózg nadal działa, jak trzeba. Jak się człowiek nad sobą za bardzo nie rozczula, to i starość nie przychodzi.

Emilia spojrzała na mężczyznę. Powykręcany reumatyzmem wyglądał jak zaprzeczenie tej tezy. Z drugiej strony z oczu Latającego Szczepana rzeczywiście bił młodzieńczy blask. Daniel podał cyrkowcowi zdjęcie Wojtka, które zrobiono niedługo przed śmiercią Czajkowskich.

– Czy pamięta pan może tego chłopaka z waszej wizyty w Zbicznie w osiemdziesiątym czwartym? – zapytał Podgórski. – Mamy świadka, który twierdzi, że on był na występie waszego cyrku dwudziestego trzeciego sierpnia. Po przedstawieniu z kimś się pokłócił. Zastanawialiśmy się, czy może ktoś z pracowników cyrku widział to zdarzenie.

Latający Szczepan obracał fotografię w sękatych dłoniach. W końcu przyjrzał się jej uważnie. Po chwili oddał zdjęcie Danielowi.

– Panie, gdybym ja miał spamiętać wszystkie twarze z publiki, toby mi ta bańka pękła. – Cyrkowiec popukał się po czole. – Nie kojarzę człowieka. Nawet gdybyście mi pokazali zdjęcie widowni sprzed dwóch dni, tobym nie pamiętał. Za dużo tych ludzi. Jak jesteś na arenie, światła na ciebie, to jest twój świat. A co? Ten chłopak zrobił co złego, że go szukacie? Widzę po was, że z policji jesteście. Takich jak wy od razu można rozpoznać.

Nikt nie podjął tematu.

– Ten chłopak nie żyje. Szukamy tego, kto go zabił – powiedział tymczasem twardo Drzewiecki. – Na pewno nic pan nie pamięta?

– Przykro mi.

– A jest tu ktoś inny, z kim możemy porozmawiać? – zapytała Strzałkowska. – Ktoś, kto pracował w cyrku w osiemdziesiątym czwartym i mógł coś wiedzieć. To bardzo ważne.

Latający Szczepan wskazał budynek z tyłu gospodarstwa.

– Tam mieszka część ludzi. Niektórzy są tu tak długo jak ja, ale nie liczyłbym na wiele.

Podziękowali i ruszyli do wskazanego przez starego mężczyznę domu. Wyglądał jak niewielki amerykański motel. Drzwi pokoi wychodziły bezpośrednio na parking. Wszystko było tu równie odrapane jak w budynkach przeznaczonych dla zwierząt.

Po prawej stronie znajdowało się pomieszczenie przypominające recepcję. Z braku lepszych pomysłów postanowili więc zacząć tam. Na suficie widać było wielkie plamy wilgoci, a pojedyncze żarówki dawały niewiele światła. Na kontuarze siedział jakiś znudzony chłopaczek. Kiedy śledczy wyjaśnili, z czym przychodzą, jego twarz trochę się rozjaśniła. Wreszcie jakieś atrakcje – mówiły jego oczy. Chłopaczek z miejsca zaoferował się, że zgromadzi wszystkich cyrkowców w świetlicy na tyłach budynku, żeby można było spokojnie prowadzić przesłuchania.

Pracowników cyrku nie było wielu. Mimo to porozmawianie ze wszystkimi zajęło śledczym prawie dwie godziny. Drzewiecki zdawał się wyczerpany. Przysiadł na chybczącym się krześle. Emilia też miała już dosyć.

– No i co? – Latający Szczepan zjawił się w świetlicy jako jeden z ostatnich. Wycierał dłonie brudną szmatą. – Bez powodzenia?

– Niestety – przyznała Strzałkowska.

– Mówiłem wam. Ze wszystkimi gadaliście? Nawet z Brudną Małgorzatą?

– Chyba tak.

Emilia przypomniała sobie starszą kobietę, która podobno kiedyś wsławiła się tresurą lwów. Z lubością opowiadała śledczym, że pozbawiła swoich podopiecznych zębów, żeby na pewno jej nie pogryźli. Słuchając tej opowieści, Strzałkowska czuła, że robi jej się niedobrze. Brudna Małgorzata śmiała się szeroko i widać było, że teraz sama nie ma zębów. Po lwach też nie było już śladu.

Twarz Latającego Szczepana rozjaśniła się nagle, jakby coś sobie uzmysłowił.

– Mówicie, że chodzi wam o sierpień osiemdziesiątego czwartego, tak? – upewnił się.

– Tak. Przypomniał pan sobie coś? – zapytał Podgórski. Nadzieja w jego głosie była wyraźnie słyszalna. – Widział pan coś?

– Gdzie tam – stwierdził Latający Szczepan, machając sękatą dłonią. – Ale dopiero teraz do mnie dotarło, że możecie jeszcze popytać innych. We wrześniu osiem cztery mieliśmy rozłam w naszym cyrku. Aleksa zabrała część ludzi i zrobiła swój cyrk. Może tam też powinniście popytać. Może u nich ktoś coś pamięta.

– Aleksa? – podchwyciła Emilia. – Kto to?

– No Aleksa. Nasza gwiazdka – Latający Szczepan pokiwał głową. – W osiemdziesiątym czwartym pokłóciła się z szefową, a z szefową nie można się było kłócić. Szefowa to była żona pana Witkowskiego, uważacie. Praktycznie decydowała o całym cyrku. Szefowa wywaliła Aleksę na zbity pysk, a może to Aleksa sama odeszła? W każdym razie zabrała od nas część ludzi i zrobiła potem własny cyrk. Zdaje się, że lepiej im się teraz powodzi niż nam. Chichot losu. Pojedźcie do nich. Tam za Aleksą młodzi poszli. Oni mają lepszą pamięć. My starzy zostaliśmy przy Witkowskich. Może ktoś od nich widział tę waszą kłótnię.

– Wie pan, gdzie możemy ich szukać?

Latający Szczepan zawahał się przez chwilę. Potem skinął ukradkiem głową.

– Tylko nie mówcie szefowi – zastrzegł szeptem. – Wściekłby się, gdyby wiedział, że tak trochę to zawsze sprawdzam cyrk Aleksy. Jak im idzie i tak dalej. To nie o to chodzi, żebym chciał się tam przenieść. W moim wieku nie pora na zmiany. Tym bardziej że jestem już z pięćdziesiąt lat u Witkowskich. No, ale szef mógłby opacznie to zrozumieć i się wściec. Jest czuły na tym punkcie.

– Nic nikomu nie powiemy – obiecała Strzałkowska. – Jak się nazywa ten drugi cyrk?

– Niesamowity Świat Aleksy, tak się nazywają – powiedział z rozmarzeniem Latający Szczepan. Najwyraźniej jednak skrycie żałował, że w osiemdziesiątym czwartym nie odszedł do nowo powstałego cyrku, tylko został na starych śmieciach. – W Internecie sobie możecie sprawdzić ich trasę. Zdaje się, że oni jeżdżą cały rok. Sprzęt mają niezły. Chyba stawiają bardziej na ludzi niż na zwierzęta. Jak ten Cyrk Słońca z Francji. Powiem wam, że to chyba nowe czasy. No, ale mnie nikt nie słucha. Staruch, a o nowych czasach ględzi. Bo wiecie, my to ciągle wozimy zwierzęta. Dzieciaki są zachwycone kucykami, ale z kolei czasem aktywiści się nas czepiają, że niby zwierzęta męczymy. Ja tam nie wiem. Bracia mniejsi też lubią się popisać. Nie mniej niż my są zadowoleni w świetle rampy. Tak ja to widzę. No, ale przydałoby się pójść z duchem czasu.

ROZDZIAŁ 34

Brodnica. Środa, 5 listopada 2014. Po południu

Komisarz Klementyna Kopp wypłaciła pieniądze z bankomatu i przeliczyła je szybko. Za nią ustawiła się już spora kolejka. O tej porze supermarket niedaleko Komendy Powiatowej Policji w Brodnicy tętnił życiem. Pewnie część osób przyjechała tu po pracy, żeby uzupełnić braki w domowych zapasach. Klementyna włożyła pieniądze do kieszeni i odwróciła się. Kilka osób z kolejki spojrzało na nią gniewnie.

– Ile można! – mruknął ktoś. – Kto to widział!

Policjantka zignorowała nieprzychylny komentarz. Być może ten człowiek miał nawet rację i Klementyna rzeczywiście spędziła przy bankomacie całą wieczność. Nie wykluczała tej możliwości. Trans, w który wprowadzała ją Czesława, spowalniał wszystkie procesy myślowe, a nawet ruchy. Druga strona lustra…

– Masz wreszcie te pieniądze? – zapytała Teresa, kiedy komisarz Kopp do niej podeszła.

Klementyna przytaknęła.

– Tak.

– To chodźmy teraz do sklepu – nalegała Teresa. Tym razem kochanka głos miała jakiś nieswój. Komisarz Kopp uznała jednak, że nie będzie zwracała na to uwagi. Byle tylko mogły być razem. Druga strona lustra. – Potrzebuję telewizora. Sama wiesz.

Klementyna nie wiedziała. Nie była pewna, po co właściwie Teresie telewizor w zaświatach. Nie zamierzała jednak się sprzeczać. Skierowały się do sklepu, gdzie oferowano artykuły RTV i AGD. Znajdował się tuż obok głównej części supermarketu.

– Może być ten – powiedziała Teresa, wskazując jeden z większych odbiorników.

Naprawdę mówiła teraz obcym głosem. Pęknięcia na lustrze. Klementyna kurczowo starała się trzymać szaleństwa. Nie może znowu stracić Teresy. Nie może! Musi wierzyć. Innej drogi nie ma.

– Klementyna?

Komisarz Kopp odwróciła się powoli. Bardzo powoli. Za jej plecami stała Liliana z dwiema torbami zakupów w rękach. Policjantka miała ochotę przegonić ją stąd jak najszybciej. Mogła wszystko popsuć. Liliana oznaczała rzeczywistość, a Klementyna nie mogła tam przecież wrócić. Chciała być po drugiej stronie lustra. Razem z Teresą.

– Robicie zakupy? – zapytała Liliana. Zerknęła przy tym na Teresę spod oka. – Kim jest ta pani?

– To moja Teresa – odparła Klementyna. Zgodnie z prawdą. Prawdą drugiej strony lustra.

– Teresa? – wycedziła Liliana. – Doprawdy?

Pęknięcia na powierzchni lustra. Rzeczywistość zaczynała wdzierać się do umysłu komisarz Kopp. To było nieprzyjemne. Bolesne. Z całych sił starała się nie dopuścić do tego, by Teresa zniknęła. Jak Klementyna sobie bez niej poradzi, co?

Liliana spojrzała na komisarz Kopp z niedowierzaniem.

– Nie wiem, co tu się dzieje, ale to na pewno nie jest twoja Teresa – powiedziała głośno i wyraźnie. – Klementyna, czy ty mnie w ogóle słyszysz?

Komisarz Kopp pokiwała powoli głową.

– Zostaw mnie w spokoju – mruknęła. Poczuła, że jej głos znowu jest słaby i zupełnie nieswój, jednak tylko na tyle mogła się w tej chwili zdobyć. Całą energię zajmowało odpychanie od siebie rzeczywistości. Tak bardzo pragnęła, żeby to Teresa stała obok niej. Nie medium, które umożliwia kontakt z zaświatami. Nie Czesława. Teresa!

– Kim pani jest, jeżeli mogę wiedzieć? – zapytała Liliana ostro.

– Ja?

Lustro pęka na miliony kawałków. Teresa znika w mgnieniu oka. Jej delikatny ton zastępuje dziwnie skrzekliwy głos Czesławy Tokarskiej. Rzeczywistość wlewa się do umysłu policjantki z każdej strony. Ból. Tęsknota. Zrozumienie. Klementyna jest znowu sama. Sama! Teresy już nie ma. Nie żyje.

Komisarz Kopp ledwo może oddychać, wybudzając się z transu. Świat rzeczywisty wiruje tysiącami kolorów. Plik banknotów, który właśnie wypłaciła z bankomatu, ciąży w wewnętrznej kieszeni skórzanego żakietu, jakby ważył kilka ton. Telewizory sklepu RTV i AGD migają dookoła. To jest nie do wytrzymania. Rzeczywistość jest nie do wytrzymania. Klementyna oddycha płytko. Chce dostać się z powrotem na drugą stronę lustra. To jest już jednak niemożliwe. Lustro stłuczone. Teresa nie wróci. Rzeczywistość. Czesława Tokarska. Nie Teresa.

– Pani, a kto niby inny? – nie ustępowała tymczasem Liliana. – Kim pani jest?

Liliana położyła zakupy na podłodze obok siebie i skrzyżowała ręce na piersiach. Jak zwykle ubrana była starannie i elegancko, a piaskowe włosy opadały jej na jedno ramię.

– Jestem mostem między światem żywych a umarłych. Dzięki mojemu darowi… – zaczęła Czesława.

Klementyna poczuła, że dłużej tego nie zniesie. Ogarnął ją niepowstrzymany gniew. Po tej stronie lustra, w rzeczywistości, słowa Tokarskiej były tylko bezsensownym bełkotem. Teresy nie ma. Nie ma i już nigdy nie będzie.

– Zamknij się – syknęła komisarz Kopp.

Czesława spojrzała na nią zaskoczona tą nagłą zmianą. Poruszyła się niespokojnie. Zrozumiała chyba, że jad, który sączyła w uszy Klementyny przez ostatnie dni, stracił swoją moc.

– Teresa ciągle tam na ciebie czeka – nie ustępowała mimo to chórzystka. – Nie chcesz chyba stracić okazji. Jestem twoją jedyną szansą, żebyś na powrót była z ukochaną Teresą. Tylko ja ci to zapewnię.

Komisarz Kopp wyciągnęła z kieszeni zwitek banknotów, które podjęła z bankomatu, żeby kupić telewizor. Czesławie. Nie Teresie. Teresa nie żyje. Nie ma jej. Rzeczywistość!

– Weź to i nie zbliżaj się do mnie więcej – warknęła.

Rzuciła pieniądze w stronę Czesławy. Sama ich nie chciała. Symbolizowały jej naiwność. Jak mogła uwierzyć w słowa Tokarskiej? Jak mogła dać się tak wykorzystać?

Z Teresą nie można już rozmawiać. Jej nie ma. Nie żyje. Klementyna poczuła, że znowu brakuje jej powietrza. Ledwo oddychała. Teresy nie ma.

– Ależ tu nie chodzi o pieniądze – zapewniła Czesława. Wbrew swoim słowom próbowała jednak łapać fruwające banknoty. Nie tylko ona. Wokół od razu znalazło się sporo chętnych do zebrania darmowej wypłaty. – Teresa czeka na ciebie! Tylko ja mogę cię z nią skontaktować! Nie popełniaj błędu!

Klementyna odwróciła się szybko i ruszyła do wyjścia. Nie chciała dłużej tego słuchać. Z jednej strony bała się, że zabije tę oszustkę gołymi rękami albo strzeli do niej ze służbowej broni, którą nosiła w kaburze pod pachą. Z drugiej był lęk, że na nowo jej ulegnie i wtedy nie będzie już odwrotu od szaleństwa. Pogrąży się w nim na zawsze.

Liliana chwyciła swoje torby i pobiegła za komisarz Kopp. Niewysokie obcasy jej jesiennych botków stukały głośno. Weszły na ruchome schody.

– Klementyna, dobrze się czujesz?

Komisarz Kopp nie odwróciła się. Nie ufała teraz sobie ani trochę. Mogło stać się cokolwiek. Czuła się zupełnie odsłonięta. Jakby pancerz, który zbudowała sobie przez lata, rozpadł się na kawałki razem z tym lustrem i światem szaleństwa, w który wprowadziła ją Czesława. Rzeczywistość. Tylko to zostało. Ból i tęsknota. To była rzeczywistość. Teresa nie żyje od dwóch lat. Rzeczywistość.

Zjechały na dół i stanęły przed sklepem. Ludzie zerkali w ich stronę z pewną ciekawością. Niska kobieta w skórzanym żakiecie i bojówkach, z tatuażami na rękach i ogoloną głową. Obok niej elegancka bizneswoman w ciuchach od najlepszych projektantów. Nie mogło być gorzej dobranej dwójki.

– Klementyna, o co tu chodzi? – zapytała raz jeszcze Liliana. Skinęła głową w stronę sklepu. Nie było wątpliwości, że ma na myśli Czesławę i fruwające pieniądze.

Komisarz Kopp odetchnęła głęboko. Rzeczywistość. Chciało jej się płakać. Jak dziecku. Jednocześnie jednak czuła, że w jej żyłach płynie teraz gniew zamiast krwi. To trzymało łzy na wodzy.

– Ja tylko chciałam porozmawiać z Teresą – powiedziała, nie patrząc w stronę Liliany. – Było Święto Zmarłych i… nieważne. Zostaw mnie w spokoju. Nie mam ci nic więcej do powiedzenia.

Liliana znowu położyła zakupy na ziemi. Wyciągnęła rękę w stronę komisarz Kopp. Spróbowała dotknąć jej ramienia. Stały teraz bardzo blisko. Klementyna czuła zapach perfum i balsamu do ciała Liliany.

– Zostaw mnie – warknęła, odtrącając jej rękę. Każdy dotyk palił, kiedy noszona przez lata zbroja opadła.

Liliana westchnęła.

– Powinnaś pozwolić sobie na żal – poradziła cicho. – Nie możesz tego w sobie tłumić w nieskończoność. Tak się nie da. Żal trzeba przeżyć, rozumiesz? Nie musisz być wiecznie najsilniejsza. Klementyna, to nie działa. Pozwól sobie na żal. Popłacz z całych sił, a potem zacznij wreszcie żyć. Teresy już nie ma. Nie wróci i nic tego nie zmieni. A już na pewno nie połączy cię z nią ta oszustka ze sklepu. Skąd ty ją w ogóle wytrzasnęłaś?

Klementyna spojrzała na Lilianę gniewnie. Nie zamierzała się tłumaczyć.

– Nie twoja sprawa, co?

– Jak chcesz – syknęła Liliana.

Komisarz Kopp machnęła ręką i ruszyła w stronę domu. Kopnęła z wściekłością jakiś kamień. Kiedy mijała wieżę krzyżacką, jej komórka rozdzwoniła się głośno. Przez chwilę próbowała ją zignorować. Świdrujący dźwięk nie dawał jednak o sobie zapomnieć. Policjantka wyciągnęła więc telefon z kieszeni spodni i zerknęła na wyświetlacz. Nieznany numer.

– Pa-pani ko-ko-mis-sa-arz Kopp? Tu-tu…

– Tak, kojarzę – przerwała Klementyna opryskliwie. Nie miała czasu na to, żeby antropolog Cezary Dąbrowski przez następną godzinę się przedstawiał. – O co chodzi, co? Tylko szybko.

– Je-jestem w Po-pozna-na-niu – poinformował ją antropolog.

– No fantastycznie. Moje gratulacje – warknęła wściekle. – Tylko co ja mam do tego, co?

Doktor Dąbrowski sapnął głośno.

– Ro-robię ba-ba-dania z-z tymi Amery-rykana-nami – wyjaśnił.

Klementyna szukała przez chwilę w pamięci. To nie było wcale łatwe. Sztuczki Czesławy sprawiły, że umysł komisarz Kopp był ciągle jeszcze zamglony. Pobudka z transu wcale nie przebiegała sprawnie. W końcu gdzieś w odmętach pamięci pojawił się skrawek informacji. Klementyna przypomniała sobie mętnie, że prokurator Leon Gawroński napomknął coś o współpracy antropologa z amerykańskimi naukowcami. Chodziło o jakieś badania nad kośćmi. Tylko jakie?

– No i? – warknęła.

Antropolog oddychał chwilę świszcząco. Klementyna z trudem powstrzymała się przed rzuceniem komentarza na ten temat. W końcu sama też odetchnęła głęboko ciepłym jesiennym powietrzem. Trawa w parku pod wieżą wciąż była jeszcze zielona. Policjantka weszła pomiędzy drzewa i oparła się o pień jednego z nich. Spojrzała na pałac Anny Wazówny, szukając czegoś, na czym mogłaby się skupić, by odzyskać spokój.

– Cho-chodzi o t-ten wasz szki-kielet – powiedział w końcu doktor Dąbrowski. – O te-tego wa-wampira.

– Spoko. Ale! Możesz przejść do rzeczy, co?

– Ra-razem z-z kolegami z-z USA ro-robimy ma-mapowanie zróżnicowania izo-zotopów – przypomniał jej Cezary Dąbrowski. Zaczął teraz mówić wolniej. Spokojniej. – To jest dobrze zmapowane na świecie, ale w Polsce jest z tym już dużo gorzej. Dlatego nad tym pracujemy.

– Mów dalej – powiedziała Klementyna niemal miękko.

Kiedy się nie spieszył, jąkanie prawie znikało. Trzeba dać mu czas. Oparła się wygodniej o drzewo. Wyraźnie czuła fakturę kory przez skórzany żakiet. Oddychała coraz głębiej. Serce biło wolniej, przywracając względny spokój. Wkraczała na znajomy teren pracy. Tak było dobrze. Praca pozwalała zapomnieć.

– Stabilne izotopy strontu i tlenu stosujemy do badania migracji ludności – doktor Dąbrowski artykułował teraz poszczególne słowa bardzo wolno. Nie jąkał się już jednak. – Wybieramy właśnie stront i tlen, gdyż są to izotopy skrajne pod względem występowania w środowisku. Nie wiem, czy pani słyszała o tej metodzie?

Klementyna była prawie pewna, że kiedyś o tym czytała.

– Co nieco – mruknęła. – Ale! Możesz mi przypomnieć.

– To wszystko jest dosyć skomplikowane – zaznaczył antropolog z niejakim zadowoleniem. – Pokrótce powiem tylko, że stosunek izotopów jest w danym środowisku zawsze taki sam. Właśnie na tym bazujemy, bo znając go, możemy stwierdzić, skąd dana osoba pochodziła. A właściwie może powinienem ująć to inaczej. Możemy stwierdzić, gdzie dana osoba przebywała przez ostatnie lata swojego życia. Albo może jeszcze inaczej. Jeżeli dysponujemy materiałem z danego środowiska, możemy sprawdzić, czy dana osoba pochodziła z konkretnego miejsca, czy była tam obca.

Ile razy można zmieniać zdanie? A może tak? A może inaczej? A może jeszcze inaczej? Klementyna westchnęła. Z całych sił jednak starała się trzymać nerwy na wodzy. Jeszcze przynajmniej chwilę.

– Rozumiem – powiedziała.

– Pani szkielet. To-to znaczy-czy szkielet wampira... – poprawił się natychmiast Cezary Dąbrowski. – Szkielet tego rzekomego wampira zainteresował mnie i moich amerykańskich kolegów. Nie codziennie wydobywa się przecież szczątki z pochówku wampirycznego. Przebadaliśmy go wspólnie.

Klementyna znowu starała się z całych sił zebrać myśli i obudzić spowolnioną transem Czesławy pamięć. Kości wampira. Komisarz Kopp nie była pewna, czy wampir odkryty pod altaną ma jakiś związek ze śmiercią Czajkowskich.

Nie chciała jednak zaniedbać żadnego tropu. Nie teraz, kiedy wracała powoli do życia. Do rzeczywistości.

– Już wiecie, czy nasz krwiopijca z lat czterdziestych został otruty arszenikiem, co?

– N-nie – zaprzeczył doktor Dąbrowski natychmiast. – Już pani tłumaczyłem, że tego nie stwierdzimy. Za mało danych...

– Spoko – przerwała mu. – To co macie, jak nie to?

– Wł-łaśnie próbuję...

– Okej. No dobra. To mów nareszcie.

Cezary Dąbrowski odważył się westchnąć głośno. Klementyna uśmiechnęła się pod nosem, wyobrażając sobie jego młodą twarz. Usta miał pewnie teraz po dziecięcemu zaciśnięte.

– W przypadku kości izotopy mogą nam powiedzieć o ostatnich dziesięciu latach życia – oznajmił antropolog z nagłą mocą. Jąkanie zupełnie gdzieś zniknęło. – Jak już mówiłem, u nas w Polsce brak dokładnego mapowania, którego można by użyć do badań porównawczych, więc sprawy są nieco utrudnione. Z braku materiału ludzkiego czasem używamy do porównań zwierząt. Nawet ślimaków. One są najlepsze, bo wiadomo, że za bardzo się nie przemieszczają i siedzą w jednym miejscu. Kto kiedy słyszał o wędrującym wiele kilometrów ślimaku? Ślimaki są idealne jako materiał porównawczy.

Zaśmiał się nerwowo. Klementyna nieoczekiwanie mu zawtórowała. Jakby pozbycie się Czesławy i szybki powrót do rzeczywistości zdjęły jej z barków jakiś ciężar. Odrobina śmiechu była przyjemna. Nowa. Po opadnięciu pancerza noszonego przez lata każde przeżycie zdawało się bardziej intensywne.

– My akurat prowadziliśmy wcześniej badania terenowe w waszej okolicy – mówił dalej Dąbrowski. – I mamy już trochę materiałów do porównań. Nie musieliśmy polować na ślimaki.

– Okej. No dobra. Cudownie. – Klementyna zaśmiała się szczerze. – Ale! Możesz wreszcie powiedzieć, co dokładnie chcesz mi przekazać? I darujmy sobie dalszy naukowy bełkot, co?

– Wasz wampir był na pewno z okolic – oznajmił antropolog. – To nikt obcy ani przyjezdny. Pomyślałem, że to może się wam przydać, kiedy będziecie ustalać tożsamość tego człowieka.

– Ciekawe… – mruknęła Klementyna.

Znowu poszukała w sfatygowanej przez działania Czesławy pamięci. Józef Drzewiecki utrzymywał, że w latach czterdziestych w Utopcach nikt nie zaginął. Potem Kosma Żebrowski sugerował, że może to ojciec Heinricha Wanke przywiózł ze sobą kogoś obcego do wsi, kiedy wynajmował kwaterę w „Żebrówce" na samym początku lat czterdziestych. Heinrich oczywiście zaprzeczał.

Tyle wiedzieli dotychczas, uznała komisarz Kopp w duchu. Tymczasem wracali do punktu wyjścia. Wampir odkryty przez Czajkowskich był z Utopców albo okolic. Czy to oznaczało, że jego śmierć w latach czterdziestych była jakoś związana z morderstwem dokonanym w osiemdziesiątym czwartym na Wojtku i Tadeuszu? A może tych dwóch spraw zupełnie nic nie łączy i poszukiwanie tożsamości rzekomego wampira Klementyna powinna zostawić prokuratorowi Gawrońskiemu i spółce?

– Ciekawe – mruknęła raz jeszcze pod nosem.

– Co pani mówi?

– Macie coś jeszcze, co? – zapytała policjantka zamiast odpowiedzi. – O tym szkielecie.

– N-nic ta-takiego. Trochę go-go tylko pomierzy--rzyliśmy. To-to też pomoże na pewno w ustaleniu tożsamości szcz-cz-cząstków – powiedział antropolog. Znowu najwyraźniej się stresował. – Dysponowa-waliśmy kością pi-piszczelową i ra-ramieniową, więc na podstawie wzoru Lorkego możemy stwierdzić, że wampir miał sto siedemdziesiąt siedem centymetrów wzrostu. Oczywiście te kości są stare. Świeże są statystycznie o jakieś półtora procent dłuższe, więc mężczyzna mógł być nieco wyższy i…

Komisarz Kopp rozłączyła się bez pożegnania. Takie dane nic jej na razie nie dawały. Facet od kości prześle je pewnie w raporcie prokuratorowi Gawrońskiemu, który zajmował się tymi szczątkami oficjalnie. Szkoda gadania.

Ruszyła w kierunku domu. Musi przecież nakarmić Don José. Miała niemiłe poczucie, że zaniedbała czarnego kota przez te kilka dni. Z każdym krokiem starała się systematyzować fakty. Wojtek z kolegami odkrywają dziwne szczątki, budując altanę dla Glorii. Czesława z miejsca stwierdza, że to wampir. Robi się afera. Tadeusz każe przenieść szczątki i skończyć pracę nad altaną. Jakiś czas później obaj Czajkowscy padają ofiarą rzekomego wampira. Wampira, który dwadzieścia lat wcześniej być może, ale niekoniecznie, został otruty dużą jednorazową dawką arszeniku i prawdopodobnie pochodził ze wsi. Czy te dwie sprawy się łączą, co? Czy może jest wręcz przeciwnie i szukanie powiązania tylko oddala ją od zrozumienia, co spotkało rodzinę komendanta w osiemdziesiątym czwartym roku?

Komisarz Kopp zatrzymała się przed wejściem do niewielkiej kamieniczki, w której mieszkała. Miała nieprzyjemne wrażenie, że cały czas umyka jej coś ważnego. Zaginiona czaszka wampira? Zrabowane z sejfu Tadeusza pieniądze? Ślady zębów na progu altany? Klementyna myślała gorączkowo. Jednak im bardziej próbowała uzmysłowić sobie, o co chodzi, tym trudniej było jej pochwycić ulatującą myśl.

ROZDZIAŁ 35

Grudziądz. Środa, 5 listopada 2014. Wieczorem

Młodszy aspirant Daniel Podgórski wpatrywał się w scenę zauroczony. Przedstawienie właśnie się skończyło. Przez chwilę w olbrzymim namiocie cyrkowym zapadła zupełna ciemność. Dobiegały z niej tylko głośne uderzenia werbli, które potęgowały napięcie. Ludzie na widowni wstrzymali oddech. Nagle światła wybuchły w szalonym tańcu, co przypominało wielkie zimne ognie. Cyrkowcy wyszli na arenę i ukłonili się publiczności. Daniel bił brawo z całych sił. Nigdy wcześniej nie widział takiego występu.

Po wizycie w podupadającym przybytku braci Witkowskich udali się natychmiast do Grudziądza, gdzie występ dawał Niesamowity Świat Aleksy. Według słów Latającego Szczepana w osiemdziesiątym czwartym roku cyrk Witkowskich przeżył rozłam i duża część artystów odeszła, zakładając nową grupę pod wodzą Aleksy Szafrańskiej. Akrobatka okazała się chyba większą wizjonerką niż bracia Witkowscy, bo jej Niesamowity Świat naprawdę zapierał dech w piersiach.

Daniel, Emilia i Józef Drzewiecki przyjechali do Grudziądza, kiedy widowisko trwało już w najlepsze. Wyjaśnili bileterowi powód swojej wizyty i mężczyzna wpuścił ich do namiotu bez problemu. Sam nie wiedział nic o wydarzeniach z osiemdziesiątego czwartego. Był na to o wiele za młody.

– Trzeba porozmawiać z szefową – poradził. Na twarzy miał skomplikowany makijaż przedstawiający artystyczną trupią czaszkę. Z tego, co można się było zorientować po plakatach rozklejonych dokoła, Niesamowity Świat Aleksy odbywał właśnie *Halloween tour*, co wiele wyjaśniało. – Tylko że Aleksa teraz właśnie wchodzi na arenę. Musicie poczekać do końca występu. Poproszę kogoś, żeby wam przyniósł krzesełka, bo wszystkie miejsca już są zajęte. Stać bym nie radził, bo widowisko może trochę potrwać.

W ten sposób Daniel, Emilia i Drzewiecki obejrzeli magiczne cyrkowe występy. Podgórski był pewien, że nigdy tego nie zapomni. Sama Aleksa, mimo że musiała już z pewnością przekroczyć pięćdziesiątkę, prezentowała się nie gorzej niż jej młodsze koleżanki. Jej ciało było wyćwiczone do granic wytrzymałości. Balansowała na wielkich szarfach zwisających z sufitu z taką łatwością, jakby przechadzała się po parku.

Artyści kłaniali się nisko, a brawa nie milkły. Nikt nie chciał pogodzić się z tym, że przedstawienie dobiegło już końca. Daniel sam miał wielką nadzieję, że cyrkowcy pokażą jeszcze jakąś sztukę. Poczuł jednak lekkie szturchnięcie w ramię. Odwrócił się. Wymalowany w czaszkę bileter uśmiechał się do policjanta szeroko.

– Proszę za mną – powiedział. – Szefowa czeka w garderobie.

Ruszyli za mężczyzną na zaplecze. Daniel miał wrażenie, że panował tu straszny chaos. Wszędzie kręcili się jacyś ludzie w sfatygowanych roboczych ubraniach z logo cyrku na plecach. Obsługiwali rozmaite sprzęty i maszynerie. Pokrzykiwania i przekleństwa nie pasowały jakoś do perfekcji występów, które policjanci oglądali przed chwilą na scenie. Bileter uśmiechnął się przepraszająco, jakby zauważył ich zdziwienie i od razu zrozumiał, o co chodzi.

– To, co widzicie na arenie, to efekt wysiłku nie tylko artystów, ale też wielu ludzi z całej ekipy – powiedział, zataczając ręką krąg. – Każde z nas przyczynia się do sukcesu występu. Żaden trybik nie może być zardzewiały, żebyście mogli zobaczyć te wszystkie czary.

Wyszli poza olbrzymi namiot. Stały tu zaparkowane wielkie ciężarówki i mniejsze kampery, w których zapewne mieszkali cyrkowcy. Bileter poprowadził ich do jednej z przyczep. Ustawiona była nieco z boku. Tuż obok niej zaparkowany był duży terenowy pikap.

– Tam w środku jest garderoba i biuro szefowej – wyjaśnił bileter, wskazując przyczepę. – Tylko zapukajcie, zanim wejdziecie.

Nie musieli. Aleksa sama stanęła na progu i przynagliła ich ruchem ręki. Weszli do środka i znowu znaleźli się w bajkowym cyrkowym świecie. Po jednej stronie znajdowała się toaletka z wielkim lustrem. Porozkładano na niej rozmaite przybory do charakteryzacji. Dokoła wisiały różnobarwne stroje. Całość oświetlona była nastrojową lampką. Jej kolorowy szklany klosz rzucał barwne plamy na ściany.

– Państwo z policji, tak?

Z bliska twarz Aleksy wydawała się aż nazbyt kości-sta. Ciało dyrektorki cyrku było chude i żylaste, a na jej przedramionach rysowały się wyraźne sploty mięśni. Na tej kobiecie nie było ani grama tłuszczu. Daniel wyobrażał sobie, jak Aleksa trenuje swoje ciało przez lata. Z żelazną dyscypliną.

– Jeżeli dobrze zrozumiałam Michała, chcecie roz-mawiać o jakimś starym występie, tak? – zapytała znowu, zanim Daniel zdążył odpowiedzieć na poprzednie pytanie.

Podgórski skinął głową i wyjaśnił pokrótce całą sytuację. Mówił o kłótni Wojtka z tajemniczą kobietą, której ciągle nie potrafili zidentyfikować.

– Chcielibyśmy, żeby obejrzała pani zdjęcie tego chło-paka, który odwiedził cyrk braci Witkowskich w sierpniu osiemdziesiątego czwartego w Zbicznie. Może pani go pamięta?

Daniel wyciągnął fotografię Wojtka Czajkowskiego. Aleksa podeszła do niego. Przy każdym kroku jej twarz wykrzywiał grymas bólu. Ruchy były automatyczne i ury-wane. Zniknęła z nich płynność i gracja, którą kobieta prezentowała przed chwilą na arenie.

– Państwo wybaczą – mruknęła, widząc ich konsternację. – Za długo jestem aktywną artystką. Ciało się buntuje, ale ciężko z tego zrezygnować. Arena uzależnia.

Wzięła fotografię do ręki.

– Osiemdziesiąty czwarty, mówicie? Miałam wtedy dwa-dzieścia jeden lat – powiedziała Aleksa z rozmarzeniem. Za-śmiała się i spojrzała na zdjęcie. Po jej twarzy przebiegł kolejny grymas bólu. – Nie, bardzo mi przykro, ale zupełnie nie kojarzę nikogo takiego. Nawet nie przypominam sobie takiej sytuacji.

Niepotrzebnie się fatygowaliście. Mogliście mi przecież wysłać to zdjęcie mailem. Odpowiedziałabym to samo.

Oddała fotografię Danielowi. Dopiero teraz poczuł, że jej ciało wydziela cierpki zapach potu. Tu, na zapleczu, wśród rekwizytów i męczarni ciała akrobatki, piękno przedstawienia zaczynało na dobre tracić swój blask.

– Czy moglibyśmy porozmawiać z resztą trupy? – poprosiła Emilia. – Popytać, czy jednak ktoś sobie czegoś nie przypomni.

Aleksa spojrzała na Strzałkowską spod oka.

– Nie sądzę, żeby ktokolwiek mógł wam pomóc po tylu latach – odparła szybko. – Osiemdziesiąty czwarty. Kto by pomyślał! To dla mnie szczególny rok, bo właśnie wtedy założyłam ten cyrk. W najśmielszych snach nie marzyłam, że odniesiemy taki sukces. A jednak się udało. To tylko pokazuje, że zawsze trzeba podążać za marzeniami. No, ale wracając do waszej sprawy, myślę, że rozmowa z moimi ludźmi nic wam nie da.

– Mimo wszystko chcielibyśmy spróbować – odezwał się Drzewiecki. W przyćmionym świetle jego lisia twarz wyglądała na jeszcze bardziej zmęczoną i starą. Dzisiejsze podróże chyba bardzo wyczerpały emeryta.

– Jasne. Nie ma problemu – zapewniła Aleksa. – Tylko że właściwie nikt nie został ze starej ekipy. Stopniowo się wykruszali. Cyrk to nie jest miejsce dla starych ludzi. Większość naszej trupy jest przed trzydziestką.

– Naprawdę nie został nikt ze starej ekipy? – zapytała Emilia.

– Chyba tylko Solo. Nasz klaun. Ale i tak nie sądzę, żeby coś pamiętał po tylu latach.

– Chętnie sprawdzimy – nie ustępował znowu Józef Drzewiecki.

Żyła na jego skroni pulsowała wyraźnie. Wyglądało na to, że emerytowany policjant, mimo wyraźnego zmęczenia, postawił sobie za cel znalezienie odpowiedzi na dręczące go pytania. Daniel mu się nie dziwił. Przez te trzydzieści lat Drzewiecki pewnie nieraz myślał o tym, że nie udało mu się rozwiązać zagadki śmierci Wojtka i Tadeusza Czajkowskich. Chyba że sam był w nią uwikłany, dodał Daniel w duchu. Tego przecież ciągle nie mogli wykluczyć.

Dyrektorka cyrku z wyraźnym trudem dotarła do drzwi przyczepy. Otworzyła je i przywołała jakiegoś chłopaczka.

– Zawołaj Solo – rozkazała.

Dzieciak pobiegł gdzieś szybko.

– Proszę usiąść – zaproponowała tymczasem Aleksa, pokazując przykrytą strojami staromodną kanapę.

Żadne ze śledczych nie skorzystało z zaproszenia. Drzewiecki sięgnął za to po pudełko zapałek, które leżało na toaletce. Widać było na nim logo cyrku Aleksy. Wyciągnął z kieszeni długopis i napisał coś na pudełeczku. Dyrektorka cyrku patrzyła na niego zdziwiona.

– Jakby sobie pani jednak coś przypomniała, to proszę, zapisałem tu mój numer telefonu – wyjaśnił Drzewiecki i odłożył pudełko na miejsce. – Pożyczyłem je sobie, bo nie noszę ze sobą wizytówek. Nie te lata.

Daniel sięgnął natychmiast po swoją wizytówkę i podał ją artystce, żeby zatrzeć wrażenie braku profesjonalizmu.

– Dziękuję, ale ja naprawdę nie za bardzo wiem, co bym miała sobie jeszcze przypomnieć.

Drzwi przyczepy otworzyły się i stanął w nich mężczyzna z pomalowaną na biało twarzą arlekina. Wokół oczu stworzono precyzyjne czarne romby. Usta były karminowe.

– Aleksa, chciałaś coś? Miałem się już przebierać. – Solo chyba dopiero teraz zauważył, że jego szefowa ma gości.

– O, przepraszam. Dobry wieczór. Czy coś się stało?

Arlekin ukłonił się elegancko. Teraz Daniel przypomniał sobie jego występ. Był połączeniem humoru z zapierającymi dech w piersiach akrobacjami na drążkach.

– Ci państwo chcą, żebyśmy zidentyfikowali jakiegoś widza. Chodzi o przedstawienie sprzed trzydziestu lat, kiedy byliśmy jeszcze u Witkowskich – w głosie Aleksy pojawiła się teraz lekka nutka rozbawienia. – Jesteś jedyną osobą ze starej trupy, więc zerknij, proszę, na to zdjęcie i zobacz, czy go rozpoznasz.

– Trzydzieści lat temu? – zapytał Solo, unosząc wysoko brwi. Nadało to jego ucharakteryzowanej na arlekina twarzy wyraz jeszcze większego zdziwienia. – Wątpię. No, ale pokazujcie.

Podgórski podał zdjęcie klaunowi. Daniela zaczynało już powoli ogarniać znużenie. Podróże po cyrkach? Pytania o przedstawienie sprzed lat? Policjant nie był pewien, na co właściwie liczyli. Przecież ci ludzie dali tysiące występów od tamtej pory. Jak mogli pamiętać ten jeden wieczór i Wojtka, który z kimś się kłócił? To było nierealne.

– Chwileczkę… – mruknął tymczasem Solo. – Osiemdziesiąty czwarty, tak?

Daniel i Emilia przysunęli się do arlekina, jakby to miało poprawić jego pamięć. Klaun w zamyśleniu przygryzł wargę.

– Zabawne – powiedział w końcu. – Chyba go pamiętam. Rzeczywiście tam była kłótnia. Chyba się nie mylę.

Klaun ucichł i znowu w zamyśleniu zagryzł wargę. Trochę karminu pozostało mu na zębach. Barwnik wyglądał jak krew.

– Proszę mówić dalej – poprosił Daniel.

– To było w nocy, już skończyliśmy przedstawienie. Wystawiłem sobie farbę przed wejście do mojej przyczepy. Chodzi mi o farbę do charakteryzacji – dodał Solo tonem wyjaśnienia i wskazał swoją wymalowaną na biało twarz arlekina. – Mam taki zwyczaj. W cyrku bywamy przesądni. Nieważne. W każdym razie zawsze tak robię. Wystawiam farbę na jakieś dziesięć minut. Wtedy też tak zrobiłem.

– I? – zapytała Emilia.

Na jej twarzy pojawiła się ekscytacja. Najwyraźniej ona też nie mogła doczekać się ujawnienia tożsamości tajemniczej osoby, z którą kłócił się Wojtek Czajkowski kilka dni przed śmiercią.

– No i wtedy oni przyszli. – Solo popukał palcem w zdjęcie Wojtka. Paznokcie pomalowane miał na czarno. – Ten chłopak ze zdjęcia i ta kobieta, o której mówicie.

Podgórski poczuł, że serce bije mu szybciej. Bał się teraz spojrzeć na Emilię i na Drzewieckiego, jakby to mogło spowodować, że klaun zapomni.

– Co było dalej?

Solo wzruszył ramionami.

– Kłócili się, a ten chłopak w złości kopnął moją puszkę z farbą – wyjaśnił klaun. – Rozlała się przed przyczepą. Byłem wściekły, bo wtedy nie było łatwo o takie rzeczy. Dlatego pamiętam to zajście. Coś takiego chyba tylko raz mi się przydarzyło. Widzowie na ogół w ogóle nie są wpuszczani pomiędzy nasze przyczepy.

– Słyszał pan może, o co się kłócili?

– To było coś bez sensu. Nie pamiętam dokładnie – stwierdził Solo. Odpiął wielki fantazyjny kołnierz i podrapał się po szyi. Skóra była wyraźnie zaczerwieniona.

– Szczerze mówiąc, mało mnie to obchodziło. Byłem zainteresowany głównie moją farbą.

– Co było dalej?

– Powiedziałem do tej dwójki coś w rodzaju „Co wy tu robicie?". Może dodałem jakieś przekleństwo. Jedno czy dwa. – Solo zaśmiał się, puszczając teatralnie oko. – Ten chłopak szybko odszedł, a kobieta tylko na mnie spojrzała.

– Widział ją pan? – zapytał Daniel szybko.

– Tak. Była noc, ale stała wtedy całkiem blisko.

– Umiałby ją pan opisać? – chciał wiedzieć Józef Drzewiecki. Na jego twarzy znowu pojawiły się wyraźne pulsujące żyły.

– Czy ja wiem? Była całkiem zwyczajna. Jej twarz zatarła mi się w pamięci.

– Długie kręcone włosy? Dziewczyna w wieku tego chłopca? – drążył emerytowany policjant, podając rysopis Arlety. – Duże piersi?

Solo pokręcił głową natychmiast.

– Nie, nie. Nic z tych rzeczy. Ona była raczej starsza niż ten chłopak.

– Dużo starsza? – próbowała uściślić Strzałkowska.

Klaun zastanawiał się przez chwilę nad odpowiedzią.

– Powiedziałbym, że była w średnim wieku – odparł w końcu. – Mogłaby być jego matką. Tak. To była tego typu różnica wieku.

Daniel myślał gorączkowo. Wyglądało na to, że Arleta powiedziała im prawdę i nie poszła do cyrku w dniu urodzin Glorii. Oczywiście to nie musiało nic znaczyć i nie wyłączało jej automatycznie z grona podejrzanych. Nadal jednak trzeba było ustalić, kim była tajemnicza kobieta z cyrku i dlaczego kłóciła się z młodym Czajkowskim.

– Co jeszcze mógłby pan nam powiedzieć na jej temat? – dopytywał się Podgórski.

Solo rozłożył ręce w geście bezradności.

– Nie wiem. Naprawdę. Mówimy o osiemdziesiątym czwartym! Trochę lat minęło.

– Oczywiście – odparł Daniel. Był rozczarowany, ale starał się nie pokazać tego po sobie. Nie mogli przecież oczekiwać, że świadek poda im rozwiązanie na talerzu. Odwrócił się do Aleksy. – Pani pomysł z przesłaniem zdjęć mailem jest całkiem dobry. Może mógłbym wysłać państwu fotografie kilku kobiet. Może któraś z twarzy wyda się znajoma.

– Nie ma problemu – zapewnił Solo. – Możemy tak spróbować, chociaż nic nie obiecuję. Niewysoka kobitka z krótkimi ciemnymi włosami. Tak bym ją określił. Kobitka właśnie. Tak chyba wtedy pomyślałem.

ROZDZIAŁ 36

Utopce. Sobota, 25 sierpnia 1984. Godzina 19.40.
Lenart Wroński

Lenart Wroński siedział w swoim pustym salonie pogrążony w myślach. W przychodni został dużo dłużej, niż to było potrzebne. Zamiast zamknąć, wpatrywał się bezmyślnie w karty pacjentów. Dopiero przed chwilą wrócił ze Zbiczna. Nogi nadal bolały go od szybkiego marszu przez las. Oddychał spiesznie, jakby przebiegł całą tę drogę.

Przez cały dzień nie mógł przestać myśleć o porannej rozmowie z Tadeuszem. Był zły na siebie, że tak się ujawnił. Mógł to rozegrać inaczej. Z drugiej strony sprawiło mu to też pewną ulgę. Wreszcie nie będzie musiał lizać dupy temu zdrajcy.

Oddech Lenarta jeszcze przyspieszył na myśl o przyjacielu. Przyjacielu? Dobre sobie. Tadeusz pozbawił go przecież wszystkiego. Kiedy badania nad tetraetyloołowiem zaczęły przynosić dochody, Tadeusz powinien był mieć choć tyle uczciwości, żeby poprosić Lenarta o powrót do laboratorium. Przecież zaczęli to wspólnie. I wspólnie powinni skończyć. To niesprawiedliwe, że Tadeusz spijał teraz całą śmietankę, a Lenart klepał biedę. Na lokalnej praktyce nie można było przecież wiele zarobić. Już władze o to zadbały, zaśmiał się.

Nagle śmiech uwiązł mu w gardle. Przecież Tadeusz miał wielu znajomych w partii, czy możliwe, żeby to jego macki trzymały Lenarta z dala od tak pożądanego sukcesu? Odpowiednie słówko szepnięte tu i tam i po sprawie. W dzisiejszych czasach, jeżeli ktoś miał właściwe kontakty, był z miejsca na wygranej pozycji.

Lenart odetchnął głębiej. Musiał się uspokoić i wszystko przemyśleć. Postanowił zejść do ciemni i obejrzeć zdjęcia z ostatnich dni. Przyroda i jej obserwowanie to było jedyne, co mu zostało. Znał ten las jak własną kieszeń. Przemierzał go niestrudzenie z aparatem w dłoni, kiedy tylko trafiła się wolniejsza chwila. Od kilku miesięcy dysponował nowoczesnym zenitem 12xp. Cały czas odkrywał, ile to cacko może.

Zaklął w duchu. Wydał na aparat dużą część swoich niewysokich dochodów, podczas gdy ten... Lenart szukał odpowiedniego słowa, ale nie mógł znaleźć nic, co wystarczająco dobitnie opisywałoby Tadeusza. Z braku lepszych pomysłów pozostało praktyczne i swojskie określenie „kutas". Otóż kiedy Lenart z trudem uzbierał na swojego zenita, ten kutas Tadeusz budował idiotyczną altanę i obsypywał swoją rozrzutną żonkę drogimi prezentami. A przecież połowa tego wszystkiego należała się Lenartowi! Co najmniej połowa!

– Cholera jasna! – wyrwało się Wrońskiemu na samą myśl o tej rażącej niesprawiedliwości.

Wstał z kanapy i zszedł do ciemni. Zaczął przeglądać zdjęcia, które wywołał w ostatnich dniach. W piwnicy panował teraz ciemnoczerwony półmrok, bo Lenart zapalił tylko lampę ciemniową. Lubił tę atmosferę. Czasem żałował, że tak często musi wychodzić na światło dzienne.

Oglądał przez chwilę swoje dzieła. Było tam kilka naprawdę pięknych ujęć jeziora Ciche i samotnej chaty Miry. Po śmierci pustelniczki Lenart wydał zarządzenie, żeby nikt tam nie chodził, ale sam nie zamierzał się do niego stosować. Uwielbiał te tereny i bardzo się cieszył, że Miry już nie ma. Kiedy tam mieszkała, nigdy nie pozwalała mu się zbliżyć do swoich włości. Zachowywała się jak wściekłe zwierzę, jeszcze zanim naprawdę została zarażona. Teraz było o wiele lepiej.

Lenart przyjrzał się ostatnim dwóm zdjęciom w skupieniu. To one były najciekawsze z całego pliku. Wojtek i Arleta w miłosnym objęciu.

– Kto by pomyślał – mruknął do siebie.

Trafił na tę parkę przypadkiem kilka dni temu, kiedy fotografował drzewa wzdłuż drogi do Zbiczna. Obściskiwali się jakby nigdy nic pod Synem Leszego. Tak byli zajęci sobą, że nawet nie odnotowali jego obecności. Lenart stał po prostu kilkanaście metrów dalej z zenitem w dłoni. Patrzył na nich zafascynowany. Nigdy by nie podejrzewał, że jego pracownica mogła wdać się w romans. U nich we wsi, gdzie tak łatwo było wszystkich podejrzeć? To przecież wcześniej czy później musiało wyjść na jaw. A jednak nikt o niczym nie wiedział. Oprócz niego.

Lenart lubił Arletę, więc początkowo naprawdę nie zamierzał robić jej problemów. Dziewczyna była pracowita i zawsze skora do pomocy. Miał z niej pociechę. Teraz jednak sytuacja się zmieniła i nie zamierzał się nią dłużej przejmować. Zdjęcia stanowiły niepodważalny dowód, który trzeba będzie wykorzystać, nie bacząc na konsekwencje dla pielęgniarki. Niestety.

A plan był prosty. Lenart doskonale wiedział, że Tadeusz kocha Wojtka ponad wszystko. Uderzenie w najczulszy punkt wydawało się więc idealnym rozwiązaniem. Włożył zdjęcia do kieszeni pocerowanej marynarki. Zamknął drzwi i ruszył przez wieś w kierunku domu Jagodzińskich. Porozmawia sobie z Maciejem. Miejmy nadzieję, że rozjuszony zdradą listonosz załatwi za niego pierwszą brudną robotę.

Niebo było pokryte chmurami, więc mimo dość wczesnej pory zrobiło się już prawie całkiem ciemno. Wiał też coraz silniejszy wiatr. Może wreszcie przyjdzie długo wyczekiwana burza, która zmyje upał i przyniesie ulgę skołatanej duszy. Poły marynarki tańczyły wokół Lenarta, tak że w końcu zmuszony był je zapiąć.

– Dzień dobry, panie doktorze.

Co za szczęście! Maciej z podwiniętymi do łokci rękawami koszuli kosił właśnie wysokie trawy, który zawładnęły miedzą oddzielającą gospodarstwo Jagodzińskich od ziemi należącej do Frąckowiaków. Przed epidemią tyfusu stał tu jeszcze jeden dom, ale po wojnie został zrównany z ziemią.

Lenart natychmiast przybrał zatroskaną minę. Minę człowieka, który przyszedł tu z delikatną kwestią, którą bardzo boi się poruszyć.

– Musimy porozmawiać – zaczął tonem, który idealnie pasował do wyrazu jego twarzy.

– Czy coś się stało? – zapytał Maciej bardzo ostrożnie.

W delikatnych, niemal kobiecych dłoniach zaciskał kosę. Lenart zerknął na narzędzie niechętnie. Wolałby, żeby listonosz ją odłożył. Kosa w jego rękach przy oglądaniu tych zdjęć na pewno nie była wskazana. Lenart nie chciał przecież zginąć jako posłaniec niosący złe nowiny.

– Odejdźmy kawałek dalej – zaproponował.

Miał wielką nadzieję, że Maciej odłoży kosę, ale listonosz tego nie zrobił. Poszedł za Lenartem, nadal trzymając śmiercionośne narzędzie. Trudno, uznał w duchu miejscowy lekarz, trzeba zaryzykować.

– Macieju, wiesz, że jestem wielkim amatorem fotografii – zaczął spokojnie.

Listonosz znowu ostrożnie pokiwał głową.

– Wiem, panie doktorze – zapewnił. – Widziałem pana zdjęcia na wystawie w kościele. W tamtym roku. Jestem pod wrażeniem.

Maciej nie wyglądał na szczególnie zachwyconego twórczością Lenarta. Próbował chyba tylko być uprzejmy. Niecierpliwość była jednak wyraźnie widoczna w jego ruchach. Nieustannie przestępował z nogi na nogę. Pewnie chciał skończyć koszenie przed nawałnicą.

Jak na zawołanie wiatr zawiał jeszcze mocniej.

– Burza już blisko – mruknął Lenart. – No nic. Najlepiej będzie, jeżeli po prostu pokażę ci zdjęcia. Arleta jest wspaniałą kobietą, ale…

Na dźwięk imienia żony Maciej poruszył się jeszcze bardziej niespokojnie. Lenart poczuł, że ma go już w garści. Podał mu zdjęcia bez dalszych wyjaśnień. Listonosz wpatrywał się w nie intensywnie. Nadal nie wyglądał jednak na w pełni przekonanego. Pora było wytoczyć cięższą artylerię.

– To i śmierć waszego Mateuszka rok temu... – szepnął, niby to starając się być dyskretny. – Już sam nie jestem pewien, czy to był nieszczęśliwy wypadek...

Maciej spojrzał na Lenarta dziko. Wroński odsunął się trochę. Może jednak przesadził. Może nie powinien był wspominać o zmarłym we śnie noworodku. Czy skończy z odciętą głową? Czy kosa jest na tyle ostra, żeby załatwić sprawę od razu? – pomyślał irracjonalnie, przyglądając się złowrogiemu narzędziu w ręku Macieja. Czy może listonosz będzie musiał uderzać kilkakrotnie?

Tymczasem Maciej odetchnął głębiej.

– Mogę to zabrać? – zapytał, zerkając na fotografie.

– Oczywiście – odpowiedział szybko Lenart.

Listonosz włożył zdjęcia żony i jej kochanka do kieszeni na piersi, jakby były najcenniejszą pamiątką.

– Doktorze, bardzo dziękuję za pańską szczerość – powiedział jeszcze. – Nawet pan nie wie, ile to dla mnie znaczy.

Zabrzmiało to naprawdę smutno, Lenart dobrze jednak wiedział, że mu się udało. Ziarno nienawiści zostało na dobre zasiane.

– Ależ nie ma za co – zapewnił gorąco. – Mężczyźni muszą trzymać się razem w takich sytuacjach.

ROZDZIAŁ 37

Utopce. Czwartek, 6 listopada 2014. W południe

Komisarz Kopp czuła każde uderzenie swojego znużonego serca. Pracowało szybko, wściekle obijając się po klatce piersiowej. Przyglądała się Czesławie Tokarskiej morderczo. Wiedziała, że jest na granicy wybuchu. Starała się jednak schować za maską profesjonalizmu. Przynajmniej na razie. Co będzie dalej, zobaczy się później.

W niewielkiej kuchni Tokarskich zrobiło się teraz tłoczno. Daniel Podgórski stał przy drzwiach z rękami opartymi na biodrach, Emilia Strzałkowska trzymała się blisko okna, a Józef Drzewiecki pochylał się w stronę Czesławy przez stół. Rafał Tokarski łypał na nich gniewnie. Jego potężne ciało wypełniało niemal tyle samo przestrzeni ile wszyscy czworo policjanci razem wzięci.

– Zostawcie moją matkę w spokoju – warknął. – Ona nic nie zrobiła. Powinien się pan wstydzić, panie Józku. Spieprzył pan sprawę za pierwszym razem i teraz znowu czepia się pan mamy.

Klementyna uśmiechnęła się pod nosem. Daniel i reszta nieźle się spisali. Znaleźli kolejnego po Heinrichu świadka kłótni w cyrku. Klaun Solo zeznał, że pamięta to wydarzenie. Początkowo nie potrafił wiele powiedzieć o kobiecie, z którą Wojtek miał tamtej nocy scysję. Kiedy jednak Daniel przesłał mu fotografie kilku pań z Utopców, Solo od razu wskazał na Tokarską. W obliczu nowych faktów nieformalna grupa śledcza uznała, że czas wreszcie sobie z nią porozmawiać. Oficjalnie.

– Rafałku, nie trzeba się tak denerwować – powiedziała spokojnie Czesława. Wszystkie oczy skierowały się na nią.
– Odpowiem na wszystkie pytania, jeżeli tak trzeba. Nie mam nic do ukrycia. Jestem niewinna.

Klementyna miała ochotę rozerwać tę oszustkę na strzępy. Medium? Dobre sobie, pomyślała ze złością. Komisarz Kopp była też zła na siebie. Dała się podejść jak pierwsza naiwna. Czesława tylko to wykorzystała dla swojego zarobku. Za każdą sesję kontaktu z Teresą pobierała przecież słoną opłatę.

– Zanim to jednak zrobię… – rzekła chórzystka i spojrzała Klementynie prosto w oczy. – Teresa śle pozdrowienia.

Tego było za wiele. Komisarz Kopp nie wytrzymała. Coś w niej pękło. Nic dziwnego. Pancerz, który utkała przez lata, nie trzymał już emocji na wodzy. Rzuciła się w stronę Czesławy gotowa udusić ją własnymi rękami. Oplotła jej palce wokół szyi i zacisnęła. Nie zdążyła jednak zrobić nic więcej, bo Daniel chwycił ją mocno i odciągnął od przesłuchiwanej. Komisarz Kopp próbowała się wyrwać. Nie miała jednak z Podgórskim szans. Był od niej co najmniej dwa razy większy.

– Twoja Teresa jest tu blisko – mruczała dalej Czesława, jakby nie zauważyła, że Klementyna przed chwilą próbowała ją zabić.

– Zamknij się, kurwo jedna, co? – syknęła Klementyna tylko. Uspokoiła się już nieco. Przynajmniej próbowała to sobie wmówić. – Puść mnie, Daniel. Nic jej nie zrobię. Nie jest tego warta. Zaczynajmy już przesłuchanie, co?

Podgórski puścił Klementynę ostrożnie. Komisarz Kopp odetchnęła kilka razy głęboko, żeby w pełni odzyskać panowanie nad sobą. Tracenie kontroli to był błąd. Duży błąd. Nie zamierzała popełnić go po raz kolejny. To by oznaczało następną porażkę, a policjantka nie była pewna, ile jeszcze będzie w stanie ich znieść.

– Nie wiesz, co robisz, Klementyna. Naprawdę dysponuję niezwykłym darem – stwierdziła beznamiętnie Czesława, jakby mówiła o czymś zupełnie oczywistym. – Myślicie, że z tych obrazków mojego syna moglibyśmy się spokojnie utrzymać? Otóż nie. Rozmowy z duchami sprzedają się znacznie lepiej niż te bazgroły.

Rafał nie wyglądał na przejętego tym, że matka właśnie go obraziła. Wzruszył tylko ramionami.

– Spoko. Ale! Przejdźmy do rzeczy, co? – warknęła Klementyna. Miała wrażenie, że jakiś trybik, który nie funkcjonował za dobrze, wskoczył nareszcie na swoje miejsce. Mogła działać. – Dwa dni przed śmiercią Czajkowskich widziana byłaś w cyrku podczas kłótni z Wojtkiem. Co na to powiesz, co?

Dotychczas Czesława tylko kiwała głową. Mina zrzedła jej dopiero teraz.

– Nie wiem, o czym mówisz – zapewniła. Usta chórzystki wykrzywił grymas.

Klementyna się wzdrygnęła. Tokarska głos miała skrzekliwy i nieprzyjemny. Komisarz Kopp nie mogła uwierzyć,

413

że kiedykolwiek uznała go za delikatny ton Teresy. Rzeczywistość…

– Myślałaś, że nie było świadków, prawda? – wtrącił się ostro Józef Drzewiecki.

Klementyna zerknęła w jego stronę. Twarz Drzewieckiego była już teraz zupełnie lisia. Oczy płonęły mu dziko. Komisarz Kopp postanowiła, że pozwoli mu mówić. Emerytowany policjant też miał swoje nierozwiązane kwestie z Czesławą. Najwyraźniej.

– Nie wiem, o czym wy w ogóle mówicie – powtórzyła Czesława. – Jaka kłótnia? O co wam chodzi?

– To było w dniu urodzin Glorii – powiedział gniewnie Drzewiecki, pochylając się w stronę Czesławy jeszcze bardziej. – O co wam poszło? To ty ich zabiłaś, tak? To wy we dwójkę!

Drzewiecki patrzył to na Czesławę, to na Rafała. Klementyna widziała kątem oka, że Daniel przygotowuje się do kolejnej interwencji.

– Hola, hola! – zawołał tymczasem Rafał. – Czy pan aby nie przesadza, panie Józku? Może ja też wyciągnę kilka asów z rękawa. Chciałby pan tego? No, chciałby pan?

Na te słowa Józef Drzewiecki cofnął się natychmiast.

– A no właśnie. Tak myślałem – stwierdził Rafał z uśmiechem. – Chyba już pora, żebyście wyszli. Tym bardziej że gadacie kompletne bzdury. Moja mama z nikim się w cyrku nie kłóciła tamtej nocy. Była w towarzystwie połowy wsi, jakbyście zapomnieli. Frakcja Czesławy i frakcja Glorii. Te sprawy. Mama nie opuszczała naszej grupy ani na chwilę. Ani podczas przedstawienia, ani po nim. Poszliśmy razem do Zbiczna i wróciliśmy razem do Utopców. Jestem pewien, że wszyscy to potwierdzą. Moja mama nie widziała się z Wojtkiem w dniu urodzin Glorii Czajkowskiej! Ani w dniu śmierci Wojtka i Tadeusza, jeżeli już o tym mowa. Zostawcie już nas w spokoju. Grzebanie w przeszłości do niczego dobrego nie prowadzi.

Ostatnie słowa Rafał rzucił znowu w stronę Józefa Drzewieckiego, który stał się naraz dziwnie spokojny. Klementyna przyjrzała się staremu policjantowi uważnie. Lis w jego oczach błyszczał teraz w całej okazałości i nigdzie się nie chował.

Zapis przesłuchania świadka
sierż. szt. Emilii Strzałkowskiej

Miejsce przesłuchania: Komenda Powiatowa Policji w Brodnicy
Termin przesłuchania: 10 listopada 2014
Przesłuchanie prowadzą: insp. Judyta Komorowska i podinsp.
Wiesław Król

Judyta Komorowska: Czy świadek wie, czym był zajęty młodszy
aspirant Daniel Podgórski wieczorem szóstego listopada
po przesłuchaniu Czesławy Tokarskiej?
(po chwili)
Emilia Strzałkowska: Jaki to ma związek ze sprawą z przedwczoraj?
Judyta Komorowska: Zastanawiam się po prostu, czy można
było uniknąć śmierci niewinnej osoby.
Emilia Strzałkowska: Jak?
Judyta Komorowska: Na przykład gdyby tylko był z młodszym
aspirantem Podgórskim jakiś kontakt. Może w ten sposób.
Emilia Strzałkowska: Odczepiliście się od Klementyny i teraz
chodzi wam o Daniela? Bo nie rozumiem.
Wiesław Król: Próbujemy tylko spojrzeć na całą sprawę pod róż-
nymi kątami. Wie pani, gdzie był tamtego wieczoru młodszy
aspirant Podgórski, pani sierżant?

Emilia Strzałkowska: Wieczór to chyba jego prywatny czas. Nie można wymagać, żeby Daniel był na każde wezwanie przez dwadzieścia cztery godziny na dobę. *(po chwili)* Jego też przesłuchiwaliście, więc pewnie wam powiedział, co robił.

Judyta Komorowska: Czy świadek nie jest zdania, że sprawy mogły potoczyć się inaczej, gdyby Podgórski odebrał telefon wieczorem szóstego listopada?

(świadek wzrusza ramionami)

Emilia Strzałkowska: Nie mnie to oceniać.

Judyta Komorowska: A może już podczas przesłuchania w domu Tokarskich komisarz Klementyna Kopp powinna była przewidzieć, że czyjeś życie jest zagrożone?

Emilia Strzałkowska: Nie wiem, jak pani by sobie to wyobrażała. Komisarz Kopp jest świetnym śledczym, ale nie jest jasnowidzem.

Judyta Komorowska: A może to jej prywatny stosunek do Czesławy Tokarskiej sprawił, że nie widziała całej sprawy jasno?

(świadek wzrusza ramionami)

Emilia Strzałkowska: Nie mnie to oceniać.

Wiesław Król: Pani sierżant, znowu słyszę wahanie w pani głosie.

Emilia Strzałkowska: Niech pan już skończy z tym wahaniem, panie podinspektorze. Po prostu nie za bardzo lubię takie małe pomieszczenia jak ta sala przesłuchań. Denerwuję się.

Judyta Komorowska: Nagłe ataki klaustrofobii? Może świadek powinna zrezygnować z czynnej służby?

Emilia Strzałkowska: Teraz chodzi wam o mnie, tak?

Wiesław Król: Ależ oczywiście, że nie, pani sierżant. Chodzi nam tylko o prawdę.

Judyta Komorowska: Jak zachowywała się komisarz Kopp podczas rozmowy z Czesławą Tokarską? Czy to zachowanie było profesjonalne?

(po dłuższym namyśle)

Emilia Strzałkowska: Klementyna była podminowana, ale zachowywała się profesjonalnie.

Judyta Komorowska: I świadek jest pewna, że komisarz Kopp już wtedy nie przejawiała agresji, która doprowadziła do przedwczorajszych godnych pożałowania wydarzeń?

Emilia Strzałkowska: Tak, jestem pewna, że Klementyna dostosowała swoje zachowanie do sytuacji. Bardziej agresywny był inspektor Drzewiecki. Myślałam, że zaatakuje panią Tokarską.

Wiesław Król: To powie nam pani, gdzie był młodszy aspirant Podgórski szóstego listopada wieczorem?

ROZDZIAŁ 38

Lipowo. Czwartek, 6 listopada 2014. Wieczorem

Młodszy aspirant Daniel Podgórski zaparkował pod wynajmowanym przez Emilię domem. Przed chwilą wspólnie obejrzeli występ Łukasza w Brodnickim Domu Kultury i odwieźli syna na zgrupowanie trupy teatralnej, do której należał. Daniel był szczęśliwy, że mógł w tym uczestniczyć, mimo że w domu zapewne czekały go wkrótce ostentacyjne ciche dni ze strony przyszłej teściowej.

– Wiem, że musisz tam być – zapewniła go Weronika, kiedy Daniel wyjaśnił jej, że Łukasz gra główną rolę w przedstawieniu. Była jednak wyraźnie przygnębiona, że muszą odwołać kolejną lekcję tańca.

– Wynagrodzę ci to – obiecał, zbierając się do wyjścia. – Następnym razem już na pewno pójdziemy. Zobaczysz.

– Lepiej, żeby tak było – stwierdziła teściowa. – Idę na spacer z psem.

Wyszła ze starego dworku, nie zaszczycając przyszłego zięcia nawet jednym spojrzeniem.

– Daniel… – zaczęła Weronika, kiedy jej matka zamknęła za sobą drzwi.

Na twarzy narzeczonej malował się wielki znak zapytania. Podgórskiego ogarnął lęk. Co zrobi, jeżeli Weronika zada mu jakieś konkretne pytanie? Na przykład o przyszłość ich relacji.

– Muszę już iść – powiedział na wszelki wypadek. – Nie mogę się przecież spóźnić.

Pocałował Weronikę na pożegnanie i pobiegł szybko do samochodu. Czuł się jak tchórz. Może właśnie nim był. Nieprzyjemne uczucie zniknęło dopiero, kiedy Daniel zasiadł na widowni w Domu Kultury w Brodnicy i zobaczył, jak Łukasz wychodzi na scenę. Siedząca obok Emilia wyglądała na szczęśliwą. Nic dziwnego. Daniel też był dumny z syna. Czuł ogarniającą go powoli błogość. Oto po raz pierwszy w życiu wystąpił w roli ojca obserwującego popisy swojego dziecka.

Nowością było również to, że nikt z pozostałych rodziców nie rzucał ukradkowych spojrzeń w ich stronę. W Brodnicy byli anonimowi. W Lipowie sprawa miała się zupełnie inaczej. Tam ich niestandardowa sytuacja życiowa była przedmiotem niezliczonych i wcale nieskrywanych dyskusji. Wieść o jego rychłym ślubie z Weroniką podsycała jeszcze wrzenie lipowskiej plotki. Taki pośpiech według mieszkańców Lipowa mógł oznaczać tylko jedno. Wkrótce we wsi słychać będzie płacz kolejnego małego Podgórskiego. Daniel postanowił nie prostować tych doniesień. Nie było sensu. Nikt i tak nie uwierzy.

– Wejdziesz na chwilę? – zapytała Strzałkowska, wyrywając Daniela ze wspomnień o dzisiejszym wieczorze. Wysiadła z samochodu i spojrzała na policjanta pytająco. – Obgadamy trochę sprawę Czajkowskich. Jestem w takich emocjach po występie Łukasza, że teraz i tak nie zasnę. Można by ten czas spożytkować w konstruktywny sposób. Oczywiście jeżeli nie macie na dziś jakichś planów z Weroniką. I tak już zajęliśmy ci cały wieczór.

Emilia zaśmiała się przepraszająco. Daniel zerknął na zegarek. Zrobiło się późno, ale myśl o kolejnej kłótni z przyszłą teściową skutecznie odstraszała go od powrotu do dworku Weroniki. Zerknął w stronę cichego domu Strzałkowskiej.

– Jasne – odparł. – Ale nie na długo.

Weszli do środka. Daniel zdjął buty i ustawił je z pedantyczną skrupulatnością na wycieraczce. Sam nie wiedział, czemu wydawało mu się to szczególnie ważne. Westchnął. Gdzieś w głębi duszy wiedział, że powinien wracać do Weroniki. Jak najszybciej. Mimo to ruszył prosto do kuchni Emilii.

– Łukaszowi świetnie poszło, prawda? – zapytała Strzałkowska. Na jej policzkach wykwitły rumieńce matczynej dumy. – Sama nie wiedziałam, że ma taki talent. Idealnie to zagrał.

– Też tak uważam – zapewnił Daniel.

Usiadł przy stole, a Emilia zaczęła się krzątać. Zagotowała wodę i rozlała do kubków. Kuchnię wypełnił aromatyczny zapach świeżo zaparzonej herbaty. Strzałkowska sięgnęła do lodówki i wyjęła karton mleka. Zanim Daniel zdążył cokolwiek powiedzieć, dolała go do herbaty. Zupełnie jak kiedyś w szkole policyjnej, przypomniał sobie Daniel i uśmiechnął się w duchu. Emilia zawsze wówczas powtarzała, że bawarka pomaga jej zasnąć.

– Od dawna czegoś takiego nie piłem – powiedział Podgórski, kiedy Strzałkowska postawiła przed nim kubek parującego napoju.

Emilia zaśmiała się głośno.

– No co? Nie mów, że już nie lubisz?

– Może być.

Wymienili kolejne uśmiechy. Wyszło to trochę za bardzo intymnie. Podgórski poczuł, że trzeba szybko zmienić temat. Najbezpieczniej było wrócić do sprawy, którą od półtora tygodnia próbowali rozwikłać, żeby uratować komisariat w Lipowie.

– Czego my nie widzimy? – powiedział. – Mam wrażenie, że rozwiązanie śmierci Wojtka i Tadeusza leży już przed nami jak na tacy. Tylko że cały czas coś nam umyka.

Strzałkowska pokiwała głową.

– Wiem – przyznała. – Wydawało się, że mamy Czesławę w garści, że to ona kłóciła się z Wojtkiem w cyrku. No, ale wyszło jak zwykle.

Przełom, który miał nareszcie nastąpić, okazał się niewypałem. Tokarska miała świadków na to, że nie opuszczała grupy, z którą wybrała się do cyrku w noc urodzin Glorii. Z pomocą Drzewieckiego przesłuchali chyba niemal wszystkich członków niegdysiejszej „frakcji Czesławy" i ani jedna osoba nie zaprzeczyła słowom chórzystki. Klaun Solo musiał się mylić, kiedy rozpoznał ją na zdjęciach. Albo pół wsi postanowiło kłamać. Nie było chyba innego rozwiązania.

– Nadal co prawda nie wiemy, kim jest ta tajemnicza kłótliwa kobieta, ale jedno wiemy na pewno – podsumował Daniel. – Zarówno Heinrich Wanke, jak i klaun Solo widzieli Wojtka w nocy w Zbicznie. Bez względu na to, z kim się kłócił. To są dwaj niezależni świadkowie, więc możemy chyba bezpiecznie założyć, że młody Czajkowski naprawdę z jakiegoś powodu wymknął się z urodzin matki, kiedy zabawa rozkręciła się już na dobre i nikt z gości nie mógł tego zauważyć. Pytanie: dlaczego to zrobił?

– Może wyjaśnienie jest prozaiczne – zastanawiała się Emilia. – Wojtek miał ochotę obejrzeć przedstawienie, ale nie odważył się powiedzieć o tym matce. Nie chciał, żeby było jej przykro, że idzie do Zbiczna razem z frakcją Czesławy, zamiast siedzieć w altanie.

Daniel pokiwał głową.

– Możliwe – przyznał, upijając kolejny łyk bawarki. – Tak naprawdę to powoli tracimy punkt zaczepienia. Nie wiemy, jak powstały ślady kłów na progu altany. Nie wiemy, kto ukradł zakrwawione ubrania z krypty Czajkowskich. Nie wiemy, z kim kłócił się Wojtek dwa dni przed śmiercią. Wszystkie tropy są ślepe.

Przez chwilę siedzieli w milczeniu, każde pogrążone w swoich myślach.

– No i te szczątki z lat czterdziestych. Ten wampir odnaleziony podczas budowy altany – powiedziała Strzałkowska, przerywając ciszę. – Z tego, co powiedział Klementynie antropolog, wiemy, że ten ktoś pochodził z okolic. To nie był nikt obcy. A jednocześnie według słów Drzewieckiego nikt wtedy nie zginął w niewyjaśnionych okolicznościach. Masowym zgonom winna była epidemia. Wszystkie ofiary trafiły jednak na cmentarz. Kim w takim razie jest wampir?

– Szczerze mówiąc, mam wątpliwości, czy on w ogóle jest związany ze śmiercią Wojtka i Tadeusza.

Daniel usiadł wygodniej na krześle. Po jego ciele rozchodziło się teraz przyjemne ciepło. I to nie tylko z powodu gorącej bawarki. Musiał sam to przed sobą przyznać.

Zerknął ukradkiem na zegarek. Powinien już stąd wyjść. Zdecydowanie.

– Myślisz, że to naprawdę był przypadek, że go odnaleziono? – zapytała Emilia. – Że Czajkowscy i tak by zginęli? Nawet gdyby nie skończyli tej altany?

Podgórski pokiwał głową.

– Tak, tak właśnie uważam – powiedział. – Nie sądzę, żeby te szczątki miały jakikolwiek związek z naszymi ofiarami. Oczywiście przydałoby się określić, kim był wampir, ale to możemy zrobić potem. Skupmy się na razie na Wojtku i Tadeuszu.

Teraz to Emilia skinęła głową. Wypiła swoją bawarkę do końca i odstawiła kubek do zlewu.

– Chcesz jeszcze herbaty?

Daniel znowu zerknął na zegarek. Późno. Późno. Późno.

– Jasne – powiedział mimo wszystko. Trzeba przecież omówić sprawę do końca, uznał w duchu. Tak dobrze im idzie. Może dojdą nareszcie do jakichś wniosków. – Nasi główni podejrzani to ciągle Wanda, Heinrich i oczywiście nadal Czesława. To, czy Tokarska kłóciła się z Wojtkiem w cyrku, czy nie, jest moim zdaniem sprawą drugorzędną. Zgadzasz się ze mną?

Emilia wyłączyła czajnik i zalała herbatę wrzątkiem.

– Tak.

– Do tego mamy Arletę i Macieja – kontynuował swój wywód Daniel. – Listonosz zdawał się pogodzony ze zdradą żony, ale kto wie. Jeżeli już jesteśmy przy sprawach sercowych, to mamy też oczywiście Kosmę Żebrowskiego. Kochanka Glorii. No i samą Glorię, która podobno nie miała najlepszych stosunków z synem. Przychodzi ci do głowy ktoś jeszcze?

Emilia podała Danielowi kubek. Tym razem nie dolała mleka do herbaty.

– Mnie nie do końca podoba się Lenart – zaczęła. – Początkowo uważałam go za najprzyjemniejszą osobę w Utopcach, ale teraz już sama nie wiem. Niby był najbliższym przyjacielem Tadeusza, ale miał przecież motyw. Na tych badaniach, które przejął po Tadeuszu, sporo zarobił.

– Skoro już mowa o pieniądzach, to nie zapominajmy, że być może z sejfu Czajkowskich zniknęły jakieś oszczędności. Tak twierdzi Gloria.

– O ile Glorii w ogóle możemy ufać – uściśliła Emilia.

– O ile Glorii w ogóle możemy ufać – zgodził się Podgórski.

Na moment znowu zapadło milczenie.

– Jeżeli już mowa o brakach… – powiedziała Strzałkowska po chwili. – Szczerze mówiąc, myślałam o tym trochę… o tym, jak sprawca pozbył się ciał. To może trochę głupio zabrzmi.

– Mów – zachęcił ją Daniel.

Emilia poruszyła się niespokojnie.

– Jakiś czas temu oglądałam z Łukaszem film – zaczęła. – To była taka czarna komedia. Angielska. Nazywała się chyba *Przekręt*. Nie wiem, czy kojarzysz.

Daniel pokiwał głową. Bardzo lubił ten film Guya Ritchiego.

– Mów dalej – poprosił, chociaż domyślał się, do czego zmierza Emilia.

– Tam była taka scena, że jakiś gangster dawał ciała swoich wrogów świniom na pożarcie – przypomniała Strzałkowska. – U nas też nie ma ciał…

Spojrzała na Daniela wymownie.

– Nie ma ciał, za to są świnie... – dokończył za nią Daniel.

To znaczy teraz już nie ma, ale wtedy były, poprawił się w duchu. I to tuż obok domu Czajkowskich. Czesława i Rafał Tokarscy mieli przecież w latach osiemdziesiątych całkiem nieźle prosperującą hodowlę trzody chlewnej.

– Poszperałam trochę w Internecie i podobno znane są przypadki, że świnie naprawdę zjadły człowieka. To nie jest fikcja.

Emilia przysunęła sobie krzesło bliżej Podgórskiego. Sięgnęła po telefon. Włączyła przeglądarkę internetową i wpisała tam jakieś hasło. Położyła aparat na stole tak, żeby oboje mogli widzieć ekran. Daniel czuł ciepło bijące od Emilii. Zaledwie kilka centymetrów od jego boku. Poruszył się niespokojnie.

– Na przykład historia farmera Terry'ego Garnera z Oregonu – kontynuowała tymczasem Strzałkowska i wybrała pierwszy link. – To jest sprawa sprzed dwóch lat. Facet hodował świnie. Wszystko było w porządku, ale potem przez jakiś czas Garner nie pokazywał się w mieście. Rodzina trochę się martwiła. Pojechali więc na farmę sprawdzić, co i jak. Mężczyzny nigdzie nie było. Wiesz, jak to się skończyło?

Daniel pokręcił głową.

– W zagrodzie znaleźli tylko jego protezę dentystyczną i drobne fragmenty ciała – wyjaśniła policjantka. – Takich spraw jest więcej... Nieważne. Chodzi mi tylko o to, że Czesława i Rafał mogli w ten sposób pozbyć się ciał Czajkowskich, a potem upozorować wszystko na działanie wampira. Zrobić inscenizację z ubraniami, kłami na progu altany i tak dalej. Nikt by niczego nie zauważył. Wystarczyło pójść przez podwórze na tyłach domu, prosto do swojego chlewu.

– Wracając do tych ubrań… Dlaczego nie pozbyliby się ich już wtedy? Dlaczego zostały ukradzione dopiero później? – zapytał Daniel, głośno myśląc. – Uznaliśmy, że to dlatego, że ktoś chciał ukryć, jakiego narzędzia użyto do zabicia Czajkowskich. Przecież już wtedy ktoś mógł na to wpaść.

– Chyba że szybko zamknął śledztwo i nawet ich nie zbadał – powiedziała Strzałkowska znacząco. – Tu wracamy do roli Józefa Drzewieckiego w całej sprawie. Ubrania mogły być mu początkowo potrzebne do zbudowania inscenizacji wokół całego zajścia. Bez nich nikt pewnie nawet by nie zauważył, że na progu altany są odciśnięte kły. Musiała być też przecież krew. Inaczej nie dałoby się zwalić całej sprawy na wampira, a Czajkowscy zwyczajnie rozpłynęliby się w powietrzu.

– Sprawcy potrzebna była jasna sytuacja – głośno myślał Daniel. – Musiał pozbyć się ciał, żeby nie zdradziło go narzędzie zbrodni, ale jednocześnie potrzebował jasnego komunikatu, że Tadeusz i Wojtek nie żyją. Kto nam pasuje do tego schematu?

– Heinrich chciał przecież od… – zaczęła Emilia.

Nagle zadzwonił telefon Strzałkowskiej, przerywając jej w pół słowa. Przy akompaniamencie skocznej melodyjki na wyświetlaczu pojawiła się twarz prokuratora Gawrońskiego. Emilia wahała się przez chwilę, ale w końcu odrzuciła połączenie i odłożyła telefon z powrotem na stół.

– Między tobą a Leonem wszystko okej? – zapytał Podgórski ostrożnie.

Strzałkowska pokiwała powoli głową. Wyglądało jednak na to, że myśli zupełnie inaczej.

– To świetny człowiek – zapewnił Daniel. Czuł, że powinien coś powiedzieć.

– Nie do końca – mruknęła Emilia. – Wcale nie jest taki idealny.

Daniel spojrzał na Strzałkowską zdziwiony. Prokurator Gawroński wydawał mu się chodzącą perfekcją. Był uprzejmy, przystojny, dość zamożny i najwyraźniej zakochany w Strzałkowskiej.

– Co masz na myśli? – zapytał. – Sądziłem, że dobrze się wam układa. Łukasz chyba też go lubi.

– Miałam nie zdradzać jego tajemnicy, ale już chyba nie wytrzymam – wyrzuciła z siebie Emilia. – Leon kogoś potrącił. Zanim zaczął pracować w Brodnicy. Jechał dużo za szybko.

Podgórski wyobraził sobie Gawrońskiego pędzącego jakąś szosą swoim elegancko odnowionym bordowym mercedesem E250 z 1988 roku.

– Wypadki się zdarzają… – powiedział powoli.

– Tak. Tylko że Leon uciekł z miejsca zdarzenia – szepnęła Strzałkowska. Tak cicho, że Daniel prawie nie usłyszał jej słów.

– Skąd o tym wiesz?

– Powiedział mi – wyjaśniła nieco głośniej. – Kiedy zaczynaliśmy się spotykać. W maju. Twierdził, że chce być ze mną szczery i tak dalej, skoro mamy być ze sobą na poważnie. Starałam się to zaakceptować… Tylko że ja nie wiem, co o tym myśleć.

– Potrącił kogoś i uciekł? – zapytał Daniel. Trudno mu było w to uwierzyć. To było zupełnie niepodobne do Gawrońskiego.

Emilia pokiwała głową.

– Podobno potem zadzwonił po karetkę z budki telefonicznej, ale nigdy się nie przyznał, że to on uderzył tego pieszego – wyjaśniła. – Tłumaczył mi, że przecież to i tak niczego by nie zmieniło, a cała jego kariera ległaby w gruzach, gdyby ktokolwiek się o tym dowiedział. Mam nadzieję, że nic nikomu nie powiesz.

– Czy ten pieszy przeżył? – zapytał Daniel. Ostrzej, niż zamierzał. Przecież to nie Emilia była winna.

– Tak. Po tym, jak Leon zadzwonił po pomoc, uratowali tego człowieka... Tylko czy to Leona rozgrzesza? Chodzi mi o to, do czego on jest tak naprawdę zdolny... – mruknęła Strzałkowska. – Spotykam się z nim i staram się o tym nie myśleć, ale to pytanie gdzieś tam zawsze jest. Nawet nie wiem, dlaczego on w ogóle zdobył się na taką szczerość i mi o tym wszystkim opowiedział. Chyba wolałabym nie wiedzieć. Przynajmniej mogłabym być z nim szczęśliwa.

Ostatnie słowa zabrzmiały gorzko. W kuchni zapadła cisza.

– A jak ty i Weronika? – zapytała Emilia po chwili. Chciała chyba szybko zmienić temat.

Podgórski poruszył się nerwowo.

– Co masz na myśli?

– Tylko tyle, że za miesiąc masz ślub, a ty całe dnie spędzasz w pracy. Najpierw tu w Lipowie, a potem w Utopcach. Myślisz, że Weronika nie ma nic przeciwko? Nie sądzisz, że może się czuć trochę... no nie wiem... Odrzucona?

– Jej matka na pewno nie jest zadowolona – zaśmiał się Daniel. Znowu bez wesołości.

Jakby na zawołanie zadzwonił jego telefon. Podgórski spojrzał na wyświetlacz. Weronika. Chwila zastanowienia. Odrzuć. Wiedział, że nie jest to najlepszy pomysł, mimo to wyłączył dźwięk w komórce. Ręka drżała mu nieznacznie.

Odwrócił się do Emilii powoli. W jej oczach widział, że myśli dokładnie to samo co on i że oboje będą żałować tego, co zaraz nastąpi.

– Daniel – zaczęła policjantka.

Podgórski pochylił się w jej stronę. Pozwoliła się pocałować. Niecałe dwa tygodnie wspólnego prowadzenia sprawy i co? Czy to musiało się tak skończyć? A może to nie były tylko te dwa tygodnie, przebiegło Danielowi przez myśl. Może to się gdzieś tam czaiło, od kiedy Emilia przyjechała do Lipowa niecały rok temu, żeby przedstawić mu Łukasza? A może to wcale się nie skończyło w 2000 roku?

Całowali się coraz zachłanniej. Jej usta smakowały dokładnie tak samo jak kilkanaście lat temu. Nie wiadomo kiedy znaleźli się na łóżku w jej sypialni. Ręce Daniela błądziły po znajomych krągłościach jej ciała, a w oczach Emilii błyszczało to samo pożądanie co dawniej. Podgórski ciekaw był, czy jego twarz też wygląda jak wtedy, kiedy kochali się ostatni raz. A może malowało się na niej tylko poczucie winy połączone z nieuchronnością tego, co właśnie się działo?

CZĘŚĆ
DRUGA

ROZDZIAŁ 39

Utopce. Piątek, 7 listopada 2014. Z samego rana

Sierżant sztabowa Emilia Strzałkowska szczelniej otuliła się płaszczem przeciwdeszczowym. Po wczorajszej pięknej pogodzie nadeszła nieoczekiwanie listopadowa plucha. Jakby aura odzwierciedlała to, co czuła policjantka. Przez całą noc padało, a teraz też zacinał drobny, nieprzyjemny deszczyk. Wielkie krople spływały po gałęziach drzew i spadały na człowieka w najmniej odpowiednich momentach. Tak jak to, co wydarzyło się między nią a Danielem wczoraj wieczorem.

Emilia odchrząknęła. Musiała się skupić. Spojrzała na Macieja Jagodzińskiego i uśmiechnęła się pocieszająco. Listonosz miał ściągniętą, bladą twarz. Wyglądał na zupełnie wytrąconego z równowagi. Nie mógł oderwać oczu od majestatycznego Syna Leszego. Zważywszy na sytuację, nie było w tym nic dziwnego. Na gałęzi wielkiego buka wisiała lina. Poruszała się w tę i z powrotem rozkołysana wiatrem. Niżej było już tylko gorzej.

– On na pewno nie żyje? – zapytał Maciej.

Jego głos był teraz słaby i piskliwy. W wielkich oczach listonosza błysnęły łzy. Emilia nie miała mu tego za złe.

Jagodziński jechał rowerem na pocztę do Zbiczna, kiedy natknął się na wisielca. Chyba nikt nie potraktowałby tego widoku ze spokojem.

– Obawiam się, że nie ma niestety co do tego wątpliwości – powiedziała Strzałkowska miękko. Starała się mówić uspokajającym tonem. – Odwieźć pana do domu?

Maciej przypatrywał się teraz zgromadzonym wokół drzewa funkcjonariuszom.

– Co? – odpowiedział zamyślony.

– Czy odwieźć pana do domu? – powtórzyła Emilia. – Na razie nie mam więcej pytań.

– Nie. Nie trzeba. Poradzę sobie – zapewnił listonosz. – Jakoś sobie poradzę.

Wsiadł na rower, nie żegnając się. Odjechał z powrotem w kierunku Utopców. Listy chyba nie zostaną dzisiaj dostarczone, uznała w duchu policjantka i ruszyła w stronę stojącego na zdradliwym zakręcie drzewa. Chciała posłuchać, co się dzieje.

– Zdejmujemy ciało – zarządził lekarz sądowy Zbigniew Koterski.

Ekipa zakładu medycyny sądowej zajęła się powolnym opuszczaniem samobójcy. W końcu ciało znalazło się bezpiecznie na ziemi. Doktor Koterski kiwał tylko głową z zasępioną miną.

– Coś nie tak, co? – zapytała Klementyna ostro.

Komisarz Kopp też przyglądała się ciału wisielca, jakby znała się na rzeczy. Może nawet tak było.

– Nie podoba mi się to – mruknął tylko patolog w odpowiedzi.

Przejechał delikatnie dłonią po szyi samobójcy. Jego chronione lateksową rękawiczką palce poruszały się z zawodową precyzją.

– Co pan ma na myśli? – zapytał prokurator Leon Gawroński. – Chyba pan wie, że ta sprawa ma teraz najwyższy priorytet. Jeżeli coś jest nie tak, to chciałbym to wiedzieć od razu.

Emilia starała się nie patrzeć na Gawrońskiego. Po tym, co stało się wczoraj między nią a Danielem, nie potrafiła sprostać uśmiechowi prokuratora. Tak naprawdę to czas było to skończyć, uznała nagle. Z Podgórskim czy bez. Dopiero teraz zrozumiała to w pełni. Nie chce być z Leonem. Dosyć ma już siłowania się z jego sekretem, którego wcale nie chciała poznać.

Nie jestem gotowa, tak mu powie. To chyba zabrzmi lepiej niż: „Wczoraj pieprzyłam się z Danielem i w trakcie nagle zrozumiałam, że chyba nadal kocham się w moim byłym". Nie. To nie był najlepszy dobór słów. „Nie jestem jeszcze gotowa na stały związek" brzmi o wiele lepiej, uznała, nadal przyglądając się ciału wisielca. Musiała tylko wybrać dobry moment, żeby przekazać to Gawrońskiemu. Miała wielką nadzieję, że prokurator ją zrozumie.

– Oczywiście – powiedział tymczasem doktor Koterski. – Ale chcę się temu dokładniej przyjrzeć. To wszystko. Nie lubię się wypowiadać w ciemno. Nie jest tu pan zbyt długo, ale chyba już pan zdążył mnie trochę poznać. Nie jestem lekkomyślny.

Przystojna twarz Gawrońskiego wykrzywiła się dziwnie.

– Proszę w takim razie wykonać sekcję jak najszybciej – stwierdził niemal zimno. To było dziwne. Gawroński zazwyczaj był uprzejmy. Może czuł presję. W sumie nie byłoby w tym nic dziwnego. Zważywszy na to, kogo właśnie zdjęli z drzewa.

Emilia poczuła, że ktoś kładzie jej rękę na ramieniu. Nie musiała się odwracać. Wiedziała, że to Podgórski. Po wczorajszej nocy wolałaby chyba, żeby trzymał się jak najdalej. To wszystko stawało się naprawdę skomplikowane.

– Mila… – powiedział Daniel cicho.

Strzałkowska odwróciła się gwałtownie. Otworzyła usta, żeby powiedzieć mu, że to chyba nie jest czas i miejsce, żeby dyskutować o ich wczorajszych wyczynach. Nie teraz.

– On do mnie dzwonił – szepnął Daniel, zanim policjantka zdążyła zacząć swój wykład.

– Co? – nie zrozumiała Strzałkowska.

Podgórski skinął głową w stronę samobójcy.

– Wczoraj. Dzwonił do mnie wczoraj, kiedy… – Daniel zawiesił głos na krótką chwilę. Nie musiał kończyć. Sama wiedziała. – Mam od niego trzy nieodebrane połączenia. Miałem wyłączony dźwięk i dlatego nie słyszałem.

Oboje spuścili wzrok. Doskonale wiedzieli, że prawdopodobnie nawet gdyby telefon dzwonił bardzo głośno, i tak żadne z nich nie zwróciłoby na to uwagi. Byli zbyt zajęci sobą.

– Myślisz, że chciał ci coś powiedzieć przed śmiercią?

Podgórski pokiwał głową. Nadal nie patrzył jej w oczy. Tak było lepiej. Dla nich obojga. Policjant wyciągnął telefon z kieszeni.

– Bardzo możliwe – odparł cicho. Sprawdził listę połączeń. – Koterski przed chwilą stwierdził, że zgon nastąpił wczoraj w nocy. Ocenia, że między dwudziestą pierwszą a dwudziestą trzecią. On dzwonił do mnie o dwudziestej pięćdziesiąt.

Przez chwilę stali w ciszy, obserwując pracę funkcjonariuszy. Prokurator Gawroński spojrzał w stronę Emilii i skinął głową z uśmiechem. Odwróciła się szybko.

– Będziesz musiał im powiedzieć – szepnęła do Daniela. – To znaczy o tych połączeniach. Przecież i tak sprawdzą billingi.

– Oczywiście, że powiem – mruknął Daniel.

– Myślisz, że to ma związek z wczorajszym przesłuchaniem? – zapytała Strzałkowska. Znowu spojrzała w kierunku ciała samobójcy.

Podgórski wzruszył ramionami.

– Nie wiem… Mila, to wszystko wymyka się nam spod kontroli.

– To nie nasza wina, że on się zabił – powiedziała Strzałkowska. Bez przekonania.

Nagle telefon, który Podgórski nadal trzymał w dłoni, rozdzwonił się. Dzwonek brzmiał dziwnie donośnie w tych leśnych ostępach. Wszyscy spojrzeli w stronę Daniela, jakby policjant zrobił coś niestosownego. Podgórski odwrócił się i odebrał połączenie. Po jego ciemnych blond włosach spływały strużki deszczu i znikały za kołnierzem. Emilia przełknęła ślinę. Znowu pomyślała o wczorajszym wieczorze.

– Młodszy aspirant Daniel Podgórski – przedstawił się Daniel, odbierając połączenie.

Emilia czekała. Podgórski poruszył się niespokojnie. Widać było, że całe jego ciało jest teraz napięte, jakby słuchał jakichś ważnych wiadomości. A może chodziło tylko o to, co zrobili wczoraj, przyszło jej znowu na myśl. Nie byłoby w tym nic dziwnego. Zdradzenie narzeczonej miesiąc przed ślubem nie jest chyba czymś, nad czym można łatwo przejść do porządku.

– Od kiedy jej nie ma? – zapytał tymczasem Daniel. Mówił spokojnie i rzeczowo. Tonem profesjonalisty. Przez chwilę słuchał odpowiedzi. – Rozumiem. Tak… Chwileczkę. Proszę mówić po kolei… Nie. Myślę, że na razie nie ma raczej powodów do obaw.

Podgórski przejechał dłonią po mokrych od deszczu włosach.

– A wie pan, co ona sobie przypomniała? – zapytał swojego rozmówcy. – To może być dla nas bardzo ważne…

– Daniel, chyba musimy już iść – powiedziała Strzałkowska. Zerknęła w stronę worka z ciałem, które było właśnie transportowane do ciężarówki.

Daniel skinął głową.

– Wie pan co, teraz mamy tu trochę zamieszania – powiedział do telefonu. – Bardzo proszę o kontakt, jeżeli nie zjawi się do wieczora, dobrze?… No właśnie… Ale jeżeliby jej nie było, to bardzo proszę mnie zawiadomić. Na pewno się tym zajmiemy.

ROZDZIAŁ 40

Utopce. Sobota, 25 sierpnia 1984. Godzina 20.15.
Józef Drzewiecki

Porucznik Józef Drzewiecki szedł za proboszczem Jankowskim w kierunku cmentarza. Ksiądz wyglądał na nieźle wyprowadzonego z równowagi. Bełkotał coś bez sensu o wampirze. Drzewiecki poważnie się obawiał, że kapłan w końcu naprawdę zwariował. Najwyraźniej nie mógł znieść mieszkania na końcu świata. Utopce to nie było miejsce dla wszystkich. To było miejsce szczególne, gdzie niepowołani nie powinni się pchać.

Zaczął wiać coraz silniejszy wiatr. Długo oczekiwana burza była już naprawdę całkiem blisko. Proboszcz sadził długimi krokami, jakby przynosiło mu to jakąś ulgę. Drzewiecki był dużo od niego niższy i miał znacznie krótsze nogi, więc trudno mu było dogonić Jankowskiego.

– Tu.

Tylko to słowo wydostało się z ust proboszcza, kiedy dotarli wreszcie na miejsce. Drzewiecki westchnął. Nie miał teraz na to wszystko czasu. Powinien skupić się na przeprowadzeniu „operacji Czajkowscy".

Mimo wszystko spojrzał jednak na ukryty za szopą na narzędzia grób wampira. Puls natychmiast mu przyspieszył. Drzewiecki wbrew sobie poczuł ogarniający go niepokój. Rozejrzał się. Zrobiło się już zupełnie ciemno, a na niebie nieubłaganie gromadziły się ciężkie od deszczu burzowe chmury. Drzewa wokół polany tańczyły szaleńczo w dzikich podmuchach wiatru.

– Sądny dzień – wymruczał Drzewiecki. Nie mógł się powstrzymać. Utopce miały swoje sposoby, żeby wniknąć w ludzki umysł.

– Panie poruczniku, towarzyszu poruczniku – ksiądz wyraźnie się plątał. – To… to…

– Grób został rozkopany – stwierdził beznamiętnie Drzewiecki. Nie miał najmniejszego zamiaru pokazać, że jego też to poruszyło. To nie był dobry moment.

– Rozkopany?! Ten wampir stąd wypełzł! – wykrzyknął proboszcz histerycznie.

Wyglądało na to, że ksiądz Jankowski już zupełnie stracił nad sobą kontrolę. Wyjął zza sutanny małą buteleczkę i kropidło. Woda święcona, domyślił się Drzewiecki. Jakby w odpowiedzi na tę konstatację proboszcz zaczął wymachiwać kropidłem na wszystkie strony. Milicjant poczuł, że trochę święconej wody zrosiło mu czoło. Zapowiedź nadchodzącej nawałnicy. Drobne kropelki zdawały się palić jak ogień piekielny.

– Żadnych wampirów nie ma – powiedział Drzewiecki sucho. – Proszę zachować spokój. Nie panikujmy. Wampirów nie ma.

– Jest pan pewien, towarzyszu poruczniku?! – zawołał proboszcz Jankowski histerycznie. – Cała ta polana jest przeklęta! Teraz w pełni to zrozumiałem!

Kapłan zrobił szybko znak krzyża na piersi.

– Proszę nie histeryzować – rozkazał Drzewiecki ostro. – Ktoś po prostu rozkopał grób. To jakiś głupi dowcip. Zajmę się tym jutro rano. Zaraz będzie lało i nie zamierzam chodzić po domach i wypytywać. Zresztą robi się późno. Proszę coś zjeść i położyć się spokojnie spać. Zobaczymy jutro.

Proboszcz Jankowski wyglądał teraz, jakby sam był zjawą. Poły sutanny unosiły się targane silnym wiatrem, a jasne włosy wirowały wokół twarzy.

– Jakbym mógł, tobym spał – warknął szaleńczo. – Tylko że ten chuligan od trzech lat nie pozwala mi zasnąć normalnie!

Drzewiecki spojrzał sceptycznie na Jankowskiego.

– Czy ksiądz chciałby jakiś specyfik na uspokojenie? – zapytał milicjant z westchnieniem. Ostatnio środki na uspokojenie lały się w Utopcach strumieniami. Najpierw Wanda, teraz proboszcz. – Poproszę doktora Lenarta, żeby wpadł do księdza, kiedy będę wracał do domu.

– Nie chcę żadnych kropelek! – krzyknął Jankowski. – Wampir jest na wolności! Czesława miała rację! Potwór łaknie krwi! Tej nocy ktoś zginie! Czuję to!

– Proszę się zamknąć na plebanii i spróbować odpocząć – poradził Drzewiecki, ignorując histerię księdza. – Jutro zajmę się tym zbeczeszczonym grobem albo wezwę tu jakichś dzielnicowych. Bez paniki. Wampirów nie ma.

Proboszcz Jankowski odwrócił się na pięcie i ruszył w kierunku plebanii. Cały czas kropił wokół siebie święconą wodą, jakby naprawdę wierzył, że wampir przyczaił się gdzieś do skoku i tylko czyha, żeby zaatakować.

Porucznik Drzewiecki spojrzał na świeżo poruszoną ziemię na prowizorycznej mogile. To był sądny dzień. Naprawdę.

ROZDZIAŁ 41

Brodnica. Piątek, 7 listopada 2014. Wieczorem

Komisarz Klementyna Kopp pociągnęła długi łyk coca-coli i odstawiła butelkę na stół. Atmosfera w sali konferencyjnej na pierwszym piętrze Komendy Powiatowej Policji w Brodnicy była wyraźnie napięta. Komendant Olaf Czajkowski zaszczycił ich swoją obecnością, co chyba nie wpływało dobrze na pozostałych. Klementyna miała ochotę go wyprosić. Szef niech się zajmie szefowaniem, zamiast przeszkadzać jej w czynnościach. Nawet jeżeli miał wyrzuty sumienia. Biedactwo. Na wyrzuty sumienia w tej robocie zdecydowanie nie ma miejsca.

Klementyna westchnęła. Dobrze, że przynajmniej prokurator rejonowa Izabela Drzewiecka nie została wpuszczona do sali. Jeszcze tylko rozwścieczonej córki szanownego denata tu brakowało. Policjantka wyjrzała na korytarz przez szklaną ścianę sali konferencyjnej. Drzewiecka stała tam wytrwale. Na jej twarzy widać było ślady łez. Przypatrywała się zebranym w pomieszczeniu śledczym uważnie. Jakby to miało coś pomóc.

Komisarz Kopp wstała i ostentacyjnie zasunęła żaluzje. Kto wie, może były przygotowane na takie właśnie okoliczności. Zaszeleściły cicho. Teraz znaleźli się w pokoju bez okien. Bez niechcianych spojrzeń.

– Kontynuujmy – powiedział tymczasem komendant. Pokiwał po kolei głową w stronę każdego z zebranych, jakby chciał zmotywować wszystkich do działania.

Na razie nie było ich znowu tak wiele. Prokurator Gawroński, doktor Koterski, szef techników kryminalnych oraz Daniel Podgórski i Emilia Strzałkowska. Klementyna była jedyną reprezentantką wydziału kryminalnego z komendy. To ją bardzo cieszyło. Wolała pracować sama. Zwłaszcza teraz, bez ochronnego pancerza, ciężko byłoby jej znieść kogoś dodatkowego.

Tak, na razie nie było ich wiele. Klementyna wiedziała jednak, że sytuacja pewnie szybko się zmieni i grupa operacyjna się powiększy. Zważywszy na to, co powiedział chwilę wcześniej patolog.

– Doktorze, niech pan wyjaśni wszystko raz jeszcze – poprosił komendant z westchnieniem. – Chcę mieć całkowitą jasność sytuacji.

Koterski pokiwał głową i przejechał dłonią po lśniącej kasztanowej czuprynie.

– Na podstawie dzisiejszej obdukcji mogę stwierdzić z całą pewnością, że inspektor Józef Drzewiecki n i e p o p e ł n i ł samobójstwa – powtórzył patolog z naciskiem. – To było zadzierzgnięcie.

Wszyscy zebrani spojrzeli na lekarza sądowego uważniej. Zadzierzgnięcie, czyli uduszenie pętlą. Jednak nie tak jak u samobójcy, kiedy to grawitacja przyczynia się do śmierci delikwenta. W przypadku zadzierzgnięcia siłę sprawczą stanowi czyjaś ręka. Obca. Ręka, która chce zadać śmierć.

– Mówiąc prostym językiem, Drzewieckiego ktoś zwyczajnie udusił – uściślił doktor Koterski, żeby nikt z zebranych nie mógł mieć najmniejszych wątpliwości, o co mu chodzi. Zwłaszcza Olaf Czajkowski, który najwyraźniej niezbyt chciał przyjąć do wiadomości zaistniałe fakty.

– Przecież były plamy opadowe w postaci rękawiczek i skarpetek. Widziałem zdjęcia – mruknął komendant. – Z tego, co wiem, to jest typowe dla wisielca. To m u s i a ł o być samobójstwo!

Mówił, jakby miał jeszcze jakieś nadzieje w tej kwestii. Samobójstwo było przecież o wiele wygodniejsze. Jeżeli Józef Drzewiecki został zamordowany, mogło oznaczać to tylko jedno. Rozpoczynając nieformalne śledztwo w sprawie rodzinnych tajemnic Czajkowskiego, na nowo obudzili mordercę, który przez trzydzieści lat trwał przyczajony w uśpieniu.

Czy tak właśnie było, co? Klementyna czuła, jak po skołatanej głowie tłuką jej się dalsze pytania. Co takiego właściwie zrobili, że Drzewiecki musiał zginąć? Z kim rozmawiali? Jakie trafne pytanie zadali? Komu w ten sposób nadepnęli na odcisk? Kogo sprowokowali do podjęcia działania? Kto poczuł się zagrożony?

Komisarz Kopp uznała, że jeżeli odpowie sobie na chociaż jedno z tych pytań, będzie wiedziała, kto zabija. Łatwe? Trudno powiedzieć… Niemniej trzeba było działać szybko, bo morderca mógł równie dobrze zabijać dalej.

Doktor Koterski pokiwał tymczasem głową.

– Tak – zgodził się. – Rzeczywiście możemy zaobserwować u Drzewieckiego typowe dla wisielca plamy opadowe, ale to nie powinno nas zmylić.

– Co pan ma na myśli?

– Według mnie Drzewieckiego najpierw uduszono, a zaraz potem powieszono – wyjaśnił medyk sądowy. – Jak wiecie, plamy opadowe nie powstają dokładnie w chwili śmierci. Jeżeli ciało powieszono od razu, wszystko przebiegło dalej tak jak u wisielca, czyli krew spłynęła do dłoni i stóp, ponieważ te części ciała w czasie powstawania plam pośmiertnych położone były najniżej.

– Ktoś chciał upozorować samobójstwo – oznajmiła Klementyna.

Nie pytała. To było oczywiste. Chciała ustalić wszystkie fakty możliwie szybko i natychmiast przejść do działania. Jakiegokolwiek. Praca pomagała jej nie myśleć. Nie czuć. Tak było lepiej, bo sama nie była pewna, czego się teraz może po sobie spodziewać. Ona jako *tabula rasa*, co? To było co najmniej komiczne.

Koterski pokiwał głową z powagą.

– J e ż e l i Drzewieckiego zamordowano… Skąd pewność, że to właśnie tak się odbyło? – Czajkowski najwyraźniej uparł się trwać przy swoim.

Doktor Koterski spojrzał na komendanta spod oka i wyjął z teczki zdjęcia z sekcji zwłok. Położył je na stole. Zebrani pochylili się nad nimi. Patolog wskazał jedno z nich.

– To prawda, że w tej sprawie stąpamy po dość grząskim gruncie – zgodził się. – Myślę jednak, że możecie zdać się na moje doświadczenie zawodowe. Już wszystko po kolei wyjaśniam. Bruzda wisielcza przebiega zazwyczaj w poprzek szyi z przodu. Potem z obu stron biegnie w górę za uszami, a wyżej łączy się na potylicy – wyjaśnił patolog, pokazując to najpierw na sobie, a potem na zdjęciu z sekcji. – Jak łatwo możecie zgadnąć, odpowiada to po prostu ułożeniu sznura w pętli, którą samobójca zakłada sobie na szyję. W przypadku Drzewieckiego mamy taką bruzdę, ale…

Koterski pokazał im odpowiednie miejsce na fotografii z autopsji. Dziwnie było patrzeć na martwą twarz Drzewieckiego. Teraz nie była już wcale taka lisia, zauważyła Klementyna. Tylko stara i zmęczona. Zniekształcona przez śmierć.

– Ale? – podchwycił komendant Czajkowski, ciągle niezmordowany w swojej nadziei na uniknięcie komplikacji.

– Ale moim zdaniem w wypadku Drzewieckiego ta bruzda wisielcza powstała dopiero po śmierci – uściślił doktor Koterski, przyglądając się komendantowi wymownie. – Konkretniej po powieszeniu ciała w celu upozorowania samobójstwa.

– Skąd ta pewność? – nie ustępował komendant. – Tak łatwo to odróżnić?

Patolog westchnął.

– Czasem rzeczywiście trudno odróżnić bruzdy powstałe po powieszeniu martwego ciała od tych, które wystąpiły w wyniku prawdziwego aktu samobójczego – przyznał. – Potrzebne jest specjalistyczne badanie mikroskopowe.

Czajkowski pokiwał głową.

– W naszym przypadku nie może być jednak mowy o żadnej pomyłce – poinformował doktor Koterski ku wyraźnemu niezadowoleniu komendanta.

– Dlaczego? – podjął ostatnią próbę Czajkowski.

– W przypadku Drzewieckiego oprócz bruzdy wisielczej widoczne są także ślady liny, której użyto do zadzierzgnięcia. Popatrzcie tu.

Klementyna spojrzała na zdjęcie. Teraz wyraźnie widziała, co patolog usiłuje im przekazać. Drugi ślad liny biegł w linii prostej dookoła szyi.

– Coś takiego nie mogło powstać przez powieszenie? – upewnił się raz jeszcze komendant Czajkowski.

Patolog pokręcił głową zdecydowanym ruchem. Jego kasztanowe włosy zafalowały znowu.

– Na pewno nie. Co więcej, pod paznokciami ofiary znaleźliśmy ślady naskórka. Jest więc bardzo prawdopodobne, że Drzewiecki próbował się bronić – dokończył doktor Koterski. – I to nie sam przed sobą, bo naskórek należy do innej osoby.

Klementyna uśmiechnęła się pod nosem. Doktorek najwyraźniej miał już trochę dosyć ciągłego udowadniania tego, co oczywiste.

– Zgadzam się – powiedział tymczasem szef techników kryminalnych, kiwając powoli głową. – To wszystko układa się w logiczną całość.

Komisarz Kopp popatrzyła na niego. Technik niechętnie odwzajemnił jej spojrzenie. Ich wzajemne relacje można było określić jako trudne. Co najmniej. W jednym się jednak zgadzali. Żadne nie lubiło tego drugiego.

– Co macie? – zapytała Klementyna. Nie zamierzała tym razem tracić czasu na spory.

– Sprawdziliśmy ten konar, na którym wisiał Drzewiecki.

– I?

– Do powieszenia martwego ciała potrzeba sporo siły – zaczął technik.

– No raczej – mruknęła Klementyna sarkastycznie. Nie mogła się powstrzymać, mimo wcześniejszego postanowienia o trzymaniu języka za zębami. – Wyobrażam sobie, że ciężko by było wdrapać się na to wielkie drzewo z Drzewieckim pod pachą i spuścić jego ciało na dół. Przejdźmy do rzeczy.

Technik zerknął na nią spod oka.

– Do tego właśnie dążę, pani Kopp.

Pani Kopp. Klementyna wzdrygnęła się natychmiast. Nie znosiła, kiedy ktoś tak się do niej zwracał. Od zawsze. Do tego dochodził jeszcze irytująco uprzejmy ton, który technik przybierał, kiedy wymawiał te słowa.

– Okej. No dobra. Ale! Pani Kopp chciałaby już wiedzieć, co i jak – warknęła.

Wyraz twarzy technika był teraz trudny do odcyfrowania.

– Ma pani rację, pani Kopp – odparł jakby nigdy nic. – Zabójca nie wziął Drzewieckiego pod pachę. W przypadku pozorowania samobójstwa zazwyczaj sprawcy stosują o wiele łatwiejszą metodę. Taką, która wymaga też mniej siły.

– Jak to się odbywa? – zapytał Daniel Podgórski.

– W takich przypadkach zabójcy najpierw zakładają swojej ofierze pętlę na szyję, a potem wciągają linę na odpowiednie miejsce – wyjaśnił szef techników. – No więc sprawdziliśmy tę gałąź pod tym kątem.

– I? – powtórzyła z naciskiem Klementyna.

Technik znowu spojrzał w jej stronę spod oka.

– Pani Kopp, właśnie do tego dążę – mruknął. – Czy nareszcie pozwoli mi pani skończyć?

Pani Kopp. Znowu. Klementyna odetchnęła. Nie miała zamiaru dać się wyprowadzić z równowagi. Nie teraz. Nie na tej odprawie. Naprawdę teraz sobie nie ufała. Ani trochę. Nie była pewna, co może zrobić, kiedy pozwoli sobie chociaż na odrobinę gniewu. Lata życia w skorupie, która nagle pękła, musiały mieć swoje konsekwencje. Nie łudziła się. Miała zdecydowanie za dużo lat na karku, żeby tego nie rozumieć.

– Możemy z wielkim prawdopodobieństwem stwierdzić, że i w tym przypadku tak to się właśnie odbyło – dokończył szef techników. – Na konarze tego buka widać charakterystyczne wgłębienie. Powstało ono w wyniku tarcia liny o drewno, kiedy sprawca wciągał ciało.

– Czy te ślady nie mogły powstać inaczej? – nie ustępował komendant.

Klementyna westchnęła. No tak, wbrew wszelkim przesłankom Czajkowski nadal tkwił w fazie zaprzeczania.

– Inaczej? – zapytał technik, powtarzając słowa Czajkowskiego.

– Na przykład przez ruch ciała na linie – zaproponował komendant nieco zbyt entuzjastycznie. – Trochę przecież wiało w ostatnich dniach. Ciało się kiwało na wszystkie strony. Czy te wgłębienia na konarze na pewno nie powstały w ten sposób?

Technik natychmiast pokręcił głową.

– Nie. Za mało czasu! Jeżeli przyjmiemy, jak mówi doktor Koterski, że zgon nastąpił między dwudziestą pierwszą a dwudziestą trzecią wczoraj wieczorem, a ciało znalazł ten listonosz z samego rana... Nie. Takie wgłębienie nie zdążyłoby powstać tak szybko. Poza tym byłoby nieco inne. Ciało na pewno zostało wciągnięte na ten konar. I jest coś jeszcze.

– Co? – podchwyciła natychmiast Klementyna. Nowe fakty oznaczały nowe punkty zaczepienia.

– Już mówię, pani Kopp – stwierdził szef techników, patrząc jej teraz prosto w oczy z irytującą wyższością. – Zbadaliśmy mikroślady na dłoniach Drzewieckiego.

– I?

– Nie ma na nich fragmentów włókien ze sznura, pani Kopp. – Znowu! Technik z lubością pluł znienawidzonym zwrotem. Zanim jednak Klementyna zdążyła cokolwiek powiedzieć, mężczyzna odwrócił się do Czajkowskiego i kontynuował: – Uprzedzając pańskie pytania, panie komendancie, to wyklucza możliwość, że Drzewiecki zawiązał węzeł sam. Ktoś inny go tam powiesił. Nie ma innej możliwości.

– Okej. No dobra. To już ustaliliśmy. Ktoś zabił Drzewieckiego – stwierdziła Klementyna. – Idźmy dalej. Sprawca musiał jakoś dostać się na miejsce. Drzewiecki zresztą też. Znaleźliście coś ciekawego obok tego drzewa? Jakieś ślady, co?

– Pani Kopp, przecież pani tam była – powiedział szef techników, zerkając w jej stronę. – Wszystko utrudnia deszcz, który lał przez całą noc bez przerwy. Zabezpieczyliśmy co prawda ślady opon. Nawet kilka zestawów. Ale to raczej nic nam nie da. Mogą należeć do kogokolwiek. Po tej drodze jeździ wszystko, od traktorów po rowery. Nie wiadomo nawet, czy chociaż jedne ze śladów opon mają związek ze sprawę. Równie dobrze Drzewiecki i sprawca mogli przyjść tam na miejsce na piechotę z Utopców.

Klementyna pokiwała głową. Miał rację. Trzeba było na razie skupić się na czymś innym.

– Ustaliliśmy, że Józef Drzewiecki został zamordowany, a potem powieszony w celu upozorowania samobójstwa – wtrącił się prokurator Gawroński, który od początku odprawy siedział z boku ze smętnym wyrazem twarzy. – A wiemy chociaż, czy zginął tam pod Synem Leszego, czy ciało zostało dowiezione pod to drzewo?

– Pamiętajmy o plamach opadowych – włączył się doktor Koterski. – Drzewiecki musiałby zostać zabity niedaleko, a potem szybko zawieziony pod drzewo i powieszony. Gdyby postąpiono inaczej... dajmy na to ciało leżałoby przez jakiś czas w samochodzie czy innym środku transportu, w pozycji leżącej zaczęłyby się tworzyć pierwsze plamy pośmiertne. Gdyby potem przeniesiono zwłoki i je powieszono, powstałyby nowe plamy, odpowiadające pozycji wisielca. Mielibyśmy wędrówkę plam pośmiertnych i w konsekwencji dwa zestawy plam. Tu tego nie ma. Co oznacza, że Drzewiecki albo zginął pod drzewem i od razu został powieszony, albo został zabity gdzieś niedaleko i z miejsca przetransportowany pod Syna Leszego.

– O jakim przedziale czasowym mówimy?

– Pierwsze zwiastuny plam pośmiertnych mogą się pojawiać już po kilkunastu minutach od zgonu – wyjaśnił Koterski. – Plamy są w pełni wykształcone po jakichś dwóch–czterech godzinach.

Gawroński pokręcił głową.

– Przez ten czas to można ciało dowieźć do Torunia i z powrotem – powiedział z nietypowym dla siebie przekąsem. – Nie da się stwierdzić nic nieco bardziej dokładnego?

– Jak już mówiłem, czas zgonu określiłbym na pomiędzy dziewiątą a jedenastą wieczorem – przypomniał patolog.

– To już wasza robota, żeby ustalić, kiedy i gdzie Drzewiecki był widziany po raz ostatni. Żywy.

Atmosfera w sali konferencyjnej stała się wyraźnie napięta. Klementyna spojrzała na Daniela.

– Powiedz o tych telefonach.

Podgórski pokiwał głową.

– Wczoraj wieczorem Drzewiecki do mnie dzwonił – wyjaśnił zebranym to, co najpierw Emilii, a potem Klementynie powiedział już wcześniej. – Sądząc po przedziale czasowym, niedługo przed śmiercią.

– Czego dotyczyła rozmowa? – zapytał Gawroński powoli.

Podgórski zawahał się przez chwilę.

– Niestety nie mogłem odebrać – przyznał. – Nie wiem, co Drzewiecki chciał mi powiedzieć. Sądzę, że…

– Zostawmy to na razie – przerwała mu komisarz Kopp. – Co innego jest ważniejsze. W międzyczasie przed tą odprawą skontaktowaliśmy się z operatorem sieci komórkowej. Telefon Drzewieckiego znajdował się na terenie Utopców, kiedy wykonywano połączenie. Stamtąd nadawał sygnał. Możemy więc założyć, że Drzewiecki był tuż przed swoją śmiercią w Utopcach. To są konkrety.

– Skontaktowaliście się z operatorem sieci komórkowej… – powtórzył bardzo cicho Gawroński.

Jakby to było teraz najważniejsze. Komisarz Kopp westchnęła. Opanowało ją nagle dziwne przeczucie, że to spotkanie nie zakończy się najlepiej.

– Tak – odparła mimo to. Nie miała czasu na żadne bzdury. Najlepiej było mówić wprost. Jak zwykle. – Zanim przyjechałam do komendy, zdążyłam też pogadać z mieszkańcami Utopców. Od rana było sporo czasu. Niestety z tym miałam nieco mniej szczęścia. Od jakiejś dziewiętnastej nikt nie widział Drzewieckiego.

– Porozmawiałaś z mieszkańcami Utopców – szepnął znowu prokurator. Brzmiało to, jakby prowincjonalny Clooney zastanawiał się nad czymś bardzo głęboko. – Mogę wiedzieć, kto zlecił te działania? Skoro nic jeszcze nie było ustalone?

– Sama je sobie zleciłam – odparła Klementyna spokojnie. – Wy chcieliście czekać z odprawą do wieczora, aż będą wyniki krojenia umarlaka. Uznałam, że nie ma co tracić czasu, więc przez cały dzień działałam.

Prokurator Gawroński przyjrzał się komisarz Kopp bardzo uważnie. Nie skomentował jednak jej słów.

– Czy na ubraniu denata są jakieś ślady, które wskazywałyby jednoznacznie, że Drzewiecki zginął tam, w lesie? – zapytał zamiast tego, odwracając się w stronę szefa techników i patologa.

Technik wzruszył ramionami.

– Ubranie Drzewieckiego było poobklejane liśćmi, piaskiem i innymi rzeczami tego typu – odparł. – Trudno powiedzieć, czy ciało leżało przez chwilę na ziemi pod drzewem, czy te leśne drobiny zostały przyniesione przez wiatr. Zwłaszcza że ubranie Drzewieckiego było mokre i wszystko łatwo się do niego przyklejało.

Przez chwilę w sali zapadła cisza.

– Czy do tego, żeby powiesić ciało, potrzeba było dużo siły? – odezwała się po raz pierwszy mysia policjantka Emilia Strzałkowska, wracając do tematu z początku odprawy.

– Już mówiłem, że tak – przypomniał technik. – Chociaż oczywiście wciągnięcie go na linie było o wiele łatwiejsze niż wdrapanie się z ciałem na konar. Już o tym mówiliśmy, pani sierżant.

– Dlaczego pytasz? – zainteresował się Daniel.

– Zastanawiałam się, czy możemy wykluczyć kobietę jako sprawcę.

Strzałkowska zrobiła nieznaczny gest ręką w kierunku szklanej ściany osłoniętej teraz żaluzjami. Wszyscy odwrócili się w tamtą stronę. Klementyna była pewna, że prokurator rejonowa Izabela Drzewiecka nadal stoi wytrwale na korytarzu, domagając się sprawiedliwości dla swojego ojca. Ona jeszcze przed wynikami autopsji najgłośniej krzyczała, że stary policjant nie odebrał sobie życia sam. Tylko że rodziny samobójców niemal zawsze tak twierdzą, więc nikt za bardzo jej nie słuchał. Teraz wyglądało jednak na to, że miała rację od samego początku.

Prokurator Gawroński popatrzył na Emilię. Inaczej niż zawsze. Z góry.

– Emilia! Nie żartuj – stwierdził z pozorną uprzejmością. – Izabela?

Komisarz Kopp spojrzała na prowincjonalnego Clooneya zaciekawiona. Tylko cztery słowa. Słychać było jednak wyraźnie, że protekcjonalny, patriarchalny ton zastąpił nagle bliskość, która wcześniej łączyła tych dwoje. Ciekawe. Klementyna zastanawiała się, co takiego się wydarzyło od rana, że relacje prokuratora i Strzałkowskiej zmieniły się o sto osiemdziesiąt stopni. Ciekawe.

– Izabela Drzewiecka nie ma z tym nic wspólnego. Dajmy spokój. Ona jest prokuratorem rejonowym, a nie zabójczynią – poparł Gawrońskiego Olaf Czajkowski. – Zresztą znam ją od dziecka. To dobry człowiek.

– Spoko. Ale! Właśnie ktoś, kogo znasz od dziecka, załatwił twojego tatuśka, braciszka i tego starego lisa. – Klementyna postukała palcem w plik zdjęć z autopsji, które pokazywał im przedtem patolog. – To musiał być ktoś z Utopców.

– Obawiam się, że to wszystko moja wina – oznajmił nagle komendant. – Nie powinienem był zlecać wam grzebania w przeszłości! Powinienem po prostu zamknąć to wasze pieprzone Lipowo i nie wchodzić z wami w żadne układy.

No tak. Zaczynało się. Emocje, wyrzuty sumienia, krzyki. Komisarz Kopp nie chciała tracić na to czasu.

– Czekaj. Stop – powiedziała więc natychmiast. – Zostawmy żale i spójrzmy na to logicznie, co? Zleciłeś nam zbadanie starej sprawy i to zrobiliśmy. Zabójca żyje i ma się dobrze. Jak widać. Wolałbyś, żeby chodził sobie po Utopcach wolny, co? Śmierć Drzewieckiego tylko pokazuje, że sprawa została spartaczona już w osiemdziesiątym czwartym. A co zostało spartaczone, trzeba naprawić. Taką mam zasadę.

– Możecie mi nareszcie wyjaśnić, o co w tym wszystkim chodzi? – zażądał Gawroński wściekle. – Chyba już najwyższy czas.

Komendant Czajkowski westchnął głośno. Boleśnie. Klementyna też westchnęła. Z niecierpliwością. Nie zamierzała czekać, aż szef zbierze się w sobie i zacznie opowiadać łamiącym się głosem historię śmierci swojego brata i ojca. Sama wprowadziła więc szybko prokuratora w szczegóły sprawy śmierci Czajkowskich i w to, co ich nieformalna grupa śledcza zdziałała do tej pory.

Podczas tej relacji w oczach Leona Gawrońskiego pojawiły się błyskawice i przybywało ich z każdym słowem Klementyny. To było zupełnie coś nowego. Do tej pory przystojny prokurator zawsze zachowywał się spokojnie. Coś musiało się wydarzyć w ciągu ostatnich kilku godzin, uznała komisarz Kopp. Gorzej, że najwyraźniej będzie to miało wpływ na jej śledztwo.

– Trzeba to załatwić na dobre – zakończyła. Starała się nie dać po sobie poznać, że zauważyła niezadowolenie Gawrońskiego. – To oczywiste, że śmierć Drzewieckiego jest związana z tym, co się stało w Utopcach w osiemdziesiątym czwartym. Proponuję więc, żebyśmy to ja, Daniel i Emilia kontynuowali dochodzenie. Wgryźliśmy się już w tę sprawę i znamy ją najlepiej. Stracimy najmniej czasu. Mam wrażenie, że jesteśmy już naprawdę blisko.

Leon Gawroński zaśmiał się nieprzyjemnie.

– Naprawdę uważasz, że na to pójdę? Klementyna, to nie jest dochodzenie dla nich – powiedział, zerkając w stronę Daniela i Emilii. – Już i tak dosyć namieszali. Ty zresztą też nie spisałaś się najlepiej.

Komisarz Kopp poczuła, że znowu ogarnia ją gniew. Nienawidziła takiego pełnego pogardy męskiego tonu. Tonu wyższości. Brzydziła się nim. Odwróciła się więc do Czajkowskiego, ignorując prokuratora.

– Szefie, wiesz dobrze, że jestem najlepsza w całej tej komendzie, co? – rzuciła w stronę Olafa Czajkowskiego. Nie siliła się na fałszywą skromność. Takie były fakty. – Mam zamiar dalej prowadzić tę sprawę. Razem z Danielem i Emilią. Prorok się za coś dąsa. Spoko. Ale! Ja nie mam na to czasu, co?

Komendant spojrzał wymownie w stronę patologa i szefa techników. Nie wyglądał na zadowolonego, że te sprawy omawiane są w obecności osób z zewnątrz. Komisarz Kopp było wszystko jedno. Niech ludzie gadają. I tak będą.

– Klementyna, musicie wziąć przynajmniej jeszcze jedną osobę z wydziału kryminalnego – powiedział w końcu Czajkowski. – Szczerze mówiąc, nie sądzę, żebyśmy uniknęli przyjazdu kogoś z wojewódzkiej. Tak naprawdę ja w ogóle nie powinienem się już tym zajmować. To oczywiste, że Drzewiecki zginął przez tamtą starą sprawę. To była moja rodzina. Jestem w to osobiście zaangażowany. Powinienem ustąpić.

W ostatnie słowa wdarła się płaczliwa nuta. Patolog i szef techników wyglądali na zakłopotanych. Wpatrywali się w blat stołu, jakby to miało sprawić, że ich obecność będzie mniej widoczna. Klementyna wzruszyła ramionami. Nie jej sprawa.

– Czekaj. Stop. Zostawmy to na razie i skupmy się na podejrzanych, co? – zaproponowała nieco łaskawszym tonem. Mężczyźni często mieli tendencję do wpadania w niepotrzebną histerię. Należało to przeczekać. – Na przykład ten Rafał Tokarski... Z nim trzeba sobie szczerze pogadać. Wczoraj, kiedy mieliśmy tę naszą drobną konfrontację z... Czesławą... coś było między Drzewieckim a Rafałem. To się dało wyraźnie wyczuć.

Klementyna z trudem wymówiła imię medium. Czesława. Każda litera sprawiała, że komisarz Kopp traciła panowanie nad sobą. Nie może sobie na to pozwolić.

Przynajmniej jeszcze nie teraz. Na razie musi skupić się na śledztwie.

– Klementyna, to nie jest czas na przeczucia – powiedział Gawroński. – Potrzebne nam fakty. Z twoim doświadczeniem chyba to rozumiesz.

– Fakty, co? – zapytała komisarz Kopp. – Proszę bardzo. Oto garść faktów. Po pierwsze, listonosz Maciej Jagodziński zeznał nam, że widział Drzewieckiego i Rafała w sobotę dwudziestego piątego sierpnia osiemdziesiątego czwartego, czyli w dniu śmierci Czajkowskich. Ta dwójka dyskutowała o czymś. W ukryciu. Wypytaliśmy ich o to oczywiście. Tokarski i Drzewiecki twierdzili, że mówili wtedy o świniaku. Wierzycie w to, co? Bo ja nie za bardzo. Zwłaszcza teraz. No i jeszcze mamy kwestię telefonu…

– Znowu mówimy o połączeniach od Drzewieckiego do Daniela? – przerwał jej Gawroński. – Chyba już to omówiliśmy.

Komisarz Kopp skinęła w stronę Podgórskiego, dając mu znak, żeby opisał całą sprawę. Nie miała ochoty rozmawiać teraz z prokuratorem więcej, niż to będzie potrzebne.

– Chodzi o inną rozmowę telefoniczną – wyjaśnił tymczasem Daniel. – Dziś rano, kiedy pracowaliśmy przy zwłokach Drzewieckiego, zadzwonił do mnie Miron Grabowski.

– Kto to jest? – zapytał prokurator niemal słodko. Jednak na jego przystojnej twarzy wyraźnie malowało się wzburzenie.

– To klaun z cyrku Niesamowity Świat Aleksy – wyjaśnił szybko Daniel. – Występuje tam pod pseudonimem scenicznym Solo, ale naprawdę nazywa się Miron Grabowski. To on był świadkiem kłótni, jaka miała miejsce między

Wojtkiem a jakąś kobietą na dwa dni przed śmiercią Czajkowskich. Solo zadzwonił dziś rano, żeby mi powiedzieć…

Prokurator odwrócił się powoli do komendanta Czajkowskiego. Wyglądało na to, że nic go już nie powstrzyma przed wstąpieniem na wojenną ścieżkę.

– Panie komendancie, z całym szacunkiem, ale to już zakrawa na kpiny – powiedział głośno i wyraźnie, zanim Daniel zdążył dokończyć. – Ta trójka prowadzi jakieś prywatne dochodzenie, które, jak widać, kończy się tragicznie. Nikt nie ma nad tym kontroli. Pan chyba zdaje sobie sprawę z konsekwencji…

– Leon, zamknij się do jasnej cholery! – krzyknęła Emilia nagle, jakby nie mogła już utrzymać w ryzach tłumionych emocji. – Nasze prywatne sprawy to nasze prywatne sprawy.

Na te słowa patolog doktor Zbigniew Koterski poruszył się niespokojnie.

– Ja właściwie powinienem już wracać do siebie – powiedział. Wyglądało na to, że z całych sił stara się zachować neutralny wyraz twarzy. – Mam jeszcze kolejkę chętnych na sekcję.

– Ja też już pójdę – dołączył się natychmiast szef techników, korzystając z okazji.

Obaj mężczyźni wstali i pospiesznie opuścili salę konferencyjną. Czekająca na korytarzu prokurator rejonowa Izabela Drzewiecka doskoczyła do nich natychmiast. Na pewno próbowała się dowiedzieć, co zostało ustalone w sprawie jej ojca. Klementyna zerwała się z krzesła i zamknęła szybko drzwi na klucz. Jeszcze tylko tego brakowało, żeby córka denata zrobiła tu kolejną scenę.

– Skupmy się – zarządziła. – I nie wychodzimy stąd, póki czegoś konstruktywnego nie ustalimy. Konstruktywnego. Słyszeliście, co?

Klementyna włożyła sobie klucz do kieszeni. Coś konstruktywnego? To były chyba ostatnie słowa, które mogły pasować do obecnej sytuacji. Mysia Emilia była cała czerwona ze złości, a przystojna twarz Gawrońskiego wykrzywiła się gniewnie. Komendant Czajkowski siedział za to przygarbiony, jakby już całkiem się poddał.

– Pozwólcie może, że ja dokończę – stwierdził Daniel tymczasem. Tylko on zachowywał chyba resztki rozumu. – Solo zadzwonił do mnie rano, kiedy byliśmy przy ciele Drzewieckiego. Powiedział mi, że Aleksa, czyli dyrektorka, nie wróciła na noc do cyrku.

– To znaczy? – zapytał prokurator. – Jaki to ma związek z całą sprawą?

– Już tłumaczę – obiecał Daniel. – Solo powiedział mi, że wczoraj wieczorem Aleksa wyjechała swoim pikapem. Miała sprzedać jakieś stare dekoracje do innego cyrku. Chciała je osobiście dostarczyć na miejsce. Tylko że rano, kiedy klaun wyszedł ze swojej przyczepy, jej samochodu nadal nie było. Aleksy także nie. Solo był bardzo zaskoczony, bo szefowa nie wspominała mu, że dokądś się wybiera na dłużej, a on jest tam kimś w rodzaju jej prawej ręki. Tym bardziej że dziś rano mieli odjeżdżać do kolejnego miasta i teraz utknęli w Grudziądzu.

– Może ta Aleksa zatrzymała się na noc w jakimś hotelu? Albo zabalowała w tamtym drugim cyrku, gdzie miała sprzedać te rekwizyty.

Daniel wzruszył ramionami.

– Może. Tylko że Solo zadzwonił do tego cyrku. Okazało się, że Aleksa nigdy tam nie dojechała. Wygląda więc na to, że dyrektorka cyrku zniknęła. Nie ma jej od wczorajszego wieczora. Nie odbiera telefonów. Pomyślałem, że…

– Pomyślałeś? Świetnie. Po prostu wspaniale! – przerwał mu Gawroński. – Ciekawe, dlaczego jeszcze tu siedzę, zamiast wyjść i przedsięwziąć odpowiednie kroki. Pożałujecie tego wszyscy.

Prokurator mówił z pozornym spokojem. Słowa nie pozostawiały jednak wątpliwości.

– Grozisz nam, co? – zainteresowała się Klementyna. Strzałkowska pokręciła głową z pewnym smutkiem.

– Leon, nie mieszajmy naszych spraw w to śledztwo – poprosiła raz jeszcze. – Bo mam wrażenie, że właśnie to się teraz dzieje.

Gawroński pokręcił głową jakby z niedowierzaniem.

– Czy mogę nareszcie dokończyć? – zapytał Podgórski. Nie podniósł głosu ani o ton, ale i tak wszyscy obrócili się w jego stronę. – Aleksy nadal nie ma. Tuż przed odprawą rozmawiałem z Solem kolejny raz. Do tej pory nie wróciła. Cyrk nadal czeka w Grudziądzu.

– To dorosła kobieta. Mogła zrobić cokolwiek. Pojechać do rodziny, kochanka. Wszystko jedno – stwierdził prokurator Gawroński. – Zapytam raz jeszcze, jaki to ma związek ze śmiercią Drzewieckiego?

Gniew prokuratora znów chował się za dobrymi manierami. Tylko lekkie drżenie głosu zdradzało, że Gawroński ledwo nad sobą panuje.

– Solo powiedział mi, że wczoraj, zanim Aleksa wyjechała, rozmawiali o roku osiemdziesiątym czwartym i naszej

462

wizycie – wyjaśnił Daniel. On jeden nadal zdawał się całkiem spokojny. – Solo był prawie pewien, że Wojtek kłócił się z Czesławą Tokarską. Okazało się jednak, że się najwyraźniej pomylił, bo chórzystka ma na ten czas alibi od połowy wsi. Rozmawiali o tym z Aleksą, a ona nagle coś sobie w tej sprawie przypomniała. Kiedy klaun próbował ją wypytać co, Aleksa powiedziała mu tylko, że załatwi to sama.

– No właśnie – włączyła się Klementyna. Teraz było najważniejsze. – Ale! To jeszcze nie wszystko. Sprawdziliśmy billingi Drzewieckiego…

– Kolejna samowolka – powiedział prokurator, powoli cedząc sylaby.

– Dokładnie tak – zgodziła się Klementyna. – Mnie powierzono to śledztwo i ja je prowadzę.

– Już niezbyt długo – stwierdził Gawroński z ponurą satysfakcją. – Przypominam, że prowadzenie postępowania wstępnego w sprawie śmierci Drzewieckiego jest w moich rękach. Nie w waszych. Zdajecie się o tym zapominać.

– Jak już mówiłem na początku, Drzewiecki dzwonił do mnie wczoraj wieczorem kilkakrotnie – powiedział Daniel, próbując wrócić do przerwanego wątku. – Założyliśmy, że mógł mieć jakąś sprawę, która była związana z jego późniejszą śmiercią. Sprawdziliśmy więc jego billingi, żeby zobaczyć, czy nie zadzwonił do kogoś jeszcze. Może komuś innemu opowiedział, o co chodziło, skoro nie mógł porozmawiać ze mną. Od tego wyszliśmy.

– I co takiego odkryliście? – odezwał się komendant Czajkowski, odzyskując na chwilę rezon.

– Zanim Drzewiecki zadzwonił do mnie, rozmawiał przez jakieś osiem minut z Aleksą Szafrańską – dokończył

Podgórski. – To raczej nie jest zbieg okoliczności, że dyrektorka cyrku do niego zadzwoniła. Zaraz po tym, jak przypomniała sobie coś na temat wydarzeń z osiemdziesiątego czwartego roku. Nadal uważasz, że jej zniknięcie nie ma związku z naszą sprawą?

Daniel odwrócił się do Gawrońskiego. Prokurator nic nie odpowiedział, jakby nie ufał już swojemu głosowi.

– To wszystko się łączy – wtrąciła się Klementyna. – Drzewiecki, Aleksa, śmierć Wojtka i Tadeusza. Moim zdaniem trzeba teraz zrobić dwie rzeczy. Porozmawiać sobie z Rafałem Tokarskim i zlokalizować komórkę Aleksy, żeby chociaż wstępnie zorientować się, gdzie ona jest. I tak właśnie zrobimy, bo to ja prowadzę to śledztwo.

Komisarz Kopp uśmiechnęła się do prokuratora. Wiedziała, że igra z ogniem. Było jej jednak wszystko jedno.

– Mam tego dosyć! – krzyknął Gawroński. – Oddaj klucz od drzwi, Klementyna. Idę to załatwić. Tak, jak to powinno być zrobione. Obawiam się, że możecie mieć kłopoty.

Prokurator wstał i podszedł do komisarz Kopp. Spojrzał na nią z góry. Klementyna czuła, jak teraz to w jej żyłach płynie gniew zamiast krwi. Służbowa broń ciążyła w kaburze, ręce świerzbiły, żeby chwycić prokuratora za szyję w ostatnim morderczym geście. Szaleństwo, które ukazała jej Czesława Tokarska, wcale nie zniknęło. Druga strona lustra i rzeczywistość? To było teraz jedno i to samo. Przynajmniej dla Klementyny.

– A ja mam dosyć ukrywania twojego sekretu – powiedziała spokojnie Emilia, zanim Klementyna zdążyła zrobić coś głupiego. – Postawmy sprawę tak. Masz dwie opcje, Leon. Albo nie robisz nam ż a d n y c h problemów, albo porozmawiam o tym twoim pieszym z kim trzeba.

– Nie ośmielisz się.

– Ależ oczywiście, że tak. Jak widzisz, szczerość nie popłaca.

Gawroński przez chwilę patrzył na mysią policjantkę uważnie. Rozczarowanie walczyło przez chwilę o pierwszeństwo z gniewem.

– Najwidoczniej naprawdę pomyliłem się co do ciebie – powiedział w końcu ze smutkiem. – Cóż, i tak nie masz dowodów, więc możesz mówić, komu chcesz.

– To prawda. Nie mam dowodów – przyznała Strzałkowska. – I wcale nie chcę używać tej sprawy przeciwko tobie. Tylko że nie pozostawiasz mi wyboru. Dowodów nie mam, ale wieści szybko się rozchodzą. Czasem zła sława jest gorsza niż więzienie. Tamten człowiek, którego potrąciłeś, mógł umrzeć. „Tchórzliwa ucieczka prokuratora". Już widzę te nagłówki. „Zostawił człowieka na pewną śmierć na poboczu". To jak będzie? Pozwolisz nam to zakończyć?

– Czemu tak bardzo ci na tym zależy? – zapytał Gawroński. Zachowywał się teraz, jakby w sali nie było nikogo poza nim i Emilią.

Wszyscy odwrócili się w stronę mysiej policjantki.

– Nie chcę, żeby posterunek w Lipowie został zamknięty – odpowiedziała Strzałkowska natychmiast.

Prokurator nie wyglądał na przekonanego. Zerknął w stronę Daniela z nagłą podejrzliwością. Klementyna zauważyła, że Podgórski natychmiast opuścił wzrok, jakby coś mu bardzo ciążyło. Tymczasem komendant Czajkowski odchrząknął głośno.

– I nie zostanie zamknięty, jeżeli nadal będziecie pracować nad tą sprawą – obiecał solennie. – Panu prokuratorowi mogę zaś przyrzec jedno. Kiedy to zakończymy, zrezygnuję ze stanowiska. Rozwiążmy tę sprawę, zanim zjadą się tu ludzie z centrali i dziennikarze. Rozwiążmy tę sprawę jak najszybciej! W porządku? Zróbmy to, zanim zabójca znowu uderzy! Nie chcę kolejnych ofiar!

Leon Gawroński wyglądał, jakby toczył jakąś wewnętrzną walkę. W końcu odwrócił się do Strzałkowskiej. Znowu zignorował całą resztę.

– Robię to tylko ze względu na to, co nas łączyło. Co myślałem, że nas łączy – poprawił się. – Szantażem ze mną jednak nie pogrywaj. Bo tego możesz pożałować. Nie chcę mieć z tobą już nic wspólnego, pani sierżant.

Zapis przesłuchania świadka
sierż. szt. Emilii Strzałkowskiej

Miejsce przesłuchania: Komenda Powiatowa Policji w Brodnicy
Termin przesłuchania: 10 listopada 2014
Przesłuchanie prowadzą: insp. Judyta Komorowska i podinsp. Wiesław Król

Wiesław Król: Pani sierżant, czy mogłaby nam pani opowiedzieć o przebiegu odprawy po odnalezieniu zwłok inspektora Drzewieckiego?

Emilia Strzałkowska: Nie ma wiele do opowiadania.

Judyta Komorowska: Nie sądzi świadek, że sprawa śmierci emerytowanego policjanta powinna była zostać potraktowana priorytetowo od samego początku?

Emilia Strzałkowska: Kto mówi, że nie została?

Judyta Komorowska: Niech świadek nie żartuje. Sprawę powinni przejąć nieco bardziej kompetentni ludzie. Wy i tak wyrządziliście zbyt dużo szkód.

Emilia Strzałkowska: To była decyzja prokuratora Gawrońskiego i komendanta Czajkowskiego. My tylko wypełnialiśmy powierzone nam zadanie. Olaf Czajkowski i Leon Gawroński najwyraźniej uważali, że się nadajemy.

Wiesław Król: Czy to prawda, że panią i prokuratora Gawrońskiego łączyły intymne stosunki?

Emilia Strzałkowska: To moja prywatna sprawa i nie jest związana ze śledztwem.

Judyta Komorowska: Ależ jak najbardziej. Wasze relacje mogły wpłynąć na jego osąd sytuacji.

(świadek wzrusza ramionami)

Emilia Strzałkowska: O to już pytajcie Gawrońskiego.

Wiesław Król: Czyli pani nie jest zdania, że komendant i prokurator już wtedy powinni byli odsunąć Klementynę Kopp od śledztwa? Ze skutkiem natychmiastowym?

Emilia Strzałkowska: Nie.

Wiesław Król: Znowu słyszę wahanie w pani głosie, pani sierżant.

Emilia Strzałkowska: Nie ma żadnego wahania!

Judyta Komorowska: A to, co zrobiliście potem? Mam tu na myśli wydarzenia z nocy siódmego listopada. To też było profesjonalne zachowanie zdaniem świadka?

(świadek milczy)

ROZDZIAŁ 42

Utopce. Piątek, 7 listopada 2014. Późnym wieczorem

Młodszy aspirant Daniel Podgórski zaparkował na poboczu drogi przed domem Tokarskich. Kiedy wyłączył silnik i zgasły światła reflektorów, otoczyła ich całkowita ciemność. Księżyc chował się za chmurami, więc na ukrytej wśród gęstego lasu polanie królowała czerń. Samotne ogniki porozrzucanych w ciemnościach domostw nie rozjaśniały jej ani trochę.

Klementyna otworzyła drzwi i wyskoczyła na zewnątrz bez słowa. Spieszno jej chyba było przesłuchać Rafała. Popędziła w stronę budynku. W jej ruchach czaiło się teraz dzikie zwierzę. Daniel wiedział, że powinien za nią pobiec. Chociażby po to, żeby znowu nie zaczęła kogoś dusić. Nie miał jednak na to siły. Wczorajsza noc z Emilią, odprawa, która zmieniła się w farsę, nieformalne śledztwo, które doprowadziło do śmierci Drzewieckiego. Jak dużo może wydarzyć się przez dwa tygodnie?

Strzałkowska wysiadła z samochodu. Również bez słowa. Daniel westchnął. Czuł, że powinien coś powiedzieć. O tym, co się stało wczoraj, i o dzisiejszej odprawie w komendzie.

O nich. Kłopot polegał na tym, że nie za bardzo wiedział, co by to miało być. Obietnica bez pokrycia? Jakieś wyznanie, którego sam nie był pewien? Przeprosiny? Co się mówi w takich sytuacjach?

– Nie musisz nic mówić – zastrzegła Emilia, jakby słyszała jego myśli. Zamknęła drzwi samochodu bardzo delikatnie. Nie chciała chyba, żeby miał jakiekolwiek podejrzenia, że nimi t r z a s n ę ł a. Wyraźnie się starała, a to było jeszcze gorsze.

– Naprawdę zerwałaś z Gawrońskim? – zapytał Daniel, wysiadając.

Sam nie był pewien, dlaczego nie wykorzystał szansy na zakończenie tematu, którą policjantka mu przed chwilą zaoferowała. Może dlatego, że zawsze uważał się za porządnego człowieka. Do wczoraj.

– Tak. Przed odprawą – potwierdziła, kiwając głową. – Nie mogłam inaczej. Nie chcę nadal mydlić mu oczu. To byłoby nie w porządku. Tym bardziej że on od początku był ze mną szczery. Nie spodziewałam się tylko, że tak zareaguje. Szczerze mówiąc, myślałam, że przyjmie to spokojnie.

Daniel zamknął samochód.

– Ale, Mila, ja… Ja za miesiąc się żenię. Nie mogę teraz…

Podgórski zamilkł. Słowa, które płynęły z jego ust, były niewiele warte. Sam to wiedział. Emilia czekała przez chwilę, żeby dokończył. Nie doczekała się.

– Daniel, daruj sobie z łaski swojej. Te bzdury zachowaj dla kogoś innego. Nie urodziłam się wczoraj – powiedziała w końcu. W jej głosie pobrzmiewała wyraźna pogarda. – Mamy robotę do wykonania.

Słowa Emilii zabrzmiały ostro i nieprzyjemnie. Daniel wiedział, że sam jest sobie winien. Co on właściwie myślał? Seks z byłą kochanką, kiedy w domu czekała przyszła żona? Co powie na to Weronika? Co będzie, kiedy dowie się Łukasz? Daniel sam się sobą brzydził. A już najbardziej tym, że nie potrafił zachować się w tej sytuacji odpowiednio. Cokolwiek to znaczyło. A może nic, co by teraz powiedział lub zrobił, nie będzie odpowiednie?

Ruszyli w stronę domu Tokarskich.

– Zresztą to nie ze względu na ciebie – dodała Strzałkowska. – I tak zakończyłabym związek z Leonem wcześniej czy później. Wczorajsza noc tylko przyspieszyła sprawę. Po twoim wyjściu nie mogłam długo zasnąć i przemyślałam sobie wszystko. Uznałam, że nie chcę być z Gawrońskim. Nie po tym, co zrobił temu pieszemu, i nie po tym, co ja zrobiłam z tobą. Mam swoje zasady i…

Emilia nie zdążyła dokończyć, bo Klementyna zbiegała właśnie z powrotem po schodach drewnianego domu Tokarskich.

– W środku nikogo nie ma – oznajmiła. Znowu wypluwała słowa jak karabin maszynowy. Poprzednia powolność i dziwne oderwanie od rzeczywistości minęły już praktycznie zupełnie. Można było wręcz powiedzieć, że komisarz Kopp wpadła w drugą skrajność i była niezwykle ożywiona.

– Pewnie znowu jest w pracowni – powiedział Daniel.

Okrążyli dom. Wrota do urządzonej w dawnym chlewie pracowni Rafała były do połowy przymknięte. Ze środka dochodziło ciche pogwizdywanie. Malarz najwyraźniej rzeczywiście był w środku i kończył swoje dzieło.

– Wchodzimy – obwieściła głośno Klementyna. Słowa wprowadziła natychmiast w czyn, nie czekając na jakąkolwiek odpowiedź.

Rafał stał na środku pustej pracowni z pędzlem w dłoni. Wszędzie pełno było czerwonej farby. Malarz spojrzał w kierunku drzwi pozornie bez większego zainteresowania. Daniel zauważył jednak w oczach Tokarskiego niepewność, której nie dało się pomylić z niczym innym. Rafał wyraźnie się bał.

– To teraz sobie porozmawiamy, co? – rzuciła Klementyna ostro.

Rafał wskazał swój obraz pędzlem. Po jego dłoni płynęła strużka czerwonej farby. Malarz zdawał się tym zupełnie nie przejmować. Może nawet niczego nie zauważył.

– Teraz to ja maluję – powiedział.

Klementyna zrobiła krok w jego stronę.

– Spoko. Ale! To poczeka. Powiedz lepiej, gdzie byłeś wczoraj w nocy, co?

Tokarski podrapał się po olbrzymim brzuchu, który znowu wystawał spod pobrudzonych ubrań. Na porośniętej szczeciną skórze pozostał czerwony ślad farby.

– W domu. Z mamą. Ona to potwierdzi. A co?

W domu z mamą, powtórzył Daniel w myślach. Zupełnie jak w osiemdziesiątym czwartym. Czesława broni Rafała, Rafał broni Czesławy. Kolejne alibi zapewniane sobie nawzajem. Za dużo ich było w całej tej sprawie.

– Dobrze wiesz, o co nam chodzi – warknęła Klementyna.

Tokarski skinął głową.

– O Drzewieckiego. Wiem – odparł niedbale. – Łaziliście po wsi cały dzień. Trudno was było nie zauważyć.

– To po co się głupio pytasz, co?

– Tylko że on się powiesił – odparł Rafał zamiast odpowiedzi. – Co ja mam do tego? Jestem podejrzany? – Przy ostatnim pytaniu jego głos zadrżał odrobinę.

– Może nam pan wyjaśnić, o co tak naprawdę chodziło między panem a Drzewieckim? – poprosił spokojnie Daniel. – Mam wrażenie, że to spotkanie, o które pytaliśmy pana przy pierwszej wizycie, to, które miało miejsce w dniu śmierci Czajkowskich, wcale nie dotyczyło sprzedaży wieprzowiny. Nie mylę się, prawda?

Tokarski odłożył pędzel i usiadł po turecku na ziemi. Wyglądał teraz jak nieforemny mały chłopiec. Do obrazu nie pasowało tylko wielkie brzuszysko, obrzękła od alkoholu twarz i kiełkująca na czubku głowy łysina.

– Teraz to i tak już chyba wszystko jedno – oznajmił w końcu. – Równie dobrze mogę wszystko powiedzieć.

– Czekamy z niecierpliwością – zapewniła Klementyna sarkastycznie.

Tokarski nawet na nią nie spojrzał.

– Wtedy w osiemdziesiątym czwartym… – zaczął w skupieniu. – Wtedy w osiemdziesiątym czwartym to Józef Drzewiecki zabił Wojtka i Tadeusza Czajkowskich.

W pracowni zapadła kompletna cisza. Rafał zaczął otwierać puszkę farby, która leżała obok niego na ziemi. Gwizdał cicho. Nie zwracał teraz na śledczych uwagi, jakby reakcja policjantów zupełnie go nie interesowała albo naraz zapomniał o ich obecności.

– Skąd wiesz? – rzuciła Klementyna. – Widziałeś to na własne oczy, co?

Rafał pokręcił głową. Nadal na nią nie patrzył

– Nie, ale wiem, że to Drzewiecki.

– Niech pan opowie od początku – poprosiła tymczasem Emilia. – Dlaczego uważa pan, że to Józef Drzewiecki zabił Czajkowskich?

– Drzewiecki był wściekły za to, co zrobił Tadeusz.

– Co takiego zrobił? – zapytał Daniel.

– Tadeusz miał świetną pozycję w PRL. Przez te badania, którymi się z sukcesem zajmował – zaczął Rafał.

– Dlatego mógł użyć swoich wpływów, kiedy Wojtek n i e dostał się na studia.

Ostatnie słowa syn Czesławy wymówił z wyraźnym naciskiem.

– Wojtek Czajkowski nie dostał się na prawo? – powtórzył Daniel.

Potrzebował chwili czasu, żeby zebrać na nowo myśli. Przyjechali tu z zamiarem udowodnienia, że Rafał zabił Drzewieckiego i upozorował śmierć starego policjanta na samobójstwo. Teraz ich główny podejrzany zrzucał całą winę na ofiarę. To się czasem zdarzało, ale tym razem coś było inaczej. Tokarski naprawdę wierzył w to, co mówił.

Rafał pokiwał głową.

– Tak. Wojtek się nie dostał. Już mówiłem, że w ostatnich miesiącach gadał tylko o tym, że chce być artystą jak Gloria. Widać nie w głowie mu były przygotowania do egzaminu. W rezultacie wcale nie dostał się na uniwersytet – powtórzył Tokarski. – Wtedy Tadeusz pociągnął za odpowiednie sznurki, no i Wojtek został wpisany na listę studentów wydziału prawa.

– Jaki to ma związek z... – zaczął Podgórski.

– Niestety stało się to kosztem Izki Drzewieckiej – przerwał Danielowi malarz. – Lista studentów musiała się zgadzać. Kogoś musieli więc wyrzucić. Padło na nią. Nie wiem, czy to dlatego, że była z tej samej wsi, czy to był czysty przypadek. A może Tadeusz sam na nią wskazał? Przecież on i Drzewiecki ciągle rywalizowali, kto jest ważniejszy i tak dalej. Już mówiłem chyba.

– Skąd o tym wszystkim wiesz, co? – wtrąciła się Klementyna.

Tokarski przetarł twarz brudną ręką. Tak jak wcześniej na brzuchu, pozostały na niej czerwone ślady farby.

– Drzewiecki mi to wszystko opowiedział, kiedy dobijaliśmy targu.

– Dobijaliście targu? – powtórzyła za przesłuchiwanym Strzałkowska.

Rafał przytaknął natychmiast.

– Dokładnie. Tego dotyczyło właśnie nasze spotkanie w lesie pod Synem Leszego.

– Czekaj. Stop. Mów po kolei, co?

– Drzewiecki dostał list z uczelni z informacją, że córka jednak nie zostanie przyjęta na uniwerek. Pójście na prawo to było marzenie Izki. Zresztą teraz jest tą no… prokuratorką w Brodnicy.

– Prokuratorem rejonowym – odruchowo poprawił Daniel.

– No właśnie – zgodził się Rafał. – Niezła z niej szycha, prawda? A gdyby Wojtek żył, to wcale prawa by nie skończyła. To Wojtek Czajkowski byłby tym prokuratorem rejonowym… czy kimś tam.

Stwierdzenie zawisło na chwilę w powietrzu.

– Okej. No dobra. Ale! Jak z tym dobijaniem targu, co?

Rafał pokiwał powoli głową.

– Drzewiecki chciał, żebym nastraszył trochę Czajkowskich… Po to, żeby Tadeusz wszystko odwrócił. Żeby Izka wróciła na listę studentów, gdzie było jej miejsce.

– Co to znaczy „nastraszył"? – chciała wiedzieć Strzałkowska.

Tokarski spojrzał na Emilię, jakby policjantka była niespełna rozumu.

– No, Drzewiecki chciał, żebym użył siły fizycznej – stwierdził z naciskiem i wzruszył szybko ramionami. – Żebym ich pobił czy cokolwiek będzie potrzebne. Tak to sobie wymyślił. Sam nie miał ochoty brudzić sobie rąk, a ja z kolei potrzebowałem pieniędzy. Mama zabroniła mi pracować przy budowie altany, więc spory zarobek przeszedł mi koło nosa na rzecz Kosmy Żebrowskiego. To znaczy spory zarobek jak na tamte czasy.

– I tak właśnie zrobiłeś, co? Użyłeś siły fizycznej wobec Czajkowskich?

– Właśnie nie – podkreślił Rafał. – Na tym spotkaniu w lesie, o które tak mnie wypytywaliście, Drzewiecki miał dać mi forsę za tę robotę. Cały kłopot w tym, że nagle zmienił zdanie i zaczął kombinować.

– W jakim sensie? – zapytał Daniel.

– Nie chciał dać mi pieniędzy przed wykonaniem roboty, a tak się wcześniej umówiliśmy – w głosie Rafała pojawiła się nutka urazy, która przetrwała długie trzydzieści lat. – Powiedział, że da mi forsę już po wszystkim. Oszukał mnie, jednym słowem. Nie zamierzałem w żaden sposób ryzykować bez pieniędzy. Kłóciliśmy się i to pewnie zobaczył wasz świadek. W końcu tak się wszystko zamieszało, że nie byłem już pewien, czy akcja jest aktualna, czy nie. A miałem to zrobić właśnie w sobotę wieczorem. Dwudziestego piątego sierpnia osiem cztery.

– Poszedł pan w końcu do domu Czajkowskich tamtego wieczoru?

Daniel przypatrywał się twarzy malarza, żeby dostrzec najmniejszy ślad kłamstwa. To mogło być kluczowe. Rafał właśnie się przyznał, że Drzewiecki zlecił mu zaatakowanie Czajkowskich. Tej nocy, kiedy obaj umarli.

Tokarski pokręcił głową.

– Nie, nie poszedłem. Porozmawiałem z matką i w końcu wspólnie stwierdziliśmy, że sprawa jest nieaktualna i tyle. Olałem to.

Klementyna skrzyżowała ręce na piersiach.

– Czekaj. Stop. To na jakiej zasadzie stwierdzasz, że to Drzewiecki zabił Czajkowskich, co? – zapytała ostro.
– Skoro nie poszedłeś do ich domu.

Rafał wahał się przez chwilę.

– To było oczywiste. Nie widziała pani, jaki Drzewiecki był wściekły na Tadeusza. Miał dosłownie mord w oczach, kiedy opowiadał mi o tej sprawie z Izką i studiami. – Nagle Tokarski znowu się zawahał. – Zresztą później stało się coś jeszcze…

– Co? – podchwycił Daniel.

Rafał znowu przetarł ręką twarz. Na jego zabrudzonym farbą czole perliły się teraz wielkie, czerwone krople potu. Odchrząknął.

– To było… ohydne – powiedział bardzo cicho.

– Co takiego?

Rafał poprawił przykrótką poplamioną koszulkę, jakby w ten sposób chciał się osłonić przed niebezpieczeństwem.

– Ludzie gadali o wampirze i umierali ze strachu... Tymczasem ja naprawdę zobaczyłem coś gorszego. Nigdy tego nie zapomnę.

– Co to było? – nalegał Daniel.

– Następnego dnia rano, czyli w niedzielę, poszedłem do chlewu nakarmić świnie – szepnął Tokarski. – Wieczorem ich nie karmiłem, bo była straszna burza i nie chciało mi się wyjść z domu. Nieważne. Wchodzę do chlewu i... no, tam były resztki ciała. Świnie je dosłownie pożerały.

Daniel zerknął w stronę Emilii. Strzałkowska odwzajemniła jego spojrzenie. Dokładnie o takim filmowym sposobie pozbycia się ciał dyskutowali wczoraj wieczorem, zanim... zanim sprawy się trochę pokomplikowały.

– Kurwa jego mać – zaklął Rafał pod nosem. – Nie zapomnę tego widoku. To było ohydne... Stałem jak zamurowany, aż zjadły do końca. Nie mogłem zrobić kroku. Jak się po mszy okazało, że Wojtka i Tadeusza nie ma, to od razu zrozumiałem, co się stało... Drzewiecki sam załatwił sprawę i ich do nas podrzucił.

Ciało malarza poruszyło się konwulsyjnie. Wyglądało na to, że Tokarski zaraz zwymiotuje. Przyłożył rękę do ust, a jego ciałem wstrząsnęły kolejne spazmy odrazy.

– Dlaczego potem nic pan o tym nikomu nie powiedział? – zapytała Strzałkowska.

Tokarski zaśmiał się smutno.

– Niby komu? – zapytał. – Pani chyba żartuje. Drzewiecki był w MO. Na wysokim stanowisku. Byłem pewien, że

478

znajdzie sposób, żeby jakoś zrzucić to wszystko na mnie. Do jasnej cholery, przecież to m o j e świnie zjadły ciała Czajkowskich. Wolałem milczeć. No a potem to i tak już nie miało przecież znaczenia.

– Nie miało znaczenia? – żachnęła się Strzałkowska. – Dla rodziny Czajkowskich zapewne miało.

Tokarski wzruszył ramionami.

– Ciekawe jakie? – zapytał sarkastycznie. – Gloria tylko zacierała ręce, że wreszcie może sprzedać „Żebrówkę" i wynieść się stąd. Olaf może i początkowo się przejmował, ale potem szybko doszedł do siebie. Młody chłopak z niego był. Tacy za długo się nie zamartwiają. Zaraz znajdą sobie dziewczynę i to tamto. Wojtek i Tadeusz zostali zupełnie zapomniani. Ani Gloria, ani Olaf nie przyjeżdżają nawet odwiedzać rodzinnej krypty. Jak sami widzicie, to, co powiedziałem i czego nie powiedziałem, nie miało znaczenia. Zdziwiłem się, że nagle wy zaczęliście grzebać w starych sprawach... No i do czego to doprowadziło? Ale może to i dobrze. Morderca sam się zabił. Wreszcie sprawa zakończona.

Daniel Podgórski nie zamierzał zdradzać Rafałowi, że Drzewiecki wcale nie popełnił samobójstwa. Czuł, że powinien o coś zapytać, o jakiś szczegół, który przed chwilą padł z ust Tokarskiego. Nagle jednak rozdzwonił się telefon Klementyny i ulotna myśl gdzieś uciekła.

ROZDZIAŁ 43

Utopce. Sobota, 25 sierpnia 1984. Godzina 20.45.
Wojtek Czajkowski

Wojtek i Tadeusz siedzieli we dwóch w salonie „Żebrówki" i słuchali radia. Odbiór był zakłócony. Prawdopodobnie przez silne podmuchy wiatru i zbliżającą się burzę. Słowa spikera właściwie ledwo dało się zrozumieć. Mimo to Wojtek i jego ojciec trwali przy radioodbiorniku, jakby każdy z nich bał się ruszyć z miejsca.

To dziwne zawieszenie przerwał ostry dźwięk telefonu. Tadeusz zerwał się z miejsca, jakby tylko na to czekał. Jakby z jakiegoś powodu wiedział, że ta rozmowa nadejdzie.

– Halo… Gloria? – zapytał ojciec. – Dojechałaś już do Warszawy?

Matka miała spędzić jutrzejszy dzień w stolicy, a do Jugosławii ruszyć w poniedziałek.

– Co mówisz?… Dotarłaś bezpiecznie? Halo? Halo? – powtórzył ojciec. – Cały czas przerywa. Nawet sobie nie wyobrażasz, jaka u nas pogoda. Zaraz pewnie będzie nawałnica. Co mówisz?

Wojtek słyszał ze słuchawki niewyraźny głos matki. Nie potrafił rozróżnić poszczególnych słów. Ton sugerował jednak wiele. Gloria perorowała przez kilka minut. W tym czasie grymas na twarzy ojca stawał się coraz wyraźniejszy.

– Co masz na myśli? – krzyknął Tadeusz wściekle. – Jaki koniec?

Wojtek spojrzał na ojca zaskoczony. Chyba po raz pierwszy widział go w takim stanie. Tadeusz słuchał przez chwilę, co ma mu do powiedzenia Gloria.

– Ty mnie ostrzegasz? – zadrwił ojciec. W jego oczach jednak zalśniły łzy. – To ja ciebie ostrzegam, Gloria!

W tym momencie Wojtek poczuł, że dłużej tego nie wytrzyma. Pobiegł do siebie na górę. Przeszukał szafkę w płonnej nadziei, że została gdzieś jeszcze porcja magicznego proszku. Nie było już zupełnie nic. Przeklinał teraz w duchu, że tak hojnie dzielił się narkotykiem z Arletą.

Podszedł do okna i otworzył je szeroko. Burzowy wiatr dął z całych sił, ale na razie nie padało. Oby tylko deszcz jeszcze się wstrzymał i mu nie przeszkadzał. Właśnie dziś, powiedział sobie w duchu Wojtek.

Przysiadł na parapecie i spojrzał na ścianę lasu. Drzewa wyglądały teraz złowrogo, jakby zaraz miały ruszyć naprzód w dzikim szale. Wedrzeć się na zapomnianą polanę i pochłonąć Utopce, aż zupełnie zetrą wieś z powierzchni ziemi.

Wojtek odetchnął głęboko. Zapach zbliżającej się burzy był wyraźnie wyczuwalny. Wypełniał mu teraz płuca i sprawiał, że chłopak poczuł się trochę lepiej. Matka, ojciec, Olaf, Arleta i dziecko, które podobno było jego. To już Wojtka nie dotyczyło.

ROZDZIAŁ 44

Utopce. Piątek, 7 listopada 2014. Nocą

Sierżant sztabowa Emilia Strzałkowska wzdrygnęła się, kiedy jakaś mokra gałązka musnęła ją po twarzy. Posuwali się przez wilgotny od padającego nieustannie deszczu las, przyświecając sobie kieszonkowymi latarkami. Ciemność dookoła była prawie nieprzenikniona. Drobne promienie światła latarek tylko ją podkreślały, zamiast rozpraszać.

Nagle w czerni lasu coś się poruszyło. Emilia uskoczyła przestraszona. Uderzyła się przy tym boleśnie o pień ukrytego w ciemności drzewa. Przeszedł ją dreszcz niespokoju. To miejsce napawało ją jakimś pierwotnym lękiem. Miała wrażenie, że w lesie dookoła zagnieździły się wszystkie jej senne koszmary. Najgorsze wizje, jakie kiedykolwiek zrodziły się w jej głowie, tu mogły stać się jawą.

Strzałkowska znowu się wzdrygnęła. W tej nieprzeniknionej ciemności czuła się nieskończenie samotna. Wiele dałaby za to, żeby szli dwójkami. Nawet gdyby w parze przypadł jej prokurator Gawroński. Odrzucony kochanek byłby teraz zdecydowanie lepszy niż samotne przemierzanie wrogich leśnych ostępów. To było jednak niemożliwe. Nie mieli czasu ani wystarczającej liczby ludzi, żeby sprawnie przeczesać teren. Musieli radzić sobie, jak mogli.

Otaczająca ją czerń sprawiała, że policjantka traciła już poczucie kierunków. To było irracjonalne, ale gdyby nie fakt, że czuła pod stopami miękką wyściółkę jesiennych liści, nie byłaby nawet pewna, gdzie jest góra, a gdzie dół.

W niewielkim oddaleniu dojrzała śmiesznie nikły promień latarki jednego z poszukiwaczy. Chyba Daniela, ale w ciemności trudno było to stwierdzić z całkowitą pewnością. Serce zabiło jej szybciej. Nie była pewna, czy dlatego, że na myśl o Podgórskim ogarniała ją złość, czy z powodu odkrycia, że tak naprawdę przez te wszystkie lata za nim tęskniła. Cóż jednak z tego, jeżeli nic więcej między nimi nie może się wydarzyć. I się nie wydarzy, postanowiła sobie Emilia. Nie chciała mieć na sumieniu nieszczęścia Weroniki.

Nagle poczuła coś lepkiego na szyi. Nie mogła powstrzymać nerwowego sapnięcia, które przypominało raczej zwierzęcy pisk niż ludzki głos. Przerażone serce przyspieszyło. Na domiar złego coś wyraźnie poruszyło się w konarach drzew.

Strzałkowska znowu zerknęła w stronę, gdzie był Daniel. Nie zamierzała spędzić w tej ciemności ani chwili dłużej. Nie sama. Ruszyła w kierunku Podgórskiego, potykając się o niewidoczne korzenie.

– I jak? – zapytała jakby nigdy nic. Nie miała ochoty pokazywać swojego lęku. – Masz coś?

– Wątpię, żeby udało nam się znaleźć ten telefon – odparł Podgórski. – Nie w piątkę i nie w nocy.

– Niestety.

Gdy kilka godzin temu kończyli przesłuchiwać Rafała Tokarskiego, do Klementyny zadzwonił komendant Olaf Czajkowski. Udało mu się zlokalizować komórkę zaginionej dyrektorki cyrku. Nieoczekiwanie okazało się, że telefon Aleksy znajdował się w lesie niedaleko Utopców. Trudno było stwierdzić, co to właściwie oznacza. Komendant Czajkowski zarządził jednak poszukiwania. Nadal trzymał się postanowienia, że rozwiążą sprawę tej nocy. Sami. Zanim ktoś z centrali przystąpi do działania na dobre.

– Tutaj! – krzyknęła Klementyna gdzieś z ciemności.

Emilia i Daniel rozejrzeli się dookoła. Zobaczyli dwa snopy świateł przemieszczające się w prawo. Gawroński i Czajkowski najwyraźniej zlokalizowali już Klementynę i szli w jej stronę.

– Chodźmy za nimi – powiedział Daniel.

W tym momencie coś znowu dotknęło twarzy Emilii. Powietrze zawirowało.

– Co to było?! – zawołała przestraszona.

Oddychała szybko. Niewiele myśląc, przylgnęła do Daniela, jakby mogła schować się przed tym wszystkim w jego szerokich ramionach.

– Już dobrze – powiedział Podgórski uspokajająco. – To tylko gałąź. Już w porządku. Idziemy do nich?

To tylko gałąź, powtarzała sobie Emilia w duchu. Nie ma co panikować. To tylko las. Nie czeka tu na nich nic groźnego.

– Jasne, chodźmy.

Strzałkowska wyrwała się z objęć Daniela i ruszyła przodem. Czuła się głupio. Za nic w świecie nie chciała już się do niego zbliżać. Irytacja i wściekłość miały swoje dobre strony. Z miejsca sprawiły, że ciemność wydała się mniej straszna. Emilia szła przez czarny las, roztrącając mokre gałęzie. Za sobą słyszała oddech Podgórskiego, ale starała się być na to głucha. Tylko tyle albo aż tyle. Nie chciała być tą drugą. Na pewno nie. Nie łudziła się, że Daniel zostawi dla niej Weronikę. Niby czemu? Bo raz się przespali? A Łukasz? A Łukasz to co, powtarzał uparty głosik w głowie Emilii. To nie był tylko seks, Daniel jest przecież ojcem jej syna.

Wkrótce drzewa przerzedziły się nieco, a podłoże stało się równiejsze. Strzałkowska omiotła ciemność latarką.

– Co to jest? Jakaś polana?

– To droga pożarowa – wyjaśnił komendant Olaf Czajkowski.

Sądząc po głosie, stał niedaleko, ale Emilia ledwo widziała światło jego latarki.

– Jest tu kilka takich w lesie – kontynuował Czajkowski. – W tej ciemności straciłem już orientację, więc szczerze mówiąc, nie wiem, na której się teraz znajdujemy.

– Chodźcie tu! – zawołała tymczasem komisarz Kopp.

Jej głos dobiegał gdzieś z lewej strony. Emilia natychmiast tam spojrzała. Światło latarki Klementyny odbijało się w reflektorach jakiegoś samochodu.

– Pikap Aleksy? – zapytała Emilia, kiedy logo nissana błysnęło w świetle latarki. – Ona chyba miała navarę?

– Chyba tak – usłyszała głos Daniela gdzieś z prawej.

Obeszli samochód dookoła. Strzałkowska zaświeciła do środka latarką. Na siedzeniu pasażera leżał telefon komórkowy.

– No i proszę. Jednak znaleźliśmy tę komórkę – stwierdził Podgórski, który nagle znalazł się tuż za jej plecami. – Tylko gdzie jest Aleksa?

– Aleksa! – zawołała Emilia na próbę. – Jest tu pani?

Zaczęli miotać snopami świateł z latarek dookoła, ale był to próżny trud. Ciemność nadal była nieprzenikniona.

– Tak jej nie znajdziemy – stwierdził w końcu Gawroński, który dotychczas nie odezwał się ani słowem. Ani jednym.

– Zobaczcie, czy w aucie są kluczyki. Jeżeli udałoby się włączyć światła samochodu, to będzie miało większy sens.

– Drzwi są zamknięte – odparł Czajkowski.

Prokurator Gawroński zaklął cicho pod nosem. Zupełnie to do niego nie pasowało. Emilia nie pamiętała, żeby przez te kilka miesięcy ich znajomości kiedykolwiek słyszała z jego ust coś niegrzecznego. Aż do teraz. Poczuła wyrzuty sumienia i kolejne ukłucie złości. Przez jedną głupią noc z Danielem stała się bohaterką kiepskiego romansu.

Tymczasem prokurator obszedł samochód i zaczął przyglądać się pace. Światło jego latarki padło na ułożone tam skrzynie. Leżały umocowane w równych rzędach. W dolnym były trzy, w górnym dwie. Naniesiono na nie logo cyrku Aleksy.

Gawroński spróbował przesunąć jedną z nich.

– Ciężkie. Coś jest w środku.

– Pewnie te dekoracje na sprzedaż, o których mówił Solo – zgadywał Daniel. – Otwieramy?

– Poczekajcie – poprosił Olaf Czajkowski. – Zastanówmy się na spokojnie.

Tymczasem nieustępliwy deszcz wzmógł się jeszcze. Emilia czuła, że jesienna kurtka zaczyna jej powoli przemakać.

Była zmęczona i głodna. Szczerze mówiąc, najchętniej wróciłaby do domu i zapomniała o całej sprawie. Narady pośrodku mrocznego lasu na pewno nie leżały teraz w sferze jej marzeń.

Sytuacji nie poprawiał fakt, że światło jej latarki najpierw zaczęło delikatnie migotać, a potem zgasło. Strzałkowska uderzyła latarką w otwartą dłoń. Światełko znowu zamrugało, by w końcu całkiem zniknąć.

– Cholera – powiedziała pod nosem. – Bateria padła.

Dziecięcy lęk przed ciemnością wrócił ze zdwojoną siłą. Zależała teraz od innych. To oni mieli dające przynajmniej niewielkie poczucie bezpieczeństwa światło latarek. Emilia niechętnie przysunęła się do Daniela, mimo swoich wcześniejszych postanowień.

– Zastanówmy się spokojnie, jak to rozegrać – poprosił raz jeszcze komendant Czajkowski. Oparł się przy tym o nissana. Reszta też trzymała się blisko samochodu. – Z tego, co dowiedzieliście się od Rafała, Drzewiecki mógł być winien zbrodni na moim ojcu i bracie. Tak?

– Tak – zgodził się Podgórski.

– Jednocześnie wiemy, że Aleksa coś sobie przypomniała i zadzwoniła do Drzewieckiego. Potem znaleźliśmy go martwego – kontynuował swoje rozważania Czajkowski. – Teraz znajdujemy samochód Aleksy tu, w środku lasu. Niedaleko miejsca, gdzie ktoś upozorował samobójstwo Drzewieckiego. Ciekaw jestem, czy ślady opon tego pikapa pasowałyby do któregoś zestawu spod Syna Leszego…

Olaf Czajkowski zawiesił głos w oczekiwaniu na ich reakcję.

– Czekaj. Stop. Sugerujesz, że to dyrektorka cyrku wykończyła Drzewieckiego, co? – zapytała Klementyna gdzieś z okolic maski pikapa.

Przez chwilę nikt się nie odezwał. Panowała prawie zupełna cisza. Słychać było tylko krople deszczu uderzające o ostatnie jesienne liście w koronach drzew. W oddali zawołał jakiś ptak. Może sowa. Może kruk. Emilia była już na tyle zziębnięta i przestraszona, że zaczynało jej być wszystko jedno.

– Tylko że to chyba nie ma najmniejszego sensu. Jaki Aleksa ma z tym wszystkim związek? – zastanawiał się Daniel głośno. – Jeżeli coś widziała w osiemdziesiątym czwartym i jeżeli Rafał Tokarski się nie myli i to właśnie Drzewiecki zabił Czajkowskich, to raczej wydawałoby się logiczne, że to Drzewiecki pozbędzie się Aleksy, żeby nie zdążyła zdradzić nam prawdy. A przecież to on teraz nie żyje.

– Czekaj. Stop. Ale! Aleksy nadal nie ma, więc nie możemy być pewni, co z nią. To wszystko jest bardziej skomplikowane, niż nam się wydawało – szepnęła Klementyna w zamyśleniu. W tym momencie światło jej latarki również zamigotało i zgasło. Policjantka nie skomentowała tego ani jednym słowem, jakby to była najnormalniejsza rzecz na świecie. Emilia zadrżała. – Pytanie, co robimy dalej, co? Kogo właściwie szukamy?

Znowu przez chwilę nikt nic nie mówił. Nagle korony drzew zatańczyły niespokojnie gnane jakimś podmuchem. W tym samym momencie latarka Gawrońskiego również zgasła.

– Bateria była zupełnie nowa – rzucił prokurator z niedowierzaniem.

Emilia odetchnęła głębiej, żeby się uspokoić. Fakt, że już tylko dwie kieszonkowe latarki dzieliły ich od całkowitej ciemności, nie ułatwiał sprawy. Starała się myśleć o tym, że pikap Aleksy jakoś tu wjechał. Droga pożarowa dokądś przecież prowadziła. Prawdopodobnie do głównego szlaku między Zbicznem a Utopcami. Cywilizacja gdzieś tam była. Gdzieś.

– To wszystko nie trzyma się kupy – stwierdził Olaf Czajkowski, który próbował kontynuować rzeczowe rozważania.

– Czekaj. Stop. Trzyma się jak najbardziej, jeżeli to ktoś inny zabił i Drzewieckiego, i Aleksę – odezwała się z ciemności Klementyna. – Aleksa zadzwoniła do Drzewieckiego, a potem tu przyjechała. Mamy jej samochód w charakterze dowodu czy poszlaki. Być może powiedziała staremu lisowi coś ważnego. Może potem poszli we dwójkę skonfrontować się z zabójcą. Sprawca mógł zabić oboje. Potem upozorował samobójstwo Drzewieckiego. Jeżeli tak, to ciało cyrkówki prawdopodobnie też gdzieś tu jest. Co powiecie na taki scenariusz, co?

Emilia pokiwała głową, chociaż w ciemności nikt nie mógł tego widzieć. Musiała przyznać, że to, co mówiła komisarz Kopp, miało sens. Nagle Strzałkowska poczuła dziwną nić sympatii do Klementyny. Może dlatego, że – jak się nad tym dobrze zastanowić – w ich nieformalnej grupie śledczej nie został jej już nikt inny, komu mogłaby zaufać.

– Kluczowym pytaniem jest w takim razie, co przypomniała sobie Aleksa – stwierdziła Strzałkowska, zapominając na chwilę o panującej wokół mokrej ciemności. – Musiało to dotyczyć zabójcy. Inaczej by nie zaatakował.

Moim zdaniem możemy odrzucić Czesławę Tokarską. Pół wsi zapewniło jej alibi na czas kłótni w cyrku.

– Ale to właśnie po jej przesłuchaniu zginął Drzewiecki – mruknął Gawroński. – Zapominasz o tym?

Emilia spojrzała w kierunku, z którego dobiegał głos prokuratora, ale we wszechogarniającej ciemności nie widziała nawet zarysu jego postaci. Leon odezwał się do niej po raz pierwszy od momentu, kiedy wylądowali w tym lesie. Właściwie nie mogła mu się dziwić. Dopiero kilka godzin temu poinformowała go, że ich związek to przeszłość. Trudno oczekiwać, żeby był zachwycony.

– Nie, nie zapominam – rzuciła w jego stronę. – Ale załóżmy jednak, że alibi, które zapewniają Czesławie ludzie ze wsi, jest prawdziwe i to nie ona kłóciła się z Wojtkiem w cyrku dwa dni przed jego śmiercią.

– Nadal nie wiemy, czy ta kłótnia miała jakikolwiek związek z morderstwem – odezwał się Daniel, odgrywając rolę adwokata diabła.

– Moim zdaniem nie może być inaczej – powiedziała Emilia. Czuła, jak ogarniają ją coraz większe emocje, a lęk przed ciemnością trochę się zmniejsza. – Co innego mogła przypomnieć sobie Aleksa? Przecież ona nie mieszkała w Utopcach. Musiało chodzić o to wydarzenie z cyrku. To jedyna możliwość. To z kolei oznacza, że wreszcie mamy pewność, że ta kłótnia, którą widział Heinrich, jest dla nas kluczowa. Moim zdaniem szukamy właśnie tej tajemniczej kobiety, która kłóciła się z Wojtkiem. To mogła być Arleta Jagodzińska albo Wanda Wanke. Z naszych podejrzanych tylko one dwie zostają. Nie ma innych kobiet.

Emilia przerwała na chwilę, żeby zaczerpnąć powietrza.

– Solo myślał, że zobaczył tamtej nocy Czesławę, więc szukamy kogoś chociaż trochę do niej podobnego – kontynuowała swoją myśl. – Arleta zupełnie nie przypomina chórzystki, ale z kolei Wanda ma ciemne włosy. Farbuje je na czarno. Zupełnie jak Czesława.

– Tylko że Wanda zawsze miała długie włosy – odezwał się Czajkowski. – W osiemdziesiątym czwartym też. Czesława ma krótkie. Raczej trudno nie zauważyć różnicy.

– Nie rozpędzajcie się za bardzo. Zapominacie, że do wciągnięcia ciała Drzewieckiego na drzewo potrzeba było sporo siły – stwierdził sceptycznie Gawroński. – Kobieta by nie dała rady. Musiał to zrobić mężczyzna.

Emilia pokiwała głową. Sama przecież tak mówiła podczas odprawy. Trudno było wyobrazić sobie uśmiechniętą Wandę, siłującą się z ciężarem martwego ciała. Chyba że pomagał jej Heinrich, przebiegło Strzałkowskiej przez myśl.

– Czekaj. Stop. Kobieta też mogła to zrobić! – wykrzyknęła nieoczekiwanie Klementyna. – Mogła wciągnąć ciało na drzewo.

– Jak?

Komisarz Kopp uderzyła dłonią o maskę pikapa.

– A co, jeżeli użyła samochodu Aleksy? – zapytała. – Mogła przyczepić linę do haka holowniczego.

– I co potem? – zapytał znowu sceptycznie prokurator.

Znowu powiało mocno, a konary drzew zatańczyły niespokojnie nad ich głowami. Zanim ktokolwiek zdążył coś powiedzieć, latarki komendanta Czajkowskiego i Daniela Podgórskiego zgasły. Dokładnie w tym samym momencie wiatr ucichł nagle. Otaczała ich teraz zupełna ciemność. Któryś z mężczyzn zaklął siarczyście, ale Strzałkowska nie była do końca pewna który. Smolista czerń lasu dookoła zdawała się zniekształcać wszystkie odgłosy.

Nagle drzewa wokół nich zaczęły znowu tańczyć dziko. Emilia zadrżała. Przedtem myślała, że się boi, ale dopiero teraz pierwotny strach przed ciemnością zupełnie ją obezwładnił. Stała jak skamieniała, czekając na atak, który może nastąpić z każdej strony.

– Niech wszyscy podejdą do samochodu. Nie możemy się rozdzielać – rozkazała przytomnie Klementyna. – Ten las nas tu nie chce.

– Klementyna, daj spokój – żachnął się Gawroński. – Duchów nie ma.

– Klementyna ma rację – powiedział Olaf Czajkowski, jakby nie był ani trochę zdziwiony. – Powinniśmy stąd odejść. Jak najszybciej.

– Dajcie spokój – stwierdził prokurator. Mówił z pozornym tylko spokojem. Emilia słyszała jednak w jego głosie nutkę wahania. – Wzywamy techników. Niech się zajmą pikapem.

Gawroński sięgnął do kieszeni. W ciemności błysnął wyświetlacz. Dopiero teraz Emilia przypomniała sobie o komórce, którą ona też miała przecież cały czas w kieszeni przemokniętych spodni. Wcale nie byli odcięci od świata. Odetchnęła kilka razy głęboko. Panika była bez sensu.

– Być może ta Aleksa gdzieś tu jest – mówił dalej prokurator. – Póki nie znamy jej roli w całej sprawie, nie chcę zostawiać pikapa. Sprawca może tu wrócić i zatrzeć ślady.

Jak na zawołanie kawałek dalej w ciemności coś się poruszyło. Emilia była prawie pewna, że zobaczyła tam jakąś postać. Pozostali chyba też to zauważyli, bo ich mała grupka zbiła się jeszcze bardziej.

– To wampir! – krzyknęła wbrew sobie Emilia. Czuła, jak zimny pot spływa jej po plecach. Pozory bezpieczeństwa runęły zupełnie. Komórka wypadła policjantce z dłoni. Telefon nic tu nie pomoże. – Wszyscy umrzemy! Wampir nas zabije!

Jak przez mgłę usłyszała wystrzał.

Zapis przesłuchania świadka
sierż. szt. Emilii Strzałkowskiej

Miejsce przesłuchania: Komenda Powiatowa Policji w Brodnicy
Termin przesłuchania: 10 listopada 2014
Przesłuchanie prowadzą: insp. Judyta Komorowska i podinsp. Wiesław Król

Judyta Komorowska: Czy świadek nie uważa, że w nocy siódmego listopada ktoś mógł zginąć? I to przez świadka?

Emilia Strzałkowska: Przeze mnie? Przecież to nie ja strzeliłam.

Judyta Komorowska: Ale panika świadka udzieliła się wszystkim obecnym, czyż nie?

Emilia Strzałkowska: Nie powiedziałabym, żebym to ja panikowała najbardziej. Tak naprawdę to wszyscy byliśmy trochę przestraszeni, kiedy latarki zaczęły po kolei gasnąć. Nie było tam pani, więc nie oczekuję, że pani zrozumie.

Judyta Komorowska: Dlaczego w takim razie ktoś w ogóle strzelił?

(świadek zastanawia się przez chwilę)

Emilia Strzałkowska: To był strzał ostrzegawczy.

Wiesław Król: Ostrzegawczy?

Emilia Strzałkowska: Tak. Chcieliśmy uniknąć ataku.

Judyta Komorowska: Dlaczego uważaliście, że nastąpi atak?

Emilia Strzałkowska: Była noc. Trudno było ocenić sytuację właściwie. Wydawało nam się, że… zresztą nieważne.

Judyta Komorowska: Zapytam wprost, czy świadek wmawia nam, że baliście się ataku wampira?

CZĘŚĆ
TRZECIA

ROZDZIAŁ 45

Utopce. Sobota, 8 listopada 2014. Nad ranem

Nastał szary przedświt. Komisarz Klementyna Kopp okręciła się szczelniej szalem. Nie miało to większego sensu, ponieważ zarówno on, jak i reszta jej ubrania były zupełnie mokre od deszczu. Zimno przeszywało policjantkę do szpiku kości. Mimo to odmówiła proponowanych jej przez techników okryć. Nie lubiła obcych ubrań.

– Co o tym myślisz, co? – zapytała doktora Koterskiego.

Patolog kucał przy ciele Aleksy Szafrańskiej z zatroskanym wyrazem twarzy. Odór śmierci mieszał się z charakterystycznym zapachem wody. Znajdowali się w starej chacie tuż nad brzegiem jeziora Ciche. W tym pozbawionym nowoczesnych wygód domu trzydzieści lat temu mieszkała zarażona wścieklizną pustelniczka Mira.

– Kolejne uduszenie – odezwał się Daniel.

Podgórski stanął w kącie spartańskiego pomieszczenia. Owinął się w płaszcz przeciwdeszczowy i popijał herbatę, którą ktoś skądś zorganizował. Policjant spojrzał pytająco na Klementynę i uniósł nieco termos. Komisarz Kopp pokręciła głową. Nie czas na herbatki. I tak już za dużo straciła cennych dni na użalanie się nad sobą i wiarę w głupstwa, które plotła jej Czesława. Klementyna zaklęła cicho pod nosem. Może gdyby nie to, że dała się podejść zdradzieckiemu medium, które prowadziło ją w odmęty szaleństwa, do tej pory udałoby się już schwytać mordercę.

– Tak. Zdecydowanie – zgodził się doktor Koterski.

Wszyscy spojrzeli na ciało dyrektorki cyrku. Jej twarz była silnie przekrwiona powyżej miejsca, gdzie nadal z wielką siłą zaciskała się pętla.

– Tym razem nie można nawet podejrzewać samobójstwa – stwierdziła Emilia, która stanęła po drugiej stronie ciała.

Klementyna spojrzała na mysią policjantkę krzywo. Przez Strzałkowską i jej panikę omal się w nocy nie pozabijali. Emilia wyczuła chyba spojrzenie komisarz Kopp, bo podniosła na nią wzrok. Zaraz jednak znowu się odwróciła. Wyglądała na zawstydzoną.

Klementyna uśmiechnęła się tylko pod nosem. Tak naprawdę nie mogła mieć do Emilii pretensji. Okolice Utopców na wszystkich działały nie najlepiej. Kiedy wczoraj nagle pogasły im latarki, Klementyna też poczuła gdzieś na końcu języka delikatny metaliczny smak strachu. W ciemności zbliżała się do nich jakaś postać. Trudno było rozróżnić cokolwiek, ponieważ księżyc nie wystawał ani odrobinę zza chmur. Wampir. To chyba przyszło do głowy nie tylko Emilii.

– To wampir! – krzyknęła Strzałkowska, i to z taką pewnością, że pozostali policjanci natychmiast sięgnęli po broń. – Wszyscy umrzemy! Wampir nas zabije!

– Kto tam?! – zawołała Klementyna do nadchodzącej w ciemności postaci. Chyba jako jedyna zachowała jaką taką przytomność umysłu. Może dlatego, że kontakty z Czesławą zupełnie wyleczyły ją z wiary w to, co nadprzyrodzone.

Jakieś wielkie ptaki wyleciały spośród koron drzew, kracząc głośno.

– Nie zbliżaj się! – wrzasnął w tym samym czasie komendant Czajkowski. Nie czekając na odpowiedź postaci czającej się w ciemnościach, oddał ostrzegawczy strzał w powietrze ze służbowej broni.

– Tu Lenart Wroński! – krzyknęła postać z ciemności. – Nie strzelajcie! Ktokolwiek tam jest! Muszę jak najszybciej skontaktować się z policją!

Najwyraźniej całkiem ludzki głos mężczyzny sprawił, że nastrój grozy przynajmniej częściowo się rozwiał.

– To masz szczęście! – odkrzyknęła do niego Klementyna, chociaż w tamtym momencie ich spłoszona grupa nie przypominała funkcjonariuszy chroniących bezpieczeństwo i porządek publiczny. Byli raczej jak banda przerażonych ciemnością dzieci, która widzi duchy tam, gdzie ich nie ma. Zimno i zmęczenie nie pomagały. – Jest tu nas kilkoro.

– Panie Lenarcie, tu Daniel Podgórski i Emilia Strzałkowska – odezwał się Daniel, gdzieś z prawej strony Klementyny. – Poznaliśmy się u Józefa Drzewieckiego. Rozmawialiśmy o Czajkowskich.

Lenart Wroński podszedł do nich. Klementyna nie widziała jego twarzy w ciemności.

– Całe szczęście – powiedział mężczyzna. Ulga w jego głosie była wyraźnie słyszalna. – Stało się coś strasznego. W domku Miry! Tam leży jakaś kobieta! Nie żyje. Chciałem zadzwonić stamtąd na policję, ale telefon mi się rozładował.

– Poczekajmy, aż zrobię autopsję – powiedział doktor Koterski, wyrywając Klementynę ze wspomnień sprzed kilku godzin. – Wcale nie możemy wykluczać samobójstwa.

Komisarz Kopp spojrzała na pętlę okręconą wciąż jeszcze wokół żylastej szyi dyrektorki cyrku.

– Czekaj. Stop. Jak Aleksa mogła się w ten sposób sama udusić, co? Przecież podczas duszenia traci się w pewnym momencie przytomność.

Naprawdę trudno było to sobie wyobrazić. Jeżeli Aleksa sama zaciskałaby sobie pętlę na szyi, w momencie zemdlenia z braku dopływu tlenu puściłaby linę automatycznie i w efekcie nie doszłoby do uduszenia.

– To prawda. Z tym że spójrzcie tutaj – poprosił patolog i wskazał na coś z tyłu szyi denatki. – Użyto krępulca, który uniemożliwia rozluźnienie się pętli, nawet kiedy samobójca straci już przytomność. To prawda, że samobójcy nie wybierają tej metody zbyt często, niemniej to się zdarza. Dlatego nie chcę tego wykluczać zbyt pochopnie.

– Naprawdę myślisz, że to było samobójstwo? – zapytał Daniel z niedowierzaniem. – Zwłaszcza biorąc pod uwagę, co spotkało wcześniej Drzewieckiego. Skoro tam pozorowano samobójstwo, to tu prawdopodobnie też.

Patolog wzruszył ramionami.

– Być może – powiedział. – Jak wiecie, staram się nigdy nie wyciągać przedwczesnych wniosków. Na pierwszy rzut oka nie widzę śladów walki, które najprawdopodobniej byłyby obecne, gdyby ktoś ją dusił. No, ale to zobaczę dopiero podczas autopsji.

– Może została odurzona i dlatego się nie broniła? – włączyła się znowu do dyskusji Strzałkowska.

– Tak. To możliwe. Oczywiście zrobimy analizę toksykologiczną. Nie martwcie się.

– Mogę tam wejść? – usłyszała Klementyna zza okna. Lenart Wroński koniecznie chciał dostać się do środka. – Jestem lekarzem. Może będę mógł w czymś pomóc.

W nocy zaprowadził ich do domku Miry i pokazał znalezione przez siebie ciało Aleksy. Od tamtej pory wciąż im towarzyszył.

– Zostanie pan tutaj – dobiegł ich przytłumiony przez drewniane ściany domku głos prokuratora Gawrońskiego. – Chciałbym z panem jeszcze porozmawiać.

Klementyna skupiła się znowu na ciele Aleksy. Niech Gawroński przepyta Lenarta na okoliczność znalezienia ciała, uznała w duchu. Nagle zauważyła drobne wybrzuszenie w kieszonce obcisłych dżinsów, w które ubrana była dyrektorka cyrku. Komisarz Kopp włożyła lateksowe rękawiczki i sięgnęła tam szybko.

– Wolałbym, żeby pani z tym poczekała… – zaczął doktor Koterski. Nie zabrzmiało to jednak szczególnie ostro.

Komisarz Klementyna Kopp włożyła palce do kieszeni spodni denatki i wyjęła przedmiot, który był tam ukryty. Daniel i Emilia sapnęli głośno, jakby byli dobrze zsynchronizowaną maszynerią.

– No proszę… – mruknęła Klementyna pod nosem. – No proszę…

ROZDZIAŁ 46

Utopce. Sobota, 25 sierpnia 1984. Godzina 21.50.
Arleta Jagodzińska

Cały wieczór upłynął Arlecie na obserwowaniu męża.
Z niepokojem. Maciej skosił z miedzy zbyt wysokie trawy,
a potem wrócił do domu. Przez chwilę czytał książkę.
Żadne z nich się nie odezwało. Oczywiście akurat w tym
nie było nic dziwnego. Nie rozmawiali ze sobą od dawna.
Nie chodziło też o rytualne wieczorne bicie po stopach
i pośladkach. Tego przecież nie mogła uniknąć. Coś jednak
było inaczej niż zazwyczaj. Arleta nie potrafiła sprecyzować,
co jest nie w porządku, i właśnie to chyba było najgorsze.
Niepewność.

Po tym, kiedy Maciej skończył ją już okładać, zjedli
w milczeniu wspólną kolację. Mąż wpatrywał się jak zwykle
w zdjęcie Mateuszka. Co jakiś czas zerkał jednak również
w jej stronę. Może właśnie to spojrzenie było takie inne?
Coś się szykowało.

Arleta zmyła talerze najszybciej, jak umiała. Nie
chciała być odwrócona do męża plecami zbyt długo.
Wolała go obserwować. Szybko się okazało, że miała

rację. W pewnym momencie Maciej podszedł do niej i stanął całkiem blisko. Czuła jego oddech. Pachniał świeżo. Miętowo. W ostatni piątek pracownicy poczty w Zbicznie nieoczekiwanie dostali prezent w postaci torebki miętówek. Po jednej dla każdego. Mąż rozkoszował się tymi cukierkami po każdym posiłku. Jej oczywiście nie dał spróbować. Poczuła, że na samą myśl burczy jej w brzuchu. Ciąża sprawiała, że cały czas odczuwała głód. Bez względu na sytuację.

Odwróciła się. Maciej patrzył na nią tak intensywnie, że nie mogła już dłużej wytrzymać.

– Miejmy już to za sobą – rzuciła.

Zabrzmiało to o wiele bardziej zaczepnie, niż planowała. Spojrzenie Macieja pociemniało. W tej chwili Arleta zrozumiała, że jest skończona. To było mgnienie oka, które zna każda ofiara. Sekunda, w której wiesz, że zaraz nastąpi atak, przed którym już nie uciekniesz.

Arleta rzuciła się do ucieczki pomiędzy stołem a kuchennymi szafkami. Uderzyła biodrem o otwartą szufladę. Zabolało. Muszę chronić brzuch, przebiegło jej przez myśl. To było najważniejsze. Dziecko, które w niej rosło. Wszystko jedno, kto jest ojcem i czy można na nim polegać. To było jej dziecko i dopilnuje, żeby przeżyło długie szczęśliwe lata. Za wszelką cenę.

Biegła na oślep przez dom, pędzona adrenaliną, która płynęła teraz w jej żyłach zamiast krwi. Byle tylko wydostać się na zewnątrz! Przecież tam ktoś z sąsiadów musi ją usłyszeć, kiedy zacznie z całych sił wołać o pomoc. Nikt nie pozwoli Maciejowi jej zabić ot tak pośrodku pola, prawda? P r a w d a ?

Poprzez szaleńcze bicie własnego serca Arleta słyszała upadające na podłogę krzesła. Maciej najwyraźniej roztrącał meble w pogoni za nią. Nie odwracała się. Wiedziała, że to tylko spowolniłoby ucieczkę. Wydostać się na dwór. Wydostać się na dwór. Wydostać się na dwór. Chronić dziecko!

Była już prawie przy drzwiach, kiedy mąż chwycił ją za sukienkę. O krok od wolności. Gdzieś niedaleko huknął grzmot. O szybę uderzyły pierwsze krople deszczu. Były wielkie. Arleta widziała teraz dokładnie każdy szczegół. Umrze tej nocy, a te olbrzymie krople to będzie ostatnie, co zobaczy. Łzy, które nieboskłon roni nad jej śmiercią.

Maciej odwrócił ją gwałtownie do siebie i pchnął na ziemię. Przytrzymała się kanapy. Dzięki temu nie upadła zbyt boleśnie. Mąż sięgnął do kieszeni. Myślała, że ma tam nóż albo inne straszne narzędzie. Wydobył jednak dwie fotografie. Rzucił je na podłogę bez słowa i czekał. Arleta nic z tego nie rozumiała. Bała się ruszyć.

– Obejrzyj sobie – rozkazał listonosz.

Podpełzła do zdjęć, cały czas patrząc na niego. Bała się, że kiedy straci go z oczu chociaż na chwilę, Maciej natychmiast znowu zaatakuje. W końcu dosięgła pierwszej fotografii i spojrzała na nią przelotnie. Świat zawirował. Ona i Wojtek pod Synem Leszego. To już naprawdę koniec, pomyślała. Teraz nic i nikt już jej nie uratuje. Zaraz umrze, a dziecko wraz z nią! Wbrew sobie zaczęła głośno płakać. Maciej ruszył w jej kierunku. Zdusiła łzy. Musi ratować dziecko za wszelką cenę! Musi!

– Wojtek mnie zgwałcił! – krzyknęła, obejmując brzuch rękami. – To jego wina!

Wyła jak ranne zwierzę. Może gdyby na dworze nie szalała taka wichura, ktoś mógłby ją usłyszeć. Ale nie dziś. Dziś mogła krzyczeć i wołać ile sił w zmęczonych płucach, ale nikt jej nie pomoże.

– To on! – zawodziła. Maciej zrobił ruch, jakby chciał ją kopnąć. Prosto w brzuch. – Błagam, nie! Będę miała dziecko! Zabijesz dziecko! To wszystko on!

Listonosz zamarł.

– Co powiedziałaś?

– To on – szepnęła Arleta. – To wszystko wina Wojtka.

ROZDZIAŁ 47

Lipowo i Brodnica. Sobota, 8 listopada 2014.
W południe

Młodszy aspirant Daniel Podgórski miał wrażenie, że po
nocy spędzonej w mokrym nieprzychylnym lesie strzyka
mu we wszystkich stawach. Po odnalezieniu zwłok Aleksy
Szafrańskiej dostali kilka godzin, żeby wrócić do domu
i trochę się ogrzać. Następnie mieli przyjechać do Komendy Powiatowej w Brodnicy na odprawę.

Daniel zdążył tylko wziąć ciepły prysznic i zjeść śniadanie. Z Weroniką i jej matką. Dominika Bednarczyk
(nazwisko po trzecim mężu idiocie!) wyglądała na bardzo niezadowoloną. Podgórski westchnął w duchu. Tak
naprawdę przyszła teściowa miała rację co do niego. Nie
zasługiwał na jej córkę.

– Co za mężczyzna nie pomaga w ogóle w przygotowaniach do ślubu – skomentowała. – Dziś sobota, a ty
znowu wychodzisz, Danielu.

– Mamo, daj spokój – przerwała jej Weronika. – Daniel
pracuje. Nie może z tego rezygnować. Przecież chyba

zdajesz sobie sprawę, że to, czym się zajmuje, jest bardzo ważne. Czyjeś życie od tego zależy.

Przyszła teściowa pokręciła tylko głową, ale nic nie powiedziała. Podgórski poczuł się jeszcze gorzej. Weronika go broniła, a on dopiero co spał z inną kobietą. Gdyby ktoś powiedział mu kilka dni temu, że do czegoś takiego dojdzie, Podgórski by nie uwierzył. A tu proszę, jak łatwo to przyszło. Niemal bez mrugnięcia okiem.

– Postaram się być jak najszybciej z powrotem – obiecał Weronice.

– Oczywiście. Nie ma problemu.

Daniel pocałował narzeczoną. Trzymał ją w ramionach nieco zbyt długo. Jakby to mogło w czymkolwiek pomóc. Coś naprawić. Właściwie to cieszył się, że musi wyjść. Nie był pewien, czy zniósłby teraz spojrzenia rzucane mu przez obie kobiety. Wściekłość w oczach przyszłej teściowej i, co gorsza, nadzieja w oczach Weroniki. To było za wiele.

Pojechał po Emilię i razem ruszyli do Brodnicy. Nie było sensu brać dwóch samochodów, chociaż oboje mieli na to wielką ochotę. Prawie się do siebie nie odzywali. Piętnaście kilometrów zdawało się trwać w nieskończoność. Jedna noc sprawiła, że wszystko się zawaliło. Po prostu.

Kiedy Daniel wjechał na parking przed komendą, od razu zauważył stojącą przed budynkiem Klementynę. Komisarz Kopp miała na sobie to samo ubranie co w nocy w lesie. Przykrótki skórzany żakiet przybrudzony był błotem i resztkami liści. Wyglądało więc na to, że Klementyna w ogóle nie wróciła do domu, żeby się przebrać.

– Przyjechała jakaś babka z centrali – stwierdziła komisarz Kopp cicho. – Na razie tylko jedna. Ale! Pewnie wkrótce będzie ich tu pełno.

– Z Bydgoszczy? – zapytał Daniel. Odruchowo też ściszył głos do szeptu. – Czy z Warszawy?

Klementyna zbyła go ruchem ręki.

– A czy to ważne, co? Chodźcie do mnie.

Podgórski spojrzał na Emilię. Strzałkowska wzruszyła ramionami, jakby było jej wszystko jedno. Ruszyli więc ulicą Zamkową do niskiej szarej kamieniczki, w której mieszkała Klementyna. Kiedy weszli do jej mikroskopijnego mieszkanka, od razu wyszedł im na spotkanie dostojny czarny kot. Ruszał delikatnie końcem ogona i przypatrywał im się wielkimi zielonymi oczami.

– To tylko Józek – wyjaśniła komisarz Kopp, chociaż i Daniel, i Emilia doskonale wiedzieli, że Klementyna adoptowała kota. Stało się to przecież podczas pracy nad ich ostatnią wspólną sprawą.

– Nie będą się dziwili, że nie przyszliśmy na odprawę? – zapytała Emilia.

Klementyna zaśmiała się głośno.

– Myślisz, że po to was tam wezwali? Żebyście kontynuowali pracę nad sprawą? No więc nie. Podpowiem wam, że już się nią nie zajmujecie. Gawroński i reszta o to zadbali – wyjaśniła. – Zresztą ja też zostałam odsunięta. Wzięli do tego całkiem nowych ludzi. Podobno ta sprawa nas przerosła. Usiądźcie.

Daniel i Emilia zajęli miejsca przy stole. Czarny kot wskoczył na parapet i przyglądał się im uważnie. Najwyraźniej nadzorował całe to spotkanie. Klementyna postawiła na blacie trzy butelki coca-coli, jakby nagle zaczęła się przejmować, co pomyślą o niej goście. Perfekcyjna pani domu, zaśmiał się w duchu Podgórski.

– Nie lubię zostawiać spraw niezakończonych – oznajmiła Klementyna, również siadając. Jej głos brzmiał nieco dziwnie, jakby mniej bełkotliwie niż zazwyczaj. – Załatwmy to we trójkę, a oni niech sobie tam w międzyczasie dywagują w komendzie. Strata czasu. Co na to powiecie? Dołączacie do mnie, co?

– Jak to sobie wyobrażasz, Klementyna? – zapytała Strzałkowska. – Nie będziemy mieli nawet wyników sekcji zwłok Aleksy.

– Wchodzicie w to, co? – mruknęła Klementyna, jakby nie słyszała pytania Emilii. – Rozwiązujemy sprawę sami i ją zamykamy. Uważam, że damy radę to zrobić, zanim nowa grupa śledcza w ogóle ruszy tyłki z sali konferencyjnej, żeby chociaż zapoznać się z kwitami.

Podgórski spojrzał na Emilię. Strzałkowska skinęła powoli głową.

– Nie wiem, czy nadal możemy liczyć na obietnicę komendanta, ale chyba nic innego nam nie pozostało. Jeżeli nie chcemy stracić Lipowa, musimy działać dalej.

Klementyna otworzyła jedną z butelek i pociągnęła długi łyk ciemnego napoju.

– Co myślicie o tym sygnecie, co?

Dziś rano komisarz Kopp znalazła w kieszeni Aleksy Szafrańskiej sygnet. Wyryte były na nim inicjały „T.Cz.". Komendant Olaf Czajkowski od razu go rozpoznał. Tadeusz Czajkowski podobno nigdy się z nim nie rozstawał.

– Dlaczego Aleksa miała go w kieszeni, co? – rzuciła

Klementyna, nie uzyskawszy odpowiedzi na swoje poprzednie pytanie. – Skąd go miała? Przecież z tego, co wiemy, cyrkówka nigdy w Utopcach nie była.

– Ciało znalazł Lenart Wroński – odezwała się powoli Emilia. – On mógł z łatwością podrzucić sygnet, żeby nas zmylić. Już się przecież zastanawialiśmy nad jego udziałem w całej sprawie.

Lenart Wroński od poprzedniego piątku przebywał w Warszawie, gdzie prowadził badania w laboratorium. Wczoraj wieczorem wrócił do Utopców i mimo nie najlepszej pogody dla relaksu postanowił udać się na wieczorną przechadzkę. Szedł swoim ulubionym szlakiem, gdzie często fotografował naturę. Droga kończyła się w domu pustelniczki Miry. Lenart wyjaśnił śledczym, że często tam przychodził. Dla reszty mieszkańców zapomnianej polany ten teren nadal był tabu, dzięki czemu Wroński znajdował nad brzegiem jeziora ciszę, spokój i samotność. Siadywał na pomoście i patrzył na tajemniczo seledynową toń jeziora Ciche. Tym razem jednak nie znalazł tam spokoju, ale śmierć. Przynajmniej tak zeznał.

– Może to i racja – zgodziła się nieoczekiwanie szybko Klementyna. – Lenarta właściwie nie braliśmy pod uwagę. Nie na poważnie. Trochę w tym mojej winy, przyznaję. Powinnam była bardziej skupić się na śledztwie.

Daniel spojrzał na Klementynę zaskoczony. Na twarzy Emilii też malował się zabawny wyraz całkowitego szoku. Komisarz Kopp chyba nigdy przedtem nie przyznała się sama do błędu.

– Niestety zawaliłam sprawę. Za co sorki wielkie – kontynuowała swoją nieoczekiwaną przemowę Klementyna.

– Czesława Tokarska zupełnie namąciła mi w głowie. Muszę to nazwać po imieniu. Ale! Teraz to już nieważne. Teraz zamierzam jak najszybciej doprowadzić śledztwo do końca. I zgadzam się, Lenart miał idealny motyw, żeby pozbyć się Tadeusza Czajkowskiego. Przejął badania, które do tej pory zapewniają mu byt.

Klementyna znowu upiła długi łyk coli. Podgórski spojrzał na nią uważniej. Następowała w niej jakaś dziwna przemiana. Trudno powiedzieć, czy na lepsze.

– Tylko że on nie mógł zabić Drzewieckiego. Lenart wrócił do Utopców dopiero wczoraj wieczorem, a Drzewiecki umarł w czwartek w nocy – przypomniał Daniel. – Czyli Wroński na pewno nie ma na sumieniu Drzewieckiego. A chyba wszyscy się zgadzamy, że śmierć starego policjanta i Aleksy związana jest z tym, co spotkało Czajkowskich w osiemdziesiątym czwartym. Sygnet w kieszeni Aleksy nie znalazł się tam przecież przypadkowo. Jeżeli Tadeusz się z nim nie rozstawał, zabójca musiał go zabrać, zanim oddał ciała świniom.

Przez chwilę nikt nic nie mówił. Józek przeskoczył z parapetu na blat stołu i trącił komisarz Kopp nosem. Policjantka podrapała kota za uchem w zamyśleniu.

– Czego my jeszcze nie widzimy, co? – zapytała cicho.

Zapis przesłuchania świadka
sierż. szt. Emilii Strzałkowskiej

Miejsce przesłuchania: Komenda Powiatowa Policji w Brodnicy
Termin przesłuchania: 10 listopada 2014
Przesłuchanie prowadzą: insp. Judyta Komorowska i podinsp. Wiesław Król

Wiesław Król: Wszystko, co pani mówi, brzmi sensownie, ale przyznam, że jedno nadal mnie niepokoi.
Emilia Strzałkowska: A mianowicie?
Wiesław Król: Skąd w sobotę ósmego listopada wieczorem znaliście wyniki śledztwa nowej grupy operacyjnej. Przecież żadne z was do niej nie należało?
(świadek milczy)
Wiesław Król: Ta kwestia naprawdę mnie nurtuje, pani sierżant, mam takie dziwne podejrzenie, że jest nierozerwalnie związana z tym, co zrobiła przedwczoraj w nocy komisarz Klementyna Kopp. Mam rację? Proszę mnie poprawić, jeżeli nie.
(świadek milczy)
Judyta Komorowska: Niech świadek opowie swoimi słowami, co dokładnie się wydarzyło w sobotę wieczorem.
Emilia Strzałkowska: Myślałam, że dysponujecie nagraniami z monitoringu miejskiego. Na pewno były tam kamery.

Judyta Komorowska: Chcemy to usłyszeć od świadka.

(świadek milczy)

Wiesław Król: Ani przez moment nie pomyślała pani, że wasze działania mogą mieć swoje konsekwencje, pani sierżant?

(świadek milczy)

Wiesław Król: Pani sierżant, odbieram panią jako osobę głęboko moralną. Kobietę z zasadami. Trudno mi uwierzyć, że pani tak nie myślała. Nie może pani chyba zaprzeczyć, że komisarz Kopp zachowywała się agresywnie.

(świadek milczy)

Wiesław Król: Czy komisarz Klementyna Kopp była agresywna tamtej nocy? Bardzo proszę o szczerą odpowiedź.

Emilia Strzałkowska: Zależy wobec kogo.

ROZDZIAŁ 48

Brodnica. Sobota, 8 listopada 2014. Wieczorem

Sierżant sztabowa Emilia Strzałkowska zadrżała. Deszcz siąpił przez cały dzień i nadal nie ustawał. Teraz policjantka miała nieprzyjemne wrażenie, że od wczoraj wieczorem cały czas jest przemoknięta.

Zapadł chmurny jesienny wieczór, a Emilia, Daniel i Klementyna czatowali niedaleko budynku Komendy Powiatowej Policji w Brodnicy. Inaczej nie można było tego nazwać. Stanęli za betonowym słupem oblepionym ogłoszeniami. To był oczywiście pomysł Klementyny. Czekali w deszczu i ciemności, aż szef techników wyjdzie z odprawy nowej grupy śledczej. Po odnalezieniu sygnetu Tadeusza Czajkowskiego przy ciele dyrektorki cyrku grupa operacyjna na pewno zarządziła przeszukanie jej rzeczy. Komisarz Kopp miała nadzieję wydobyć z technika pierwsze informacje na ten temat.

Emilia znowu się wzdrygnęła. Czuła się głupio, stercząc schowana za słupem. W komendzie znajdowała się przecież nowa, formalna grupa operacyjna. Prawdopodobnie złożona z doświadczonych śledczych z Komendy Wojewódzkiej, a może nawet z Warszawy. Ich trójka działała na własną rękę. Po co im to? Bo Klementyna się uparła? Emilia zaczynała szczerze wątpić, żeby układ z komendantem Czajkowskim na temat ratowania komisariatu w Lipowie był jeszcze w mocy.

Trudno było nawet powiedzieć, czy Czajkowski ciągle jeszcze jest komendantem. Przez całe popołudnie nie udało im się z nim skontaktować, a nikt z komendy nie chciał udzielić informacji na ten temat. Wszelki wyciek nowych wiadomości został skutecznie wstrzymany. Przynajmniej na razie. Nawet Klementyna, która przecież tam pracowała, nie otrzymała żadnych informacji. Ku swojej wściekłości.

Emilia spojrzała na komisarz Kopp spod oka. Klementyna przestępowała teraz z nogi na nogę z wyrazem dziwnej determinacji na przedwcześnie postarzałej twarzy.

– Idzie – rzuciła nagle.

Z komendy rzeczywiście wyszedł łysawy szef techników kryminalnych. Spojrzał w niebo, jakby chciał się upewnić, że na pewno nadal pada. Wyjął niewielki parasol z kieszeni kurtki. Rozłożył go, po czym ruszył ulicą Mickiewicza.

– Za nim! – rozkazała komisarz Kopp i pobiegła, nie czekając na resztę.

– Ona jest chyba jeszcze bardziej nawiedzona niż przedtem – wyrwało się Emilii. – Kto wie, co jej przyjdzie do głowy.

Daniel uśmiechnął się pod nosem.

– Chodź. I tak nie mamy właściwie nic do stracenia – powiedział. – Równie dobrze możemy próbować rozwiązać tę sprawę dalej.

Strzałkowska wzruszyła ramionami. Nie mieli nic do stracenia? Może tak, a może nie. Mimo wątpliwości ruszyła za Danielem. Po chwili dogonili Klementynę i technika.

Komisarz Kopp chwyciła mężczyznę za ramię.

– No cześć – powiedziała do niego jakby nigdy nic.

Technik wyglądał na zdezorientowanego ich niespodziewaną obecnością na pustej ulicy.

– Dobry wieczór, pani Kopp – powiedział jednak uprzejmie. – Panie Danielu, pani Emilio.

– I jak? – zagadnęła Klementyna.

Technik westchnął i rozejrzał się dookoła.

– Nie rozumiem, pani Kopp – powiedział.

– Sprawdziliście pikapa Aleksy, co?

Technik pokiwał powoli głową.

– Jej rzeczy w cyrku też, tak?

– Tak, pani Kopp, ale ja nie mogę udzielać żadnych informacji osobom spoza grupy śledczej. Nowej grupy śledczej – dodał technik na wszelki wypadek. – Powiem tylko, że sprawa jest już praktycznie uznana za rozwiązaną.

– Sprawa jest rozwiązana? – zapytał Daniel. – Tak szybko?

Emilia popatrzyła na technika z niedowierzaniem. Nowa grupa śledcza pracowała nad sprawą pół dnia i już wiedziała, kto zabił Drzewieckiego i Aleksę Szafrańską? Musieli trafić na jakiś naprawdę mocny dowód, uznała Strzałkowska. Nie było innej możliwości.

– Co znaleźliście? – zapytała.

Technik westchnął.

– Naprawdę nie mogę o tym teraz mówić. Przykro mi. Dostałem wyraźne instrukcje, że nie prowadzicie już żadnej z tych spraw.

– Daj już spokój, co? – warknęła Klementyna. – Mów, co znaleźliście.

W jej głosie było coś dziwnego. Emilia spojrzała na nią i zobaczyła w oczach komisarz Kopp jeszcze silniejszą niż wcześniej ponurą determinację. Może nawet szaleństwo. Strzałkowska westchnęła. Klementyna zawsze była dziwna, ale w ostatnim czasie przechodziła samą siebie.

– Nie wiem, czego pani ode mnie oczekuje, pani Kopp.

– Przysługi.

– Przysługi? Przysługi to się robi przyjaciołom, a ja nawet pani nie lubię, pani Kopp – stwierdził spokojnie szef techników. – Chyba zdaje sobie pani z tego sprawę. Proszę popytać jakichś swoich znajomków w komendzie. Chociaż chwileczkę! Pani chyba nikt nie lubi. Nie jestem jedyny.

Technik uśmiechnął się złośliwie i zrobił krok do przodu, chcąc odejść. Klementyna znowu szarpnęła go za ramię.

– Spoko. Dobrze wiem, że mnie nie lubisz – odparła, jakby nie przejęła się wyznaniem technika w najmniejszym nawet stopniu. – Ale! Tak mi się coś wydaje, że bardziej niż ja nie podoba ci się sprowadzenie do naszej komendy ludzi z zewnątrz. A może się mylę, co? Znam cię nie od dziś. Zawsze byłeś lokalnym patriotą. Mam rację?

Krople deszczu uderzały głośno o parasol technika.

– Niech pan chociaż powie, kto został uznany za winnego? – poprosiła Emilia. Mimo absurdu całej tej sytuacji czuła, że ogarnia ją nieprzeparta ciekawość. Musiała wiedzieć.

Technik westchnął.

– Robocza teoria głosi, że to Aleksa zabiła ich wszystkich, a potem popełniła samobójstwo – powiedział cicho. Emilia nadal miała przed oczami okręconą pętlą szyję dyrektorki cyrku. Sznur zabezpieczony był krępulcem, żeby węzeł nie mógł się rozwiązać. Patolog twierdził, że ta metoda odebrania sobie życia była co prawda rzadka, ale zdarzali się samobójcy, którzy ją wybierali. Strzałkowskiej nadal jednak trudno było w to uwierzyć. Poza tym nie bardzo potrafiła sobie wyobrazić, jaki motyw mogła mieć Aleksa, żeby zabić Czajkowskich. Przecież nie pochodziła nawet z Utopców.

– Skąd wiecie? – zapytała Emilia, przerywając ciszę. – Co znaleźliście?

– Dowody są niezbite – zapewnił szef techników. – Teraz muszę już iść, i tak zrobiłem wam zbyt wielką uprzejmość.

– Jakie dowody znaleźliście? – włączył się Daniel.

Technik rozejrzał się niespokojnie po ciemnej już ulicy. Deszcz tańczył w świetle latarni. Jesienne liście unosiły się na lekkim wietrze. Gdyby nie chłód, który Emilia czuła od wczoraj, byłoby nawet romantycznie. Policjantka zaśmiała się w duchu przekornie. Romantycznie, dobre sobie.

– Ludzie, dajcie mi spokój, dobrze? Nic nie mogę powiedzieć, a i tak zdradziłem za wiele. Idźcie łaskawie spać i dajcie innym zająć się tą sprawą. Dobranoc – powiedział i ruszył naprzód zdecydowanym krokiem.

Nagle wszystko potoczyło się z zawrotną prędkością. Klementyna sięgnęła pod połę swojego skórzanego żakietu i wyciągnęła służbową broń z kabury. Chwyciła technika za ramię po raz kolejny i przyciągnęła do siebie, przykładając mu pistolet do brzucha.

– Klementyna, spokojnie – powiedział Daniel. – Odłóż to.

Podgórski bardzo ostrożnie zrobił krok w kierunku splecionej w uścisku pary. Emilia gorączkowo zastanawiała się, jak mu pomóc. Klementyna chyba naprawdę oszalała.

– Nie zbliżaj się! Ani jedno, ani drugie! – warknęła komisarz Kopp. – Mnie i tak jest już wszystko jedno. Chcę tylko rozwiązać tę sprawę.

Coś w jej głosie mówiło, że naprawdę nie zawaha się strzelić.

– Odłóż broń – poprosił Daniel raz jeszcze. – Aż tak nam nie zależy. Sprawa rozwiązana. Wszystkiego dowiemy się w swoim czasie. Poczekamy.

– O nie. Wszystkiego dowiemy się dokładnie w tej chwili – zapewniła ich Klementyna. – Mów!

Technik sapnął głośno, kiedy komisarz Kopp wbiła mu lufę pistoletu w brzuch.

– Proszę mnie puścić, pani Kopp – wydusił.

– Nie mam najmniejszego zamiaru.

Tymczasem wzdłuż ulicy nadchodził w ich stronę jakiś przechodzień. Szedł spiesznie, patrząc pod nogi. Chciał pewnie jak najszybciej ukryć się przed listopadowym deszczem. Na uszach miał wielkie słuchawki. Muzykę słychać było wyraźnie, ale Emilia nie znała tej piosenki. Poczuła, że pot spływa jej po plecach. Nie była pewna, co teraz zrobi komisarz Kopp. Zastrzeli ich wszystkich? Łącznie z tym niewinnym miłośnikiem wieczornych przechadzek i głośnej muzyki?

Mężczyzna minął ich, nie zwracając na nic uwagi. Może dlatego, że szef techników i Klementyna wyglądali teraz jak para małżonków ukryta pod parasolem. Komisarz Kopp uśmiechnęła się nawet ckliwie, jakby dla potwierdzenia tej grubymi nićmi szytej przykrywki.

– Klementyna, daj spokój. Schowaj broń – powiedział Podgórski, kiedy przechodzień się oddalił. Tym razem policjant mówił rozkazująco.

– Spoko. Ale! Najpierw wszystkiego się dowiemy – powtórzyła komisarz Kopp z niezachwianą determinacją w głosie.

– Dobrze. Miejmy już to za sobą. Nie mam ochoty tu zginąć – mruknął technik. – Ale nie wywinie się pani z tego, pani Kopp. Ja łatwo nie zapominam. Zgłoszę to gdzie trzeba.

– Co znaleźliście na Aleksę, co? – zapytała Klementyna, ignorując zupełnie groźbę technika. – Dlaczego uznaliście, że to ona jest winna?

– Wśród rzeczy w jej gabinecie były listy – wyjaśnił technik.

– Jakie listy? – zapytała Emilia szybko.

– Korespondencja Aleksy z Wojtkiem Czajkowskim. Z lat osiemdziesiąt trzy i cztery.

– Oni się znali? – zdziwił się Podgórski.

Technik pokiwał głową.

– Listy wyglądają na autentyczne – wyjaśnił. – Przynajmniej na pierwszy rzut oka, ale jeszcze będę nad tym pracował, żeby mieć całkowitą pewność. Nie zdążyłem wszystkiego dzisiaj obejrzeć. Zajmę się tym jutro, bo sprawa ma priorytet. Jak wiecie.

– Spoko. Ale! Co jest w tych listach, co?

Szef techników westchnął. Zerknął w stronę pistoletu przyciśniętego ciągle do jego brzucha.

– Dajmy już temu spokój. Proszę to schować, pani Kopp. Przecież mówię wszystko, co pani chce.

Po twarzy komisarz Kopp przebiegł grymas.

– Jasne. Schowam. Ale! Najpierw skończysz mówić, co?

Technik zerknął w stronę Emilii i Daniela, ale żadne z nich nie miało pomysłu, jak zachęcić Klementynę do opamiętania się.

– Miejmy już to za sobą – powiedział raz jeszcze technik. W jego głosie pobrzmiewała rezygnacja. – Z listów wynika, że Wojtek spotkał Aleksę latem osiemdziesiątego trzeciego roku, kiedy cyrk braci Witkowskich przyjechał do Zbiczna. Chłopak poszedł na jedno z przedstawień i tam się zgadali. Potem korespondowali ze sobą przez rok. Aż do sierpnia osiemdziesiątego czwartego, kiedy Wojtek i jego ojciec zginęli.

– Czego dotyczyły te listy?

– Z tego, co zdążyłem przeczytać, przez ten rok korespondencji Aleksa usilnie namawiała Wojtka, żeby zostawił swoje stare życie w Utopcach i rozpoczął nowe. Razem z nią – wyjaśnił technik z kolejnym westchnieniem. – Roztaczała przed chłopakiem cudowne wizje swoich planów na własny cyrk. Mówiła mu, że Wojtek ma wielki talent i będzie tam gwiazdą razem z nią.

Emilia automatycznie skinęła głową. To się zgadzało. Rafał Tokarski wspomniał, że Wojtek był opętany myślą o artystycznej karierze. Teraz wyglądało na to, że wynikało to z podszeptów Aleksy, a nie chęci podążenia w ślady aktorskiej kariery Glorii.

– Wojtek musiał naprawdę mieć talent, skoro Aleksa aż tak go namawiała do dołączenia do jej cyrku – stwierdziła Strzałkowska.

Szef techników wzruszył ramionami na tyle, na ile mógł w uścisku Klementyny.

– Może, ale podejrzewam, że głównie chodziło jednak o pieniądze.

– To znaczy?

– Kiedy Wojtek połknął już haczyk, Aleksa zaczęła pisać o pieniądzach. Namawiała młodego Czajkowskiego, żeby wziął oszczędności ojca, bo tylko to pozwoli im otworzyć cyrk – kontynuował technik. – Było coś jeszcze.

Wszyscy spojrzeli na niego wyczekująco. Mężczyzna zdawał się zadowolony z reakcji, jaką wywołały jego słowa.

– Aleksa wysyłała Wojtkowi kokainę. Chłopak pewnie się od niej uzależnił. W ten sposób nie mógł już zrezygnować z kontaktów z Aleksą.

– To się zgadza z zeznaniami Arlety Jagodzińskiej – mruknęła Klementyna. Wyglądała teraz na zamyśloną. Nadal jednak nie opuściła broni.

– Może. To już wasza broszka. To znaczy ich. – Technik skinął głową w stronę majaczącego w mokrej ciemności budynku Komendy Powiatowej. – Nowej grupy śledczej.

– Co dalej? – warknęła komisarz Kopp.

– W ostatnich listach datowanych na dziesiątego i dwudziestego sierpnia osiemdziesiątego czwartego roku omawiali szczegóły ucieczki chłopaka – powiedział technik. – Plan był następujący. Jak co roku cyrk braci Witkowskich, w którym zatrudniona była wówczas Aleksa, miał przyjechać na kilka dni do Zbiczna. Ostatnie przedstawienie dawali w sobotę dwudziestego piątego sierpnia. W niedzielę rano planowany był wyjazd. Wojtek miał zabrać pieniądze, wymknąć się w nocy z domu i zakraść do przyczepy Aleksy. Chciała go tam ukryć i wywieźć w tajemnicy przed kolegami. W Iławie, gdzie stacjonował cyrk braci Witkowskich, Aleksa chciała odłączyć się od trupy i otworzyć własny cyrk. Oczywiście korzystając z funduszy ukradzionych ojcu przez Wojtka. Najwyraźniej postanowiła pozbyć się ciężaru niechcianego towarzysza i zadowoliła się samymi pieniędzmi, które oferował – zakończył technik.

– Pani Kopp, czy może już pani mnie puścić? Nie czuję się komfortowo.

– Czyli Aleksa wykiwała Wojtka, co? – mruknęła Klementyna, całkowicie ignorując prośbę technika. – Zamiast zabrać go ze sobą, ukatrupiła i jego, i ojczulka. Zabrała za to ich pieniądze. Odjechała, a potem założyła cyrk. Tak brzmi teoria nowej ekipy, co?

– Mniej więcej.

– Czyli to z Aleksą Wojtek się kłócił w noc urodzin Glorii? – zastanawiał się głośno Daniel. – To ona jest tą tajemniczą kobietą z cyrku, której szukaliśmy?

Emilia pokiwała głową. Poczuła narastającą ekscytację. Nie tylko ona. Na chwilę chyba wszyscy zapomnieli, że znajdują się na środku opustoszałej nocą ulicy, a Klementyna przykłada technikowi broń do brzucha. Sytuacja była co najmniej surrealistyczna.

– Tylko jeżeli mieli wszystko ustalone w listach, to dlaczego w ogóle się kłócili tamtej nocy? – spytała Strzałkowska.

– Czekaj. Stop. Mamy tu jeszcze jeden problem – stwierdziła Klementyna. – Heinrich widział, jak Wojtek kłóci się z jakąś kobietą. To jest okej. Nie mogę się tu przyczepić. Facet od czekolady nie znał Aleksy, więc nie mógł jej rozpoznać. Ale! Dlaczego ten wasz klaun Solo zidentyfikował kobietę od kłótni jako Czesławę Tokarską, co?

Strzałkowska musiała przyznać, że komisarz Kopp miała rację. Przecież Solo znał Aleksę. Byli w jednej trupie. Klaun powinien był ją rozpoznać mimo ciemności. Chociażby jej głos.

– Może Solo dobrze wiedział, że to jego szefowa kłóciła się wtedy z Wojtkiem, ale tego nie mógł nam zeznać – stwierdziła Emilia powoli. – Kiedy z nim rozmawialiśmy, Aleksa stała przecież tuż obok. Mogli się przyjaźnić. Mógł ją kryć. Mógł się jej bać. Cokolwiek.

– Będziemy sobie to musieli z nim wyjaśnić. Od tego zaczniemy – stwierdziła Klementyna. – Bez wątpienia coś tu jest nie tak.

– Żeby pani wiedziała – mruknął technik.

Coś w jego głosie nagle się zmieniło.

– Co ma pan na myśli? – podchwycił Daniel.

Mężczyzna zerknął na Klementynę.

– Niech ta wariatka schowa gnata, to powiem.

Nieoczekiwanie komisarz Kopp cofnęła powoli rękę i schowała pistolet z powrotem do kabury. Być może ona też wyczuła zmianę tonu w głosie technika.

– No więc? – zapytała spokojnie, jakby przed chwilą wcale nie straszyła go bronią.

– No więc ta cała n o w a grupa śledcza chyba za bardzo się pospieszyła z tą swoją teorią. Przynajmniej moim zdaniem.

W jego głosie pobrzmiewała teraz wyraźna niechęć. Emilia zerknęła w stronę komisarz Kopp. Klementyna miała chyba rację co do technika. Nie lubił ingerencji z zewnątrz. Mężczyzna poprawił jesienną kurtkę, jakby chciał z niej strzepnąć wszelkie ślady ataku Klementyny.

– Co ma pan dokładniej na myśli? – zapytał Podgórski.

– Znaleźliśmy coś obok tej chaty, gdzie było ciało Aleksy Szafrańskiej.

ROZDZIAŁ 49

Utopce. Sobota, 25 sierpnia 1984. Godzina 22.00.
Heinrich Wanke

Dokładnie o dwudziestej drugiej zaczęła się nawałnica.
Pojedyncze krople zmieniły się w dzikie strumienie wody,
które z szaleńczą siłą uderzały w szyby. Wiało tak mocno,
że dach drewnianego domu trzeszczał złowieszczo, jakby
za chwilę miał się oderwać i polecieć gnany wichurą.

Heinrich wprowadził się do domu Wandy dziś późnym
popołudniem. Kiedy sklepikarka mu to zaproponowała,
od razu się zgodził. To było znacznie wygodniejsze niż
dojazdy z Brodnicy, a już zwłaszcza powinno przydać się
dzisiaj.

Wyjął z kieszeni klucz, który dostał od Glorii. Ważył
go przez chwilę w dłoni. Właściwie powinien już wychodzić. Ciągle jednak się wahał. Próbował znaleźć w sobie
siłę, której ciągle mu brakowało. Ojciec na pewno by się
nie wahał.

– Tak trzeba – mruknął do siebie Heinrich.

Po polsku. Coraz częściej używał tego języka nawet we własnych rozmyślaniach. Był w tej mowie jakiś

nieodparty urok. Jakieś słowiańskie nieokiełznanie, którego brakowało jego własnym pobratymcom. Dzikość, która dziś przecież przydałaby się najbardziej. Musiał mieć „Żebrówkę". Tylko na tej polanie mógł otworzyć swoją fabryczkę. Tylko tu mógł udoskonalić receptury, które przekazał mu ojciec. To było magiczne miejsce, a takich na świecie mało.

Nagle klucz od „Żebrówki" stał się tak ciężki, że prawie nie można go było utrzymać w dłoni. Heinrich położył go szybko przed sobą na parapecie.

– Tak trzeba – powtórzył. Ot, tylko po to, żeby znowu usłyszeć polski język i dodać sobie wiary w to, co powinien dziś zrobić.

Nieboskłon przecięła potężna błyskawica. Zaraz po niej przyszedł ogłuszający grzmot. Straszniejszy niż kiedykolwiek. Przez chwilę Heinrich miał wrażenie, że niebo otworzyło się tuż nad tą samotną polaną. Sądny dzień.

ROZDZIAŁ 50

Grudziądz. Sobota, 8 listopada 2014. Nocą

Sierżant sztabowa Emilia Strzałkowska weszła do przyczepy Aleksy Szafrańskiej ostatnia. Jeden z pracowników Niesamowitego Świata Aleksy poinformował trójkę policjantów, że tam właśnie znajdą klauna Solo.

Mimo późnej pory cyrkowcy nie spali. Dyskutowali o czymś zawzięcie zbici w nieduże kolorowe grupki. Światła areny były pogaszone, a wszędzie porozwieszano afisze z ponurym napisem „Przedstawienie odwołane". Mimo to większość artystów ubrana była w sceniczne kostiumy, a na twarzach miała makijaż.

– Porządkuję – poinformował ich Solo, kiedy Emilia zamknęła za sobą drzwi przyczepy.

Solo też miał na sobie swój uniform klauna. Pod lewym okiem do makijażu arlekina domalował kilka wielkich czarnych łez. Może w ten sposób chciał okazać żal po śmierci dyrektorki cyrku.

– Czemu jesteście poprzebierani, co? – zapytała Klementyna.

– Przed chwilą zrobiliśmy taki mały występ na cześć Aleksy. Tylko dla nas, bez publiki – wyjaśnił Solo. – To byłoby dla niej ważne. Wykonaliśmy wszystkie nasze popisowe numery.

Przez chwilę klaun oddychał ciężko.

– Ci od was sugerowali, że Aleksa zrobiła coś złego… podobno coś znaleźli tu w gabinecie. Próbowałem pytać, ale nikt nie chciał mi nic powiedzieć. O co chodzi? Powiedzcie mi, o co chodzi – poprosił. – Przecież ktoś ją zabił. Jak ona mogła być czemuś winna?

– Aleksa jest morderczynią – rzuciła komisarz Kopp lekko. Najwyraźniej nie przejmowała się zanadto zachowaniem tajemnicy, którą powierzył jej technik. – Zabiła tego starego policjanta, który tu u was był. Z zimną krwią. Co na to powiesz, co?

Solo popatrzył na Klementynę z szeroko otwartymi oczami. Na jego twarzy malował się wyraz skrajnego zaskoczenia.

– Aleksa morderczynią? – wykrzyknął. – Nigdy w coś takiego nie uwierzę. Znam ją od lat!

– Spoko. Może i od lat. Ale! Pytanie, jak dobrze ją znałeś, co?

– Proszę mi uwierzyć: bardzo dobrze – stwierdził Solo z godnością. – Jestem ostatnim ze starej kadry, która przyszła tu za Aleksą z cyrku braci Witkowskich. Ja i Aleksa byliśmy przyjaciółmi ponad trzydzieści lat. To chyba coś znaczy. Nie miała najmniejszego powodu zabijać tego policjanta. O co wam chodzi? Czy to ma jakiś związek z tym, co Aleksa sobie przypomniała o tej kłótni sprzed trzydziestu lat?

– Może – odparła Klementyna wymijająco. – Skoro tak świetnie znałeś Aleksę, to powiedz mi, skąd ona miała pieniądze na otworzenie tego waszego przybytku niezwykłości, co? Tak dużo zarobiła w cyrku Witkowskich?

Solo wyglądał na zdezorientowanego.

– Nie wiem – przyznał.

– Nie wiesz? – powtórzyła komisarz Kopp ostro.

– Jak to się odbyło? – zapytała Emilia miękko. Solo mógł im udzielić istotnych informacji i pomóc potwierdzić teorię, którą wysnuła nowa grupa śledcza. Strzałkowska nie chciała, żeby teraz klaun zamknął się w sobie spłoszony obcesowością Klementyny. – Chodzi mi o założenie nowego cyrku.

– Aleksa nosiła się z tym zamiarem od dawna – powiedział klaun. – Potem rozmawiała z nami po kolei. Wielu nie chciało ryzykować. Cyrk braci Witkowskich miał już pewną renomę. Ale część od razu zgodziła się z nią odejść. Aleksa odkupiła pierwsze przyczepy od upadającego cyrku Lorki. Potem jakoś to poszło.

– Jakoś to poszło – syknęła Klementyna. – A pieniądze na te przyczepy miała skąd, co?

Solo spojrzał policjantce prosto w oczy.

– Zabraliście wszystkie nasze dokumenty i sami możecie sprawdzić, co i jak – powiedział. – Nasze pierwsze sprzęty z cyrku Lorki to były zupełne rupiecie. Nie kosztowały fortuny, więc Aleksę mogło być na nie stać. Z czasem wymienialiśmy je na lepsze. Nadal nie rozumiem, dlaczego Aleksa uważana jest za morderczynię. Założyła ten cyrk legalnie. Płacimy podatki, jak wszyscy.

– Spoko. Ale! Drobny problemik. Pieniędzy nie zdobyła legalnie. Były okupione krwią.

Solo wzdrygnął się na te słowa. Emilia i Daniel spojrzeli na Klementynę zaskoczeni. Wyglądało na to, że policjantka zamierza ujawnić zbyt wiele.

– Okej. No dobra. Ale! Ja chciałabym wrócić do osiemdziesiątego czwartego – zmieniła temat komisarz Kopp. – Pamiętasz tę kłótnię z dwudziestego trzeciego sierpnia, co?

– Mówi pani o tej sytuacji, o którą wcześniej mnie wypytywaliście, tak?

Klementyna uśmiechnęła się słodko.

– Dokładnie o to mi chodzi. Teraz po kolei, co? Ta dwójka pokazała ci zdjęcie pewnego chłopaka – policjantka skinęła w stronę Emilii i Daniela. – Rozpoznałeś go. Dobrze mówię, co?

Solo pokiwał głową.

– Tak. Już mówiłem. Zapamiętałem tę sytuację ze względu na wylaną farbę. Do czego pani zmierza?

Klementyna uśmiechnęła się szeroko i zaczęła przechadzać się po pomieszczeniu. W świetle białej lampy wszędzie widać było ślady pracy techników kryminalnych. Strzałkowska rozejrzała się wokoło. Meble przybrudzone były proszkiem do zdejmowania odcisków linii papilarnych, a kostiumy porozrzucane. Poczuła nagle, że coś jej nie pasuje. Nie była tylko pewna co. Czy chodziło o wystrój gabinetu? Czy może o to, co ktoś wcześniej powiedział? Kiedy? Kto? Emilia gorączkowo szukała w pamięci, ale nie mogła sprecyzować swoich myśli.

– Już wyjaśniam – powiedziała komisarz Kopp. – Istnieje dość duże prawdopodobieństwo, że tajemniczą kobietą, z którą kłócił się ten chłopak, była Aleksa. Co na to powiesz? Nie rozpoznałeś swojej dobrej znajomej, co?

– Nie wiem, o czym pani mówi – wydusił Solo. – Aleksa nie kłóciła się z tym waszym chłopakiem. To była jakaś inna kobieta. Już wam mówiłem, że wyglądała jak jedna z tych ze zdjęć, które nam potem przysłaliście. Aleksa się z nikim nie kłóciła. Bredzi pani.

– Bredzę, co? Wiesz co, Solo? – mruknęła Klementyna. – Zaczynam powoli tracić cierpliwość. Ale! Mam na to świetny sposób!

Komisarz Kopp błyskawicznie sięgnęła pod kurtkę i drugi raz tego wieczoru wydobyła z kabury służbową broń. Emilia zrobiła krok w jej stronę, ale Daniel szybko chwycił ją za ramię. On pierwszy zauważył, że na twarzy Klementyny maluje się teraz prawdziwe szaleństwo. Strzałkowska zaklęła w duchu. Dlaczego nie zabrali jej pistoletu po ataku na technika? Powinni byli to zrobić! Cholera jasna, powinni byli to zrobić od razu!

– Zostańcie tam, gdzie jesteście – poinstruowała ich komisarz Kopp, mierząc jednocześnie z pistoletu w stronę klauna. – A teraz gadaj, co? Czy to Aleksa kłóciła się z Wojtkiem dwudziestego trzeciego sierpnia osiemdziesiątego czwartego?

Pot zaczął spływać po czole arlekina. Podniósł ręce do góry. Jego dłonie drżały nieznacznie, a z oczu popłynęły drobne łzy. Prawdziwe. Te malowane zaczęły z miejsca rozmazywać się po twarzy.

– Nic nie wiem – powiedział piskliwie. – Proszę mnie nie zabijać.

Słowa klauna zabrzmiały dziecinnie.

– Klementyna, odłóż broń! – wrzasnęła Strzałkowska.

– Najpierw ten przebieraniec powie prawdę o tamtej kłótni w cyrku. Potem zobaczymy – powiedziała komisarz Kopp. Oczy miała szeroko otwarte, a źrenice zwężone. Trwoga klauna zdawała się tylko wzmagać jej szaleństwo. Była jak dzikie zwierzę, które wyczuło strach ofiary i teraz nic już nie może powstrzymać nieuniknionego ataku.

Solo chyba też to zauważył. Zerwał się nagle do ucieczki. Emilia miała wrażenie, jakby czas zwolnił. Każda sekunda trwała teraz godzinę. Może nawet trochę dłużej. Widziała każdy ruch przerażonego klauna i każde, nawet najmniejsze, posunięcie komisarz Kopp. Jednocześnie nie była w stanie nic zrobić. Widziała, jak Solo pędzi do drzwi przyczepy, próbując uciec przed niebezpieczeństwem. Klementyna odwraca się w jego stronę. Klaun jest prawie przy wyjściu, a komisarz Kopp mierzy do niego z pistoletu. Solo jest już na progu, kiedy Klementyna naciska spust.

Pojedynczy strzał przeszył powietrze. Dopiero wtedy Strzałkowska poczuła, że znów może się poruszać.

ROZDZIAŁ 51

Utopce. Sobota, 25 sierpnia 1984. Godzina 22.00.
Kosma Żebrowski

Kosma Żebrowski stał w otwartych drzwiach nędznej chaty, którą nazywał swoim domem. Od kiedy trzeba było sprzedać „Żebrówkę" Czajkowskim, mieszkali tu wszyscy razem, rodzice, on i dziewięcioro jego rodzeństwa. Lepszym słowem byłoby oczywiście: gnieździli się. Do dyspozycji mieli przecież tylko dwie niewielkie izby.

Podmuch wiatru uderzył Kosmę prosto w twarz. Czuł, że jego ciało przeszywają dreszcze. Mimo to z przyjemnością patrzył, jak nad Utopcami szaleje burza. Jakby natura zgrała się z tym, co sam odczuwał. Gdyby nie byli tacy biedni, nie musiałby chwytać się każdej roboty. Nie musiałby znosić upokarzającego remontowania „Żebrówki" dla Czajkowskich. Nie musiałby budować tej cholernej altany. A gdyby nie altana, nigdy nie poznałby Glorii, a ona z kolei nie złamałaby mu serca. Wszystko byłoby inaczej. Teraz było już jednak za późno.

Kosma wyjął z kieszeni nóż bosmański, który dostał kiedyś od ojca. Dbał o niego i nie pozwolił, żeby ostrze kiedykolwiek się stępiło, a ostry marszpikiel zardzewiał. Będzie jak znalazł, kiedy przyjdzie pora.

Niebo przeszyła kolejna błyskawica. Kosma zrobił krok przed siebie i stanął na deszczu. Niespodziewanie lodowate krople obkleiły z miejsca jego ciało. Nie był już pewien, gdzie kończy się on, a gdzie zaczyna burza. Byli teraz jednością. Żywiołem nie do pokonania.

Sądny dzień.

ROZDZIAŁ 52

Brodnica. Poniedziałek, 10 listopada 2014.
Przed południem

Sierżant sztabowa Emilia Strzałkowska poczuła, że robi jej się gorąco. Rozejrzała się po maleńkim pokoju do przesłuchań. Bardzo chciała już stąd wyjść. Miała dosyć krzyżowego ognia pytań, którym od dłuższego czasu zasypywali ją inspektor Judyta Komorowska i podinspektor Wiesław Król.

– Czyli świadek uważa, że działania komisarz Klementyny Kopp w nocy z soboty na niedzielę są w pełni uzasadnione? – zapytała Komorowska ostro. Jej głos był nieprzyjemnie piskliwy. – Czy komisarz Kopp powinna była użyć służbowej broni?

Emilia wzruszyła ramionami. Miała wrażenie, że zadawali to pytanie już setki razy. Co miała więcej powiedzieć?

– No więc jak? Komisarz Kopp miała powód, żeby postrzelić świadka? – nie ustępowała Komorowska. – Mówię o powodzie u z a s a d n i o n y m.

Pani inspektor wymówiła ostatnie słowo z przesadną starannością.

– Świadek zaczął uciekać – spróbowała Strzałkowska.

– To mogło sprowokować komisarz Kopp.

Sprowokować? Emilia sama słyszała, jak słabo brzmiał teraz jej argument. Przez całe przesłuchanie starała się mniej lub bardziej bronić Klementyny. Sama nie była pewna dlaczego. Chyba tylko ze względu na coś w rodzaju koleżeńskiej solidarności. A może bała się, że w przeciwnym razie zostanie uznana za donosicielkę? Jakkolwiek było, Emilia pewna była jednego. W sobotę w nocy Klementynie zwyczajnie odbiło i oczywiście powinna ponieść tego konsekwencje. Zanim kogoś zabije podczas kolejnego przesłuchania albo z jakiegoś innego prozaicznego powodu.

– Czy komisarz Kopp ostrzegła chociaż o zamiarze użycia broni? – drążyła Komorowska. – Czy poszkodowany miał w ogóle szansę jakkolwiek zareagować?

Emilia milczała. Co mogła odpowiedzieć? Klementyna w ogóle nie powinna była wyciągać broni. Ani żeby straszyć szefa techników, ani żeby wydobywać informacje z klauna Solo w cyrku Aleksy. Ciekawe, co zeznał Daniel. Skłamał, żeby bronić przyjaciółkę? Był w stanie to zrobić?

– Pani sierżant, niech pani się dobrze zastanowi – poprosił Wiesław Król.

Strzałkowska zerknęła niechętnie w stronę podinspektora. Z dwojga złego wolała chyba jędzowatą Komorowską niż tego nadmiernie przesłodzonego Króla. Westchnęła. Naprawdę nie chciała tu już dłużej siedzieć. Nie chciała też dłużej bronić Klementyny. Nikt nie powinien strzelać bezkarnie do bezbronnych ludzi.

– Nie – powiedziała powoli Emilia.

Westchnęła. Stało się. Ludzie ją znienawidzą. Doniosła na swoich. Daniel nie odezwie się do niej ani słowem, kiedy dowie się, że zeznawała przeciwko Klementynie. No, ale może to dobrze, przyszło Emilii do głowy. Przecież i tak to, co się stało między nimi, nie może się powtórzyć. Strzałkowska spakuje się i wyjedzie. Zacznie od nowa gdzie indziej. To zawsze było jakieś rozwiązanie.

– Czyli pani komisarz nie ostrzegła o zamiarze oddania strzału? Nie było też wyraźnej przyczyny, żeby w ogóle sięgnąć po broń? – upewnił się raz jeszcze podinspektor Król. – Dobrze zrozumiałem?

Strzałkowska pokiwała głową. Miała swoje zasady i nie zamierzała więcej kłamać.

– Tak – powiedziała, żeby jej odpowiedź zarejestrowała się na elektronicznym dyktafonie, który leżał przed nią na stole.

Inspektor Judyta Komorowska pokiwała głową z uznaniem. Kilka kosmyków wysunęło się z jej francuskiego warkocza. Odgarnęła je z twarzy niedbałym ruchem. Nie wydawała się już taka antypatyczna. Gra w dobrego i złego glinę chyba się skończyła.

– Dziękujemy, pani sierżant – powiedział Wiesław Król. – Bardzo nam pani pomogła.

Emilia Strzałkowska z trudem przełknęła ślinę. Teraz chciała już tylko stąd wyjść.

ROZDZIAŁ 53

Utopce. Sobota, 25 sierpnia 1984. Godzina 22.00.
Rafał Tokarski

Rafał usłyszał, że matka kręci się po kuchni. Zdziwił się.
Od godziny powinna już być w łóżku. Tak zwykle robiła.
Znowu zagrzmiało. Z chlewu dochodziły niespokojne
kwiki przerażonych zwierząt. Świnie zwykle nie bały się
burzy, ale dziś w powietrzu wisiał jakiś niepokój. Rafał
sam to czuł. Jakaś elektryczność. Zapach wyładowań,
którego z niczym nie dało się porównać.

Z dołu znowu dobiegło szuranie. Westchnął. Lepiej
sprawdzić, co matka tam kombinuje. Zszedł ostrożnie
po drewnianych schodach i zajrzał do kuchni. Tu kwiki
świń słychać było jeszcze wyraźniej. Głównie dlatego, że
mimo ulewy matka otworzyła okno na oścież.

– Mamo! Przecież wody się naleje. Co ty robisz?!

Czesława stała przy parapecie tyłem do niego. Na zewnątrz było teraz zupełnie ciemno. Chlewów nawet nie
było widać. Tylko krzyki zwierząt świadczyły o tym, że
nadal tam są.

Nagle niebo przecięła kolejna błyskawica. Zimne światło zatańczyło na krzyżach, które pokrywały szczelnie ściany kuchni. Matka jakby tylko na to czekała. Uniosła wyprostowane ręce w kierunku nieba. Trzymała w nich popękaną czaszkę wampira, którą z jakiegoś powodu wygrzebała w ciągu dnia z prowizorycznej mogiły.

– Przybywaj! – krzyknęła.

Rafał nie poznawał jej głosu. To był gardłowy ryk. Męski, obcy.

ROZDZIAŁ 54

Brodnica. Poniedziałek, 10 listopada 2014.
W południe

Młodszy aspirant Daniel Podgórski czekał na Emilię
na korytarzu przed pokojem przesłuchań. Śledczy z Biura
Spraw Wewnętrznych rozmawiali najpierw z nim, a potem
ze Strzałkowską. Ciekaw był, co Emilia im powiedziała. O ile
dobrze ją znał, zeznała prawdę. On zrobił to samo. Na początku chciał chronić Klementynę i kłamać. W końcu jednak
uznał, że wyrządzi jej tym jeszcze większą krzywdę. W oczach
przyjaciółki widział prawdziwe szaleństwo. Nie powinna
nosić broni. Zdawał sobie sprawę, że prawdopodobnie i on,
i Emilia przyczynią się do zakończenia kariery komisarz
Kopp, ale chyba tak właśnie trzeba było postąpić. Klementyna
potrzebowała czasu, żeby dojść do ładu ze swoim życiem.

– Dzień dobry, Danielu.

Podgórski odwrócił się szybko. Doktor Zbigniew Koterski uśmiechnął się miło.

– Idziesz na odprawę? – zapytał Podgórski.

Patolog skinął głową. Potem rozejrzał się po korytarzu
i odchrząknął.

– Rano wykonałem autopsję ciała Aleksy Szafrańskiej – poinformował.

Daniel uśmiechnął się do Koterskiego. Odsunięto ich od czynności, ale wyglądało na to, że jednak będzie miał najświeższe wiadomości w sprawie.

– Jak jest z tym samobójstwem? – zapytał Podgórski ostrożnie. Według słów technika nowa grupa śledcza uważała, że Aleksa targnęła się na własne życie, ponieważ nie mogła dłużej znieść wyrzutów sumienia, które ją nękały przez lata. – Potwierdziłeś to?

Doktor Koterski poczekał, aż minie ich jakiś funkcjonariusz.

– Właściwie w y k l u c z y ł e m samobójstwo – szepnął. – Nie znalazłem co prawda wyraźnych śladów, które wskazywałyby, że Aleksa broniła się przed jakimś napastnikiem. Na ciele było kilka zadrapań, ale mogły one powstać równie dobrze już podczas drgawek przedśmiertnych. Było też kilka siniaków, ale nie możemy zapomnieć o zawodzie, który ta kobieta wykonywała. Siniaki mogły powstać podczas występów albo treningów. Brak oznak walki i obrony wskazywałby na samobójstwo. Mimo tak wymyślnej metody.

– Ale mówisz, że wykluczyłeś samobójstwo.

Patolog zerknął na zegarek.

– Muszę pędzić na odprawę, więc będę się streszczał – powiedział szybko. – Są dwie interesujące kwestie.

Podgórski spojrzał na doktora Koterskiego wyczekująco.

– Po pierwsze, i to jest właściwie rozstrzygające, Aleksa wcale nie została uduszona liną, którą miała obwiązaną wokół szyi.

– Skąd wiesz? – zapytał szybko Daniel.

– Ślad pętli na szyi nie pasował do grubości tej liny – wyjaśnił medyk sądowy. – Sznur był po prostu za szeroki, żeby pozostawić taki ślad. Stawiałbym raczej na cienki kabel, który werżnął się głęboko w tkanki podczas duszenia. Sprawca znowu chciał upozorować samobójstwo. Tak jak w przypadku Drzewieckiego. Tylko że teraz zupełnie już spartaczył sprawę. Gdyby zostawił na jej szyi kabel, ciągle miałbym wątpliwości.

– Może bał się, że na kablu są jakieś ślady, albo może znowu nie chciał, żebyśmy wiedzieli, jakiego narzędzia użył.

Pierwsza osoba liczby mnogiej… Żaden z nich nie prostował faktu, że Daniel nie należy już do ekipy śledczej.

– Mówiłeś, że jest coś jeszcze – przypomniał szybko Podgórski. Nie chciał, żeby patolog nagle się rozmyślił.

Koterski znowu zerknął na zegarek.

– Tak – potwierdził. – Zaobserwowałem bardzo subtelną wędrówkę plam opadowych.

– Czyli ciało Aleksy zostało przemieszczone? – podchwycił natychmiast Daniel.

Z miejsca przypomniał sobie to, co powiedział im szef techników kryminalnych, kiedy Klementyna schowała nareszcie broń z powrotem do kabury. Technik przyznał, że przy pomoście obok chaty pustelniczki Miry, gdzie zostało ukryte ciało Aleksy, ktoś zatopił drewnianą skrzynię. Była wypełniona kamieniami. Na deskach namalowano logo cyrku Aleksy. Skrzynia wyglądała jak jedna z tych, które znajdowały się na pace porzuconego całkiem niedaleko w lesie pikapa. Nikt nie potrafił wyjaśnić, co skrzynia robiła w wodzie obok pomostu. Czy to możliwe, że wcześniej znajdowało się w niej ciało Aleksy, a kamienie włożono tam tylko po to, żeby zatonęła?

– Bardzo możliwe, że ciało przemieszczono. Tak – przyznał tymczasem Koterski. – Z tym że pierwotnie spoczywało w bardzo podobnej pozycji jak później, kiedy odnalazł je Lenart Wroński. Przesunięcie plam jest bardzo niewielkie, ale zauważalne.

– Czy ciało Aleksy mogło najpierw znajdować się w skrzyni, która była obok pomostu? – zapytał Podgórski, nie tłumacząc, skąd o tym wie.

Patolog zerknął na policjanta spod oka, ale nie zapytał o nic. Być może technik zdążył już złożyć obiecaną skargę i sprawa była jasna.

– O tym opowiedzą nam pewnie na odprawie technicy – powiedział Koterski, znowu zerkając na zegarek. – To oni mieli zebrać materiał z ubrania Aleksy. Rzeczywiście były na nim jakieś drzazgi, ale mogły równie dobrze pochodzić z podłogi w chacie pustelniczki, a nie ze skrzyni. Muszę już iść, Daniel.

– A czas zgonu? – zapytał szybko Podgórski. – Kiedy umarła Aleksa?

– Mniej więcej wtedy, kiedy Drzewiecki. Albo trochę wcześniej.

Daniel spojrzał na Koterskiego zaskoczony.

– Wcześniej?

– Czas zgonu nie zawsze da się określić aż tak precyzyjnie. Nazwij to zawodową intuicją.

Nagle otworzyły się drzwi sali przesłuchań i na korytarz wyszła Emilia. Miała zmęczoną, bladą twarz i podkrążone oczy. Spojrzała pytająco na Podgórskiego i Koterskiego, którzy stali przed nią jak komitet powitalny.

– Muszę pędzić – rzucił patolog. – Odprawa już pewnie się zaczęła.

– Dzięki za informacje! – zawołał za nim Daniel.

– Już po sekcji? – zapytała Strzałkowska niemal obojętnie. Wyglądało na to, że po kilku godzinach przesłuchania wewnętrznego ma już wszystkiego dosyć. Podgórski postanowił więc oszczędzić jej na razie nowości związanych ze sprawą.

– I jak poszło? – zapytał zamiast tego, chociaż sam dobrze wiedział, że bardzo trudno odpowiedzieć na takie pytanie. Może nawet się nie da. Spojrzał wymownie w kierunku sali przesłuchań.

Policjantka wzruszyła tylko ramionami.

– Jedźmy do domu – zaproponował Daniel miękko. Zabrzmiało to, jakby mieszkali razem. Podgórski nie miał jednak ochoty się poprawiać. To nie był dobry moment.

Ruszyli korytarzem do wyjścia. Z jednego z pokoi wyszedł komendant Olaf Czajkowski. W rękach trzymał niewielkie kartonowe pudło wypełnione po brzegi osobistymi drobiazgami. Czajkowski skinął im głową.

– Jest pan pewien? – zapytała Strzałkowska. Zrobiła gest w kierunku pudła.

– Oczywiście – odpowiedział komendant. – I tak na pewno musiałbym odejść. Wolę, żeby odbyło się to na moich zasadach.

– Co pan teraz zrobi? – zapytał Podgórski.

Olaf Czajkowski pokręcił nieznacznie głową.

– Jak to wszystko się skończy i będę mógł się stąd ruszyć, to może wyjadę gdzieś do ciepłych krajów na kilka tygodni. Myślę, że zabiorę matkę. Dawno nigdzie nie wyjeżdżała. Mamy trochę oszczędności. Stać nas.

Przez chwilę stali w milczeniu. Funkcjonariusze komendy mijali ich bez słowa, spuszczając wzrok. Doskonale wiedzieli, że to przez nich w komendzie pojawili się wysłannicy Biura Spraw Wewnętrznych.

– Teraz jadę do szpitala, żeby przeprosić osobiście pana Mirona Grabowskiego – zakończył Olaf Czajkowski. – Jeszcze nie miałem okazji, a czuję się winny temu, co zrobiła mu Klementyna. Ten człowiek jest cyrkowcem. Postrzał w nogę wyłączy go z występów na kilka tygodni. Wolę nawet nie myśleć, że Klementyna mogła go zabić. Albo kogoś innego na miejscu zdarzenia. Chyba za bardzo jej pobłażałem. Sam jestem sobie winien, że w końcu zupełnie wyrwała się spod kontroli. Bezstresowe wychowanie nigdy nie jest dobre.

– Klementyna chciała dobrze – powiedział Daniel pocieszająco, chociaż doskonale pamiętał dziki wyraz na przedwcześnie postarzałej twarzy koleżanki.

– Może – odparł Czajkowski. Nie wyglądał na przekonanego, ale najwyraźniej nie chciał się spierać.

– Może pojedziemy z panem odwiedzić Sola? – zaproponował Daniel.

Na razie nikt nie mówił o jakichś szczególnych konsekwencjach wobec niego i Emilii, ale Podgórski też czuł się winny, że dopuścił do całej tej sytuacji. Przecież już od jakiegoś czasu widział, że z Klementyną dzieje się coś dziwnego. Dlaczego nie zareagował? Powinien był przewidzieć, że w końcu dojdzie do katastrofy.

– W porządku – zgodził się komendant. – A jeżeli chodzi o Lipowo…

Daniel i Emilia spojrzeli na Olafa Czajkowskiego wyczekująco. Żadne jednak nie odważyło się zadać nurtującego ich pytania.

– Sprawa załatwiona – powiedział komendant cicho. – Może nie rozwiązaliście tego do końca, ale jestem człowiekiem honorowym.

Czajkowski nie powiedział nic wprost, ale Daniel i tak poczuł, że ciężar spadł mu z serca.

– Dziękuję – szepnął.

Dojazd do szpitala zajął im niecałe pięć minut. Przejście kilku korytarzy kolejne pięć. Przez cały ten czas żadne z nich nie wypowiedziało ani słowa. Daniel bardzo się z tego cieszył. Czuł, że potrzebuje teraz ciszy. Chciał ułożyć sobie to wszystko w głowie.

Wszedł do sali, gdzie leżał Solo. Dziwnie było patrzeć na klauna bez makijażu arlekina. Solo został na arenie cyrkowej. Teraz mężczyzna był już tylko Mironem Grabowskim. Zwykłym człowiekiem. Daniel wpatrywał się w pozbawione makijażu oblicze klauna z uczuciem niewytłumaczalnego niepokoju.

– Przyszedł z nami komendant – powiedział policjant bardzo powoli. – Chcielibyśmy przeprosić pana za to, co zaszło.

Olaf Czajkowski zrobił kilka kroków w stronę łóżka, gdzie spoczywał postrzelony w nogę artysta. Zapadła całkowita cisza. Dwóch mężczyzn wpatrywało się w siebie nawzajem intensywnie. Podgórski czuł niemal, że powietrze naładowane jest elektrycznością.

ROZDZIAŁ 55

Utopce. Sobota, 25 sierpnia 1984. Godzina 22.10.
Tadeusz Czajkowski

Tadeusz Czajkowski siedział w swoim gabinecie, mimo że od dawna powinien już spać. Dziś to było jednak niemożliwe. Nie po rozmowie z Glorią. Teraz nic się już nie liczyło. Nie zważał nawet na nawałnicę, która szalała za oknem. Nie mógł uwierzyć, że żona tak po prostu zażądała rozwodu. Od dawna wiedział, że nie jest tu szczęśliwa, ale nigdy nie sądził, że dojdzie do ostateczności. Miał teraz wrażenie, jakby cały świat się zawalił. Tak bardzo ją przecież kochał.

Może nie potrafił tego okazać. Może już dawno powinien zostawić badania i przyjechać tu do niej na stałe. Czy wtedy to wszystko potoczyłoby się inaczej? Tadeusz westchnął głośno. Najgorsze było jednak to, że nie kontrolował własnych słów podczas rozmowy telefonicznej z żoną. Mówił rzeczy, których wcale nie chciał powiedzieć. Krzyczał, groził. Gloria odpowiadała tym samym. Żądała połowy pieniędzy. Odmówił natychmiast. Straszyła go.

Otarł pojedynczą łzę, która spłynęła mu z lewego oka. Jakby prawym zupełnie już nie potrafił okazywać emocji. Gloria była teraz jak rozsierdzona kotka. Nic już jej nie przekona, żeby z nim została. Dlaczego tak na nią krzyczał? Dlaczego dał się wyprowadzić z równowagi? Może gdyby zachował spokój, zdołałby ją udobruchać?

Wyrzucał też sobie, że Wojtek wszystko słyszał. Starszy syn, którego Tadeusz tak bardzo chciał otoczyć miłością, znowu musiał zmierzyć się z odrzuceniem przez matkę. Szczęście w nieszczęściu, że Olaf pojechał na te kolonie, bo i on musiałby niepotrzebnie cierpieć.

Tadeusz wstał i podszedł do szafki, gdzie stało oprawione w brązową ramkę zdjęcie ślubne. Piękne lata sześćdziesiąte. Jakże za nimi teraz tęsknił. Gloria go jeszcze kochała, a Lenart był jego przyjacielem na dobre i na złe. Jakże chciałby cofnąć czas i wrócić do tamtego wspaniałego momentu. Albo chociaż wykasować ostatnie dni. Ach, gdyby tylko dało się to zrobić...

Nagle Tadeusz usłyszał skrzypienie drewnianej podłogi w salonie. Odłożył ostrożnie zdjęcie na półkę i zaczął nasłuchiwać. Za oknem zagrzmiało, ale mimo nawałnicy znowu wyraźnie usłyszał kroki. Serce zaczęło bić mu szybciej. To nie może być Wojtek. On przecież szedłby normalnie, a ktokolwiek jest za drzwiami gabinetu, wyraźnie nie chce być słyszany.

Tadeusz poczuł, że całe jego ciało napina się, jakby powodowane jakimś pierwotnym instynktem walki. Za drzwiami coś się czaiło. Coś groźnego. Chciał jakoś ostrzec Wojtka, ale przecież syn był u siebie w pokoju na górze. Bardzo prawdopodobne, że i tak by nie usłyszał jego wołania. Natomiast intruz czający się po drugiej stronie drzwi usłyszałby na pewno i Tadeusz straciłby jedyny element przewagi. Zaskoczenie.

Klamka poruszyła się bardzo delikatnie. Drzwi uchyliły się lekko dokładnie w chwili, kiedy niebo przeszyła kolejna błyskawica.

ROZDZIAŁ 56

Brodnica. Poniedziałek, 10 listopada 2014. Wieczorem

Sierżant sztabowa Emilia Strzałkowska starała się oddychać głęboko. Pomieszczenie obok sali przesłuchań było niewielkie, a zebrało się w nim sporo osób. Większości nie znała. To byli członkowie nowej ekipy śledczej. Ona i Daniel zostali tu wpuszczeni w drodze wyjątku. Może chciano ich nagrodzić za zeznania przeciwko Klementynie? Emilia nie czuła się z tym najlepiej.

Wszystkie oczy skierowane były na przydymione okno, które od strony sali przesłuchań wyglądało jak lustro. Tam gdzie jeszcze niedawno Strzałkowska zeznawała przed śledczymi z BSW, siedział teraz prokurator Gawroński i klaun Solo. Tym razem Leonowi nie towarzyszył żaden funkcjonariusz z komendy. Emilia nie wiedziała dlaczego, ponieważ w nic ich nie wtajemniczano.

– Czy potwierdza pan, że nazywa się Wojciech Czajkowski i jest synem Tadeusza oraz Glorii Czajkowskich? – zaczął prokurator.

Emilia ciągle miała przed oczami scenę, która rozegrała się w szpitalu dziś koło południa. Komendant

Czajkowski pojechał tam w towarzystwie jej i Daniela, żeby przeprosić klauna z cyrku Aleksy poszkodowanego w niepotrzebnej strzelaninie. Solo leżał na łóżku bez makijażu. Kiedy tylko Emilia na niego spojrzała, zauważyła, że jego twarz jest dziwnie znajoma. Jednak dopiero kiedy komendant Olaf Czajkowski rzucił się w ramiona Sola, zrozumiała, kogo właśnie ma przed sobą. Wojtek Czajkowski, ofiara wampira, żył i miał się dobrze. No może oprócz rany postrzałowej, którą zafundowała mu Klementyna.

– Tak, to ja – powiedział teraz Wojtek mocnym głosem. – Nareszcie nie muszę się już ukrywać pod nie swoim imieniem i nazwiskiem. Miron Grabowski zupełnie mi zbrzydł, szczerze mówiąc. Nie było jednak innego wyjścia.

Mężczyzna westchnął głośno.

– No właśnie. Między innymi to chciałbym tu dziś wyjaśnić – odparł Gawroński i zerknął w stronę weneckiego lustra. Emilia miała wrażenie, że prokurator patrzy prosto na nią. Spuściła wzrok. – Ale proszę najpierw mi powiedzieć, czy pański ojciec, Tadeusz, również żyje i gdzieś się ukrywa? Z uwagi na pana nagły powrót muszę zadać to pytanie.

Wojtek pokręcił głową. Emilia nie widziała dokładnie jego twarzy, ale mogła przysiąc, że w jego oczach zamigotały łzy.

– Nie, mój ojciec został zamordowany w nocy dwudziestego piątego sierpnia osiemdziesiątego czwartego roku.

– Czy wie pan, kto to zrobił?

Zebrani w pokoju funkcjonariusze wstrzymali oddech. Strzałkowska też. Wokół panowała pełna napięcia cisza.

Wszyscy czekali na słowa, które padną z ust Wojtka Czaj-kowskiego.

– Tak, wiem doskonale – szepnął Wojtek. – To Aleksa zabiła mojego ojca. Mieliście rację.

Prokurator skinął powoli głową.

– Wrócimy do tego za chwilę – obiecał. – Może mi pan najpierw powiedzieć, dlaczego nie dawał pan znaku życia przez tyle lat?

Wojtek znowu westchnął głośno.

– To długa historia – powiedział. – Co prawda część z niej już znacie. Znaleźliście przecież nasze listy…

Prokurator spojrzał na Wojtka i pokiwał głową.

– Może niech pan opowie wszystko jeszcze raz – za-proponował. – Tak będzie najłatwiej.

Czajkowski westchnął. Kolejny raz.

– Aleksa namąciła mi w głowie. Kiedy spotkaliśmy się po raz pierwszy…

– Kiedy to było?

– Jakoś w lipcu osiemdziesiątego trzeciego.

Gawroński pokiwał głową. Emilia zrobiła bezwiednie to samo. To zgadzało się z treścią korespondencji między Aleksą a Wojtkiem, o której mówił im technik.

– Byłem wówczas młodym chłopakiem, łatwym celem. Nie wiedziałem, czego chcę od życia. Marzyłem o czymś więcej niż nasze Utopce…

Wojtek spojrzał w stronę drzwi. Na korytarzu czekała na niego Gloria i Olaf, którzy ciągle nie mogli uwierzyć w to, że Wojtek do nich wrócił.

– Chciałem, żeby moja matka mnie pokochała. My-ślałem, że jako artysta jej zaimponuję. Przecież kiedyś sama była wielką aktorką. Przerwała karierę, bo urodziła mnie – szepnął klaun. W jego głosie było tyle smutku, że Emilia poczuła, jak łzy napływają jej do oczu. – No nic... Cyrk braci Witkowskich przyjechał do Zbiczna, a ja poszedłem na przedstawienie. Potem przechadzałem się trochę wśród przyczep i Aleksa do mnie zagadała. Długo rozmawialiśmy. Ani się obejrzałem, a opowiedziałem jej wszystkie moje żale. Umiała słuchać. Na początku zupełnie się nie zorientowałem, że umiała też to wykorzystać.

– Co ma pan na myśli?

Wojtek uśmiechnął się smutno. Wyciągnął zabandażowaną nogę przed siebie i usiadł wygodniej.

– Aleksa chciała opuścić cyrk Witkowskich. Denerwowało ją to, że grała w nim drugie skrzypce. Nic jednak nie mogła zrobić, bo pierwszą diwą była żona właściciela cyrku, która była nie do ruszenia. Aleksa doskonale to rozumiała. Jedyną możliwością, żeby zabłysnąć, było założenie własnego cyrku.

Czajkowski zamilkł nagle i pogrążył się w myślach.

– Proszę kontynuować – powiedział Gawroński spokojnie.

Wojtek skinął głową.

– Aleksa chciała mieć własny cyrk, ale do tego były potrzebne pieniądze. Pieniądze, które miałem ja... a właściwie mój ojciec – poprawił się. – Aleksa zaczęła prawić mi pochlebstwa już tamtego pierwszego wieczoru. Byłem na nie łasy, jak już mówiłem. Głównie ze względu na to, że Gloria nie zwracała na mnie nigdy uwagi. Tak bardzo wtedy pragnąłem uczucia. Pewnie dlatego Aleksa tak łatwo przekonała mnie do ucieczki. Uwierzyłem, że będziemy razem szczęśliwi. Że potrzeba do tego tylko pieniędzy ojca.

– A co z narkotykami?

Wojtek pokiwał głową.

– Tak. Przesyłała mi magiczny proszek – roześmiał się Czajkowski. – Nie było tego wiele, ale wystarczyło, żebym zasmakował w życiu artysty.

– Wróćmy może do kłótni, którą zaobserwował świadek – zaproponował Gawroński. – W dniu urodzin pańskiej matki. Rzeczywiście był pan wówczas w cyrku?

– Tak. Wymknąłem się, żeby porozmawiać z Aleksą – przyznał Wojtek. – Listownie umówiliśmy się, że dołączę do niej w sobotę wieczorem. Zaczynałem mieć jednak wątpliwości.

– Jakiego rodzaju wątpliwości?

– Głównie chodziło o te pieniądze – wyjaśnił Wojtek. – Na ucieczkę byłem zdecydowany, ale poczułem, że nie wolno mi ruszać pieniędzy ojca. Nie chciałem zaczynać nowego życia od kradzieży jego oszczędności. Chciałem sam zapracować na swoje. Wtedy, w dniu urodzin matki, powiedziałem to Aleksie.

Czajkowski przerwał na chwilę.

– Co było dalej? – zapytał Gawroński.

– Co było dalej? – powtórzył Wojtek w zamyśleniu. – A jak pan sądzi? Oczywiście Aleksa nie była zadowolona, że zmieniłem zdanie. W najmniejszym stopniu. O to właśnie kłóciliśmy się tamtej nocy w cyrku, kiedy zobaczył nas wasz świadek.

– Rozumiem – odparł Gawroński powoli. – Czyli kiedy policja przyszła państwa przesłuchać, skłamał pan, tak? Kłamał pan też, wskazując na Czesławę, tak?

– A co miałem zrobić? – zapytał Wojtek z wyrzutem. – Nie mogłem przecież powiedzieć prawdy!

Czarujący uśmiech rozjaśnił twarz prokuratora Gawrońskiego.

– Właśnie bardzo interesuje mnie, dlaczego nie mógł pan tego zrobić, ale dojdziemy do tego – obiecał znowu. – Wyjaśnijmy sobie może jednak najpierw, co dokładnie wydarzyło się w nocy dwudziestego piątego sierpnia, dobrze? W jaki sposób Aleksa zabiła pańskiego ojca?

Po twarzy Wojtka spłynęły łzy.

– Aleksa… ona… Może powiem od początku. – Wojtek otarł łzy. – Wieczorem dwudziestego piątego sierpnia spakowałem się, żeby wprowadzić plan w życie. Chodzi mi oczywiście o plan ucieczki. Zdecydowałem już bowiem, że pieniędzy ojca nie ruszę. Chciałem po prostu przyjść do przyczepy Aleksy bez nich. Postawić ją przed faktem dokonanym. No więc… Starałem się wymknąć po cichu z domu, kiedy ojciec mnie usłyszał…

Głos Czajkowskiego się załamał. Schował twarz w dłoniach i płakał przez chwilę niemal spazmatycznie. Gawroński dał mu czas, żeby się uspokoił. Siedział w ciszy, zaplatając i rozplatając koszyczek z palców. Nie patrzył już w stronę weneckiego lustra, jakby nie chciał mieć z Emilią nic wspólnego.

– Ojciec wyszedł za mną na dwór – podjął Wojtek w końcu. – Pamiętam dokładnie, że strasznie lało. Pioruny waliły niemiłosiernie. Ojciec przekonywał mnie, żebym został. Przez ulewę i grzmoty nie usłyszeliśmy nawet, że o n a się zbliża…

– Ona, czyli? – poprosił o uściślenie Gawroński.

– Aleksa oczywiście.

Prokurator przyjrzał się Wojtkowi uważnie.

– Czy Aleksa była kiedykolwiek przedtem w Utopcach? – zapytał od niechcenia.

– Nie rozumiem.

– Pytam, czy Aleksa odwiedziła pańską wieś, zanim przyszła pod wasz dom tamtej nocy.

Wojtek patrzył przez chwilę na Gawrońskiego zdezorientowany.

– Nie – odpowiedział w końcu. – To ja chodziłem do Zbiczna na przedstawienia jej cyrku.

– Rozumiem – odparł Gawroński. – Czy może mi pan w takim razie powiedzieć, jak Aleksa trafiła tamtej sobotniej nocy do „Żebrówki"?

Wojtek wzruszył ramionami.

– Wielokrotnie pisałem jej o naszej wsi w listach. Zresztą do nas prowadziła tylko jedna droga, a „Żebrówka" to pierwszy dom we wsi. Raczej nietrudno tam trafić.

Prokurator znowu skinął głową, ale nic nie powiedział.

– No więc ona wyłoniła się nagle z lasu – kontynuował przerwaną opowieść Wojtek. – W tym momencie ojciec prawie już mnie przekonał, że powinienem zostać i po wakacjach pójść na studia. Mówił, że wszystko się jakoś ułoży. Obaj płakaliśmy. Dopiero wtedy zrozumiałem, jak bardzo jest mi drogi. Może nawet bardziej niż matka. Był cichym człowiekiem, który rzadko okazywał uczucia. Dopiero tamtej nocy zobaczyłem, że jemu naprawdę na mnie zależało.

Czajkowski znowu płakał przez chwilę. Jego twarz zrobiła się zupełnie czerwona, a oczy spuchły od łez.

– Co było dalej?

– Nawet się nie zorientowałem, kiedy ona chwyciła siekierę.

– Skąd się tam wzięła siekiera? – zapytał prokurator.

– Na urodzinach matki zrobiliśmy wielkie ognisko. Siekiera potrzebna była do rąbania drew. Nadal leżała obok altany. Nie schowaliśmy jej.

– Rozumiem – odparł Gawroński. Jego twarz była teraz zupełnie nieprzenikniona. – Proszę mówić dalej.

– Aleksa chwyciła siekierę i zabiła ojca... na moich oczach. Widziałem, jak krew spływa po jego ciele. To było makabryczne.

– Nic pan nie zrobił, żeby ratować ojca?

Wojtek nie odpowiedział. W pokoju obok sali przesłuchań znowu wszyscy wstrzymali oddech. Emilia miała przez chwilę wrażenie, że Czajkowski zaprzeczy, że będzie kłamał, żeby się bronić.

– To właśnie jest najgorsze... nie zrobiłem nic... Zupełnie nic... patrzyłem tylko, jak ona rąbie go na kawałki... – przyznał Wojtek wbrew obawom policjantki. Jego spojrzenie stało się teraz puste. – Moja wina jest jeszcze większa...

– Co ma pan na myśli?

– Nie tylko nie pomogłem ojcu, ale też potem zrobiłem wszystko, co Aleksa mi kazała.

– Proszę o szczegóły.

Wojtek spuścił głowę i wpatrywał się w metalowy blat stołu.

– Poszedłem do sejfu po pieniądze.

Emilia znowu bezwiednie pokiwała głową. Gloria miała rację. Z sejfu zniknęły oszczędności jej męża.

– Chciał pan z nią uciekać mimo tego, co się właśnie wydarzyło? – w głosie Gawrońskiego czaiła się odraza. – Mimo że Aleksa właśnie zabiła pańskiego ojca...

Wojtek zapłakał.

– Wiem, że trudno w to uwierzyć... ale... byłem spanikowany. Działałem jak automat, który reagował na rozkazy Aleksy bez szemrania. To było straszne...

Prokurator skinął głową. Na jego twarzy rozkwitł pocieszający uśmiech, jakby teraz solidaryzował się z przesłuchiwanym.

– Co było dalej?

– Kiedy wróciłem z pieniędzmi, ojciec był już rozebrany.

– Rozebrany?

– Tak. Aleksa zdjęła z niego całe ubranie. Było w strzępach, bo siekiera je porozrywała. Miałem jednak wrażenie, że Aleksa jeszcze bardziej je zniszczyła, kiedy mnie nie było... Nie wiedziałem jeszcze, że to wszystko jest elementem inscenizacji, którą zaplanowała...

– Co było dalej?

– Mnie też kazała się rozebrać. Powiedziała, że ma plan, jak mnie z tego wyciągnąć. M n i e!

Ostatnie słowo zabrzmiało histerycznie. Czajkowski znowu zaczął łkać.

– Cieszę się, że wreszcie mogę o tym wszystkim opowiedzieć – powiedział, kiedy w końcu trochę się uspokoił. – To wielka ulga. Nawet nie wie pan jaka. Ukrywałem to wszystko przez tyle lat. Żyłem z tym brzemieniem i wyrzutami sumienia. Nareszcie jestem wolny. Nie boję się konsekwencji.

– Na czym polegał plan, o którym pan mówi? – zapytał Gawroński, ignorując słowa Wojtka.

– Aleksa była mistrzynią improwizacji. Wymyśliła to wszystko na miejscu w kilka minut – powiedział Wojtek.

– Opowiadałem jej w listach o całej aferze z wampirem i postanowiła to wykorzystać. Chciała, żeby śmierć ojca wyglądała na działanie sił nadprzyrodzonych.

– Jak się ma do tego brak ciała?

– To chyba oczywiste. Gdyby ciało ojca zostało, widać by było na pierwszy rzut oka, że to nie jest robota wampira, tylko człowieka z siekierą. Poza tym co ze mną? Przecież mojego ciała by tam nie było... Aleksa wmawiała mi, że wszyscy pomyśleliby, że to ja zabiłem... Własnego ojca! – zapłakał znowu Wojtek. – Powiedziała, że najlepiej pozbyć się jego ciała. W ten sposób nikt nie będzie wiedział, że mojego nigdy tam nie brakowało.

– Co zrobiliście z ciałem Tadeusza?

Wojtek wzdrygnął się na liczbę mnogą, której użył prokurator.

– Zanieśliśmy ojca do chlewu Tokarskich – wyjaśnił bardzo cicho, potwierdzając tym samym wcześniejsze ustalenia Emilii i Daniela. – Aleksa powiedziała mi, że świnie zjedzą wszystko. Mieli kilka tresowanych świń u braci Witkowskich. Stąd wiedziała... i miała rację... zwierzęta rzuciły się na niego... nie mogłem na to patrzeć...

– Co zrobiliście później?

– Aleksa dokończyła inscenizację. Porwała moje ubrania i oba zestawy złożyła w kostkę na progu altany.

– Jak zrobiliście ślady kłów wampira?

– Miałem ze sobą grzebień z kości słoniowej, który kiedyś dostałem od matki. Zakończony był ostrym szpikulcem do dzielenia włosów na równe partie. Wbił się w drewno z łatwością.

Emilia znowu skinęła głową. W ten sposób wyjaśniła się kolejna zagadka.

– Co potem?

– Potem… potem… uciekliśmy i postępowaliśmy dalej według planu. Ja schowałem się w przyczepie Aleksy. Nikt w cyrku Witkowskich o mnie nie wiedział. Potem Aleksa odeszła od Witkowskich i zabrała ze sobą część pracowników. Ja trzymałem się z boku. Wszyscy myśleli, że jestem po prostu jakimś nowym. Dziwakiem, który nie chce mieć z nikim kontaktu. Zresztą w cyrku nikt o nic nie pyta. Stopniowo Aleksa pozbyła się wszystkich starych pracowników. Zostałem tylko ja i ona. W międzyczasie jeden z naszych akrobatów, który był uciekinierem z Białorusi i był w Polsce na lewych papierach, skontaktował mnie z człowiekiem, który załatwił mi nową tożsamość. Na wiele lat stałem się Mironem Grabowskim. Chociaż właściwie to nie było mi potrzebne. W naszym cyrku i tak wszyscy mówili na mnie Solo.

Prokurator Gawroński znowu pokiwał głową spokojnie.

– Nadal nie do końca rozumiem, dlaczego przez te lata nie zwrócił się pan do policji?

– Bałem się.

– Bał się pan, że zostanie ukarany za współudział?

– Tego najmniej – odpowiedział szybko Wojtek. – Aleksa uzależniła mnie od siebie. Bałem się jej. Co dziwniejsze, myślałem, że bez niej nie będę mógł żyć. Wmawiała mi, że to morderstwo nas połączyło. Pan tego pewnie nie zrozumie, ale nie potrafiłem sobie wyobrazić, że mogę odejść. Wiem, jak to brzmi… ale pan jej nie znał. Umiała manipulować. Potem przystosowałem się do życia w ukryciu. Myślałem, że nie ma już odwrotu. Trwałem. Aż do chwili, kiedy przyjechali ci policjanci razem z Józefem Drzewieckim… Przesłuchiwali mnie, a ja miałem ochotę tylko wołać o pomoc.

– Dlaczego w takim razie nic pan nie powiedział? Mogli pana z łatwością uwolnić od Aleksy.

Wojtek pokręcił głową, jakby Gawroński powiedział coś zupełnie niedorzecznego.

– Wystarczyło tylko jedno spojrzenie Aleksy, żebym zamilkł na zawsze…

– Dlaczego w takim razie nie powiedział pan nic później, już po śmierci Aleksy? – drążył dalej Gawroński. – Przecież nie mógł pan oczekiwać, że ona zemści się zza grobu.

Na chwilę w pomieszczeniu zapadła całkowita cisza.

– Czy mógłbym teraz dołączyć już do rodziny? – poprosił w końcu Wojtek, przerywając milczenie. – Tylko tego pragnę. Potem możecie mnie osądzić.

Gawroński zerknął w stronę weneckiego lustra. Emilia znowu miała wrażenie, że patrzy tylko na nią. Prokurator trwał tak przez chwilę, jakby w zawieszeniu. W końcu odwrócił się z powrotem do przesłuchiwanego i znowu uśmiechnął. Jak drapieżca, który nareszcie dorwał swoją ofiarę. Emilia rozejrzała się po zebranych w salce funkcjonariuszach, ale nie potrafiła nic wyczytać z ich twarzy. Czy to wszystko było zaplanowane od początku przesłuchania?

– To zajmie jeszcze tylko chwilę – obiecał prokurator spokojnie. – Musimy omówić sobie kilka drobnych faktów, które nadal są dla mnie nie do końca jasne.

Wojtek poruszył się niespokojnie.

– Na przykład?

– Na przykład śmierć Józefa Drzewieckiego – powiedział prokurator lekko. – Jak to się według pana odbyło?

Wojtek westchnął, jakby cały ciężar świata spoczywał teraz na jego ramionach.

– Nie wiem… podejrzewam, że Aleksa postanowiła po prostu, że go zabije.

– Dlaczego? – w głosie prokuratora słychać było autentyczne zainteresowanie. – Przecież nikt jej nie podejrzewał. W najmniejszym stopniu. Mogła funkcjonować tak jak dotychczas. Po co robić sobie problemy i zabijać starego policjanta? To było zupełnie bez sensu. W ten sposób miała przecież zagwarantowane, że postępowanie zostanie wznowione.

Wojtek Czajkowski zawahał się przez chwilę. W końcu wzruszył ramionami.

– Nie wiem, dlaczego to zrobiła. I dlaczego popełniła samobójstwo, bo o to pewnie też pan zapyta. Nie siedziałem w jej głowie.

Prokurator Gawroński uśmiechnął się. Bardzo szeroko.

– Rozumiem. A może mi pan w takim razie wyjaśnić, dlaczego nasi technicy znaleźli w telefonie komórkowym Aleksy oprogramowanie typu spyphone?

Emilia zerknęła w stronę Daniela, który stał w rogu pokoju. On też wyglądał na zaskoczonego. Nikt im nic nie powiedział na ten temat. Uznano widocznie, że i tak wystarczającą nagrodą jest możliwość obserwowania przesłuchania. Spyphone. Strzałkowska wiedziała, że w czasach smartfonów niepotrzebne już jest używanie skomplikowanej aparatury podsłuchowej, którą kiedyś trzeba było montować w aparatach telefonicznych. Wystarczy wgrać odpowiednią aplikację i już można podsłuchiwać rozmowy, czytać SMS-y i podglądać wszystko, co dzieje się w telefonie. I to w czasie rzeczywistym.

– Jakie oprogramowanie? – zapytał Wojtek zdziwiony. W jego głosie pobrzmiewała jednak nutka strachu.

– A takie, dzięki któremu od kilku lat podsłuchiwał pan każdą rozmowę Aleksy ze swojego telefonu. Zastanawiam się, jak by pan to wyjaśnił?

Wojtek rozejrzał się po pomieszczeniu, jakby poszukiwał pomocy.

– Nie rozumiem, o czym pan mówi. Jeżeli w jej telefonie było coś takiego, widocznie ona to tam zainstalowała. Może chciała podsłuchiwać m n i e. To by było do niej podobne. Mówiłem już, że miała kontrolę nad całym moim życiem.

Prokurator Gawroński cmoknął z udawanym współczuciem.

– Niestety ten program nie działa w obie strony, panie Wojciechu – powiedział, uśmiechając się nieznacznie. – Nie mamy więc wątpliwości, że to pan podsłuchiwał ją, a nie odwrotnie. Pana telefon też zresztą zdążyliśmy pod tym kątem sprawdzić.

Wojtek natychmiast dotknął kieszeni, jakby chciał sprawdzić, czy jego telefonu naprawdę brakuje.

– To szaleństwo!

– Możliwe – uśmiechnął się prokurator. – A właściwie zgadzam się z panem w stu procentach. Zabić własnego ojca dla kilku złotych to rzeczywiście jest szaleństwo.

– Chcę wrócić do mojej rodziny! – krzyknął Wojtek. – Ratunku!

– Jeszcze tylko jedno pytanie – obiecał Gawroński, nie reagując na krzyki Czajkowskiego. – Czy może pan wyjaśnić, w jaki sposób pański naskórek znalazł się pod paznokciami Józefa Drzewieckiego?

To musiał być blef. Emilia nie sądziła, żeby członkowie nowej grupy śledczej mieli już wyniki porównania DNA.

Tymczasem Czajkowski próbował zerwać się z krzesła, ale postrzelona przez Klementynę noga skutecznie utrudniała mu ucieczkę. Na jego twarzy wymalowała się rezygnacja. Usiadł ciężko z powrotem.

– Wie pan co? – zagaił Gawroński. – Ja to widzę tak. Wszystko, co mi pan tu przed chwilą opowiedział, jest prawdą. Z tą tylko różnicą, że zamiast imienia Aleksa moglibyśmy wstawić pańskie. Mam rację?

Wojtek nic nie odpowiedział. Siedział w bezruchu, jakby zmienił się w kamień.

– To pan zabił ojca i pozbył się jego ciała, a potem upozorował atak wampira – zaczął wyliczać Gawroński. – To pan sprawił, że Aleksa żyła przez te lata w strachu i bała się cokolwiek zrobić. To pan kontrolował jej życie. Czy ona w ogóle brała udział w morderstwie? A może dowiedziała się o wszystkim dopiero później? Może domyśliła się prawdy dopiero po wizycie policji u was w cyrku? Jak było?

Wojtek cały czas milczał.

– Cóż, to nie jest najistotniejsze – mruknął prokurator.

– Najistotniejsze, że zdecydowała się powiadomić o wszystkim Józefa Drzewieckiego. Niestety nie wiedziała o jednym. O tym, że pan ma jej telefon na podsłuchu. Kiedy zaczęła opowiadać Drzewieckiemu o całej sprawie... Może już wtedy zaciskał jej pan pętlę z kabla na szyi?

Wszystkie puzzle zaczynały trafiać na swoje miejsca. Kabel. Strzałkowska przypomniała sobie, co nie pasowało jej sobotniej nocy w gabinecie Aleksy. Za pierwszym razem przyczepa dyrektorki cyrku oświetlona była niewielką boczną lampką z kolorowym abażurem. Za drugim razem lampki nie było, a przy suficie paliła się tylko biała żarówka. Kolorowa lampka gdzieś zniknęła. Prawdopodobnie to jej kabla Wojtek użył do uduszenia Aleksy.

– Co się stało potem? – zapytał Gawroński. – Opowie mi pan?

Czajkowski nadal uparcie milczał. To była teraz chyba jedyna sensowna strategia, którą mógł przyjąć.

– Tak się zastanawiam – podjął więc Gawroński – jak to było dalej. Zrobiliśmy porównanie drzazg z podłogi chaty i ze skrzyni tak zmyślnie utopionej obok pomostu. Wiemy już, że ciało Aleksy znajdowało się przez jakiś czas właśnie w tej skrzyni. Zgaduję więc, że zabił ją pan jeszcze w cyrku i w ten sposób wywiózł ciało, żeby nikt się nie zorientował. Tak było?

Wojtek nie odpowiedział. Gawroński tylko pokiwał głową.

– W tej chwili kilku funkcjonariuszy przepytuje artystów z pana cyrku. Zgaduję, że pańska wersja o tym, że to Aleksa prowadziła tamtej nocy pikapa, nie zostanie potwierdzona. Coś mi się zdaje, że na pewno znajdzie się ktoś, kto widział za kierownicą p a n a. Musimy tylko popytać. Dobrze mi się wydaje?

Wojtek Czajkowski nadal siedział z zaciśniętymi ustami. Nie zrobił najmniejszego nawet ruchu. Cały czas wpatrywał się w blat metalowego stołu.

– Umówił się pan z Józefem Drzewieckim przy Synu Leszego? – kontynuował niestrudzenie prokurator. – Może kazał pan Aleksie go tam zwabić, kiedy trzymał jej pan sznur na szyi? Jak to było? Sygnet ojca włożył jej pan do kieszeni, żebyśmy łatwiej łyknęli haczyk, że to ona go zabiła, tak? Proszę powiedzieć, czy mam rację?

– Chciałbym już pójść do mojej rodziny – szepnął Wojtek.

– W swoim czasie – zapewnił prokurator. – Wszystko w swoim czasie.

Wojtek poruszył się nieznacznie, ale nie próbował już wstać. Gawroński uśmiechnął się szeroko.

– Cóż… nie przeczę, że jest pan mistrzem improwizacji, panie Wojciechu, ale technika śledcza od osiemdziesiątego czwartego roku poszła znacznie naprzód. To już nie jest to co kiedyś. Bardzo mi przykro.

– Nie planowałem go zabić – szepnął Wojtek. – To się samo wydarzyło.

– Znakomita większość zabójstw nie jest planowana – poinformował go prokurator. – Może to pana pocieszy. Oceniam na oko, że jakieś dziewięćdziesiąt procent popełniane jest pod wpływem chwili. Mogę się oczywiście mylić, ale nie odbiega pan od średniej.

Czajkowski podniósł wzrok na Gawrońskiego. Jego oczy się zwęziły, a ze spojrzenia biła agresja w czystej postaci.

– Ja nie odbiegam od średniej? – wysyczał Wojtek. – Ależ odbiegam, i to znacznie. Jestem kimś wyjątkowym! Zapamiętajcie to sobie! Jestem kimś wyjątkowym!

ROZDZIAŁ 57

Wojtek Czajkowski miał wrażenie, jakby dopiero teraz powoli zaczął budzić się ze snu. Ze złego snu. Z koszmaru. Klęczał na mokrej trawie przed altaną matki. Strugi burzowych biczów spływały mu po twarzy i włosach. Nie wiedział, czy płacze, czy to tylko wielkie krople deszczu wypływają z jego oczu. W rękach nadal ściskał siekierę. Z narzędzia spływały ostatnie smugi ciemnej czerwieni. Na jego dłoniach już jej prawie nie było. Zostały tylko na ubraniu.

Wojtek na nowo zapadł w odrętwienie. Nie wiedział, ile czasu minęło od ostatniego przebudzenia. Minuta, sekunda, a może długie godziny. Drzewa nadal szumiały szaleńczo, a ostry deszcz zacinał bez miłosierdzia.

Chłopak odważył się zerknąć na leżącego przed nim ojca. Tadeusz najwyraźniej nie żył. Nie mogło być co do tego wątpliwości, zważywszy na to, że jego klatka piersiowa przypominała teraz krwawą czeluść prowadzącą prosto do wnętrza ciała. Czy to oznaczało, że właśnie zabił ojca?

Pamięć zaczynała powoli wracać. Bardzo powoli. Jest sobota, dwudziesty piąty sierpnia osiemdziesiątego czwartego roku. Jest dzień ucieczki, chociaż Wojtek od rana właściwie odsuwał od siebie tę myśl. Może dlatego, że był obrażony na Aleksę i od czwartku nie wymawiał jej imienia nawet w myślach.

Dzień urodzin Glorii

Aleksa go zawiodła. Kiedy Wojtek wymknął się do niej do cyrku, wcale nie przywitała go z otwartymi ramionami, jak to sobie wyobrażał. Co więcej, była wyraźnie zirytowana, że w ogóle się zjawił.

– Zwariowałeś! – rzuciła, kiedy zapukał do okna jej przyczepy. – Umawialiśmy się, że nie będziesz przychodził tu aż do soboty! Cholera, Wojtek, ktoś mógł cię zobaczyć. Cały plan runie przez twoją głupotę. Człowieku!

To prawda, umawiali się, że nie będzie do niej przychodził przed planowaną ucieczką, ale impreza urodzinowa matki zupełnie go przytłoczyła. Potrzebował chociaż trochę magicznego proszku, żeby przetrzymać kolejne dwa dni.

– Potrzebuję działki – oznajmił.

Sama pokazała mu proszek tamtej nocy rok temu, a potem podsyłała mu go w listach. Nie powinna więc teraz marudzić, że potrzebuje więcej.

– Nie mam – warknęła, rozglądając się dookoła.

Niepotrzebnie się bała. Pomiędzy przyczepami było przecież zupełnie ciemno, a publiczność i reszta artystów zgromadzona była jeszcze w namiocie. Wojtek nie bez powodu wybrał właśnie ten moment. Nie był przecież głupi. Wiedział, że Aleksa będzie w przyczepie sama, bo musi się przebrać przed ostatnim występem.

– Nie mam więcej – zapewniła raz jeszcze.

Wojtek uśmiechnął się szeroko. Czuł, że Aleksa kłamie. Szosą przejechał jakiś samochód. Silnik pracował znajomo, ale chłopak nie zastanawiał się nad tym zbyt wiele. W ciemności i tak nikt ich przecież nie mógł zobaczyć.

– Nie masz? To pieniędzy na nowy cyrk też nie będzie – zagroził. Wiedział, w jaką strunę uderzyć. Znał jej relacje z żoną szefa i zdawał sobie sprawę, że Aleksa niczego więcej nie pragnie, niż otworzyć własny cyrk, gdzie będzie jedyną diwą.

– Cholera, Wojtek! – jęknęła. – Mam tylko jedną działkę dla siebie. I to będzie musiało starczyć na długo, bo jak uciekniemy od Witkowskich, to nie będę miała skąd brać.

– Daj mi to, co masz – rozkazał.

Aleksa spojrzała na niego dziko, ale poszła szybko do przyczepy i wróciła z małą torebeczką magicznego proszku. Wojtek uśmiechnął się tylko. Myślała, że to ona go kontroluje. Była w błędzie. Dużym błędzie. Dziewczyna zdąży się tego jeszcze nauczyć. Tak naprawdę sam dopiero teraz w pełni to zrozumiał.

Wrócił do „Żebrówki" i jeszcze tej samej nocy zużył cały zapas proszku od Aleksy. W chwili uniesienia uznał, że nie będzie sobie zaprzątał nią głowy aż do sobotniego wieczora. Ostatnie dni w Utopcach spędzi bez jednej myśli o Aleksie. Nie zasłużyła na to.

Wojtek otarł twarz dłonią. Zdawała się ciągle lepka od krwi. Pamięć rzeczywiście już wracała. Coraz więcej wydarzeń tego wieczoru stawało mu przed oczami. Kiedy zamknął się w pokoju po tym, jak usłyszał rozmowę telefoniczną Tadeusza i Glorii, potrzebował chwili, żeby dojść do siebie. Pamiętał, że przysiadł na parapecie i wąchał burzowe powietrze.

W końcu postanowił, że czas już na niego. Jeżeli przedtem miał jakieś wątpliwości, to teraz był już pewien. Aleksa może i jest niewdzięcznicą, ale przynajmniej potrafił ją kontrolować. W czwartek w pełni zrozumiał, że znajdzie sposoby, żeby go pokochała tak, jak Gloria nigdy nie umiała. Nad Utopcami nie dało się mieć władzy. Tak, Aleksa to zdecydowanie lepszy wybór.

Czyli plan ucieczki był aktualny. Wojtek zaczął pakować najpotrzebniejsze rzeczy. Nie mógł zabrać wiele. Po pierwsze dlatego, że do Zbiczna, gdzie stacjonował cyrk, było sześć kilometrów przez las. Po drugie, żeby nie wzbudzać podejrzeń. Wojtek zdawał sobie oczywiście sprawę, że ojciec zauważy jego zniknięcie, kiedy obudzi się rano i będzie chciał zabrać go do kościoła. Początkowo może jednak pomyśli, że syn wymknął się gdzieś na chwilę. Jeżeli nie zauważy braku zbyt wielu ubrań, nie przyjdzie mu nawet do głowy, że Wojtek uciekł na dobre. Może zacznie się martwić dopiero wieczorem, ale wtedy on będzie już daleko.

Po dłuższym namyśle Wojtek zdecydował się zabrać tylko koszulę i spodnie na zmianę. Tego na pewno nikt nie zauważy. Resztę dokupi sobie przy jakiejś okazji. Będzie przecież miał pieniądze, bo wciąż zamierzał wziąć oszczędności ojca z sejfu. Początkowo miał pewne wątpliwości, ale uznał, że tu akurat Aleksa ma rację. Ojciec zdąży się jeszcze nachapać na tych swoich badaniach w laboratorium, a oni przecież musieli od czegoś zacząć.

Wojtek stanął w drzwiach i spojrzał na pokój swojego nieszczęśliwego dzieciństwa. Tu nigdy nie był kochany i nikt nigdy nie widział w nim potencjału. Teraz to się zmieni. Był tego pewien. Rozejrzał się po raz ostatni. Jego spojrzenie padło na kościany grzebień ze szpikulcem do rozdzielania włosów. Chyba jedyny prezent od Glorii. Matka dała mu go, kiedy był małym chłopcem. Głównie dlatego, że kilka zębów się wyłamało i przedmiot stał się dla niej bezużyteczny. Wojtek westchnął i wrócił po grzebień. To będzie pamiątka, która zawsze mu przypomni, dlaczego opuścił Utopce.

Wyszedł na korytarz i nasłuchiwał. Było na tyle późno, że ojciec już dawno powinien być u siebie w sypialni. Idealny moment, żeby pójść do gabinetu i otworzyć sejf. Zszedł po schodach najciszej, jak umiał. Zmysły miał wyostrzone, mimo że cały czas brakowało mu magicznego proszku.

Bez problemu znalazł się na dole. Światła były pogaszone, czyli Wojtek miał rację, ojciec poszedł już do sypialni i na pewno mu nie przeszkodzi. Chłopak zrobił jeszcze kilka ostrożnych kroków. W tym momencie popełnił błąd i źle postawił stopę. Może dlatego, że czuł się zbyt pewnie. Podłoga zaskrzypiała. Zaklął w duchu i natychmiast przystanął. Znowu nasłuchiwał. Żadnej reakcji, czyli Tadeusz naprawdę już spał. Inaczej z miejsca by zareagował. Był przecież czuły na wszystkie dźwięki tego domu.

Zadowolony z siebie Wojtek pokonał szybko tych kilka metrów, które dzieliły go od gabinetu ojca. Kolejny błąd. Za bardzo się spieszył. Powinien był od razu zauważyć cienką smugę światła wydostającą się spod drzwi. Powinien, ale tak się nie stało i to właśnie zmieniło wszystko.

Otworzył drzwi gabinetu. Tadeusz stał na środku pokoju z wyrazem bezgranicznego zaskoczenia na twarzy. Krew krążyła w żyłach Wojtka coraz szybciej i szybciej.

– Wojtek! – uśmiechnął się ojciec. Z wyraźną ulgą. – Przestraszyłeś mnie! Usłyszałem jakieś kroki i przyszło mi do głowy, że może ktoś się włamał. Myślałem, że jesteś u siebie na górze.

Wojtek gorączkowo zastanawiał się, co dalej. Zerknął w stronę sejfu. Był otwarty, jakby ojciec przed chwilą tam zaglądał. Idealnie. Niestety na drodze stał mu Tadeusz.

– Też nie mogłeś spać?

Ojciec przeczesał mlecznobiałe włosy i usiadł przy biurku. Jeszcze lepiej. Wojtek natychmiast ruszył do sejfu i zaczął pakować pieniądze do skórzanego worka, w którym miał już koszulkę, spodnie i kościany grzebień po Glorii. Cały dobytek uciekiniera.

Tadeusz patrzył na to zupełnie zaskoczony.

– Co ty robisz? – wydusił w końcu. Myślał pewnie, że o mamonę będzie musiał bić się z Glorią. Nie wziął pod uwagę, że po wizycie Wojtka nie będzie już czego dzielić.

– Odchodzę – poinformował chłopak po prostu.

Odczuwał przy tym rodzaj złośliwej satysfakcji. Nikt nawet nie przypuszczał, że Wojtek znajdzie w sobie siłę, żeby iść za marzeniami. A tu proszę! Niespodzianka!

– Nie rozumiem – powiedział Tadeusz. Idiotycznie. – Gdzie odchodzisz? Co ze studiami?

Wojtek poczuł, że ogarnia go gniew. A może to tylko brak magicznego proszku zaczął dawać o sobie znać. Jakkolwiek było, chłopak czuł narastające zniecierpliwienie, które powoli zaczynało zmieniać się w agresję. Jak ojciec mógł nie rozumieć tak elementarnych rzeczy?

– Tyle razy ci powtarzałem, że będę artystą! – wrzasnął. – Tylko że ani ty, ani tym bardziej matka nigdy mnie nie słuchaliście. Nigdy!

– Ale twoje studia prawnicze… – powtórzył Tadeusz. Słabo.

Wojtek roześmiał się dziko. Nic nie szło według planu, ale było mu już wszystko jedno. Ojciec go nie powstrzyma.

– Zwariowałeś? – syknął. – Nie zmarnuję swojego talentu na studia. Niech Izka Drzewiecka sobie studiuje.

Tadeusz chciał chyba coś powiedzieć, ale Wojtek nie czekał. Wybiegł z gabinetu i wyszedł z domu na deszcz. Ruszył przez ogród w stronę ściany lasu. Splunął na altanę, kiedy ją mijał. Miał dosyć tego wszystkiego. Jak przez mgłę słyszał, że ojciec za nim biegnie, ale jego kroki to były teraz rozmywające się pluski strug deszczu.

– Tylko że ty nie masz talentu, synu! – krzyknął za nim Tadeusz. – Musisz się pogodzić z tym, że scena nie jest dla ciebie. Ja tylko chcę ci pomóc. Jestem twoim ojcem. Chcę dla ciebie tylko dobrego. Wojtek, poczekaj! Nie musisz iść na prawo. Możesz wybrać inny zawód. Zawsze ci pomogę. Ale artystą nie jesteś.

Zagrzmiało. Wojtek poczuł, że w jego ciele budzi się ryk. Skórzany worek wypadł mu z ręki na trawę. Odwrócił się powoli w stronę ojca. Tadeusz stał tuż obok altany wpatrzony w syna prosząco. Nie wiedział chyba, jak wielki błąd przed chwilą popełnił.

– Wojtek, proszę cię – powtórzył błagalnie. Jego siwe włosy lepiły się do mokrej czaszki. – Daj nam jeszcze szansę. Poradzimy sobie z tym.

– Nie jestem artystą? – powiedział Wojtek, powoli cedząc słowa. Był kimś wyjątkowym. Całkiem wyjątkowym. Jak ojciec mógł uważać inaczej?!

– Synku, nie chciałem cię ranić wcześniej. Ale teraz rozmawiamy przecież na poważnie. Jak mężczyzna z mężczyzną – powiedział Tadeusz nieświadom tego, co działo się właśnie w duszy Wojtka. – Chodź do domu, to porozmawiamy spokojnie. Tu w deszczu niepodobna. Artystą nie będziesz, ale znajdziemy dla ciebie coś innego.

Teraz pamięć wróciła już w pełni. Wojtek jest kimś wyjątkowym. Jak ojciec może uważać inaczej? J a k ?! Chłopak wyraźnie teraz pamiętał, że jego ręce same sięgnęły po siekierę wbitą w pieniek obok altanki. Ruchy były szybkie i precyzyjne, a on miał wrażenie, że obserwuje wszystko z boku. Pierwsze uderzenie, drugie, trzecie, czwarte... i na twarzy ojca na zawsze zastygł wyraz zdziwienia.

A teraz leżał przed nim całkiem, ale to całkiem martwy. Wojtek z trudem wstał z klęczek, opierając się na trzonku siekiery. Deszcz wciąż smagał go z całych sił. Wielkie krople zdawały się ostre jak kawałki porozbijanego szkła. Grzmoty też nie straciły na sile ani odrobinę, jakby burza miała już trwać wiecznie.

Wojtek spojrzał w niebo i pozwolił, żeby deszcz umył mu twarz. Myślał teraz zadziwiająco trzeźwo. Miał dwie możliwości. Mógł tu zostać i przyznać się do wszystkiego. W tym wypadku Aleksa odjedzie rano z cyrkiem braci Witkowskich, a wraz z nią rozwieją się wszystkie marzenia. Wojtek zaś trafi na długie lata za kratki.

Druga możliwość była zdecydowanie bardziej kusząca. Przecież jest kimś wyjątkowym. Nie dla niego więzienie. Dla niego występy przed zachwyconą publicznością. Trzeba stąd zniknąć na dobre i zacząć nowe życie. Aleksa nie musi wiedzieć o tym, co tu się stało. Nikt nie musi wiedzieć!

Wojtek przyglądał się przez chwilę altanie. Pomysł, jak to wszystko rozwiązać, zaczynał już klarować mu się w głowie. Szybko ściągnął ze zmaltretowanego ojca podarte ubranie. Zachowa sobie tylko ten pretensjonalny sygnet. Będzie równie dobrą pamiątką jak kościany grzebień ze szpikulcem.

ROZDZIAŁ 58

Lipowo, Utopce i Brodnica.
Wtorek, 11 listopada 2014

Dzień był wietrzny i ponury, ale nareszcie przestało padać. Młodszy aspirant Daniel Podgórski i sierżant sztabowa Emilia Strzałkowska stali na dworcu PKS w Brodnicy. Czekali na autokar, który miał przywieźć ich syna z obozu teatralnego. Żadne z nich się nie odzywało. Zbyt wiele pozostało niewypowiedziane, żeby zmieścić to w kilku słowach na autobusowym peronie. Milczenie paliło, ale wydawało się o wiele łatwiejsze.

– Chyba nigdy nie dowiemy się, kim naprawdę był wampir, którego szczątki zapoczątkowały całą tę historię – odezwała się w końcu Emilia, chociaż oboje czuli, że nie o tym powinni teraz rozmawiać.

– Pewnie Gawroński wyznaczy kogoś, by ustalił tożsamość zmarłego – odpowiedział Podgórski sztywno. – Nie sądzę jednak, żebyśmy to byli my.

Emilia zaśmiała się smutno. Daniel ciekaw był, czy żałuje, że zerwała z prokuratorem. Znowu ogarnęły go wyrzuty sumienia, że miał w tym swój udział. I wciąż nie wiedział, co ma z tym dalej zrobić. Ślub z Weroniką miał się odbyć za niecały miesiąc.

– Pewnie też nigdy się nie dowiemy, co się stało z czaszką wampira ani kto ukradł te zakrwawione ubrania z krypty Czajkowskich – kontynuowała Strzałkowska, jakby za wszelką cenę chciała teraz uniknąć ciszy. – Wojtek nie mógł przecież tego zrobić. Do Utopców wrócił dopiero, żeby zabić Drzewieckiego.

– Pewnie się nie dowiemy – zgodził się Daniel.

Znowu zapadło milczenie. Podgórski poczuł, że mięśnie szczęki niemal tężeją mu od niewypowiedzianych słów. Zerknął przelotnie na zegarek. Autokar powinien już tu być.

Emilia westchnęła.

– Mimo wszystko powinniśmy kiedyś o tym porozmawiać – stwierdziła. Nie musiała tłumaczyć. Daniel dobrze wiedział, że miała na myśli ich relację, a nie nierozwiązane wątki śledztwa.

Na parking dworca PKS wjechał autobus wiozący Łukasza.

– To chyba ten – powiedział Daniel szybko.

Arleta Jagodzińska upiła łyk gorącej herbaty. Wpatrywała się w las za oknem. Dzień był chmurny. Prawie jak wtedy w sierpniu osiemdziesiątego czwartego, kiedy widziała Wojtka po raz ostatni. Wspomnienie było świeże, jakby to wszystko wydarzyło się wczoraj. Arleta otarła łzę, która zaplątała jej się gdzieś na policzku.

– Mamo, siadaj do nas – poprosiła Karolina.

Arleta odwróciła się do córki i męża. Uśmiechnęła się lekko. Córka była teraz dorosłą kobietą, ale jej życie zaczęło się właśnie wtedy, w osiemdziesiątym czwartym roku. Tamtego dnia powiedziała o wszystkim Wojtkowi. Odrzucił ją. Okazał się nie lepszy niż Maciej, który co noc ją katował. A może nawet gorszy? Mąż kat nigdy jej przecież nie opuścił.

– Gramy czy nie? – ponagliła Karolina.

Córka i mąż siedzieli przy stoliku nad rozłożoną planszą scrabble'a. Było święto państwowe, więc Karolina nie pracowała i mogła ich odwiedzić. Zawsze przy takich okazjach grywali. Układali litery w słowa, a potem je mieszali. I tak od początku. Jak w życiu.

– Już idę – odparła Arleta.

Usadowiła się na kanapie obok Macieja. Mąż dotknął jej twarzy czułym gestem. Przez te lata przyzwyczaili się do tego, że udają małżeństwo idealne. Ta gra pozorów stała się chyba rzeczywistością, bo Jagodzińska poczuła nagle, że kocha Macieja całym sercem. Blizny na ciele przecież już dawno znikły.

Karolinka zmieniła wszystko. Od jej przyjścia na świat Maciej nigdy już nie podniósł na żonę ręki. Arlecie trudno było uwierzyć, że tak będzie już zawsze. Przez trzydzieści lat czekała. Nadal bała się każdego wieczoru, ale nowe uderzenia już nigdy nie nadeszły. Arleta musiała tylko przetrwać kolejną noc. I kolejną. W niepewności. Ludzie się przecież nie zmieniają.

– Makabryczna historia z tym Wojtkiem Czajkowskim – powiedziała Karolina, układając kolejne słowo na planszy. „Wampir" pasowało idealnie do sytuacji. – Czytałam o tym w Internecie. Trudno uwierzyć, że teraz wszyscy mówią o naszej wsi. Widziałam nawet, że przy kościele stoi wóz transmisyjny. Zamiast końca świata macie tu teraz w Utopcach pępek świata.

Córka zaśmiała się radośnie. Arleta zerknęła w stronę Macieja. Mąż odwzajemnił jej spojrzenie. Oboje mieli pewność, że Karolina nie może dowiedzieć się prawdy. Nigdy nie dowie się, że jest córką potwora. Wampir to nie był wymysł Czesławy Tokarskiej. Wampir istniał i nazywał się Wojtek Czajkowski.

Kosma Żebrowski wymknął się z domu tylnymi drzwiami. Cieszył się, że jego rozpadająca się chata wygląda tak niepozornie. Do tej pory żaden z dziennikarzy jeszcze do nich nie zapukał. Jagna była tym trochę rozczarowana. Wystroiła się nawet na tę okazję. Na razie jednak w centrum zainteresowania był głównie proboszcz Jankowski, który po raz pierwszy, od kiedy przybył na tę zapomnianą dotychczas przez wszystkich polanę, zdawał się szczęśliwy. Kosma nie miał najmniejszej ochoty z nikim rozmawiać. Wolał wrócić do pracy i skorzystać z tego, że nadal jeszcze jest dość ciepło. Można murować.

Obszedł dom sąsiada i wyciągnął paczkę papierosów z kieszeni poplamionej cementem koszuli. Zaklął w duchu. Znowu papierosy Jagny. Wyjął z kieszeni nóż bosmański z marszpiklem i odciął filtr.

Zapalił papierosa i zaciągnął się głęboko. Czuł, jak nikotyna powoli rozchodzi się po jego ciele i przyjemnie go uspokaja. Przyniósł sobie cegły ze stosu, rozkoszując się smakiem papierosa. Przygotował zaprawę i podjął przerwaną wczoraj pracę. Cegła za cegłą budował kolejny budynek gospodarczy dla sąsiada.

Cegła za cegłą. Cegła za cegłą. Cegła za cegłą.

Myśli Kosmy odpłynęły do dnia, kiedy zaczynali budować z Wojtkiem altanę. Sierpień osiemdziesiątego czwartego. Upał niemiłosierny. Kosma pamiętał strugi potu spływające mu po plecach. Pamiętał brzęk łopaty.

Ukryte w ziemi stare szczątki. Kosma nie spodziewał się, że będą leżały właśnie w tym miejscu. Gdyby wiedział, zacząłby oczywiście kopać kawałek dalej. Z opowieści babci ocenił, że powinny być bliżej lasu.

Kosma zobaczył w oddali kolejny wóz transmisyjny wiozący do Utopców spragnionych nowości dziennikarzy. Uśmiechnął się pod nosem. Pewnie byliby zachwyceni, gdyby im powiedział, że pod fundamentami altany leżały kości jego dziadka, którego wszyscy mieli za ofiarę wojny.

Kosma znowu się uśmiechnął, układając kolejną cegłę. Wampir. Dobre sobie! Czego to ludzie nie wymyślą. Dziadek nie był istotą nadprzyrodzoną. Wręcz przeciwnie. Był śmiertelnikiem ze wszystkimi możliwymi przywarami. Kochał hazard i kobiety. Kariera wojskowa i wojna tylko temu sprzyjały. Dziadek powoli trwonił majątek Żebrowskich. Aż do momentu, kiedy babcia nie wytrzymała.

Babcia. Kosma podziwiał ją za odwagę. Potrafiła wziąć sprawy w swoje ręce. Lubił takie kobiety. Złapała cegłę i uderzyła dziadka w głowę, kiedy ten spał zamroczony oparami alkoholu podczas jednej z przepustek. Celnie i skutecznie. Nie była słabowita. Potem pochowała ciało w ogrodzie „Żebrówki" razem ze zbrodniczą cegłówką, która po wielu latach sprawiła, że kości dziadka uznano za szczątki wampira. Wtedy jeszcze „Żebrówka" była ich domem. Wkrótce jednak długi dziadka okazały się o wiele większe, niż babcia przypuszczała. Ostatecznie willę i tak trzeba było sprzedać.

Kosma ułożył pięć cegieł i zaciągnął się papierosem jeszcze mocniej. Wypuścił dym z płuc dopiero po chwili. Babka nie tylko pozbyła się dziadka, ale też wmówiła wszystkim w Utopcach, że jej mąż bohatersko zginął na froncie i leży w jakiejś zbiorowej mogile razem ze swoim oddziałem. Nikt w to nie wątpił. Tym bardziej że wszyscy mieli na głowie epidemię tyfusu. Jeden zmarły mniej czy więcej nie miał wtedy znaczenia. Wszystko byłoby dobrze, gdyby czterdzieści lat później Tadeusz Czajkowski nie wymyślił budowy altany. Dziadek spoczywałby sobie w spokoju. Zapomniany. Tak jak powinno być.

Kosma wrócił do pracy. Teraz pewnie zaczną grzebać. Będą szukać tożsamości tych starych gnatów i być może prawda wyjdzie na jaw. Babka już nie żyła i nic nie mogło jej zagrozić, ale mimo wszystko to było zupełnie niepotrzebne. Kosma wolał, żeby jej imię pozostało nieskalane. Była dzielną kobietą.

Gloria i Olaf Czajkowscy siedzieli przed telewizorem. Oglądali transmisję z obchodów Święta Niepodległości w Warszawie. Starannie unikali lokalnych stacji, gdzie wszyscy mówili tylko o Wojtku. O Wojtku, który najpierw został cudem wskrzeszony ze zmarłych, a potem zyskał chwytliwe miano wampira ojcobójcy. Gloria czuła, że powoli ogarnia ją panika. Wstała.

– Wszystko w porządku, mamo? – zapytał Olaf.

Spojrzała na niego. Jej młodszy syn bardzo się przez te dni postarzał. Nie wyglądał już jak dumny komendant policji. Był szary i słaby. Kruchy.

– Tak. W porządku – zapewniła. – Idę tylko do toalety.

Olaf skinął głową i znowu utkwił wzrok w migających na ekranie obrazkach.

Gloria poszła szybkim krokiem do łazienki. Zamknęła się na zasuwkę. Podeszła do umywalki i przemyła twarz zimną wodą. Wspomnienia dopadały ją z wielką siłą. Nie mogła ich powstrzymać. Miała wrażenie, że znowu jest osiemdziesiąty czwarty rok.

Widziała przed sobą leśną drogę, kiedy wracała w niedzielę rano do Utopców. Chciała ostatecznie zakończyć swoje małżeństwo z Tadeuszem. Chciała zabrać należne jej pieniądze. Przynajmniej te z sejfu. Weszła do domu i nasłuchiwała przez chwilę. „Żebrówka" zdawała się pusta. Ogarnęła ją zaskakująca pewność, że jednak Heinrich sprostał jej oczekiwaniom. Mimo że zdawał się taki delikatny. Jest po wszystkim. Cudownie!

– Tadeusz! – zawołała Gloria na próbę, ale nie uzyskała żadnej odpowiedzi. – Wojtek!

Cisza. Gloria nie była pewna, co się stało z Wojtkiem, ale było jej wszystko jedno, szczerze mówiąc. Ruszyła prędko do gabinetu. Tak jak wszyscy w rodzinie Czajkowskich znała kombinację cyfr, więc Tadeusz nie był jej potrzebny. Czuła się lekko. Jeżeli Heinrich naprawdę pozbył się jej męża, to nie będzie miała już nawet kłopotów z rozwodem.

Otworzyła sejf. Pusto. Doskonale pamiętała gniew, który ją wtedy ogarnął.

Znowu przemyła twarz. Przez trzydzieści lat żyła spokojnie. Doskonale odegrała pogrążoną w bólu wdowę i zrozpaczoną po śmierci syna matkę. Nie było nikogo, kto by wątpił, że Gloria wróciła do Utopców po zapomniany paszport. Od tamtej chwili jej życie było wiecznym występem i grą. Dobrze się z tym jednak czuła.

Aż do teraz. Do powrotu Wojtka. Dopóki nie spojrzała mu w oczy i nie zobaczyła tam siebie. Jej pierworodny syn był taki jak ona. Identyczny. Nie umiał kochać nikogo poza sobą, chociaż świetnie potrafił się maskować. Wszystkiego używał do swoich celów. Manipulował. Grał. Był jej lustrzanym obliczem. Widziała to w jego oczach, kiedy udawał łzy podczas aresztowania. Wtedy po raz pierwszy w życiu Glorię ogarnął wstręt do samej siebie. Wszystkie stare grzechy zaczęły jej ciążyć niemiłosiernie. To było zupełnie nowe uczucie. Dławiło ją w gardle, jakby coś utknęło jej w przełyku. Czy teraz już zawsze tak będzie?

Rozejrzała się po łazience. W końcu jej wzrok padł na nożyczki do paznokci. Leżały na półeczce i jakby na nią czekały. Ich ostre krawędzie kusiły. Gloria z miejsca zrozumiała, co musi zrobić, żeby uczucie nieprzyjemnego dławienia zniknęło. Poczuła, że to najważniejsza rola w jej życiu. Musi odegrać ją dobrze. Jak nigdy. Zwieńczenie jej kariery. Sięgnęła po nożyczki i podwinęła rękaw jedwabnej bluzki. Krew szybko zabarwiła błękitny materiał.

Rafał Tokarski patrzył, jak Czesława liczy banknoty. Matka robiła to bardzo wprawnym ruchem.

– Nieźle – podsumowała, chowając pieniądze do kasetki. – Ci dziennikarze spadają nam jak z nieba. Jeszcze kilka wywiadów na temat Wojtka i nie będziesz przez jakiś czas musiał malować tych świństw.

Rafał wzruszył ramionami. Całkiem lubił swoją pracownię urządzoną w dawnym chlewie. Tam miał spokój i czuł się względnie bezpiecznie. Może dlatego, że Czesława właściwie nigdy tam nie przychodziła. Twierdziła, że to miejsce budzi nieprzyjemne wspomnienia i ma złą aurę. Chodziło jej pewnie o szczątki, które pożerały świnie w sierpniu osiemdziesiątego czwartego. Wtedy myśleli jeszcze, że zwierzęta pożarły obu Czajkowskich. Nie przyszło im do głowy, że Wojtek żyje. Matka przez długi czas zapewniała, że czuje jego ducha, który krąży po chlewach. Rafał bał się tych jej transów. Dziwnych głosów, którymi nagle przemawiała. Czesława kryła się za maską przewodniczącej chóru kościelnego i dewotki, tylko Rafał wiedział, jaka jest naprawdę. Opętana.

Przykładów na to było wiele. W osiemdziesiątym czwartym roku wydobyła ukradkiem czaszkę wampira z prowizorycznej mogiły obok muru nekropolii. To było, zanim proboszcz Jankowski położył na niej metalową płytę. Potem Czesława ukradła zakrwawione ubrania Czajkowskich z krypty. Wszystko to miało jej zapewnić kontakt z wampirem, a przez to zwiększenie jej nieziemskich talentów i daru medium.

Najgorsze było to, że matka naprawdę wierzyła, że ten cholerny wampir istnieje. Nawet teraz, kiedy we wszystkich gazetach trąbili, że to Wojtek zabił ojca. Niezachwiane przekonanie o winie prawdziwego potwora i o tym, że wszyscy się mylą, nie przeszkadzało jej oczywiście udzielać wywiadów prasie. Czesława umiała robić interesy. Zawsze.

– Ty też mógłbyś z nimi porozmawiać – podsunęła, jakby słyszała myśli Rafała. – Znany malarz. Idealnie. Potem sprzedałoby się więcej tych twoich bohomazów.

– Moje obrazy są bardzo doceniane przez krytyków – stwierdził Rafał beznamiętnie.

Czesława tylko wzruszyła ramionami.

– Jak chcesz.

– Miejmy tylko nadzieję, że ta wytatuowana policjantka nie wniesie jakiegoś oskarżenia przeciwko tobie.

– Niby czemu? – zdziwiła się Czesława. – Przekazywałam jej tylko wiadomości od zmarłej kochanki.

Rafał wzruszył ramionami. Nie miał najmniejszej ochoty więcej o tym dyskutować. Prawie chciał, żeby ta policjantka coś zrobiła. Zaskarżyła Czesławę na przykład. Może matkę zabraliby do więzienia? Mógłby pozbyć się spękanej czaszki, zakrwawionych stęchłych ubrań, dewocjonaliów pochowanych po domu. Może mógłby zacząć żyć. Z Czesławą to było niemożliwe. Wysysała z człowieka całą energię.

Wanda spojrzała na Heinricha znad kubka gorącej czekolady. Mąż uśmiechnął się do niej z zadowoleniem. Najazd dziennikarzy oznaczał dla nich dodatkowy utarg i reklamę dla fabryczki. Nic tylko się cieszyć. Mimo to Wanda czuła dziwną pustkę. Przez trzydzieści lat starała się zapomnieć o tamtym lecie, kiedy zmarła Mira. Chciała wykreślić rok osiemdziesiąty czwarty z historii ludzkości. No, ale teraz wspomnień nie dało się wymazać. Z gazet, Internetu i telewizji atakowały znienawidzone liczby. 1984. Rok śmieci Miry.

Wanda z całej siły zatęskniła za siostrą. I za sobą samą, bo wraz ze śmiercią bliźniaczki utraciła też jakąś cząstkę siebie. Upiła kolejny łyk czekolady. Uspokajała się powoli. Tymczasem Heinrich odstawił już swój kubek i sięgnął do kieszeni. Wyjął klucz i położył go na stole.

– To ten, który dała ci Gloria? – zapytała Wanda, chociaż znała odpowiedź. Rozmowa przynosiła ulgę. Chociażby mówili ciągle o tym samym.

Heinrich pokiwał głową.

– Ten właśnie.

Przez chwilę siedzieli w ciszy.

– Co zamierzałeś z tym zrobić? – zapytała Wanda powoli, zerkając w stronę starego klucza od „Żebrówki", który jej mąż dostał od Glorii tamtego lata. – Naprawdę chciałeś pozbyć się Tadeusza? Powiedz szczerze.

– Nie byłem pewien, czy zbiorę się na odwagę, ale taki miałem plan. Tak uzgodniłem z Glorią. Chociaż ona też wątpiła, że to zrobię. Miała rację. Nie dałem rady, chociaż tak bardzo chciałem, żeby zniknął z powierzchni ziemi.

Wanda skinęła głową. Sama nienawidziła doktora Czajkowskiego przez te wszystkie lata, chociaż z innych powodów. Nienawiść była ciągle żywa, mimo że jej obiekt już dawno pożegnał się z tym światem. Przecież to przez Tadeusza Mira umarła w męczarniach. Tego nic nie zmieni.

– Naprawdę myślisz, że Gloria skłamała z tym paszportem?

– Tak – potwierdził Heinrich. – Sądzę, że wróciła do Utopców w niedzielę, żeby sprawdzić, czy wykonałem zadanie.

Wanda upiła kolejny łyk gorącej czekolady i skinęła powoli głową. Uśmiechnęła się do męża.

– Tylko że ty byś muchy nie skrzywdził, kochanie.

Heinrich Wanke uśmiechnął się. Wyglądał teraz dziwnie obco. Wanda poczuła, że głowa opada jej na piersi. Nawet nie podejrzewała, że jest aż tak zmęczona po całym dniu.

Wojtek Czajkowski leżał na podłodze i patrzył w biały sufit. Było mu niewygodnie, ale dziwnie dobrze się z tym czuł. Tak samo jak z tym, że wreszcie występował pod własnym nazwiskiem. Odrzucił skorupę, w której zagrzebał się na lata. Dopiero teraz zrozumiał, że arlekin Solo go hamował. Wojtek nie mógł w pełni rozwinąć skrzydeł.

Popełnił kilka błędów. To prawda. Chyba dlatego, że za bardzo uwierzył w swoją umiejętność improwizacji i za słabo się przygotował do występu. Nie przemyślał tego dobrze. Z drugiej strony co miał zrobić? Nie było przecież czasu. Kiedy tylko dzięki oprogramowaniu spyphone podsłuchał, że Aleksa go zdradziła i opowiada wszystko Drzewieckiemu przez telefon, musiał działać.

Pobiegł do przyczepy Aleksy. W pośpiechu nie wziął nic, co mogłoby posłużyć za środek perswazji. Na szczęście stała tam ta lampka z kolorowym kloszem. Wojtek okręcił Aleksie kabel wokół szyi. Kazał jej umówić się z Drzewieckim pod Synem Leszego i obiecać, że na miejscu zdradzi policjantowi jeszcze więcej. Wojtek miał oczywiście swoje plany względem Drzewieckiego. Aleksa za dużo mu zdążyła powiedzieć, stary lis musiał umrzeć.

Aleksa zrobiła oczywiście, co Wojtek jej kazał. Mimo kabla lampy zaciśniętego na szyi cały czas łudziła się pewnie, że przeżyje. Nic podobnego. Nie mógł ryzykować, że coś takiego się powtórzy. Jak tylko się rozłączyła, Wojtek dokończył dzieła. Ciało zapakował do skrzyni, w której miały być przewiezione dekoracje na sprzedaż, i pojechał jej pikapem na spotkanie z Drzewieckim.

Policjant czekał już pod Synem Leszego. Ta sama pełna kolein leśna droga, te same powykręcane sękate gałęzie. Wojtek nie mógł uwierzyć, jak mało się tu zmieniło. To było tak, jakby nagle cofnął się o całe trzydzieści lat.

Wyszedł na spotkanie Drzewieckiego bez makijażu arlekina. Stary lis od razu go rozpoznał. Wyraźnie nie mógł uwierzyć w to, co widzi, ale rozpoznał. Pewnie przez myśl mu nie przeszło, że to Wojtek zabił Tadeusza, a ciało Aleksy leży ukryte w skrzyni na pace pikapa. Drzewiecki zrozumiał to wszystko dopiero, kiedy sznur okręcił mu się wokół szyi. Starzec nie miał szans i wkrótce zawisł na rozłożystej gałęzi wielkiego buka.

Trzeba się było jeszcze pozbyć ciała Aleksy. Początkowo wyglądało na to, że Wojtkowi uda się upozorować również jej śmierć na samobójstwo. Sygnet ojca, który zostawił w jej kieszeni, miał zdezorientować śledczych. Listy, które podłożył w przyczepie Aleksy, dopełniły tylko obrazu jej winy i wyrzutów sumienia, które doprowadziły w końcu do tego, że odebrała sobie życie.

Samobójstwo. To musiało tak wyglądać. Oczywiście specjalnie po to zostawił jej pikapa niedaleko chaty Miry. Samobójczyni nie mogła przecież odstawić samochodu pod cyrk i znaleźć się z powrotem w pustelni nad jeziorem. To wszystko i tak na nic, skoro policja wkrótce przesłucha pewnie artystów z cyrku. Na pewno znajdzie się ktoś, kto powie, że to Wojtek, a nie Aleksa, prowadził tamtej nocy pikapa.

Wychodzi więc na to, że przedzierał się przez las na piechotę niepotrzebnie. Kiedy dotarł do przystanku przy głównej drodze, uznał, że wróci autobusem. Najpierw do Brodnicy, potem do Grudziądza. Kolejny błąd. Skoro policja tak dokładnie teraz wszystko sprawdza, pewnie wkrótce trafi na świadków, którzy widzieli Wojtka w pekaesie.

Zatopienie skrzyni, w której wywiózł ciało Aleksy z cyrku, też okazało się bez sensu. Wtedy jednak bał się zostawić skrzynię na pace pikapa. Puste pudło mogło od razu budzić podejrzenia. Znowu się przeliczył.

Głupota. Błędy. Brak przygotowania całej akcji. A wszystko przez to, że przeoczył głupie pudełko zapałek. Po wizycie policji w cyrku Wojtek skonfiskował Aleksie wizytówkę, którą dostała od tego wysokiego policjanta. Nie zauważył jednak, że Drzewiecki nabazgrał swój numer na pudełeczku. To zapoczątkowało całą tę serię bezsensownych potknięć.

No nic, ale nie ma przecież tego złego, co by na dobre nie wyszło, uznał w duchu Wojtek. Po co właściwie miałby ukrywać to, co zrobił? Ci ludzie zginęli, bo tak było trzeba. W tamtym momencie. Ojciec nie docenił jego wyjątkowości, Aleksa powiedziała Drzewieckiemu zbyt wiele. Te pionki trzeba było usnąć. Bez żalu.

Tak było trzeba. Adwokat upierał się jednak stanowczo, żeby Wojtek się nie przyznawał. Może miał rację. Czajkowski nie chciał przecież reszty życia spędzić w celi. Tam nie było widowni, która mogłaby go oklaskiwać.

– Pana klient właściwie przyznał się już do winy podczas wczorajszego przesłuchania – powiedział ten wymuskany prokurator do adwokata Wojtka. – Po co kluczycie?

– Tamto przesłuchanie było niezgodne z procedurami – odparł adwokat. Wcześniej ustalili, że jeżeli to nie przejdzie, zawsze pozostaje jeszcze chwytać się niepoczytalności.

– Dopilnuję, żeby nie uniknął kary – zapowiedział prokurator.

Wojtek milczał. Wpatrywał się w biały sufit. Niemal nie słyszał głosu mężczyzny. Oklaski publiczności zagłuszały wszystko.

Komisarz Klementyna Kopp odetchnęła głęboko. Tym razem naprawdę oddała się szaleństwu i przeszła wprost na popękaną drugą stronę lustra. Zrobiła to bez pomocy Czesławy, bo musiała w i e d z i e ć. Przekonała się, że świat szaleństwa i braku kontroli jest kuszący. Ale jedno było pewne, Teresy tam nie odnalazła. Teresa nie żyje i nie wróci. Nigdy.

Klementyna znowu odetchnęła głębiej. Teresa nie żyje i nie wróci. Dopiero teraz wydało się to w pełni oczywiste. Świadomość nieuniknionego sprawiła, że komisarz Kopp nareszcie chyba pogodziła się z tą sytuacją. Teresa nie żyje. Tak jest i nic tego nie zmieni, a jedyne, co może w tej sytuacji zrobić Klementyna, to żyć dalej.

Komisarz Kopp usiadła w swojej mikroskopijnej kuchni i otworzyła butelkę coca-coli. Piła drobnymi łykami. Rozkoszowała się smakiem napoju. Kto wie, jak długo będzie jeszcze miała po temu okazję. Śledztwo wewnętrzne trwało. Czekały ją pewnie testy psychiatryczne i inne cuda. Tak.

Kariera w policji pewnie była zakończona. Paradoksalnie to dodawało Klementynie sił. Oznaczało potrzebę poszukania czegoś innego. Odrodzenia.

Don José otarł się o jej nogi. Pogłaskała kota z roztargnieniem. Zamruczał głośno. Odstawiła butelkę i spojrzała na leżący przed nią na stole telefon. Nie wahała się. Już nie. Będzie, co ma być. Musi zacząć żyć od nowa. Wybrała numer i czekała. Cztery bardzo długie sygnały.

– To spotykasz się z kimś czy nie, co? – rzuciła komisarz Kopp, zanim Liliana zdążyła cokolwiek powiedzieć.

Klementyna ścisnęła mocniej słuchawkę w dłoniach. Wiedziała, że zacznie żyć na nowo bez względu na to, jaka będzie odpowiedź.

Lenart Wroński z ulgą zostawił za sobą Utopce i wjechał na leśny dukt, który miał go zaprowadzić do cywilizacji. Jego rodzinna wieś wydawała mu się teraz przeklęta. Bardziej niż kiedykolwiek dotąd.

Na szczęście czekało na niego laboratorium i pełne sukcesów życie w Warszawie. Grzebanie w przeszłości powodowało tylko niestrawność. Lenartowi było wszystko jedno, kto wykończył Tadeusza, ważne, że on sam na tym zyskał. A to się Lenartowi niewątpliwie należało! Dlaczego to Tadeusz miał zgarniać wszystkie zyski z badań, które rozpoczęli razem? No niby czemu? To, że Wroński zrezygnował ze swoich udziałów, kiedy sprawy nie szły najlepiej, nic nie znaczyło, prawda? Tadeusz powinien był się podzielić pieniędzmi! Powinien był, a tego nie zrobił.

– No i umarł – powiedział Lenart pod nosem wesoło. – Dobrze mu tak! Należało mu się za opuszczenie przyjaciela w potrzebie!

Włączył długie światła, bo jesienny zmierzch zdążył już zapaść, a i bez tego w lasach dokoła Utopców ciemność zawsze była nieprzenikniona. Drzewa skrzętnie broniły swoich tajemnic i bratały się tylko z całkowitą czernią.

Przeklął pod nosem. Czyżby żarówki się przepalały? Ledwo widział drogę przed sobą. Zwolnił, kiedy zrozumiał, że zbliża się do zdradliwego zakrętu, gdzie czatował na nieuważnych Syn Leszego. Nagle światła samochodu zupełnie zgasły, a silnik zakrztusił się i ucichł. Musiało zabraknąć benzyny.

– Kurwa! – warknął Lenart.

Tankował przecież niedawno. Wskaźnik musiał się zepsuć albo był jakiś wyciek. Przekręcił kluczyk w stacyjce, ale zapłon wydał z siebie tylko cichy jęk i nic więcej. Lenart westchnął głośno i wysiadł z auta. Wokół samochodu panowała nieprzenikniona ciemność. Drzewa dookoła zaszumiały. Tylko Syn Leszego stał niewzruszony, jakby wiatr go omijał.

Lenart zadrżał wbrew sobie. Kiedy przed chwilą opuszczał polanę, postanowił, że nigdy już do Utopców nie wróci. Teraz wyglądało jednak na to, że będzie musiał pójść z powrotem do wsi po jakąś pomoc. I to na piechotę.

Znowu zadrżał. Może jakiś dziennikarz będzie wracał do bazy. Przecież nie mogli robić wywiadów z mieszkańcami Utopców w nieskończoność, pocieszył się w duchu Lenart. Kiedyś muszą wrócić i zmontować zebrany materiał.

Wystarczyło tylko poczekać, aż któryś z wozów transmisyjnych będzie tędy przejeżdżał.

Nagle Lenarta ogarnęło nieodparte wrażenie, że ktoś bacznie go obserwuje. Rozejrzał się, ale jego zmęczone oczy nie były w stanie przebić czerni nocy. Tylko wokół Syna Leszego ciemność zdawała się jakby mniej smolista.

Lenart Wroński sapnął głośno. Wydawało mu się, że przy pniu majaczy jakaś postać. Siwe włosy były wyraźnie widoczne w ciemności.

OD AUTORKI

2015

Tak oto dobiega końca nasze piąte już spotkanie w Lipowie i okolicach. Dziękuję Wam serdecznie, Drodzy Czytelnicy, że odwiedziliśmy wspólnie te strony po raz kolejny! Dziękuję też za wyrazy sympatii, które okazujecie mi na każdym kroku.

Nieustannie dziękuję mojej Mamie, mojemu Mężowi i całej mojej Rodzinie za wielkie wsparcie, które mi dają. Dziękuję również mojej najbliższej przyjaciółce, Magdzie, która zawsze jest obok mnie, kiedy jej potrzebuję.

Dziękuję bardzo serdecznie całej ekipie Prószyński Media oraz współpracownikom wydawnictwa, którzy pracują przy przygotowywaniu moich książek do druku oraz ich późniejszej promocji. W szczególności zaś: Annie Derengowskiej, Agnieszce Obrzut-Budzowskiej, Marii Balkan, Marcie Rzehak, Elżbiecie Kwiatkowskiej, Annie Sidorek, Maciejowi Korbasińskiemu i Mariuszowi Banachowiczowi.

Dziękuję serdecznie także wszystkim recenzentom moich powieści, redaktorom portali internetowych dotyczących literatury, blogerom oraz moim patronom medialnym i pisarzom, którzy mnie wspierają.

Jak za każdym razem chciałabym podkreślić, że wszystkie wydarzenia opisane w tej książce, a także osoby, które w powieści wystąpiły, są całkowicie fikcyjne i powstały w mojej wyobraźni. Wszelkie podobieństwo do prawdziwych wydarzeń lub osób jest dziełem przypadku. Dodam też, że czasem swobodnie poczynałam sobie z geografią i policyjnymi procedurami. Trzeba jednak pamiętać, że powieść to idealne miejsce, żeby trochę pozmyślać.

Wieś Utopce zatem nie istnieje, ale podobnie jak Lipowo przywłaszczyła sobie lokalizację pewnej niewielkiej miejscowości, którą uważny Czytelnik na pewno znajdzie na mapie. Od razu dodam, że inspiracją była dla mnie jedynie lokalizacja tego miejsca (odosobnienie pośród lasów), a sama wieś i jej mieszkańcy nie mają nic wspólnego ze złem, które zagnieździło się w książkowych Utopcach. Dziękuję za użyczenie mi tych terenów jako tła powieści.

Pozdrawiam Was wszystkich serdecznie i do zobaczenia wkrótce!

Kasia Puzyńska